Ildefonso Falcones

De vrouwen van de suikerrietplantage

Vertaald door Joke Mayer en Fennie Steenhuis

UITGEVERIJ LUITINGH-SIJTHOFF

Oorspronkelijke titel *Esclava de la libertad*
Vertaling Joke Mayer en Fennie Steenhuis
Omslagontwerp Marry van Baar
Omslagbeelden Eduardo Laplante Borcou, Colección Museo Nacional de Bellas Artes de La Haana / Shutterstock / Stocksy
Schutbladen Old Paper Studios / Alamy Stock Photo
Foto auteur Joan Tomás
Opmaak binnenwerk Crius Group, Hulshout

ISBN 978 90 210 3848 3
ISBN 978 90 210 3849 0 (e-book)
NUR 302

www.lsamsterdam.nl
www.boekenwereld.com

Uitgeverij Luitingh-Sijthoff vindt het belangrijk om op milieuvriendelijke en verantwoorde wijze met natuurlijke bronnen om te gaan. Bij de productie van dit boek is daarom gebruikgemaakt van papier waarvan het zeker is dat dit niet tot bosvernietiging heeft geleid.

Ter nagedachtenis van mijn geliefde broer Rafael

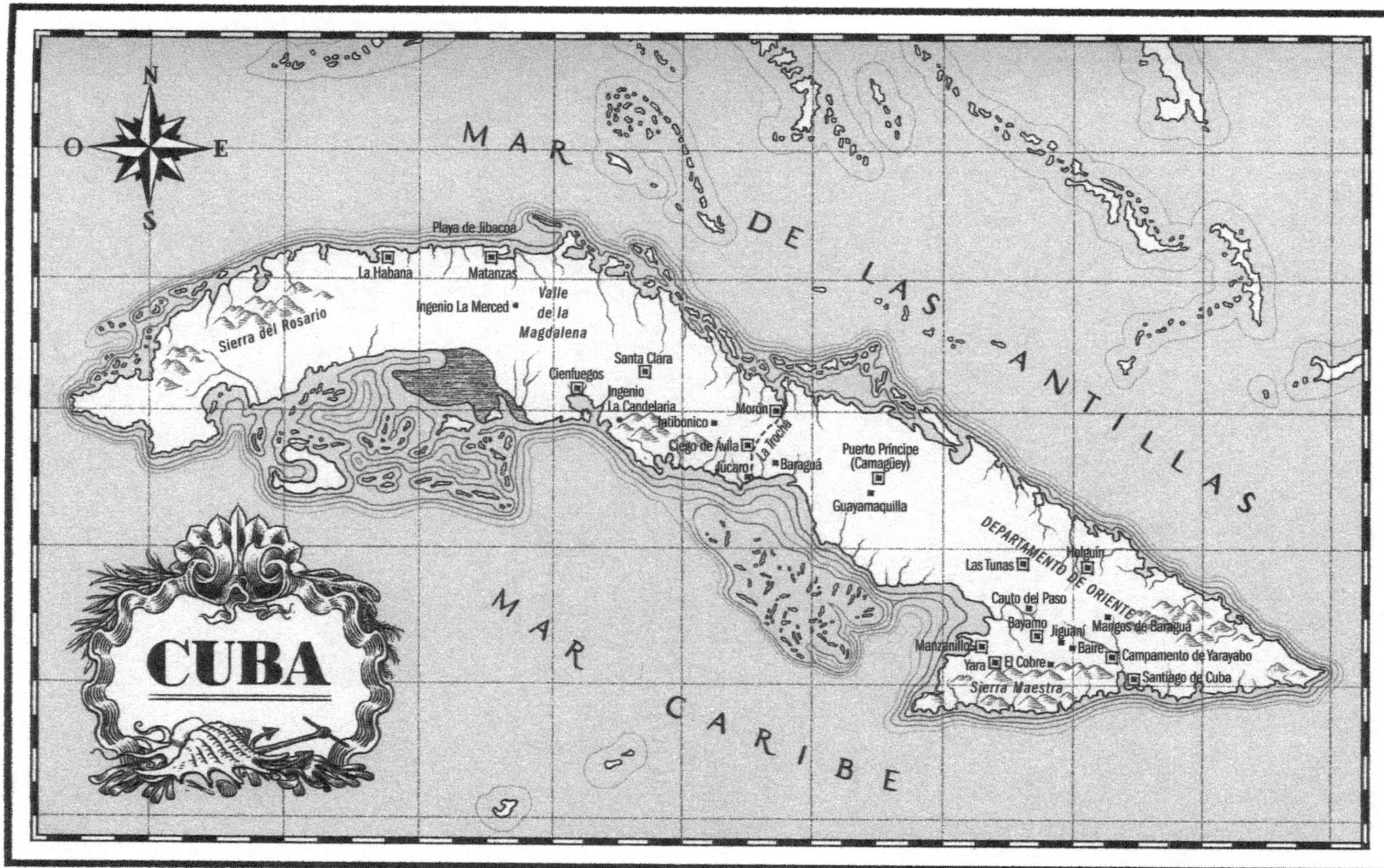
CUBA
N
O
E
S
MAR DE LAS ANTILLAS
MAR CARIBE
Playa de Jibacoa
La Habana
Matanzas
Ingenio La Merced
Valle de la Magdalena
Sierra del Rosario
Santa Clara
Cienfuegos
Ingenio La Candelaria
Jatibonico
Morón
Ciego de Ávila
La Trocha
Júcaro
Baraguá
Puerto Príncipe (Camagüey)
Guayamaquilla
DEPARTAMENTO DE ORIENTE
Las Tunas
Holguín
Cauto del Paso
Bayamo
Jiguaní
Mangos de Baraguá
Manzanillo
Baire
Campamento de Yarayabo
Yara
El Cobre
Santiago de Cuba
Sierra Maestra

1

Cuba, 1856
Playa de Jubacoa

Op het strand stonden honderden ongelukkigen samengedromd. Het gesnik, gejammer en gekreun vermengde zich met het geschreeuw en de klappende zwepen van de bewakers. Het waren wel zevenhonderd Afrikaanse zwarte of bruine jongens en meisjes. De meeste waren naakt, sommige in lompen gekleed, en allemaal waren ze ondervoed, verzwakt of ziek. Vanaf het moment dat ze in Afrika tijdens een van de vele stammenoorlogen waren ontvoerd, hadden ze aan één stuk door gehuild. Snikkend hadden ze de tocht naar de kust van Benin gemaakt, in lange rijen met halsbanden en voetboeien aan elkaar geketend. Daarna volgde een angstig wachten, opgesloten in handelsfactorijen aan de kust, tot ze bij een groep jonge vrouwen werden gevoegd waar ook enkele tientallen jongens tussen waren geglipt, en de gevreesde overtocht onder ogen moesten zien. Ze zaten dicht opeengepakt in het ruim van een snel zeilschip, een klipper, die hen in minder dan drie maanden naar het Caribische eiland bracht.

Meer dan honderd van hen waren bezweken tijdens de overtocht, en degenen die in leven bleven konden slechts toekijken hoe zij langzaamaan het leven lieten, zonder hen te kunnen helpen, zonder woorden om hun moed in te spreken, liggend in hun eigen uitwerpselen. Ze vergoten een zee van tranen terwijl ze tussen de koude lichamen moesten slapen tot de arts of een matroos de dood van hun lotgenoten opmerkte, de lijken meenam en als voer voor de haaien in zee gooide.

Maar elke keer dat het luik openging, het licht in het naar verrotting stinkende ruim viel en er een bemanningslid naar beneden kwam, probeerde de elfjarige Kaweka het lichaam van Daye, haar zusje, te verbergen. Ze had haar zusje beloofd om voor haar te zorgen. Dat had ze haar gezworen toen ze gevangengenomen werden, en steeds wanneer het meisje hartverscheurend begon te huilen en om haar moeder riep, had ze haar getroost terwijl ze haar eigen tranen en verdriet probeerde te verbergen. Gedurende de overtocht had ze haar zusje langzaamaan in haar armen zien wegkwijnen. Ze praatte tegen haar, wiegde haar, zong zachtjes in haar oor, vergat de ketens waarmee ze aan elkaar vastzaten, probeerde haar op te beuren met verhalen over paradijzen waarvan ze wist dat die onbereikbaar waren, maar na een paar dagen was het meisje zo verzwakt dat ze niet meer reageerde en ophield met snikken, en met ademen. Of toch niet? Misschien was ze niet dood, en was ze gewoon stil en ademde ze heel licht, zoals ze altijd al deed. Kaweka wist het niet. Misschien lag ze gewoon te slapen? De goden waren onberekenbaar, dat zeiden hun moeder en grootvader altijd. Daye kon elk moment wakker worden. Dat kwam wel vaker voor; ook dat hadden hun moeder en grootvader gezegd, maar die waren er nu niet om haar beter te maken, zoals ze met andere kinderen in het dorp hadden gedaan. Dus probeerde ze haar zusje te verbergen door voor haar te gaan liggen, tot ze na twee dagen wachten op een wonder werd verraden door een paar oudere meisjes die een eindje achter hen zaten.

'Ze is dood!' riepen de matrozen terwijl ze Dayes levenloze lichaam met geweld van Kaweka probeerden los te rukken.

Het meisje verstond hun taal niet, maar begreep wat ze zeiden, en hoewel ze zelf ook verzwakt was, verzette ze zich uit alle macht om te voorkomen dat de mannen Daye zouden meenemen. Wat zou er van de ziel van haar zusje worden als ze werd verslonden door zo'n zeemonster waarover ze het steeds hadden?

Later, toen het lichaam van haar zusje eenmaal zonder pardon overboord was gegooid en het schip de golven doorkliefde met een geweld dat het ongelukkige lot van die honderden jonge meisjes leek aan te kondigen, en Kaweka zich niet meer groot hoefde te houden, brak ze en liet ze haar tranen de vrije loop; gedurende de rest van de reis was ze niet meer opgehouden met huilen.

'Rustig blijven, jullie! Stil! Stilte!'

De *bozales*, zoals de pas uit Afrika aangekomen slaven werden genoemd, verstonden de bevelen niet die hun werden toegeschreeuwd toen ze in bootjes van de klipper naar het strand waren gebracht. Maar net zoals Kaweka wist wat de matrozen kwamen doen toen ze het ruim in kwamen, wisten de bozales wat de handelaren nu van plan waren. Een twintigtal brute, bezwete en veelal bebaarde mannen ging gewapend met machetes of pistolen om de meisjes heen staan. Ze klapten met hun zwepen om de kring gesloten te houden en bedreigden hen met hun honden, die stevig in bedwang gehouden moesten worden. De meeste meisjes waren blij dat ze de geur van dood en verderf in het ruim van de klipper achter zich konden laten en ademden de schone, koele lucht in van de kalme sterrennacht aan het eind van de winter, terwijl de maan een schitterend en tegelijkertijd pijnlijk licht wierp op het mensonterende tafereel. Met de nieuwe ketens die ze om hun nek kregen geklemd, kwam er echter algauw een einde aan dat moment van rust.

'Opstaan!' beval een slavenhandelaar een broodmager meisje van Dayes leeftijd, dat zich uitgeput op het zand liet vallen toen ze haar opnieuw wilden ketenen.

Het meisje reageerde niet. De man schopte haar met de punt van zijn laars. Ze bleef liggen met een smekende blik in haar ogen, die extra groot leken in haar uitgemergelde gezichtje. De man tilde haar bij de haren omhoog alsof ze een pop was, schudde haar door elkaar, ketende haar, en toen hij haar weer op het zand wilde laten vallen ving Kaweka haar op.

Het was niet haar zusje.

'Stilte!' schreeuwden de opzichters om het gehuil, gejammer en het onbedaarlijke gehoest een halt toe te roepen. De honden wisten wat hun te doen stond; ze gromden, maar blaften niet. Slechts de grillige silhouetten die zich in het maanlicht aftekenden waren te onderscheiden. De opzichters gingen zo onopvallend en stil mogelijk te werk. De slavenhandel was al bijna veertig jaar geleden verboden, en de Engelse marine, die zich bij de ondertekening van een verdrag met Spanje had opgeworpen als hoeder van dat verbod, waakte over zeeën en kusten en arresteerde overtreders. Maar terwijl Groot-Brittannië de slavernij had afgeschaft, duurde die nog voort in Spanjes overzeese provincies. Het was weliswaar verboden om in mensen te handelen, maar het was niet strafbaar om ze te bezitten, dus werden er, met de hulp van corrupte gezagsdragers en op winst beluste suikerproducenten, nog steeds heimelijk slaven naar Cuba gebracht, een van de laatste koloniale bezittingen van het ooit zo uitgestrekte Spaanse rijk.

De meisjes die nu opnieuw werden geketend verstonden de taal van hun ontvoerders dan wel niet, maar waren zich des te meer bewust van hun lot. Ze waren Yoruba's, een volk uit Guinea, en slavernij was in Afrika geen onbekend verschijnsel. In verschillende landen van het continent leefde een aanzienlijk deel van de werkende bevolking in slavernij. Slaven waren de voornaamste bron van rijkdom van de bevoorrechte klasse. Stamhoofden beschikten over talloze lijfeigenen, en ook al was de slavenhandel met de westerse landen door het verbod aanzienlijk afgenomen, met het Oosten – Egypte en de rest van de Arabische wereld – bleef ze net zo levendig als de trans-Atlantische slavenhandel tot dan toe was geweest. Deze meisjes wisten allemaal wat menselijke offers waren, en wisten wat de halsbanden betekenden.

Er klonk een zweepslag.

De voorste in de kettinggang begon te lopen. Een van de opzichters werd ongeduldig en schreeuwde: 'Doorlopen, zwartjes!' Het was een rustige nacht en er waren nergens Britten te bekennen. Ze liepen landinwaarts de jungle in, waar ze veilig zouden zijn. De meisjes sjokten met gebogen hoofd voort. Kaweka liep achter het meisje dat haar zusje niet was en vroeg zich af of Daye ook op het strand ingestort zou zijn. In haar herinnering was ze net zo uitgeput geweest als dit meisje nu was; het akelige beeld van haar zieke, verdrietige zusje liet haar niet los. Het was alsof de keten niet alleen om haar nek knelde, maar ook om haar herinneringen aan betere tijden, het plezier dat ze samen hadden gehad, de vrijheid, het spelen, de escapades, het werk op het land. Momenten die ze zelf had verdrongen omdat de gedachten eraan pijn deden. Niemand wist waar ze heen gebracht werden, al kwelden velen zichzelf met de gruwelijkste speculaties. Zo hadden de oude mannen in het dorp verteld dat mensen die ontvoerd werden, werden meegenomen naar de andere kant van een zee die de meesten van hen pas voor het eerst zagen wanneer ze bij de handelsfactorij aan de kust aankwamen. Het schip waarin ze opeengepakt hadden gezeten, de stank en de dood, en nu de zweepslagen, de honden, de halsbanden en de wrede mannen – door dat alles konden die mooie herinneringen haar zelfs geen flauwe glimlach ontlokken.

Ze hadden het strand en de klipper achter zich gelaten, een type schip dat bekend was geworden door de handel in Chinese koelies en ook werd gebruikt voor de trans-Atlantische slavenhandel. Dit schip, dat zich op het strand van Jibacoa van zijn deplorabele lading had ontdaan, voer onder Noord-Amerikaanse vlag, zoals vrijwel alle schepen die wereldwijd voor de mensenhandel werden gebruikt. Omdat de Noord-Amerikanen geen overeenkomst met de Britten hadden gesloten, konden ze zich aan hun toezicht onttrekken. Zo hadden ze het monopolie verworven op mensensmokkel naar Cuba en de Verenigde Staten, en in mindere mate naar landen als Brazilië en Puerto Rico, die de slavenhandel weliswaar veroordeelden, maar er evengoed van profiteerden. De slaven werden vervoerd op razendsnelle, ranke, wendbare schepen die met groot gemak andere schepen konden ontwijken of ontvluchten. Deze klippers waren lang en slank en hadden een spitse voorsteven, en konden wel zestig zeilen voeren. Die snelheid had echter wel een prijs: de klippers hadden minder laadvermogen dan de traditionele slavenschepen, wat door sommige handelaars werd opgelost door de ruimen vol te stouwen met meisjes en jonge vrouwen.

Zodra het strand uit het zicht was verdwenen en de slavinnen naakt en blootsvoets in kettinggang diep het district Matanzas in werden geleid, viel de spanning van de opzichters af. De honden blaften. De mannen durfden zich weer te laten horen en praatten, nu met luide stem, over vrouwen, spellen, drank... Ze lachten, maakten grapjes, daagden elkaar uit en hielden weddenschappen, zonder zich ook maar een moment te bekommeren om de meisjes, alsof die niet bestonden, behalve als er een achterbleef of viel.

Het meisje struikelde niet eens, maar haar knieën begaven het en ze zakte voor Kaweka's ogen in elkaar, net zoals haar zusje zou hebben gedaan als ze tijdens de overtocht niet was gestorven. De stoet meisjes kwam tot stilstand en toen Kaweka een van de opzichters zwaaiend met een machete vloekend en tierend op hen zag afkomen, slaakte ze een kreet en sprong tussen het meisje en de man in.

De opzichter keek beduusd op en begon boos te schreeuwen, terwijl hij Kaweka met de machete bedreigde en haar beval zich erbuiten te houden. Maar zij trok zich niets van hem aan. Dat weerloze, angstig naar lucht happende meisje deed haar denken aan haar zusje; tijdens de tocht naar de kust van Benin hadden Daye en zij in ademloze spanning moeten toekijken hoe een opzichter die op deze man leek het hoofd van een gevangene had afgehakt, dat voor hen beiden op de grond neerkwam. Kaweka hurkte neer en beschermde het kleine meisje met haar lichaam omdat ze bang was dat deze man dat ook zou doen. In Afrika hadden ze dit meer dan eens zien gebeuren. Het was de manier waarop ze mensen die bezweken of niet meer reageerden op lijfstraffen snel en doeltreffend uit zo'n macabere sliert verwijderden; ze namen niet eens de moeite om de halsband los te maken.

'Kom, sta op, doorlopen,' fluisterde ze terwijl ze het meisje zachtjes in haar zij porde.

Dat had ze ook tegen haar zusje gezegd toen die zo hevig beefde dat het leek of ze elk moment zou neerzijgen. 'Niet kijken,' had ze gezegd toen Daye als versteend naar het hoofd dat voor hen was neergevallen keek terwijl de anderen doorliepen.

De opzichter probeerde haar met het blad van zijn machete weg te duwen.

'Wegwezen.'

Kaweka bleef onverstoorbaar staan. De man boog zich voorover en gaf haar een harde klap met zijn vrije hand. Kaweka werd weggeslingerd, maar doordat ze vastzat in de keten kwam ze niet ver.

'Vuil negerkind!'

De man wilde haar een schop geven, maar werd tegengehouden.

'Niet doen! Laat haar!' Een andere opzichter kwam op hen afgelopen. 'Anders hebben we straks niets meer aan haar!' zei hij streng. 'En dan draai jij op voor de kosten!'

De man met de machete bromde wat en spuugde naar Kaweka.

'Sta op,' beval de ander, en maakte een ongeduldig handgebaar.

Toen ze overeind waren gekomen, gebaarde de man Kaweka en een meisje dat voor hen liep dat zij zich om het kind moesten bekommeren.

Haar hoofd werd niet afgehakt. Ze werden ook niet met zweepslagen gemaand om door te lopen. Jonge vrouwen waren veel geld waard, misschien niet zoveel als een gezonde, sterke man, maar ze waren bruikbaar genoeg om aan de toenemende vraag van suikerbaronnen en rijke plantagehouders te voldoen. De omstandigheden waren immers veranderd. Voorheen konden de suikerboeren beschikken over mannen die ze gevangenhielden en zware arbeid lieten verrichten. Aan vrouwen en de eventuele kinderen die zij kregen, hadden ze geen behoefte, en al helemaal niet aan onderlinge ruzies tussen slaven die vochten om een vrouw. Het was veel voordeliger om een goede werkkracht op de slavenmarkt te kopen dan om kleine creooltjes groot te brengen.

Maar omdat de slavernij in de meeste westerse landen inmiddels was afgeschaft en de slavenhandel was verboden, en de Britten scherp toezagen op naleving van dat verbod, waren de prijzen van uit Afrika geroofde bozales aanzienlijk gestegen. Dus nu kochten de eigenaren van de talloze suiker- en koffieplantages op het eiland ook vrouwen, die net zulk zwaar werk moesten doen als de mannen, en bovendien werden behandeld als fokvee dat nieuwe slaven moest baren.

Jonge vrouwen als Kaweka, en zelfs dat kleine meisje dat niet haar zusje was, waren – verzwakt of niet – veel geld waard.

De volgende ochtend ontwaakten de meisjes op een grote binnenplaats van een afgelegen suikerplantage in Matanzas, waar de opzichters hen naartoe hadden gebracht. De binnenplaats was omzoomd met uit hout opgetrokken barakken; het terrein was te groot voor een bedrijf waar de schaarse installaties en landbouwwerktuigen ook nog eens sterk verouderd waren. De meisjes hadden zich dicht bij elkaar in een hoek verschanst. Sommige zaten op de grond, andere lagen, en slechts een paar waren al opgestaan toen het licht werd, maar ze lieten elkaar niet los en zochten troost bij elkaar.

In werkelijkheid diende die primitieve suikerplantage slechts als dekmantel voor een factorij waar slaven werden verhandeld. SAN NICOLÁS, stond er te lezen op de houten toegangspoort.

‘Neem ze mee om water te drinken!’

Het bevel kwam van de man die de avond ervoor had voorkomen dat Kaweka geschopt werd en nu verveeld tegen de muur van een van de gebouwen stond geleund, met een opgerolde zweep aan zijn riem. Meteen rende een stel zwarte, in slavernij geboren kinderen van een jaar of zeven, acht naar de plek waar de meisjes zaten.

'Kom,' zeiden ze. Ze pakten hen bij de hand en probeerden hen mee te trekken.

De eerste meisjes die uit die menselijke kluwen werden getrokken, vertrouwden het niet en stribbelden tegen, tot een van de jongens naar een waterput wees, waar een andere jongen luid lachend een emmer water die hij zojuist had gevuld leeggooide. Toen ze het water op de grond hoorden kletteren beseften ze ineens dat ze dorst hadden, dat ze in het ruim van de klipper voor het laatst iets te drinken hadden gekregen.

'In de rij!' riep de slavenhandelaar toen hij zag dat de meisjes in beweging kwamen. 'Niet zo door elkaar!'

Kijk, zo, gebaarden de jongens, terwijl ze de meisjes een voor een achter elkaar zetten.

Ze begrepen het. En ze gehoorzaamden. Nadat ze hadden gedronken uit de kommen die waren uitgedeeld, werden ze weer opgesteld in rijen van vijftig: veertien rijen vermagerde, vuile, haveloze en veelal naakte meisjes.

Kaweka moedigde het kleine meisje aan om te drinken. Ze wist niet hoe ze heette en had nog geen woord uit haar gekregen. Ze sleepte haar van hot naar her en het meisje liet het allemaal toe, zonder een kik te geven, volkomen verdwaasd.

'Wat vind je ervan, Florencio?' vroeg een andere opzichter die zich inmiddels bij de man bij de muur had gevoegd.

'Niet slecht,' antwoordde die, en hij klakte met zijn tong. 'Ik heb wel bozales gezien die er veel slechter aan toe waren, en die hebben het ook gered. Binnen hooguit drie weken, als ze goed gevoed en opgelapt zijn, hebben we hier prima marktwaar aan. Op deze leeftijd herstellen ze snel. Geef ze kleren en neem ze mee naar de beek, rij voor rij, en laat ze zich wassen. Weg met die viezigheid en het ongedierte dat ze ongetwijfeld bij zich hebben.'

'Wat voor kleren moeten we ze geven, baas?' vroeg een derde aan Florencio.

'Met dit weer is een hemd genoeg... en misschien ook nog een deken voor de nacht,' voegde hij er even later aan toe. 'De nachten zijn nog fris, en ze moeten natuurlijk geen kou vatten, want dan hebben we niets meer aan ze. De rest krijgen ze wel van hun nieuwe bazen. Vooruit!' beval hij.

De twee mannen wilden naar de slavinnen toe lopen die zwijgend in rijen op de binnenplaats stonden, maar Florencio riep ze meteen tot de orde.

'Als iemand ze ook maar met een vinger aanraakt, snij ik zijn ballen eraf!'

De jonge creolen en enkele opzichters liepen met de meisjes mee naar een beekje dat buiten de plantage liep. Toen de rij van Kaweka aan de beurt was, gaf ze het kleine meisje dat voor haar stond een duwtje. Ze liepen de meisjes tegemoet van de rij die terugkwam van de beek, ze waren allemaal naakt en nat van het water. Degenen die nog in lompen waren gekleed, hadden zich bij de rivier uitgekleed. Kaweka zag de wellust in de blikken van de opzichters, terwijl de jonge creolen wat schaapachtig stonden te lachen. Net als de anderen gebruikte ze wat zand van de oever om het vuil van haar lichaam te boenen. Vervolgens waste ze het meisje en liepen ze beiden de beek in. Heel even sloot ze haar ogen; toen ze het koele water op haar huid voelde, dwaalden haar gedachten af naar haar vaderland.

Na de wasbeurt stonden de vijftig broodmagere meisjes, de meeste in de puberteit en met beginnende borstjes, andere al met een flinke boezem, te schitteren in de Caribische zon, de waterdruppels glinsterend op hun zwarte huid. De mannen keken onophoudelijk van de een naar de ander. Ze wezen naar hen alsof ze hen voor zichzelf wilden opeisen. Aanraken deden ze de meisjes niet, al liet een van de mannen zijn broek zakken en begon te masturberen, terwijl een ander hem vol vuur aanmoedigde. De meisjes kenden de mannelijke natuur maar al te goed en keken niet op van hun seksuele uitspattingen, maar wel van het witte lichaam van de bewaker.

De bevelen van de opzichters brachten de meisjes weer met beide benen op de grond, en terwijl ze schoongewassen terugliepen naar de plantage kregen ze een wijd, stug juten gewaad aangereikt en werden ze naar een hoek van de binnenplaats geleid, naar een barak die als keuken dienstdeed. Enkele mannen haalden schalen met gezouten vis en een grote pan met *funche* tevoorschijn, een dikke pap van mais- en bananenmeel, en zetten die met een enorm kabaal op een tafel die buiten de barak stond.

De creolen deelden blikken kommen vol deuken uit en zeiden dat ze bij de tafel moesten gaan staan. Toen de meisjes met hun gevulde etenskommen in ganzenpas naar het midden van de binnenplaats terugliepen, hield Florencio Ribas, de slavenhandelaar en baas van de opzichters, hen staande om ze te laten keuren door een in het wit geklede oude, enigszins verlopen uitziende man met een dunne baard, vetvlekken op zijn hemd en een witte hoed.

'Deze wel, en deze ziet er gezond uit, en deze ook,' commandeerde de man, die met moeite uitkwam boven het geschreeuw van de creolen die bezig waren de meisjes netjes in rijen te rangschikken en de slavendrijvers die het eten uitdeelden. 'Deze niet, die heeft een zwerende wond op haar been.' Het meisje werd uit de rij gehaald en naar een barak gebracht waar een oude slavin haar opwachtte, terwijl de anderen uitwaaierden over de binnenplaats, waar de zon onbarmhartig scheen, en een beschut plekje zochten om hun eten te verorberen.

'De volgende!' riep dokter Vásquez, wiens tegenzin duidelijk bleek uit de vermoeide gebaren waarmee hij de meisjes wenkte, zonder op te kijken naar de lange rij meisjes, die op hun beurt voornamelijk geïnteresseerd waren in de soep en de vis in hun etensblik.

Kaweka duwde het meisje zachtjes naar voren; het kind hield haar kom met eten onaangeroerd in haar handen geklemd en viel haast voorover. De dokter en Florencio fronsten hun wenkbrauwen toen ze voor hen stond.

'Heimwee?' vroeg de slavenhandelaar.

Vásquez reageerde pas nadat hij het meisje had onderzocht; ze was niet alleen graatmager, maar had ook vlekken op haar tong, geel oogwit en enkele etterbuilen.

'Ze hebben allemaal heimwee,' antwoordde hij ten slotte. 'Wie niet?' vervolgde hij peinzend, terwijl hij zich afvroeg of dat verzwakte, apathische meisje dat voor hem stond misschien een speciale behandeling nodig had.

Hij twijfelde. Veel bozales werden ziek van heimwee, maar ze konden niet allemaal naar de ziekenboeg; er waren niet genoeg voorzieningen, om nog maar niet te spreken van personeel, dat slechts bestond uit de oude verpleegster en een paar opzichters die haar moesten helpen. Bovendien zou zo'n speciale behandeling veel te duur worden: vlees, wijn, sterkedrank, suiker… Vásquez voelde Ribas' ogen in zijn rug priemen. Hij liet zijn blik over de binnenplaats gaan. Chaos. Honderden slavinnen waartussen de opzichters, die minstens een kop boven de meisjes uitstaken, zich een weg baanden. Er moesten er nog veel worden onderzocht en hij zou nog meer ruimte nodig hebben in de ziekenboeg. Hij keek nog eens naar de etterbuilen op het lichaam van het meisje en oordeelde:

'Gezond.'

Florencio slaakte een luide zucht van verlichting, en precies op dat moment klonk het geklap van zwepen. Veel meisjes stopten met eten en keken op; voor het eerst sinds ze op het eiland waren aangekomen leken ze uit hun lethargie te ontwaken.

Uit een van de barakken kwam een stel slavenjagers met in hun kielzog aan handen en voeten geketende mannen, die zo goed en zo kwaad als het ging naar de tafel met eten strompelden, terwijl de meisjes die daar in de rij stonden ijlings werden weggejaagd.

Florencio Ribas bracht een hand naar het pistool dat aan zijn riem hing terwijl hij de daken van de barakken afspiedde: vier van zijn helpers hadden zich daar geposteerd met het geweer in de aanslag.

Meer dan vijfhonderd mannen, sommige met ontbloot bovenlijf, waardoor de littekens die van boven tot onder over hun rug liepen duidelijk te zien waren, sjokten van de barakken naar de tafel, starend naar de zevenhonderd meisjes die over de hele binnenplaats verspreid stonden.

'Niet kijken! Hou je gesis voor je!' schreeuwde een van de opzichters die de mannen bewaakten toen hij zag hoe de wellust zelfs van hun manier van lopen was af te lezen.

Anders dan bij de meisjes, barstte hij uit in geweld. Hij trok zijn zweep en de zweepslag waarmee hij zijn bevel kracht bijzette, kwam op de kuit van een van de geketende mannen terecht. Het bloed begon meteen te stromen. De mannen gehoorzaamden, maar hun bewakers bleven hen geselen. Het oorverdovende klappen van de zwepen weergalmde over de hele plaats, en de geketenden doken angstig ineen om de afstraffing te ontwijken.

'U heeft onderhand wel erg veel marrons,' zei dokter Vásquez tegen Ribas.

'Ja, dat klopt,' erkende deze. 'Ik was al van plan ze aan de autoriteiten over te dragen, maar door de komst van de nieuwe meisjes ben ik daar nog niet aan toe gekomen. Ik heb de mannen die de marrons moeten begeleiden hier hard nodig.'

De arts keek Florencio Ribas niet eens aan. 'Ze aan de autoriteiten overdragen?' zei hij met een sarcastisch glimlachje. De beloning voor het terugbrengen van die voortvluchtige slaven naar hun rechtmatige eigenaren verbleekte bij de winst die Ribas kon maken als hij ze zelf hield. Vásquez wist dat de marrons verkocht zouden worden aan de eerste de beste plantage waar een slaaf was gestorven, en er stierven er veel. Zodra er een de geest had gegeven, begroef de eigenaar hem zonder het in de boeken te registreren, dit alles met medewerking van de priester van dienst. De papieren van de dode slaaf werden gebruikt voor de marron die hij zou kopen van Ribas, of van een van de vele slavenjagers die op het eiland actief waren, maar alleen als het werkelijk om marrons ging, gevluchte zwarte slaven, en niet om slaven die van een andere plantage waren geroofd.

Zolang Ribas ze niet kon verkopen, verhuurde hij ze. De mensen voor wie hij werkte, investeerden in de mensensmokkel en wilden geld zien. Dit soort praktijken kwam vooral voor in de steden, maar ook op het platteland. Er waren heel wat plantages die voor de hele oogstperiode slaven inhuurden. Vásquez had er veel verhandeld die hij eerder op de San Nicolás-plantage had gezien. De nieuw aangevoerde meisjes die niet gekocht werden nadat ze lichamelijk hersteld waren, was eenzelfde lot beschoren. Ze moesten gevoed worden zodat ze konden aansterken, de zieke en gewonde meisjes moesten verpleegd worden, en ze moesten allemaal worden ingeënt tegen pokken, iets wat vereist was om een slaaf te kunnen verkopen. Elke koper, hoe onervaren hij ook was, kon dat gemakkelijk controleren aan de hand van het litteken op de arm. Als ze eenmaal ingeënt waren, werden ze op de markt verhandeld 'met de ziel in de mond en de ribben in de kast', wat betekende dat de slavenhandelaar niet instond voor eventuele andere gebreken en tekortkomingen van de recentelijk uit Afrika aangekomen koopwaar.

De meeste vrije mannen waren niet ingeënt, maar slaven wel. Als een slaaf het loodje legt, gaat er kapitaal verloren, herinnerde Vásquez zich dat de plantagehouders steeds zeiden. En hier stond een enorm fortuin, bedacht hij terwijl hij zijn blik langs de honderden meisjes op de plaats van de San Nicolás-plantage liet glijden, en Kaweka en het kleine meisje verveeld beval zich bij de andere meisjes te voegen.

Ze waren er nu bijna een week en inmiddels wist Kaweka hoe het meisje heette: Awala. Toen het meisje na drie dagen uit haar apathie was ontwaakt had Kaweka haar getroost. De schok, de ontberingen en haar verdriet waren er in alle hevigheid uit gekomen en het meisje kon haast niet ophouden met huilen. Ze behoorde tot de Ashanti-stam, die net als die van Kaweka onderdeel was van de etnische groep van de Akan. Ze hadden dezelfde dingen meegemaakt. Een plotselinge inval. Geschreeuw. Geweerschoten. Proberen weg te vluchten. En ten slotte de gevangenschap. Awala wist niets over haar familie, evenmin als Kaweka, wier laatste herinnering aan haar moeder was dat ze ineengedoken op de grond haar jongste broertje met haar lichaam beschermde. Toen volgden chaos, ontreddering en vele doden. En daarna onzekerheid, verdriet en gemis.

De meisjes zaten op het eten te wachten toen er drie mannen te paard de binnenplaats op kwamen rijden, twee van hen gewapend met geweren. Er liep een slaaf met hen mee.

Dat waren niet de eerste bezoekers. Er waren al eerder witte mannen naar de plantage gekomen om hen te bekijken. Terwijl die dan allerlei opmerkingen maakten, vroegen ze of ze deze of gene nader konden onderzoeken. Ze hadden er geen een gekocht; nog niet. Onder de meisjes ging het gerucht dat hun ontvoerders hen eerst wilden laten aansterken zodat ze meer waard zouden worden en dat ze dan pas verkocht zouden worden, want ze wisten allemaal wat hun lot was: op het land werken of bediende worden bij rijke mensen, net zoals in Afrika gebeurde. Sommigen ondergingen hun lot lijdzaam, anderen spraken over vluchten. 'Waar zou jij naartoe gaan?' Kaweka luisterde naar de gesprekken. Ze waren nog zo jong en zo ver van hun dorp, in een land van witte mensen aan de andere kant van de oceaan, opgesloten en bewaakt door gewelddadige, wrede mannen, maar ze droomden van vluchten, teruggaan naar huis, al durfde niemand het ook maar te proberen. Zijzelf ook niet.

Hoe dan ook, of ze nu gelaten waren of opstandig, naarmate ze zich meer bewust werden van hun toekomst werden de paniek en het verdriet onder de meisjes groter. Geen van hen was in staat de ander te troosten, en 's nachts, wanneer de plantage in stilte gehuld was en ze hun lotgenoten, de vriendinnen die ze in al hun ellende gemaakt hadden, uit het oog verloren, werden ze geplaagd door de gruwelijkste dromen en klonken er voortdurend wanhoopskreten, gekreun en gehuil.

Ook Kaweka was bang en ongerust. Ze was altijd een gelukkig meisje geweest. Haar grootvader was de sjamaan van het dorp en de mensen hadden respect voor hem, en ook voor haar moeder. Zijzelf en haar broertjes en zusjes werkten en hielpen mee, ze speelden en hadden plezier zoals bijna alle kinderen uit het dorp. Nog niet zo lang geleden wist ze zich geliefd. Als ze haar ogen sloot en terugdacht aan die tijd, kon ze de liefkozingen van haar moeder en de knuffels van haar broertjes en zusjes nog op haar huid voelen. Dat alles was plotseling verdwenen, en nu maakte ze als anoniem wezen deel uit van een groep van honderden wanhopige meisjes die elkaars paniek en verdriet al huilend en weeklagend versterkten.

Toen er die dag ruiters naar de binnenplaats kwamen, begreep Kaweka dat het niet ging om nieuwe bezoekers die hen kwamen bekijken. Ze zag dat sommige opzichters die over de plantage liepen respectvol hun hoed afnamen, anderen de bezoekers gedienstig begroetten en weer een ander zich naar Florencio Ribas spoedde om hem van hun komst op de hoogte te stellen. Ribas had zojuist de koelte opgezocht om een dutje te doen en lag in zijn halfslaap het geld te tellen dat hij zou gaan verdienen.

'Baas...' De fors gebouwde, norse man stak zijn hoofd om de deur van de barak waar de slavenhandelaar lag te slapen, maar durfde niet naar binnen te gaan. 'Baas!' riep hij, noodgedwongen zijn stem verheffend.

'Wat moet je? Waarom kom je me lastigvallen? Ik heb toch gezegd...'

'U heeft bezoek, baas,' onderbrak de opzichter het gemopper.

'Laat maar wachten!' Maar degene die bleef wachten, was de opzichter, die zijn hoofd voorzichtig naar binnen stak. 'Wie is het?' vroeg Ribas ten slotte toen zijn knecht daar maar zwijgend bleef staan.

'U kunt beter meekomen.'

Ribas liep foeterend naar de deur, maar toen hij daar aankwam viel hij meteen stil: buiten zat markies don Juan José de Santadoma op een enorm paard met een rode vacht die glansde in het zonlicht. De edelman kwam niet zomaar op bezoek, dat had hij nog nooit gedaan. Hij droeg leren laarzen met grote sporen, een rijbroek en een eenvoudig wit overhemd. Een hoed met een platte, brede rand beschermde zijn hoofd tegen de zon. Zijn mannen stonden achter hem.

Vanuit de verte zag Kaweka dat Florencio Ribas sidderde van angst terwijl hij naar de markies liep en zijn keel schraapte.

'Goedemorgen, mijnheer de markies. Wat brengt u hier?' vroeg hij, inmiddels weer tot zichzelf gekomen.

'Ik kom hier niet voor de gezelligheid,' antwoordde don Juan José op strenge, bitse toon.

Kaweka begreep niet waar het gesprek over ging, niemand van de zevenhonderd meisjes verstond het, maar ze zag dat Florencio Ribas het hoofd boog.

De markies, een van de meest vermogende mensen van het eiland, bleef hem strak aankijken. De Santadoma's bezaten verschillende suikerplantages, kopermijnen en diverse belangen in andere ondernemingen. Het voorkomen van de edelman was intimiderend en straalde macht, adel en stijl uit.

'Komt u verder, heer,' zei de slavenhandelaar terwijl hij opkeek. 'Wat het probleem ook is, ik ben ervan overtuigd dat we daar wel...'

'Nee,' onderbrak de markies Ribas, die vlak naast het paard stond, en hij keek hem opnieuw zwijgend en strak aan.

De slavenhandelaar tuitte zijn lippen en begon wild met zijn handen te wapperen, alsof hij om een verklaring wilde vragen maar dat niet durfde. Hij wachtte tot de markies iets zou zeggen.

'Je mannen hebben een slaaf van mij gestolen.' Ribas wilde reageren, maar de markies gaf hem geen kans. 'Ik heb schoon genoeg van die strooptochten van jullie.'

Ribas had zijn mannen heel heldere instructies gegeven: hij wilde geen problemen met mensen als Santadoma. Hij wist dat zijn helpers het niet zouden laten om een slaaf die van zijn plantage was gevlucht, te stelen – hij betaalde ze ervoor en haalde er flinke winsten uit, maar de markies kon hem met één enkel bevel ruïneren – hij vermoedde dat Santadoma deel uitmaakte van de kliek die zijn aankopen financierde – en het feit dat hij zelf was gekomen in plaats van zijn beheerder of opzichter te sturen, voorspelde weinig goeds.

'Nee... dat kan niet waar zijn,' probeerde hij zich te verontschuldigen.

'Het is wel degelijk waar!' antwoordde de markies streng, terwijl hij zijn paard tegen de opzichter aanvuurde.

Ribas deinsde geschrokken terug.

'Nee,' hield hij vol terwijl hij struikelde en haast voor de voeten van het dier op de grond viel. 'Kijkt u zelf maar.'

'Dat is precies waarvoor ik ben gekomen. En als ik mijn slaaf hier aantref...'

'Als u hem hier vindt,' vervolgde Ribas, die inmiddels was opgestaan en naast het paard stond, 'dan kan ik u verzekeren dat het een vergissing is.'

Don Juan José had echter al rechtsomkeert gemaakt en reed naar de slavenbarakken, dus Florencio Ribas kon niet anders dan achter hem aan hollen terwijl hij voortdurend bezorgd naar zijn mannen keek, die alleen maar deden alsof ze niet begrepen wat er aan de hand was.

'Als er toch iets is misgegaan, ben ik bereid om u daarvoor te compenseren,' herhaalde de slavenhandelaar met overslaande stem. 'Ik heb hier een stel nieuwe slavinnen, u zou er dan een kunnen uitkiezen... Kijkt u maar eens,' riep hij buiten adem.

De markies keek even naar de meisjes op de binnenplaats, die geschrokken achteruitdeinsden.

'Waar zijn de marrons?' vroeg hij.

Florencio Ribas gaf een teken aan een van zijn mannen, die vervolgens de klok luidde. Even later ging de deur van een van de barakken open en druppelden de slaven naar buiten.

'Zet ze op een rij. Hier, voor mij,' beval de markies aan Ribas.

Terwijl de opzichters de marrons op een rij zetten, stamelde hun baas allerlei excuses, met het zweet parelend op zijn voorhoofd.

'Dit móét een misverstand zijn... Waarom zou ik een slaaf van de Santadoma's stelen? Als blijkt dat een van mijn mannen dat op zijn geweten heeft, zal die dat met zijn leven bekopen. In dat geval... zal ik het goedmaken.'

De markies keurde Ribas geen blik waardig en toen de marrons in rijen waren opgesteld richtte hij zich tot de slaaf die met hem was meegekomen.

'Controleer ze, Domingo,' beval hij.

De slaaf zag hem meteen. Hij liep naar de tweede rij en wees een mulat aan. Zijn baas gebaarde dat hij hem apart moest nemen en op dat moment keek hij Ribas wél aan. Deze bleef midden in een excuus steken en staarde de markies met open mond aan.

'Ik... eh...' begon hij te hakkelen. 'Daar zijn mijn slavinnen! Kiest u degene die u het meest aanstaat.'

Zwijgend leidde de markies zijn paard tussen de meisjes door, die al struikelend over elkaar terugdeinsden. Honderden bange zwarte meisjes die probeerden aan de markies te ontsnappen. Zo niet Awala; zij bleef roerloos staan, gefascineerd door de bewegingen van de roodvos, verblind door het roodbruin dat door haar blikveld flitste. Toen de markies dichterbij kwam, werd Awala omvergelopen door een paar andere meisjes en viel ze op de grond. Kaweka schoot haar te hulp en sprong tussen het meisje en het paard in zodat ze niet onder de voet werd gelopen en bleef ten slotte alleen met Awala vlak voor de voeten van het paard achter.

Kaweka bleef vastberaden staan, waardoor de markies wel moest inhouden. Hun blikken kruisten elkaar; Kaweka wendde de hare niet af.

'Deze hier,' zei hij tegen zijn slaaf, die hem volgde. 'Leer haar eens wat manieren.'

Kaweka begreep niet wat hij zei, maar voelde wel de wrok die uit zijn woorden sprak. Ze had geen tijd om weg te komen. Domingo liep naar zijn heer, greep Kaweka bij de arm en gaf haar twee klappen in haar gezicht.

'Je mag blanken nooit aankijken!' schreeuwde hij, en schudde haar door elkaar.

Kaweka begreep het nog steeds niet. De man pakte haar bij de oksels en tilde haar op, terwijl zij tegenstribbelde.

'Ribas!' De markies brulde zo hard, dat hij op de hele binnenplaats te horen was. 'De volgende keer ben jij degene die achter het paard van een van mijn mannen gebonden wordt.'

Vervolgens keerde hij om zonder de reactie af te wachten van de slavenhandelaar, die noodgedwongen opzijsprong. Hij gaf zijn paard de sporen, waarop het onrustige, vurige dier zijn achterhand woest omhooggooide, waarbij zijn achterbenen bijna Ribas' gezicht raakten. De markies liet een nauwelijks waarneembaar glimlachje zien terwijl zijn twee gewapende metgezellen hem schaterlachend volgden. De buitgemaakte slaaf, die met een lang touw aan het zadel van een van de paarden was vastgebonden, hompelde achter hen aan. Domingo trok aan Kaweka's arm, die zich grommend als een wild dier probeerde los te worstelen en achteromkeek naar de plek waar Awala op haar knieën schreiend haar blik naar de hemel richtte.

Toen Kaweka de markies op vriendelijker toon hoorde spreken, vermoedde ze dat ze hun bestemming naderden.

'Mordaz, ouwe dibbes, kom je even kijken?' zei hij tegen een hond die hen kwam verwelkomen en om de benen van het paard heen liep.

'Braaf, braaf,' zei hij tegen een andere hond. 'Pas op, anders vertrap ik je nog.'

Deze vriendelijke woorden klonken grotesk uit de mond van de man die zijn knechten steevast op autoritaire toon commandeerde.

'Ga maar gauw terug om die zwarten te bewaken,' spoorde hij de honden op dezelfde zalvende toon aan.

Behalve het geblaf van de honden zwol ook het gezang van de slaven die aan het oogsten waren – dat Kaweka al had gehoord toen ze langs de suikervelden liepen – steeds verder aan, tot ze de stemmen kon onderscheiden. Het monotone gezang vermengde zich met zweepslagen, luide bevelen en het herhaaldelijke geklap van machetes waarmee de suikerrietstengels werden gekapt. Het was een lange reis geweest. De van de plantage van Ribas teruggehaalde slaaf was verschillende keren gevallen omdat hij het paard waaraan hij vastgebonden zat, niet kon bijhouden. Steeds wanneer hij opkrabbelde, met zijn ontblote bovenlijf steeds meer gehavend, wachtten de ruiters tot Kaweka en Domingo hen weer hadden bijgehaald, alsof ze een macaber spelletje speelden. De eerste keer dat ze dat deden keek het meisje de markies vragend aan, waarop haar bewaker haar meermalen in het gezicht sloeg.

'Kijk naar beneden!' beval Domingo terwijl hij haar sloeg. Daarna dwong hij haar te gehoorzamen en duwde haar hoofd hardhandig naar beneden. 'Blanken kijk je niet aan!'

Het meisje begreep nog steeds geen woord van wat hij tegen haar zei, maar de tweede keer dat de slaaf viel en zij de markies onwillekeurig weer aankeek en zag dat Domingo zijn arm hief, wist ze nog net op tijd haar hoofd naar de droge aarde van het pad te buigen en Domingo's klap te ontwijken.

De onderwerping aan de blanken, aan de bazen, aan de bovengeschikten, nam potsierlijke vormen aan zodra ze de rand van het suikerveld bereikten. Het zag er net zo uit als Kaweka had gezien tijdens de tocht naar de plantage van de markies: rechthoekige stukken land omzoomd door brede stroken kale grond met platanen die tot de hemel reikten en als grens met de belendende velden fungeerden. Zodra de markies op de plantage verscheen, verstomde het gezang. Ook het geschreeuw en de zweepslagen hielden op. Kaweka probeerde het tafereel in zich op te nemen. Honderden mannen en vrouwen, zwarten of mulatten (sommige met machetes in de hand tussen het suikerriet, andere liepen heen een weer tussen de rietkappers en de tweewielige ossenkarren waarop de rietstengels werden geladen), gewapende blanke mannen, honden, kinderen, oude mensen... Allen stopten met datgene waarmee ze bezig waren en ook Kaweka en Domingo bleven staan. Terwijl de slaven ter plekke neerknielden, de blik strak op de grond gericht, werd de drukkende stilte die over het terrein was gevallen, doorbroken.

'Zegen ons, heer!' riep een van hen.

'Ja!'

'Zegen ons.'

'Alstublieft, heer!'

De smeekbeden buitelden over elkaar heen. Domingo knielde neer en sjorde aan Kaweka tot zij hetzelfde deed. Vanuit haar ooghoek zag het meisje hoe de markies zijn rechterarm uitstrekte en zijn geopende hand over hun hoofden liet gaan.

'Ik zegen jullie.' Zijn stem had weer die luide, autoritaire toon. 'God zij met jullie. Moge Hij jullie vrede schenken.'

'Dank u.'

'Gezegend zij Uwe Eminentie!'

'Lang leve de markies!'

De uitingen van dankbaarheid klonken uit tientallen kelen, al merkte Kaweka op dat veel anderen zichtbaar gespannen hun mond hielden.

'Gezegend zij de markies!' riep Domingo uit volle borst. Kaweka schrok op van zijn luide stem.

De uitingen van eerbetoon bleven klinken, tot de markies er een einde aan maakte.

'Aan het werk!'

'Allemaal!' voegde de opzichter eraan toe.

'De pauze is voorbij!' schreeuwde een van de blanke mannen.

De slaven stonden op.

'Laat ze zingen, mijnheer Narváez,' zei de markies tegen de opzichter. 'Als ze zingen, kunnen ze niet nadenken, mijnheer Narváez...' bracht hij hem in herinnering, zoals altijd wanneer hij de plantage bezocht. Hou maar op met dat gepreek, mijnheer de markies, dacht de opzichter, juist toen de ander besloot: 'En als ze nadenken, werken ze niet, mijnheer Narváez. Als ze nadenken, werken ze niet!'

'Vooruit, zingen, zwartjes!' klonk het uit de mond van bewakers en slavendrijvers, van wie sommigen de zweep lieten klappen om het bevel kracht bij te zetten. De bedrijvigheid kwam weer op gang: het getik van de machetes, het heen-en-weergeloop met rietstengels, en ergens hief iemand een droefgeestig lied aan. Het was slechts één stem. Hoewel Kaweka niet begreep waar de tekst over ging, huiverde ze bij het horen van die sombere klanken. De zanger beklaagde zich over het weinige eten dat ze kregen en over het zware werk. De markies, die de plantage al in galop verliet, trok een wrevelig gezicht terwijl het gezang van honderden slaven die zich bij de solist en zijn leed aansloten, achter hem wegstierf.

Voordat het gezang opnieuw zou aanvangen, trok Domingo Kaweka mee naar een van de wagens.

'Antonia!' Hij riep een slavin die met een bos rietstengels naar de wagen liep. 'Zij verstaat geen Spaans. Ze is Lucumí, net als jij... of tenminste, dat zegt Ribas. Leg haar uit wat ze moet doen.'

De vrouw laadde de rietstengels op de wagen en liep naar Kaweka toe.

'Ben je Yoruba?' Het horen van haar moedertaal uit de mond van een oude vrouw bracht Kaweka terug naar haar geboorteland. In een flits schoot de pijnlijke herinnering aan Daye door haar heen, wier lichaam aan de haaien was gevoerd. En ze dacht terug aan haar moeder, die haar broertje nog had kunnen beschermen, aan haar familie, het spelen, het plezier... Antonia gaf haar een por. 'Hier kunnen we geen tijd verdoen,' zei ze streng. 'Ben je Yoruba?'

'Ja,' wist Kaweka ternauwernood uit te brengen. Ze was uitgeput van de tocht.

‘Nog een,’ mopperde Antonia. ‘Op dit eiland worden Yoruba’s “Lucumí’s” genoemd, onthoud dat goed.’ Kaweka knikte. ‘Je moet daarheen, waar ze het riet kappen, en in de rij wachten tot je aan de beurt bent om stengels te pakken. Die moet je dan hierheen brengen. De stengeltoppen moeten naar een andere wagen.’ Antonia begon haar ronde langs de suikerrietkappers, die een eindje verderop aan het werk waren. ‘Als je een fout maakt, of achterop raakt, krijg je straf. Aan het eind van de dag moet iedereen, behalve degenen die zwanger zijn, een flinke bos naar de suikerfabriek brengen.’

De vrouw stopte met praten en begon mee te zingen met de liederen die op de plantage klonken.

‘Zing ook mee,’ beval ze toen ze in een van de rijen gingen staan.

‘Ik kan niet…’ begon Kaweka zich te excuseren.

‘Zing gewoon mee!’ drong Antonia aan.

Het meisje aarzelde nog even, maar begon de monotone melodie uiteindelijk mee te neuriën. Iemand zong voor, en dan volgden de anderen. Ze zag dat de suikerrietkappers zowel mannen als vrouwen waren, en allemaal hadden ze een machete waarmee ze het riet vlak boven de grond schuin afkapten. Dat deden ze met één harde, trefzekere klap. Kaweka bleef een beetje achteraan staan om ernaar te kijken. Het werk, dat in groepjes van drie werd gedaan, was saai, eentonig.

‘Kom op, zingen!’ zei de oude slavin weer.

Dat was ze vergeten.

Een rietkapper, een sterke zwarte man met een ontbloot bovenlijf dat glansde van het zweet, pakte de stengel en hield hem horizontaal, zodat de anderen de top eraf konden snijden en de stengel van het blad konden ontdoen. Kaweka zag hoe ze de lange stengels in tweeën of drieën sneden en de ene kant op wierpen, en de toppen naar de andere kant. De groepjes rietkappers werkten vanaf de buitenrand van het suikerrietveld naar het midden; met elke klap van de machete werd het veld kleiner. Volgeladen wagens maakten plaats voor lege. Om geen karrensporen achter te laten en de akker niet te beschadigen, volgde elke wagen een andere route naar de rand van het veld, waarna ze achter elkaar naar de suikerfabriek reden. Gebrekkige ouderen en kleine kinderen van zo’n vijf tot acht jaar scharrelden rond tussen het suikerrietveld en de wagens en verzamelden alles wat van de wagens viel.

'Vooruit!' zei de man achter haar in de rij, in het Spaans, en gaf haar een duwtje.

Antonia stond niet meer voor haar.

Kaweka liep naar de berg suikerrietstengels en nadat ze de kunst van anderen had afgekeken, pakte ze er een stel op, legde ze over haar schouder en wilde teruglopen naar de lege wagen die aan de rand van het veld stond. Ze lette niet goed op en Antonia had haar ook niet gewaarschuwd, en toen ze even een stapje opzij deed uit de rij sjouwende slaven, trapte ze op de punt van een zojuist afgesneden stengel die iets boven de grond uitstak. De punt sneed als een pas geslepen mes door haar rechtervoet en ze gilde het uit van de pijn. Ze viel op de grond en de suikerrietstengels vlogen alle kanten op. Een bewaker kwam op haar af en sloeg met zijn zweep vlak naast haar terwijl ze naar haar voet greep.

'Sta op!'

Kaweka kon niet overeind komen. Ze bloedde hevig. De pijn was van haar gezicht af te lezen en ze hield haar kiezen op elkaar om niet te huilen.

Het gezang hield niet op. De andere slaven liepen haar met hun suikerrietstengels voorbij zonder naar haar om te kijken.

Nog een zweepslag.

'Wat is hier aan de hand?' vroeg de opzichter.

'Die daar...' antwoordde de bewaker misprijzend, met zijn zweep naar Kaweka wijzend.

'Hé, dat is de nieuwe.' Narváez herkende haar en schudde zijn hoofd toen hij de bebloede handen van het meisje opmerkte. 'De markies heeft haar hoogstpersoonlijk uitgekozen. Verdomme, straks is ze op haar eerste dag al onbruikbaar, en dan krijgen we de baas over ons heen. Laat haar naar de ziekenboeg brengen.'

Onderweg naar de ziekenboeg werd Kaweka door Antonia ondersteund. Bij elke stap ging er een pijnscheut door haar heen. Ze werden ingehaald door de wagens, maar van Narváez mocht ze ondanks de weinige kilo's die ze woog niet op een daarvan meerijden.

Het meisje had geen oog voor de luister van La Merced, de plantage van markies de Santadoma in de Magdalena-vallei in het district Matanzas, een vruchtbaar gebied met talrijke suikerplantages dat zich uitstrekte tot aan de kust. Ze bloedde nog steeds; ze had pijn, voelde zich slap en was verward. Ze werd meteen naar de ziekenboeg gebracht, die zich achter in een van de barakken bevond. Er waren gescheiden mannen- en vrouwenruimtes en beide lagen vol zieken en gewonden. Ook waren er een operatiezaal en een ruimte waar mensen met besmettelijke ziekten lagen. Kaweka werd opgevangen door een heelmeester, zo iemand die minimaal vijf jaar praktijkervaring had als assistent van een echte geneesheer. Deze heette Cirilo en was blank, van middelbare leeftijd; hij had geen opleiding genoten en kon zelfs niet lezen en schrijven, maar dat was niet belangrijk voor iemand die slaven moest behandelen. Ze werd naar de operatiezaal gebracht, waar Cirilo, met Antonia als tolk, haar wond schoonmaakte met een valkruidoplossing en er vervolgens een kompres van hars, terpentijn en laurierolie op legde om hem te dichten.

Zwijgend onderging Kaweka de pijnlijke behandeling. Te midden van het gekreun en gehuil dat de ziekenboeg vulde, staarde ze naar de houten balken aan het plafond. Ze is sterk, bedacht de heelmeester terwijl hij met de wond bezig was.

Sinds de markies haar bij de factorij van Ribas had aangewezen, had ze geen tijd gehad om na te denken; het was allemaal zo onbegrijpelijk, zo nieuw, zo overdonderend, zo wreed... De gebeurtenissen volgden elkaar in een duizelingwekkend tempo op. Ondanks de stekende pijn die het onhandige, slordige gepruts van de heelmeester veroorzaakte, vond ze daar, in de ziekenboeg, de rust die haar kinderziel nodig had. Misschien blijft het niet altijd zo, hield ze zichzelf voor. Net als haar lotgenoten had ze gedurende de overtocht gevoeld dat ze het contact met haar afkomst aan het verliezen was, en na Dayes dood was ze het definitief kwijtgeraakt. Met elke schommeling van de klipper had ze zich verder verwijderd gevoeld van haar mensen. En na het verblijf op de plantage van Ribas leek ze nu op haar bestemming te zijn aangekomen. Onwillekeurig richtte ze haar blik op Antonia, die daar nog steeds stond. Ze hoopte iets van genegenheid te krijgen van die oude vrouw die beweerde uit hetzelfde land te komen als zij. Al was het maar een glimlach, of wat liefdevolle ondersteuning, een tedere liefkozing. Ze zou al blij zijn als ze een paar bemoedigende woorden in haar oor gefluisterd kreeg, maar Antonia was vooral in de weer met ampullen en medicijnen. Toen de heelmeester, misschien uit ergernis over de kracht van dit zojuist uit Afrika aangevoerde kind, hard op de wond drukte, gilde Kaweka het uit van de pijn en probeerde ze Antonia's aandacht te trekken.

'Ik heb geen bed meer vrij in de vrouwenzaal,' zei Cirilo toen hij haar been had verbonden. 'Ze zijn allemaal bezet, met twee of zelfs drie zieken. De oogst eist zijn tol dit jaar,' meende hij daaraan toe te moeten voegen. Antonia haalde haar schouders op. 'Ze is jong, en hiervoor heeft ze geen bed nodig,' vervolgde hij. Laat haar nog een paar dagen in de kinderbewaarplaats blijven, dan kan ze mama Ambrosia helpen.'

Antonia legde het besluit van de heelmeester kort uit aan Kaweka terwijl ze de ziekenboeg verlieten en een aangrenzende zaal in liepen, waar ongeveer twintig kinderen zaten. Sommige waren pas geboren en lagen op wat stro op een houten verhoging die over de hele lengte van de ruimte liep. De rest, kinderen tot hooguit vijf jaar, de leeftijd waarop ze verplicht werden om te werken, kroop of rende naakt rond op een omheind plaatsje buiten de zaal. Bij hen bevonden zich enkele moeders die nog in de kraamperiode zaten.

'Mij helpen?' mopperde mama Ambrosia terwijl ze Kaweka van top tot teen opnam. 'Die nieuwelingen kunnen niets, en bovendien, ze is gewond. Dat is alleen maar meer werk voor mij!'

Antonia haalde opnieuw haar schouders op.

'Mag ik een beetje rijst?' waagde ze te vragen, en ze maakte een hoofdbeweging naar de kast waarin voedsel voor de moeders en kinderen werd bewaard.

De kindermeid, een oude vrouw die, te oordelen naar de uitgezakte huidplooien, ooit een weelderig lichaam moest hebben gehad, dacht even na over Antonia's verzoek.

'Een kom rijst als je de voeten van de kinderen controleert.' De ander knikte. 'Waar komt die bozal vandaan?' vroeg ze toen Antonia al naar de binnenplaats liep.

'Ze is Lucumí,' antwoordde deze zonder om te kijken.

'Dat dacht ik wel,' mompelde mama Ambrosia, die nu voor het eerst haar weinige tanden bloot lachte. 'Mij hebben ze ook daarvandaan geroofd,' zei ze in Yoruba-taal tegen Kaweka, 'en haar ook,' vervolgde ze, en wees naar Antonia, die al een meisje had opgepakt en haar voeten inspecteerde op die hinderlijke insecten die onder je huid gingen zitten en daar eitjes legden en gangetjes groeven.

Kaweka merkte dat haar aanwezigheid herinneringen opriep bij de vrouw. Heel even begonnen haar ogen te fonkelen, maar meteen daarna bewoog ze haar hoofd heftig heen en weer om de gelukkige herinneringen waarvoor geen plaats leek te zijn op de plantage van zich af te schudden en terug te keren naar de werkelijkheid.

'Onmenselijk,' mompelde mama Ambrosia. 'Kom maar, meisje,' zei ze vervolgens tegen Kaweka, en gaf haar een zacht duwtje tegen haar schouder. 'Ga maar bij de kinderen zitten en rust uit. Ik zal je zo iets te eten geven.'

Kaweka was nog dankbaarder voor dat warme contact dan voor het koekje dat ze van de vrouw kreeg. Ze nam er meteen een hapje van en genoot van de zoete smaak terwijl ze naar de kinderen keek en het gehuil aanhoorde dat voortdurend klonk in de ruimte. Niemand bekommerde zich om hen.

'Al deze kindjes,' verklaarde mama Ambrosia vervolgens terwijl ze naar de kinderen wees, 'wachten tot hun moeder terugkomt van het land om ze te voeden. De vrouwen zullen zo wel komen. De oudere kinderen, die waarvan Antonia de voeten aan het schoonmaken is...'

De kindermeid maakte haar zin niet af. Kaweka keek naar een zuigeling die apart van de anderen lusteloos op het stro lag en een krachteloos huiltje liet horen. Mama Ambrosia klakte met haar tong en knielde naast haar neer.

'Dit is Jacinto,' zei ze, 'het zoontje van María de la Luz. Hij heeft tetanus. De "zevendaagse ziekte", noemen de Spanjaarden het. Hij gaat het niet overleven. We kunnen alleen maar wachten... Aan deze ziekte gaan veel kinderen dood. Als ze de eerste zeven dagen doorkomen, redden ze het wel, maar zo niet...'

Kaweka reageerde niet op wat mama Ambrosia vertelde. Ze wist niet of het de zevendaagse ziekte was waarover die het had, maar ze had vroeger ook al zulke baby's gezien. Zodra ze ziek werden, brachten ze hen naar de hut waar ze woonden. Daar behandelden ze de kinderen met planten en kruiden, wiegden ze het met toestemming van de moeder en riepen ze de goden aan in de hoop op genezing. 'Olodumare beslist over leven en dood,' zei haar grootvader altijd. 'En als de kinderen het niet redden, wat gebeurt er dan?' vroeg Kaweka dan. 'Degenen die sterven verlaten ons en zweven als geesten tussen twee werelden, en we moeten ze eren alsof het goden zijn, zodat ze ons helpen en niet boos worden.'

Met de herinnering aan haar vaderland nog vers in het geheugen kroop het meisje naar de plek waar Jacinto lag. De navel van het jongetje was onbedekt, in tegenstelling tot die van de andere baby's die naast hun moeder lagen, en was ontstoken. Kaweka raakte de wond voorzichtig met een vinger aan. Hij was gezwollen en zat vol pus.

'Hier gaan er veel aan dood, ja,' hoorde ze de kindermeid achter zich zeggen. 'We behandelen ze met spinnenwebben en binden de navelstreng af met een...' De vrouw kon niet op het Yoruba-woord voor 'pit' komen. '... nou ja, met zo'n draad die in een kaars zit. Maar er zijn er veel die dat niet verdragen,' zei ze peinzend.

Zonder te vragen of het mocht, pakte Kaweka het kind op, trok het hemdje omhoog, drukte zijn buik tegen de hare, net zoals haar moeder vaak deed, en begon zachtjes te neuriën terwijl ze hem wiegde. Ze had de rituelen die haar moeder en haar grootvader uitvoerden nog nooit zelf toegepast, maar het liedje kwam haar heel helder voor de geest, alsof ze bij haar familie in Afrika was. Ze neuriede het liedje en bewoog langzaam naar voor en naar achter.

'Hij drinkt al een paar dagen niet meer, liefje,' zei de kindermeid, terwijl ze naast haar knielde en haar haar streelde. 'Hij heeft stijve kaken. Kijk maar, hij kan zijn mond niet eens opendoen. Het is nu een kwestie van afwachten...'

Maar Kaweka bleef het kindje al neuriënd wiegen, doof voor de woorden van de vrouw. Ze was niet echt daar; ze was heel ver weg, in haar land, met haar moeder en haar grootvader... en met Daye. Mama Ambrosia keek stomverbaasd toe. Ze lijkt wel... Nee, dat kan niet, dacht ze, haar eigen gedachten wegwuivend. Daar is ze te jong voor. Ze stond op, liet het meisje alleen en ging verder met haar werk. Het was tijd om de kinderen eten te geven. Ze stuitte op Antonia, die de voeten van de kinderen had ontdaan van parasieten en had schoongemaakt met terpentijn, en haar beloning wilde incasseren. Mama Ambrosia merkte dat de vrouw aarzelde om naar Kaweka te kijken, die alleen in een hoekje zat en in een haast onheilspellend ritme het kind zat te wiegen, als in een soort trance... De kindermeid stuurde de vrouw snel weg met haar rijst en ging door met haar werk, terwijl ze Kaweka vanuit een ooghoek in de gaten hield. Ze waste de kinderen, maakte het eten klaar, gaf ze te eten en te drinken. De moeders kwamen eerder terug van het land dan de andere slaven en de baby's kregen de borst. Toen María de la Luz haar zoontje in Kaweka's armen zag, keek ze de kindermeid vragend aan.

'Laat haar maar even,' zei mama Ambrosia. Ze doet niemand kwaad. Ze heeft een zware dag gehad. Ze is net aangekomen en is verdrietig en in de war.'

Tegen het einde van de avond werd het onrustig; om middernacht vond de wissel tussen dag- en nachtdienst plaats. De plantage werd verlicht door toortsen en vuren. De rietstengels moesten onmiddellijk worden geperst omdat anders de voedingsstoffen verloren gingen en de suiker van mindere kwaliteit was. De klokken werden geluid als teken dat de slaven naar een bepaalde plek moesten gaan: naar de suikermolen, naar het ketelhuis of naar raffinaderij. Suikerrietstengels, hout voor het vuur, bagasse, suikersap... alles werd van de ene naar de andere kant gesjouwd. Het was afmattend werk. Verplicht zingen, bevelen opvolgen, zweepslagen. Het werk hield nooit op, zelfs in het holst van de nacht was er geen ontkomen aan voor die ongelukkige mannen en vrouwen.

In de kinderbewaarplaats sliepen de moeders en kinderen door het lawaai heen; de moeders lagen samen met hun kinderen op de houten verhoging om te voorkomen dat de kleintjes eraf zouden rollen. Alleen mama Ambrosia en Kaweka bleven wakker; Ambrosia hield alles in de gaten en Kaweka zat nog steeds met Jacinto in haar armen; ze wiegde hem steeds langzamer, steeds minder krachtig. Midden in de nacht, toen mama Ambrosia dacht dat het meisje zou bezwijken, zag ze haar echter hevig trillen. In het geflakker van de toortsen waren stuiptrekkingen te zien die elkaar steeds sneller opvolgden. De kindermeid huiverde. Het leek of Kaweka stikte, tot ze haar hoofd ineens naar achteren gooide en er uit haar keel een gekerm opsteeg dat zich vermengde met de bedrijvigheid buiten. Mama Ambrosia sloeg een kruis en Kaweka drukte het kindje stevig tegen zich aan. Mama Ambrosia maakte opnieuw een kruisteken. Kaweka tilde het kind hoog in de lucht en offerde het aan de duisternis. Toen zeeg ze ineen.

Toen de klokken het Ave Maria luidden om het begin van het werk op het land aan te kondigen, stond Kaweka op en liet het kind aan mama Ambrosia zien. De kindermeid wist al dat ze allebei nog leefden; nadat het meisje was ingestort was ze meteen gaan kijken wat er aan de hand was.

'Alsjeblieft, hier is je zoon,' zei ze tegen de moeder toen die verbaasd op haar af was komen lopen.

De infectie van de navelstreng was nog niet over, maar het kindje opende zijn mond. De stijfheid was uit zijn kaken verdwenen. Hij kon weer drinken, en dat wilde hij ook, hij huilde. De moeder en de kindermeid keken elkaar stomverbaasd aan. Tot dan toe had geen enkel kind die ziekte overleefd!

'Wat?' riep María de la Luz vol ongeloof uit.

Kaweka glimlachte onbevangen naar haar. Mama Ambrosia schudde haar hoofd en trok een gelaten grimas. De moeder, een zwarte vrouw van ongeveer twintig jaar, sprak Spaans, waardoor Kaweka alleen haar emoties kon waarnemen.

'Hoe haal je het in je hoofd om hem te genezen!' zei ze op verwijtende toon. 'Jacinto ging sterven, snap je? Dan zou hij vrij zijn, en niet uitgebuit worden,' brieste ze, terwijl ze het meisje met haar vrije hand een duw tegen haar borst gaf. 'Wie denk je wel dat je bent!' Ze gaf haar opnieuw een duw.

Kaweka deinsde achteruit en zette grote ogen op, niet begrijpend waar die woede-uitbarsting vandaan kwam. María de la Luz wilde haar een derde duw geven, maar de kindermeid kwam tussenbeide.

'Hij zou een geest zijn geworden, vrij van zweepslagen en vrij van de blanken,' ging de moeder vertwijfeld verder, met gebroken stem, terwijl ze haar baby omhooghield alsof het een voorwerp was. 'Hij had beter dood kunnen gaan dan hier nog één dag te leven... Mijn kindje verdiende het te sterven!'

2

Madrid, mei 2017
161 jaar later

Om tien minuten voor acht 's ochtends ging de achtentwintigjarige Lita het hoofdkantoor binnen van de Banca Santadoma, in de wijk Salamanca, de deftigste, duurste en voornaamste buurt van Madrid.

'Goedendag, mevrouw Blasco,' groette een van de bewakers.

Lita was er niet zo zeker van dat dit een goede dag zou worden. Hoe zonnig het buiten ook was, zodra María Regla Blasco, die als klein meisje Reglita werd genoemd, en later door het leven ging als Lita, de tourniquet passeerde die toegang tot de kantoren bood, verschenen er nogal eens donkere wolken boven haar hoofd. Hoewel ze al een tijd bij de bank werkte, werd ze soms nog steeds met enige verbazing nagekeken, of dat nu was uit afkeer of gewoon uit nieuwsgierigheid. Lita vroeg zich vaak af of de afwijzing die ze soms ervoer met de kleur van haar huid te maken had. 'Choco', zo werd ze al haar hele leven nageroepen, of 'bruine', of 'koffie met melk', of... 'Vrouw van kleur, eikel!' riep ze soms terug, alsof de trots op haar afkomst haar op zulke momenten de moed gaf om voor zichzelf op te komen.

Maar wanneer ze net even te lang werd aangekeken door een collega begon ze te twijfelen. Misschien was het niet echt racisme... Of toch wel, maar dat maakte haar uiteindelijk niet veel uit. Het punt was dat er, wanneer er werd gespeculeerd over de reden dat ze bij de bank was aangenomen, geen misverstanden waren. Haar moeder, Concepción, had de Santadoma's gediend vanaf het moment dat ze met een schone droogdoek in de hand op haar benen kon staan. Evenals haar grootmoeder, haar overgrootmoeder en zijzelf bij gelegenheid ook. Ze herinnerde zich wel een aantal galadiners die in het huis hadden plaatsgevonden. Een dienstmeid nam de jassen van de gasten aan terwijl de Santadoma van dienst hen welkom heette en zij, Lita, in haar uniform van de nonnenschool de binnendruppelende dames een attentie gaf: soms een enkele bloem, andere keren een doosje met daarin een hangertje of een zakdoekje. Nadat zij hun cadeautje hadden uitgepakt en de gastvrouw omstandig hadden bedankt, begonnen sommige dames Lita uitbundig op te hemelen. 'Wat een schattig meisje!' was wat ze dan het meest te horen kreeg. Toen ze het stadium van schattig meisje was ontgroeid en alleen naar buiten mocht, werd ze het boodschappenmeisje van het huis: je moet dit gaan halen, dat kopen... Ze werd door het hele huispersoneel ingeschakeld.

'We hebben de familie van de markies altijd gediend,' bracht Concepción haar dochter bij tijd en wijle in herinnering, waarop die dan knikte en haar ongenoegen probeerde te verbergen om haar moeder niet te ontrieven.

Tijdens een van die gesprekken suggereerde Lita, die inmiddels volwassen was maar nog steeds een klein kamertje zonder ramen met haar moeder deelde in het huis van de markies: 'Dan hebben zij een van onze voorouders vast tot hun slaaf gemaakt.'

'Bij elke zwarte Cubaan vloeit wel slavenbloed door de aderen,' antwoordde haar moeder, zonder veel belang te hechten aan de kwestie.

Soms drongen sombere gedachten over de slavernij zich op in Lita's overpeinzingen. Ze had erover gelezen en was geschokt door de wreedheid waarmee die mensen werden behandeld, en tegelijkertijd stelde ze zich voor hoe haar voorouders, met wie ze zich steeds meer verwant voelde, geleefd moesten hebben. In beide gevallen bekroop haar een gevoel dat het midden hield tussen angst, verontrusting en minderwaardigheid. Maar hoe dan ook, zij was Spaanse, Europese, opgegroeid in een welvaartsstaat, met de westerse cultuur van overvloed, waardoor de slavernij ver van haar af stond. Althans, met dat idee probeerde ze de onverklaarbare wroeging te verdrijven die haar overviel wanneer ze die pijnlijke gedachten van zich afzette, alsof ze daarmee de geschiedenis, de herinnering, verloochende.

Maar de positie van haar moeder, het minderwaardigheidsgevoel en de schaamte daarover die ze niet kon verkroppen, wakkerden haar strijdlust aan. Inderdaad, ja, de dochter van de bediende van de

Santadoma's, schreeuwde ze in gedachten naar een denkbeeldige hork, met dezelfde felheid als waarmee ze op de stompzinnige opmerkingen over haar huidskleur reageerde. Maar als ze dacht aan de manier waarop de bankmedewerkers, die over lijken gingen om hogerop te komen, over haar moeder spraken, kromp haar maag ineen. Om te ontsnappen aan die beledigende scheve gezichten, die valse glimlachjes waarmee ze haar begroetten, had ze zich eens op het toilet opgesloten. Uit pure woede had ze tegen de deur gebonkt en een paar tranen gelaten. Toen ze wat tot bedaren was gekomen, had ze zich ondankbaar gevoeld, en geprobeerd in het reine te komen met de vrouw aan wie ze alles te danken had wat ze had bereikt, maar voor wie ze niet openlijk durfde op te komen door de neerbuigende vooroordelen waarin zij zich niet herkende maar waartegen ze ook geen verweer had.

Want het was een feit dat haar moeder haar twee jaar geleden die baan had bezorgd, nadat al haar pogingen om op eigen kracht iets te bereiken na haar studie economie en een master internationale handel op niets waren uitgelopen. Ze sprak vloeiend Engels en kon zich ook aardig redden in het Duits, maar al die kennis was volkomen nutteloos wanneer ze heel Madrid op de fiets doorkruiste als pizzabezorger, biertjes tapte in de kroeg, vakken vulde in de supermarkt of werd uitgebuit op een kantoor van bedenkelijk allooi waar de medemenselijkheid ver te zoeken was en haar enige loon bestond uit werkervaring. Lita had de pech dat het een moeilijke tijd was en de werkloosheid onder jongeren torenhoog was; dat had een vernietigende uitwerking op het zelfvertrouwen en gevoel van eigenwaarde van jongeren die de arbeidsmarkt wilden betreden of zich daar staande probeerden te houden, al was het maar met tijdelijke baantjes.

Op een gegeven moment was ze in een depressie geraakt. Ze was lusteloos, lachte nooit meer, at niet en verwaarloosde zichzelf. Haar huisgenootjes sloegen alarm bij haar moeder, die zich meteen meldde bij de gedeelde etage in de buurt La Latina om het ontredderde en huilerige meisje mee te nemen, terug naar het piepkleine kamertje zonder ramen dat haar door de Santanoma's was toebedeeld.

In de loop van de daaropvolgende dagen knapte ze langzaam wat op. Ze scharrelde rond in de dienstvertrekken van het huis zonder bang hoeven te zijn dat doña Pilar de Santadoma ineens zou verschijnen, althans, niet zonder dat die dat van tevoren aankondigde, alsof ze op visite kwam in een huis dat niet het hare was. Wie zich die ruimten wél hadden toegeëigend, waren de twee verwende, onuitstaanbare yorkshireterriërs die hun behoefte deden in een met zaagsel gevulde bak die in de keuken stond. 'Doña Pilar zegt dat ze buiten vies worden en van alles mee naar binnen nemen,' had haar moeder gezegd. Lita had nog vergeefse pogingen gedaan een soort vriendschap met de dieren te sluiten, maar het enige wat ze terugkreeg waren een paar venijnige beten, waardoor haar handen vol schrammen zaten.

'Typisch Santadoma-honden!' foeterde ze terwijl haar moeder haar schrammen met waterstofperoxide schoonmaakte.

Vanaf dat moment stampte Lita hard op de grond zodra ze de keffers zag. De honden begonnen dan van een afstand te grommen en te blaffen.

'Na het ontbijt mogen we bij mevrouw komen,' had Concepción op een ochtend aangekondigd. 'Ze is van goede wil, lieverd,' zei ze vergoelijkend toen Lita een zuur gezicht trok als reactie op de uitnodiging van doña Pilar.

Geen enkele Santadoma had ooit uit goede wil gehandeld, had ze willen antwoorden. Lita had steeds afwijzend gereageerd op de toespelingen van haar moeder. 'Ik wil niet voor de markies werken,' zei ze dan. 'Ik zie dat niet zitten, mam.' 'Ze hebben onze familie altijd uitgebuit.' Lita wilde niet zo'n leven als haar moeder, die nog altijd werd uitgeknepen door de Santadoma's. Of ze nu als dienstmeisje voor hen zou werken of niet, ze zou die mensen niet in haar buurt kunnen verdragen. Om haar moeder niet te kwetsen liet ze niet merken hoe bezorgd ze was wanneer er een feest werd gegeven in het huis van de markies, en Concepción tot diep in de nacht liep schoon te maken en op te ruimen tot het hele huis weer blinkend schoon was en pas tegen de ochtend ging slapen. Soms sliep ze zelfs helemaal niet! Concepción had geen vaste werktijden. De rest van het personeel was niet intern, dus zij was de enige die in het huis sliep. Hoe dan ook, ze deed haar best om Lita geen schuldgevoel te bezorgen omdat het haar niet was gelukt werk te vinden en ze daardoor de wanhoop nabij was, en het kostte haar weinig moeite om haar over te halen. Met haar tederheid, haar oprechtheid en haar menselijkheid was ze in staat elk verzet te breken. Dus had Lita toegegeven, en maakte ze zichzelf wijs dat ze later altijd nog nee kon zeggen.

Deze keer had haar dochters verrassende zwijgen Concepción hoopvol gestemd.

'Mevrouw heeft vast goed nieuws,' had ze aangedrongen, merkbaar ongeduldig. 'We moeten gaan, voordat de pastoor komt.'

Ik wil niet... had Lita willen protesteren, maar in plaats daarvan gaf ze zich over.

'Mevrouw...'

Concepción schraapte haar keel, waardoor de oude markiezin uit haar overpeinzingen werd gehaald. Ze staarde door het raam dat uitkeek op de straat. Ze had zojuist ontbeten en zat met gestrekte hals en opgeheven kin aan een ronde tafel die was gedekt met een linnen tafelkleed, porseleinen servies en zilveren bestek. Zoals altijd zat de vrouw er, ondanks het vroege tijdstip, onberispelijk bij: keurig gekleed, opgemaakt, geparfumeerd en het haar perfect in model, maar zonder vertoon. Klaar om bezoek te ontvangen, niet alleen de pastoor die elke dag langskwam om haar de communie te geven, maar nu ook de dienstmeid.

'Dit is mijn dochter,' zei Concepción, en gaf Lita een zacht duwtje in de rug zodat ze een stap naar voren zou doen.

Net zoals ze deed toen ze nog klein was.

Lita gehoorzaamde en merkte dat ze uit beleefdheid onbewust haar handen voor haar buik gevouwen had, ook zoals ze als kind had gedaan. Ze liet ze weer los en kreeg een ongemakkelijk gevoel, alsof ze een regel overtrad.

Doña Pilar merkte die kleine daad van rebellie wel op, maar haar aandacht ging vooral uit naar de twee yorkshireterriërs die hysterisch begonnen te keffen zodra Lita hun territorium betrad, al lieten ze haar enkels dit keer met rust.

'Ik had je toch gezegd dat het haar niet zou lukken, Concepción,' zei doña Pilar, die het aanstellerig lieve toontje waarop ze tegen haar haar honden praatte, had omgebogen naar een strenge, autoritaire toon. De dienstmeid boog haar hoofd en de vrouw richtte zich tot Lita: 'Je bent niet in staat gebleken om op eigen kracht verder te komen in het leven, María Regla.' Nooit noemde ze haar bij haar koosnaam, en Lita vroeg zich af wat ze nog meer moest studeren om aan de eisen van de oude markiezin te voldoen. 'Wel,' vervolgde deze, 'je moeder heeft me verteld dat je bij de bank wilt werken.'

Pas na een paar seconden, waarin Lita probeerde zich niet op te winden over de toon waarop doña Pilar tegen haar sprak, kwam het antwoord.

'Ja... mevrouw,' zei ze ten slotte, al kookte ze inwendig van woede. Wilde ze die baan echt? Had ze hem echt nodig? De herinnering aan de penetrante geur van de maaltijden die ze met een geleende fiets in half Madrid had bezorgd, een waardeloos baantje waaruit ze werd ontslagen nadat ze een bestelling zelf had opgegeten, bracht haar weer met beide benen op de grond. Die dag had ze honger, iets wat ze niet eerder had meegemaakt. Ze was op een hoek gestopt, keek naar de bezorgbox, haalde hem van de fiets, ging op de grond tegen een muur zitten, en deed zich tegoed aan een paar maki's en nigiri's, althans, dat was wat er op de bon stond. Daardoor kon ze de bestelling niet afleveren, maar ook niet terugbetalen. Haar baas had haar hevig met zijn armen zwaaiend uitgescholden, op het beledigende af: 'Vuile kutnegerin!' Ja, ik wil die baan, beantwoordde ze haar eigen vraag in gedachten; ze moest werk doen waarvoor ze zo hard had gestudeerd. Ze wilde alleen maar een kans krijgen! Ze vouwde haar handen heel strak achter zich en spande haar spieren aan tot het pijn deed, om zo de woede via haar rug van zich af te laten glijden in plaats van tegen de vrouw uit te varen.

'We waren bijzonder teleurgesteld toen je op hoge poten dit huis verliet, zonder ook maar fatsoenlijk afscheid te nemen, zonder dankbaarheid te tonen voor alles wat deze familie voor je heeft gedaan, alsof we maar... een stel vreemden waren aan wie je niets verschuldigd was.' De vrouw liet haar woorden wegsterven voordat ze vervolgde: 'Mijn moeder, de markiezin, God hebbe haar ziel, was er stellig van overtuigd dat van alle menselijke gebreken hoogmoed wel een van de ernstigste is, en dat wie ondankbaar is geen nieuwe kans verdient om ons zo te schofferen.'

Lita had het gevoel dat haar schouders haast uit de kom raakten door de kracht waarmee ze haar armspieren aantrok. Ja, ze was inderdaad met slaande deuren vertrokken, schreeuwend tegen haar moeder, verblind door jeugdige rebelsheid, en nu bekroop haar de neiging die vrouw in het gezicht te spugen en zo een eind te maken aan die vernederende vertoning.

Concepción moest het hebben aangevoeld, want ze keek doña Claudia aan en nam het voor haar dochter op. 'Ze was nog jong, mevrouw.'

De vrouw negeerde haar opmerking.

'Je verdient het niet, María Regla. Eigenlijk zouden we je helemaal niet moeten helpen. Maar omdat je familie al die jaren in dit huis heeft gediend en ons altijd bejegend heeft met een loyaliteit en een dankbaarheid die jij zo nodig moest bezoedelen, heb ik besloten af te wijken van de beslissing die mijn vader ongetwijfeld zou hebben genomen. Wij vrouwen zijn ook veel te teerhartig,' zei ze met een zucht die op Lita overkwam als een van de meest cynische reacties waarvan ze ooit getuige was geweest. 'Meld je morgen bij de bank.' Doña Pilar richtte haar waterige ogen strak op het meisje en wachtte op antwoord.

Concepción was haar dochter voor: 'Dank u, mevrouw, dank u wel.'

'Dank u wel...' zei Lita ten slotte, terwijl ze haar nagels in haar handpalmen drukte.

'Ik hoop dat je laat zien dat je het waard bent om voor de Santadoma's te werken, zoals je voorouders het waard waren, je vader, zoals je moeder nu nog is, en je grootmoeder dat was, en al die anderen die je zijn voorgegaan,' vervolgde de vrouw terwijl ze met een servet haar lippen aantipte en daarmee het gesprek beëindigde.

Moeder en dochter waren zwijgend teruggekeerd naar het kamertje zonder ramen. Concepción liep de hele weg met een stralende glimlach op haar gezicht, terwijl in Lita's hoofd de boze gedachten over elkaar heen buitelden op de maat van het gekef van de yorkshireterriërs die ze achter zich had gelaten. Dat ze het waard moest zijn? De enige voor wie ze het waard moest zijn, was haar moeder, maar gedroeg ze zich eigenlijk wel als een goede, waardige, liefdevolle dochter, of gebruikte ze haar moeder om te bereiken wat ze zelf niet voor elkaar had gekregen? Het kwam haar wel goed uit om mee te liften op haar moeders daadkracht, om in te gaan op het voorstel en haar afkeer van de Santadoma's te verbergen, gehoorzaamheid te veinzen die in feite door eigenbelang was ingegeven. Ze had die baan immers nodig, maar kon hem niet op eigen kracht krijgen. En ze wílde hem! Ja, ze wilde die baan, en nu ze dat toegaf tegenover zichzelf voelde ze zich een vreselijke huichelaarster.

'Mam...' begon ze schuldbewust.

'Hou je mond, alsjeblieft,' onderbrak Concepción haar, en gaf een duw tegen de draaideur naar de dienstruimten. 'Dankzij hen heb jij kunnen studeren, zij hebben dat goedgevonden, ze hebben ons kost en inwoning geboden, en mij een inkomen, ze hebben zelfs je schoolgeld voor de middelbare school betaald. Vergeet dat niet. Je bent de eerste van de familie die geen bediende van de Santadoma's wordt. Je gaat bij een bank werken! Benut die kans, werk hard en, zoals doña Pilar zegt, wees dankbaar. Jij denkt er misschien anders over, maar de Santadoma's hebben ons altijd goed behandeld,' zei ze streng.

Dat dak boven haar hoofd, de kleding, het eten en het loon, dat had Concepción allemaal verdiend door zich uit de naad te werken, had Lita willen zeggen. En de nonnenschool voor rijke meisjes waar de Santadoma's haar bij wijze van liefdadigheid naartoe hadden gestuurd, had haar slechts teleurstelling en frustratie opgeleverd. Ze paste beter op een openbare school; daar gingen zwarte meisjes als zij naartoe, kinderen uit dezelfde sociale klasse die zelfs beter hun best deden en harder werkten die kuise, conservatieve nonnen van hun bevoorrechte leerlingen eisten. Uiteindelijk had ze haar moeder gevraagd of ze naar een andere school mocht, maar Concepción weigerde dat, uit angst dat de Santadoma's dat als een belediging zouden opvatten.

Lita beet op haar lip bij die nare herinneringen die haar er op een dag toe hadden gebracht vloekend en tierend de deur achter zich dicht te slaan. Ze had zich al talloze keren verontschuldigd tegenover Concepción, maar die bleef in de goedheid van de Santadoma's geloven. Ze haalde diep adem en gaf haar moeder een innige omhelzing.

'Je hebt gelijk,' fluisterde ze haar in het oor. 'Dank je wel, mama.'

En nu, twee jaar later, ontweek Lita, net zoals elke dag sinds die ochtend bij de oude markiezin, de blikken van haar collega's en ging ze achter haar bureau bij de Banca Santadoma zitten, klaar om te laten zien wat ze waard was, zonder kruiwagens en dwars tegen alle vooroordelen in.

3

Cuba, april 1862
Plantage La Merced

Het was de zesde oogst die Kaweka op de plantage La Merced meemaakte. Ze was bijna zeventien jaar, hoewel ze volgens haar identiteitsbewijs drieëntwintig was, de leeftijd van een slavin die was gestorven en onder wier identiteit, inclusief de naam, María Regla, en zelfs de lichtere huidskleur, ze werd geregistreerd. 'Gelukkig had ze geen kinderen,' had mama Ambrosia lachend gezegd, 'want anders had je die er ook nog bij gekregen.' Met die list kon de markies een slaaf legaliseren die naar het eiland was gesmokkeld; door het stipendium van don Julián, de priester die enkele dagen per jaar op de plantage kwam om de mis op de dragen, met een paar peso's te verhogen, was deze bereid gevonden om tijdens de kerstdagen voor de tweede keer een slavin genaamd María Regla te dopen.

'Ik veroordeel zijn administratieve trucjes niet,' zei de pastoor tegen Narváez, de opzichter van La Merced, 'maar God is niet zo naïef en lichtzinnig als de Spaanse autoriteiten, en Hij weet maar al te goed dat deze nieuwe María Regla niet over de benodigde papieren beschikt om tot het Koninkrijk der Hemelen te worden toegelaten.'

In de loop der jaren waren de grote suikerboeren erin geslaagd de bemoeienis van de kerk met hun zaken terug te dringen en zo een groot deel van hun verplichtingen, zoals de wekelijkse missen, de onthouding, het vasten en de tienden, te omzeilen. De suikerplantages waren commerciële ondernemingen; tijdrovende plichtplegingen en de inmenging van pastoors konden ze missen als kiespijn. Niettemin was de evangelisatie van de slaven, het redden van hun ziel en hun verlossing als mensen – zij het dat ze alsnog werden gezien als wilden en minderwaardig aan de blanken – een van de pijlers waarop de rechtvaardiging van de slavenhandel berustte en een manier om hun geweten te sussen en hun imago te redden. Daarom hadden de suikerbaronnen besloten de zondagsviering op geheel eigen wijze in te vullen: nadat de opzichter in de hoedanigheid van kapelaan een mysterie en enkele Bijbelpassages had voorgelezen, en hun had geleerd een kruis te slaan en te bidden, werd een deel van de slaven die dag vrijgesteld van het werken op de plantage. Die tijd werd gedeeltelijk besteed aan het onderhoud van de installaties, die tijdens de oogst flink te lijden hadden. In werkelijkheid ging de spiritualiteit van de plantagehouders niet verder dan een gedwongen werkonderbreking van technische aard die slechts diende om machines schoon te maken en te voorkomen dat de suiker fermenteerde en onbruikbaar zou worden.

Op La Merced werd om de zondag feestgevierd. Dat was het besluit van de markies: eens in de veertien dagen een rustdag. Die dagen mochten bovendien niet samenvallen met die van naburige plantages; zo werd voorkomen dat de slaven elkaar konden ontmoeten en opstanden konden voorbereiden. Die aprildag in 1862 liepen Kaweka en mama Ambrosia na de dienst van Narváez naar de kroeg bij de uitgang van de plantage. Daar troffen ze andere slaven, Chinese dagloners die in een soort semislavernij tewerk werden gesteld, en bezoldigde vrijgelatenen, die allen afhankelijk waren van markies de Santadoma. Ook waren er vrije mannen uit de omliggende dorpen, maar niemand van de andere plantages in de omtrek. De kroeg was eigenlijk meer een winkel: een eenvoudig houten gebouwtje van één verdieping met een dak van palmbladeren, waar zowel rum en brandewijn als schoenen te koop waren. De slaven van de plantages droegen geen schoenen. Die zaten niet bij hun uitrusting, en daarom hadden sommigen er alles voor over om een paar van die schoenen te bemachtigen zodat ze er op de feestdagen mee konden pronken.

Kaweka bewoog zich soepeltjes tussen de mensen door in de volle kroeg. Mama Ambrosia baande zich daarentegen al duwend een weg door de menigte, doof voor het gemopper dat ze daarmee ontketende. De meeste mensen hadden echter wel respect voor de oude kindermeid. Binnen was het een drukte van belang. Er werd gedronken, geschreeuwd, en vooral gegokt, met kaartspelen of een ander spel waarbij ze peso's of muntjes van de markies inzetten: fiches waarmee hij ze betaalde, maar die nergens anders geldig waren, zodat ze die alleen in zijn kroeg konden uitgeven en er 's avonds niet tussenuit knepen om ze elders te besteden. Dit was staande praktijk bij de grote plantages.

Veel slaven hielden van gokken en verloren het geld dat ze verdienden met hun *conucos*, kleine stukjes land die de markies hun had afgestaan waarop ze gewassen teelden of varkens of kippen hielden. Die lapjes grond, die heel strategisch rond de plantages lagen, zorgden er ook voor dat hun eigenaren de plantage niet in brand staken, omdat ze dan ook zichzelf zouden benadelen.

Kaweka en mama Ambrosia waren op zoek naar Gabino, een markskramer, een vrije zwarte, die over de wegen trok met een muildier dat zo zwaar bepakt was dat het door zijn hoeven dreigde te zakken. Op zijn rug droeg het dier een enorm houten frame met talloze vakjes waarin allerhande producten zaten: kleding, potten en pannen, voedingswaren, alles luidkeels aangeprezen door de marskramer terwijl die langs dorpen en plantages trok.

De vrouwen konden de man niet vinden tussen de menigte die zich die ochtend in de winkel had verzameld, maar ze wisten dat hij ergens in de buurt was. Wanneer Gabino La Merced aandeed om zijn waar te verkopen, zocht hij hen vaak op; als hij dat niet deed, liepen ze naar de weg en als ze zijn muildier aan een paal gebonden zagen staan, gingen ze naar de kroeg om te vragen of iemand hem gezien had. Kaweka en mama Ambrosia bleven naar hem zoeken, tot de kring mensen om een paar lange tafels die iemand tegen elkaar begon te schuiven zich opende. Daar stond hij, te midden van een grote groep mensen die naar elkaar riepen op wie ze hun fiches wilden inzetten en naar elkaar wezen, elkaar uitdaagden en de inzet al dan niet accepteerden. Op de rand van de tafels werden grote, harde, zoute koeken gelegd, en bij elk ervan stelde zich een zwarte slaaf op. Toen de overige aanwezigen merkten dat het spel ging beginnen, voegden ze zich bij de kring om de tafels en begonnen ze te joelen. Het was niet voor het eerst dat Kaweka en de kindermeid getuige waren zo'n wedstrijd en ze glimlachten toen hun blikken elkaar kruisten.

De mannen die tegenover de tafels stonden, lieten hun broek zakken; sommige trokken ook hun hemd uit en waren naakt. De kroegbaas stak zijn arm omhoog en de deelnemers pakten hun geslacht, bij de wortel, zo dicht mogelijk bij de testikels. Even verstomde het geschreeuw; iedereen wachtte gespannen af tot de scheidsrechter zijn arm liet zakken en de slaven met hun penis op de koeken begonnen te slaan, alsof het een hamer was. Het gejoel nam weer toe. Degene die de koek, die wel van ijzer leek, als eerste kapotsloeg, was de winnaar.

'Het is feest vandaag,' zei mama Ambrosia in Kaweka's oor, en ze gooide haar handen in de lucht. 'Laten we het ervan nemen!'

Ze stortten zich in het feestgedruis terwijl ze de mannen vol vuur aanmoedigden en gespannen toekeken hoe er steeds brokjes van de koeken af werden geslagen, tot er een doormidden brak. De winnaar was een magere man met een lange penis, die hij triomfantelijk voor zijn publiek rondslingerde. De twee vrouwen applaudisseerden en juichten voor de winnaar. Vervolgens kleedden de spelers zich weer aan en terwijl de fiches van hand tot hand gingen en anderen zich tegoed deden aan de koek, liepen Kaweka en mama Ambrosia naar de marskramer.

Gedrieën zonderden ze zich af in een hoek van de kroeg, waar Gabino in zijn knapzak rommelde en er een paar halskettinkjes uit haalde, die hij aan de vrouwen liet zien.

'Over vijf nachten,' zei hij intussen.

Ze bekeken de prullerige kettingen.

'Wat hebben ze nodig?' vroeg Kaweka terwijl ze een gouden kettinkje omhooghield alsof ze wilde weten wat het kostte.

'Wapens, buskruit, vlees, zout...' somde de man op.

Kaweka schudde demonstratief haar hoofd, alsof ze het kettinkje niet wilde.

'Juist. Willen ze de markies ook niet?' spotte ze in plaats daarvan.

'Dus je koopt 't?' vroeg Gabino met luidere stem.

Het vergulde filigraanhangertje vormde een blinkend contrast met de zwarte hand van het meisje. Ze hield het voor haar borst.

'Het is prachtig,' moedigde de koopman aan.

Het was inderdaad prachtig. Ze had nog nooit zo'n mooi sieraad gehad. Een steen of een schelp aan een koord, dat was het enige waarmee ze kon pronken tijdens de feesten op de plantage.

'Ik zal een mooi prijsje voor je maken,' drong Gabino aan.

'Hoeveel?' vroeg het meisje brutaal.

Mama Ambrosia glimlachte.

'Vier fiches.'

Die had ze wel. Ze keek opnieuw naar het kettinkje, het goud; in gedachten liep ze er al mee rond en trok ze de aandacht van een jongen en misschien ook van sommige vriendinnen die haar inmiddels met argwaan bekeken.

'Koop het!' spoorde de kindermeid, die wel aanvoelde wat ze dacht, haar aan. 'Ik heb nog wel fiches voor je als je niet genoeg hebt.'

Kaweka hield het hangertje nog iets verder omhoog. Ze vond het mooi, ze wilde het hebben...

'Nee,' zei ze uiteindelijk, en gaf het kettinkje terug aan Gabino, die het zichtbaar geïrriteerd aanpakte.

'Maar kindje toch!' riep mama Ambrosia. 'Je ziet eruit als een prinses...'

'Drie fiches,' zei de verkoper, die haar ook probeerde over te halen.

'Nee, nee, ik doe het niet,' zei het meisje, enigszins van haar stuk gebracht. 'Over vijf nachten,' veranderde ze snel van onderwerp. 'Afgesproken, we zullen er zijn.'

'Regla...' drong de kindermeid aan terwijl ze het kettinkje van Gabino aanpakte.

Kaweka draaide zich om. Haar enige bezit bestond sinds tijden slechts uit een hemd, een wollen muts, een halsdoek, een baaien overjas en een deken. Voor de fiches die ze verdiende kon ze veel betere bestemmingen bedenken dan een halsketting om mee te pronken maar waar ze verder niets aan had. Zij was niet als de meeste andere vrouwen op de plantage, die zich op de feestzondagen in de beek baadden, zich mooi aankleedden en zich opmaakten om plezier te maken met de mannen. Dat vermaak begon al bij het water, wanneer de mannen kwamen kijken hoe ze zich wasten en het later uitdraaide op vrijpartijen in het water. Daarna begon het dansen op trommelmuziek, waarmee de slaven teruggevoerd werden naar hun vaderland, naar hun gebruiken en naar hun goden. De plantagehouders en priesters waren ervan op de hoogte, maar stonden het toch toe.

Kaweka en mama Ambrosia keerden terug naar de plantage. Het feest was in de barak al begonnen en breidde zich nu uit naar de binnenplaats. Er klonk trommelmuziek, begeleid door claves en *maracas*. Ondanks de vermoeidheid zongen en dansten de mensen, om plezier te maken, maar ook om de goden te eren. Later in de ochtend raakten sommigen in een trance en veranderden ze in een soort medium dat het aardse met het goddelijke verbond. Een van de vele goden zou vervolgens bezit nemen van sommige slaven. Kaweka had het al vaak gezien: hun lichaam begon te schokken, hun stem veranderde, ze waarschuwden de anderen voor onheil, voorspelden en constateerden ziektes en boden er tegelijk remedies voor. De geest die zich in de uitverkorenen nestelde, behield zijn eigen persoonlijkheid. Als een orishakrijger bezit nam van een vrouw trok zij haar rok omhoog, alsof ze hem wilde uittrekken omdat een strijder zich niet zo zou kleden. Soms leidde het tot komische taferelen, waarbij een bezetene bijvoorbeeld honden begon te bijten, of kakkerlakken at...

De Afrikaanse goden die waakten over de zwarte slaven smolten samen met een heilige die hun door de blanken werd opgedrongen. Op die manier werd in een en hetzelfde wezen zowel een christelijke als een Yoruba-heilige vereerd en konden hun heren en priesters niet voorkomen dat ze de orisha's in ere hielden. De slavenhouders probeerden hen steevast tot het katholieke geloof te bekeren, maar de zwarte mensen weigerden hun eigen geloof op te geven. Zo viel de Maagd van Regla, naar wie Kaweka was genoemd, samen met Yemayá, de godin van het water. Kaweka had zich echter al jaren niet op die feesten laten zien.

'Jouw krachten zijn gewoon te overweldigend,' had mama Ambrosia haar gezegd nadat ze tijdens een feestdag een traumatische ervaring had gehad en, tot ergernis van de opzichter, een paar dagen het bed had moeten houden.

Zo was het. Kaweka hoefde de goden niet te zoeken in de bezetenheid van trommelmuziek en rituele zang en dans; zij was een van de uitverkorenen wier lichamen spontaan door de heilige werden overgenomen. Daarom hielden zij zich liever niet op in de buurt van de barakken waar de orisha's werden aangeroepen, die vervolgens verschenen en tussen de gelovigen zweefden, hen gadesloegen en beoordeelden, om vervolgens bezit van hun lichamen te nemen.

Sinds ze op de plantage was aangekomen, had Kaweka blijk gegeven van een bijzonder contact met de goden. De genezing van baby Jacinto was het eerste bewijs daarvan geweest. Later hadden zich verschillende andere situaties voorgedaan waarin het meisje begon te trillen bij de goddelijke verschijning, maar pas toen ze veertien jaar oud was had een orisha besloten zijn karakteristieke grillige aard te tonen en bezit van haar te nemen terwijl ze met een bos suikerrietstengels op haar schouder naar een wagen liep. Nog voor ze de ossenwagen had bereikt, smeet ze de stengels op de grond, ging ze voor een van de bewakers staan en begon hem met groteske gebaren belachelijk te maken: ze brieste, brulde en klakte met haar tong.

Even liet de man haar verwonderd begaan, tot hij haar een klap gaf en zij op de grond viel. 'Malloot!' schreeuwde hij, en schopte haar in haar buik. Daarna begon hij haar af te ranselen. Vanaf de grond bleef de heilige de bewaker beschimpen, tot hij besloot het meisje haar eigen persoonlijkheid terug te geven.

Toen Kaweka weer bij bewustzijn was gekomen, voelde ze een harde zweepslag tegen haar benen. Ze kromp ineen. Intussen werkten de anderen door; ze sneden het riet, laadden het op de karren en... zongen.

'Sta op, stomme negerin!' had de bewaker geschreeuwd terwijl hij haar bleef geselen. 'Sta op!'

Hij ging door met schelden en slaan tot de klok luidde en ze terug moesten naar de suikerfabriek. De zon ging onder en de hemel kleurde rood. Narváez was door een bestuurder van een ossenkar al van het voorval op de hoogte gebracht. Mama Ambrosia ook. De mannen en vrouwen die naar de binnenplaats kwamen, werden in een kring opgesteld. Toen Kaweka zich bij de anderen wilde voegen kreeg ze een duw.

'Stommeling! Denk je soms dat je hier ongestraft mee wegkomt?' brulde een van de bewakers.

Ze werd naar het midden van de kring gebracht, waar de opzichter haar opwachtte.

'Kleed haar uit,' droeg hij een slavin op.

De vrouw gaf een ruk aan Kaweka's oude, versleten hemd, dat langs haar lichaam op de grond gleed. De tranen rolden het meisje over de wangen en ze bleef als verlamd staan, bevend als een rietje, met kippenvel over haar hele lichaam.

Mama Ambrosia schrok van de vele wellustige blikken die rustten op een lichaam dat het stadium van onschuld aan het ontgroeien was: een platte venusheuvel, met hier en daar wat beginnend, zwart kroezend schaamhaar, kleine, welgevormde borsten, ontluikende rondingen van de heupen. Even leek het of de aandacht voor de op handen zijnde bestraffing van Kaweka verslapte en ze slechts een object was dat werd blootgesteld aan wellustige fantasieën. De kindermeid besefte dat dit niet zou eindigen met de pijn van de zweepslagen, maar dat het ook een keerpunt was in het leven van een meisje dat, net zoals al die andere onschuldige jonge meisjes, in staat was geweest vrolijk te blijven in tijden van rampspoed, tikkertje te spelen op de plek waar even daarvoor een zwarte man uitgeput en in wanhoop was neergevallen, en zich in haar kinderlijke onbevangenheid af te sluiten voor vernedering, onrecht en bitterheid. Mama Ambrosia had de zorg voor Kaweka op zich genomen en had zich over haar ontfermd alsof ze haar eigen dochter was.

Bij het vallen van die avond was het schild dat de jonge slavin beschermde gebarsten, werd ze bij opbod verkocht en werd haar zedigheid te grabbel gegooid voor naar een pleziertje snakkende slaven. Zo ervoer de kindermeid het, en toen hun blikken elkaar kruisten, met hun ogen vol tranen, besefte Kaweka dat ook.

'Op de grond met haar,' beval Narváez, waarmee hij mama Ambrosia verhinderde haar aangenomen dochter te troosten. Vier slaven legden Kaweka op een oude ladder die op de grond gelegd was en bonden haar handen en voeten aan de hoeken vast. 'Vijftien,' zei de opzichter verveeld tegen een van de bewakers.

Dat waren tien zweepslagen minder dan het wettelijk voorgeschreven maximum.

Kaweka kon een kreet van pijn niet onderdrukken toen de uit ineengevlochten repen zeekoeienhuid bestaande zweep haar huid openreet. Ze probeerde zich los te rukken en begon te kreunen, omringd door de zwarte voeten van de slaven. Bij de volgende zweepslagen krijste ze als een mager speenvarken, tot het haar na zo'n tien klappen, die steeds diepere wonden sloegen, duidelijk werd waarom de orisha bezit van haar had genomen en ze op het suikerrietveld als een dolle tekeer was gegaan: de orisha had haar de ogen geopend, haar strijdlust aangewakkerd, waardoor de haat die ze voelde jegens de blanken die haar tot slaaf hadden gemaakt en haar mishandelden tot uitbarsting was gekomen. Het gekerm hield op en mama Ambrosia en de andere omstanders keken toe hoe ze de strijd opgaf, haar rug ontspande en de zweepslagen lijdzaam incasseerde.

Narváez zag het ook en werd nijdig; hij voelde zich aangetast in zijn autoriteit. Hij trok een boos gezicht en met een ongeduldig gebaar beval hij de bewaker een tandje bij te zetten.

Terwijl de beul Kaweka steeds verwoeder afranselde, raakte ook zij steeds meer buiten zinnen; de pijn, het verdriet, de voortdurende heimwee naar haar land en haar dierbaren, maar vooral de deemoed waarmee de anderen alles over zich heen lieten komen, maakten haar razend. Van verzet was nauwelijks sprake. Er werd wel gesproken over opstand en brandstichting en er gingen verhalen rond die hier en daar flink aangedikt werden, maar in die zes jaar dat ze gevangenzat op de plantage had ze het nooit tot daden zien komen. Sommigen waren gevlucht of pleegden zelfmoord, er werden abortussen gepleegd om te voorkomen dat er kinderen in slavernij geboren zouden worden en af en toe werden onbelangrijke installaties gesaboteerd, maar de grootste daad van verzet was wel de manier waarop het werk werd gedaan: tergend langzaam en onverschillig. Daarmee haalden ze niet alleen het bloed onder de nagels van de bewakers vandaan zodat die zich genoodzaakt zagen de zweep te gebruiken, maar was ook de inzet van nieuwe machines, waarvoor de nodige concentratie was vereist, een heilloze exercitie. Voor al die uitgebuite mannen en vrouwen die nog slechter werden behandeld dan dieren werd die apathische werkhouding, die niet alleen voortkwam uit tegenzin maar ook uit vermoeidheid, een manier om hun lot te dragen.

Door de marteling die Kaweka moest ondergaan nadat de orisha zich via haar had laten horen, bij elke zweepslag die haar lichaam deed schokken en waardoor ze zich bewust werd van de willoosheid van haar lotgenoten, werd het haar duidelijk dat ze de weg moest volgen die de goden haar wezen: vechten tegen de blanken en tegen de slavernij. De strijd voor de vrijheid.

Ze probeerde de halsband los te rukken en keek naar de slaven die in een kring om haar heen stonden en gedwongen werden om toe te kijken hoe ze werd gestraft. Onder hen was Jacinto, het kindje dat door haar toedoen was veroordeeld tot een slavenbestaan, en zijn sterk vermagerde moeder, María de la Luz, met een ander kind op de arm.

Een aantal meisjes van Kaweka's leeftijd probeerden hun tranen te verbergen en niet naar de opengereten rug van hun vriendin te kijken. Sommige mannen stonden er met strakgespannen gezicht bij en andere beefden; misschien dachten ze aan hun eigen pijn. Weer anderen schudden hun hoofd of spreidden hun armen alsof ze om vergeving vroegen. Toch viel er geen onvertogen woord. Kaweka probeerde te glimlachen en ze aan te moedigen haar te volgen in haar strijd, maar ze kon het niet. Ze kwam niet verder dan een groteske grimas toen de zweep door de lucht zwiepte en haar opnieuw verwondde.

Kaweka had de twijfelachtige eer om als eerste van haar leeftijdgenoten de zweep te krijgen. Cirilo verzorgde haar wonden, onder streng toezicht van mama Ambrosia, die bij de opzichter had bedongen dat haar protegee werd vrijgesteld van de oogst. De kindermeid kon namelijk wel enig gewicht in de schaal leggen bij Narváez, die volgens de nieuwe regels salarisverhoging kreeg voor ieder kind dat werd geboren, in leven bleef en later ging werken op de plantage, en daarvoor had hij haar medewerking nodig.

Gedurende enkele dagen bleef Kaweka in de kinderbewaarplaats om te herstellen. Het lukte haar alleen maar om de brandende pijn van de zalf te vergeten die op de open wonden op haar rug werd gesmeerd wanneer haar vriendinnen bij haar op bezoek kwamen. Die glipten dan met de kinderen mee wanneer die in de rij gingen staan voor het eten, of kwamen even langs wanneer ze een momentje tijd hadden tussen de verschillende werkzaamheden door.

'Heb je veel pijn?'

Ze bekeken haar rug en staken hun afschuw niet onder stoelen of banken. Ze kenden de nasleep van dergelijke straffen, misschien zelfs van familieleden en andere dierbaren, maar nu ze het zagen bij iemand van hun eigen leeftijd greep het hen nog meer aan. Ze probeerden haar te troosten, maar wilden ook weten wat er precies was gebeurd.

'Waarom heb je Narváez ook uitgedaagd?'

'Mijn moeder zegt dat ik me stil moet houden als ik gestraft word.'

'Ja, want dan zijn ze minder gemeen.'

'We moeten in verzet komen,' wierp Kaweka tegen, alsof ze zich door haar verwondingen een zekere autoriteit kon aanmeten.

Ze herhaalde slechts wat ze meende dat haar door de goden was ingegeven terwijl ze op de ladder lag en – zeker voor een meisje – ongemeen wreed werd gegeseld, maar haar vriendinnen begrepen haar niet.

'Wij?'

'Waartegen kunnen we ons dan verzetten?'

'Hoe dan?'

'We zijn maar meisjes... slavinnen, en zwart.'

'De mannen doen ook niets.'

'Oké, sommige vluchten naar de bergen.'

'Dan zouden ze ons nog harder straffen.'

'Dan krijgen we met de zweep, net zoals jij.'

Kaweka wist daar niets tegen in te brengen. Ze twijfelde zelf ook. De goden namen weliswaar bezit van haar, en via haar stem en haar lichaam beledigden ze de blanken, maar zij was degene die gestraft werd, pijn moest lijden, en met een rug vol striemen achterbleef, en dat, zoals haar vriendinnen beweerden, alleen maar om de opzichter te beledigen en boos te maken. Wat stelde zulk verzet eigenlijk voor?

'Je moet ze niet zo ophitsen,' zei mama Ambrosia die avond, toen ze samen op de verhoging lagen, met op de achtergrond de kalme ademhaling van de kinderen en hun moeders en de bedrijvigheid op de plantage.

'Ik weet niet, mama Ambrosia,' erkende ze na een korte stilte. 'Ik denk dat je gelijk hebt, want ik begrijp het zelf ook niet. Toen ik met de zweep kreeg, dacht ik dat de goden me aanmoedigden om te vechten, maar nu... Nu lijkt het allemaal ver weg en weet ik niet meer of het echt zo was of dat het alleen maar in mijn hoofd gebeurde, alsof het een droom was. Of dat het door de pijn kwam, of... Ik weet het gewoon niet meer. Ik probeer het terug te halen maar het is allemaal zo verwarrend. Het enige wat telkens weer naar boven komt, zijn de zweepslagen, dat fluitende geluid, de klappen op mijn rug, de pijn... Wat heeft het voor zin om te vechten? Mijn vriendinnen hebben gelijk: ik heb er helemaal niets mee bereikt.'

De kindermeid werd overrompeld door wat het meisje zei, door de twijfel en angst die uit haar woorden spraken, en door haar eigen onwetendheid. Ze strekte haar arm uit en streelde haar over de wang.

'De goden zullen je de weg wijzen,' antwoordde ze slechts.

Sinds die eerste lijfstraf bleven de goden Kaweka bestoken. Orisha's die bezit van haar namen en haar wil en haar stem afnamen, flauwtes, bandeloosheid; allemaal dingen die onvoorstelbaar en ontoelaatbaar waren op een suikerplantage en waardoor Narváez en zijn mannen haar als labiel bestempelden. Zij begrepen niet dat zulk aan waanzin grenzend buitenissig gedrag zich niet alleen voordeed tijdens de rituele dansen op de vrije zondagen, wanneer de slaven zich te buiten gingen aan brandewijn, tabak en seks, onder het opzwepende tromgeroffel dat voortdurend in hun hoofden dreunde en waardoor ze in trance raakten. Maar wat er tijdens die feesten allemaal gebeurde was geen verklaring voor het feit dat een ogenschijnlijk gezond meisje dat onder de Caribische zon werkte, met de droevige, monotone gezangen van haar lotgenoten als enige begeleiding, ineens haar verstand kon verliezen.

Maar tot de opzichter dat doorkreeg, waren er talrijke pogingen gedaan haar te onderwerpen – straffen waarvan tot Kaweka's spijt sommige van haar vriendinnen ook de gevolgen ondervonden, bijvoorbeeld toen ze opkwam voor Francisca, die iets ouder was dan zijzelf, en die door een van de bewakers zonder reden op haar billen werd geslagen toen ze hem op weg naar de brakken passeerden.

'Waarom doe je dat?' schreeuwde Kaweka terwijl ze de man een woedende blik toewierp.

Francisca pakte haar bij de arm en trok haar mee.

'Nee, hou...' mompelde ze.

Het meisje werd onderbroken door een nieuwe zweepslag, deze keer op Kaweka's hoofd.

Drie dagen voetblok voor beiden. Ze werden als afschrikwekkend voorbeeld aan een voetblok geketend; beiden moesten één enkel in een gat van het houten blok steken, waardoor ze zich niet konden verplaatsen. Terwijl ze naast elkaar op de grond zaten, beiden met hun gekluisterde been gestrekt, weigerde Francisca Kaweka's redenen aan te horen.

'Je had gewoon je mond moeten houden,' zei ze op verwijtende toon. 'Bemoei je voortaan met je eigen zaken!'

Tot die tijd konden ze goed met elkaar opschieten, heel goed zelfs. Francisca was een van haar beste vriendinnen. Hun eerste kus van een jongen kregen ze toen ze samen waren, verscholen tussen het suikerriet, nerveus giechelend toen de jongens met wie ze hadden afgesproken op hen afkwamen.

Maar nadat ze hun straf hadden uitgezeten, meed Francisca haar gezelschap.

Met Faustino ging het ongeveer net zo. Kaweka had een oogje op hem en ze liepen al een aantal maanden te flirten: ze wierpen elkaar steelse glimlachjes toe, zochten elkaar op voor een praatje als ze even niets te doen hadden, tijdens de vrije dagen, en zelfs wanneer ze dat niet mochten. Wanneer ze konden, ontweken ze de anderen om alleen te zijn en dan liet ze zich door hem kussen en strelen, maar verder ging het niet: mama Ambrosia had haar op het hart gedrukt die grens niet over te gaan. Maar steeds wanneer Kaweka aan Faustino dacht, aan zijn lippen, zijn handen, werd ze nerveus en liep er een aangename rilling over haar rug; een combinatie van tegenstrijdige gevoelens die zich uitte in de vochtigheid van haar kruis.

Op een nacht, tegen het ochtendgloren, liepen Kaweka en andere meisjes met een stel ossenkarren van de droogplaats naar het ketelhuis. Daar pakte ze net als de anderen een grote mand, vulde hem met bagasse, in stukjes gehakte en in de zon gedroogde resten van de rietstengels, en sleepte hem over een talud naar beneden, waar zich de openingen van de ondergrondse ovens bevonden. Boven, in het ketelhuis, stonden grote vaten waarin het rietsap werd verhit, verdampt en gekristalliseerd.

Het was als afdalen naar de hel: het leven speelde zich boven af, maar daar heerste slechts een verzengende hitte en stookten demonen het vuur op. Een slaperige Kaweka gooide de brandstof werktuiglijk op de stapel die er al lag en sjokte weer naar boven om een nieuwe lading te halen. Ze merkte hem pas op toen ze voor de derde keer afdaalde. Hij stond bij een van de ovens en schepte de bagasse er met een gaffel in. Ineens zag ze hem: zijn lichaam glom van het zweet en het vuur verlichtte zijn machtige borstkas, waardoor Kaweka zo in vervoering raakte dat ze onwillekeurig regelrecht op hem afstevende.

'Dan hoef je het niet van die berg te halen,' zei ze terwijl ze de mand voor zijn voeten neerzette.

Faustino glimlachte.

'Kom je me straks nog meer brengen?'

Ze knikte en liet een schaapachtig glimlachje zien, en gaf vervolgens toe aan de verleiding om haar vingertoppen over de natte borst van de jongen te laten glijden. Ze had het gevoel dat ze haar vingers brandde aan het hete zweet. Ze keken elkaar vol verlangen aan en kusten elkaar.

'Wat doen jullie daar? Je moet wel op het vuur blijven letten!'

De Chinees die toezicht hield, kwam driftig gebarend op hen af. Zijn geschreeuw trok de aandacht van de bewaker die bij de ossenkar stond; de andere jonge slavinnen maakten zich met hun manden uit de voeten.

'Straks is de suiker nog verpest!' schreeuwde de bewaker. 'Wegwezen, hoer!' voegde hij eraan toe terwijl hij Kaweka een schop gaf.

Vijf dagen op water en brood in een cel, dat was de straf die Faustino kreeg omdat hij de temperatuur van de oven niet goed in de gaten had gehouden; dat werd als een groot vergrijp gezien.

Kaweka kreeg echter geen straf, alsof de opzichter inmiddels had besloten haar te negeren omdat ze toch niet van nut was. Door Narváez' minachtende houding en de argwanende blikken van sommige slaven die niet begrepen waarom zij haar straf ontliep, voelde ze zich onterecht in de steek gelaten.

De volgende keer dat ze werd bezeten door een heilige, weer toen ze rietstengels liep te sjouwen, was ze helemaal alleen toen ze weer tot zichzelf kwam. De anderen hadden haar overduidelijk de rug toegekeerd.

'Ze laten me gewoon stikken,' snikte ze.

Ze was nog maar een meisje. Met een brok in haar keel hoorde de kindermeid de verdrietige Kaweka aan en probeerde de situatie op te lossen door een goed woordje voor haar te doen. 'Dat kun je niet van ons vragen, Ambrosia,' protesteerde de oude man aan wie ze hulp had gevraagd. 'Die aangenomen dochter van je geeft alleen maar problemen.' Ze ging tegen hem in en de man liet haar geduldig uitpraten voordat hij besloot: 'Er zijn zoveel zwarten die ontvankelijker zijn voor de goden, en die gaan niet zo tekeer tegen de opzichter en werpen zich ook niet op als redder van wie dan ook.'

'De goden hebben jou uitverkoren om belangrijkere dingen te doen,' probeerde mama Ambrosia haar te troosten nadat ze met de oude slaaf had gesproken.

Kaweka begon te foeteren. Ze wilde helemaal geen uitverkorene zijn. Ze wilde gewoon op de binnenplaats kunnen eten zonder dat de anderen haar met de nek aankeken; ze zat nu altijd alleen, of een beetje verloren tussen de volwassen vrouwen. Ze wilde kunnen kletsen met de kinderen in de vrouwenslaapzaal; nu hoorde ze de vrouwen een paar bedden verderop smoezen en dan ineens in lachen uitbarsten of verbaasde kreten slaken. Ze had graag willen weten waarover ze praatten, wat ze elkaar vertelden. Ze leed onder het isolement waarin ze terechtgekomen was. Ze wilde met de andere bozales herinneringen aan haar land kunnen ophalen; ze was bang dat het beeld van haar dierbaren zou vervagen, wat soms al gebeurde. Ze wilde het verdriet over de slavernij kunnen delen en samen met de anderen huilen en verdrietige vriendinnen troosten en hun moed inspreken. Nu drukten de hele plantage, de barakken, de machines en de blanken met hun zweepslagen haar zwaar op het gemoed en werd ze 's nachts badend in het koude zweet en naar adem happend wakker.

'Wat kan mij het schelen dat de goden mij hebben uitverkoren!' gilde ze naar mama Ambrosia.

De kindermeid deed een stap achteruit en schudde haar hoofd alsof ze Kaweka's uitval zo van zich af wilde schudden. Ze moest de goden niet beledigen; die zouden misschien boos worden.

'Let even op dat jongetje,' droeg ze het meisje vervolgens op terwijl naar een peuter wees die over de verhoging kroop.

Sinds enige tijd deed Kaweka naast haar werk op de plantage namelijk ook klusjes voor Cirilo of mama Ambrosia.

Narváez had de markies op de hoogte gebracht. Kaweka verloor tijdens het werk op de plantage dan soms ineens het bewustzijn, maar het had geen zin haar nog meer te straffen; anderen zagen haar immers niet als voorbeeld; bovendien zou ze dan uiteindelijk helemaal niets meer waard zijn, terwijl ze wel heel goed werk deed met de kinderen en zieken. Kaweka kon medicijnen maken van planten en kruiden alsof ze dat haar hele leven al gedaan had, en ging goed om met de zieken, kinderen en zwangere vrouwen; op de plantage was er altijd wel behoefte aan zulke mensen, dus ze was zeker geen slechte investering geweest, had de opzichter zijn besluit verklaard. Hij had er nog aan willen toevoegen dat ze de markies per slot van rekening niets had gekost, maar had zijn woorden toch maar ingeslikt.

'Ik wist al dat niets wat van Florencio Ribas kwam goed kon zijn,' mopperde don Juan José de Santadoma, maar hij besloot toch de beslissing van zijn vertrouweling te accepteren.

Wat mama Ambrosia Kaweka niet wist te vertellen over het goddelijke plan, werd haar door de werkelijkheid te verstaan gegeven, toen de tijd alle waarschuwingen, angsten en overtuigingen had doen vervagen en zij toegaf aan haar verlangen om Faustino weer te zien. En ze vond hem, waarna ze elkaar glimlachend vergaven en alles uitpraatten. Maar iemand zag hen wegglippen en waarschuwde Faustino's vader, die zich vervolgens aandiende op de droogplaats, een stuk braakliggende grond waar grote hoeveelheden rietresten in de zon te drogen werden gelegd en waartussen ze zich gemakkelijk konden verbergen.

'Dus jij houdt wel van een beetje rollebollen, hè?' onderbrak hij het tortelende stel.

Faustino schrok en aarzelde; Kaweka hoopte dat hij zou reageren, maar dat gebeurde niet, zelfs niet toen de man haar vastgreep, haar ruw naar zich toe trok en haar woest begon te kussen.

'Faustino!' smeekte ze terwijl ze probeerde zich te ontworstelen aan de agressieve kussen van diens vader.

'Vader...!'

De zwarte man, die zo sterk was als een leeuw, sloeg het meisje hard in haar gezicht.

'Ik heb je nog zo gewaarschuwd dat je bij mijn zoon uit de buurt moest blijven,' beet hij haar toe. En terwijl hij zich tot zijn zoon richtte, voegde hij daaraan toe: 'Leer hiervan. Dit is het enige waar die griet goed voor is. Je hebt haar laatst op de binnenplaats al naakt gezien... Er zijn er vast al heel wat die allerlei wilde fantasieën over haar hebben. Ze is een geschenk van de goden!

'Faustino!' riep Kaweka weer.

Maar de jongen bleef als versteend staan; hij was doodsbang en durfde niet in te grijpen toen zijn vader haar op de grond gooide, zich op haar wierp, met de ene hand haar mond bedekte en nadat hij haar hemd omhoog had getrokken met de andere wild en gulzig in haar kruis begon te wroeten. Kaweka verzette zich; ze probeerde haar benen te sluiten, maar de man had de zijne er al tussen gewurmd; ze begon hem te slaan, maar haar vuisten, die onbeholpen op zijn schouders en rug neerkwamen, deden hem niets; ze wilde schreeuwen, maar door de hand over haar mond kon ze alleen maar een dof gemurmel produceren. Het laatste wat ze zag van Faustino was dat hij zich afwendde om niet te hoeven zien hoe ze verkracht werd, en door haar tranen heen werd hij een vage vlek die net zo pijnlijk aanvoelde als het schurende gevoel in haar onderbuik door de stoten van het stijve lid van zijn vader.

'Er was geen enkele god die me kwam redden,' jammerde ze naderhand tegen mama Ambrosia toen deze haar opving.

Bij elke keer dat de man op beestachtige wijze bij haar naar binnen drong, had Kaweka de goden aangeroepen. Gekweld en verslagen had ze haar ogen gesloten en hun om hulp gevraagd.

'Ze kwamen niet,' zei ze weer tegen de kindermeid.

'Nu is het jouw beurt, Faustino,' stamelde de man buiten adem terwijl hij zuchtend en steunend opkrabbelde.

Kaweka, die bevend en snikkend met gesloten ogen en ontbloot onderlichaam op de grond lag bij wijze van offerande, bereidde zich voor op de volgende vernedering, maar er gebeurde niets. Even later keerde ze terug in de werkelijkheid en lag ze alleen tussen de hopen fijngehakte rietstengels.

Vanaf het moment dat ze op haar veertiende op de ladder werd gebonden tot ze als zeventienjarige besloot het gouden hangertje niet te kopen, had Kaweka voldoende ervaring kunnen opdoen om met de goden in het reine te komen. Jacinto, die nu zes jaar was, belichaamde haar eigen geest: wanneer ze hem verdrietig en lijdzaam rietstengels zag sjouwen, of hem zag helpen bij het uitdelen van het eten, nam ze zichzelf kwalijk dat ze hem had genezen, al zag ze hem soms ook spelen of lachen met een ander kind, en dan wilde ze graag denken dat ze het juiste had gedaan. Net zoals het jongetje zijn uitzichtloze lotsbestemming afwisselend met berusting en zorgeloos plezier aanvaardde, werd Kaweka heen en weer geslingerd tussen de taak die de goden haar hadden toegewezen en het verdriet om het onbegrip en de afwijzing door haar eigen groep.

In de nacht waarin de termijn van vijf dagen eindigde waarover Gabino het in de kroeg van de plantage had gehad, hielden de bewakers toezicht op de nachtploeg; ze controleerden het werk en eisten een werktempo van de slaven dat in die fase van de oogst, in april, niet meer was vol te houden omdat ze volledig uitgeput waren. De bewakers schreeuwden naar hen en scholden hen uit voor luiaards, slappelingen en nietsnutten, zich niet realiserend dat die vermoeidheid zich in de slaven had geworteld en dat er een moment kwam dat geen pauze of nacht slaap dat nog kon verhelpen.

Een paar dagen eerder was Camila, een vrouw die op het stromatras naast haar sliep, in slaap gevallen terwijl ze voor een ossenkar met rietstengels liep die naar de suikerfabriek terugkeerde. De voerman, die wat verveeld zat te knikkebollen, zag haar niet vallen... of misschien wel, maar hij was te beroerd om in te houden. Ze werd onder de voet gelopen door de dieren en haar hoofd werd verbrijzeld onder een wiel. Kaweka kende haar wel, ze had een paar keer met haar gesproken. Tijdens de begrafenis, die inderhaast werd geregeld op de begraafplaats van de plantage, schonk ze geen aandacht aan de huichelachtige blijken van leedwezen die de opzichter tot de overledene richtte en liet ze een besmuikt glimlachje zien; Camila was nu tenminste vrij, dacht ze. Er waren er zoveel die dat geluk niet hadden. De ziekenboeg, waar Cirilo de scepter zwaaide, lag vol met mensen die ongelukken hadden gehad die alleen maar toe te schrijven waren aan vermoeidheid: gehavende of zelfs direct geamputeerde ledematen, brandwonden, breuken. Velen verlangden naar de dood, en Kaweka had inmiddels geleerd die wens te accepteren.

Anderen kozen daarentegen voor het leven.

Voor hen had Kaweka eveneens begrip. Doordat ze de twee gemoedstoestanden die het leven van Jacinto bepaalden van dichtbij meemaakte, kon ze beide kanten serieus nemen en hielp ze iedereen.

Zoals elke nacht tijdens de oogstperiode draaide de suikerfabriek ook in deze door Gabino aangekondigde nacht op volle toeren. De suikerfabriek was vierentwintig uur per dag in bedrijf. De rietstengels werden in de suikermolen fijngedrukt; zo werd het rietsap eruit geperst. Dat werd naar het ketelhuis gebracht waar het werd gezuiverd en verdampt in drukketels die voornamelijk door dagloners werden bediend. De stroop die daaruit kwam, werd gecentrifugeerd met de modernste technieken, die ook tot Cuba waren doorgedrongen, om de kristallisatie te bespoedigen. Eenmaal gekristalliseerd en gedroogd, werd de suiker verpakt en verhandeld.

Cuba was de voornaamste suikerproducent van de wereld, en om deze lucratieve handel voort te kunnen zetten, buitten de plantagehouders de slaven uit door ze in de oogstperiode werkdagen tot wel achttien uur te laten maken, dag in dag uit. De oogst duurde vier tot zes maanden, afhankelijk van de hoeveelheid regen die er viel.

Die nacht was Kaweka wakker gebleven. Ze lag op een van de stromatrassen die tegen de muur van de grote zaal voor alleenstaande vrouwen lagen; de andere vrouwen waren doodmoe in slaap gevallen. Ze waren zojuist teruggekeerd van het werk en binnen vier uur zou de zon opkomen en zouden de klokken geluid worden voor het Ave Maria, het moment dat het werk op het land weer begon.

Ze wachtte een paar minuten, stond op en sloop onnodig zacht de slaapzaal uit. Het was pikdonker, er was nauwelijks maanlicht en de zaal werd spaarzaam verlicht door de toortsen van buiten. Het maakte niemand bovendien iets uit wat ze deed, of ze sliep of niet, of ze naar buiten ging of niet. In de barakken waren geen bewakers. Nadat ze de vrouwen achter zich had gelaten, ging ze bij de deur van het gebouw staan waar de vrijgezelle, eveneens uitgeputte mannen sliepen. Ze hoorde hen hoesten en woelen in hun bed. De getrouwde koppels hadden recht op kamers voor gezinnen, op de eerste verdieping, en de Chinese dagloners hadden hun eigen woonruimte.

Even later verscheen Mauricio, die iets jonger was dan Kaweka, een bozal, net als zij geroofd uit Afrika.

'Kom mee,' maande ze hem, terwijl ze gebaarde dat hij haar stilletjes moest volgen.

Ze verlieten de barak, een L-vormig gebouw aan de rand van de binnenplaats die de ellende moest verbergen die zich binnen die muren afspeelde. Het gebouw was opgetrokken uit natuursteen, met een zadeldak en een majestueuze poort en twee rijen vensters met boogramen. Op de binnenplaats bevonden zich behalve de slaapzalen van de slaven en dagloners ook de ziekenboeg, de kinderbewaarplaats, de keuken, de strafcel en de vertrekken van de blanken. Rond de barakken stonden enkele huisjes die bewoond werden door de gekwalificeerde werklieden: de opzichter, de suikermeesters, degenen die de moderne machines bedienden... De verlichting van de suikerfabriek, die op volle toeren draaide, was zichtbaar op de open ruimte tussen al die gebouwen.

Met Mauricio in haar kielzog inspecteerde Kaweka het terrein. Daar waren ook geen bewakers. Terwijl ze steeds omkeek of Mauricio haar nog volgde en zo dicht mogelijk langs de gebouwen liep, haastte ze zich naar de kinderbewaarplaats. Zij was ook moe, maar de spanning hield haar wakker. Ze voelde dat de goden haar volgden en dat ze glimlachend toekeken hoe de twee over de binnenplaats holden.

In die donkere nacht bleef Kaweka ter hoogte van het hek van de kinderbewaarplaats staan om te luisteren naar de bedrijvigheid van de massa ongelukkige, willoze mannen en vrouwen die zich lusteloos over het terrein bewogen, ondanks de straffen die ze van de bewakers van markies de Santadoma kregen. De gezangen van de slaven klonken mat en monotoon; alsof ze zich met moeite voortsleepten, niet in staat om zich naar de zwarte hemel op te richten.

Ze slaakte een zucht en ging het hek door. Mama Ambrosia stond hen op te wachten. De vrouw keek de jongen aan en overhandigde hun een paar voorwerpen die ze onder de verhoging verborgen had gehouden: een paar nieuwe Amerikaanse machetes van het merk Collins; ze waren groot, stevig en toch licht. Kaweka had ze uit de ziekenboeg gestolen toen ze een stel gewonde rietkappers hadden behandeld.

De rietkappers moesten de machetes die ze gebruikten na het werk weer inleveren, waarna ze achter slot en grendel werden bewaard, maar deze twee waren halverwege de dag naar de ziekenboeg gegaan en moesten terug naar het veld zodra hun verwondingen waren verzorgd. Twee gewapende zwarte mannen werden niet gezien als een gevaar voor opstand, dus niemand maakte zich druk over de kapmessen die ze bij zich hadden… tot ze waren verdwenen. De mannen waren met lege handen bij het rietveld teruggekomen en bleven hardnekkig hun hoofd schudden, hun schouders ophalen en naar de grond staren terwijl de opzichter hun de huid vol schold. Diezelfde avond had Kaweka gezien hoe beestachtig ze werden afgeranseld. Bij elke zweepslag kromp ze ineen. Ze had het gevoel dat haar eigen littekens werden opengereten, en steeds wanneer de zweep door de lucht zwiepte was het alsof haar keel werd dichtgeknepen. Ze voelde zich schuldig dat ze de wapens had gestolen, maar het was noodzakelijk, en ze wist dat ze het weer zou doen, hoe tragisch de gevolgen van haar daden ook zouden zijn: een straf die zijzelf ook zou ondergaan. Staand op de binnenplaats had Kaweka vertwijfeld de goden, de heiligen en alle doden aangeroepen en gesmeekt haar een deel van de pijn te laten voelen die af te lezen was van de bebloede ruggen, de verkrampte spieren en de vertrokken gezichten van die twee mannen die een voor een op de oude ladder werden gebonden. En Yemayá, of misschien de Maagd van Regla, of welke andere godheid dan ook, had haar gebeden verhoord, en Kaweka moest op haar tanden bijten om haar verdriet, de pijn die ze bij elke zweepslag voelde, te verbergen.

De verwondingen van de twee mannen waren nog niet genezen, dacht Kaweka terwijl ze met haar vingertop over de snijkant van een van de gestolen machetes streek. Ja, het was zwaar geweest voor hen, maar dat was het lot dat de orisha's en hun voorouders hadden bepaald: de strijd steunen van degenen die in opstand kwamen tegen de blanke onderdrukker, zelfs als de hunnen eronder moesten lijden.

'Schiet op, liefje,' spoorde mama Ambrosia haar aan.

Een zak suiker. Een paar geweerpatronen, of ze er nu wat aan had of niet. Wat kleren. Gedroogd en gezouten vlees dat de kindermeid had gestolen tijdens een van haar vele bezoekjes aan de keuken als ze eten voor de kinderen nodig had. Een halfvolle fles brandewijn...

'Kom op, we gaan!' zei Kaweka tegen Mauricio zodra de vrouw hun de spullen had overhandigd.

Ze slopen verder, dicht langs de gevels en deze keer met bepakking. Ze liepen om de barak heen tot ze aan de achterkant kwamen, waar het open veld begon, en zochten naar de toegangsweg van de plantage, bij de kroeg. Uit de duisternis kwamen ineens drie honden tevoorschijn. Ze gromden. De geluiden van de suikerfabriek, de machines, het gezang en de kreten werden overstemd door het geblaf van de honden. Mauricio liet zijn vracht vallen en wilde teruggaan, maar Kaweka wist hem nog net bij zijn arm te grijpen. Hoewel hij van tevoren was gewaarschuwd voor de honden, schrok hij en leek hij terug te willen krabbelen.

'Ze doen je niets, hoor,' probeerde Kaweka hem gerust te stellen terwijl ze hem door elkaar schudde.

Mauricio was daar niet zo zeker van. Hij kende ze wel, net als de andere slaven: Cubaanse doggen, een kruising van bloedhonden, die een groot reukvermogen hadden, en Spaanse doggen die uit Spanje waren meegebracht. Ze waren speciaal afgericht om voortvluchtige slaven te zoeken en om de plantage te bewaken. Ze kwamen met de bewakers mee naar de suikerrietvelden om de werkers angst aan te jagen. 's Nachts werden ze losgelaten op La Merced.

Kaweka sprak de honden op besliste toon toe en het gegrom werd zachter en hield uiteindelijk op. Een van de dieren liep op het meisje af en hoopte tevergeefs op een liefkozing.

'Pak die spullen op,' maande ze Mauricio.

De jongen boog voorover en deed wat hem gevraagd werd terwijl hij de honden, die nog steeds om hen heen scharrelden, in de gaten bleef houden. Ze vervolgden hun weg naar de kroeg, die zich vaag aftekende tegen de nachtelijke hemel.

'Blijf!' commandeerde Kaweka de honden toen die achter hen aan wilden komen.

'Hoe heb je dat gedaan?' vroeg de jongen, die nog even omkeek om er zeker van te zijn dat de honden hen niet volgden.

'Ik heb niets gedaan. Het waren de goden, die beschermen ons.'

'Luisteren de honden altijd naar jou?'

'Nee, alleen als de goden het willen.'

'En als ze het niet willen?'

Kaweka zweeg.

Toen ze vlak bij de kroeg waren, kwamen enkele mannen hun tegemoet. Het waren er vier: drie jonge, zwarte mannen en een mulat van onbestemde leeftijd. Drie van hen waren in lompen gehuld en de vierde had alleen een lendendoek om. Eén jongen had een machete aan zijn riem gebonden en twee waren gewapend met stokken waaraan de ijzeren bladen van een landbouwwerktuig waren bevestigd.

'Wie is dat?' vroeg de vierde man, die een geweer bij zich droeg.

Kaweka kende hem van andere keren; hij was de aanvoerder en liet zich Malaw noemen. De andere zwarte jongen en de mulat kende ze ook, maar die met de lendendoek had ze nog nooit gezien.

'Hij heet Mauricio en hij gaat met ons mee,' antwoordde ze.

Ze sprak die woorden met trots uit. De marrons symboliseerden de strijdlust voor de vrijheid, en naar de bergen vluchten was de meest verheven beslissing die een slaaf kon nemen. Mannen die zichzelf uit de ketens bevrijdden en met gevaar voor eigen leven vluchtten. Daar had Kaweka bewondering voor. Er waren er ook die hun leven lang op de plantage bleven werken en elke fiche die ze verdienden uit de opbrengst van hun lapje grond spaarden in plaats van ze aan gokspellen, kralensnoeren en mooie kleren voor de feestdagen uit te geven in de kroeg, om hun vrijheid of die van hun kinderen te kopen; vaak was dat slechts voldoende voor de eerste betaling voor die vrijmaking, omdat de rest moest worden voldaan in termijnen door steeds een percentage van hun opbrengst af te dragen. Kaweka bekeek die twee groepen met andere ogen. Ze koesterden weliswaar allemaal een diepe haat jegens de blanken, maar terwijl sommigen zich voegden naar hun regels pleegden anderen passief verzet; de ene groep produceerde voor de bazen en de andere saboteerde de boel. Mama Ambrosia en Kaweka hielpen deze laatsten, ze waren zelfs bereid daarvoor af te zien van de kettinkjes die Gabino hun probeerde te verkopen, om te kunnen bijdragen aan voedsel voor de voortvluchtigen. Ze stalen alles wat ze maar konden stelen, ze verkochten drankjes en medicamenten en kochten spullen voor de gevluchte slaven. Daarnaast brachten ze bescheiden offers aan de goden voor een altaar dat mama Ambrosia in de kinderbewaarplaats had opgesteld: een tafel met daarop een bidprentje van de heilige Carolus Borromeo, de schutspatroon van Matanzas, wat schelpen, een paar glazen kralen en een kaarsstomp die ze aanstak wanneer ze tot de goden baden en hun vroegen de honden stil te houden en mee te werken aan deze nachtelijke exercities. Maar van alles wat ze naar de marrons brachten – de Collins-machetes die de twee mannen met de geïmproviseerde speren direct hadden ingepikt, de fles brandewijn waaruit iemand al een flinke slok had genomen, en de andere benodigdheden – was Mauricio, de jongeman die had besloten deze gevaarlijke tocht te ondernemen, voor Kaweka en de kindermeid het belangrijkst. 's Ochtends vroeg, wanneer de slaven zich op de binnenplaats moesten opstellen en zijn afwezigheid zou worden opgemerkt, zou het gerucht rondgaan en zouden velen hem benijden om zijn moed. Niettemin zouden sommigen er beslist anders over denken, die zouden de rest wijzen op de wrede straffen die de door slavenjagers aangehouden en teruggehaalde marrons te wachten stonden. Vroeg of laat zouden ze gepakt worden, klonk het dan onheilspellend.

'Lafaards!' viel Kaweka uit als reactie op die berustende houding.

'Heb een beetje begrip voor hen,' probeerde mama Ambrosia hen te verdedigen. 'Niet iedereen is in staat om de bergen in te vluchten.'

De kindermeid zou het gedaan hebben, ondanks haar gevorderde leeftijd. Steeds wanneer ze mensen hielpen ontsnappen, bespeurde Kaweka iets van jaloezie bij de vrouw, maar ze bleef op de plantage om de strijd voor vrijheid te steunen.

'Ik heb geholpen om heel wat slaven ter wereld te brengen,' voerde ze ter verdediging van haar standpunt aan. 'De goden zullen het me niet vergeven en me ervoor straffen. Mijn ziel zal als een kwade geest rondwaren. Het enige wat ik nu nog kan doen, is proberen het goed te maken, hier, op de plek waar deze kinderen geboren worden.'

En die nacht waren ze daar, met een zwarte jongeman die ze hadden overgehaald om te vluchten, de vrijheid tegemoet, ook al zou hem dat het leven kunnen kosten.

'Dan ga je tenminste niet hier dood, word je nergens toe gedwongen, word je niet vernederd en gegeseld. Kijk eens om je heen,' had Kaweka gezegd toen de jongen aarzelde.

Die twijfels overwon hij nadat de marron met het geweer hem van top tot teen had bekeken en tevreden knikte.

'Goed dat je erbij bent, jongen,' zei de man. 'Met hoe meer we zijn, hoe beter. Al zou jij ook mee moeten komen,' voegde hij eraan toe terwijl hij zich tot Kaweka richtte.

'Wie moet dan machetes voor jullie stelen?' wierp ze tegen, en wees naar een van de kapmessen, die de marron die het had bemachtigd nu in zijn hand had. 'Nee, mijn plaats is hier.'

Het gesprek viel stil, en de kreten en jammerklachten rond de suikerfabriek klonken nu des te luider. Die nacht vormde het open veld, dat zich vol beloftes voor hen uitstrekte, een pijnlijk contrast met die getuigenis van de slavernij, waardoor ze er met een bedrukt gemoed het zwijgen toe deden.

'We hebben meer eten nodig,' verbrak een van de marrons hun overpeinzingen.

'We dachten aan een varken, een van jullie eigen landje,' kwam een andere tussenbeide. 'Dat moet toch makkelijk te...'

'Nee,' onderbrak Kaweka hem.

'Hoezo, nee?' barstte Malaw uit, maar hij herpakte zich meteen. Hij wist dat ze zonder Kaweka's hulp niet eens bij de landjes zouden kunnen komen. 'Eentje maar,' probeerde hij haar over te halen. 'We hebben dat vaker gedaan. We hebben een paar zieken in onze nederzetting in de bergen. We hebben meer vlees nodig. Wat we in de bergen jagen is niet genoeg.'

Hij had gelijk. Bij eerdere gelegenheden hadden ze een paar varkens gestolen, maar de machetes die Kaweka deze keer had geregeld, hadden al straf opgeleverd voor de rietkappers van wie Kaweka ze had gestolen, en ze wilde niet nog meer mensen in de problemen brengen. Op de plantage oogstte het meisje zowel bewondering als argwaan: sommigen respecteerden haar en anderen ontweken haar, maar ze was hoe dan ook altijd eenzaam, alleen met haar verdriet. Als ze de gedachten en gevoelens toeliet die elk ander meisje had, dat ook zij behoefte had aan liefde en vriendschap maar dat ze daar door haar positie van verstoken was, kreeg ze het te kwaad. Op die momenten viel ze de goden af en huilde ze. Ze wilde hun uitverkorene niet zijn; ze wilde alleen maar bij Faustino zijn en zijn snelle ademhaling opmerken als ze elkaar even aanraakten, of de magische band met Francisca herstellen, die vrolijke vriendschap waarbij ze al naar elkaar glimlachten wanneer ze elkaar vanuit de verte zagen. Dus nee, die nacht kon ze de mannen geen varken geven, want ze was Faustino en Francisca al kwijt. Bovendien werden de geruchten steeds sterker: het excuus dat mama Ambrosia en zij levensmiddelen en kleding kochten voor de kinderen en hun moeders terwijl ze hun fiches in werkelijkheid aan de marrons besteedden, werd steeds ongeloofwaardiger. Iedereen wist dat de machetes waren verdwenen van de plek waar Kaweka die dag aan het werk was, de ziekenboeg, ook al kwamen daar tientallen slaven die ze net zo goed gestolen zouden kunnen hebben om ze te verkopen. Het lag niet voor de hand dat Mauricio's ontsnapping in verband gebracht werd met dat incident, maar ze had het gevoel dat ze beter niet nog meer mensen in de problemen kon brengen. Degene die een varken miste, zou gaan kletsen, zou zijn beklag doen bij de opzichter of misschien zelfs bij de markies, er zou gespeculeerd worden, naar schuldigen gewezen worden…

'Nee,' protesteerde ze opnieuw. 'Als jullie vlees willen, steel dan maar een os, een koe of een paard. Daar zit veel meer vlees aan dan aan een varken en dan benadeel je de heer tenminste nog.'

Een van de marrons slaakte een diepe zucht.

'Het is bloedlink om in de buurt van de veeboerderij te komen,' zei Malaw.

Daar waren wel bewakers, ten minste één, zoals bij alle grote bedrijven. Kaweka keek naar de suikerfabriek: een grote lichtvlek in de nacht die over de vlakte viel.

'Eén varken, toe,' drong de mulat aan. 'Die landjes worden niet bewaakt. De zwarten zijn aan het werk of liggen te slapen, en de blanken zal het een zorg zijn wat daar gebeurt.'

'Maar als we gesnapt worden...' hield een ander haar voor.

'Eén varken,' zei de aanvoerder op strenge toon.

Kaweka zag dat zelfs Mauricio het met hem eens was.

'Nee,' herhaalde ze desondanks. 'Maar ik heb een plan. Wacht op me bij de weg, voorbij de kroeg. Ik ben er zo. En als het te lang duurt, kunnen jullie beter gaan.'

Ze gaf hun de kans niet om weerwoord te geven. Ze floot naar de honden, die al gauw vanuit het niets op haar af kwamen lopen. De marrons grepen naar hun machetes en rudimentaire speren. Mauricio bleef roerloos staan en deed niets.

'Ze bijten jullie heus niet, hoor,' zei Kaweka.

Vervolgens vertrok ze naar La Merced, met de honden in haar kielzog. De veeboerderij lag naast de plantage; het was een uitgestrekt omheind terrein waar meer dan driehonderd ossen graasden, en er liepen ook vleeskoeien, paarden en muildieren. In deze fase van de oogst zagen de ossen er, net als de mensen, uitgeput uit. Ze werden gevoerd met rietstengeltoppen, maar dat was niet voldoende, en de slaven moesten voor ze zorgen, maar die lieten de dieren aan hun lot over.

Een bewaker zat te dommelen. Kaweka had zich verborgen tussen het struikgewas en bekeek het schouwspel. De dieren lagen te rusten of liepen te grazen en straalden een loomheid uit die in schril contrast stond met de hectiek op de plantage. Die ossen hadden een beter leven dan de slaven, die dag in dag uit afgebeuld werden ten dienste van de suikerproductie. Ossen mochten niet geslagen worden, dat was verboden, maar slaven wel; die werden opgejaagd, gegeseld en geketend, maar als iemand een os met een stok te lijf ging, kon hij op een strenge straf rekenen. Dat was een grondregel op elke suikerplantage. Niettemin hadden de suikerboeren er geen bezwaar tegen om de dieren onophoudelijk rietstengels van het land naar de suikerfabriek te laten vervoeren, en zware kisten met suiker en vaten melasse van de fabriek naar het spoor, ook al betekende dit dat de sterfte onder het vee aanzienlijk was.

Kaweka slaakte een zucht, bukte, pakte een steen, wreef hem tegen haar kruis en liet de honden eraan ruiken.

'Zoek!' riep ze, en wierp de steen zo ver als ze kon. De dieren snoven in de lucht. 'Zoek!'

Ze verdwenen jankend de nacht in; af en toe klonk er geblaf. Kaweka hoorde ze rennen en zag hoe twee andere honden die de nachtwaker vergezelden achter hen aan gingen. De man schrok wakker en toen hij het geblaf hoorde, laadde hij zijn geweer en al 'wat gebeurt daar?' en 'wie is daar?' roepend verdween ook hij in de duisternis.

Kaweka liep vastberaden naar het houten hek dat toegang gaf tot de weide. Ze hoefde het niet helemaal te openen. Ze pakte een van de vele touwen die aan de omheining hingen, sloeg het om de nek van een os die net zo groot was als zijzelf en trok eraan. De os volgde haar gedwee. De honden begonnen nerveus te blaffen en de bewaker bleef zich maar luid schreeuwend afvragen waarom ze zo tekeergingen. Kaweka liep zo onopvallend mogelijk over het veld naar de kroeg.

Tussen een paar palmbomen, een eindje van de plantage, doodden de marrons de os en hakten hem hardhandig in grove stukken. Ze gingen gehaast te werk en keken voortdurend om zich heen, terwijl Kaweka hen met een kaarsstomp bijlichtte. Ze moesten terug de bergen in. Ze namen zoveel vlees mee als ze konden dragen, maar er was nog veel aan het kadaver blijven zitten. Dankbaar namen ze afscheid.

'Let goed op de instructies die we Gabino hebben gegeven,' zei de aanvoerder van de marrons.

Kaweka knikte, en beet op haar lip toen ze vertrokken. Ze bleef nog even naar de rug van Mauricio kijken, die het leek te voelen, want hij keek om en glimlachte naar haar.

'Succes,' fluisterde ze.

Nog iemand die wist te ontsnappen aan de markies. De spanning die zich tot dat moment had opgebouwd maakte plaats voor een gevoel van opperste voldoening; ze keek naar de hemel, die nog steeds donker was. Mauricio was nu vrij, hij had het juk van de blanken afgeworpen. Dat hij vroeg of laat zou worden gepakt, deed er niet toe; vandaag, nu, was hij niemands bezit en zij had dat mogelijk gemaakt. Er liep een rilling over haar rug: een van de goden zou haar belonen.

'Sta hen bij,' smeekte ze de goden. 'Bescherm ze.'

Hoopvol waren de marrons de duisternis in gesneld en Kaweka probeerde ze tevergeefs te volgen. Ze voelde de honden, die weer teruggekomen waren, langs haar benen schuren. Een van de dieren had de steen in zijn bek. Ze joeg ze weg en dacht aan Mauricio, die had gevraagd wat ze zou doen als de goden die beesten niet zouden tegenhouden. Huilen, antwoordde ze in gedachten. Op een nacht was de goddelijke hulp uitgebleven en was er een bloedhond op haar afgekomen. De orisha's waren kennelijk met iets anders bezig, aan het feesten en dansen, of hadden gewoon geen zin om zich over haar te ontfermen. 'Als ze je altijd zouden helpen,' had mama Ambrosia de volgende dag fijntjes opgemerkt, 'zou jij net zoveel macht hebben als zij.' Dus de hond viel haar aan. Kaweka en Lucía, die bij haar was, maakten zich uit de voeten. Het dier had zijn zinnen op Lucía gezet. Terwijl ze wegholde, hoorde Kaweka nog meer honden aan komen rennen. Ze dacht dat ze achter haar aan zaten en versnelde haar pas, maar Lucía wist niet te ontkomen. Die sterke honden met hun korte poten waren afgericht om de slaven naar de keel te vliegen, en zo hun prooi gevangen te houden tot hun baas ze het bevel gaf: bijten of loslaten. Die keer hadden ze zich op Lucía gestort. Kaweka had ze horen janken in afwachting van de bewakers. Dus nee, het laatste waar ze nu zin in had, was de honden van markies de Santadoma aaien; die bloeddorstige beesten waren de schrik van de zwarten.

Ze keek om naar de suikerfabriek: gezang, lichten, werk, onmenselijkheid. Het zou nog een paar uur duren voor het licht werd en de klok werd geluid, waarna de slaven zich moesten opstellen en de opzichter controleerde of iedereen aanwezig was. Bij de gedachte aan weer een lange dag van zwaar werk werd ze overvallen door vermoeidheid. Ze kregen geen ontbijt, maar in plaats daarvan werd hun een glas brandewijn van suikerriet gegeven waarmee de blanken dachten hen te stimuleren en uit hun lethargie te halen, die in werkelijkheid voortkwam uit vermoeidheid. Ze zou nu wel trek hebben in zo'n opkikker.

4

Madrid, Spanje
Oktober 2017

Lita's aandacht dwaalde af naar het mausoleum waarvoor de intimi stonden die de markies en zijn familie hadden vergezeld vanuit de kerk van San Jerónimo el Real, waar de rouwplechtigheid had plaatsgevonden ter ere van doña Pilar de Santadoma, die een dag eerder door Concepción levenloos in bed was aangetroffen. Het was een hoekig, symmetrisch, sober en klassiek gebouw met een portiek met zuilen en een timpaan waarin de naam en het wapenschild van de eigenaren waren gehouwen. In tegenstelling tot de naastgelegen graven met hun pompeuze beeldengroepen van engelen, maagden en heiligen, bestond de enige versiering die de oude markies had toegestaan uit een fries met uitgesneden motieven die verband hielden met het leven op een suikerrietplantage, een kopie van die van het oude mausoleum dat de familie bezat op de begraafplaats van Havana. Het geheel was afgemaakt met een kruis en een traliehek.

Concepción, die volgens haar dochter te aangedaan was door de dood van de oude vrouw, had rode ogen van het huilen en had erop gestaan mee te gaan in de rouwstoet naar de begraafplaats van San Isidro.

Dat hadden ze gedaan in een oude taxi die zich op schaamteloze wijze bij de stoet Mercedessen, Lexussen, Tesla's en de majesteitelijke marineblauwe Bentley van de markies had gevoegd. Bij het mausoleum aangekomen hielden moeder en dochter een beetje afstand van de familie en vrienden van de Santadoma's.

Lita merkte dat er naar hen werd gekeken en speculeerde over het waarom van die blikken: nieuwsgierigheid, medeleven, minachting? In ieder geval onnozelheid, besloot ze. De meeste aanwezigen wisten wie ze waren. Misschien kende niet iedereen haar, maar Concepción, de bediende van kleur die al jaren voor de familie werkte, zeker wel. Ze pakte haar moeder stevig vast, klopte haar liefdevol op de rug en aaide over haar schouder. En Concepción huilde onhoorbaar, alsof ze niemand tot last wilde zijn. Dit was een uitgelezen moment om zich te ontworstelen aan de familie die zelfs nog macht had over haar moeders tranen, dacht ze. In de loop van de jaren was Concepción als een soort erfstuk van de ene Santadoma naar de andere overgegaan, te beginnen met de oude markies, die haar had meegenomen toen hij was teruggekeerd uit Cuba, en ten slotte diens dochter, de net overleden Pilar. Zij was de laatstlevende van haar generatie Santadoma's, de kinderen van de oude markies die naar Spanje was geëmigreerd.

Nu was alleen doña Claudia, die rond de tachtig was, nog over. Lita wierp haar een valse blik toe. De vrouw was in strenge rouwkleding gehuld en liep stijf gearmd met haar zoon Enrique. Zij was echter geen Santadoma, maar de weduwe van Eusebio, de eerstgeborene en enige zoon van de oude markies, die op jonge leeftijd in Miami was overleden. Doña Claudia ontleende haar status binnen de familie aan het feit dat ze de moeder was van de huidige markies, don Enrique.

Het was ondenkbaar dat Concepción nu de bediende van doña Claudia zou worden; er heeste een onderhuidse spanning tussen de twee die Lita nooit had kunnen doorgronden en waarover haar moeder haar evenmin uitleg kon geven. De Santadoma's, die vaak nog in het verleden leefden of simpelweg vasthielden aan de koloniale geest die hun rijkdom en aanzien had gebracht, behandelden haar als een willekeurige dienstmeid en bekommerden zich nauwelijks om haar. Wanneer ze elkaar troffen bij een familiefeest zocht doña Claudia steevast het conflict met Concepción. Ze had voortdurend kritiek op haar, bejegende haar minachtend en slingerde de grofste beledigingen naar haar hoofd ten overstaan van een publiek dat de adem inhield om de seniele oude vrouw niet tegen de haren in te strijken, ook al sprak het vanzelf dat haar seniliteit geen excuus kon zijn voor dat gedrag.

Het had er alle schijn van dat Concepción niet de bediende zou worden van doña Claudia, noch van iemand van de volgende generatie. De huidige markies, zijn broers en zusters en neven en nichten waren ongetwijfeld geen van allen bereid een oudere vrouw van kleur bij hun personeel te voegen, een bediende die met de meesten van hen was opgegroeid, die hen al haar hele leven kende en die zeker niet paste in het beeld dat ze van zichzelf wilden ophouden in de kringen waarin ze zich bewogen.

Maar één ding was zeker, bedacht Lita; of iemand haar nu wel of niet als bediende wilde, haar moeder moest hoe dan ook met pensioen. Na al die jaren hard werken verdiende ze het om van een aangename oude dag te genieten. Concepción had haar vaak verteld dat ze als jong meisje soms spijbelde van school om haar moeder met haar werk te helpen. Ze zat op een openbare school, waar niet werd gecontroleerd of de kinderen wel aanwezig waren, en al helemaal niet als het ging om kinderen van gemengd bloed. Ze vond het hoe dan ook veel leuker om klusjes in huis te doen dan aan de keukentafel sommen of schrijfoefeningen te maken. Verschrikkelijk, dacht Lita nu. Ze wist dat haar moeder ondanks een heel leven van opoffering niet genoeg geld had kunnen sparen; zij had immers de kosten voor Lita's universitaire opleiding voor haar rekening genomen. De master en Lita's verblijven in het buitenland waren een aderlating voor Concepción geweest, evenals de keren dat ze haar dochter uit de brand had moeten helpen wanneer ze vastliep bij haar zoektocht naar werk in een kapitalistische wereld waar ze ondanks haar academische titels geen waardering kreeg, laat staan een contract. Misschien had ze de afgelopen twee jaar, nu Lita bij de bank werkte, iets kunnen sparen; dat stelde ongetwijfeld weinig voor, maar was in elk geval iets. Na het overlijden van Lita's vader, die kort na haar geboorte bij een ongeluk om het leven was gekomen, kreeg Concepción een weduwepensioen van nog geen tweehonderd euro per maand, en nu zou ze na jarenlang hard werken recht moeten hebben op een ouderdomspensioen. En dan was zíj er ook nog! Nu was het tijd om iets terug te doen voor haar moeder, die haar haar hele leven lang alle zorg en steun had gegeven.

Ze stelde zich voor hoe gelukkig haar moeder zou zijn, hoe ze 's ochtends de deur uit zou gaan voor een wandeling. In het begin zou ze zich misschien vervelen, iets wat veel gepensioneerden ervaren, maar ze had vriendinnen, en als ze meer vrije tijd had, zou ze haar vriendenkring nog kunnen uitbreiden. Ze was gezond en ze moest toch iets doen met de jaren die haar nog restten. De tijd was aangebroken om haar leven terug te pakken; wie weet konden ze samen nog veel dingen ondernemen. Tot dan toe had Lita daar nooit de kans voor gezien, maar ze vond wel dat ze dat haar moeder verschuldigd was: naar de bioscoop gaan, winkelen, uit eten gaan in een goed restaurant.

Het gesnik en de omhelzingen van de rouwenden haalden Lita uit haar overpeinzingen. De doodgravers waren klaar. Toen er nog maar een paar familieleden bij het graf stonden liep markies de Santadoma, don Enrique, de zoon van doña Claudia, naar de vrouwen toe. Hij was een lange man van in de vijftig met een flinke buik die hij met een zeker gevoel voor stijl meetorste. Zijn haar was gelardeerd met grijze lokken en hij had scherpe gelaatstrekken. Hij droeg een donkergrijs zijden pak, een wit overhemd dat bij zijn buik net iets te strak zat, een stropdas en glimmende zwarte schoenen. Hij kwam langzaam aangelopen, alsof het hele universum wel op hem kon wachten.

'Dank voor je aanwezigheid, Concepción,' zei hij. 'En jij ook, Regla.' Hij stak zijn hand niet naar hen uit. Hij was minstens een kop groter dan zij. 'Ik weet dat doña Pilar waardering voor jullie had.'

Stamelend betuigde Concepción haar leedwezen.

'Gecondoleerd, don Enrique, we vinden het heel erg,' nam Lita het over.

'Dank jullie wel...'

'Wat moet ik nu doen, don Enrique?'

Die vraag van haar moeder verraste Lita.

'Concepción...' begon de man terwijl hij zich vaderlijk naar haar toe boog – een heel andere bejegening dan Lita van hem kende bij de Banca Santadoma. 'Je weet dat we je graag willen houden. Je hebt je werk altijd heel goed gedaan, eerst voor mijn ouders en daarna voor mijn tante... Nou ja, eigenlijk voor de hele familie. En je ouders en je grootmoeder ook, trouwens... Je kunt gewoon bij ons blijven werken, we willen niet dat je weggaat. Grootvader zei altijd dat je bij ons zou blijven tot...'

Concepción knikte.

'Maar wie moet ik dan bedienen?' vroeg ze meteen.

Lita stond ongedurig heen en weer te wippen.

'Wel,' antwoordde de markies, 'voorlopig kun je het huis schoonhouden. Dan wordt het niet vuil en blijft alles in goede staat. Bovendien moet er iemand voor de honden zorgen. Doña Pilar zou zich omdraaien in haar graf als we die dieren niet net zo goed verzorgden als zij dat deed.'

'Aha, dus...' wilde Concepción instemmen.

Lita wist niet wat ze hoorde en kon haar verontwaardiging ternauwernood onderdrukken. Ellendeling, had ze hem willen toeschreeuwen. Hoe durfde hij voor te stellen dat haar moeder voor twee honden zou gaan werken! Honden! Dat die beesten ook als volwaardige familieleden van de markies werden beschouwd, daar had ze geen rekening mee gehouden. Dus nu ging haar moeder toch andere heren dienen in plaats van doña Pilar: die twee yorkshireterriërs!

'Hoort u eens, don Enrique...' merkte ze misnoegd op toen de man dacht het gesprek daarmee te kunnen beëindigen.

'Zeg het eens,' antwoordde hij op een heel andere toon dan hij tegen haar moeder had aangeslagen, en ging weer rechtop staan.

Lita dacht even na. Wat moest ze tegen hem zeggen? Wilde ze haar baas echt 'vuile klootzak' noemen?

'Eh... niets. Het is niet belangrijk,' hoorde ze zichzelf zeggen.

'Ik denk dat het wel belangrijk is,' wierp hij tegen, 'in ieder geval voor jou.'

Lita ging in de aanval. 'Ik vind het niet gepast...'

'Lita!' riep haar moeder op bestraffende toon.

'Natuurlijk is het niet gepast,' beaamde de markies. 'Het is niet mijn bedoeling dat je moeder de bediende wordt van twee honden... die ook nog eens onuitstaanbaar zijn,' voegde hij er met een geforceerde blik van verstandhouding aan toe. 'Maar als voorlopige oplossing lijkt het me goed... voor ons allemaal. Regla, mijn tante Pilar was zo dol op die twee honden dat ze ze zelfs in haar testament heeft opgenomen, en daarin staat dat we moeten... Nou ja, je snapt het wel, malligheden van een oude vrouw! Dat die honden in het testament staan is natuurlijk onzin, maar we moeten haar wensen respecteren. Die honden waren in feite het enige waar ze zich om bekommerde. De bank, de aandelen, het huis, al haar bezittingen heeft ze volgens de gebruikelijke normen opgenomen, met dezelfde voorwaarde als bij andere erfenissen. Haar ultieme laatste wens, wat ze echt wilde, wat ze belangrijker vond dan al die andere zaken, had betrekking op die honden, dus we respecteren die zo goed mogelijk.'

'Ze hield inderdaad veel van ze,' viel Concepción hem bij.

Lita deed er het zwijgen toe.

'Je moet het niet als een vernedering opvatten,' zei don Enrique tegen Lita. 'Het huis moet ook onderhouden worden. Je weet dat we onroerend goed niet verkopen. De Santadoma's kopen, maar verkopen nooit, zeker niet als het gaat om panden waar de familie heeft gewoond en die op de een of andere manier deel uitmaken van onze geschiedenis, waar onze herinneringen liggen.'

'Maar...' wilde Lita tegenwerpen.

'Regla, we hebben landgoederen die alleen gebruikt worden wanneer iemand er gaat jagen of een korte vakantie wil doorbrengen. En soms zelfs dat niet, soms worden ze heel lang niet gebruikt. Maar we hebben overal personeel dat als enige taak heeft ze te beheren... en voor de dieren te zorgen voor zover die daar zijn, maar die zijn minder belangrijk, iedereen was ze al vergeten. Ik zie niet zoveel verschil met wat ik je moeder voorstel. Ze zal daar niet hard hoeven te werken. Dat verdient ze onderhand wel. Na verloop van tijd zullen we beslissen wat we met het pand doen; misschien wil een van mijn kinderen er wel gaan wonen, of een neef, dat zullen we nog zien... Of misschien delen we het op in twee of zelfs drie appartementen. Daar zullen we later over beslissen. Er is geen haast bij. De enige vruchten die we willen plukken van de huizen van onze familie zijn van immateriële aard. En intussen moeten de honden van mijn tante Pilar worden verzorgd. Maak er alsjeblieft niet zo'n punt van,' voegde hij eraan toe, waarmee hij het langste gesprek dat hij ooit met de dochter van de bediende van de familie had gehad, als beëindigd beschouwde.

De dood van doña Pilar de Santadoma bracht niet alleen veranderingen voor Concepción, die nu in een leeg huis voor de honden zorgde, maar ook voor de Banca Santadoma, die van de ene op de andere dag in een duizelingwekkend verkoopproces was verwikkeld. Don Enrique had dan wel beweerd dat ze geen verkopers waren, maar dat gold waarschijnlijk alleen voor de huizen, want de bank was al in de verkoop voordat het graf van de laatste directe nakomeling van de oude markies de Santadoma was gesloten.

Lita was getuige van beide veranderingen: haar moeder vroeg net zoveel aandacht als de medewerkers van Speth & Markus, een prestigieus internationaal adviesbureau, die met de nodige discretie naar de bank waren gekomen. Een aantal stafleden en medewerkers van de Banca Santadoma, onder wie ook Lita, werd geïnstrueerd over de onderhandelingen die onder strikte geheimhouding met Speth & Markus moesten worden gevoerd.

Maar door de gesprekken tijdens zakenontbijten of -lunches, in de wandelgangen en tijdens rookpauzes buiten werd die vertrouwelijkheid algauw geschonden. Soms ontstond er een discussie en vlogen de speculaties en meningen over en weer. Lita hield zich dan liever op de vlakte, al probeerden ze haar soms wel uit te horen, alsof zij vanwege haar relatie met de familie meer inside-information had.

'Het is wel duidelijk dat de familie de bank echt wil verkopen.'

'De Banca Santadoma is een aantrekkelijk object.'

'Doña Pilar wilde nooit verkopen.'

'Ze had een aanzienlijk deel van het aandelenpakket van de familie in haar bezit.'

Dat laatste klopte niet. Dat wist Lita, maar die informatie wilde ze niet prijsgeven. De dochters van de oude markies hadden alleen het kindsdeel geërfd, maar omdat de bank in die tijd noch de grootste, noch meest winstgevende onderneming van de familie was, kozen ze bij de verdeling van hun vaders erfenis voor andere bezittingen. Maar feit was dat doña Pilar hoe dan ook aandelen had en dat ze die nooit had willen verkopen.

'Ik heb gehoord dat het testament van de markies, de grootvader van don Enrique, ingewikkeld was. Dat hij zijn kleinkinderen als erfgenamen had benoemd.'

'Ja, omdat de zoon van de oude markies, Eusebio, de vader van don Enrique, die een paar jaar na de revolutie van Fidel Castro naar Miami was gevlucht, daar aan een hartaanval was overleden. In de eerste jaren na de revolutie redde hij het nog wel, maar toen het communisme rigoureuze vormen begon aan te nemen en ze al hun bezittingen op Cuba kwijtraakten, is hij gevlucht. En toen hij stierf, wilde zijn vader het erfgoed niet aan zijn dochters en schoonzoons nalaten.'

'Wat een macho...'

'Eerder verstandig, zou ik zeggen.'

'Hij besloot de meeste aandelen na te laten aan zijn kleinkinderen door middel van een ingewikkelde vertrouwelijkheidsclausule, wat bij rijke families wel vaker voorkomt. Kortom, in zijn testament was bepaald dat alles pas na overlijden van de laatste van zijn dochters aan de kleinkinderen werd overgedragen, aan de nakomelingen van de drie stamlijnen, en met het overlijden van doña Pilar is het zover.'

'Dat verklaart waarom ze tot nu toe nooit wilden verkopen. Met de dood van doña Pilar is dat nu wel mogelijk.'

'En de andere aandeelhouders?'

De Santadoma's hadden het grootste deel van het aandelenkapitaal in handen. De Banca Santadoma was een middelgrote bank met vestigingen in heel Spanje en nog een paar – voornamelijk Spaanstalige – landen. Het was een solide, dynamisch en winstgevend concern. Ze hadden de crisis van het begin van de eeuw overleefd met behulp van Amerikaans kapitaal, en diezelfde investeerders waren nu geïnteresseerd in een overname. Zij onderhielden op het Cuba van voor de revolutie al handelsrelaties en deelden een geschiedenis van gedeelde belangen met de Santadoma's: banken, hotels, mijnen, suiker, rederijen... De Amerikanen, die net zo reactionair waren als de Santadoma's en een hartgrondige afkeer hadden van het Castroregime en alles wat als links of communistisch gezien kon worden, hadden in 2007 via de Amerikaanse bank ELECorp een deel van de aandelen in handen gekregen. Verder was er nog een deel in het bezit van enkele vermogende Spaanse families en de rest werd via de beurs als publiek eigendom verhandeld.

'Zouden ze allemaal verkopen?' vroeg iemand.

'Doña Claudia ook?' viel een ander bij.

'Dat ouwe mens is in staat om een rel te schoppen, de kopers de huid vol te schelden en er zonder te tekenen vandoor te gaan.'

'Weten jullie nog, die vergadering toen?'

Ze barstten in lachen uit.

'Ze spoort echt niet...'

'Ze gaat heus wel verkopen. Haar zoon zal haar ongetwijfeld over de streep trekken, desnoods verklaart hij haar handelingsonbekwaam. Wat de rest van de aandeelhouders betreft, don Enrique zou deze stap niet hebben gezet als hij dat niet eerst met de anderen was overeengekomen. En voor de kleine aandeelhouders volgen we de bekende procedure.'

Lita werd volledig in beslag genomen door haar werk. Net als alle andere dagen sinds het onverwachte overlijden van doña Pilar was ze die dag vroeg op de bank. Ze liep naar haar bureau, dat door middel van een halfhoog wandje van de rest van de afdeling was gescheiden, hing haar jas aan de kapstok en zat even later omringd door stafleden in een enorme vergaderzaal met een stapel documenten voor zich.

'Hoe staat het met het krediet dat is verleend aan die bouwonderneming... Incesa?' vroeg een accountant. Papiergeritstel. Door de secretaresses samengestelde dossiers die bekeken werden. 'Is die nog wel kredietwaardig?'

Incesa. Het investeringsrisico... De hele ochtend was Lita bezig met het controleren van de juridische status, de boekhouding en financiën van klanten van de bank en belangrijke transacties. Dossier na dossier. Vragen. Gegevens. Papieren die van hand tot hand over tafel gingen. Lastige beslissingen en snelle antwoorden. De kopers van de aandelen wilden de garantie dat de activa nog klopten en niet in waarde waren gedaald. Om twee uur, na vijf uur achtereen gewerkt te hebben, stonden ze zichzelf een lunchpauze toe. Lita keek op haar telefoon en zag drie gemiste oproepen van haar moeder. Ze zuchtte en bedacht dat ze wel even tijd had om bij haar langs te gaan. Het was maar een paar straten verderop. Ze excuseerde zich. Ja, natuurlijk, over een uurtje was ze weer terug, verzekerde ze haar collega's.

Toen ze de bank verliet, belde ze meteen haar moeder.

'Lieverd...!' Door het hysterische gekef van de hondjes was Concepción nauwelijks te verstaan. 'Wacht even...' Lita stelde zich voor hoe ze daar stond, met de telefoon in de ene hand terwijl ze met de andere hand die blaffende honden tot stilte probeerde te manen. 'Wacht even, lieverd, momentje...'

Lita's maag kromp ineen. Ze had het opgezocht op internet: die beesten konden wel zeventien jaar worden. Hoe oud waren ze nu? Zeven, of acht? Het zag er niet naar uit dat ze dood zouden gaan voordat haar moeder met pensioen ging. Het was duidelijk dat niemand van de familie ze wilde en dat de markies daarom deze oplossing had voorgesteld. Geen van de kinderen, kleinkinderen, neven en nichten was bereid om de zorg voor twee irritante yorkshireterriërs op zich te nemen, maar tegelijkertijd durfde niemand een beslissing te nemen die tegen de laatste wil van doña Pilar inging, en als een belediging voor haar nagedachtenis werd beschouwd. Dus iedereen moest die wens respecteren, zo lang als nodig was om niet als respectloos gezien te worden. De beste oplossing zou zijn geweest om de honden naar een van de landgoederen te sturen die, in de woorden van de markies, nauwelijks werden gebruikt, maar dat had doña Pilar nooit van haar leven toegestaan. 'Het zijn geen plattelandsdieren,' had ze steeds geprotesteerd wanneer ze daar wat tijd wilden doorbrengen. 'Er zijn daar jachthonden en bloedhonden, die eten mijn schatjes op.' En dan ging ze mee zonder de honden. Hoe dan ook, de kwestie leek de Santadoma's niet bezig te houden nu ze iemand hadden gevonden die deze taak tegen geringe kosten op zich kon nemen. Bovendien zorgde de vrouw voor het huis waar ze al haar hele leven woonde en ze wilden haar niet ontslaan... En uiteindelijk had don Enrique de knoop doorgehakt: 'Concepción blijft hier!' had hij gezegd toen doña Claudia opperde haar de laan uit te sturen, en daarmee was de kous af.

Lita hoorde de honden al vanaf de hal blaffen. Het was Concepción niet gelukt om te praten over de telefoon en tegelijk de honden in het gareel te houden en ze had voor het laatste gekozen. Rothonden, dacht ze toen ze de honden aan de deur hoorde krabben terwijl haar moeder probeerde de deur te openen.

'Sorry, kind...'

De yorkshireterriërs sprongen tegen Lita op, maar ineens hielden ze op en stopten ze met blaffen. Moeder en dochter keken verbaasd naar de honden, die begonnen te piepen en onderdanig naar Lita toe trippelden.

'Hoe heb je dat voor elkaar gekregen?' vroeg haar moeder verbaasd.

'Geen idee... Ik... ik heb niets gedaan,' stamelde Lita.

Er trok een onbestemde tinteling door haar lichaam toen een van de honden op de grond ging liggen, zich op zijn rug draaide en in al zijn weerloosheid aan haar voeten bleef liggen. Ze negeerde het dier en liep naar binnen; ze voelde zich licht, alsof ze zweefde, en die tinteling was nog niet verdwenen. Ze werd duizelig. De laatste tijd werkte ze wel erg hard. Te veel stress, dacht ze terwijl ze steun zocht bij de keukentafel en vervolgens op een stoel neerplofte.

5

Cuba, juni 1863
Plantage La Merced

Er was weer een oogst binnengehaald op La Merced. Er werd geen riet meer gekapt. Het was regentijd, de zware, vochtige lucht sloeg neer op de huid van de slaven. Alleen de Chinezen en degenen die bezit waren van markies de Santadoma waren nog op de plantage. De ingehuurde slaven en zwarte en blanke dagloners waren ontslagen. De meeste ossen waren vertrokken naar verre weidegronden en gedurende een paar weken was het iets minder druk, met werkdagen van hooguit tien uur. De suikerproductie van de oogst van het afgelopen seizoen was bijna voltooid.

De markies en de opzichter waren zich net als de andere suikerboeren bewust van de noodzaak de uitgeputte mannen en vrouwen wat rust te gunnen nadat ze maandenlang onmenselijk hard hadden moeten werken. De slaven sleepten zich als geesten over het terrein, alsof ze hun verwondingen, leed en vermoeidheid als een ijzeren kogel aan hun enkels meetorsten. Het geluid van zweepslagen had plaatsgemaakt voor het voortdurende gekletter van regen op daken en in plassen. Door die regens verbreidde de dysenterie zich in rap tempo, en de ziekenboeg werd overspoeld door zieken.

In de periode tussen de oogsten – 'de dode tijd' werd die genoemd – werkte Kaweka voor Cirilo, de heelmeester die niet kon lezen. Dat had ze het jaar ervoor gedaan, en het jaar daarvoor, ze wist niet meer hoe vaak; wat ze nog wel wist, was de ellende na elke oogstperiode: de mannen en vrouwen waren volkomen verzwakt en uitgeput, en door het wegvallen van de werkdruk vervielen velen van hen in apathie, waardoor ze zich overgaven aan de dood.

Om dat te voorkomen stelde de markies alles in het werk om de slaven, wier marktprijs historisch hoog was geworden, te genezen.

Ze hadden geleverd, ze hadden zich kapotgewerkt op de plantage en nu moest het kapitaal gered worden. Ze kregen speciale maaltijden en geneesmiddelen, en werden goed verzorgd.

Dag en nacht liep Kaweka in de ziekenboeg onophoudelijk van de ene zaal naar de andere, op afroep van de jammerende en huilende patiënten, die soms met meerdere personen in een bed lagen.

Nadat ze een man had gedwongen een kwikoplossing in te nemen, legde ze een koude, vochtige doek over zijn gloeiende voorhoofd; hij had al twee dagen koorts. Hij wist niet eens meer hoe hij heette – Juan misschien? Dat had hij zelf tegen Kaweka gezegd en dat vond ze pijnlijk. Ze wilde hem graag bij zijn naam noemen. Ze meende hem te kennen van de plantage, ja, een sterke, hardwerkende rietkapper, en nu lag hij daar als een zielig hoopje mens in zijn bed te kronkelen van de krampen in zijn buik.

Juan, als hij tenminste zo heette, liet een langgerekte kreun horen toen hij weer een scherpe pijnscheut kreeg. Kaweka drukte de doek op zijn voorhoofd wat aan, sloot haar ogen en kreeg een brok in haar keel. Ze voelde zich machteloos omdat ze hem geen verlichting kon bieden. Ze had het gevoel dat alle energie uit haar gezogen werd bij de aanblik van al die patiënten die met hun pijn en zelfs met hun leven betaalden voor het gerief en de weelde van de blanken. De krampen stopten. Juan slaakte een diepe zucht en werd rustig, en Kaweka bereidde zich voor op het onvermijdelijke: een matras vol diarree. Ze had geen tijd om het schoon te maken, want uit alle hoeken van de ziekenboeg riepen mensen om haar hulp. Ze boog zich over het bed en bekeek de ontlasting. Enigszins opgelucht stelde ze vast dat er geen bloed in zat, waarna ze zich naar het volgende bed haastte.

Nog meer drankjes. Het waren middeltjes die Cirilo de patiënten voorschreef tot er bloed in de diarree kwam. Ze wist dat dat het geval zou zijn bij sommige bedden. Er was altijd wel iemand die bloed uitscheidde.

Bij een oudere vrouw, Laura, vond Kaweka inderdaad bloed in de ontlasting. Ze waarschuwde Cirilo, die er even later bij kwam, de ontlasting onderzocht en knikte.

'Je weet wat je te doen staat,' zei hij.

Ze liep naar de medicijnkast, waarin een groot aantal potten stond met water waarin bloedzuigers zwommen. 'Ze zijn allemaal gezond en schoon,' had Cirilo gezegd toen hij ze haar voor het eerst liet zien, alsof dat iets was om blij van te worden, een gunst die de blanken hun bewezen. 'Van de markies mogen we geen bloedzuigers kopen die al eens bij andere zieken zijn gebruikt.' Kaweka had zich altijd afgevraagd hoe de markies, Cirilo of wie die beesten ook kocht, kon weten dat ze werkelijk nog niet waren gebruikt.

Gewapend met de parasieten, een kom schoon water en een pak suiker ging ze naar Laura's bed.

'Je zult je straks vast beter voelen,' fluisterde ze in een poging de vrouw gerust te stellen, maar die kreunde alleen maar.

Ze draaide de vrouw op haar zij en legde haar ene been over het andere zodat haar anus vrijkwam. Ze maakte de huid rondom schoon, lengde een grote hoeveelheid suiker aan met water en smeerde het goedje op de kringspier. Ze opende de pot en pakte de bloedzuigers er een voor een uit tot ze er acht had, en legde ze zo dicht mogelijk tegen de anus aan. De bloedzuigers werden door het zoet van de suiker aangetrokken. Toen ze zag dat ze zich vastzogen, haalde ze opgelucht adem.

'Blijf zo liggen. Je zult ervan opknappen.'

Ze ging door naar de volgende zieke, al was ze zich ervan bewust dat degenen die bloed uitscheidden, uitverkoren waren door de orisha's om Moeder Aarde met hun lichaam eer te bewijzen.

Er waren enkele jaren voorbijgegaan sinds haar bondgenootschap met de goden zoveel argwaan had gewekt dat vriendinnen en jongens haar uit de weg gingen. Van een verward jong meisje was Kaweka nu echter een ingetogen jonge vrouw geworden. De spanningen waren getemperd en de slaven waren haar gaan respecteren, al werd ze nooit meer als een gewone vrouw gezien. Het leed geen twijfel dat haar persoonlijkheid nog steeds door de goden werd beïnvloed, iets wat soms gunstig was, bijvoorbeeld wanneer vrouwen naar haar toe kwamen en om hulp vroegen om beter te worden, een abortus te ondergaan of zich van het leven te beroven, maar wanneer ze over haar toeren raakte en haar lotgenoten op hun miserabele lot wees, gaf ze alleen maar problemen. Hoe dan ook, haar krachten waren vreemd, mysterieus, wellicht ook gevaarlijk of zelfs kwaadaardig, maar in de ziekenboeg hield niemand zich daarmee bezig en wantrouwde niemand haar. Daar was de dood nooit ver weg en te midden van de pijn, het gejammer en gekreun werd de aanwezigheid van de geesten gevoeld: sommige mild en barmhartig, andere wreed en wraakzuchtig, maar allemaal onvoorspelbaar en wispelturig. Kaweka was het medium van de goden. In die tragische omgeving hoefde zij ze niet aan te roepen, ze zaten altijd in haar, ze was van hen. En de slaven wisten dat.

'Help me! Maak me beter!' smeekte Laura haar de volgende dag, nadat ze luidkeels om haar had geroepen en haar hand had vastgegrepen. De bloedzuigers, die Kaweka inmiddels had verwijderd, vol met bloed, hadden geen verbetering gebracht.

Kaweka aarzelde. Ze zou haar kunnen helpen, de goden om bijstand kunnen vragen, maar in dat soort situaties vroeg ze zich vaak af waarom iemand als deze vrouw nog verder wilde leven. Ze zou zweepslagen krijgen, uitgebuit worden en nadat ze gedwongen was kinderen te baren, zouden die haar worden afgenomen. Was dat het leven dat ze wenste, waar ze om smeekte? Kaweka kneep in de broze hand die op de hare lag en voelde dat Laura beter wilde worden. Dat wilden ze niet allemaal; sommigen gaven zich over aan de dood, of zochten hem, en zij had steeds Jacinto in gedachten bij alles wat ze deed en voelde; als meisje had ze al geleerd dat het niet aan haar was om te oordelen over de wil van degene die de vrijheid zocht door te sterven. De meesten die zelfmoord pleegden, waren mannen. Vlak voor het einde van de oogstperiode kwamen er drie naar haar toe. Het waren Lucumi's, net zoals Kaweka; zij neigden het meest naar zelfmoord en wilden weten of hun geesten zouden terugkeren naar hun thuis; of het waar was wat ze zeiden, dat de slavenhouder hen zou vervolgen, dat hij in het hiernamaals nog een plantage had en zij daar eeuwig slaven zouden blijven; of hun offer door de goden aanvaard zou worden... Kaweka sprak met hese stem, niet vanwege de goden, maar van de spanning, van als moed vermomde angst, vanwege hun gemeenschappelijke achtergrond. Die nacht ontsnapten de mannen uit de barakken, hield zij de honden rustig en vergezelde ze hen naar het rietveld.

De volgende ochtend zagen de slaven en de blanken het: de drie vertwijfelde mannen hingen elk aan een van de palmbomen die aan de rand van het veld groeiden. De silhouetten van drie groteske poppen, het hoofd gebogen, de tong uit de mond, armen en benen slap langs hun lichaam hangend, tekenden zich af tegen de ochtendlucht. Het duurde even voor ze werden weggehaald, omdat niemand dat wilde doen, omdat niemand hen durfde aan te raken. De bewakers moesten er met hun zwepen aan te pas komen, maar Kaweka wist dat elke zweepslag hen terugbracht naar hun land, de stemmen van hun dierbaren, het gefluister van hun moeders... Zijzelf hoorde die van haar.

Maar in tegenstelling tot de drie Lucumí's wilde Laura blijven leven; dat was haar keuze. Kaweka liet een geforceerde glimlach zien, knielde naast het bed, streelde over Laura's wang en bad voor haar.

'Je zult beter worden,' stelde ze haar gerust.

De goden moesten beslissen. Een van hen, ze wist niet welke, besloot zijn goedheid te tonen. Ze sloot haar ogen. Ze voelde hem binnen in haar tussen haar organen kronkelen, tot in het diepst van haar wezen. Ze begon te neuriën en wiegde naar voren en naar achteren terwijl ze zich door de immense kracht van de magie liet meevoeren. Op het moment dat de goddelijke aanwezigheid de hand van de vrouw beroerde, wist ze wat de goden hadden besloten: Laura zou blijven leven... en ongelukkig zijn op de plantage.

Elke dag weer worstelde Kaweka met gemengde gevoelens. De meeste slaven genazen van hun ziektes. Hun vaak ongelovige glimlach was slechts een voorbode van het ongeluk dat hun later op de plantage wachtte. Moest ze treuren om hun lot? Dat kon ze niet; ook zij was blij wanneer een zieke opknapte, weer uit bed kon komen en een paar wankele stappen kon zetten.

Een paar dagen later was Laura beter. Haar man en een paar vriendinnen kwamen haar ophalen. De vrouw omhelsde Kaweka en ze huilden samen. Ze namen afscheid en algauw vertrok Kaweka's glimlach tot een grimas: het herstel van de zieke was een overwinning voor de plantagehouder, weer een werkkracht erbij, weer een geest minder die hun geweten zou plagen, want dat was wat Kaweka had gezegd tegen de Lucumí's die zich hadden verhangen bij het suikerrietveld.

'Maak je geen zorgen, in het hiernamaals zijn geen plantages. Dat willen de bazen ons wijsmaken zodat we ons niet van het leven beroven en zij geen kapitaal verliezen. Jullie zijn juist degenen die de markies achtervolgen. Katholieken verdwijnen wanneer ze doodgaan, naar de hemel of naar de hel, zeggen ze. Wij, onze geesten, blijven juist hier, in de bergen, in de bossen, op de rietvelden. Van daaruit kunnen jullie straks de heer en zijn hele kliek bestoken.'

Na verloop van tijd werd het wat rustiger in de ziekenboeg. Doordat de slaven beter werden of stierven, waren er minder zieken te verzorgen, dus Kaweka was verlost van de doorwaakte nachten en kon zich weer wijden aan haar dagelijkse werkzaamheden. Tijdens deze kalmere periode deden de slaven allerhande klusjes; ze bereidden de suikerrietvelden voor op het volgende plantseizoen, repareerden wagens, draaiden touwen, bouwden stenen muurtjes, of kregen zinloze opdrachten die slechts dienden om hen bezig te houden. Zo zagen Kaweka en mama Ambrosia vanuit de kinderbewaarplaats hoe een stel mannen de hele ochtend in een slakkentempo bezig waren stromatrassen van de ene naar de andere barak te brengen, en dat ze aan het eind van de dag hetzelfde in omgekeerde richting deden; een nutteloze exercitie die ze net zo traag en ongeïnspireerd uitvoerden als die ochtend.

De zon scheen, de lucht was nog steeds zwaar en vochtig. Hier en daar klonk het monotone, uitgebluste gezang van de zwarte mannen. De bewakers liepen maar wat te lummelen.

'De ossen hoeven toch ook geen onnodig werk te doen?' mopperde Kaweka, die bij een hek stond van de tuin waar de kindjes speelden en naar de mannen staarde die met de matrassen liepen te sjouwen.

'We moeten bezig blijven. Altijd,' zei de kindermeid met een diepe zucht terwijl ze de rij mannen voorbij zag lopen.

'Als ze nadenken, werken ze niet, mijnheer Narváez,' mompelde het meisje. Dat was de mantra die de markies tot vervelens toe tegen zijn opzichter herhaalde.

De ledigheid van die maanden waarin weinig werk te doen was, werkte niettemin door in de kroeg van de plantage, zoals de vrouwen konden constateren toen ze er op de eerste zondag heen gingen en zich onder de mensen begaven. In het lokaal was het net zo druk als tijdens het oogstseizoen, maar de mensen raakten nu sneller geïrriteerd en waren agressiever. Er was in deze periode een overschot aan werkkrachten. Het Cubaanse slavernijsysteem was aan het veranderen. De prijs van slaven lag zo hoog dat plantagehouders naar alternatieven zochten. Sinds halverwege de negentiende eeuw gingen slavenhandelaren op zoek naar nieuwe markten om hun menselijke waar in te kopen. Ze haalden Catalanen, Canariërs – deze laatsten in grote aantallen – en Galiciërs uit Spanje als contractarbeiders, onder zeer slechte voorwaarden. Dat liep uit op een mislukking en de arbeiders keerden terug naar het moederland of waaierden uit over het eiland. Daarna kwamen de Chinezen, met duizenden tegelijk, die ook slechte contracten kregen en daardoor in dezelfde belabberde positie als de slaven verkeerden. De Chinezen werkten hard en waren bekwaam, waardoor ze ingewikkeldere taken kregen toebedeeld dan de zwarte slaven. Er werden ook nog Turken en inheemse slaven ingeschakeld, maar die waren ongeschikt. Er waren er maar weinig die tijdens de oogst zestien tot achttien uur achtereen zwaar werk konden verrichten.

Daarom begonnen de plantages onbetaalde, ook blanke, arbeiders in te zetten, die na de suikeroogst enkele maanden op de oogsttijd op de koffieplantages wachtten. Ze liepen dan wat doelloos rond, bedronken zich, gingen met elkaar op de vuist en vergokten hun geld, althans, degenen die dat hadden, in de kroegen langs de weg.

Kaweka keek naar de mannen en haar maag kromp ineen bij de gedachte dat dat het lot was van degenen die waren gevlucht: een miserabel bestaan. De slavenhouders hadden de plicht hun slaven te onderhouden als ze vanwege hun leeftijd of door een ongeval niet meer konden werken. Sommigen werden dan naar het hoofdhuis gebracht, waar zich in de loop van de tijd een hele hofhouding aan gebrekkigen verzamelde, en anderen moesten vanuit afgelegen hutjes het land bewaken of kregen lichte taken op suikerriet- of koffieplantages, maar ze hadden hoe dan ook een dak boven hun hoofd, kleding en iets te eten. Maar voor de deur van de kroegen stonden oude mannen en kreupelen zonder heer te bedelen.

'God zegene je,' bedankte een van hen Kaweka nadat ze hem een koekje had gegeven.

De zachte stem van de man contrasteerde met het geschreeuw in de kroeg. 'Ga even mee naar buiten,' zeiden ze altijd tegen haar als ze daar was. Die dag was het niet anders; ze werd belaagd door opdringerige mannen die iets van haar wilden en moest hen van zich af slaan wanneer ze in het voorbijgaan aan haar billen zaten. Ze zuchtte. Een potige Jamaicaan greep haar van achteren vast en wreef met zijn penis tegen haar aan. Mama Ambrosia verjoeg hem met een vermoeid handgebaar. Er waren vrouwen die dat toelieten en met zo'n man naar buiten liepen en na een tijdje met een brede grijns op hun gezicht terugkwamen.

'Denk je dat Gabino nog komt?' vroeg de kindermeid nadat de man was afgedropen en beide vrouwen het stokspel volgden, een spel waarbij werd gewed welke kaart er als eerste werd omgedraaid van een stapel oude kaarten die zo vaak waren gebruikt dat werd beweerd dat de vaste spelers al wisten wat de volgende kaart zou zijn.

Ze bleven in de kroeg in de hoop dat de venter zou komen met een boodschap van de marrons voor degenen die spullen voor hen stalen. Intussen juichten ze voor de winnaar van het spel, die hun op zijn beurt een brandewijn aanbood. Ze dronken en namen af en toe een trekje van een gedeelde sigaret die van hand tot hand ging. Ze lachten wat schaapachtig mee met de rest, maakten grapjes en zongen. Ze weigerden in te gaan op verleidingspogingen, die onder invloed van de drank zelfs aan de oude kindermeid werden gericht, en besloten zich ten slotte terug te trekken in een rustig hoekje, waar mannen uit Matanzas of Havana verhalen zaten te vertellen.

'We kunnen ook bij hen blijven, als je dat liever wilt,' zei Kaweka echter met een knipoog, terwijl ze een hoofdbeweging maakte naar de tafel waar de mannen het stokspel speelden en plezier maakten.

'Die ouwe zou niks klaarmaken en bij die jonge zou ik erin blijven,' bromde mama Ambrosia.

'Misschien zit er wel een bij die de juiste leeftijd heeft...'

'Nee, die is er niet. Liefje, alleen wanhopige oudjes of hitsige jonge mannen willen het misschien nog met me doen.'

'Wat een flauwekul!' probeerde Kaweka haar aan te moedigen.

'Hou toch op, ze doen het nog liever met elkaar,' kapte de kindermeid haar af.

Vervolgens liepen ze op een grote groep mannen af die druk met elkaar in gesprek waren. De kroegbaas was er ook bij, maar Gabino was nergens te bekennen. Een zwarte man die gekleed was als een blanke, ook al waren zijn kleren oud, had het over de Verenigde Staten. Kaweka en mama Ambrosia hadden al eens over dat verre land gehoord. Er werd gezegd dat het groot en machtig was; ze waren er al heel lang mee in oorlog.

'President Lincoln heeft de slavernij afgeschaft,' zei de man die als een blanke gekleed ging.

Afschaffen, dat was het magische woord voor Kaweka, en voor hen allemaal.

'Hij zal toch eerst de oorlog moeten winnen voordat de vrijheid echt een feit is,' merkte een ander op. 'De zuidelijke staten zullen daar nooit mee akkoord gaan.'

'Maar hij heeft het afgekondigd. Dat is al een hele stap,' mengde een derde zich in het gesprek.

Er werd instemmend gemompeld. Kaweka was het ermee eens: dat was inderdaad een hele stap. Afschaffing; het woord alleen al uitspreken was belangrijk.

'We moeten nog maar zien of het ze in de Verenigde Staten gaat lukken,' kwam de kroegbaas met luide stem tussenbeide, waarop de anderen er het zwijgen toe deden. 'Maar in Spanje is het precies andersom. Volgens het parlement daar is de slavernij noodzakelijk in de kolonies.' De man liet een verbolgen blik langs het gezelschap glijden en pakte een krant ter bevestiging van wat hij ging zeggen. 'De Spanjaarden in het moederland, degenen die het voor het zeggen hebben, beschouwen jullie als een bijzonder eigendom dat ze in ere willen houden. Op Cuba zal de slavernij niet worden afgeschaft,' zei hij misprijzend. 'Hier staat het.'

Een paar mannen begonnen te discussiëren, al waren het er niet veel; de meesten bogen het hoofd. Kaweka kreeg een brok in haar keel en haar maag kromp ineen. Ze voelde de gal in haar slokdarm branden tot ze een bittere smaak in haar mond kreeg. Ze moest nog harder vechten tegen de blanken, veel harder, zei ze bij zichzelf bij de aanblik van die vertwijfelde gezichten.

Zonder Gabino te hebben getroffen keerden de vrouwen terug naar de plantage, waar het feestelijke tromgeroffel al uit de barakken klonk. Kaweka ging op de grond zitten en speelde met de kinderen die in de kinderbewaarplaats waren achtergebleven terwijl hun moeders dansten en zich vermaakten. De kinderen stortten zich op Kaweka en zij probeerde zich al gillend aan hen te ontworstelen.

Steeds sprongen de kinderen weer tegen haar op, in afwachting van het moment waarop ze zich op de houten verhoging achterover liet vallen en ze haar allemaal besprongen en er een hele kluwen van hoofden, armen en benen ontstond. Het was steeds hetzelfde spelletje. En zij lachte net zo hard als de kinderen... of huilde ze? Al die kinderen waren Jacinto: blijven leven om tijdens het leven te sterven, net als het jongetje dat op zijn zevende jaar al op de suikerrietvelden werkte. Toch straalden die kinderen vreugde uit, onschuld, nog meer vreugde, een oneindige vreugde, zonder dat ze zich bewust waren van hun lot.

'Maak ze dan aan het lachen,' had mama Ambrosia haar aangemoedigd toen Kaweka haar dilemma aan haar had voorgelegd. 'Ontzeg ze dat geluk niet. Laat de goden over hun lot beschikken.'

Dus Kaweka deed haar best. Ze duwde, schreeuwde, stoeide met hen, trok aan hun haar, en lachte... en huilde.

Die dag was het spel eerder afgelopen dan ze hadden gewild.

'Pas op, liefje!' waarschuwde mama Ambrosia toen ze de opzichter met een van zijn mannen zag naderen.

Kaweka stond op en stuurde de kinderen weg, die zich zwijgend uit de voeten maakten. Voordat Narváez het woord tot hen richtte, wisselden de vrouwen een gelaten blik: de opzichter en zijn helper hadden een jonge slaaf bij zich. Hij was niet alleen groot en sterk, maar ook een arrogante vechtjas.

'Heks!' brulde Narváez nog voor hij Kaweka was genaderd. 'Dit is de dekhengst die vanaf vannacht met jou mag ravotten,' meesmuilde hij, zonder de slaaf een blik waardig te keuren. 'De heer heeft besloten hem met jou te kruisen. Het wordt tijd dat je ons een klein zwartje schenkt.'

De twee vrouwen ontweken elkaars blik; ze hadden dit al aan zien komen. Het jaar ervoor was Kaweka de dans ontsprongen terwijl haar leeftijdgenoten uitverkoren waren om voor nageslacht te zorgen. Het was een moeilijk jaar geweest, een uitputtende oogsttijd, en misschien was haar werk in de ziekenboeg een reden om haar geen kind te laten baren, omdat dat ten koste zou gaan van haar inzet. Dat vermoedde mama Ambrosia althans, hoewel het ook zou kunnen dat de blanken het niet aandurfden, uit angst dat er nog een heks geboren zou worden, nog een waanzinnige, zoals Narváez haar noemde. Maar die vrees was blijkbaar verdwenen.

'Dit is Santiago...'

De opzichter praatte door, nu tegen de zwarte man, die hij bij de schouder greep en aan Kaweka toonde alsof het werkelijk om een dekhengst ging, maar zij negeerde hem. Net zoals vorig jaar waren er verschillende slavinnen naar haar toe gekomen voor het drankje waarmee de vrucht kon worden uitgedreven, terwijl zijzelf te kampen had met dysenterie. Het waren drankjes gemaakt van papaya, rietpunten en avocadopitten met palmwortel of een aftreksel van de schors van de moringaboom. Kaweka kreeg de planten, wortels en de schors van de gebrekkige oudjes die zich buiten de plantage ophielden, en in ruil daarvoor schonk ze hun een glimlach en maakte ze een praatje; dat was de enige beloning die ze van haar accepteerden.

'Ga zo door,' moedigden ze haar aan.

'Leer ze vechten.'

'Zorg dat er geen slaven meer geboren worden.'

'Kijk maar naar ons, we hebben de plantage dan wel overleefd, maar nu zitten we hier op onze dood te wachten, alleen, gebrekkig en zonder dak boven ons hoofd.'

'Wat is je probleem, roetmop? Staat die heks je niet aan?'

Het geschreeuw van Narváez bracht Kaweka's gedachten weer terug naar de plantage. Ze kende die jongen. Ze had hem eens zien vechten, ruziemaken, wedden, opscheppen, achter de vrouwen aan zitten, maar nu de opzichter hem als een klein kind door elkaar rammelde en hem naar haar toe duwde, zag ze angst in zijn ogen. Denk je nou echt dat jij ervoor gaat zorgen dat ik een kind baar dat ik als slaaf mag afstaan, dacht ze terwijl ze hem uitdagend aankeek.

De plotselinge klap kwam van Narváez, die zijn zweep op haar arm liet neerkomen. Kaweka wilde de opzichter uitdagend aankijken, maar richtte haar blik naar de grond na het waarschuwende kneepje dat mama Ambrosia in haar rug had gegeven.

'Hier is ze!' schreeuwde de opzichter. 'Kijk maar eens goed! Ze is net als al die andere.' Narváez trok Kaweka's hemd op zodat haar kruis te zien was. 'Zie jij daar een duivel?' vroeg hij terwijl hij het dunne koord aan het uiteinde van de zweep over het volle, kroezige, zwarte schaamhaar van het meisje bewoog. Vervolgens barstte hij in lachen uit en liet de zweep herhaaldelijk langs haar vulva op- en neergaan.

Als gehypnotiseerd staarde Santiago naar de zweep tussen Kaweka's dijen, terwijl zij de vernedering onderging, haar woede inhield en mama Ambrosia haar in de rug bleef knijpen om haar eraan te herinneren wat de gevolgen zouden kunnen zijn als ze zich zou verzetten.

'Jij hebt een andere strijd te voeren, meisje,' zei de kindermeid toen de opzichter ophield met zijn schunnige handtastelijkheden.

Daarna droeg Narváez een van zijn mannen op het stel naar een kamer op de eerste verdieping van een van de barakken te brengen, waar de getrouwde stellen verbleven.

'Jullie hebben tot het avondeten, neem je tijd!'

Santiago liep achter haar. Ze kon hem horen ademen. Het maakte Kaweka niet uit wat hij zou doen, maar ze zou nooit een kind op deze wereld zetten op bevel van markies de Santadoma, als een zeug of een koe op een boerderij. Op de plantage werd op allerlei manieren de liefde bedreven: gedwongen of met instemming, heteroseksueel of homoseksueel, bewust of onbewust, sadistisch of masochistisch of allebei tegelijk, een man met meerdere vrouwen of, een vrouw met meerdere mannen; dit laatste kwam vaker voor omdat er minder vrouwen waren.

Nadat de vader van Faustino haar verkracht had, hield Kaweka zich verre van elke zinnelijke verleiding. Ze had alleen maar pijn gevoeld, woede jegens de vader en minachting voor de zoon, die niets had gedaan om haar te helpen. Mama Ambrosia had haar getroost, maar had het voorval ook gerelativeerd.

'Het moest een keer gebeuren. Wij vrouwen zullen nu eenmaal altijd naar de pijpen van de sterksten moeten dansen. Laat het gaan, wind je niet zo op,' had ze naderhand gezegd.

Net zoals dat met haar positie op de plantage was gegaan, zorgde haar band met de goden ervoor dat de slaven haar met enige reserve bejegenden en dat verdere aanrandingen haar bespaard bleven, maar naarmate de verwarrende jeugdjaren voorbijgingen, haar lichaam steeds vrouwelijker vormen kreeg en haar verlangens sterker werden, verdween haar aversie tegen seks.

Op sommige zondagen koos ze net als veel andere jonge vrouwen iemand uit van de mannen die er na de nodige alcohol, tabak en dans, tussenuit knepen om hun lusten te bevredigen. Mama Ambrosia raadde haar aan zich van achteren te laten nemen zodat ze niet zwanger zou raken. 'Die drankjes om de vrucht uit te drijven werken niet altijd, hè,' merkte ze op. Om die reden lieten de meeste slavinnen zich liever anaal penetreren; veel mannen deden dat ook onder elkaar, zij het om andere redenen.

Ze dronk een paar glazen brandewijn, en beneveld en wel maakte ze haar eerste nummertje met een zwarte man die minstens een kop groter was dan zij. Terwijl ze naakt op een lage boomtak steunde, met haar billen recht omhoog, schreeuwde ze het uit van de pijn toen Aparicio bij haar naar binnen ging. Met de vader van Faustino had het ook pijn gedaan, maar dat ging sneller. Nu stootte de man hard met zijn grote, stijve lid, maar het kostte hem moeite om diep te gaan. Bij elke centimeter die hij vorderde, was het alsof een brandende toorts haar vanbinnen langzaam verschroeide.

'Nee, nee, nee,' kreunde ze.

'Laat je gaan, meisje,' hijgde hij, terwijl hij zijn handen ruw over haar heupen, haar schouders en haar borsten liet gaan. 'Je moet je een beetje ontspannen.'

Kaweka kon zich niet ontspannen. Ze wílde het niet! Haar lichaam weigerde. In de verte klonk opzwepend tromgeroffel. Gelach, geschreeuw, gezang.

'Laat me los!' smeekte ze ten slotte.

Maar Aparicio ging tekeer alsof hij de boom waarop ze leunden wilde neerhalen en Kaweka had het gevoel of ze aan het spit werd geregen. En hij bleef maar stoten, keer op keer, tot hij explodeerde en tegelijkertijd zijn nagels in haar rug zette.

'Eruit, trek hem terug, nu meteen,' beval ze toen Aparicio boven op haar neerzeeg. 'Terugtrekken!'

Zodra ze zich had losgemaakt, ging Kaweka rechtop staan, maar tot haar schrik stond daar ineens een tweede slaaf, met zijn broek naar beneden en een stijve penis.

'Nu is het mijn beurt.'

'Nee!'

Ze griste haar kleren bij elkaar en maakte zich snel uit de voeten, tot ze een plek vond waar ze zich rustig kon aankleden. Ze keek over haar schouder: nu stond Aparicio voorovergebogen tegen de boom terwijl de ander hem hardhandig van achteren nam. Ze sloegen, krabden en beten elkaar zelfs. Even bleef ze met open mond staan kijken hoe gewelddadig die twee mannen seks met elkaar bedreven.

Het was een zich herhalend patroon. Wanneer ze weer eens werd besprongen door een hitsige man en daarna overtijd was, greep ze naar een van haar drankjes om de vrucht uit te drijven.

'Als je het vaker doet, wordt het minder pijnlijk,' zei ze op een dag tegen Piedad, een mulattin die al van haar derde kind in verwachting was. 'Alhoewel, ik weet niet... Het is alsof... Ik weet niet... De trommels...' De ander haalde haar schouders op. 'Kijk,' probeerde Kaweka uit te leggen, 'stel je de trommelaars bij een feest op zondag voor, ze trommelen en trommelen, maar bereiken nooit het hoogtepunt waartoe ze de dansers opzwepen. Maar die kerels wel, zij spuiten zich leeg en zijn daarna helemaal kapot. En ik blijf alleen maar onbevredigd en met pijn achter.'

'Ik snap wat je bedoelt, Regla. Kom mee,' zei de vrouw met een glimlach, en trok haar mee naar de kraamzaal, naast de ziekenboeg en de kinderbewaarplaats. Ze waren alleen. 'Luister nu naar de trommels.'

Piedad stak haar hand onder Kaweka's hemd en liet hem naar haar venusheuvel glijden. 'Rustig maar,' zei ze toen ze merkte dat Kaweka gespannen was. Ze stak haar vingers in haar vulva en speelde met haar schaamlippen. Ze zocht de clitoris en stimuleerde die met haar vingertop, waarop die opzwol terwijl Kaweka nat werd en luid begon te hijgen. Ze probeerde niet te schreeuwen en binnen enkele minuten bereikte ze een orgasme.

Na die zinderende ervaring met Piedad mengde Kaweka zich onder de vrouwen die naar de kinderopvangplaats kwamen om te bevallen of hun kinderen de borst te geven, en die allerlei vragen op haar afvuurden en haar al lachend, fluitend en plaagstootjes uitdelend tips gaven over standjes en hun eigen seksuele ervaringen met haar deelden.

Mama Ambrosia knikte en glimlachte, maar ze wist dat haar pupil niet genoot van de seks. Steeds als een van de vrouwen over haar ervaringen vertelde had ze Kaweka veelbetekenende blikken toegeworpen, alsof ze haar daarmee wilde aansporen zich ervoor open te stellen. Kaweka was op haar beurt verrast te merken dat de vrouwen tijdens die gesprekken hun hoedanigheid van slavin van zich afschudden, even niet aan hun lot dachten en zelfs in staat waren te genieten van het leven, net zoals de kinderen in de kinderbewaarplaats en de mannen in de kroeg met hun brandewijn, het kaarten en wedden. Seks was vermaak, een van de weinige geneugten in het leven van deze mensen die onder het juk van de slavernij leefden. De liefde die de pastoor predikte als hij tijdens zijn jaarlijkse bezoek paren in de echt verbond, had niets te maken met het leven in slavernij op een plantage.

Met de mannen die ze op de feestdagen ontmoette had ze geprobeerd erachter te komen of de fantasieën en verhalen die ze in de kinderbewaarplaats hoorde werkelijk waar konden zijn. Ze wilde dat de mannen minder lomp waren. 'Langzamer,' zei ze dan. 'Zachtjes.' 'Knijp niet zo hard!' 'Niet zo snel, langzamer...' Dat meende ze te hebben begrepen van de suggesties die de vrouwen haar hadden gegeven. 'Kus hem.' 'Streel hem.' 'Pijp hem,' hadden ze Kaweka geadviseerd toen ze hen eindelijk in vertrouwen had genomen.

Maar nu bevond ze zich, als een van de jongsten van de plantage, en volgens de wens van de markies, ineens in een kamer op de tweede verdieping van de barakken waar de getrouwde stellen sliepen, buiten het zicht van de goden. In de deuropening hing een rafelig laken dat moest zorgen voor de nodige beslotenheid. De kamer was slechts voorzien van een brits met een stinkend stromatras. Ze ging het vertrek binnen in de wetenschap dat de goden zich niet om haar zouden bekommeren. De bewaker liet hen binnen nadat hij een ongepaste grap had gemaakt en zij trotseerde de situatie: stemmen, geschreeuw, kinderen die over de gang renden, gehuil... Santiago liep nog steeds achter haar en omdat ze hem beter niet tegen zich in het harnas kon jagen, wist ze wat haar te doen stond: ze bukte zich over de brits, trok haar hemd over haar hoofd, legde haar onderarmen op het matras en bood hem haar achterwerk aan. Ze hoorde zijn ademhaling versnellen en voelde hoe hij haar meteen als een dolle stier penetreerde.

Diezelfde avond, na het eten, zocht Santiago haar opnieuw op. Deze keer nam hij geen genoegen met haar achterkant. Kaweka verzette zich tevergeefs. De goden hielden zich nog steeds afzijdig en in zo'n geval was het meisje slechts een speeltje voor die dekhengst. Als ze zich zou verzetten zou dat hem alleen maar meer opwinden en zouden de buren hem vanuit hun kamers aanmoedigen en toejuichen. Sommigen van hen staken hun hoofd door het laken op het moment dat Santiago bij haar naar binnen drong en boven op haar lag, terwijl hij zijn handen met die van haar verstrengelde om te voorkomen dat ze hem zou slaan en krabben.

'Dit is niet jouw strijd,' zei mama Ambrosia de volgende dag weer. 'Het is maar een man. Doe net als die andere keren: neem drankjes in zodat de vrucht wordt uitgedreven. Verspil je energie niet aan een strijd die je niet kunt winnen.'

'Waarom helpen de goden me niet terwijl ik wel hun wil eerbiedig?' klaagde ze desondanks. 'Waarom zou ik uit hun naam voor de slaven vechten als zij het wel goed vinden dat ik naar de pijpen van zo'n bruut moet dansen? Nu heb ik twee bazen: een blanke en een zwarte.'

'De goden zijn onberekenbaar, liefje, soms zelfs kwaadaardig. Probeer ze maar niet te begrijpen.' Kaweka wilde iets terugzeggen, maar de kindermeid vervolgde: 'En bovendien, wat is er mis met Santiago? Heel wat vrouwen zouden er alles voor over hebben om met hem te...' voegde ze er met een ondeugende knipoog aan toe. Kaweka schudde haar hoofd en draaide zich om. 'Geniet ervan, meisje,' riep de vrouw haar na. 'Je bent nog jong. Over een tijd heb je rimpels zoals ik, en dan word je alleen nog door vlooien besprongen. Doe een beetje je best,' besloot ze streng. 'Hij kan er ook niets aan doen. Hij doet alleen maar wat de heer hem opdraagt. Misschien vindt hij je niet eens aantrekkelijk en zou hij liever met een ander zijn, heb je daar weleens aan gedacht? Hij is maar een slaaf, net als jij.'

Ze deed haar best om Santiago als slaaf te zien, zoals de kindermeid had gezegd, maar ze kon moeilijk wennen aan de stoten en de hartstocht van die ontketende dekhengst. Ja, hij werd zachter, en liet toe dat Kaweka zijn borst likte tot ze bij zijn penis kwam en die afzoog, dat ze zijn kruis streelde, zijn testikels masseerde of zijn anus met haar vingers, haar lippen of haar tong beroerde. Hij prikkelde haar, stimuleerde haar, tot hij een climax naderde; dat was het moment dat hij haar vergat. Zij had zich net overgegeven aan de wellust, begon te hijgen en te kreunen en wilde, ongecontroleerde bewegingen te maken, maar hoezeer ze ook meende te genieten, des te groter was haar teleurstelling toen hij brullend klaarkwam, zijn spieren zich spanden en hij haar met een vernietigende kracht tegen zich aan drukte, waarmee hij de betovering in één klap wist te verbreken.

'Ben je zwanger?'

Dat was het enige wat Santiago interesseerde. 'Ben je zwanger?' 'Nóg niet?' 'Hoe kan dat nou?' 'Ben je soms onvruchtbaar?' vroeg hij steeds, met een nadruk die Kaweka mateloos ergerde, al wist ze dat hij onder druk was gezet door de opzichter, die er alles aan gelegen was om resultaten te boeken in de slavenfokkerij.

Nee. Kaweka was niet zwanger. Net zomin als andere zwarte vrouwen met wie ze naar het altaar van mama Ambrosia ging en smeekbeden richtte tot de goden, en die ze drankjes toediende zodra hun eerstvolgende menstruatie uitbleef, wat de geboorte van een nieuwe slaaf zou kunnen betekenen.

'Je bent gewoon geen echte man!' kaatste ze de bal terug toen Santiago haar die vraag op een avond voor de zoveelste keer stelde.

Modesto was zijn naam. Hij was een slanke, slungelige man van nog geen dertig met een gitzwarte huid, kroeshaar en een aanstekelijke glimlach. Ondanks de reden van zijn aanwezigheid op La Merced viel Kaweka uiteindelijk voor zijn charmes en betrapte ze zich er soms zelfs op dat ze naar hem lachte. Modesto's glimlach was een uitzondering op de plantage; in tegenstelling tot die van de slaven van La Merced, heimelijk en vluchtig, was de glimlach van Modesto uitbundig en oprecht. Ze waren elkaar de afgelopen dagen al tegengekomen in de ziekenboeg. Markies de Santadoma had een nieuwe, gerenommeerde arts uit Havana aangenomen, don Agustín Rivaviejo, 'een grootheid', zei men, om te onderzoeken hoe het kwam dat er op La Merced slechts half zoveel creooltjes werden geboren als op andere plantages in het westelijke deel van het eiland. Deze conservatieve voormalige huisdokter met zijn achterhaalde ideeën en methodes ging gebukt onder de woede van don Juan José, die zich niet zozeer druk maakte om de kinderen die op zijn land werden geboren, maar vooral om het feit dat hij een slecht figuur sloeg ten opzichte van zijn gelijken.

'Hij is niet te vertrouwen,' waarschuwde mama Ambrosia.

Kaweka mompelde wat terug. De kindermeid kon weleens gelijk hebben. Het was duidelijk wat de markies van plan was, en als de oorzaak van al die abortussen aan het licht kwam, zou zij voor de gevolgen opdraaien. Toch probeerde ze zichzelf gerust te stellen met de gedachte dat ze geen enkele reden hadden om haar daarvoor verantwoordelijk te houden; op de plantages hadden zwarte vrouwen altijd al abortus gepleegd.

Kaweka had zich met een onverschillige, haast arrogante houding aan het onderzoek van de arts uit Havana onderworpen. De dokter stelde vragen over haar leven, haar werk en haar relatie met Santiago en noteerde haar antwoorden. Ze beantwoordde de vragen, maar bleef letten op de reactie van Modesto, die in de ziekenboeg bezig was instrumenten klaar te leggen en drankflesjes op te ruimen. Bij elke stap die hij zette, klapten zijn primitieve, van palmbladeren gemaakte sandalen tegen zijn hiel.

'Hoeveel keer per dag neemt je man je?' vroeg Rivaviejo.

Hij was haar man niet, wilde Kaweka verontwaardigd terugzeggen. Waar kwam dat onbehagen toch vandaan, vroeg ze zich verbaasd af.

'Geef antwoord,' maande de ander haar.

'Eén, twee, drie keer... Hangt ervan af hoe vaak hij zin heeft,' antwoordde ze werktuiglijk, terwijl ze Modesto in de gaten hield, die nog steeds in de ziekenboeg liep te rommelen.

De arts vroeg of ze abortus had gepleegd. 'Nee.' Hij reageerde niet. 'Nee,' herhaalde ze. Rivaviejo bleef aandringen en Kaweka doorstond de ondervraging.

'Die vent waarmee ze mij hebben opgezadeld is een dekhengst van niks,' zei ze.

Toen het verhoor voorbij was en ze op het bed in de verloskamer lag en de dokter haar intieme delen betastte, kreeg ze een vreemd gevoel in haar buik. Ze keerde haar gezicht naar de muur om Modesto's blikken te ontwijken. De wroetende vingers van Rivaviejo binnen in haar voelden aan als de bruutste penetratie die ze ooit had meegemaakt. Ze sloot haar ogen. Het waren niet de goden. Dit was een echt gevoel dat ze nog nooit eerder had ervaren: een mengeling van preutsheid en lust, van verlangen en gêne ten aanzien van Modesto. Ze hoorde de dokter met zijn assistent praten, maar de woorden vermengden zich met haar snelle, hortende ademhaling, waardoor ze er niets van verstond.

Wat ze wel merkte, was dat Rivaviejo, toen hij klaar was met het onderzoek, Modesto een klap in zijn gezicht gaf toen die weg wilde lopen.

'Waar ga jíj naartoe? Je bent ook geen haar beter dan de rest!' schreeuwde hij. 'Help haar overeind en breng haar naar haar werk. Een stelletje leeglopers zijn jullie… allemaal!'

Rivaviejo beende weg, foeterend dat alle zwarten lui waren en niet deugden, en Kaweka, nog helemaal vol van die vreemde gevoelens, besloot Modesto, die de klap die hij zojuist had geïncasseerd weer leek te zijn vergeten en zijn stralende glimlach weer liet zien, uit te dagen door te insinueren dat ze wel abortus had gepleegd. Modesto was zwart, dus hij zou dat moeten begrijpen. Hij was een slaaf en werd mishandeld, ook al droeg hij sandalen. Ze had horen zeggen dat slaven in de steden vaak sandalen droegen.

'Veel vrouwen krijgen een verzakte baarmoeder na een abortus,' zei de assistent zodra ze alleen in de ziekenboeg waren. 'Al kan het ook komen door het zware werk en de uitputting, maar het is niet logisch dat het hier meer voorkomt dan op andere plantages. Er is niets wat dat verschil verklaart, toch? Jij bent jong, gezond, en je hebt geen verzakk…'

'Dus ik heb nog een paar abortussen nodig om net als die slavinnen een verzakte baarmoeder te krijgen,' onderbrak ze zijn uitleg om hem op de proef te stellen. Modesto trok een verbaasd gezicht. 'Je zei net zelf dat er niets is wat het verschil kan verklaren, toch?'

'Zo moet je niet praten,' zei Modesto streng. 'Jouw heer wil dat je kinderen krijgt. Je bent zijn bezit…'

Kaweka vroeg zich af of hij wel eerlijk was, of hij wel zei wat hij werkelijk dacht.

'Ik zal geen slaaf baren,' vervolgde ze. 'Ik niet, en geen enkele andere vrouw. We doden onze kinderen nog liever dan dat we ze aan de heer geven om ze te laten uitbuiten!'

'Hou op,' zei hij. 'Neem haar mee.' Kaweka had niet gemerkt dat mama Ambrosia, nadat ze de dokter had zien vertrekken, haar hoofd om de deur had gestoken en stomverbaasd was over wat ze haar pupil had horen zeggen.

'Wees niet zo naïef,' berispte de kindermeid haar toen ze eenmaal buiten stonden.

'Deze man staat aan onze kant.'

'Als jij je eigen graf wilt graven, is dat jouw zaak, maar over anderen praat je niet.'

'Hij vertelt het heus niet door,' zei Kaweka weer. 'Hij is ook een slaaf...'

'Hij is een ander soort slaaf.'

En dat was zo, want Modesto was ook niet vrij. Hij maakte deel uit van een grote groep zwarten met een onduidelijke status: de *emancipado*. Dat waren slaven die op grond van het verdrag met Groot-Brittannië, waarbij de slavenhandel werd verboden, door de autoriteiten werden onderschept op het moment dat ze op Cuba van boord kwamen of op schepen zaten die nog onderweg waren naar steden en plantages.

Emancipado werden als vrije mannen beschouwd, maar ze kregen die vrijheid in werkelijkheid niet. De regering en ambtenaren hadden algauw door dat die zwarten zonder heer fikse winsten konden opleveren, dus werden ze tewerkgesteld bij openbare werken, of voor een spotprijs aan particulieren verkocht die hen op hun beurt lieten werken. Zo verwierven echtgenotes en weduwen van militairen en ambtenaren een emancipado die een vak uitoefende en hen daarnaast hielp bij het huishouden. Ziekenhuizen, kloosters, scholen, opvanghuizen... talloze instellingen maakten gebruik van goedkope arbeidskrachten die volgens de wet vrij waren, maar nog jaren in slavernij leefden. Modesto was al vijftien jaar in dienst van Rivaviejo.

De emancipado had naar niet verraden. Zijn eeuwige glimlach, die nog breder werd wanneer hij Kaweka in de ziekenboeg tegenkwam, trof haar als een bliksemschicht, net zoals wanneer een god bezit van haar nam. Hij ging door waarmee hij bezig was, met zijn slungelige bewegingen, tot hij een stopfles omstootte maar die op wonderbaarlijke wijze nog net op tijd kon opvangen voordat hij aan gruzelementen zou vallen. Kaweka merkte dat zij hem ook iets deed, en dat deed haar deugd. Zoveel, dat ze Santiago niet meer om zich heen kon verdragen. Zijn aanrakingen, zijn geur, zijn ruwe handen, zijn naar tabak en brandewijn stinkende adem, ze walgde ervan. Ze kon echter niet ontkomen uit dat kamertje waar hij haar nam en eiste dat ze zwanger raakte. Dat was de enige relatie die ze hadden: hij greep haar wild vast en penetreerde haar terwijl hij haar bedreigde en uitschold, en zij zag vanaf de brits hoe de kinderen ongegeneerd toekeken vanuit de deuropening en meebewogen met het ritme van de stoten van Santiago. Kaweka was niet in staat geweest te genieten met de zwarten op de zondagse feesten of met degene die haar nu verkrachtte; Piedad had haar geleerd hoe ze zichzelf dat genot kon verschaffen. Maar dat kwam bij lange na niet in de buurt van de lichtheid, de zorgeloze verleiding die alleen al bij de gedachte aan Modesto door haar lichaam trok.

Honderden slaven, Chinezen, contractarbeiders, blanken, zwarten en mulatten stonden in rijen opgesteld voor de suikermolen van plantage La Merced. Ze stonden er al een uur te wachten. Daarnaast stonden, eveneens in slagorde, zoals de cavalerie bij een militaire parade, enkele tweewielige ossenwagens met bagasse, en een aantal grote vierwielige wagens met een span trekdieren, volgeladen met pas geoogste rietstengels.

'Zorg dat jullie er allemaal op je paasbest uitzien,' had de opzichter hun luidkeels opgedragen. Ze waren vrijgesteld van werk om zich te wassen en op te doffen.

De veertiende december brak aan, het was een zonnige, zachte ochtend en er was geen wolkje aan de lucht. De blanken voelden zich heersers over de wereld en verheugden zich over de goedertierenheid van hun god op de dag waarop de openingsceremonie van het maalseizoen zou plaatsvinden, waarmee de oogst van het jaar 1863 officieel van start ging. Mama Ambrosia en Kaweka hadden zich gewassen en gekleed en hadden nog tijd over om naar de kroeg te gaan. Ze wisten dat Gabino in de buurt was; ze hadden zijn muildier met die wiebelende kast vol snuisterijen op zijn rug zien staan.

Het was een gunstige tijd voor de handel. De mensen liepen de plantages af op zoek naar werk; naast de Chinezen en zwarte slaven waren er in het maalseizoen meer arbeidskrachten nodig. De ossen kwamen hersteld en wel terug van de graasweiden. Iedereen had haast en moest op het laatste moment nog wat zaken regelen: de gebouwen, de wagens, de machines, gereedschappen, machetes... Het leven was in alle hevigheid teruggekeerd in de Magdalena-vallei.

Alsof het om een ritueel ging, wezen de vrouwen de kralenkettingen en halssnoeren die de straatventer hun voorhield opnieuw af en maakten een afspraak met de marrons. Ze hadden hun niet veel te bieden. Met de komst van Rivaviejo was er veel veranderd. De arts ging regelmatig naar Havana of naar andere plantages, en nadat hij alle slavinnen had onderzocht (zowel degenen die een kind hadden gekregen als degenen die, uit vrije wil, zoals Kaweka, of door een speling van de natuur kinderloos bleven), had hij Modesto opgedragen de gegevens te verzamelen die hij noodzakelijk achtte om verslag uit te brengen aan de markies.

'Maak je geen zorgen,' had de emancipado haar gerustgesteld.

'Ik maak me geen zorgen,' antwoordde zij, en met een glimlach nam ze de lichte streling van Modesto in ontvangst.

Kaweka had zich opengesteld voor de liefde op het moment dat ze Modesto in vertrouwen nam, alsof hun zielsverwantschap gevolg moest krijgen in een samensmelting van hun lichamen. 'Ik heb abortus gepleegd, ja,' had ze op een middag ronduit toegegeven nadat de emancipado zijn twijfels had geuit, 'en veel andere vrouwen hebben dat ook gedaan. Uit eigen vrije wil. We hebben voorkomen dat er nog meer slaven op deze wereld komen nadat we de goden hebben gedankt en gevraagd hebben ons te helpen met de krachten die de bergen ons schenken.' De man zweeg. 'En we blijven ermee doorgaan!' benadrukte ze na het uitblijven van een reactie, waarmee ze hem dwong een standpunt in te nemen.

Hij kuste haar.

De seks volgde als vanzelf. Kaweka schrok van de opwinding die ze bij Modesto teweegbracht en even vreesde ze dat hij net zo was als Santiago, maar zodra hun naakte lichamen elkaar vonden, verloor ze de beheersing over haar handen, haar mond, haar tong, haar ademhaling... Haar hele lijf was in de greep van oncontroleerbare driften, net als toen de goden bezit van haar namen, maar nu werden die belichaamd door een slungelige zwarte man die haar zo hartstochtelijk beminde dat het leek of hij haar zou verpletteren. Ze lagen op elkaar op een brits in de ziekenboeg, Kaweka met haar benen om Modesto's romp geklemd, haar buik tegen de zijne drukkend zodat hun lichamen met elkaar versmolten. Het gehijg, het gezucht, het kraken van het bed, de stemmen buiten, het vergoten slavenbloed, het sissen van de zon die wegvluchtte van de schande die ze verlichtte... Alles verstomde door het geluid van de drie heilige trommels die zich in Kaweka's zintuigen nestelden en het ritme van het genot aangaven. Meer, meer, meer... Kaweka's lichaam begon steeds heviger te schokken, alsof het wilde wedijveren met het uitzinnige getrommel, een onophoudelijk, oorverdovend gebulder dat alleen maar kon uitmonden in extase of krankzinnigheid.

Kaweka moest huilen.

En Modesto kuste haar ogen en likte haar tranen op.

'Als ik met jou ben, ruik ik Moeder Aarde,' fluisterde hij. 'Dan beleef ik mijn kindertijd weer. Je geeft me het leven terug, mijn dromen, de hoop.'

Rivaviejo had niet alleen een hekel aan zwarten, die hij als losbollen, schuinsmarcheerders, nietsnutten en dronkenlappen bestempelde, maar hij was ook een geslepen heerschap dat de maatschappelijke ladder van Havana had weten te beklimmen. De arts nam zonder meer genoegen met de argumenten van zijn assistent, die de vooringenomenheid van zijn baas maar al te goed kende en meeging in zijn verdorven, dwaze denkbeelden om de aandacht af te leiden van de mogelijkheid dat er sprake was van een complot. Er werden ongetwijfeld abortussen uitgevoerd, verklaarde Rivaviejo aan de markies toen hij deze het rapport overhandigde, 'zoals op alle plantages,' voegde hij daaraan toe. Zelfmoord, abortus... Dat was bekend, typisch voor zwakke, lafhartige karakters zoals dat van de creolen en bozales, maar het was moeilijk te bewijzen. Het probleem op La Merced was dat niemand zich bekommerde om de zwangere slavinnen. Ze werden niet onderzocht, niet in de gaten gehouden, er was geen medisch toezicht om te beoordelen of ze ziek waren, overwerkt, of mishandeld waren... In zo'n geval werd een zwangerschap, een succesvolle bevruchting, een chaotische, onzekere aangelegenheid.

Don Juan José de Santadoma trok een bedenkelijk gezicht bij het relaas van de dokter.

'Mijnheer de markies, wat de suikerproductie betreft, heeft u een modelplantage,' benadrukte Rivaviejo, 'maar als het om de productie van kleine negertjes gaat, wordt er meer zorg besteed aan de zwangerschap van merries en zeugen dan aan die van een van uw slavinnen.'

Sinds de arts uit Havana de oude dokter had vervangen die altijd op de plantage had gewerkt, was het toezicht op Kaweka en de andere vrouwen strenger geworden. De markies had het niet goedgevonden dat ze minder taken kregen en de regels soepeler werden, maar de opzichter vroeg hun wel naar hun problemen en behoeften. Zijn mannen bewaakten hen en wezen elkaar vrouwen toe om in de gaten te houden. Ook kregen de vrouwen meer eten en riep Cirilo hen regelmatig naar de ziekenboeg, waar hij ze onderzocht, tot genoegen van Modesto.

Kaweka, die in afwachting was van het begin van de oogst, wanneer ze met de anderen naar de suikerrietvelden zou worden gestuurd, verkeerde nog steeds in een gunstige positie als het om de haar toegewezen taken ging, maar ze had nu wel minder bewegingsvrijheid buiten de ziekenboeg en de kinderbewaarplaats. Deze situatie werd nog verergerd door de jaloezie van Santiago, die algauw lucht had gekregen van haar relatie met Modesto, die in zo'n kleine gemeenschap onmogelijk geheim te houden was.

Santiago werd gewelddadig. De verwondingen en blauwe plekken die hij Kaweka toebracht, vaak in beschonken toestand, werden teder verzorgd door Modesto.

'Hij weet het van ons,' zei Kaweka.

'Ik zal het proberen op te lossen.'

De emancipado deed zijn beklag bij Narváez met het excuus dat het zijn taak was om op de gezondheid van de toekomstige moeders te letten.

'Die heks?' brieste de opzichter. Toen barstte hij in lachen uit en gaf hij Modesto een tikje op zijn wang. 'Dus je wilt haar voor jezelf, hè? Luister, roetmop, het maakt mij niet uit wie van jullie twee haar het eerst zwanger maakt, maar neuk haar zo vaak jullie kunnen, want zodra de oogst begint heeft ze daar geen tijd meer voor... en geen zin meer in.'

Modesto wilde op zoek gaan naar Santiago, maar mama Ambrosia haalde Kaweka over hem daarvan te weerhouden.

'Al dit gedoe kan alles voor ons bederven. Straks krijgen we nog problemen met de marrons.'

'Maar wat moet ik dan doen?' mopperde Kaweka. 'Moet ik Modesto dan afwijzen?'

'Je hoeft niemand af te wijzen,' antwoordde de kindermeid. 'Er zijn zoveel slavinnen die het met meerdere mannen doen. Er zijn niet genoeg vrouwen voor iedereen. Hou vol. Ze zullen het wel bijleggen en leren je te delen.'

'Ambrosia!'

De kindermeid nam haar van top tot teen op voor ze doodkalm vervolgde:

'Op een dag gaat jouw man weg, meisje. Zodra hij zijn taak volbracht heeft. En de liefde verdwijnt dan met hem.' Na die woorden trok mama Ambrosia een uit het veld geslagen Kaweka naar zich toe; het meisje, met haar lippen stijf opeengeperst, een trillende kin en een brok in haar keel, kon geen woord meer uitbrengen. De kindermeid omhelsde haar en wiegde haar zachtjes. 'Wij slavinnen kunnen het ons niet veroorloven van iemand te houden, liefje,' fluisterde ze. 'Niet van mannen op deze plantage en al helemaal niet van iemand van buiten. Liefde doet meer pijn dan de zweep.'

Modesto zou weggaan. Kaweka wist het, ze had het van Cirilo gehoord, die Modesto's aanwezigheid in zijn territorium niet op prijs stelde. 'Na de oogst gaat hij weg,' beweerde hij steeds, maar in tegenstelling tot de analfabete heelmeester wilde Kaweka het onvermijdelijke niet uitspreken, en zodra er ook maar werd gezinspeeld op de korte tijd dat ze nog samen konden zijn, ontweek Modesto haar blik.

'Het komt wel goed met hem,' zei hij over een zieke. 'Over een maand of...'

Hij maakte zijn zin niet af en keek ook niet naar Kaweka, die achter hem stond met een instrument dat hij had gebruikt.

Ze begroef die realiteit onder een dikke deken van ontkenning en gaf zich aan de man die haar alleen al met zijn ademhaling in vervoering kon brengen. Ze beminden elkaar wanneer ze maar konden, profiteerden van elk moment, hoe vluchtig ook, om elkaar een glimlach te schenken. Kaweka haalde alles wat ze met de andere mannen had geleerd uit de kast om Modesto te behagen, en tot haar verrassing genoot ze zelfs van zijn gekreun en gehijg.

Dat gezucht maakte plaats voor een beestachtig gebrul wanneer Santiago zijn aandeel opeiste en het verraad van de vrouw die hem was toegewezen bruut afstrafte.

Narváez had zich ook vrolijk gemaakt over de jonge dekhengst en riep hem bij zich nadat hij met Modesto had gesproken.

'Laat jij je aan de kant zetten door die verpleger, sta je toe dat hij jouw vrouwtje afpakt? Zie je voor je hoe ze het doen?'

'Ik maak hem af!'

Narváez hield de jongeman tegen. Hij gaf hem een klap en duwde hem vooruit, één, twee, drie keer, en schold hem bij elke stap uit, bedreigde en beledigde hem.

'Je laat hem met rust,' waarschuwde hij. 'Ik vil je levend als je hem ook maar met een vinger aanraakt. Laat zien dat de zwarten van de markies echte mannen zijn! Zet jezelf niet voor heel La Merced voor schut, idioot!'

Diezelfde dag huilde Kaweka op de ene plek en lachte ze op de andere, verborg ze haar geluk voor de ene man om hem niet nog bozer te maken en verborg ze haar pijn en verwondingen voor de andere zodat ze onbekommerd van elkaar konden genieten. Daarna knielde ze neer voor het altaar van mama Ambrosia en smeekte ze om hulp, en deed ze hetzelfde in de bergen, onder de heilige kapokboom, maar de goden bemoeiden zich niet met haar liefdesleven, dat hadden ze nooit gedaan. Ze nam drankjes in om de vrucht uit te drijven. En intussen ging de tijd voorbij, de oogst was in aantocht, Modesto zou de plantage verlaten en Santiago zou haar met rust laten; misschien zouden ze zelfs niet meer uitgeteld samen in een bed liggen.

Maar zij wilde niet rusten, hoe vermoeid ze ook was en hoe langzaam en stuntelig haar bewegingen ook waren geworden, door de spanning van het voortdurend tussen die twee mannen gevangen te zitten. Maar naarmate de dag van Modesto's vertrek naderde, werd haar verlangen dat hij haar hartstochtelijk beminde steeds sterker, en terwijl Santiago op haar lag fantaseerde ze dat ze het zweet van zijn lichaam oplikte. Kaweka was bereid alles te verdragen wat nodig was om, al waren het maar een paar momenten, de geneugten te smaken waarvan ze wist dat die verboden waren voor slaven. Door het lot, of misschien door die goden die zich maar niet lieten zien, had ze kennis kunnen maken met het genot, met een zwarte man die overal waar hij liep de zon liet schijnen. De heilige trommels explodeerden binnen in haar wanneer hun lichamen elkaar vonden. En hij sprak met zachte stem tegen haar, zodat de tedere woorden versmolten met hun gevoelens, in tegenstelling tot de harde toon van de eisen van Santiago of de bevelen van de opzichter. Hij zei dat hij van haar hield! Niemand had dat ooit tegen haar gezegd, en zij had nooit durven dromen dat iemand dat zou doen.

Het was de dag waarop de oogst begon en Kaweka stond in de rij van de ene voet op de andere te wippen, net zoals vele anderen, in afwachting van de markies en zijn genodigden voor de ceremonie die bij het begin van de oogst werd gehouden. Ze zag Santiago niet tussen de honderden mensen die voor de suikermolen stonden opgesteld. Maar Modesto wel; hij had haar al gezocht met zijn ogen en hun blikken hadden elkaar al een paar keer gekruist. Haar man stond op de verhoging voor de suikermolen, tegenover en boven de slaven en arbeiders, naast de bazen en beheerders van de plantage: de opzichter, de suikermeester en de meester-timmerman, de Chinezen die de machines bedienden, de koks en degenen die de boekhouding bijhielden, de klerken… Allemaal op hun mooist uitgedost.

De mannen van Narváez maanden iedereen tot stilte toen de markies zijn opwachting maakte bij de suikermolen. Leren schoenen, een wit linnen pak en een zeer elegante strooien hoed; in zijn hand had hij een wandelstok met zilveren handgreep waarmee hij voortdurend naar dingen wees tegenover zijn gezelschap. Zijn zoon, de erfgenaam, een jongeman van vierentwintig die al een positie had in de leiding van de plantage en bij andere ondernemingen, was in dezelfde stijl gekleed, evenals de overige mannelijke gasten. De dames, die wat meer aandacht aan hun uiterlijk hadden besteed maar er niet al te formeel uitzagen, droegen zijden of mousselinen jurken, vaak bedrukt en met – in het geval van de jonge vrouwen – diepe decolletés, en met borduursels en biezen in het geval van de vrouwen die het niet gepast vonden om te koop te lopen met hun door de tand des tijds verwelkte kroonjuwelen.

Modesto en de anderen gingen aan de kant om plaats te maken voor het dertigtal personen die naderhand het galabal in het hoofdhuis zouden bijwonen terwijl de slaven op de velden riet kapten.

'Zegen ons, heer!'

Vele anderen herhaalden dat verzoek en de markies hief zijn hand als een almachtige god. Aanvankelijk stond Kaweka er met opeengeklemde kaken bij, maar later ontspande ze zich, en deed ze haar best om haar fatsoen te bewaren. Mama Abrosia had het haar aangeraden en Modesto had het haar gesmeekt: 'Hou je alsjeblieft in tot de markies akkoord is.'

Don Juan José de Santadoma zegende zijn slaven.

Kaweka, die met gebogen hoofd in de menigte stond, glimlachte toen haar heer zijn christelijke god voor al zijn slaven aanriep. Ze vond het ironisch dat de god van de blanken haar inderdaad een gunst verleende en haar de vrijheid zou schenken.

Modesto had er even over gedaan het haar te vragen, en omdat hij zich bewust was van de lijdensweg die Kaweka doormaakte, had hij zich daarvoor verontschuldigd; hij had de toestemming en steun van Rivaviejo nodig. Tot die tijd had hij het haar niet durven voorstellen.

'Ik heb geld,' had hij er ineens uitgeflapt nadat ze de liefde hadden bedreven. 'Een jaar of tien geleden werden de emancipado vrijverklaard en werd er een salaris voor ons vastgesteld. Door de regering werd die vrijheid niet teruggegeven, maar Rivaviejo betaalde me wel, misschien om te voorkomen dat ik zou protesteren, of om me tevreden te houden... Ik weet het niet, hij heeft een bedoeling met alles wat hij doet...' Kaweka's achterdochtige blik en haar toegeknepen ogen dwongen hem het kort te houden: 'Ik zou je kunnen kopen.'

'Wat vertel je me nou?'

'Ja, echt waar. Ik kan mijn eigen vrijheid niet kopen. Ik kan mijn geld niet voor mezelf gebruiken, heel tegenstrijdig. De Spaanse staat verkoopt ons niet, dat kan hij niet omdat hij niet kan erkennen dat ze ons de vrijheid niet hebben gegeven, en daarom mag het niet.' Modesto sprak opgewonden en struikelde over zijn woorden; hij probeerde de talloze gedachten die door zijn hoofd gingen te ordenen. 'Volgens de wet zijn wij emancipado's vrij, dus kunnen ze ons niet verkopen. Maar jou wel. Ik kan je kopen. Het geld dat ik gespaard heb is zeker niet genoeg om de totale prijs te betalen, maar Rivaviejo kan je werk geven. Daarom had ik zijn steun nodig. We zouden de totaalprijs in termijnen kunnen betalen. Je hebt verstand van kruiden, je bent een goede verpleegster...'

'Ben je gek geworden of zo?'

Modesto had haar handen gepakt en haar naar zich toe getrokken. Zij had zich verzet.

'Op een dag zullen de Spanjaarden me de vrijheid geven. En dan zijn we allebei vrij!'

'En als de markies niet akkoord gaat?'

'Hij gaat zeker akkoord. Hij waardeert Rivaviejo. En als hij er geld voor krijgt...'

Er liep een koude rilling over Kaweka's rug. Ze had gestreden voor het genot, voor een liefde die al een heel seizoen duurde, en nu zou ze misschien ook nog vrij kunnen zijn. Ze benaderde het idee met eenzelfde omzichtigheid als waarmee ze haar hand naar een lama uitstak.

'Moge God, onze Heer, jullie beschermen en in Zijn schoot opnemen!' riep markies de Santadoma op dat moment uit.

Kaweka's glimlach, nog steeds op haar blote voeten gericht, verbreedde zich. Binnenkort zou ze vrij zijn! En ze zou met Modesto trouwen, want hij had haar een aanzoek gedaan.

'Doen,' had mama Ambrosia haar aangeraden nadat ze het had verteld. 'Je moet het gewoon doen,' drong ze aan, tot ze de bezorgde blik van haar beschermelinge opmerkte en een verbaasd gezicht trok. 'Wat is er?' Je zou in de wolken moeten zijn. Als het om mij is...'

'Nee... nou, eh... ja!' verbeterde Kaweka zichzelf terwijl ze een verstrooid handgebaar maakte. 'Ook om jou, natuurlijk, maar behalve dat... Als ik vrij ben en ga trouwen, hoe moet het dan verder met onze strijd tegen de blanken en de slavernij?'

'Je kunt toch nog steeds voor de slaven opkomen als je vrij bent en in de stad woont, waar degenen zitten die het voor het zeggen hebben? Beter nog dan hier, meisje. Daar zijn er veel die het ook doen, veel meer dan hier, en daar heb je het beter dan op deze godverlaten plantage waar we alleen maar een paar miezerige zakken rijst en wat machetes kunnen regelen, op het gevaar af dat we zweepslagen krijgen. Jullie houden van elkaar. Modesto lijkt me een goed mens. Wees vrij, ga trouwen en blijf strijden voor de slaven. Daarvoor hebben de goden je uitverkoren...'

Mama Ambrosia zweeg. Ze was het niet eens met wat ze zojuist had gezegd, maar ze wilde niet dat haar meisje zich schuldig voelde over de vrijheid die voor haar in het verschiet lag. Ze was ervan overtuigd dat Kaweka's werkelijke missie ging om de zwarten op de plantages, die ongeletterd waren, uitgebuit en mishandeld werden en als dieren werden gezien. In de stad, en zeker in Havana, waren er bijeenkomsten voor slaven, die per etnische groep georganiseerd werden en waar tientallen santeria-priesters, *santero*, en medicijnvrouwen, sommigen ook door de goden bezeten, zich op haar zouden storten zo gauw ze zich in hun autoriteit zagen aangetast door een jonge bozal die nog nooit eerder een stap in een grote stad had gezet. Nee. Kaweka was niet klaar om die uitdaging aan te gaan, de goden waren wispelturig en konden haar helpen of juist in haar nadeel werken, maar tegen haar stralende glimlach, haar enthousiasme en de kracht die ze uitstraalde had de kindermeid geen enkel verweer.

'Als dat zo is,' onderbrak Kaweka haar gedachten, 'als ik echt ben uitverkoren, waarom zeggen de goden dan niets?'

Misschien omdat ze niet willen dat je weggaat, dacht de vrouw.

'Waarom zouden ze, als het allemaal goed gaat?' zei ze in plaats daarvan.

Kaweka peinsde even over dat eenvoudige antwoord.

'En jij dan?' vroeg ze ten slotte.

'Ik? Een oude kindermeid? Zorg dat je het goed krijgt, zodat je me op een dag, wanneer ze me er hier uit gooien, kunt opvangen. Maar schiet op...' grapte ze, al was het met gebroken, hese stem.

Vol verwachting had Kaweka het aanzoek aanvaard, en Modesto beloonde haar met die schitterende, aanstekelijke glimlach. Ze hadden meerdere malen de liefde bedreven in een verborgen hoekje van de ziekenboeg, en toen ze hun lust hadden bevredigd begonnen ze, nog nagenietend, over de toekomst te praten.

'We gaan in Havana trouwen en wonen,' had hij gezegd.

'Het maakt mij niet uit waar.'

'Nee, het maakt wel uit. We gaan naar Havana. Daar wonen de rijken, die betalen goed voor onze diensten...'

'Maar ik moet...'

'In Havana kunnen we een goed leven leiden, Regla. Onze kinderen kunnen er naar school en een goede baan vinden. Die zijn er genoeg. En we zullen een huis hebben, met een moestuin en dieren. Bovendien...'

'De goden hebben mij uitverkoren,' onderbrak ze zijn gepassioneerde betoog.

Hij streelde haar gezicht.

'Ik ook...'

'Ik heb een strijd te voeren voor de vrijheid van de onzen, tegen de blanken.'

'Dat vind ik zo mooi aan jou: je geestdrift. Je lef. In Havana zijn er genoeg zwarten voor wie je je kunt inzetten en blanken die je kunt aanvallen.'

En via de enthousiaste verhalen die Modesto haar vertelde, leerde Kaweka Havana en zijn mensen kennen, en zag ze zich daar al met haar man in vrijheid wonen.

Het fluiten van de stoom die uit de ketels ontsnapte verbrak de stilte na de zegening van de markies. Kaweka vergat dat gesprek en zocht Modesto tussen de mensen die om de genodigden heen stonden. De machinerie trad in werking. Enkele slaven droegen bundels rietstengels van de wagens naar de suikermolen. Kaweka en Modesto keken elkaar aan en hij glimlachte naar haar. Ze voelde een koude rilling door haar lichaam gaan terwijl don Juan José zijn plek aan een van zijn gasten afstond door met zijn wandelstok te gebaren dat hij naar voren moest komen.

'Riet!' maande de markies de zwarte mannen, en joeg hen al gebarend op. 'Meer riet!'

De slaven gooiden het riet in de molen, zodat er suikersap uit kwam, dat later in het ketelhuis tot stroop werd verwerkt. Het geluid van de messen waarmee de rietstengels werden fijngehakt vulde de ruimte en dreunde door in de herinnering en het gemoed van Kaweka en al die anderen die haar in de rijen vergezelden. Door dat kabaal, waarbij de blanken nu stonden te proosten, te kletsen, te lachen, elkaar te kussen en te feliciteren alsof de slaven die naar hen stonden te kijken, niet bestonden, werden deze laatsten maandenlang, dag en nacht achtervolgd en werden ze net als de rietstengels uitgeknepen totdat hun bloed en tranen vloeiden.

'Suiker wordt met bloed gemaakt,' mompelde Kaweka, waarmee ze beschreef wat er keer op keer op de plantages gebeurde.

Er gingen veel levens verloren. Kaweka had al zeven verschrikkelijke jaren de kwellingen van de oogst meegemaakt. Modesto glimlachte weer naar haar. Ineens bestond er niets anders meer voor haar dan die slanke zwarte man die leek te schitteren in een decor dat vervaagde, waardoor zijn gestalte zich duidelijker aftekende.

De dag na de opening van het maalseizoen werd Kaweka weggeroepen toen ze voor het middageten terugkwamen van de rietvelden.

De bewakers begeleidden haar naar de kinderbewaarplaats, waar mama Ambrosia haar opwachtte.

'De heer gaat akkoord met de koop,' zei ze toen Kaweka nog niet eens binnen was.

Kaweka dacht dat ze flauw zou vallen.

'Hoe weet je dat? Is het echt waar?'

'Modesto is gekomen, voordat hij naar Havana gaat.'

Die ochtend, terwijl de markies wat zaken afhandelde met Rivaviejo voor hij de plantage verliet, had Modesto hem aangeboden María Regla van hem te kopen. Don Juan José liet Narváez komen om te overleggen.

'Het is maar een gestoorde, behekste en onhandelbare slavin... En ook nog onvruchtbaar,' zei de opzichter terwijl hij met zijn tong klakte. 'Ze geeft alleen maar problemen. Verkoop haar, heer. We hebben genoeg handjes hier.'

'Zorg wel goed voor haar,' beval de edelman. 'Mijn vader zei altijd dat wanneer iemand besluit te verkopen, hij zichzelf al rijk rekent. En dit negerinnetje is geen suiker meer waard, maar geld. Het mag natuurlijk niet gebeuren dat ze een ongeluk krijgt en dan minder waard wordt voordat de dokter me heeft betaald.'

Om die reden werd ze vrijgesteld van het werk voor de oogst, en zelfs van Santiago, en mocht ze alleen mama Ambrosia helpen in de kinderbewaarpaats.

Toen Kaweka en Santiago naar het kamertje liepen waar ze geslapen hadden om hun spullen op te halen, kreeg hij nog een trap na van de bewaker die hen vergezelde.

'Je hebt haar niet zwanger gemaakt,' zei de man op spottende toon. 'Je bent zelfs niet goed genoeg om een zwartje te neuken.'

De bewaker lachte en trapte tegen een pannetje dat op de vloer lag en Kaweka zag dat Santiago zijn kaken stijf op elkaar hield en op zijn lip beet. Kom op, spoorde ze hem in gedachten aan, kom in opstand! Dat deed hij niet. Zodra de bewaker hem aankeek, boog Santiago zijn hoofd. Hij was maar een slaaf, dacht ze toen. Ze zag hem neerhurken om het pannetje op te pakken; zo ruw als hij haar had behandeld, zo nederig gedroeg hij zich tegenover de man die hem had beledigd en nu met een treiterig trapje het pannetje buiten Santiago's bereik schopte. Santiago was als slaaf geboren. Even vergat

Kaweka het geweld en het gescheld. Ze bukte en pakte het pannetje, dat naar haar voeten was gerold. Ze gaf het aan Santiago en ze keken elkaar aan. Slaven onder elkaar, leek ze met haar verdrietige blik te willen zeggen.

Daarna begaf ze zich met haar schamele bezittingen naar de kinderbewaarplaats. In de barak bleef Santiago achter, die verslagen naar de slaapkamer van de vrijgezelle mannen op de eerste etage sjokte. Hij had zich niet omgedraaid om afscheid van haar te nemen. Dat had ze wel fijn gevonden, dacht Kaweka verdrietig.

Mama Ambrosia wachtte haar op met een jongetje op haar arm en gaf het over aan Kaweka, in ruil voor die versleten kledingstukken die ze bij zich had. Kaweka pakte het kleintje, dat vies was en een snotneus had, op en hield het in de lucht en schudde het, waardoor het beeld van Santiago uit haar gedachten verdween.

'Wanneer denk je dat het gaat gebeuren?' vroeg ze aan de kindermeid nadat die haar had verteld dat Modesto die ochtend langs was geweest.

'Volgende maand,' antwoordde de vrouw, en ze herhaalde met lichte tegenzin wat hij tegen haar gezegd had: 'Zodra je man en de dokter terugkomen om de ziekenboeg te inspecteren. Dan hebben ze het geld bij zich en kunnen ze je meenemen.'

Kaweka zuchtte en voelde een uitgemergelde hand op haar arm. Sinds ze had verteld over de mogelijke koop worstelde ze met een schuldgevoel; ze kon de wroeging die ze voelde als ze bedacht wat haar beslissing voor de kindermeid betekende, niet van zich afschudden. De oude vrouw, wie niets ontging, probeerde echter haar geweten te sussen.

'Mijn lot is bepaald door de god Olofi toen ik nog niet herboren en teruggekeerd was naar de aarde, lang voordat jij deze emancipado ontmoette die je je vrijheid kan geven. Hoe het mij verder ook vergaat, daar heb jij geen deel aan. En dit jochie heeft honger...' voegde ze daaraan toe om haar af te leiden.

Tot Modesto haar zou komen halen, moest Kaweka in de kinderbewaarplaats en de ziekenboeg helpen. De oogst was net begonnen en op een paar gewonden na lag er niemand in de bedden: de slaven waren nog niet ten prooi gevallen aan de onbarmhartige uitbuiting waaraan ze werden onderworpen.

'Ga even wat kruiden halen om medicijnen te maken,' maande Cirilo haar. 'Ik wil een voorraad hebben voor als het hier straks vol ligt.'

Sinds een paar dagen ging Kaweka ging naar de bergen, waar ze dan de hele dag bleef. Ze plukte kruiden en bloemen, bad tot de goden, bracht hun offers, staarde naar de lucht en dommelde in terwijl ze droomde van het leven dat in het verschiet lag. Die ochtend wandelde ze naar de hut van de oude Teófilo, een van de gebrekkige slaven die van de plantage naar het bos waren verbannen en die haar van kruiden voorzag.

'Teófilo?' riep ze toen ze de hut was genaderd.

Drie zwarte mannen kwamen ineens vanachter het strooien hutje van de kreupele oude man vandaan. Geen van hen was Teófilo.

'Wat heeft dit te betekenen?' schreeuwde Kaweka.

Uiteindelijk herkende ze Mauricio, al hadden de bijna twee jaren dat hij voortvluchtig was hun sporen nagelaten in zijn uiterlijk.

'Ik schrok me een ongeluk van jullie!'

'Sorry,' verontschuldigde de jongeman zich.

'Wat doen jullie hier? Niemand heeft ons verteld dat jullie hier zouden zijn.'

De marron die Mauricio vergezelde had een machete bij zich, maar Kaweka's aandacht ging uit naar de derde man: een grijsaard met een dunne baard, net als de anderen in lompen gehuld, al had hij een eenvoudige ketting van blauwe en witte kralen om zijn nek.

'Maar tegen ons hebben ze wel gezegd dat jij hier in de bergen rondliep.'

De oude man sprak op ernstige toon. Kaweka kon niet aan zijn blik ontkomen; hij had haar gevangen. Ze voelde de kracht, die van de goden, en wist al wat hij wilde voordat de man verderging.

'Sluit je bij ons aan. Jouw bestemming ligt hier, in de bergen, met de jouwen, de marrons. Hier zijn degenen die net als jij strijden voor de vrijheid, degenen die vechten tegen de blanken. Jíj hebt ze aangespoord om te vluchten!' De man wees naar Mauricio. 'Nu hebben ze de goden en hun krachten nodig… Ik ben oud en moe. Dit is jouw bestemming,' oordeelde hij, maar Kaweka luisterde al niet meer.

Het beeld van Modesto, de vrijheid die hij haar had beloofd, het gezin waarvan ze droomden, het gezicht van mama Ambrosia... Alles waarnaar ze de laatste dagen had durven verlangen verkruimelde bij de woorden waarmee de man haar aanspoorde naar de bergen te vluchten en marron te worden. Maar ze kon Modesto niet verlaten! Ze had al van het geluk geproefd, 's nachts, en zelfs overdag, dus ze had geen behoefte aan dromen. Ze had zich al helemaal overgegeven aan haar geliefde, haar lichaam had gesidderd van genot, en in haar hoofd stond ze op het punt de suikerplantage, de ketens en de zweep achter zich te laten en van haar vrijheid te genieten. Dat idee kleurde elke minuut die haar nog scheidde van het moment dat Modesto terug zou komen met het geld. En nu wilde die oude man dat ze dat allemaal opgaf om mee te gaan naar de bergen!

'Nee,' protesteerde ze, al was het met zwaar gemoed. 'Ik...' Als bij donderslag schoot er een felle pijnscheut door haar lichaam, en ze kon geen woord meer uitbrengen. Haar benen trilden, maar ze wist zich te beheersen en zei zo kalm mogelijk: 'Mijn man wacht op me...'

'Je goden wachten op je,' onderbrak de grijsaard haar.

Dezelfde goden die alle beproevingen die Kaweka de afgelopen maanden had doorstaan onbewogen, misschien hardvochtig... of geamuseerd hadden gadegeslagen, eisten nu een tol die zijzelf onterecht vond.

'Nee. Zij hebben niets over mij te zeggen. Ik kan ze dienen vanuit Havana,' voerde Kaweka aan, met de woorden van mama Ambrosia in gedachten.

'Dat klopt,' antwoordde de ander, 'maar je moet eerst leren, je bent er nog niet klaar voor. Onze religie mag niet verdwijnen met oude mensen zoals ik.'

Op dat moment viel Kaweka op de grond en begon heftig te stuiptrekken terwijl ze naar haar hoofd greep om te voorkomen dat de orisha's bezit van haar zouden nemen.

'Probeer je ze tegen te houden?' vroeg de man op een toon alsof hij een gewoon gesprek aan het voeren was, waarmee hij Kaweka's innerlijke strijd negeerde.

'Ja!' gilde ze. 'Ze laten me niet met rust! Zo'n offer kunnen ze niet van me vragen!'

Uit haar keel steeg een gebrul op en na een laatste stuiptrekking leek ze te breken. Ze werd rustig. Ze was buiten adem.

'Ze kunnen alles van ons vragen wat ze willen,' vervolgde de marron. Vanaf de grond keek Kaweka hem aan en de ander reikte haar de hand. 'We zijn allemaal afhankelijk van hun wil,' zei hij, en hij trok haar overeind.

'De orisha's kunnen me mijn geluk niet ontzeggen en ook niet...'

Ze maakte haar zin niet af en barstte in tranen uit.

'Zij hebben jou uitverkoren. De blanken hebben ons tot slaaf gemaakt, maar we moeten voorkomen dat ze onze goden ook nog ketenen. Jouw geluk bestaat in de strijd voor de slaven. Je moet met me meekomen, dan kun je het leren.'

'Maar Modesto...' snikte ze.

'Als hij echt van je houdt,' zei hij terwijl Kaweka haar betraande ogen naar hem opsloeg, 'komt hij naar jou toe... vroeg of laat.'

Mauricio en de andere marron ondersteunden haar bij het lopen. Kaweka beval haar benen dienst te weigeren, maar ze gehoorzaamden haar niet; ze deden hun werk, voortgedreven door de goden, en met elke stap die ze zetten, vervaagden haar verlangens, haar hoop, de talloze heerlijke toekomstdromen en de vrijheid waarvan ze had geproefd en die zoeter smaakte dan de witste suiker. En het gezicht van Modesto, dat leek op te lossen in haar tranen, alsof hij verdween. Hoe zou het hem vergaan? Wat zou hij denken? Zou hij misschien denken dat ze hem uit eigen vrije wil verliet?

'En Modesto dan?' vroeg ze uiteindelijk.

'Wij ontfermen ons wel over hem,' antwoordde de oude man.

Waarover zouden zij zich ontfermen? Over zijn verdriet? Modesto zou er kapot van zijn. Die oprechte glimlach die iedereen voor zich innam, kwam Kaweka nu broos en kwetsbaar voor en haar hart brak bij de gedachte dat die nu zou veranderen in een diepbedroefde grimas.

'En Modesto dan?' mompelde ze opnieuw, zonder een antwoord te verwachten, gekweld door een schuldgevoel dat zelfs haar gedachten pijnigde.

6

Madrid, Spanje
December 2017

Misschien kwam het doordat hun vrouwtje er niet meer was; een psychotische aanval of zo, een soort posttraumatische reactie. Dat dacht Lita telkens wanneer de yorkshireterriërs die haar moeder verzorgde ophielden met blaffen en aan de deur krabben en gehoorzaam achter haar aan naar binnen liepen. Concepción trok dan haar wenkbrauwen op.

'Ik snap er niks van.' Ze schudde haar hoofd en maakte een grimas.

'Ik ook niet,' antwoordde haar dochter, terwijl ze die aangename tinteling die door haar lijf ging, negeerde.

Dat is de overwinningsroes, omdat ik die mormels eronder heb gekregen, bedacht ze tevreden. Zo graag wilde ze echter ook weer niet weten waarom de dieren zich zo gedroegen. Ze had er weleens over gedacht om een dierenarts te raadplegen, of een hondenpsychiater, als die tenminste bestond, maar er gebeurde te veel in haar leven om zich bezig te houden met die hondjes.

Bij de bank was het een heksenketel. Er werd steeds meer van haar geëist. Haar werkdagen waren uitputtend en liepen steeds meer uit. De druk werd zo groot dat ze op een namiddag tijdens de pauze zelfs een trekje van een joint nam die rondging onder collega's met wie ze een ommetje maakte in een koud en schemerig Madrid. Lita rookte weleens wiet met haar huisgenootjes en op feestjes en was ook niet vies van een lijntje coke, maar altijd met mate. Ze had het onder controle, maar die dag sneuvelde haar voornemen om die kant van zichzelf niet op haar werk te laten zien.

Met de joint tussen duim en wijsvinger nam Lita een lange hijs en zoog haar longen vol. Ze hield de rook vast en hoefde niet te hoesten. De anderen lukte dat niet, wat erop wees dat ze er weinig ervaring mee hadden, zoals Gloria, het hoofd Risicomanagement, een dominante betweter die erg tevreden was met zichzelf; ze vond zichzelf de slimste, mooiste, knapste en intelligentste van iedereen, en vanuit haar hoge positie in het organigram van de bank keek ze op Lita neer. Lita glimlachte besmuikt toen ze zag dat Gloria begon te hoesten en zich snel achter een collega verschool. Het was goede, sterke wiet. In feite, bedacht ze, was ze heel brutaal op een uitnodiging van een van de externe adviseurs van Speth & Markus ingegaan om die pedante Gloria uit te dagen. Pablo had haar de joint doorgegeven; Lita wist niet of hij hem gedraaid had, maar vond het wel leuk dat hij hem haar had aangeboden. Hij was iets ouder dan zij, rond de dertig. Knap was hij niet, maar wel aantrekkelijk. Hij was een uitmuntend professional, deskundig, besluitvaardig, overtuigend; die eigenschappen combineerde hij met een enigszins nonchalant uiterlijk – oude kleding, een dunne baard en warrig haar, à la verstrooide professor. Lita had al gemerkt dat het hoofd Risicomanagement de communicatie tussen hen beiden steeds verstoorde: ze onderbrak haar en ontnam haar het woord; ze was staflid, maar liet zich steeds meer kennen als een loopse teef dan als een topfunctionaris. Dus die joint kwam als geroepen. Gloria kon niet achterblijven, ze moest erin meegaan als ze om Pablo's gunst wilde meedingen. En ze had verloren. De lange, blonde, flamboyante vrouw had het afgelegd tegen een vrouw van kleur, die misschien wel lager in de pikorde stond, maar wel wist dat ze knap en aantrekkelijk was en een verleidelijk lichaam had. En ja, exotisch... Waarom zou ze niet profiteren van de aantrekkingskracht die de kleur van haar huid op mannen had?

'Doe je dat vaker, stoned worden onder het werk?' grapte Lita toen ze terug waren op kantoor.

'Dat zouden we vaker moeten doen,' antwoordde Pablo, die Lita's interesse daarmee nog verder aanwakkerde. Vervolgens lachte hij om haar verbaasde gezicht. 'De wiskunde is leidend bij natuurverschijnselen. Denk aan irrationale getallen, die zijn onmetelijk, en onbegrijpelijk. De rationele mens is niet in staat ze te begrijpen.'

'En daarom moet je stoned worden?'

'Ja, waarom niet? Zo kom je uit het keurslijf van het pragmatisme en kun je er dichterbij komen. Het is de beste boekhoudmethode om de cijfers te laten kloppen, denk je ook niet? Je kijkt ernaar, laat ze even dansen en dan gaan ze vanzelf op de juiste plek staan. Niet verder vertellen, hoor,' zei hij, en gaf haar een arm terwijl ze verder liepen, 'maar God is een wiskundige,' besloot hij op fluistertoon.

Lita liet die platonische verhandeling voor wat ze was en toen ze weer met de cijfers aan de slag ging, of die nu door God geleverd waren of niet, rationeel of irrationeel, begreep ze dat Pablo de enige god was die er in die vergaderzaal bestond. Hij was degene die alles bepaalde en degene die de muziek speelde waarop de cijfers dansten. Gedurende een paar dagen flirtten ze heimelijk, zo onopgemerkt mogelijk. Pablo was daar om de boeken te controleren en zo nodig vragen te stellen over de financiële situatie van de Banca Santadoma, dus een relatie zou waarschijnlijk niet in goede aarde vallen. Lita besteedde haar tijd aan werken en dromen, tot het hoofd HR, tot wie ze zich had gewend om uit te zoeken wat de pensioenmogelijkheden voor haar moeder waren, haar een appje stuurde: *Het spijt me, je moeder heeft nooit premie betaald en daarom heeft ze geen recht op pensioen. Ze staat geregistreerd als weduwe, en niet als werkneemster, en ze ontvangt al weduwepensioen. Als je nog vragen hebt, bel gerust.*

En óf ze vragen had, en niet weinig ook! De Banca Santadoma had de zaken van haar moeder altijd behartigd. Ze had daar een rekening waarop ze haar salaris ontving.

'Het spijt me, María Regla,' zei de man tegen een woedende Lita, die op hoge poten om uitleg was komen vragen. 'Toen ik bij deze bank kwam werken was de situatie van je moeder al zoals die nu is. In die tijd werd huishoudelijk personeel niet aangemeld bij het pensioenfonds. Ze hadden wel iets van een verzekering, maar omdat bij het weduwepensioen ziektekosten, medicijnen en dergelijke ook verzekerd waren, denk ik dat niemand er na de dood van je vader aan heeft gedacht haar aan te melden bij het pensioenfonds. Haar salaris wordt naar haar rekening overgemaakt. Haar belastingaangifte wordt geregeld, de wettelijk verplichte inhoudingen worden verwerkt. Dat wordt allemaal keurig gedaan. Haar spaargeld is belegd en dat wordt ook aangegeven. In alle eerlijkheid, mij lijkt het... onwaarschijnlijk.'

Lita verliet het kantoor en verweet zichzelf dat ze niet beter op haar moeders financiën had gelet. Ze plofte neer in een stoel die ergens op een gang stond. Ze was duizelig en haalde een paar keer diep adem. Ze wist van het schamele weduwepensioentje dat Concepción ontving nadat haar man, de chauffeur van de Santadoma's, was verongelukt toen hij een boodschap moest doen voor de markies, die achteraf niet zo dringend bleek te zijn, maar waardoor hij wel te hard reed. Dat had ze tenminste opgevangen uit gesprekken van het huispersoneel. Hoe dan ook, het was een pensioen van niets, en ze hadden haar ook moeten aanmelden voor ieder jaar dat ze had gewerkt, oftewel: haar hele leven. En wat voor toekomst wachtte haar nu? Wat had ze voor inkomen nu ze niet meer kon werken? Misschien hadden ze haar daarom niet ontslagen na doña Pilars overlijden en hadden ze haar opgezadeld met die twee verrekte honden... omdat anders duidelijk zou worden dat ze haar nooit hadden aangemeld. Wist don Enrique dat?

Of hij ervan wist of niet, die middag zou hij daar wel achter komen, aangezien hij in de vergaderzaal verscheen waar bankmedewerkers en externe adviseurs zich hadden begraven tussen honderden dossiers. Hij werd vergezeld door twee mannen, de een wit en de ander van kleur, van rond de vijftig, strak in het pak.

'Goedemiddag allemaal,' zei hij, 'neem me niet kwalijk dat ik u stoor. Ik ben blij dat u deze klus zo grondig uitvoert.' De markies sprak Engels. Sommigen stonden op en anderen bleven zitten toen hun baas zijn hand opstak en wachtte tot het stil werd en hij de aandacht kreeg. 'Ik wil u de heren Meyerfeld en Stewart voorstellen, directieleden van ELECorp Bank in de Verenigde Staten. Zoals u weet, hebben zij enkele jaren geleden een deel van het kapitaal van onze bank verworven, tijdens de crisis, en nu zouden ze graag het hele bedrijf overnemen om zo een bruggenhoofd te kunnen vormen naar de rest van Europa.'

Nadat hij deze woorden had uitgesproken, liepen don Enrique de Santadoma en de Amerikanen vriendelijk glimlachend en knikkend om de lange vergadertafel heen.

'María Regla Blasco,' stelde de markies haar voor toen ze bij haar plek waren aangekomen. 'Een uitstekend professional,' vervolgde hij terwijl Lita de Amerikanen de hand schudde; ze voelde zich klein tussen die drie grote, corpulente mannen. 'We zijn heel trots dat we mevrouw Blasco in ons midden hebben.'

Lita voelde dat Stewart – zwart haar, aantrekkelijk en stijlvol, glanzende witte tanden – haar hand net iets langer vasthield dan nodig was. Zij waren de enige twee mensen van kleur in de zaal. De markies leek dat ook opgemerkt te hebben.

'Haar familie heeft Cubaanse roots,' verklaarde de edelman, 'net zoals de Santadoma's.'

Lita onderdrukte de ironische grimas die op zijn plaats zou zijn voor deze vergelijking, en in plaats daarvan richtte ze zich op Stewart. Ze hadden een vluchtig gesprekje over Cuba en de onzekere toekomst van het land... Nee, ze kende het eiland niet. Jammer... Daarna begaven de mannen zich naar de volgende medewerker.

Markies de Santadoma wendde zich intussen weer tot Lita. Hij legde een hand op haar schouder, boog zich voorover en sprak zachtjes.

'Het is helaas misgegaan met de aanmelding van je moeder, maar weet dat het Concepción nooit aan iets zal ontbreken bij de Santadoma's. Stel haar maar gerust. Jullie hoeven je geen zorgen te maken.'

Met wat Lita opvatte als een vriendelijk kneepje in haar schouder beëindigde de markies zijn karige uitleg.

En als ze niet meer voor de Santadoma's wil werken, had ze haar baas willen naschreeuwen, die inmiddels een andere medewerker de hemel in prees. Haar moeder verdiende het om niet meer afhankelijk te zijn van de Santadoma's en van een min of meer comfortabele oude dag te genieten na een leven lang werken. Haar toekomst mocht niet afhangen van de goedheid van de markies!

Ze liet zich in haar stoel vallen en slaakte een diepe zucht. Toen ze opkeek, keek ze recht in de ogen van Pablo, die aan de andere zijde van de tafel zat. Haar lippen plooiden zich tot een flauwe glimlach. Hij perste zijn lippen opeen en wierp haar een begrijpende blik toe. Lita glimlachte nu breeduit; ze begrepen elkaar. Door die stille blijk van verstandhouding lieten ze alle reserves die ze tot nu toe hadden gehad, varen.

'Zullen we samen wat eten?' opperde hij onderweg naar de metro.

Ze hadden tot laat doorgewerkt op de bank, het was al na tienen.

'Ik heb geen honger.'

'Iets drinken dan?'

'Of een joint, zoals laatst?' stelde Lita voor.

'Dat zou ik wel willen, maar ik heb er geen meer. Ik regel ze altijd op de universiteit...'

'O, studeer je nog?' grapte ze. Hij knikte, alsof hij betrapt was. Hij was dus docent, concludeerde Lita. 'Ik heb er wel een,' zei ze, zonder hem de kans te geven om het uit te leggen.

Ze besloten een taxi te nemen in plaats van de metro. Lita stapte uit en ging een club binnen op de begane grond van het gebouw waar zij met haar vriendinnen woonde. Ze was al snel weer terug en ze reden naar zijn huis: een klein, knus appartement in de calle Ibiza, vlak bij het Retiropark. Het was wat rommelig er stonden meubels die volgens Lita soms totaal niet bij elkaar pasten, maar het waren tenminste niet van die saaie doorsneedingen die ze in grote woonwarenhuizen verkochten. Muziek, gin-tonic, chips, zoute stengels, snacks en een schaal pistachenootjes. Marihuana op tafel. Ze praatten over de bank, het werk, de markies, Cuba. 'Wat gebeurde er vanmiddag nou?' 'Niets bijzonders.' Wist Pablo dat haar moeder de bediende van de Santadoma's was? Hij had wel zoiets gehoord, gaf hij toe nadat ze het hem vroeg.

'Gloria?'

Hij bevestigde haar vraag met een grimas.

'Wat een bitch!'

'Dat is ze zeker,' zei hij, 'maar niet per se daarom. Je moeder verdient al mijn respect, en jij natuurlijk ook. Gloria is een gefrustreerd serpent, ze zou net zo doen als je de dochter van de markies zou zijn.'

Lita's handen beefden en ze had moeite met het draaien van de joint, maar het lukte haar en ze rookten. Ze zetten de muziek harder; de stem van Dua Lipa schalde door de kamer. Na een dag hard werken misten de opwinding, de spanning, de alcohol en de marihuana hun uitwerking niet. Ze rookten de joint op terwijl Lita in foetushouding op de bank lag, haar hoofd op Pablo's schoot, en onbegrijpelijke woorden fluisterde. Hij streelde haar. Ze sloot haar ogen om zich volledig te concentreren op de gewaarwordingen die werden opgewekt door die magische vingers die over haar lichaam gleden: zachte briesjes over haar dijen, vonken wanneer ze haar kruis beroerden, over haar kleding, en die om haar borsten cirkelden tot ze bij haar tepels uiteenspatten. Overweldigende rillingen die via haar schokkende schouders een uitweg leken te zoeken. Lita voelde hoe al haar zintuigen werden geprikkeld en ze alles heel intens beleefde: zijn adem die ze langs haar hals voelde, hun op hol geslagen hartslag, de woorden die hij niet uitsprak maar die zij wel hoorde.

Onder invloed van de drugs zag ze hem aan voor een wandelende verzameling cijfers die haar naar het bed droeg en haar uitkleedde terwijl hij haar over haar hele lichaam kuste. Vervolgens trok hij zijn kleren uit en begon zij hem te strelen. Hij ging boven op haar liggen. Lita werd nat en voelde het verlangen opborrelen. Ze voelde zijn immense kracht terwijl hij haar penetreerde. Ze hoorde niet wat hij zei. Ze had haar ogen gesloten om met elke vezel van haar lichaam te genieten en zich volledig aan de lust over te geven.

Ze hoorde getrommel, en even later nog meer getrommel. De muziek in de kamer was verstomd. Een kort moment van verwarring overviel haar, maar dat werd meteen doorbroken door een krachtige stoot die haar een schreeuw ontlokte. Terwijl het geluid van de trommels in haar hoofd klonk, deed ze haar best om volkomen op te gaan in de liefdesdaad en samen te smelten met haar minnaar. Het was allemaal echt. De trommels volgden het ritme van de man die haar penetreerde en bereikten een duizelingwekkend hoogtepunt toen alles in haar explodeerde. Ze hapte naar adem, werd duizelig, voelde zich licht, alsof ze zweefde, en het orgasme voerde haar naar een paradijs waar alleen plaats was voor zinnelijk genot. Begeleid door het uitzinnige tromgeroffel trok ze door het sensuele oneindige tot het genot de randen van de pijn beroerde. Toen daalde ze weer af naar het bed. Naar de stilte. Naar hun bezwete lichamen. Naar de muziek die zachtjes uit de huiskamer klonk.

'Ik hoorde trommels,' zei ze terwijl hij haar nog steeds penetreerde.

'Sorry,' zei Pablo, en hij liet zich speels op haar vallen, alsof hij had gefaald.

'Nee!' wist Lita, zuchtend en kreunend onder zijn gewicht, uit te brengen. Ze giechelde. 'Het was...' Ze moest even naar adem happen. 'Het was geweldig!'

'Het kan niet geweldig zijn geweest als je alleen maar trommels hebt gehoord. Jij verdient een heel orkest: piano's, violen, hobo's...'

Lita wilde lachen, maar kon het niet. Ze kreeg haast geen adem.

'Ga van me af,' zei ze, en ze gaf hem een duwtje tegen zijn borst. Maar hij bleef liggen.

'Fluiten en cello's. Zie je het voor je, een cello hier bij ons?'

'Ga nou van me af!' drong ze aan. 'Ik krijg haast geen lucht.'

Pablo steunde op zijn ellebogen zodat ze weer kon ademen, en ze lachte.

'Pythagoras legde een verband tussen cijfers en muziek...'

Lita zuchtte.

'Wat was het favoriete getal van Pythagoras?'

Pablo dacht even na.

'Misschien de vijf,' antwoordde hij, 'van het pentagram, en van de gouden standaard. Het is de som van het eerste vrouwelijke getal, de twee, en het eerste mannelijke, de drie...'

'Oké, ik geloof je,' viel ze hem in de rede. 'Maar jij bent bij de één blijven steken. Ik weet niet wat Pythagoras daarvan zou denken, maar ik vind het wat povertjes.'

'Hoe bedoel je?'

'Nou, dat je nog vier keer in mij moet klaarkomen om aan de verwachtingen van jouw wiskundegenie te voldoen.'

Pablo glimlachte en kuste haar teder. En nog eens.

'Goed dan, daar gaan we,' murmelde hij, en zakte af naar haar borsten. Hij likte ze en knabbelde zachtjes aan haar tepels. 'Zullen we een saxofoon zoeken?' fluisterde hij nadat Lita's tepels groot en hard geworden waren.

'Wat zeg je?'

Hij kroop al naar haar kruis.

'Ze zeggen dat blaasinstrumenten met de tong bespeeld moeten worden, met pauzes ertussen.'

'Vier!' riep ze terwijl ze languit op het bed lag, haar benen gespreid zo ver als ze kon. Ze begon te zuchten toen ze zijn tong tegen haar clitoris voelde. 'Met een saxofoon, een fluit of een tamboerijn... Het maakt me niet uit wat je gebruikt, maar ik wil er nog vier!'

Zoals de afgelopen weken bijna elke dag het geval was, kon Gloria haar ruiken. Fysiek, op een dierlijke manier. Lita was zich ervan bewust dat die loopse teef in staat was haar geslacht te ruiken, haar voldoening, en zij deed er niets aan om dat te voorkomen, en zeker die dag niet; integendeel, ze zweefde haast door de ruimte en straalde een welbehagen en een voldoening uit die het hoofd Risicomanagement onmogelijk konden ontgaan, en veel anderen waarschijnlijk evenmin.

Lita had een van haar mooiste outfits aan: een heel lichtbeige mantelpak met een witte bloes met een opvallende gesmockte hals en mouwen, een panty in een donkerdere tint en rode schoenen met lage hakken. Haar donkere huid werd daardoor benadrukt, en door de liefkozingen van de afgelopen dagen zag ze er sprankelender en stralender uit dan ooit tevoren, alsof ze letterlijk in vuur en vlam stond. Niet alle medewerkers die zich bezighielden met de externe audit waren uitgenodigd voor de vergadering met het bestuur en de Amerikanen. Gloria wel, en Pablo ook. Toen de markies en de anderen binnenkwamen, waren er zo'n veertig personen aanwezig. De belangrijke figuren mochten plaatsnemen aan de lange, glanzende hardhouten vergadertafel; de anderen, onder wie Lita, zaten daar een meter achter, tegen de muur.

Voordat iedereen plaatsnam, werden er groeten, indrukken en ideeën uitgewisseld, en Lita bekeek dat ritueel eerder gefascineerd dan geïnteresseerd. Zij zou geen bijdrage leveren aan de vergadering. Pablo wel; hij moest de voorlopige conclusies van de audit toelichten, en die waren gunstig voor de verkoop van het bedrijf. Ze maakte zich geen illusies over haar positie binnen de bank, ook al bevond ze zich nu in het gezelschap van aandeelhouders, stafleden en andere invloedrijke en machtige personen; ze vermoedde dat ze daar was vanwege het kleurquotum dat don Enrique met het oog op Stewart had ingesteld; die zou anders de enige persoon van kleur zijn bij de vergadering. Dat had ze de avond ervoor tegen Pablo gezegd toen ze bij hem was.

Hij had een diepe zucht geslaakt, waarna hij een vingertop over haar ruggengraat liet glijden.

'Waarom zoek je geen andere baan?'

'Dacht je dat ik dat niet geprobeerd had? Dat is bijna onmogelijk voor iemand met mijn ervaring...'

'Je bent hartstikke goed in wat je doet.'

'Dank je...'

Lita had daar graag 'schat', 'liefste' of 'dachten alle mannen maar zoals jij' aan toe willen voegen, maar dat durfde ze niet, dus liet ze het bij een misschien wat afgemeten 'dank je', dat ze wel wat verzachtte door zijn hand te pakken. Liefkozingen vond ze nog wel aanvaardbaar, alsof ze hem daarmee een minder ongemakkelijk gevoel zou geven dan met woorden. Liefkozingen waren immers zinnelijke, onwillekeurige uitingen, terwijl woorden voortkwamen uit de geest, de wil en de rede. Lita streelde hem opnieuw en ze zou het nog duizend keer doen, zo nodig zonder woorden; ze zou ermee doorgaan tot de huid van haar vingertoppen zou openspringen, want deze man had zich aan zijn woord gehouden en had een heel orkest in haar leven gebracht. De muziek die haar hartstocht deed ontvlammen en haar gemoed tot bedaren bracht, was evenwichtig en melodieus, waarbij de meest bruuske overgangen bestonden uit maatwisselingen die haar in vervoering brachten of juist kalmeerden.

Zelfs in die korte tijd had Pablo harmonie in haar leven gebracht, en zij dacht in hem haar grote liefde gevonden te hebben, maar uit angst dat de betovering van dat orkest waarin ze ineens verzeild was geraakt verbroken zou worden, durfde ze dat niet uit te spreken. Ze had andere relaties gehad, meestal van korte duur, sommige min of meer serieus en ook een die langer duurde, met bleue, onzekere, oppervlakkige mannen, of zelfingenomen, pretentieuze types. 'Een seksmachine', zo had de laatste zichzelf beschreven, niet gehinderd door enige bescheidenheid. Ja, moest Lita toegeven, een echte machine die nooit dienst weigert, nooit moe werd en haar met ijzeren volharding het ene na het andere orgasme bezorgde. *Ik trek dat temperament van jou niet meer*, had ze vanuit Pablo's huis geantwoord op het laatste appje waarin de ander haar uitnodigde voor nog een wilde nacht. *De machine heeft het gewonnen. Gefeliciteerd! Het is mooi geweest.*

'Geloof je me niet?' had Pablo geantwoord op haar wat norse 'dank je'. 'Je bent echt...'

'Ja, ja. Het punt is dat ik niet zomaar openlijk ergens anders kan solliciteren,' vervolgde ze. 'De Santadoma's zijn heel rancuneus, dat heb ik met eigen ogen gezien toen ze een paar collega's dwarszaten die hun talenten ergens anders wilden inzetten. Zelfs hun personeel beschouwen ze als hun bezit. Als ze erachter komen dat ik een andere baan zoek, dat ik weg wil...'

'Zodra ik klaar ben bij de bank kan ik je helpen. Ik heb connecties.'

'Ik kan het me niet veroorloven zonder werk te zitten,' had ze gezegd, doof voor Pablo's voorstel, en haar maag kromp ineen bij de gedachte aan haar moeders reactie.

Want dit was wel het slechtste moment, bedacht ze de volgende dag, toen ze al in de vergaderzaal van de bank zat. Haar moeder zonder pensioen en zij zonder werk, dat zou rampzalig zijn. Ze had nog geen beslissing genomen. Wat kon ze doen? De familie van de markies aanklagen? En Concepción werkte ook niet erg mee... of juist te veel, het was maar hoe je het bekeek. 'Wat zou ik moeten als ik niet meer werk?' vroeg ze toen Lita het weer ter sprake bracht. 'Waar zou ik moeten wonen? Bij jou? Dan krijg je nooit een man!' Hoezo, wat moet ik doen als ik niet meer werk, mam, had ze willen antwoorden. Leven! Uitrusten! 's Ochtends rustig opstaan en koffie zetten met de liefde die je daar altijd in legt, maar dan alleen voor jezelf, en je verheugen op de nieuwe dag die voor je ligt.

De markies stond op, nam het woord en besteedde geen aandacht aan Lita. Zij luisterde ook niet naar wat hij zei en concentreerde zich op de tafelschikking: rechts van don Enrique zaten de Amerikanen, die precies op dat moment werden bedankt voor hun aanwezigheid. Links van hem, op volgorde van leeftijd, zaten de leden van de raad van bestuur van de bank; als eerste de moeder van de algemeen directeur van de Banca Santadoma, de tachtigjarige doña Claudia, net zo onbuigzaam en trots als doña Pilar, maar met een veel zwaarder opgemaakt gezicht dan haar overleden schoonzuster. Lita richtte haar aandacht op de oude vrouw; ze leek rustig. Waarschijnlijk dacht iedereen in de zaal dat ze beter niet naar de bijeenkomst had kunnen komen, maar de vrouw bevond zich in het schemergebied tussen volledige tegenwoordigheid van geest en seniliteit, en als zij iets wilde, was het maar beter daaraan toe te geven omdat ze als rijke, tirannieke, grillige witte Cubaanse van de oude stempel gewend was haar zin te krijgen, en haar ouderdom leek haar nu zonder meer het recht te geven om allerlei eisen te stellen.

En opnieuw besefte Lita dat ze vastzat aan deze familie; ze wipte heen en weer op haar stoel en zocht haar toevlucht bij Pablo. Die had zijn best gedaan en droeg een wat netter pak en een fraaie, keurig gestrikte das, in plaats van die vodjes van vlinderdasjes die hij meestal droeg. Maar hij straalde zelfvertrouwen uit. Hij voelde dat hij bekeken werd, maar wilde zijn aandacht bij de Engelse toespraak van de algemeen directeur houden, wiens harde, autoritaire stemgeluid de ruimte vulde. Lita besloot ook te luisteren en juist toen ze haar blik naar de markies wendde, hief doña Claudia haar arm, trok haar zoon bij zijn elleboog aan zijn jasje en onderbrak zijn toespraak.

Don Enrique de Santadoma boog zich bezorgd over zijn moeder, die in Lita's richting wees. Toen die dat zag, begon ze te beven. De markies en zijn moeder smoesden wat. De spanning liep op en de Amerikanen en de rest van het bestuur keken verwonderd toe. Doña Claudia begon steeds wilder te gebaren en harder te praten. De markies probeerde haar te kalmeren.

'Maar wat doet de dochter van de bediende hier?' riep de oude vrouw ten slotte uit.

De uitroep was luid en duidelijk te horen geweest. De blikken gingen alle kanten uit. Lita had het gevoel dat ze flauwviel.

De markies keek zijn moeder hoofdschuddend aan, alsof het om een ondeugend meisje ging. Ze wisselden wat woorden; hij probeerde zo zacht mogelijk te spreken, zij liet zich helemaal gaan.

'Concepción.'

'Sinds mensenheugenis.'

'Wat zou je vader of je grootvader er wel van zeggen?'

Flarden van hun woordenwisseling vlogen over tafel, tot doña Claudia probeerde op te staan.

'Ze is een mulattinnetje!' krijste de vrouw, alsof ze zichzelf wilde overtuigen van haar gelijk.

'Vrouw van kleur, verdomme!'

Ze had het er spontaan uitgeflapt, zoals ze dat ook in een kroeg of een park had kunnen doen. Ineens stond ze oog in oog met doña Claudia.

'Wie denkt dat mormel wel dat ze is...!' haalde de vrouw uit. 'Om zo'n toon tegen mij aan te slaan! Een halfbloed, ja! Een bruine! De dochter van onze bedienden. Kleindochter van onze dienstmeid.' De markies probeerde zijn moeder tot bedaren te brengen, maar die sloeg hem driftig van zich af. 'Ik weiger iets te ondertekenen waar dat onbeschofte wicht iets mee te maken heeft.' Door de dreigende woorden van doña Claudia, waardoor de hele operatie weleens zou kunnen mislukken, maakten de verbaasde blikken plaats voor geroezemoes en een ongemakkelijk heen en weer schuiven op de stoelen. 'Je geeft ze alles, een opleiding, een dak boven hun hoofd, werk,' brieste de vrouw terwijl ze naar Lita wees, 'en dan krijg je dit ervoor terug. Ondankbaar nest! Jullie zouden allemaal op de plantage moeten zijn gebleven, riet kappen en…'

De markies vloog zijn moeder bijna aan in een poging haar te laten stoppen met haar scheldkanonnade voordat het nog verder uit de hand zou lopen. Hij dwong haar te gaan zitten en probeerde haar te kalmeren. Lita voelde de blikken van de aanwezigen, die haar reactie in spanning afwachtten. Ze trilde.

'Ons weer tot slaaf maken, ja,' zei ze, en spreidde haar armen alsof ze wilde pronken met haar afkomst. 'Dat zou u wel willen…'

'Hou op, Regla,' probeerde de secretaresse van de markies, die naar haar toe was gesneld toen de ruzie begon.

'Heb je soms niet gehoord wat die vrouw allemaal zei?'

'We hebben het allemaal gehoord,' erkende ze. De secretaresse greep haar bij haar arm en trok haar mee naar de deur. 'Neem haar maar niet serieus, ze is seniel,' vervolgde ze haast onhoorbaar.

'Ja!' gilde Lita, de raad van de secretaresse in de wind slaand. 'Ik ben een vrouw van kleur, vrijwel zeker een nakomelinge van de slaafgemaakten die riet kapten op de suikerplantage. En wat er aan deze tafel verkocht wordt is niets anders dan de opbrengst van hun bloed, van hun leven! En vast ook dat van een van mijn voorouders die stierf onder de knoet van de Santadoma's.' De secretaresse had haar arm inmiddels losgelaten. Lita wachtte even voor ze vervolgde: 'En ja, mijn moeder is vanaf haar geboorte bediende van de markies en zijn familie geweest.' Ze probeerde Gloria's blik te vangen. 'En er zijn maar weinig mensen in deze zaal die zich met haar morele waarden kunnen meten!'

Sommigen waren al opgestaan. De markies keek afwisselend naar beide vrouwen.

'Stop hiermee, Regla,' zei een andere bankmedewerker.

'Ga weg,' maande een derde haar. 'Maak het nou niet nóg erger.'

De secretaresse van de markies trok Lita naar de uitgang, die hem bleef aankijken. Uit haar blik sprak geen spijt, hooguit ergernis. Die van doña Claudia was daarentegen, ondanks haar waterige ogen, nog steeds kwetsend, dreigend en woedend.

7

Cuba, voorjaar 1864
Rosario-gebergte

Het gekabbel van de beek, het getsjilp van de vogels en het geritsel van planten die door wegschietende dieren werden beroerd omhulden Kaweka terwijl ze, gezeten op een grote rots, in het oneindige staarde dat zich onder haar ontvouwde en naarmate de zon verder wegzakte steeds roder kleurde. Het was dezelfde bloedrode kleur als die ze op de plantage zag wanneer de slaven terugkeerden van het suikerrietveld, als een louterende voorbode van de nachtelijke stilte en van een immense, heldere, onbegrensde hemel die zich boven hen uitspande. Hoog in het Rosario-gebergte, op enkele dagen lopen van La Merced, bood het dichte bos de jonge vrouw beschutting.

Kaweka haalde diep adem, waarmee ze het kind in haar buik ruimte gaf. Het was drie maanden geleden dat ze gevolg had gegeven aan de wens van Eluma, de oude santeria-priester, de *babalawo*, en van de plantage was gevlucht. Ze had voortdurend achteromgekeken, naar Modesto en naar mama Ambrosia; ze was zonder enige verklaring bij hen weggelopen, zonder ook maar afscheid te nemen.

'Hij stond op het punt om me vrij te kopen,' klaagde ze tegen Eluma.

'Niemand, blank, zwart of zelfs de markies, kan kopen wat aan de goden toebehoort!'

'We houden van elkaar!' wierp ze tegen. 'Of mag dat ook niet van de goden?'

'De goden hebben anders niet voorkomen dat je zwanger bent geraakt,' overviel de babalawo haar. Kaweka had het stilgehouden: ze was nog maar drie maanden zwanger en onder het wijde hemd dat ze droeg was het nauwelijks zichtbaar. 'Ja, ik weet het. En jij bent hier om al die dingen te leren, over het innerlijk van de mens, zijn ziel.'

'Je zei dat Modesto naar de bergen zou komen, dat hij me zou volgen...'

'Als hij van je houdt, zal niets hem ervan weerhouden.'

'Hij houdt van me,' hield ze vol, maar ze begon toch te twijfelen.

'Dan zal hij komen,' zei Eluma.

En als hij nu boos was? Dat had ze de babalawo maar niet gevraagd. Modesto had haar per slot van rekening een nieuw leven in het vooruitzicht gesteld en had zich aan haar gegeven. Misschien voelde hij zich aan de kant gezet nadat ze hem zonder enige verklaring had verlaten, of hield hij niet meer van haar...

De santero had Kaweka's gedachten geraden.

'Je moet een beetje geduld hebben,' zei hij, in een poging een uitstel goed te praten waarvan hij wist dat het afstel was. 'Gabino moet nog langs veel andere plaatsen voor hij weer bij La Merced is; dat hoort bij zijn werk.'

De marskramer bracht zijn spullen aan de man in kroegen, op veeboerderijen en suikerriet- en koffieplantages in de vallei en de uitlopers van de bergen, en wachtte op de marrons om zaken met hen te doen: wilde honing en bijenwas, fruit, bij naburige plantages gestolen huisraad en andere artikelen die ze ruilden voor zout, wapens, kommen of gereedschap. De naar de bergen gevluchte slaven konden hun waar alleen verkopen aan mensen die ze vertrouwden en die op hun beurt gebruikmaakten van hun behoefte aan spullen, en Gabino was een van de personen met wie ze het weinige dat ze hadden verruilden voor nog minder, maar in de nederzettingen konden ze alles gebruiken.

Zodra Gabino in de buurt was, ging Eluma op hem af en gaf hem een boodschap mee voor La Merced. Dat vertelde hij later aan Kaweka, die hem verwachtingsvol aanhoorde. Maar wat de babalawo haar niet vertelde, was dat de boodschap die hij aan Ambrosia liet overbrengen inhield dat ze, wanneer ze Modesto zag, moest zeggen dat hij Kaweka uit zijn hoofd moest zetten, dat ze een vrijheid had gevonden die hij haar nooit zou kunnen bieden, dat hij niet aan de goden kon tippen.

Want Kaweka was de uitverkorene van die goden. Geen man mocht haar leertijd en het pad dat ze moest volgen belemmeren.

Gabino keek bedenkelijk toen Eluma hem de boodschap doorgaf.

'Dit is de beslissing van de goden, Gabino,' verklaarde de oude man. 'Je kunt daar beter niet tegen ingaan, want dan zullen ze hun toorn over je uitstorten,' zei hij dreigend.

De marskramer had veel respect voor de oude babalowa. Eluma genoot waardering in de hele gemeenschap. Gabino had hem zieken zien genezen, met de goden zien praten en zich zien opwerpen als een echte santero, niet zoals die charlatans die hij onderweg nogal eens tegenkwam. Hij knikte, sloeg een kruis, alsof alleen al het feit dat hij zijn bedenkingen had een belediging was voor de orisha's, en beloofde dat hij de boodschap zou overbrengen en verder zijn mond zou houden.

Sindsdien leefde Kaweka, die haar uiterste best deed haar argwaan te onderdrukken, tussen de hoop dat ze Modesto weer zou zien en haar aanstaande moederschap, dat ze zo lang mogelijk probeerde te verbergen. Ze hoopte vurig dat het Modesto's kind was, maar zeker weten deed ze het niet. Wat ze wel wist, was dat dit kindje in vrijheid geboren zou worden, een geluk dat slechts overschaduwd werd door de gedachte dat Ambrosia, die als een moeder voor haar was geweest, het niet zou leren kennen. Steeds wanneer ze daarom moest huilen, probeerde Eluma haar te troosten.

'Ambrosia is vast heel blij met je beslissing,' redeneerde de priester. 'Ze heeft haar hele leven voor de vrijheid van de slaven gestreden. En jij hebt haar bijgestaan. In de wetenschap dat jij, haar pupil, de herinnering aan onze goden en ons geloof levend houdt en je niet als zovele vrijgelatenen in Havana verschanst, kan ze zich aan de orisha's tonen met een offerande die maar weinig andere zwarten kunnen opdragen. Daarmee verzekert ze zich van hun welwillendheid en van een wedergeboorte in een nieuw leven vol rijkdom en geluk.'

Kaweka herkauwde die woorden dag na dag terwijl Eluma haar in de religie van de Yoruba's onderwees. Enkele dagen nadat ze in de bergen was aangekomen en na de rituelen die ze met de schaarse middelen waarover ze beschikten hadden uitgevoerd, kwamen de zestien marrons van de nederzetting boven op een berg rond een hoge kapokboom met een enorme stam samen, waarna de babalawo Kaweka officieel inwijdde in de santeria.

Het gezang werd aangeheven, begeleid door geïmproviseerde slaginstrumenten die de heilige trommels moesten vervangen: holle boomstammen, takken... Dat was niettemin voldoende om Kaweka op te zwepen tot een voor haar onbekende dans, die ze vol temperament uitvoerde.

De marrons moedigden haar luidkeels aan. Om beurten voegde een van hen zich bij haar in een uitzinnige dans. Ze gaf ze allemaal het nakijken, tot Yemayá, de godin van het water, moeder van vele goden, symbool van vruchtbaarheid en moederliefde en belichaamd door de Maagd van Regla van de blanken, bezit van haar nam en Kaweka in een langdurige, diepe, adembenemende, mysterieuze trance raakte.

Via Kaweka gierde de godin het uit van plezier, danste ze als een golf in de storm, zwaaide ze met haar armen en schokte ze met haar lichaam, tot ze besloot het lichaam van de jonge vrouw weer te verlaten. De extase en de betovering die rond de kapokboom heersten waren zo intens dat alle marrons begrepen waarom Eluma naar La Merced was gegaan om de vrouw te zoeken die ze vanaf dat moment bewonderden, respecteerden en zelfs vreesden.

Na haar initiatie werd Kaweka door de babalawo ingewijd in de geheimen van de kruiden en planten die op de berg groeiden, een heilige plaats die zij moest leren respecteren zoals de christenen met hun gebedshuizen doen.

'Dit is onze kerk,' zei hij. 'Hier leven goden en geesten, goede en kwade, rechtvaardige en wrede.'

'Waarom vereren we eigenlijk nog steeds de christelijke goden?' vroeg ze; dat had ze zich al vaak afgevraagd. 'Als die van ons hier zijn, kunnen we dan niet beter terugkeren naar onze oorsprong, ver van de invloed van de blanken?'

'Omdat de zwarten hier op Cuba er al aan zijn gewend dat die religies met elkaar zijn versmolten. Ze zouden het niet begrijpen. En onderschat de macht van die heiligen ook niet, want die hebben ze zeker.'

Kaweka leerde dat ze de berg, voordat ze hem betrad, eerst moest begroeten en hem een offer moest brengen, bijvoorbeeld een maiskorrel, een draad tabak of bloed van een dier, bij gebrek aan geld en waardevolle voorwerpen.

Daar vertelde Eluma haar over de goden: van Olodumare, de oppergod, de schepper, tot de laatste orisha van het Yoruba-pantheon.

's Avonds, in de beschutting van de nederzetting, luisterde Kaweka naar de *pataki*, legendes over de orisha's. De babalawo leerde haar welke offers de gelovigen moesten brengen, maar bovenal hielp hij haar op weg om medicijnvrouw te worden.

'Je hebt helende handen,' zei de oude man, 'een eigenschap die de goden alleen aan de uitverkorenen geven. Ik kan je niet leren hoe je jouw krachten moet gebruiken, de magie zit in jou. De bedoeling is dat je leert de hulp van orisha's in te roepen als hun volgelingen ziek worden, of dat nu door een vloek komt of door de straf van de goden. Soms zal het je lukken en soms niet...'

Kakweka herinnerde zich de goden die zich in de ziekenboeg van de plantage bij haar hadden aangediend en haar niet hadden losgelaten. Dan wist ze niets anders te doen dan passief wachten op de goddelijke beslissing; door de lessen van Eluma begreep ze dat ze zelf moest ingrijpen, hun wil moest uitvoeren en ze soms zelfs van mening moest laten veranderen.

Die nacht hielp Kaweka de andere twee vrouwen in de groep marrons met het bereiden van funche met suiker en gezouten caviavlees. Ze hadden de nederzetting heel dicht bij de top van een boomrijke rots in het Rosario-gebergte opgebouwd, rond een grot die uitkeek op een open plek en waar bij de ingang een zwak vuurtje smeulde om niet de aandacht van de slavenjagers te trekken. Het was een moeilijk toegankelijke plek. Er leidde geen pad naartoe, en door niet telkens dezelfde route te lopen zorgden de marrons ervoor dat er ook geen pad ontstond. Ze hadden niettemin uit voorzorg valstrikken in de omgeving uitgezet door stokken met scherpe punten in greppels en spleten te steken.

De marrons hadden zich aangepast aan hun omgeving en verbouwden zelfs graan op kleine lapjes grond, maar ook al waren ze nog zo voorzichtig, ze wisten dat ze op een dag moesten verkassen. Zelfs Mauricio, een van de jongsten, had al in twee andere nederzettingen gewoond. Wanneer de slavenjagers ze op het spoor waren gekomen, zorgden een paar marrons voor afleiding zodat de anderen konden vluchten. Later vonden ze elkaar meestal weer, ontdekten ze een andere groep voortvluchtigen of zwierven ze alleen door bergen en moerassen.

Ze zaten te eten op een steen, op gammele stoelen en krukjes, of op de grond, dicht bij het vuur.

'Je man komt niet.' Kaweka kreeg dat bericht van Felipe, die de leiding over de groep had genomen. Het was een stugge, achterdochtige man van weinig woorden. Hij was zojuist teruggekeerd van een strooptocht in de Mariel-vallei, waar enkele plantages lagen die zich uitstrekten tot aan zee.

Kaweka keek op. Eluma stopte even met kauwen, maar in tegenstelling tot zijn leerlinge hield hij zijn blik op zijn aardewerken kom funche gericht; hij wist al wat Felipe of andere marrons zouden zeggen. Hijzelf had Gabino instructies gegeven toen die begon te mopperen over de marrons die hem allerlei vragen stelden over de komst van Modesto. Ze wilden allemaal weten wat de emancipado van plan was nadat Ambrosia hem – vermoedelijk – had verteld dat Kaweka in de nederzetting op hem wachtte. De boodschap die de kindermeid in werkelijkheid had overgebracht was heel anders: 'Kaweka is door de goden geroepen. Vergeet haar. Je zult haar nooit vinden,' voegde ze daaraan toe toen ze zag dat Modesto Kaweka meteen wilde gaan zoeken. 'En als het je toch lukt, zal ze in ongenade vallen en zullen de geesten die haar nu nog beschermen haar zeker iets aandoen. Wil je haar pijn doen? Wil je dat ze lijdt? Dat meisje, mijn dochter, is van alle zwarten, niet alleen van jou.' Modesto bleef niettemin aandringen, tot de kindermeid tegen hem uitviel: 'Denk je soms dat het voor haar makkelijk is geweest? Sinds ze als klein meisje op dit eiland is aangekomen, heeft ze gestreden voor de zwarten, en nu denk jij dat je ook maar enig recht op haar kan doen gelden? Ik weet niet wat de goden zullen doen, maar als je het waagt haar lastig te vallen, zal ik, Ambrosia, zo veel mogelijk mannen en vrouwen mobiliseren en op je af sturen.'

Nu was Felipe degene die haar vertelde dat Modesto haar niet zou komen halen.

'Je liegt,' zei Kaweka.

Ze vertrouwde Felipe niet. Net als de anderen had de aanvoerder van de marrons respect voor haar, maar hij wierp haar regelmatig wellustige blikken toe, hoewel ze duidelijk liet merken daar niet van gediend te zijn. De andere mannen durfden haar niet als vrouw te begeren, ook al bevonden ze zich in een benarde situatie: een gemeenschap die bestond uit dertien mannen en drie vrouwen, waar driften en verlangens onbeheersbaar werden en tot allerlei spanningen leidden. Een enkeling had soms het geluk dat hij met een van de twee andere vrouwen de liefde kon bedrijven, met de nodige haat en nijd als gevolg. De rest kwam aan zijn gerief tijdens bezoekjes aan suiker- en tabaksplantages, en sommige mannen zochten bevrediging bij elkaar.

'Gabino heeft een boodschap van je moeder, Ambrosia,' zei Felipe. Kaweka veerde op en keek Mauricio, die met de marskramer was meegereisd, vragend aan. De getuite lippen en het aarzelende knikje van de voormalige slaaf van La Merced bevestigden de woorden van de aanvoerder. 'De kindermeid zegt dat je emancipado liever bij de dokter in de stad blijft, om de blanken te dienen,' vervolgde Felipe op kwaadaardige en kwetsende toon. 'De lafaard!'

'Misschien kón hij niet komen,' zei Kaweka.

'Nee, dat is beslist niet de reden,' zei de aanvoerder stellig. 'Kennelijk geeft hij toch niet zoveel om je. Wil je dat we nog een boodschap aan hem overbrengen, vertellen dat je zwanger bent?' vroeg hij in een poging haar nog meer zout in de wond te strooien.

Kaweka was niet verrast. Het was al een tijd te zien dat ze zwanger was. De mannen hadden het er niet over, zelfs Eluma niet, die het onderwerp uit de weg ging. Ze had het wel aan de vrouwen verteld, al had ze er niet bij gezegd wie de vader was omdat dat niemand iets aanging.

'Wie heeft je verteld dat hij de vader is?' antwoordde Kaweka. 'Ik was met een andere man op de plantage.'

Felipe haalde zijn schouders op voor hij antwoordde, en de babalawo maakte gebruik van dat moment van stilte.

'Geniet je er soms van dat anderen verdriet hebben?' kapittelde hij de aanvoerder.

Maar de ander ging gewoon door. Nu had hij het over de vrouw, niet over de uitverkorene van de goden. Hij had het over dat vrouwtje dat zo arrogant was om hem af te wijzen en zijn autoriteit in twijfel te trekken. Sinds ze daar was, had Kaweka haar verlangen om met Modesto herenigd te worden niet onder stoelen of banken gestoken. En als ze zo graag een man wilde, dan kon alleen hij dat zijn, de aanvoerder van de marrons.

'Verdriet?' vroeg hij zich hardop af terwijl hij met zijn arm door de lucht zwaaide alsof hij een insect verjoeg. 'Ambrosia zegt dat de emancipado niet wílde vluchten, dat hij niet durfde.'

Kaweka keek Eluma vragend aan, en die gaf hetzelfde antwoord, schouderophalend en met geopende handen, alsof hij wilde zeggen dat hij ook niet bij machte was om ervoor te zorgen dat Modesto haar zou volgen.

Kaweka voelde zich vernederd ten overstaan van Felipe, die zichtbaar genoot van haar teleurstelling.

'Je man had niet eens het lef om je achterna te komen,' meesmuilde hij. 'Hij is gewend geraakt aan het leven van de blanken en voelt zich daar goed. Hij wordt gewaardeerd in zijn werk, gerespecteerd als persoon en kan uitkijken naar zijn vrijheid, iets wat onbereikbaar is voor de rest. Waarom zou hij helemaal naar de bergen komen om zich voortdurend in deze smerige nederzetting verborgen te moeten houden, en altijd bedacht te moeten zijn op slavenjagers? Het is gewoon een lafaard!'

Havana, Havana, Havana. Kaweka kon alleen maar denken aan al die keren dat ze Modesto die stad had horen noemen. Havana, zijn hemel, zijn beloofde land, waar de rijken woonden en waar zij samen een goed leven zouden hebben en een huis zouden kopen en kinderen zouden krijgen. Wat was ze naïef geweest, zei ze bij zichzelf. Terwijl haar bestemming in de strijd tegen de blanken lag, was die van Modesto Havana veroveren. Hoe had ze kunnen denken dat hij dat zou opgeven voor een vrouw die hem zonder enige verklaring had verlaten?

Het draadje dat haar verbond met het plezier, met het genot, met de hoop, knapte als een oud, verdroogd en versleten koordje waaraan een kort, stevig rukje werd gegeven. Haar ogen vulden zich met tranen en ze liet ze over haar wangen stromen. Ze keek naar de babalawo. Het was een goede man, maar zijn doel bestond uit het zeker stellen van het goddelijke plan, waardoor hij misschien niet in staat was zich te verplaatsen in haar als vrouw of moeder. Kaweka zette haar kom neer, stond op en liep het dichte bos rond de nederzetting in.

'Als je het daar op de plantage met zoveel mannen hebt gedaan,' hoorde ze Felipe achter zich zeggen, 'met al die bange, onderdanige slaven, waarom ben je dan nu ineens zo preuts tegenover ons, je kameraden, degenen die tegen de blanken in opstand zijn gekomen?' Kaweka was al uit het zicht verdwenen, maar bleef staan tussen de bomen en luisterde naar de verwijten van de aanvoerder. 'Jij was de vrijheidsstrijdster! Jij hebt Mauricio hierheen gebracht en hebt zoveel anderen aangemoedigd om van de plantage te vluchten!' Felipe was woest en schreeuwde, in de veronderstelling dat ze al verder weg was. 'En nu behandel je ons als een stel melaatsen! Ga maar eens gauw te rade bij de goden!'

Hij had gelijk, bedacht Kaweka. De teleurstelling over Modesto's besluit viel in het niet bij de explosie van beelden die door haar hoofd schoten: herinneringen aan een leven dat gewijd was aan een doel dat haar leven zin had gegeven sinds ze op dit vermaledijde eiland aan wal was gekomen. Ze had mensen geholpen zich van het leven te beroven, abortussen uitgevoerd, had meegewerkt aan ontsnappingen en ze had zelfs zieken dood gewenst. Bij de herinnering aan de bloedende ruggen van de twee zwarte mannen wier machetes ze had gestolen werd het haar zwart voor de ogen en moest ze steun zoeken bij een boom. Dat alles had ze opzijgezet voor die naïeve, impulsieve droom van een toekomst met een emancipado die niet genoeg van haar hield om alles achter te laten en haar te volgen, al vond ze ook dat ze het hem niet kwalijk kon nemen. Zij was degene die naar de bergen was gevlucht, en nu bevond ze zich in een heel andere werkelijkheid: die van een stel mannen die hun schuilplaats in de bergen verlieten om bijenwas te ruilen voor wapens waarmee ze hun vrijheid konden verdedigen, of voor proviand om de gemeenschap te voeden. Een eenvoudig, maar ook gevaarlijk leven.

Ze moest Modesto uit haar hoofd zetten. Zij was Kaweka, de uitverkorene van de goden, zij die geroepen was om te vechten voor de vrijheid van de slaven. Ze verliet de beschutting van de bomen en ging op de open plek in de nederzetting staan. Sommigen stopten met eten, anderen met praten, en haast iedereen keek haar verbaasd aan.

'Je hebt gelijk,' erkende ze tegenover de aanvoerder, 'maar jij zult je lusten niet op mij botvieren. Hier heb ik geen baas of opzichter die me een man opdringt.'

'Laat dat!' riep de babalawo op de reactie van Felipe, die naar zijn machete greep en aanstalten maakte om op te staan. De aanvoerder en de priester keken elkaar uitdagend aan. 'Ze is vrij, net als alle anderen; daarom zijn ze gevlucht. Wil je dat de goden schade toebrengen aan deze nederzetting?' besloot hij op dreigende toon.

Het instemmende gemompel van de marrons dat op die waarschuwing volgde, was voldoende om Felipe te laten inbinden.

De babalawo betrapte haar in de bergen toen ze kruiden aan het plukken was voor een vruchtafdrijvend drankje.

'Yemayá is de godin van het moederschap,' onderwees de oude man toen Kaweka liet merken dat ze niet blij was met haar zwangerschap. 'Ze zou het niet waarderen als je je zwangerschap zou afbreken. Bedenk dat we hier niet op de plantage zijn. Hier wordt je kindje niet in gevangenschap geboren.'

'Ik wil het gewoon niet,' mopperde Kaweka.

Kaweka wilde het kind niet. Misschien was het wel van Santiago, een agressieve man die net zo omging met vrouwen als de anderen. Hij was niet slechter dan de rest, dacht Kaweka, en ze merkte dat ze geen wrok tegenover hem koesterde. Santiago was als een vluchtige herinnering, net als Faustino en zijn vader, Aparicio en die ene die het ook wel met haar wilde doen, en zoveel anderen die deel uitmaakten van een leven dat ze wilde vergeten en dat ze een plek had gegeven waar het geen pijn meer deed. Toch kwamen die herinneringen soms ineens bovendrijven, als hinderlijke insecten, om daarna te verdwijnen in de zuivere berglucht, in het stromende water en in het onschuldige ruisen van de bladeren. Bij al die mijmeringen drongen zich de zweepslagen op, die de herinneringen nog intenser maakten.

De mogelijkheid dat ze zwanger was van Modesto riep echter heel andere gevoelens bij haar op. Kaweka associeerde hem niet met de plantage, de pijn, vernedering en wanhoop. Modesto was in haar leven gekomen en had ellende in geluk veranderd, maar als ze nu aan hem dacht, voelde ze alleen maar diepe teleurstelling. Slaven konden zich geen gevoelens permitteren, dat wist ze, en toch had ze de fout gemaakt zich eraan over te geven. Hoe vaak had mama Ambrosia haar niet gewaarschuwd? Toen ze nog in mensonterende slavernij leefde was ze zelfs voor de meest fundamentele behoefte

– eten – overgeleverd aan de grillen van haar heer of de wreedheid van de opzichter. Modesto had haar een sprankje hoop gegeven. Ze had trommels gehoord toen ze de liefde bedreven, ze voelde dat ze liefhad en liefgehad werd.

Eluma dreigde zijn handen van haar af te trekken als ze haar kindje zou doden. Kaweka twijfelde, en in die bosrijke bergen vol leven, ver van de zweepslagen van de onderdrukker, kwam ze in gewetensnood. Soms genoot ze van de bewegingen van het kindje in haar buik en voelde ze zich volmaakt gelukkig; op andere momenten, als dat nieuwe leven haar aan Santiago herinnerde, verafschuwde ze de beladenheid die beiden symboliseerden.

Terwijl ze heen en weer geslingerd werd door die tegenstrijdige gevoelens diende zich de bevalling aan, in september, op de ochtend van de derde dag van stortregens die de bergen leken te willen kaalslaan en zelfs de sterkste bomen mee naar beneden te willen sleuren.

Kaweka wist niet of ze het kind wel ter wereld wilde brengen.

Samen met de twee andere vrouwen van de nederzetting verstopte ze zich in een van de grotten, waar ze een oude stoel hadden klaargezet waaruit de zitting was verwijderd, met eronder een grote kom met daarin een deken waarin de baby moest worden opgevangen. Eluma wikkelde een blauwe doek – blauw was een van de kleuren van Yemayá – om de buik van de vrouw. Naast de stoel legde hij een bidprentje van de heilige Raymond Nonnatus dat hij had geleend van de zwarte vrouwen van een tabaksplantage, en hij zette een brandende kaars neer. Ze vroegen de goden om hulp, gaven Kaweka thee van palo santo en kerstwijnstok. Gedurende de bevalling baden ze en de weeën leken Kaweka's verzet te breken. Af en toe kwam een van de marrons de grot binnen, om vervolgens vast te stellen dat ze nog steeds op de stoel zat, hevig transpirerend in die vochtige atmosfeer, met een vertrokken gezicht en haar kaken stijf op elkaar om de zware weeën op te vangen.

Ze bleven een tijdje staan kijken. Sommigen stelden vragen, anderen deden een onhandige poging om hulp te bieden; de meesten schudden hun hoofd en keerden terug naar een andere grot.

Felipe bekommerde zich niet om Kaweka, maar bemoeide zich wel met de bevalling, want hij weigerde een nieuwe kaars neer te zetten toen de andere was opgebrand nadat ze urenlang om hulp van de christelijke schutspatroon van de kraamvrouwen hadden gebeden.

'De kaarsen mogen niet opraken door een bevalling die niet gewenst is door de goden,' vond hij.

De dag liep ten einde, en de uitgeputte Kaweka, die de volgende wee met angst en beven tegemoetzag, merkte dat de gebeden om haar heen aan kracht hadden verloren en waren veranderd in een matte, monotone litanie. De grot vulde zich met het gekletter van een onheilspellende stortregen die in alle hevigheid was losgebarsten. Om haar op te beuren wees Eluma haar op de nieuwe dag die aanbrak, al was dat nauwelijks te merken door de grijze wolken en het watergordijn waardoor het licht de grot niet bereikte. Kaweka, met haar kin op haar borst, was niet in staat te reageren.

'Volhouden!' maande de babalawo haar. 'Anders sterf je en word je een wanhopige dolende ziel.' Met moeite richtte Kaweka haar hoofd op en keek hem met waterige ogen aan. Hij greep haar bij de schouders en schudde haar door elkaar. 'Kom op! Roep je godin aan! Zeg haar dat je dit kind wilt, dan zal ze je helpen!'

Kaweka maakte een vermoeid gebaar en Eluma hield zijn oor bij haar lippen.

'Ze brengt me vast ongeluk,' zei ze aarzelend.

'Laat de goden beslissen over het lot van je kind. Spreek ze niet tegen. Roep haar aan! Doe het voor jezelf, voor mij, voor alle zwarte slaven... voor mama Ambrosia!'

Haar rode, betraande ogen leken op te lichten toen ze de naam van de kindermeid, haar moeder, hoorde noemen.

'Zij zou het nooit goedvinden,' vervolgde de babalawo toen hij haar reactie zag.

De gedachte aan mama Ambrosia riep herinneringen op aan de kinderbewaarplaats, de kinderen die met haar stoeiden. 'Laat de goden over hun lot beschikken,' had de kindermeid gezegd toen Kaweka haar gemengde gevoelens over hun vrolijke onbevangenheid had geuit.

Kaweka zuchtte.

'Yemayá,' zei ze uiteindelijk, en ze vertrouwde zich toe aan de godin.

Het was een meisje. Ze noemden haar Yesa, en zodra Kaweka het kindje in haar armen had, keek ze het in de ziel en twijfelde ze er geen moment meer aan dat het van Modesto was, al aarzelde ze om die stelligheid aan Yemayá toe te schrijven, of aan het besef dat ineens tot haar doordrong: het besef van een nieuw universum, van een eeuwige, onlosmakelijke band. Ze barstte uit in een louterende huilbui die overging in een bevrijdende lach toen ze het meisje even aanraakte en haar nog besmeurde voorhoofdje kuste.

Kaweka gaf haar de borst en wanneer ze de nederzetting verliet om met Eluma de bergen in te trekken om over kruiden te leren of ergens een zieke te behandelen, namen de andere twee vrouwen de zorg voor haar dochter op zich. Soms vertrouwde ze Yesa zelfs toe aan een van de mannen. Ze waren nog steeds niet ontdekt door de slavenjagers, Kaweka liet zich door Eluma inwijden in de santeria en samen behandelden ze slaven van de nabijgelegen plantages en veeboerderijen. Intussen groeide de kleine Yesa en werd ze het middelpunt van de gemeenschap, zozeer zelfs dat haar moeder, die bij terugkomst graag tijd alleen met haar kindje doorbracht, soms moest toestaan dat anderen met haar speelden en haar verzorgden. Maar 's avonds had ze haar dochter altijd weer voor zichzelf. Dan kroop ze dicht tegen haar aan in bed, luisterde tevreden naar haar ademhaling en sloop ze haar dromen binnen. Alleen Felipe en zijn trouwe volgelingen keken met scheve ogen naar het kindje. Ze klaagden als ze huilde, eisten dat ze stil was en in een grot werd opgesloten, of droegen uitgerekend degene die tijdens Kaweka's afwezigheid op haar paste een taak op die onmogelijk kon wachten.

De komst van Yesa was bevrijdend voor Kaweka. De godin was tevreden en had niet alleen de geboorte aanvaard, maar had haar ook nieuwe zielskracht ingeblazen. Modesto bleef in haar gedachten, al leek zijn beeld te vervagen, net zoals dat was gegaan met haar moeder en Daye, haar zusje dat aan de zee was gegeven. Soms kwam alles wat ze met de emancipado had meegemaakt echter in een flits terug, en dan brak haar hart en zocht ze troost bij haar dochter of bij de goden die haar hadden uitverkoren.

Er werd een marron van een andere nederzetting bij hen gebracht om door Eluma behandeld te worden. Hij had zweren op zijn borst en rechterarm. Een paar maanden eerder was hij gevallen; hij was van de berg af gerold en zat onder de schrammen en wonden. Sommige waren genezen, maar andere waren gaan ontsteken en zagen er rood en etterig uit. De babalawo schreef een zalf voor van in rum getrokken munt, die Kaweka op de zweren aanbracht.

'Help me even,' vroeg ze aan de twee mannen die met de gewonde waren meegekomen. Ze bevonden zich in een van de grotten; de man lag op een bed van dorre bladeren. 'Hou hem stevig vast, zodat hij niet kan bewegen... Ja zo,' zei ze toen de twee zijn handen en voeten tegen de grond drukten, alsof ze hem wilden geselen.

De man schreeuwde het uit en begon hevig tegen te stribbelen toen hij de hete zalf op zijn lichaam voelde. Kaweka ging door met smeren. De dagen erna werd de behandeling nog vier keer herhaald. Ze baden, riepen de goden aan en brachten offers, maar het ging alleen maar slechter met de wonden. Eluma probeerde een ander middel, een poeder van gestampte schors van de *guaguasí*-boom, dat evenmin soelaas bood; de infectie verergerde en de koorts nam toe. De marrons kwamen op het gekerm van de zieke af en keken ontzet toe. Een van de vrouwen had Yesa in haar armen en Felipe wisselde wat steelse blikken met de zijnen; het kostte hem moeite te verbergen dat Kaweka's mislukte behandeling hem plezier deed.

In de grot vermengden het gesnik van de zieke, het uitgebluste gezang van sommige mannen en de gebeden van Eluma zich met elkaar en weerkaatsten tegen de wanden. Kaweka, die met gesloten ogen op de grond zat en de godin aanriep, raakte van slag door de geluiden. Plotseling begon ze te zingen en terwijl ze bleef zitten spreidde ze haar armen en schudde ze haar schouders en borsten in een uitzinnige dans. Haar stem veranderde: de godin sprak via haar... De godin had bezit van haar genomen. Kaweka ging door met zingen en dansen en bewoog haar armen boven de zieke terwijl de anderen dichterbij kwamen en zich om hen heen verdrongen.

De dans duurde nog enkele minuten, waarin Kaweka leek leeg te lopen; ze was bezweet en uitgeput, maar haar bewegingen waren wild. Ineens stopte ze. Er viel een stilte en iedereen wachtte in spanning af; zelfs de zieke zweeg. Even verroerde niemand zich, tot ze op handen en voeten ging staan en als een hond de zwerende wonden van de man begon te likken.

Sommige marrons weken naar achteren, anderen wendden hun blik af en een enkeling begon te kokhalzen.

Kaweka ging door met het ritueel tot ze alle zweren had afgelikt, waarna ze weer ging zitten. De godin verliet haar lichaam en toen ze weer bij bewustzijn was, liet ze haar blik langs de aanwezigen glijden tot ze bij Felipe kwam en hem woedend aankeek voor ze op de grond neerzeeg.

De marron werd beter. Kaweka voelde zich steeds zekerder in haar rol als medicijnvrouw en na de leerschool van Eluma werd ze *iyalocha*, santeria-priesteres. Santeria was de religie van de Lucumí's of Yoruba's die zich had vermengd met de christelijke godsdienst. Algauw kwamen de mensen naar haar toe in de nederzetting en raakte ze ook bekend bij andere gevluchte slaven die zich schuilhielden in het Guaniguanico-gebergte. Ze genas nog meer marrons. Het lukte niet altijd, maar haar successen en het diepe, magische contact dat ze met de orisha's had, gingen als een lopend vuurtje rond.

Door de behoefte om in de goden te geloven, in de hulp die alleen hun eigen goden konden bieden, werd het geloof in Kaweka's krachten in de ogen van eenvoudige, ongeletterde mensen alleen maar sterker. Hun eigen religie, die van de zwarte Afrikanen, was een van de weinige dingen waar ze moed uit konden putten, als verzet tegen een leven dat alle zin verloren had door de absolute macht van egoïstische bazen die hun slaven slechts als een investering zagen, net als een paard of een machine. Kaweka vertegenwoordigde dat, belichaamde die strijd en hield het contact van de zwarten met hun oorsprong en hun geloof levend. Het respect dat ze tot dan toe had genoten veranderde in verering.

De vrije zwarten die langs de weg leefden en als contractarbeider werkten, hadden haar nodig, evenals degenen op de kleine suiker- en tabaksplantages en de weinige koffieplantages die er in de omtrek nog waren. Het waren bescheiden bedrijven die weinig leken op La Merced of andere grote plantages. Op sommige plantages werden niet-aanvalsakkoorden gesloten tussen de eigenaren en de marrons. De blanken gedoogden de marrons en gaven hun zelfs goederen als ze niet stalen. Er waren daar nauwelijks dokters, zelfs geen heelmeesters als Cirilo, en de verplegers die de slaven en vrije zwarten behandelden hadden geen scholing en kennis van zaken.

'Vlucht naar de bergen,' moedigde Kaweka een jongeman aan die haar met een afwezige blik aanstaarde na haar trance bij de behandeling van een zieke vrouw.

Ze waren naar een eenvoudige koffieplantage geroepen die verscholen lag in het meest onherbergzame deel van de bergen, op een helling die boven een beek in de vallei uittorende en waar een twaalftal zwarte slaven werkte. Een van de vrouwen maakte te weinig gal aan: haar oogwit had een gele kleur gekregen, wat niets goeds voorspelde.

'Ze is al oud,' stelde de babalowa Kaweka gerust nadat ze enkele vergeefse pogingen had gedaan de kwaal te verhelpen.

Vlucht. We hebben vrouwen nodig. Kom in verzet! Kaweka was niet tevreden met haar positie van iyalocha en medicijnvrouw. 'Wat voor zin heeft het de goden aan te roepen en ze beter te maken als ze slaaf blijven?' had ze op een dag tegen Eluma gezegd. 'Zodat ze nog harder voor hun heer kunnen werken? Daar wil ik niet aan meedoen.'

Ze nam de strijd voor de vrijheid van de zwarten weer op en riep er overal waar ze kwam toe op. 'Dat is de wil van de goden,' zei ze dan tegen de slaven.

Soms vond ze weerklank, maar er waren er ook die hun bedenkingen hadden, ingegeven door angst en onzekerheid.

Door haar persoonlijke benadering had Kaweka een vertrouwensband met de zwarten op kunnen bouwen. Ze voelden er weinig voor om te vluchten naar een nederzetting waar Felipe aan het hoofd stond. Ze dronken, zeiden ze, kleineerden de vrouwen en ze waren arrogant, alsof ze beter waren dan anderen omdat ze gevlucht waren. Bovendien gokten ze vaak en gaven ze in de kroeg het weinige geld uit dat ze met hun handeltjes verdienden.

'Ze profiteren van het werk en de inspanningen van de andere marrons,' vulde Kaweka aan toen ze haar beklag over hem deed bij Eluma.

De oude man zuchtte. 'We kunnen er ook niet veel tegen doen.'

'Ik kan dat wel,' beweerde ze.

'Zoek nou niet weer ruzie met Felipe,' zei Eluma. 'Laat toch gaan. Het is slecht voor de sfeer, en de veiligheid van de nederzetting is afhankelijk van onze saamhorigheid.'

'Wij geven alles wat de zieken ons betalen aan de nederzetting,' klaagde ze.

Kaweka leek zijn raad niettemin op te volgen, al kon ze niet voorkomen dat de spanning tussen haar en de aanvoerder opliep.

'Haal geen mensen meer hierheen!' voer hij tegen haar uit toen ze op een dag met een jongen, een mulat, aankwam. 'Er kan niemand meer bij hier! We hebben geen eten... en zo trekken we de aandacht van de slavenjagers.'

'Deze berg is niet van jou,' antwoordde Kaweka koppig. 'Als je bang bent, ga je maar ergens anders naartoe. Je krijgt vast wel medestanders,' voegde ze eraan toe terwijl ze een woedende blik op zijn trawanten wierp.

'Je gaat in tegen de overeenkomsten die we met de planters hebben gesloten. Deze jongen,' schreeuwde Felipe terwijl hij naar de jonge mulat wees, 'is van Jaime Ruiz...'

Ze ruzieden en vielen elkaar voortdurend in de rede ten overstaan van de andere marrons, die gespannen toekeken bij een ruzie die ze allang hadden zien aankomen.

'Geen enkele zwarte behoort een blanke toe! De goden hebben ons geschapen...'

'Jaime geeft ons suiker en bananen zodat we hem met rust laten. Daar eten we van...'

'Dat vergok je! Daar koop je vrouwen van! Daar...'

Voordat ze haar zin kon afmaken, gaf Felipe haar een harde duw. Kaweka viel op de grond.

'Leugenaarster!' schreeuwde de aanvoerder, en hij boog zich dreigend over haar heen.

Eluma schoot haar te hulp. 'Niet ruziemaken jullie!'

Andere marrons wilden ook tussenbeide komen.

'Dief!' schold Kaweka hem uit, nog op de grond. Felipes mannen hielden de anderen op afstand. Een van hen trok zijn machete uit de schede en de meesten deinsden terug.

Eluma greep de man die met de machete stond te zwaaien bij de arm. 'Dit zijn je broeders!' riep hij boos.

Kaweka probeerde op te krabbelen. De aanvoerder drukte haar met een voet tegen de grond, maar zij draaide zich om, greep zijn been vast en beet hard in zijn kuit. Daarop schopte hij haar een paar keer tegen haar hoofd. Mauricio sprong boven op de twee, gevolgd door enkele andere marrons, die slaags raakten met Felipes volgelingen. Eluma had de man met de machete nog stevig in zijn greep en enkele andere marrons hielden de aanvoerder in bedwang. Intussen zorgde de rest dat Kaweka Felipes been losliet en vervolgens sleurden ze haar onder luid protest weg terwijl ze de aanvoerder de huid vol schold.

Uiteindelijk stonden er twee groepen tegenover elkaar. De meeste marrons wilden dat ze hun ruzie bijlegden. Voordat de gemoederen waren bedaard en terwijl zijn volgelingen hem nog steeds vasthielden om te voorkomen dat hij achter Kaweka aan zou gaan, richtte Felipe zich tot de medicijnvrouw.

'Wil jij soms de baas van de nederzetting zijn?' Kaweka, inmiddels opgestaan, ondersteund door Mauricio en een andere man, hapte naar adem. 'De goden hebben je dan wel uitverkoren om mensen beter te maken en om als medium te fungeren, maar zouden ze het ook goed vinden als je opstaat als leider voor de zwarten terwijl je niet eens tijd hebt om voor je dochter te zorgen?' Felipe maakte een hoofdbeweging naar de kleine Yesa, die in haar blootje tussen de voeten van de marrons kroop. 'Hoe kun je voor de anderen zorgen als je je niet eens om je eigen kind bekommert?'

'Laat mijn dochter erbuiten!' antwoordde Kaweka boos, al merkte ze wel dat de argumenten van de aanvoerder door sommigen met instemming werden ontvangen. 'Zij heeft niets met de goden te maken. De goden houden zich niet bezig met de vraag wie de leiding moet hebben in deze nederzetting en ik wil je plaats niet innemen, maar onze leider moet te vertrouwen zijn. Die mag ons geld niet stelen om het vervolgens te vergokken!'

'Stelen?' onderbrak Felipe haar, en hij moedigde zijn mannen aan om haar opnieuw te lijf te gaan. Toen hij werd tegengehouden kalmeerde hij. Hij maakte zich los uit de greep van zijn maten en richtte zich tot de anderen: 'Wie van jullie heeft nooit eens geld achtergehouden van wat hij bij bevriende plantages had verdiend om te dobbelen of brandewijn of rum te drinken in de kroeg?' De aanvoerder liet zijn blik langs de marrons gaan terwijl hij hen met een handgebaar aanspoorde om te reageren, maar tot Kaweka's ontzetting bleef het stil. 'Wie heeft er nooit wat graan, honing of een paar bananen aan een vrouw gegeven in ruil voor seks?'

Het bleef stil, hoezeer Felipe er ook op aandrong om te antwoorden. Wanneer ze naar de valleien of vlaktes trokken, zochten de mannen vertier in de kroegen of bij de vrouwen van de veeboerderijen en plantages, die steevast een tegenprestatie verwachtten. De marrons die dat niet deden, hadden het weleens geprobeerd of hadden er in elk geval geen probleem mee als anderen het deden.

Kaweka keek Mauricio vragend aan. Deze tuitte zijn lippen, trok zijn wenkbrauwen op en haalde zijn schouders op. Ze schudde haar hoofd en haar blik zocht die van Eluma. Die had haar aangeraden dat onderwerp te mijden. Van een afstandje reageerde de babalawo op dezelfde manier als Mauricio. Felipe zag dat en zijn lippen plooiden zich tot een cynische glimlach. De anderen dropen af, sommigen met gebogen hoofd alsof ze het gevoel hadden dat ze Kaweka teleurgesteld hadden. Een van de vrouwen bukte zich, pakte Yesa op en gaf haar aan haar moeder, die haar stevig tegen haar borst drukte. Sommige dingen die Felipe had gezegd klopten: om de zieken te verzorgen en de goden ter wille te zijn was ze genoodzaakt hele dagen weg te zijn. Kaweka kuste haar dochtertje op haar voorhoofd en nam zichzelf kwalijk dat ze haar niet zag opgroeien, in vrijheid. De kans om haar de eerste stapjes te zien zetten had ze al gemist en toen ze een andere keer op de nederzetting terugkeerde, bleek het meisje al in haar blootje door de bergen te rennen. Kaweka wijdde zich aan het genezen van zieken en haalde hen over om te vluchten, maar hoe meer ze daarmee bezig was, des te meer ze het contact verloor met de werkelijkheid van de mensen voor wie ze dacht op te komen; zodra die hun felbegeerde vrijheid hadden verworven, gedroegen ze zich net als de anderen en gaven ze zich over aan gokken, drank en vrouwen.

Ze klakte met haar tong.

'Oké, jij wint,' zei ze tegen de aanvoerder. 'Jij blijft de leider van deze nederzetting.'

'Dat kan ik alleen als jij ophoudt de slaven van bevriende plantages aan te moedigen om te vluchten,' antwoordde Felipe. 'Slaven zijn schaars en duur, dus als de planters er nog meer verliezen, komen ze achter óns aan.'

'Bereid je daar maar op voor dan. Ik moet doorgaan met...'

'Nee,' onderbrak hij haar. 'Luister goed, Kaweka, ik weet die slavenjagers al jaren om de tuin te leiden. Ik ken die lui, ze zijn wreed.

Ze doden een marron liever dan dat ze hem laten ontkomen. Ik zal ze weer misleiden, maar als je zo doorgaat, moet je niet raar opkijken als je op een dag terugkomt op de nederzetting en de meeste mannen die je hierheen hebt gehaald dood of gevangen zijn, en misschien je dochter ook. Niemand zal met een kind op de arm en een troep bloedhonden achter zich aan de bergen in vluchten,' zei hij dreigend terwijl hij naar het meisje wees. 'Al die lui die nu zo dol op haar zijn, zullen haar zonder aarzelen achterlaten. Denk daar maar eens goed over na.'

Kaweka overpeinsde wat Felipe had gezegd en hoewel ze hem niet mocht, concludeerde ze dat hij gelijk had. Sinds ze over vrijheid was gaan praten met de slaven op de plantages die ze als medicijnvrouw bezocht, waren er tien marrons bij gekomen in de nederzetting. Voedsel werd schaars en de nieuwelingen konden niet jagen of vissen. Bovendien moest ze ook zorgen dat zijzelf en Yesa veilig waren. Meestal ging ze naar de plantages in het gezelschap van Eluma en een of meer marrons die spullen wilden ruilen tegen voedsel, of het gewoon stalen. Het waren lange, zware reizen en het was te gevaarlijk om een klein kind mee te nemen, waardoor Kaweka zich genoodzaakt zag haar op de nederzetting achter te laten.

Die keer kwamen ze terug van een bezoek aan een kleine suikerplantage vlak bij de San Claudio-rivier, op iets minder dan twee dagen reizen. Er werkten nog geen twintig slaven, en nog wat zwarte contractarbeiders. Er waren geen Chinezen en blanke arbeiders, en de machines en installaties waren sterk verouderd. Zwijgend liepen ze door het dichte bos, het trage tempo van de oude man volgend. 'Ik kan niet met een vrouw zijn omdat ik priester ben,' had Eluma zich verontschuldigd op de dag dat ze het eindelijk over die hangende kwestie durfden te hebben, 'en daarom is een tegenprestatie... altijd welkom.'

Hun relatie was wat bekoeld. Kaweka had nog steeds het respect voor hem dat hij verdiende als meester (in de hiërarchie van de santeria was de positie van iyalocha, één rang lager dan die van Eluma, voor vrouwen het hoogst haalbare), maar het gemak waarmee ze tot dan toe met elkaar waren omgegaan was verdwenen.

'Neem het me alsjeblieft niet kwalijk,' vroeg hij opnieuw toen ze weer bijna terug waren bij de nederzetting.

'Ik neem je niets kwalijk,' antwoordde Kaweka, nadat ze opgelucht had vastgesteld dat alles op de nederzetting zijn gewone gang ging.

De laatste maanden had Kaweka geen slaven meer aangemoedigd om te vluchten. 'Dat is een goede beslissing van je geweest,' had de babalawo gezegd, maar zo voelde zij het niet. Ze vond het vreselijk om de slavernij te accepteren, en het idee om niets te doen tegen dat onrecht vond ze onverteerbaar. Maar telkens wanneer ze haar dochter moest achterlaten werd ze voortdurend achtervolgd door de angst haar bij terugkomst niet aan te treffen en vreesde ze dat de slavenjagers de nederzetting met de grond gelijk hadden gemaakt.

Glimlachend verscheen Kaweka op de open plek bij de grotten. De marrons liepen te lanterfanten of waren bezig met hun taken, maar ze merkte direct dat er iets niet in de haak was. Ze keken haar niet aan en degenen die dat wel deden, wendden hun blik snel weer af. De ochtend liep ten einde; het was een rustige, zonnige dag. Ze ging op zoek naar haar dochter. Die moest ergens aan het spelen zijn… maar ze kon haar niet vinden. Ze zal wel naar het bos zijn gegaan, zei ze bij zichzelf. Een van de vrouwen verscheen in de opening van een grot; zíj keek haar wel recht in de ogen. Kaweka's maag kromp ineen en ze versnelde haar pas.

'Wat is er aan de hand?' vroeg ze.

'Yesa…' begon de vrouw, en wees naar de grot.

Het kind had koorts. Eluma zag dat Kaweka's handen trilden en haar adem stokte toen ze haar dochter onderzocht, en nam het van haar over.

'Bid,' zei de babalawo.

Ze twijfelden tussen een probleem met het gebit en wormen, of misschien was het wel allebei tegelijk. Kaweka begon te snikken, ze wist dat dit twee doodsoorzaken waren onder jonge kinderen. Yesa was al twee jaar en kreeg al maanden geen borstvoeding meer. Ze had diarree en haar buik was opgezet. Ze lieten de zieke niet alleen en gingen om beurten medicijnen maken. Ze brachten allerlei offers: vruchten, een kip; ze gebruikten kokosnoten om de ziekte te verdrijven, maar het meisje ging niet vooruit, hoe vaak de godin ook bezit nam van Kaweka.

'Maar ze richt zich niet tot Yesa,' erkende Eluma nadat de godin het lichaam en de geest van de moeder had verlaten en deze weer bij zinnen kwam.

'Ik voel niets, ze zegt niets,' klaagde Kaweka op haar beurt. 'Ze reageert niet!'

Yesa's toestand verslechterde. De zwelling nam toe en haar buik werd zo hard als steen, er zat bloed in haar ontlasting. Het meisje was het grootste deel van de dag buiten kennis en soms begon ze hevig te hallucineren. De marrons kwamen in de grot kijken, ze huilden, baden voor het geïmproviseerde altaar en sloegen een kruis terwijl Eluma en Kaweka rustig bezig waren of gewoon zwijgend en met gebogen hoofd bij de zieke zaten.

'Ze is stervende,' zei de priester op een ochtend.

'Ik weet waarom de goden boos zijn,' antwoordde Kaweka. De babalawo wist al wat ze daarna zou zeggen omdat hij zelf ook al aan die mogelijkheid had gedacht. Maar hij had dat niet uitgesproken, uit angst, uit egoïsme, of omdat hij wist dat het waar was. 'Ik ben van mijn pad afgedwaald,' bevestigde Kaweka zijn vermoeden.

'Nee,' ontkende Eluma tegen beter weten in. 'Je doet je best voor de marrons en voor de zwarten van de...'

'De goden hebben me toch niet uitverkoren om af en toe wat slaven te behandelen om ze door te kunnen laten werken, zodat ze een stel blanken rijk kunnen maken, alleen maar omdat ze ons een paar bananen geven... en ook niet om diezelfde bazen of hun familieleden te genezen. Yemayá is boos, en de andere orisha's ook. En terecht. Dit is hun antwoord,' voegde ze daaraan toe, en ze wees naar Yesa.

Eluma keek naar het meisje: een zielig hoopje dat zwak en piepend ademhaalde en daar soms even mee stopte, tot schrik van haar moeder, die dan in paniek raakte en pas weer gerust was wanneer het kind weer een ademteug nam die haar verbond met de wereld van de levenden.

Yesa was stervende, Eluma wist het, en daarom zweeg hij toen Kaweka neerknielde en het meisje op haar voorhoofd kuste.

'Zorg voor haar,' smeekte ze de oude man.

Eluma deed zijn ketting van witte en blauwe kraaltjes af, dezelfde ketting die Kaweka in de kroeg van La Merced zo had gefascineerd, en hing hem om haar nek. De kraaltjes brandden op haar borst, alsof ze met haar huid wilden samensmelten. Ze haalde diep adem en het branderige gevoel werd haast onverdraaglijk. Opnieuw keek ze naar haar dochter, maar nu met een sprankje hoop in haar ogen. In een poging de pijn van haar dochter over te nemen, ademde ze nogmaals diep in. Yemayá deed wat ze van haar vroeg en bracht de kwelling die het meisje de afgelopen dagen had doorstaan naar Kaweka's lichaam. Haar gezicht klaarde op naarmate haar spieren, haar organen en ingewanden zo'n pijn begonnen te doen dat het leek of ze uit elkaar zouden spatten. Yesa kwam langzaam weer tot leven en haar moeder bespeurde een lichte beweging, iets wat ze de afgelopen dagen niet had gezien. Toen wist ze dat ze de juiste beslissing had genomen.

'Ze gaat het redden,' zei ze tegen Eluma.

Nu ging het tussen haar en Yemayá. Yesa bleef erbuiten, ze was verlost van de wraak van de goden. Kaweka wilde nog meer zeggen, maar haar stem brak. Ze draaide zich om naar de uitgang van de grot, waar de marrons nog steeds zwijgend stonden te kijken. Die beseften dat dit het begin van een nieuwe fase in haar leven was. Kaweka verliet de grot en passeerde hen met opeengeperste lippen, waarna ze met lege handen de berg af liep. Jaren geleden was ze uit haar land weggeroofd, ver van haar familie. Onderweg was ze haar zusje verloren; later verliet ze mama Ambrosia en Modesto, een man die haar dromen van een gelukkig leven leek te gaan vervullen, en nu liet ze haar dochter achter. Toen ze besefte wat het betekende wat ze aan het doen was, stopte ze even, maar ze keek niet om. De pijn die ze van Yesa had overgenomen was nog steeds aanwezig in haar lichaam en haar bewegingen, en ze wist dat die op elk moment weer kon overspringen naar het kind. Ze keek naar de bomen, waar de goden rustten; ze schold ze uit en begon te huilen. En ze bleef huilen terwijl ze de berg afdaalde en voortdurend de naam van haar dochter noemde, zich afvroeg of ze haar ooit weer zou zien, haar om vergeving vroeg in de hoop dat ze het zou begrijpen en dat ze, mochten ze elkaar ooit weer zien, haar niet zou haten.

Ze kwam bij de voet van de berg en wist niet goed waar ze heen moest. Toen herinnerde ze zich de woorden van mama Ambrosia: 'Je kunt toch nog steeds voor de slaven opkomen als je vrij bent en in de stad woont, waar degenen zitten die het voor het zeggen hebben? Beter nog dan hier, meisje. Daar zijn er veel die het ook doen, veel meer dan hier, en daar heb je het beter dan op deze godverlaten plantage waar we alleen maar een paar miezerige zakken rijst en wat machetes kunnen regelen, op het gevaar af dat we zweepslagen krijgen.'

Ze zou dat niet doen als vrijgelatene, maar als voortvluchtige, maar zodra ze het besluit had genomen, wist ze dat Havana op haar wachtte.

8

Havana, Cuba
Februari 2018

'Ik woon samen met twee vriendinnen.'

Lita keek door het raampje terwijl het vliegtuig luchthaven José Martí van Havana naderde om te landen. Elena, die op de stoel naast haar zat, aan het gangpad, strekte zich uit en boog zich over haar vriendin heen om naar buiten te kijken. Ze zaten comfortabel in de businessclass. Sara, die in het midden zat, bleef in haar eigen wereldje op haar plek zitten en neuriede mee met de muziek uit haar koptelefoon.

Voor alle drie was het de eerste keer dat ze in de businessclass zaten. De weinige keren dat ze hadden gevlogen, reisden ze met budgetmaatschappijen, waar het altijd dringen was met de bagage en de beenruimte te wensen overliet. Tijdens deze vlucht dronken ze glas na glas, aten ze, klapten ze hun stoelen neer zodat ze konden liggen, kletsten, lachten en roddelden ze over de andere geprivilegieerde passagiers, die ze benijdden om hun rijkdom of maatschappelijke status waardoor ze zich deze luxe konden permitteren; gedurende enkele uren droomden ze ervan te zijn zoals zij en deden ze alsof ze bij die wereld hoorden.

'Dit heeft veel te kort geduurd,' zei Sara lachend toen ze het vliegtuig verlieten.

Op de luchthaven werden ze opgewacht door een bescheiden chauffeur die hen zwijgend naar de hoofdstad van het eiland bracht in een busje met zwartleren zittingen, getinte ramen en airconditioning. Het hotel: vijf sterren, pure luxe. Drie *junior suites*. Een en al glimlach, hoffelijkheid en goede zorgen.

'Wauw!' riep Elena toen ze de deur van haar kamer opende en een V-teken maakte naar Sara, die altijd alles filmde met haar telefoon.

Dat was ook Lita's reactie toen ze haar eigen kamer binnenkwam. Het waren twee vertrekken, een slaapkamer en een woonkamer, op een hoge etage en met een schitterend uitzicht over de stad. Ze opende de minibar en pakte een biertje en een blikje noten. '*Full credit*,' had de receptioniste gezegd. 'Alles wordt voor u betaald, dames,' had ze geantwoord op de weifelende blik van Elena.

Lita ging op het terras van haar suite zitten en meende de zee te ruiken, die zich glinsterend achter de stad uitstrekte. Ze vond het vreemd hier te zijn met Sara en Helena en niet met haar moeder of Pablo. Zijn beeltenis tekende zich af tegen de zee. Na die rampzalige vergadering op de bank, met doña Claudia, de markies en al die anderen, had hij haar geprobeerd te bellen, maar pas bij de derde, vierde of misschien zelfs zevende keer nam ze op. Ze had een flinke tijd zitten huilen en geprobeerd de vele ogen die haar naar de uitgang van de zaal hadden gevolgd en die ze nog steeds in haar rug kon voelen, van zich af te schudden: priemende, verwijtende, en zelfs geamuseerde blikken. Na nog een huilbui besloot ze dat hij er ook niets aan kon doen en nam ze de telefoon op. Pablo probeerde haar te troosten, maar zonder succes.

'Hoe kan ik die vernedering nou vergeten?' had Lita verongelijkt gezegd.

Ze bleven even zwijgen. Ik hou van je, had Lita gehoopt dat hij zou zeggen. Het waren geweldige, heerlijke nachten geweest… Wilde nachten soms ook, op de maat van instrumenten waarvan ze niet eens wist dat ze bestonden! Misschien was dat niet genoeg; nee, het was niet genoeg, waarschijnlijk, maar ze had het fijn gevonden als hij het had toegegeven omdat zij dan had kunnen zeggen dat Pablo ook iemand was met wie ze de gok had willen wagen; er waren andere mannen geweest voor wie ze zich enigszins had opengesteld, maar met hen had ze het nooit zover laten komen. Pablo had haar uiteindelijk overgehaald om af te spreken. Ze gingen eten in een trendy restaurant, zo'n zaak waar de pretenties groter waren dan de porties, waar de gerechten de exorbitant hoge prijzen wel waard waren, al zou je naderhand niet meer weten hoe ze heetten, en waar het vooral ging om zien en gezien worden. Dat was ook precies Lita's bedoeling: dat ze zich bekeken wist en dan haar tranen binnen kon houden. En dat lukte haar. Pablo deed zijn best om haar op te beuren. Hij hield van haar, al sprak hij dat niet uit. Zij nam het zichzelf achteraf kwalijk dat ze hem ook niet had opgebiecht dat zij van hem hield, maar hij liet het blijken uit wat hij zei en deed, en het was alsof ze in een bubbel zaten, afgesloten van de frivoliteit van het restaurant. Uiteindelijk glimlachte Lita en pakten ze over de tafel heen elkaars hand en lieten ze zich meeslepen door hun gevoelens, tot haar telefoon piepte. Het was een appje: Stewart stelde voor elkaar diezelfde middag te ontmoeten.

'Hij was behoorlijk aangeslagen door die toestand,' had Pablo toen gezegd, en hij moedigde haar aan de uitnodiging te accepteren.

Later die middag troffen Lita en de Amerikaan elkaar in de bar van het Madrileense hotel waar hij verbleef. Ze zaten aan een laag, rond tafeltje. Stewart betreurde het voorval en voelde met haar mee: wat er tijdens die bijeenkomst was gebeurd, was onacceptabel. Ja, natuurlijk kon ze er aangifte van doen, of naar de rechter stappen, en dan zou ze zeker winnen. Discriminatie. Racisme. Het was overduidelijk. Wat er die dag was gezegd ging alle perken te buiten, en hij zou de eerste zijn die haar zou steunen als ze die weg wilde bewandelen, maar drukte haar op het hart om er eerst goed over na te denken; ze zouden graag van haar diensten gebruikmaken nadat ze de operatie met de Banca Santadoma hadden afgerond.

'Een leidinggevende functie, in het bestuur,' bood de Amerikaan haar aan.

'Voor het quotum, omdat ik een mulattinnetje ben?' flapte Lita eruit.

Ze had meteen spijt van die ongepaste reactie, al leek Stewart er geen probleem mee te hebben.

'Een vrouw van kleur, verdomme!' riep hij tot haar verrassing.

Ze schoten in de lach.

'Sorry, ik ben een beetje gestrest,' verontschuldigde ze zich.

'Ik snap het wel, hoor. Ik vind het heel naar wat ze over je moeder zeiden en over...'

'Pff,' onderbrak Lita hem met een geïrriteerd handgebaar. 'Het lef van die oude heks om zo over mijn moeder te praten! Mijn moeder is een fantastische vrouw!'

'En de moeder van de markies is typisch zo'n vrouw die in andere tijden en plaatsen is blijven hangen,' zei hij, alsof hij dat soort dingen wel vaker had meegemaakt. 'Maar goed,' hervatte hij het gesprek, 'zou het je wat lijken om bij ons, bij de Amerikaanse Bank te werken?'

'Even los van dat quotum blijft mijn vraag toch: waarom ik?'

'Speths & Markus, onze consultants, hebben ook het personeel van de Banca Santadoma doorgelicht,' legde hij geduldig uit. 'Behalve de kredietwaardigheid vinden we het ook belangrijk om te weten wie goede papieren heeft en wie we kunnen vertrouwen. Jij bent als een van de besten beoordeeld.' Pablo, dacht Lita. Hij zou het misschien niet toegeven, maar zij wist inmiddels dat hij van haar hield. 'Bovendien heeft jouw optreden bij die bijeenkomst veel bij ons losgemaakt... bij mij en natuurlijk ook bij Meyerfeld. We moeten er niet aan denken dat wat aan die tafel werd verkocht de opbrengst is van het bloed van slaafgemaakten. Je moet weten dat we de Banca Santadoma een paar jaar geleden te hulp zijn gekomen en we een goed aandelenpakket hebben verworven. Ik was daarbij betrokken, en geen van onze adviseurs heeft ons destijds gewaarschuwd dat dit bedrijf mogelijk is opgebouwd vanuit de slavernij. Anders zouden we die aandelen niet gekocht hebben, hoe goed de relatie tussen onze aandeelhouders en de Santadoma's ook was. Racisme, slavernij, kolonialisme, dat zijn tegenwoordig brandende kwesties in ons land, dus we werden nogal overvallen door wat jij daar zei, en ook al is de situatie nu misschien anders, we begrijpen dat je het niet over je kant kon laten gaan, omwille van jezelf, je moeder, je grootmoeder, omwille van al die mensen waarover tijdens die vergadering met zoveel minachting werd gesproken. Ik hou van mensen die te allen tijde aan hun principes vasthouden, en jij hebt je baan op het spel gezet door op te komen voor je moeder.'

Lita gloeide van trots na de woorden van de Amerikaan, en ze accepteerde zijn voorstel. Ze zei er maar niet bij dat ze weinig andere mogelijkheden had en ze wilde ook niet terug naar een bestaan als pizzakoerier. Al zou ze nu, met ruim twee jaar werkervaring, misschien meer kans maken op een goede baan. Hoe dan ook, de kans die deze man haar bood klonk als een geweldige uitdaging, dus daarom was ze op haar hoede en bracht ze de Santadoma's ter sprake. 'Zij zijn straks geen eigenaar meer van de bank', had Stewart haar geruststellend gezegd. Ze hadden over van alles en nog wat gesproken, ook over Concepción. Lita aarzelde, maar vertelde uiteindelijk toch over de problemen met haar moeders pensioen en met de familie van de markies. Ze vertelde over haar leven, en de Amerikaan nam alles geduldig en aandachtig in zich op. Natuurlijk zou don Enrique het moeten regelen. Lita voelde zich gesteund; ze haalde diep adem en hakte de knoop door. Jazeker! Ze zou meteen teruggaan naar de bank, zo nodig zou ze tot het eind van de dag blijven. Toen ze daar eenmaal zat, met een kop slappe koffie terwijl ze het eigenlijk met een biertje of een glas cava zou moeten vieren, besefte ze dat die vergadering in feite een boost voor haar carrière was geweest: ze was opgekomen voor haar ras. Vrouw van kleur, verdomme! Ze glimlachte bij de gedachte aan de Amerikaan die haar geciteerd had. Net zoals vele anderen had Lita te maken met racisme, openlijk of verhuld, grof of onbedoeld – microracisme, zoals dat tegenwoordig heet – maar ze had al een tijd geleden geleerd trots te zijn op haar huidskleur, op haar oorsprong die haar soms deed denken aan de slaafgemaakten die ze ongetwijfeld zou tegenkomen als ze haar stamboom zou onderzoeken.

Na het gesprek met Stewart over haar moeder was het Lita in ieder geval duidelijk geworden dat ze zich op een keerpunt in haar leven bevond. Behalve haar huidskleur had ook haar achtergrond haar parten gespeeld: de kwetsende ervaringen op school, de opmerkingen op de bank, die ze uit de weg ging of negeerde. 'Ze is alleen maar aangenomen omdat ze de dochter van de bediende is,' werd er gefluisterd, een kwalificatie waar ze niet meer vanaf kwam. Maar nu had ze zich uitgesproken, en niet tegenover een collega tijdens een koffiepauze op kantoor, maar in het heiligdom van de bank, ten overstaan van de markies, doña Claudia en al die anderen. Daar had ze het beest in de bek gekeken en was ze publiekelijk opgekomen voor haar moeder. Daarna brak ze en barstte ze in huilen uit; dat was louterend, noodzakelijk om zich te bevrijden van de laatste resten van de complexen en obsessies die nog binnen in haar smeulden, de laatste stap voor deze wedergeboorte.

'Morgen ga ik weer naar de bank,' zei ze vastberaden tegen Stewart.

'Nee,' protesteerde hij. 'Santadoma moet die fout met je moeder wel toegeven, maar jij kent hem beter dan ik. Je weet toch hoe respectloos die man is? Nee. Ik wil niet dat je hem nu ziet, en zijn moeder al helemaal niet; die vrouw maakt alles alleen maar erger.

Ze denkt dat ze onmisbaar is en heeft kennelijk niets beters te doen. Over een week of twee hebben we de onderhandelingen waarschijnlijk afgerond. Daarna, zodra ze hebben getekend, kun je de confrontatie aangaan met de markies, met zijn moeder, voor mijn part met de hele familie, maar nu kun je je beter op de vlakte houden.'

'Maar wat moet ik dan? Thuisblijven?' vroeg ze.

'Wat dacht je van een vakantie?' stelde de Amerikaan voor. 'Betaald, uiteraard.'

'Dat zou de indruk kunnen wekken dat ik het erbij laat zitten, alsof het een soort smartengeld is,' protesteerde Lita nadat ze het idee even op zich had laten inwerken terwijl ze zich voor het eerst afvroeg of het een afleidingsmanoeuvre was, zodat ze de onderhandelingen met de Banca Santadoma niet zou belemmeren.

Stewart dacht er even over na en was het met haar eens.

'Je hebt gelijk. We tekenen alleen op jouw voorwaarden.'

'De markies zou toestemming moeten geven voor die vakantie.'

'Toestemming geven... en betalen, Regla. Of hij spijt heeft weet ik niet, ik betwijfel het, maar Santadoma zit wel in zijn maag met die actie van zijn moeder, en met het feit dat hij niet heeft ingegrepen. Racistische ideeën zijn niet meer van deze tijd, en zeker niet als degenen aan wie je je bank wilt verkopen Amerikanen zijn.' Hij wees naar zichzelf als voorbeeld. 'Hij zal akkoord gaan. En ik kan je verzekeren dat hij je vakantie ook zal betalen; ik heb carte blanche. Hij heeft het me zelf gevraagd. Hij is te arrogant om het gedrag van zijn moeder ter discussie te stellen, maar intelligent genoeg om te weten dat dit op de een of andere manier opgelost moet worden. Ik kan doen wat ik wil. Santadoma zal er niet tegen ingaan. Eerst zullen wij alle kosten dekken vanuit de VS, want wij zijn royaler,' zei hij met een ondeugend glimlachje, 'maar die verhalen we later weer op hem, en hij zal betalen, daar kun je zeker van zijn.'

Lita dacht er even over na. Ze haalde haar schouders op en spreidde haar handen. Waarom ook niet? Laat die klootzak maar betalen. Wat een heerlijk idee om vakantie te nemen op kosten van de markies en die heks van zijn moeder!

'Oké dan,' stemde ze in.

'Je zult er geen spijt van hebben, dat verzeker ik je. Je zei dat je nog nooit op Cuba was geweest,' suggereerde Stewart, en hij veranderde van toon. 'Ondanks de politieke verschillen hebben we daar goede contacten.'

'Maar dat is wel een dure reis...' dacht ze hardop. 'Probeert u me soms te kopen, meneer?'

'Uiteraard,' antwoordde hij tot haar verbazing. 'Ik heb al laten weten dat we alleen tekenen op voorwaarde dat jij je rechten behoudt. Maar je moet goed begrijpen dat ik het niet kan hebben dat jij hier in Madrid bent, met je boosheid, en dat je met figuren praat die je alleen nog maar bozer maken en dat je dan je woede koelt op een gestoorde oude vrouw. Regla, ik kan niet terug naar Miami met de mededeling dat de hele operatie in gevaar is of zelfs helemaal is mislukt omdat een racistische, arrogante oude vrouw een medewerkster van kleur en haar moeder heeft beledigd, en dat jij haar hebt aangeklaagd en de vakbonden erbovenop zijn gesprongen, de kranten erover hebben geschreven, en dat blijkt dat de aandelen die we een paar jaar geleden hebben gekocht van een bank zijn die is opgericht met uit slavernij verkregen kapitaal; sommige aandeelhouders die nauwere banden met de Santadoma's hebben, weten er waarschijnlijk wel van, maar zouden het ontkennen. Enfin, problemen, problemen en nog eens problemen. We moeten dit alles discreet en professioneel afhandelen. We zijn bezig een bank over te nemen! En natuurlijk koop ik je! Ik wil dat je er even tussenuit gaat, dat je een fijne tijd hebt, en zodra je terug bent zullen we alles regelen wat nodig is. Vertrouw maar op mij. Ik weet zeker dat je het naar je zin zult hebben. Je zou je vriend mee kunnen nemen...'

Stewart liet zijn voorstel in de lucht hangen. Lita schatte de oprechtheid van zijn woorden in; zijn redenering klonk aannemelijk en ze accepteerde zijn argumenten. Toen dacht ze aan Pablo, maar die viel af als reisgezelschap. Het was geen goed moment. Die hele operatie nam hem volledig in beslag, hij ging er volledig in op en het was belangrijk voor zijn cv. Bovendien zou hij misschien helemaal niet willen dat hun relatie dan duidelijk zou worden. Je zou immers kunnen zeggen dat hij haar toezichthouder was, degene die het werk dat ze tot nu toe had gedaan controleerde. En ten slotte moest Lita afstand nemen, weg van de invloed van de Santadoma's. Met Pablo aan haar zijde, die betrokken was bij de verkoop, leek dat haar ingewikkeld.

'Nee, nee. Ik heb geen vriend.'

Stewart glimlachte vaderlijk, wat Lita niet opmerkte; ze dacht alleen maar aan het idee dat haar ineens was ingevallen:

'Maar misschien wil mijn moeder wel mee...'

Concepción weigerde echter pertinent.

'Hoe moet het dan met de honden?'

'Dat regelt de markies wel,' zei Lita.

'Doe niet zo gek, lieverd. Ik ben zestig jaar en ben alleen Madrid uit geweest om met meneer en mevrouw mee te gaan op vakantie naar de kust of naar een van hun landgoederen. En dan wil je dat ik nu in een vliegtuig stap? Geen haar op mijn hoofd die eraan denkt in zo'n ding te gaan zitten.'

'Mam...'

'Nee, echt niet, schat.'

'Toe, alsjeblieft. We kunnen het zo leuk hebben. Jij en ik. We hebben nooit de kans gehad om samen dingen te ondernemen en plezier te maken. Je zou het land leren kennen waar jij bent geboren, waar je ouders zijn geboren.'

Dat argument leek Concepción aan het denken te zetten, maar het moment van twijfel was algauw voorbij.

'Hou er nou maar over op. Ga jij maar, en geniet ervan. Met mij erbij zou je het niet zo naar je zin hebben. Je bent jong, je moet uitgaan, dansen en misschien ontmoet je wel een... Nou ja, je moet wel uitkijken, je weet hoe die Cubanen zijn.' Ze schoten allebei in de lach. 'Ik wil gewoon geen blok aan je been zijn.'

'Mama...'

'Nee.'

Later trof ze Stewart weer.

'Mijn moeder durft niet te vliegen, maar ik woon samen met twee vriendinnen,' opperde ze.

Een week vakantie. De secretaresse van Stewart had alles geregeld met dezelfde zorgvuldigheid waarmee ze het verblijf van een grote investeerder van de bank had kunnen regelen. Gedurende die hele week beschikten ze over een busje met chauffeur, Pedro. In het hotel vroegen ze waar ze konden eten en uitgaan. 'Het liefst niet al te duur,' had Lita tegen de receptioniste gezegd.

'Dames,' zei ze op haast samenzweerderige toon, 'alles wat we vanuit hier reserveren komt op één rekening, net als bij een pakketreis. Dus jullie hoeven niet op de kosten te letten.' Ze knipoogde.

Die avond aten ze in een restaurant in Varadero. Het was een aangename avond, en gezeten op een terras met uitzicht op zee genoten ze van de livemuziek en het eten: kreeft, ceviche en verse vis.

'Ik voel me wel een beetje bezwaard,' zei Elena terwijl ze naar het eten en de plek wees.

'Na alles wat ze je aangedaan hebben, Lita!' riep Sara uit. 'Laat ze tenminste betalen.'

'Die klotemarkies bestaat nu even niet,' zei zij. 'Ik heb al gezegd dat ik niet aan die familie wil denken tot ik terug ben in Madrid. Ze bestaan niet! Laten we het ervan nemen, meiden,' zei ze opgetogen, en ze hief haar glas wijn.

Ze woonden al enkele jaren samen op een etage in de Cava Baja in de wijk La Latina, een oude Madrileense buurt met een wirwar van smalle straatjes en gerestaureerde historische panden met schone gevels; een multiculturele wijk waar altijd leven op straat was, met een culinair, gastronomisch en amusementsaanbod waarmee het een van hotspots voor het Madrileense nachtleven was geworden. Nadat ze hadden geproost met de middelmatige wijn keek Lita naar haar vriendinnen en ze glimlachten naar elkaar. Het waren twee goede vriendinnen. Elena was advocaat. Ze had geen vaste baan; ze werkte voor ngo's en buurtorganisaties, waarvoor ze enorme waardering en een heel klein beetje geld kreeg. Sara was maatschappelijk werkster, maar het grootste deel van haar inkomen bestond uit de huur die de andere twee haar betaalden; het huis waarin ze woonden had ze van haar ouders geërfd. Ze was een flexibele en sympathieke huisbaas. Van een reis als deze hadden de drie vriendinnen alleen maar kunnen dromen.

Even fantaseerde Lita dat ze met Pablo in het restaurant zat. Hij was teleurgesteld geweest toen ze hem vertelde over het gesprek met Stewart. 'Waarom heb je *míj* niet meegevraagd? Grapje!' corrigeerde hij zichzelf meteen toen zij wat ongemakkelijk begon te hakkelen. 'Ik heb het druk met werk, dat weet je. Het zou geen geschikt moment zijn, en ik ben nu geen aangenaam gezelschap. Maar kijk goed rond daar, zodat jij en ik het later samen over kunnen doen.'

En haar moeder... 'Wil je dat ik iets voor je doe, dat ik iets meeneem voor iemand?' had Lita haar een paar dagen voor vertrek gevraagd. Ze spraken niet vaak over de familieleden die op Cuba achtergebleven waren. Concepción was in Havana geboren en toen ze één jaar was ze met haar moeder en de oude markies naar Spanje geëmigreerd, vlak voor de Cubaanse Revolutie van Fidel Castro in 1959. Ze had zelf geen herinneringen aan Cuba, behalve de weinige dingen die ze haar als kind hadden verteld, indrukken die inmiddels vervaagd waren. Ja, ze had nog wel familie daar, maar met hen had ze geen contact gehouden. 'Daar zijn het allemaal communisten en hier franquisten,' zei ze. 'Maar maak je daar niet druk om, geniet jij nu maar van je reis,' had ze haar uiteindelijk gerustgesteld. En dat was wat Lita deed; ze zette de mogelijkheid om verre familieleden te ontmoeten uit haar hoofd.

Pedro reed hen van het ene café naar het andere, en zij dronken. Ze zongen met de mensen, waren uitgelaten, hadden plezier... Tot diep in de nacht gingen ze door. Eerst bracht de chauffeur hen naar de zaken die in toeristische gidsen werden aangeprezen, tot ze hem overhaalden hun het echte Cuba te laten zien.

'Ik weet niet of ik dat wel moet doen,' probeerde de man zich ervan af te maken. 'Als er iets gebeurt...'

'We zijn volwassen vrouwen, hoor,' viel een van hen hem in de rede.

De suggestie dat ze ook wel zonder hem de stad konden verkennen trok de chauffeur over de streep. Hij verliet de oude stad en ze reden door voorsteden en aangrenzende plaatsen. Rijen lage, eenvoudige huisjes van een of twee woonlagen, waarvan de ooit felle kleuren van de gevels vervaagd waren. Muziek op straat, bij de ingang van een kroeg. Vrolijke mensen. Sinds ze op Cuba was aangekomen, voelde Lita zich meer dan ontspannen. Ze had het gevoel dat de grond, de geuren en de sfeer een deel van haar werden en dat ze samensmolt met de omgeving, er op een vreemde manier één mee werd. Ze was in grote steden als Londen en Berlijn geweest, steden waar mensen van allerlei nationaliteiten woonden, maar in Havana reageerden de mensen op een natuurlijke en warme manier op haar.

Het was al licht toen ze terugkeerden in het hotel.

De tweede avond aten ze in de stad en bracht Pedro hen naar Regla, een plaatsje aan de andere kant van de baai, waar hij woonde.

Ze leefden er van de haven en de industrie, waarvan de soms enorme installaties tussen de woonhuizen stonden. Er kwamen weleens toeristen, maar de bevolking bestond voornamelijk uit arbeiders.

'Ja,' beaamde de man toen de vriendinnen zich verbaasden over de naam van het stadje, dezelfde als die van Lita. 'Daar is de kerk van de Maagd van Regla. Die moet u echt bekijken.'

'Wordt er gedanst en gedronken in die kerk?' flapte Sara eruit.

De drie merkten dat Pedro zich ongemakkelijk voelde bij Sara's grapje.

'Sorry,' zei Lita.

'Geeft niets,' antwoordde hij, en hij nam de professionele afstand die de vrouwen even hadden weten te doorbreken weer in acht.

Ze reden een eindje zwijgend door.

'Neemt u ons niet kwalijk,' zei Sara even later, en ze boog zich voorover naar de bestuurdersstoel.

'Het geeft niet.'

'We wilden u niet beledigen.'

De drie vriendinnen vroegen de chauffeur het hemd van het lijf en wisten hem zelfs een glimlach te ontlokken.

'Maakt u zich geen zorgen,' herhaalde Pedro, die zijn vriendelijke, joviale toon had hervonden, 'maar u zit er niet helemaal naast, mevrouw Sara, want er is wel feest in die kerk, maar zonder drank en dans zoals in de discotheek. Het zijn Afro-Cubaanse rituele dansen ter ere van de godin Yemayá...'

'Een godin?' onderbrak Sara hem.

'Is dat geen heiligschennis in een katholieke kerk?'

'Nee, hier op Cuba niet,' zei Lita. 'Hier heb je santeria, een religie waarin zwarte en witte elementen met elkaar zijn vermengd.'

'Inderdaad,' viel Pedro haar bij, 'de katholieke Maagd van Regla is tevens de Afrikaanse godin Yemayá...'

'Wat?'

'Nou, wat ik net zeg. Hier hebben we alles samen,' antwoordde de man lachend. 'En Yemayá danst. U zou eens zo'n dans moeten bijwonen. U vindt het vast het heel mooi. Het is niet zoals de salsa van gisteren. Deze dansen zijn krachtig, verleidelijk, zinnelijk...'

Ze zouden zeker gaan kijken, beloofden ze, nieuwsgierig naar wat een unieke ervaring leek te zijn.

’s Ochtends gingen Lita en Elena aan boord van een oude veerboot. ‘Het schuitje van Regla’ werd die genoemd: een kleine, gammele schuit met een platte bodem, zonder zitplaatsen, maar met hoge stangen waaraan passagiers zich konden vasthouden, net als in een bus. De boot bracht hen binnen een paar minuten van Havana naar Regla. De avond ervoor hadden ze het weer laat gemaakt, ze hadden hoofdpijn en een fikse kater, maar ook al hadden ze er weinig zin in, ze moesten terug naar Regla, niet alleen vanwege de afspraak die ze met Pedro hadden gemaakt, waarbij zijn familie en vrienden later ook nog zouden aansluiten, maar ook omdat Sara die nacht niet mee terug was gegaan naar het hotel. Ze was gevallen voor de charmes van een aantrekkelijke, alleraardigste man van kleur die haar het hoofd op hol had gebracht. Nadat ze afscheid van hen had genomen en ze hadden afgesproken elkaar de volgende ochtend te treffen bij het kerkje van Regla, was ze verdwenen in de nacht.

Ze hadden tegen Pedro gezegd dat hij nodig thuis moest uitrusten nadat hij hen twee nachten had rondgereden, en drongen er nog sterker op aan toen ze ontdekten dat er een pittoresk veerbootje was waarmee ze naar de overkant van de baai konden. Ze meerden aan bij een haventje waarvan de aftandse staat contrasteerde met die van het kerkje – klein, eenbeukig, smetteloze muren – dat zo’n honderd meter verderop stond, aan het begin van de landtong die de baai in stak en bijna volledig was volgebouwd met loodsen en haveninstallaties. Dat was een van de weinige toeristische bezienswaardigheden van een gemeente als Regla, die ze de avond ervoor nog magisch hadden gevonden, maar die er bij daglicht vervallen bij lag. Naast de kerk lag, als een soort oase, een parkje waar behalve straatverkopers en santero ook mensen wandelden die met het schuitje uit de stad waren gekomen.

Dat waren echter niet alleen toeristen, zoals Lita en Elena konden vaststellen toen ze het kerkje naderden, met zijn eenvoudige neoclassicistische kerkpoort, zonder versieringen en beeldhouwwerk, met slechts twee zuilen waarop een driehoekig fronton rustte waar de klokkentoren boven uitsteeg. Er waren veel Cubanen, en na een tijdje herkenden ze een aantal vrouwen waarmee ze de avond ervoor naar muziek hadden geluisterd. Hun kleding bevatte details waarin smetteloos wit en marineblauw waren gecombineerd; sommigen droegen een blauw-witte ceintuur of hoofddoek, anderen droegen blauw-witte bloezen of rokken met blauw-witte motieven of biezen... Lita zag de schittering van de Caribische zon in die uitdossingen. De uitbundige vrolijkheid, de enthousiaste begroetingen en omhelzingen benauwden haar. Sinds ze bij het kerkje was aangekomen had ze het gevoel dat ze zweefde, alsof haar voeten de grond nauwelijks raakten. Iemand trok aan haar en ze herkende Pedro tussen de menigte; hij droeg een witte hoed. Later zag ze Sara, die zich inmiddels bij hen had gevoegd. Ze stortte zich in Lita's armen stortte en zei iets onverstaanbaars in haar oor. Lita zag wazig en werd draaierig.

'Laten we naar binnen gaan,' hoorde ze iemand zeggen.

'Je ziet er niet goed uit,' zei iemand uit de groep vrouwen, en ze reikte haar een plastic fles aan. 'Hier, drink maar wat, daar knap je vast van op.'

Ze nam een paar slokken; het was een kruidenthee die ze niet kende en waarvan ze weliswaar opkikkerde, maar de duizeligheid die haar even daarvoor had overvallen ging niet over.

Het was een eenvoudig kerkje en binnen was het stil. Witgepleisterde muren, een plafond met vakwerk en twee rijen banken met in het midden het gangpad. Boven het altaar, achter in de kerk, hing een kleine zwarte Maagd, gehuld in een blauwe mantel met borduursel met om haar heen bloemen in dezelfde kleur. Lita zocht steun bij een kerkbank en ging zitten. Alles en iedereen om haar heen werd wazig. Ze raakte in paniek omdat ze geen controle had over haar zintuigen en bewegingen. Iemand fluisterde iets in haar oor – onverstaanbaar. Ze probeerde op te staan, maar omdat haar spieren niet meewerkten moest ze weer gaan zitten. Ze haalde diep adem en schudde haar hoofd. Het was alsof ze stomdronken was, maar ze had helemaal niet gedronken. Niets aan de hand, zei ze bij zichzelf. Ze was dan wel duizelig, maar voelde zich niet ziek. Ze bleef rustig ademhalen en de zwarte Maagd nam geleidelijk vastere vormen aan tot Lita haar scherp en helder voor ogen had.

Ze ontspande zich. Ze werd door niemand meer lastiggevallen. De gebeden en gezangen verstoorden het gevoel van verbondenheid met het fascinerende Maagdenbeeld niet. Er kwam een oude vrouw op haar af, die een blauwe doek als een soort tulband om haar hoofd knoopte, waarbij de punten op haar schouder vielen. Geïntrigeerd volgde Lita haar naar een binnenplaats aan de zijkant van de kerk. Daar begon een jonge vrouw van kleur met een witte bloes en een blauwe klokrok en een hoofdoek in dezelfde kleur te dansen, begeleid door trommels, maracas en verschillende soorten claves. Ze tilde haar rok aan weerszijden bij de zoom op en naarmate ze sneller om haar as draaide, veranderde de rok in een golvende blauwe zee. De muziek, het tromgeroffel, het gezang, en de afwisselend vloeiende en onstuimige dansbewegingen wekteb de nieuwsgierigheid van de mensen, die in een kring om de danseres heen kwamen staan.

De trommels dreunden binnen in haar, en Lita voelde dat die zwarte Maagd, de Maagd van Regla, de Afrikaanse Yemayá die gevierd werd, haar riep, haar naar zich toe trok, en de magie die ze in de kerk had ervaren kwam binnen in haar als een intense en tegelijk weldadige sensatie tot uitbarsting. De vrouw met de blauwe rok stopte met dansen en trok zich terug. De muzikanten en zangers verstomden, tot ze zagen dat Lita in trance was geraakt en ineens het middelpunt van het feest was geworden. De muziek, de trommels en het gezang klonken weer, maar nu nog opzwepender, onder het luide geschreeuw en geklap van de aanwezigen.

Aangedreven door een oncontroleerbare kracht danste ze afwisselend in vloeiende en uitzinnige ritmes, net als haar voorgangster. Ze voelde de nabijheid van de zee en de golven kolkten in haar hoofd, maar in tegenstelling tot de andere danseres zong Lita erbij... met een stem die niet de hare was. Ze ging op een man af, wierp hem verleidelijke blikken toe en duwde hem weg toen hij haar wilde volgen. Ze danste om de mensen heen – jonge jongens, mannen en vrouwen – en koos een kreupele oude man uit het publiek om met haar te dansen tot hij, vrijwel bewegingsloos, werd omgeven door een aureool en zijn lichaam hevig begon te schokken. Maar ze sprak mensen ook vermanend toe, wees naar ze en schreeuwde naar ze: 'Overspelig serpent, ga je wassen en keer terug naar je man!' Of ze waarschuwde: 'Let op, je zult spoedig je been verwonden.' Of ze prees hen: 'Wat zie je er prachtig uit...'

Terwijl ze die avond in het hotel op het bed lag, nog enigszins verward, geloofde ze haar ogen niet toen haar vriendinnen haar de filmpjes lieten zien die ze met hun telefoon hadden gemaakt en die al viraal waren gegaan. Verbijsterd bekeek ze de beelden, en ze gaf de telefoons snel terug. Ze begon te huilen, ze begreep er niets van. 'Laat me nog eens kijken,' zei ze een paar tellen later ongeduldig. Doordat de punten van de blauwe hoofddoek door de lucht zwierden was ze moeilijk te herkennen, maar zijzelf twijfelde er geen seconde aan dat zij het was. Ze zag zichzelf wijzen en schreeuwen naar een man die haar reprimande in nederigheid ontving, maar door de slechte geluidskwaliteit kon ze niet verstaan wát ze zei. En ze danste en danste, en straalde een zinnelijkheid uit als nooit tevoren.

Sara en Elena hadden besloten Lita niet te vertellen wat Pedro en zijn mensen naderhand hadden verteld. Ze was bezeten door een godin, beweerden ze; Yemayá had bezit van haar genomen. De vriendinnen hoopten maar dat het kalmeringsmiddel dat de arts van het hotel haar had voorgeschreven het gewenste effect zou hebben, en dat ze zich de volgende dag misschien niets van het hele voorval zou herinneren.

9

Havana, Cuba
1866

Ze werd opgesloten in de bewaarplaats voor marrons in El Cerro, een wijk in Havana met zowel grote, statige panden als eenvoudige huisjes. Ze had zich op de toegangsweg van de stad mee laten nemen door een blanke man op een wagen, een leerhandelaar. Nadat ze bij de nederzetting was vertrokken had ze drie maanverlichte nachten gelopen om zo dicht mogelijk bij de hoofdstad te komen. Ze was zich ervan bewust dat ze, als ze zou worden ontdekt en aan de autoriteiten werd overgedragen, drie dagen lang op het plein van het dichtstbijzijnde dorp in een voetblok vastgezet en aan het publiek getoond zou worden, zodat haar heer, of iemand die dat beweerde te zijn, haar zou kunnen opeisen. Dat was ook de reden dat ze zich 's nachts verplaatste; ze was op zoveel plantages en veeboerderijen geweest dat ze ongetwijfeld herkend zou worden; ze zouden haar met de nederzetting in verband brengen en Yesa en de andere marrons iets aandoen.

Ze was er zeker van dat haar dochter beter werd, ze voelde het, en dat gaf haar de kracht om door te gaan. Haar plaats was bij de slaven. Ze moest ze bijstaan in hun ongeluk, hun lijden, en samen met hen strijden voor de vrijheid. Kaweka was zich altijd bewust geweest van haar lot, maar op een gegeven moment was ze van haar pad afgeweken en genoot ze van haar eigen vrijheid, van het bos, het water, de bergen en van het veilige honk dat de nederzetting voor haar was geworden. Ze had de krachten die ze in zich had, de dingen die ze had geleerd en haar vermogen om te genezen verkeerd opgevat en had dat alles alleen in de bergen gebruikt, slechts een klein deel van het eiland waar zoveel slavenbloed vloeide. Daarmee was ze tegen de wil ingegaan van de Afrikaanse goden, die zich op het hele eiland wilden wreken en zich genoodzaakt hadden gezien haar daaraan te herinneren door haar dochter ziek te maken. Maar ze was op tijd tot inkeer gekomen, bedacht ze terwijl ze met hernieuwde energie doorliep tot ze vlak bij Havana was aangekomen, waar ze zich een eindje van het pad af verborgen hield tot het licht werd.

Die nacht was de zwaarste van de hele reis, al had ze tijdens de andere nachten gehuild om Yesa. Maar nu zag ze Havana als een hoer die Modesto had verleid, hem in haar greep had en hem bij haar weghield. Dat was het idee dat zich in haar hoofd vasthaakte. Daarmee rechtvaardigde ze de emancipado niet, integendeel. Ze wilde dat wel, maar verkoos de gedachte dat iemand zijn liefde voor haar had gekaapt, dat al haar dromen niet voor niets waren, dat ze gewoon had verloren van een sterkere macht, een andere vrouw die werd beschermd door een belangrijkere god dan de hare. Het tegenstrijdige was dat ze nu aan de poorten van de stad stond, klaar om te doen wat ze samen met Modesto had kunnen doen als ze niet met Eluma was meegegaan. Maar feit was dat het nu om een andere, meer ervaren Kaweka ging, met een kennis waarvan ze nooit had gedacht die ooit te zullen bezitten.

Desondanks kon ze de slaap niet vatten, ze maakte zich zorgen. Ze liep het risico opnieuw aan slavernij te worden onderworpen, vernederd te worden door de blanken, haar lichaam te moeten geven aan de mateloze ambitie van verachtelijke figuren voor wie ze nog minder waard was dan een dier. Wat haar echter nog meer wakker hield, was de nabijheid van een stad die haar had verslagen, al zou Havana Modesto vast niet zo teleurstellen als zij waarschijnlijk had gedaan door er zonder enige uitleg vandoor te gaan. Opgekruld tussen de grillige wortels van een reusachtige boom schrok ze wakker met de glimlach van Modesto die de nacht verlichtte en de dolende geesten aan het lachen bracht, met het beeld van de glimlachende zwarte man die heel zachtjes bewoog met zijn armen, benen en heupen om de nachtelijke bries te ontwijken.

Ze stond op en voelde zich licht in het hoofd. Terwijl ze naar de weg liep probeerde ze de herinneringen van zich af te schudden. Uit de passanten koos ze de leerhandelaar omdat er een blond jongetje naast hem op de bok zat dat aan één stuk door wild gebarend zat te praten, alsof hij een spannend verhaal vertelde. Dat boezemde haar vertrouwen in en ze hompelde de weg op; ze hoefde dat niet voor te wenden. De man hield in zodat hij haar niet zou overrijden, en Kaweka zocht steun bij de muildieren. Zoals ze al had verwacht, sprong het kleintje als eerste van de wagen.

'Ben je ziek?'

Kaweka trok een verdrietig gezicht. De rest ging vanzelf. De koopman stelde haar allerlei vragen. Zij gaf geen antwoord. Hij vroeg naar haar papieren. Zij schudde haar hoofd en liet haar lege handen zien. Ze had geen schoenen aan, ze droeg een hoofddoek en een versleten rok en dito hemd. Meer niet. Haar kralenketting had ze kapotgemaakt en de kraaltjes had ze tussen de naden van haar kleding verstopt. Zwarte slaven mochten zich niet zonder papieren en toestemming van hun heer verplaatsen en iedere burger kon haar aanhouden. De man beval haar op de wagen te klimmen en vervolgde zijn reis, naar de bewaarplaats in El Cerro, net buiten Havana, op zo'n drie kilometer van het stadscentrum. Daar zou hij een beloning in ontvangst kunnen nemen voor het aanbrengen van de voortvluchtige Kaweka.

De bewaarplaats leek op de barakken van de plantages. Het was een groot, houten gebouw, maar het had geen verdiepingen. De marrons die waren gevangen en niet binnen een paar dagen werden opgeëist door hun bazen werden daar opgesloten. Hetzelfde gold voor emancipado die niet aan burgers of instellingen waren toegewezen, en slaven die waren aangehouden en geen papieren konden laten zien. De slaven waren ze kwijtgeraakt of het waren na verloop van tijd onleesbare vodjes geworden. Sommige slaven werden door hun heer opgehaald, anderen werden dood gewaand en later met nieuwe papieren verkocht of verhuurd. De bewaarplaats voor marrons was lucratief voor functionarissen en concessiehouders, en dat was de troef die Kaweka op de nederzetting uitspeelde tijdens discussies over El Cerro, de procedures, en hoe het er daar aan toeging. En ze wilde niet terug naar La Merced, de markies, Narváez, Santiago... en waarschijnlijk zou ze dan ook Modesto tegenkomen wanneer hij de plantage aandeed voor een medische kwestie. Alleen voor mama Ambrosia zou ze teruggaan, maar ze was ervan overtuigd dat die trots was op haar beslissing.

'Hoe heet je?' vroeg een klerk aan haar toen ze voor diens bureau stond.

'María,' antwoordde ze.
'María hoe?'
'Gewoon María,' hield ze vol.
'Heb je ook nog een Afrikaanse naam?' vroeg de klerk.
'Nee.'
'Waar ben je geboren?'
'Hier.'
'Waar?'
'Dat weet ik niet.'

Haar baas was een marskramer, loog ze. Hij heette José en ze wist zijn achternaam niet; bovendien was hij overleden toen ze onderweg waren naar Guanajay. Hij was door een stel struikrovers vermoord, en die hadden alles meegenomen. Ze was bang geweest dat ze haar ook zouden doden, dus ze was ervandoor gegaan terwijl de rovers ruziemaakten over de verdeling van de buit. 'Nee, ze waren blank,' had ze de klerk gecorrigeerd toen die het misdrijf aan zwarten wilde toeschrijven. 'Had je baas familie? Waar woonde die?' Kaweka omzeilde die vraag en de vragen daarna door haar schouders op te halen. Ten slotte noteerde de man haar uiterlijke kenmerken.

'Het is onwaarschijnlijk dat ze wordt opgeëist,' zei hij later tegen de beheerder. 'Het is vermoedelijk gewoon een hoertje dat werd uitgebuit door haar baas,' zei hij met een blik vol minachting.

'Zou ze wel eerlijk geweest zijn?' vroeg de ander.

Op dat moment was de klerk degene die zijn schouders ophaalde.

Diezelfde avond bood een van de bewakers Kaweka aan Porfirio aan, een zwarte slaaf die de leiding had over een ploeg werkers in de haven van Havana. Er waren bijna nooit vrouwen in de bewaarplaats. Van de voortvluchtige slaven die werden opgepakt was nog geen tien procent vrouw, en zij werden bovendien snel verkocht of verhuurd als huishoudelijke hulp, iets wat bij de mannen niet het geval was. Van hen werd een deel ver weg tewerkgesteld bij de aanleg van spoorwegen en een ander deel werkte in de stad en kwam elke avond terug naar de bewaarplaats.

'Nee, die hoef ik niet,' zei Porfirio toen hij haar naakt in de lege vrouwenzaal zag staan. 'Wat een scharminkel,' vervolgde hij met een misprijzend gebaar. 'In de haven zijn er veel betere, en lang niet zo duur als die van jou. Je kan het haast nog beter met je oma doen.'

Terwijl de man praatte, bekeek Kaweka zichzelf: haar ribben waren zichtbaar, haar ooit volle borsten hingen er nu slap bij. Ze had een opgezette buik. Op de nederzetting had ze slecht gegeten en Yesa's ziekte leek ook haar te treffen. Bovendien had ze gedurende haar vlucht niet gegeten; het enige wat ze binnen had gekregen was wat water uit de beekjes die ze onderweg was tegengekomen. Haar benen waren net twee stokken die een uitgeput lichaam droegen, en het was lang geleden dat ze haar eigen gezicht in een spiegel of ruit had gezien.

'Kleed je aan!' beval de bewaker, die het geld dat hij al verdiend meende te hebben aan zijn neus voorbij zag gaan.

De bewaker was al weggelopen en Porfirio keerde haar de rug toe. Kaweka wilde hem tegenhouden.

'Ik kan je wel lekker verwennen,' zei ze. 'Je zult er geen spijt van hebben,' beloofde ze, in de overtuiging dat ze in het gevlij moest komen bij die zwarte die op zijn beurt het respect van een blanke wilde verdienen.

De man reageerde terughoudend op het aanbod.

'Wat denk je hiermee te bereiken, afgeleefde snol?' Kaweka wist het niet. 'Je bent net een wandelend skelet!'

Toen barstte hij in lachen uit.

De beledigingen kwetsten Kaweka. Ze kon hem niet verleiden zoals mooie vrouwen dat deden, want ze wist dat ze geen greintje aantrekkingskracht bezat. Hij zou haar afwijzen, haar slaan, en in plaats van haar te beschermen zou hij haar alleen maar minachten. Maar aan de andere kant ging het niet bij alle relaties die ze op de plantage en op de nederzetting had gezien, om schoonheid of wellust...

Porfirio maakte aanstalten om te vertrekken.

Kaweka spuugde naar hem.

'Wat doe je daar, heks?'

Ze had zichzelf destijds ook verrast: de eerste keer was met Aparicio, de eerste zwarte man die haar ruw van achteren had genomen en haar daarna doorgaf aan een ander die op zijn beurt wachtte om haar ook anaal te penetreren. Ze hadden haar gruwelijk mishandeld. Meer dan eens had ze ondervonden hoe pijn en geweld de hartstocht van mannen en vrouwen op de plantages konden aanwakkeren.

Toen gaf ze hem een klap in zijn gezicht. Porfirio wilde terugslaan, maar Kaweka knielde, trok zijn broek naar beneden en pakte zijn lid, dat meteen stijf werd.

'Ik bijt hem er in één keer af.'

En ze beet in zijn penis. Hard.

De man klapte dubbel, begon te kreunen en liet na een korte aarzeling een gejammer horen dat het midden hield tussen pijn en genot. En vanaf dat moment liet hij haar begaan. Ze stak haar vingers in zijn anus terwijl ze bleef bijten. Ze sloeg hem, tot bloedens toe. Porfirio genoot van de pijn. Kaweka vond een stok en stak die in zijn anus terwijl ze met haar vrije hand de oude littekens op zijn rug openkrabde. Ze slaagde erin de man verschillende malen tot een orgasme te brengen, zelfs zonder dat hij haar hoefde te penetreren.

De volgende ochtend vertrok Kaweka met een groep slaven onder bewaking naar de stad. De functionarissen van de bewaarplaats hadden besloten haar te verhuren aan een kroeg vlak bij het slachthuis. De kroegbaas was een Catalaan; in Havana waren veel Catalanen actief in de handel.

Ze vermeden de calzada del Cerro, een straat met statige villa's waar de plaatselijke adel woonde, en voor ze de oude stad bereikten haalde een van de bewakers haar uit de groep en liep met haar een ongeplaveide straat in. Ze stopten bij een houten gebouw met een dak van palmbladeren dat tussen lage huizen met afgebladderde gevels, vuilnishopen en eenvoudige huisjes stond. Toen ze het ruime lokaal binnenkwam, waar al een paar vroege gasten op grote zakken aan tafeltjes zaten, kwam haar een zware, misselijkmakende lucht tegemoet, die werd veroorzaakt door de vetten die in de keuken werden gebruikt, de onwelriekende stamgasten en de chorizo's en stukken gezouten en gedroogd vlees die aan de balken hingen.

De bewaker droeg Kaweka over aan Joan, de Catalaan, een stugge, gedrongen man. Terwijl de twee mannen met elkaar in gesprek waren, duwde een vrouw met een verbitterde gezichtsuitdrukking waarachter vermoedelijk een onaangenaam karakter schuilging, haar naar het achterste gedeelte van de ruimte, waar de keuken zich bevond, terwijl ze zich op luide toon voorstelde als de vrouw van de eigenaar. Daar was Osvaldo, een slaaf, mulat, met zijn vrouw en twee jonge kinderen aan het werk. Dat waren de mensen die Kaweka moest assisteren.

Elisa, de vrouw van Joan, vertelde haar wat ze moest doen: schoonmaken. De vloer dweilen, de tafels afruimen en schoonmaken, op de binnenplaats lepels, borden, schalen en tinnen bekers met zand schoonmaken, de potten en pannen die Osvaldo haar gaf schoonmaken, en verder alles wat hij haar opdroeg. Schoonmaken, schoonmaken en nog eens schoonmaken.

'Blijf van het eten af,' waarschuwde de vrouw haar. 'Praat niet met de klanten. En haal het niet in je hoofd ze te bedienen! Als je een glas of bord laat vallen en brandewijn of eten verspilt, eindig je bij de greppel, begrepen?'

Kaweka knikte, maar nadat Elisa was verdwenen moest de kok haar uitleggen wat ze met dat laatste bedoelde.

'Hier in de stad gebruiken bazen de zweep niet en slaan ze je niet, en ze hebben ook geen voetklemmen en halsboeien. Wanneer ze iemand van ons pijn willen doen, brengen ze hem naar de greppel. Dat was vroeger een gracht die om de stadsmuur liep. Daar zeggen ze welke straf die persoon moet krijgen en betalen ze de functionaris die de straf uitvoert, al zijn er ook mensen die zich in krantenadvertenties aanbieden om ons tegen betaling te slaan. Die lui zijn duurder, maar gaan bij de mensen thuis langs zodat de baas ze niet naar de greppel hoeft te brengen.'

Dat was de eerste van vele nieuwe ervaringen die Kaweka in de stad zou opdoen.

Omdat de kroeg zich vlak bij het slachthuis bevond en er veel bedrijvigheid in de buurt was, zat het er algauw stampvol. Zwarten en blanken, slaven en vrije mensen stroomden binnen om zich te bedrinken, te wedden, te vechten en om hun lusten te bevredigen. Dat had Kaweka al vaak genoeg gezien in de kroeg bij de suikerplantage van de markies of in het Rosario-gebergte en omstreken. Waar ze wel van opkeek, was de vermenging van zwarten en mulatten.

Maar wat de meeste indruk op haar maakte, waren de kleuren. Ze had nog nooit zoveel kleuren in één ruimte gezien. De slaven die van de plantages waren gevlucht waren net als zij gehuld in vieze, vale kleren, steevast in okertonen. In de stad droegen de mensen daarentegen rode en gele hemden, blauw-witgestreepte broeken, jurken met kleurige dessins, blauwe sjaals, en schoenen – ja, sommigen droegen schoenen... En ze rookten en dronken.

'Vooruit, aan het werk!' maande Elisa haar terwijl ze haar een klap in haar nek gaf, wat aanleiding gaf tot gelach en spottende opmerkingen. 'Als ik je weer zie niksen, krijg je geen eten.'

Na verloop van tijd leerde ze ook getrouwde slaven kennen, al kwam het ook voor dat slechts een van de twee echtelieden slaaf was. Kaweka begreep niet hoe een vrije persoon met een slaaf kon samenleven, maar tegelijkertijd realiseerde ze zich dat dat niet zo heel anders was dan de toekomst die zij met Modesto had uitgestippeld. Er waren vrije ouders wier kinderen slaaf waren, of andersom: vrije kinderen van ouders die nog in slavernij leefden. Ze sprak mannen die met hun slavin waren getrouwd en was geschokt toen ze ontdekte dat er zwarten waren die zelf slaven hadden, die soms uit hun eigen familie of clan kwamen. Ze had zelfs gehoord over broers en zussen waarvan de een eigenaar was van de ander! In de stad vervaagden de eenvormigheid en de praktisch onveranderlijke omstandigheden van de zwarte slavenpopulatie op de plantages. Ze ging om met slaven die uitgebuit werden, maar ook met andere die betrekkelijk onafhankelijk waren. Sommigen beschouwden zichzelf na verloop van tijd als vrije mensen. Ze werkten en hadden een eigen huis met toestemming van hun baas en kwamen en gingen wanneer ze dat wilden. De slaven in de stad, zo concludeerde Kaweka, hadden een manier gevonden om met de slavernij om te gaan, en leken zich aan de omstandigheden te hebben aangepast. Zo vormden ze andere, grotere gemeenschappen, niet alleen met vrienden en directe familie, maar ook via broederschappen van slaven en vrijgelatenen, waar geestelijk leiders de positie van de priesters overnamen en ze niet langer waren overgeleverd waren aan de bazen. Kaweka had over die broederschappen gehoord. Het waren ontmoetingsplaatsen voor zwarten, waar ze dansten en baden, net zoals tijdens de zondagen op de plantage, maar ze mocht zich daar van Joan niet bij aansluiten.

Zelfs in die smerige kroeg, waar ze op de binnenplaats op de kale grond moest slapen – de kok en zijn gezin overnachtten onder een zinken afdakje in een andere hoek van de binnenplaats – en dag en nacht aan het werk was, voortdurend opgejaagd door Elisa, die gaandeweg wat minder streng was geworden omdat Kaweka hard werkte en zich goed gedroeg, voelde ze zich strijdlustig. Ze kwam wel slaven tegen die waren blijven hangen in hun vroegere situatie, al sloegen sommigen stoere taal uit als ze hadden gedronken en zij hen daarop aansprak. Natuurlijk wilden ze allemaal vrij zijn, maar hun weg naar de vrijheid was anders dan de uitweg Kaweka en de haren op de plantage hadden zocht: zelfmoord, abortus, ontsnapping… In de stad dachten ze niet aan de mogelijkheid om zich van het leven te beroven, aan het bereiken van de vrijheid via de dood. Daar waren de slaven minder strijdbaar. Ze wilden hun vrijheid kopen door te werken, wat ertoe leidde dat ze nog meer werden uitgebuit dan toen ze hun heer dienden op de plantage. Sommigen vertrouwden er zelfs op dat hun bazen hen in hun testament wel iets zouden nalaten of hun tegemoet zouden komen bij rechtszaken, en anderen lieten hun toekomst volledig afhangen van het toeval. Kaweka stelde vast dat veel van hen fanatiek meespeelden met illegale loterijen die in kroegen en op bazaars werden gehouden, en ervan droomden rijk te worden en zich vrij te kopen. Zelfs de leiders van de broederschappen zamelden geld in bij de zwarte al dan niet vrije leden, waar ze vervolgens loten van kochten en, als ze geluk hadden, leden van vrijkochten.

Maar behalve slaven die de stap naar een leven in vrijheid niet zelf durfden te nemen, ontmoette ze er ook veel die dat wel deden. Wie in Havana vluchtte ging niet naar de bergen of moerassen, maar verdween naar de randen van de stad, ging op in de anonimiteit en zocht hulp bij andere marrons in de stad of vrijgelatenen, die zware straffen riskeerden als ze gevluchte slaven in hun huizen verborgen of valse papieren regelden waarmee ze zich in de stad konden bewegen. En het waren niet alleen sterke, jonge slaven, maar ook hele gezinnen, moeders met kleine kinderen die vluchtten.

Op een avond hoorde Kaweka vreemde, doffe geluiden op de binnenplaats. Het was Osvaldo, met in zijn kielzog een van die moeders. Ze was een mulattin en heette Licinia. Overdag verkocht ze fruit op straat en 's avonds bedelde ze om eten voor haar twee kinderen, die een veel lichtere huid hadden dan zij en die zich achter haar rokken verscholen.

Terwijl Osvaldo op fluistertoon met de moeder sprak en haar een paar peso's gaf, bood Kaweka de kinderen wat overgebleven funche van die dag aan. Van de Catalaan kregen ze slechts twee karige maaltijden per dag: een tussen de middag en 's avonds nog een. Ontbijt kregen ze niet, zelfs geen brandewijn zoals op de plantage. Kaweka glimlachte en beet op haar lip terwijl de kinderen de restjes uit haar kom naar binnen schrokten. Yesa's gezichtje deed het tafereel oplichten; Yemayá toonde haar, blies haar adem naar haar toe en af en toe ook wat van haar vrolijke lachjes. Kaweka miste haar dochtertje voortdurend,. Ze zag haar terug in alle meisjes die door de straten renden en vroeg zich dan af waar ze was, maar door de boodschappen die ze van de godin doorkreeg werd ze steeds gerustgesteld. Maar ook al wist ze dat haar kindje gezond was, ze verlangde elk moment van de dag naar haar. Ze was naar Havana gevlucht voor haar, voor haar dochter, voor haar toekomst, zodat zij nooit in slavernij zou leven, zei Kaweka bij zichzelf wanneer het verdriet en het verlangen haar even te veel werden.

'Op een dag wordt ze gepakt.'

Door die opmerking van Osvaldo, die een hoofdbeweging naar de rug van Licinia maakte, schrok Kaweka op uit haar overpeinzingen.

'Dat maakt niet uit,' fluisterde ze tot Osvaldo's verbazing. 'Ik weet zeker dat ze het dan weer probeert. Het belangrijkste is dat ze het zaadje van de vrijheid in haar kinderen heeft geplant en dat niemand ons meer kan tegenhouden. Kijk maar eens goed naar ze. Dit wordt de nederlaag van de blanken: jongeren die zich er niet zo makkelijk bij neerleggen als hun ouders.'

'Soms kunnen we gewoon niet anders,' antwoordde de kok op de voorspelling van Kaweka, voor wie hij niettemin respect begon te krijgen.

Kaweka liet een korte stilte vallen. Ze keken elkaar aan in het duister waarin de voortvluchtigen waren opgegaan.

'Maak jezelf geen verwijten,' zei ze ten slotte. 'Vandaag heb je een marron en haar kinderen geholpen. Dat is waar het om gaat. Misschien is dit jouw plaats. Misschien is het lot dat de goden jou en je gezin hebben toebedeeld wel dat je hier moet blijven om degenen die strijden eten en troost te bieden.' Osvaldo wilde wat terugzeggen, maar de woorden bleven in zijn keel steken. 'Het is geen oorlog van een paar slaven die zich in de bergen of in de stad schuilhouden,' vervolgde Kaweka. 'Deze oorlog is van ons allemaal, van alle zwarten. En die kunnen we alleen winnen als we elkaar helpen vanaf de plekken die ons zijn toegewezen.'

Die nacht lag Kaweka opgekruld in haar hoekje op de binnenplaats. Ze miste Yesa, ze miste de momenten in de nederzetting dat ze tegen de slaap vocht om haar te knuffelen en de warmte van haar lijfje en haar hartslag tegen zich aan te voelen. Nu sliep ze ook niet en dacht ze terug aan haar aankomst in de stad; zodra ze daar was aangekomen en door de straten liep, tussen al die mooie, vrolijke mensen met hun kleurige uitdossingen, de onbekende geuren die haar zintuigen soms op hol deden slaan, had ze beseft dat dat een vreemde, misschien zelfs vijandige omgeving voor haar was, en had ze besloten zich pas als medicijnvrouw of priesteres bekend te maken wanneer ze zich daar volkomen veilig en vertrouwd voelde.

En wat ze na die weken in Havana zag, beviel haar. De lijdzame, berustende slaven daar gelaten ademde alles vrijheid. Er werd onbekommerd over gepraat, openlijk naar verlangd en, nog belangrijker, tussen de slaven en de gemeenschap van vrije zwarten heerste een solidariteit die ze nog nooit eerder had meegemaakt. In de hoofdstad hielpen de zwarten elkaar, moedigden ze elkaar aan, en Kaweka kon zich niet herinneren ooit zo'n sfeer te hebben geproefd op de plantage of de nederzetting. In de chaos van de grote stad werd de vrijheidsdroom door dat gedeelde elan een bereikbaar doel.

De volgende ochtend verraste Osvaldo haar met een ontbijt: verse melk die zijn dochters zojuist hadden meegebracht nadat ze een van de talrijke koeien hadden gemolken die elke dag door de straten liepen, een glas brandewijn en gestoofd vlees, van het soort dat de Catalaan en zijn vrouw meestal aten, en niet wat hij bereidde voor de klanten; dat waren inferieure producten die de kroegbaas tegen een spotprijs bij het slachthuis haalde: longen, pens, lever en allerlei ingewanden. Osvaldo waste ze met citroen of zure sinaasappel om de vieze geur te maskeren, kookte ze in water en sneed het vlees daarna in heel kleine stukjes. Vervolgens bakte hij de vleesmassa in reuzel met bloem, een teen knoflook, tomaat, gesnipperde ui en pepers, milde of pikante, afhankelijk van de smaak die hij eraan wilde geven. De zwarten, en zelfs veel blanken, kwamen naar de kroeg van de Catalaan om zich tegoed te doen aan de beste 'ratjetoe' of het lekkerste 'kruimelvlees' van de stad.

'Dank je wel,' zei Kaweka, en ze maakte het zich makkelijk op de binnenplaats om het feestmaal snel naar binnen te werken voordat de kroegbaas of zijn vrouw naar buiten kwam. Osvaldo keek weifelend toe terwijl ze at, draaide zich om naar de keuken en keek naar zijn vrouw en vervolgens, op haar aanwijzing, weer naar Kaweka. 'Is er iets?' vroeg die toen ze hem zag aarzelen.

'Dat van gisteravond...'

'Maak je geen zorgen. Van mij zal niemand iets horen,' viel ze hem in de rede.

'Onze kinderen...' mengde de vrouw zich in het gesprek. 'Als de bazen merken dat we de voortvluchtigen helpen, kan dat gevolgen voor hen hebben.'

Met haar mond vol stoofvlees liet Kaweka haar blik van de een naar de ander gaan. Ze dacht even na.

'Jullie kunnen gerust zijn. Ik ben ook een marron,' antwoordde ze uiteindelijk. 'Ik ben van de plantage van markies de Santadoma gevlucht. Mijn echte naam is...'

'Sst! Niets zeggen!' riep Osvaldo uit. 'Wij hoeven dat niet te weten.'

Kaweka zweeg, maar ze had hen graag in vertrouwen genomen. Ze vond dat het tijd was om te laten zien wat ze was: priesteres, medicijnvrouw... De uitverkorene van de goden! Toen ze had begrepen dat zelfs de bedachtzame kok een voortvluchtige hielp, had ze 's nachts alle kennis die ze sinds haar komst naar Havana had opgedaan de revue laten passeren. In de kroeg werd openlijk gepraat en gediscussieerd. De slaven waren boos. In de Verenigde Staten hadden de noordelijke staten de burgeroorlog gewonnen en werd de slavernij definitief afgeschaft. Het gevolg daarvan was echter dat de Cubaanse plantagehouders, edellieden, rijken en notabelen, die eerder hadden overwogen zich af te scheiden van Spanje en zich bij de Verenigde Staten te voegen, dat idee na die overwinning hadden laten varen.

Op Cuba stelden de autoriteiten, die naar aanleiding van de bloedige opstanden op Haïti vreesden voor revoltes en eisen van de slaven en hun sympathisanten, alles in het werk om de abolitionistische bewegingen te decimeren. Daarbij gingen ze zelfs zover dat ze samenzweringen verzonnen, zoals het vermeende complot van 'de

Ladder', om zo duizenden personen, vooral creolen, die onterecht beschuldigd werden van het beramen van een opstand, gevangen te nemen en nog eens een honderdtal te doden, onder wie de weinige vooraanstaande intellectuelen – voornamelijk zwarten en mulatten – die zich als vertegenwoordigers van hun ras hadden opgeworpen.

Vanuit Madrid werd de slavernij op Cuba nog steeds gedoogd, en terwijl in de Verenigde staten de vrijheid werd afgekondigd werd het gebruik van de zweep op Cuba weer ingevoerd.

Kaweka en haar mensen bewogen zich tegen de loop van de geschiedenis in, en daarom moest zij die verantwoordelijkheid weer op zich nemen waarover mama Ambrosia het op de plantage had gehad toen ze, pas uit Afrika aangekomen, het leven had gered van een kind dat voorbestemd was om slaaf te worden. De godin had gezorgd dat Yesa ziek werd om Kaweka te straffen omdat ze was afgedwaald van haar missie, maar later had ze haar vergeven. Maar hoeveel fouten mocht ze nog maken?

Kaweka stelde zich weer open voor de goden, die haar aanvankelijke behoedzaamheid na haar komst naar Havana leken te waarderen. Ze voelde zich sterk toen ze merkte hoe de frivole Yemayá om haar heen fladderde, klaar om bezit van haar te nemen. De godin presenteerde haar een zieke die het slachthuis uit kwam strompelen en ze begreep dat dat het moment was om haar krachten te tonen. De man was door een os op de hoorns genomen en had daarbij een diepe wond in zijn dijbeen opgelopen.

'Dat zal u nog meer klanten opleveren,' voorspelde Osvaldo de kroegbaas toen die wilde verhinderen dat Kaweka de man zou behandelen.

Joan liet die opmerking even op zich inwerken, terwijl zijn vrouw met een zuur gezicht achter hem stond.

'Goed, maar laat me niet merken dat het ten koste van de klanten gaat...' zei hij ten slotte.

Osvaldo's vrouw ging de benodigde kruiden zoeken en Kaweka verzorgde de wond en dekte hem af. Diezelfde middag kwamen er nog twee zieken uit de buurt, die ze ook behandelde. De dagen daarna bleven er zieken toestromen. Joan leidde ze naar de binnenplaats en begon geld te vragen. Het werd met de dag drukker in de kroeg. Osvaldo kwam handen tekort om kruimelvlees te maken en

Elisa moest meer brandewijn inkopen. Het nieuws ging van mond tot mond, en behalve zieken en gewonden kwamen er ook enkele santero en medicijnmannen en -vrouwen om te zien wie toch die vreemde vrouw was die hun territorium binnendrong. Kaweka, die vertrouwen had in zichzelf, de gunst van de goden en de kennis die ze bij Eluma had opgedaan, en weer was aangekomen en zelfs een glimlach op haar gezicht had gekregen, sloeg hun adviezen in de wind. 'Ik zou een aftreksel van bladeren van de *yagruma*-boom maken,' suggereerde een de bezoekers voor de behandeling van een vrouw met een bloeding in haar zij. Kaweka keurde hem geen blik waardig, negeerde zijn commentaar en ging door met haar werk. Gedurende de behandeling kletste ze met de zieken, stelde vragen, bekommerde zich om hen en hun gezinnen en moedigde ze aan om te vluchten.

Een paar weken later, terwijl Kaweka een meisje met aanhoudende buikkrampen behandelde door de ziekte over te brengen op een hond die ze bij zich had en nu op de grond lag te kronkelen en te janken, diende zich een verlopen vrouw met een gerimpeld gezicht aan, die ten overstaan van de familie van het meisje op haar begon af te geven.

'Ze is een bedriegster!' riep Gladys, zoals de oude vrouw heette, luidkeels. 'Dat meisje was vanzelf wel beter geworden. Ze heeft die hond vergiftigd! Ik heb het zelf gezien!'

De mensen kwamen af op het geschreeuw van de oude santera, die bekend was in de buurt, en algauw stond de hele binnenplaats vol. Kaweka kwam overeind en keek haar uitdagend aan.

'Heks!' brieste de oude vrouw.

Kaweka begon te trillen, wat overging in een hevig schokken. Haar hele lichaam leek in brand te staan. Ze opende haar mond en uit haar binnenste steeg een gebrul op, alsof ze vuur spuwde. De santera wilde een stap naar achteren zetten, maar dat lukte niet; ze zat gevangen in het gebrul dat zonder aan kracht in te boeten in woorden veranderde.

'Denk je met mij te kunnen spotten? Ik ben Yemayá, heerseres van de zee, vrouw van Ogún en moeder van de goden!' De kroeg trilde op zijn grondvesten. De verbijsterde aanwezigen zochten geschrokken bescherming bij elkaar. 'Ik duld niet dat een leugenachtige oude vrouw aan mijn krachten twijfelt en mijn uitverkorenen beschimpt. Daar zul je voor boeten, intrigante!' Op dat moment kroop de hond naar de voeten van de oude santera. 'Dit dier verdient mijn genade meer dan jij. Voor die beledigingen en je onbeschaamde gedrag krijg jij de ziekte van dit meisje. Dat is mijn wil!'

De kostbare, verfijnde kralenketting die de santera droeg en die bestond uit ontelbare snoeren met gekleurde kraaltjes, spatte uiteen alsof er aan twee kanten aan werd getrokken. De duizenden kraaltjes vlogen nog door de lucht terwijl Kaweka licht in het hoofd werd en als een slappe pop neerzeeg nadat een woeste Yemayá haar lichaam had verlaten. De hond vluchtte de binnenplaats af en de santera kromp ineen bij de eerste pijnscheut.

Kaweka besteedde geen aandacht aan haar. Ze ging door met haar werk en hielp samen met Osvaldo een paar vrouwelijke marrons die hadden besloten hun geluk in Havana te beproeven en op een dag naar de kroeg kwamen toen de groep marrons zonder baas op weg was naar de stad om te werken. Kaweka liep naar buiten en trof daar Porfirio, die geanimeerd met een van de bewakers stond te praten.

'Hallo,' begroette ze hem. De bewaker liep weg. 'Hoe is het met je?'

'Ik wil je een gunst vragen,' zei hij. Kaweka hield haar hoofd schuin. 'Of je aanstaande zondag met me mee wilt naar de broederschap van de Lucumís. Een van de babalawo's daar heeft het aan me gevraagd. Het schijnt dat je een bevriende santera te grazen hebt genomen.'

'Aha,' knikte Kaweka, en ze dacht meteen aan Gladys. 'Als zij het me zelf was komen vragen zou ik er misschien...'

'Ze zouden het heel erg waarderen,' drong Porfirio aan.

'Nee. Al zou ik er best heen willen, maar die stomme Catalaan geeft me geen vrij op zondag.'

Porfirio was een echte sjacheraar en had veel contacten in de haven. Hij marchandeerde erop los, aarzelde niet om mensen te bedreigen en huurde de marrons in voor zijn eigen handeltjes en verdiende daar goed geld mee. Het werk in de haven liep dan vertraging op, maar hij had de gave om iedereen tevreden te houden: zijn arbeiders, de functionarissen en, uiteraard, de bewakers.

'Hoor je dat, Manuel?' zei Porfirio tot Kaweka's verbazing tegen de bewaker, die een eindje bij hen vandaan stond.

'Slaven hebben recht op een vrije zondag,' zei de bewaker.

'Nou, dat is dan geregeld,' stelde Porfirio haar gerust. 'Ik zal je zondag bij de broederschap introduceren. Dan dansen we wat en daarna pak je me, je weet wel waar.'

'Afgesproken,' zei Kaweka terwijl ze naar de rij slaven voor haar keek. Sommigen keken terug, maar de meesten wendden hun blik af, alsof het feit dat ze zo gemoedelijk met Porfirio stond te praten haar onbenaderbaar maakte.

Het was wel duidelijk, dacht Kaweka, dat de baas van de arbeidersploeg ook de bewakers in zijn macht had. Soms verscheen hij in de kroeg van Joan en gedroeg hij zich alsof hij een vrije zwarte was. Hij zal er wel iets tegenoverstellen, concludeerde ze.

Kaweka's bezoek aan de broederschap van de Lucumí's, die was gevestigd in de wijk Jesús del Monte, grenzend aan El Cerro, wekte die zondag aan het eind van de zomer hooggespannen verwachtingen. Behalve als medicijnvrouw stond ze nu ook bekend als iyalocha. Verschillende babalawo's, waaronder de meest gezaghebbende van Havana, hadden geprobeerd Gladys, die er steeds slechter aan toe was en aan steeds hevigere pijnen leed, te genezen, maar het was ze niet gelukt de straf van Yemayá ongedaan te maken.

Die zondagochtend kwam een van de bewakers van de bewaarplaats Kaweka ophalen. Porfirio had papieren geregeld zodat ze naar het feest kon en Joan had zich gewonnen moeten geven.

'Alle slaven hebben recht op een vrije zondag,' had de bewaker tegen Joans bezwaren ingebracht.

'En als ze vlucht?'

'Wat maakt jou dat uit? Ze is niet van jou. Maar je hoeft je sowieso geen zorgen te maken,' vervolgde hij minzaam. 'We zouden haar toch wel terugvinden, en zo niet, dan heb je zo weer een ander.'

Kaweka en de bewaker vertrokken zwijgend naar de bewaarplaats en Joan bleef bezorgd in de deuropening van zijn kroeg staan, in gedachten uitrekenend hoeveel het hem zou kosten als hij Kaweka door een andere slavin moest vervangen.

'Komt Porfirio ook?' vroeg ze aan de bewaker zodra ze doorhad waar ze heen gingen.

'Porfirio en alle marrons, ja,' antwoordde de man. 'Zelfs die lui die aan de spoorlijn werken.'

Kaweka had dat antwoord niet verwacht en bleef staan. De ander draaide zich om en twijfelde of hij het zou toelichten, maar omdat Porfirio belangstelling had voor de slavin leek het hem geen kwaad te kunnen.

'Eerst is de tentoonstelling van de zwarten die in de bewaarplaats verblijven. Dat zal niet lang duren. En daarna kun je gaan dansen en met je vriendjes rollebollen.'

Kaweka besloot niet te vragen wat de bewaker bedoelde met die tentoonstelling, maar daar zou ze snel genoeg achter komen. Op de esplanade voor de bewaarplaats stonden de ongeveer tweehonderd slaven die bij de bewaarplaats geregistreerd waren in rijen opgesteld, en liepen allerlei mensen – goed geklede mannen en vrouwen, de laatste met parasols om zich te beschermen tegen de Caribische zon, maar ook vrijgelaten zwarten en mulatten – de rijen langs om te kijken of ze hun eigen slaven herkenden.

'Die dooie marskramer van je zal je niet komen opeisen,' wilde de bewaker haar geruststellen toen hij merkte dat Kaweka aarzelde en haar pas inhield. 'Ga maar bij de vrouwen staan,' zei hij, en duwde haar in de richting van een twaalftal vrouwen die waarschijnlijk net zoals zij aan bedrijven en huizen in Havana waren verhuurd.

Kaweka voelde onheil naderen, maar snapte niet goed waar dat gevoel vandaan kwam. Was ze misschien bang om de markies of Narváez te treffen? Nee, dan zou ze het wel geweten hebben. Demonen zoals zij kondigden zich altijd aan en ze had geleerd ze te herkennen, net als de kwade geesten die tussen de takken van de kapokboom in de bergen door glipten, waardoor ze kippenvel kreeg en soms in paniek raakte. Ze keek om zich heen. Een vrouw keek onderzoekend naar een zwarte man terwijl haar echtgenoot geduldig zijn hoofd schudde en haar ervan probeerde te overtuigen dat hij niet van hen was. En als Modesto hier ineens opdook? Zou ze zo onrustig zijn omdat ze voelde dat de emancipado daar was? Ze had vaak aan hem gedacht; ze herkende hem in veel slaven die ze in de stad zag rondlopen met de flair die ze zo aantrekkelijk vond aan Modesto. Er waren veel Modesto's in Havana. Ze wuifde dat beeld steeds met een achteloos handgebaar weg en richtte zich dan weer op haar werk. Er was genoeg te doen. Maar nu stond ze daar met knikkende knieën en ze wist niet waarom. In een rij achter haar zag ze Porfirio staan. Hij was nog altijd arrogant en niemand zei iets tegen hem. Hij voelde dat er naar hem werd gekeken en glimlachte naar haar. De zon was bijna onder. Kaweka's oog viel op enkele zwarte mannen. Het duurde even voor ze hen herkende in hun gewone kleren: het waren twee van de babalawo's die langs waren geweest om hulp te vragen voor Gladys, de zieke santera, en die de diensten leidden bij de broederschap van de Lucumí's in Jesús del Monte. Ze bedacht dat het misschien door hen kwam dat ze zo van slag was. Ze dacht aan de raadgevingen van mama Ambrosia: ga nooit de strijd aan met de priesters en stel hun positie niet ter discussie. Nadat ze had besloten in Havana haar krachten te tonen, had ze dat advies genegeerd.

De babalawo's herkenden haar en liepen op haar af. Waarom zouden ze bij de broederschap een vrouw toelaten die nooit hun positie kon bereiken maar toch hun autoriteit in twijfel trok, vroeg Kaweka zich af, en toen ze hen zag naderen meende ze de achterdocht in hun ogen te zien.

'Daar, die negerin!'

Die uitroep galmde over de esplanade. Kaweka dook ineen, alsof ze een afranseling verwachtte. De babalawo's draaiden zich om en de mensen die vlakbij stonden keken haar bevreemd aan. Porfirio verdween uit de rij en enkele bewakers liepen op haar af.

Het was dokter Rivaviejo. Hij werd vergezeld door een overdreven deftige geklede vrouw en wees naar Kaweka.

'Die negerin...!' herhaalde hij met een van woede vertrokken gezicht. 'Die negerin is van markies de Santadoma!'

Er werd gezegd dat het de vijfentwintig meest barbaarse zweepslagen waren die ooit waren gegeven op La Merced. De markies en zijn oudste zoon, meneer Ernesto, keken toe hoe de zweep van zeekoeienhuid de rug van Kaweka, die al vol littekens zet, openreet, waardoor ze bijna bezweek. Daarna werd ze in het voetblok gezet en lieten ze haar met haar rechterenkel tussen het hout geklemd op de grond zitten, op water en brood. De slaven ontweken de plek waar zij onder voortdurende bewaking zat, al keken de meesten vanuit hun ooghoek vol ontzag naar haar. Niemand mocht bij haar in de buurt komen, zelfs mama Ambrosia niet, die door de bewakers met de zweep bij haar werd weggejaagd.

'Ik hou van je!' riep de kindermeid telkens wanneer ze bij haar in de buurt kwam.

Maar haar aangenomen dochter, die er half bewusteloos bij zat, leek haar niet te horen.

Kaweka's faam was haar inmiddels vooruitgesneld naar de suikerplantage, via de mannen die Narváez hadden vergezeld om Kaweka bij de bewaarplaats voor marrons van El Cerro op te halen. Ze vertelden over Gladys en over vele zwarten die ze had genezen, waarbij de verhalen flink werden aangedikt: de slavin stond in de gunst van de goden. Zij was de uitverkorene.

'Waar zijn die goden van jullie dan, die haar zo goed zouden beschermen?' schreeuwde Narváez, of een van zijn mannen, toen ze merkten hoe ze tegen haar op leken te kijken.

In haar zwijgen, hadden velen van hen willen antwoorden. In haar krachten. In haar macht, hadden anderen willen zeggen. In haar eigenzinnigheid en haar strijdbaarheid, zouden ze eraan kunnen hebben toegevoegd. Op een gegeven moment begreep de opzichter dat ze zich in hun eigen voet schoten door haar daar te laten zitten. Het voorbeeld dat ze hadden willen stellen met die straf begon zich tegen hen te keren. Naváez zei dan ook tegen de markies:

'Normaal gesproken zitten ze te jammeren en te smeken en worden de andere slaven bang voor de voetklem. Deze heks houdt stand, mijnheer. Ze drinkt alleen maar. Eten doet ze nauwelijks. Ze vraagt niet om hulp en kijkt de bewakers de hele tijd uitdagend aan.

'De ladder misschien?' vroeg don Juan José, die echter al vermoedde wat er zou gebeuren als Kaweka weer op de ladder gebonden zou worden om gegeseld te worden. 'Zou ze dan zwichten?'

'We kunnen haar ook doden.'

'Dan maken we een martelares van haar,' zei de zoon van de markies, die ook aanwezig was in de bibliotheek in het hoofdhuis van de plantage, waar ze waren samengekomen en overjarige rum dronken en sigaren rookten.

'Als we haar doodranselen kunnen wij ook in de problemen komen,' voegde de opzichter eraan toe. 'Ze is nu een bekendheid. Dat verhaal van de bewaarplaats... die godin en die priesters... Er zijn altijd mensen die jaloers zijn op belangrijke en vermogende mensen als u. Eén anonieme aangifte en dan staat er straks misschien zo'n voorvechter van slavenrechten voor uw neus.'

'Een voorvechter van slavenrechten?' De markies begon te lachen. 'De Santadoma's deinzen zelfs niet terug voor de kapitein-generaal van Cuba!'

'Narváez,' kwam de jonge en minder hooghartige zoon weer tussenbeide, 'als die straf haar niet geestelijk en lichamelijk kapotmaakt, zou ze dan misschien wel breken als we iemand anders straffen?'

De opzichter kneep zijn ogen tot spleetjes en liet de woorden van de ander even op zich inwerken. Toen knikte hij een paar keer langzaam, met een satanische blik in zijn ogen.

Diezelfde middag verschenen de mannen van Narváez met mama Ambrosia op de binnenplaats bij de barakken.

'Deze vrouw heeft bekend dat ze de slavin Regla heeft geholpen van de plantage te vluchten,' loog een van de bewakers, alsof hij een excuus nodig had om de oude vrouw in het voetblok te zetten.

Kaweka sloot haar ogen en kneep ze steeds harder dicht naarmate de zweep de rug van de kindermeid zwaarder verwondde. De stilte werd slechts doorbroken door het gezucht van de slaven en bewakers, het fluiten van de zweep die de lucht doorkliefde en het gesmoorde gekreun van een oude vrouw die niet meer in staat was om te schreeuwen. Daarna sleurden ze haar naar een tweede voetblok, klemden daar haar gezwollen enkel in vast en maakten het weer dicht met een ketting. Kaweka opende haar ogen en zag dat mama Ambrosia, in tegenstelling tot zijzelf, achterover viel nadat ze steun had gezocht bij enkele armen en ellebogen die als dorre takken leken af te breken. Toen ze de vrouw hoorde kreunen, kreeg ze een brok in haar keel. Daar lag ze, zacht snikkend, met haar voet omhoog.

Zodra ze op La Merced was aangekomen, had Kaweka meteen naar mama Ambrosia gevraagd, maar ze kreeg de kans niet om met haar te praten. 'Narváez laat haar constant bewaken,' had de slavin gefluisterd die water kwam brengen naar de strafcel waar Kaweka zat, in afwachting van de ladder en het voetblok.

'Mama,' riep Kaweka nu, nog voordat de bewakers weg waren.

Mama Ambrosia reageerde niet. Kaweka probeerde het nog een paar keer, zonder succes. Zo goed en zo kwaad als het ging kroop ze dichter naar de kindermeid toe, strekte haar arm uit om haar over het gezicht te strelen. Mama Ambrosia's ogen waren waterig, ze keken haar aan zonder haar te zien. Kaweka's hand bleef op een halve meter van de kindermeid op de grond liggen.

'Kom eens dichterbij,' fluisterde ze.

De kindermeid gaf zich over aan de dood. Ze praatte niet, ze at niet, ze dronk niet. Haar rug bloedde uit een wond die niet was behandeld. Wat ze haar ook wilden laten eten of drinken, ze gooide het er allemaal uit.

'Ik weet dat je me hoort,' zei Kaweka. 'Ik weet dat je er nog bent en dat je me verstaat. Geef alsjeblieft antwoord.'

Ze was ervan overtuigd dat mama Ambrosia alleen maar deed alsof ze bewusteloos was om haar niet te belasten, alsof ze wilde dat Kaweka dacht dat ze dood was. Daarom hield ze zich goed, huilde ze niet en gaf ze zich niet over aan de pijn en de angst. Als mama Ambrosia volhield, kon zij het ook. En ze vertelde haar dingen, over haar vlucht, de nederzetting, over Yesa, en ze riep haar, zong zachtjes voor haar, zei dat ze van haar hield en slaagde er zelfs in de toppen van haar oude rimpelige vingers aan te raken... Maar de vrouw gaf geen enkel teken van leven.

Door de gezangen van de zwarten werd de sfeer op de plantage nog somberder. De meeste slaven en arbeiders durfden niet meer naar de twee vrouwen te kijken. Na een paar dagen wendden ook de bewakers hun blik af. Alleen Narváez en de zoon van de markies bleven elke dag even staan wanneer ze over de binnenplaats liepen.

'Wat heeft ze verkeerd gedaan? Het is niet waar dat ze me heeft geholpen om te vluchten,' had Kaweka een keer op verwijtende toon gezegd. 'Wat willen jullie dat ik doe?' vroeg ze later. 'Zeg dat maar tegen jullie heer! Laat haar vrij en ik doe alles wat jullie willen.'

'Nee. Wat kan dat stuk tuig voor ons doen? Laat ze maar lijden,' zei de markies toen ze zaten te eten. 'Die heks interesseert me niet, ook al denkt ze zelf dat het hele pantheon van hun heidense goden haar kan beschermen. De eerste de beste kwezelaar die niet is zaligverklaard door onze heilige katholieke, apostolische kerk zou al korte metten met die zogenaamde goden maken, als ze tenminste bestaan. Nee, laat al die negers maar zien hoe ze creperen. Laat het een afschrikwekkend voorbeeld zijn, zodat ze weten wat ze te wachten staat als ze vluchten of zelfs als ze me beledigen. Snap dat dan, jongen, ze moeten ons vrezen!'

'Ik vervloek jullie!' schreeuwde Kaweka toen de twee mannen weer bij hen stilstonden en hen onbewogen aankeken. 'Moge Eshú jullie bloed in rottend water veranderen en jullie organen in stront...'

'Hou je bek!' beval Narváez.

'Moge de boze geesten van al diegenen die jullie hebben afgeranseld jullie dag en nacht achtervolgen!'

De opzichter maande een van zijn bewakers haar met geweld tot zwijgen te brengen. De man aarzelde en Kaweka begon te brullen. Ze was het zelf, geen god die bezit van haar had genomen.

'Jullie ziel zal in de eeuwigheid ronddolen tussen al die andere die jullie tot slaaf hebben gemaakt!'

De zweepslag in haar gezicht kwam van de zoon van de markies.

'Zwijg, vuile teef!' beval hij haar, en liep de bewaker voorbij, die een eindje verderop als versteend toekeek.

Kaweka's lichaam viel over het been dat in het voetblok zat vastgeklemd. Ze draaide zich om en spuugde bloed naar de jonge Santadoma, die slechts een stap opzij deed.

'Jullie zullen stikken in het spuug van jullie zwarte slaven!'

Don Ernesto beantwoordde de bedreiging met een bulderende schaterlach.

'Die hekserij is voor jullie domme negers. Jullie hebben niets anders,' zei hij terwijl hij de zweep hief, een harde buigzame twijg van de *yaya*-boom die hij bij de paarden gebruikte.

En om zijn woorden kracht bij te zetten, geselde hij de kindermeid, een, twee, meerdere keren. Bij elke klap werd hij razender, tot hij uitbarstte in een hysterische scheldkanonnade waarbij hij alle haat en minachting die hij door de erfenis van generaties slavenhouders in zich droeg over haar uitstortte.

Voor het eerst sinds ze de kindermeid naast haar in het voetblok hadden gezet, meende Kaweka een glimlach op het gezicht van de vrouw te bespeuren, voordat ze het bewustzijn verloor. 'De goden hebben jou uitverkoren' – die woorden van de kindermeid galmden door Kaweka's hoofd, namen haar gedachten over, als een bezweringsformule, en bevrijdden haar en voerden haar naar de bergen, naar Yesa, naar de heilige kapokboom, ver van de zweepslagen die de jonge Santadoma in blinde woede op een al bewegingsloos lichaam liet neerkomen.

Tijdens de oogst ging Kaweka met een andere groep naar de suikerrietvelden dan de rest van de slaven en de ingehuurde arbeiders. Evenals de anderen in haar groep bewoog ze zich moeizaam voort; hun voeten waren aan elkaar geketend, zodat ze niet opnieuw konden ontsnappen. Ze stonden onder extra streng toezicht, werden zonder reden gegeseld, sliepen apart van de rest en kregen de beschimmelde kliekjes van het gedroogde vlees en de funche die de anderen kregen.

Ambrosia had de afranseling van de zoon van de markies niet overleefd. Toen het bloed dat uit haar neus liep een plas op de grond vormde, besloot de opzichter de edelman te stoppen en de straf als beëindigd te beschouwen. Kaweka zat nog steeds vastgeklemd in het voetblok toen haar moeder diezelfde avond werd begraven op de begraafplaats van de zwarten van La Merced, een omheind stuk grond aan de rand van de plantage waar wat houten kruisen in de grond waren geslagen. Rond die begraafplaatsen was ook een strijd uitgevochten tussen de kerk en de suikerbaronnen, die door deze laatsten werd gewonnen. Het conflict draaide om de evangelisatie van de zwarten en de opbrengst van hun slavenarbeid. Wanneer een slaaf op de plantage overleed, moest die naar de dichtstbijzijnde kerk worden gebracht, als gevolg waarvan degenen die het lichaam vervoerden een dag niet konden werken; daarnaast moest er ook nog een bedrag aan de kerk en de parochiepriester worden betaald. Tien procent doden op een slavenpopulatie van vijfhonderd betekende vijftig doden; dat aantal, vermenigvuldigd met vier zwarten die met de draagbaren naar de kerk liepen, kwam dan uit op tweehonderd volledige werkdagen; zo zouden ze veel suiker mislopen. En als de overledene een vrouw was, vroegen vele suikerplanters zich af, hoe wisten ze dan zeker dat haar lichaam werd gerespecteerd? Net zoals ze zich aan andere verplichtingen tegenover de kerk wisten te onttrekken, legden ze hun eigen begraafplaatsen aan, zodat ze het hoogst mogelijke rendement uit hun slaven konden halen, zich kosten en grafrechten bespaarden en, boven alles, de controle hadden over hun eigen doden, waarmee ze fraude pleegden door geroofde of illegale slaven hun identiteit te laten aannemen. Mama Ambrosia werd daar begraven, ze werd zonder kist, zonder lijkwade in het graf gegooid. Vanwege de gewelddadige manier waarop ze was gestorven, hadden ze haar in stilte willen begraven, maar dat was niet gelukt. Mannen, en vooral vrouwen en jongeren, stroomden toe om haar de laatste eer te bewijzen. En van een afstand voelde Kaweka hoe hun gebeden de nu vrije geest van de kindermeid vergezelden en de suikerfabriek, de suikerrietvelden, de bergen, en zelfs de hemel van de christenen overspoelden.

Maar het leven ging door en het suikerriet kwam van de velden naar La Merced. De suikermolen en het ketelhuis draaiden dag en nacht op volle toeren, evenals de zwarten, die zich in het zweet werkten en zongen om niet te hoeven nadenken. De volgende ochtend voegde Kaweka zich bij hen nadat de smid haar enkels had geketend.

Kaweka bewoog zich moeizaam, werktuiglijk en traag over de plantage, zonder ook maar een krimp te geven wanneer de zweep haar schouders geselde. Ze had geprobeerd mama Ambrosia te helpen, maar de goden waren niet naar de voetblokken gekomen. Ze had verdriet om haar dood en voelde zich leeg en verlaten. Van de weg die ze had afgelegd sinds ze met Eluma naar de bergen was gevlucht, zag ze de zin niet meer. Eerst was de liefde op haar pad gekomen, een gevoel dat ze tot dan toe niet kende en dat ze zelf weer had verkwanseld door naar de bergen te vluchten. Wat was er eigenlijk waar van alles wat de emancipado haar in het vooruitzicht had gesteld met die koop? Op de nederzetting beweerden ze dat Modesto had laten zien dat hij zo'n zwarte was die met het slavernijsysteem heulde, en zij had aan die beschuldigingen getwijfeld, vooral omdat ze het niet wilde geloven. Zij was degene die was gevlucht... en daar had ze beslist geen spijt van. Ze had er goed aan gedaan de babalawo te volgen. Daarna had Havana, die kleurrijke en levendige stad, haar man van haar afgenomen. Na de eerste teleurstelling dat hij haar alleen had gelaten op de nederzetting vatte ze de strijd voor vrijheid weer op, liet ze haar dochter in de steek en speelde ze hoog spel in Havana, waar ze werd gepakt en teruggebracht naar La Merced om riet te kappen, zonder ook maar enig spoor van de goden.

Ze had geen contact met de andere slaven. Ze liep de hele dag geketend rond en werd voortdurend bewaakt door de opzichter en zijn mannen. Waar was die hele lijdensweg goed voor geweest als ze nu niet kon vechten voor de vrijheid van de slaven? Daarom hadden de goden haar verlaten, bedacht ze; ze hadden niets meer aan haar. Ook maakte ze zich zorgen om Yesa. Ze bad voor haar dochter, maar ook voor de vloek die ze over de zoon van de markies, de moordenaar van mama Ambrosia, had afgeroepen. Ze smeekte de goden haar in die twee dingen ter wille te zijn.

'Daarna mogen jullie me doden,' zei ze. 'Zoek maar iemand die me kan vervangen, die deze strijd beter kan voeren dan ik, maar zorg voor mijn meisje en straf de heer.'

Kaweka voelde zich moe, zwak en soms ook ziek; zelfs uit de trommels die ze op de zondagen hoorde, kon ze geen moed meer putten. De markies kreeg wat hij wilde: haar ondergang, haar publieke martelgang, haar vernedering ten overstaan van de andere slaven.

Een paar dagen nadat Kaweka zich bij haar lot en de stilte van de orisha's had neergelegd, dook Modesto op. Ze zag hem samen met Cirilo, de heelmeester van de plantage, bij de ziekenboeg staan toen ze op de binnenplaats in de rij stond voor het avondeten. De emancipado was gehuld in eenvoudige witte kleding: broek en hemd, leren sandalen – een teken van rijkdom – en een strooien hoed. Hij stond onbekommerd met de heelmeester te kletsen, druk gesticulerend, en liet zijn karakteristieke glimlach zien, tot hun aandacht werd getrokken door het geschreeuw van de bewakers en het geluid van ketens die over de grond sleepten.

Modesto liep onverschillig de rij slaven langs. Hij passeerde Kaweka en liep door, maar even later bleef hij stilstaan, keek om, schudde vol ongeloof zijn hoofd en probeerde in die vieze, droevige, uitgemergelde en gekwelde slavin de vrouw te herkennen die hij ten huwelijk had gevraagd.

Kaweka voelde allerlei verwarrende emoties in haar hoofd over elkaar heen buitelen. Diep vanbinnen, daar waar heimelijke verlangens zich schuilhouden, had ze nog hoop gehad dat wanneer ze Modesto weer zou zien, dat sprankje geluk weer zou opleven dat licht kon brengen na een heel leven in slavernij. Dat alles een opeenvolging van misverstanden was, dat Gabino had gelogen over de antwoorden van de emancipado…

Modesto wilde naar haar toe lopen, maar Cirilo greep hem bij de arm en hield hem tegen. De heelmeester kende Kaweka goed.

'Als je geen problemen met de heer wilt, kun je beter bij Regla wegblijven,' zei hij zo hard dat Kaweka hem kon horen. 'Van de markies mag niemand met haar praten. Er was al genoeg gedoe toen ze naar de bergen was gevlucht,' voegde hij daaraan toe.

Modesto schudde Cirilo's hand van zich af en liep in de richting van Kaweka, die een man op zich af zag komen die gekleed ging als een blanke. Ze keek naar de grond, naar zijn fraaie leren sandalen en schaamde zich. Ze voelde zich vies zoals ze daar stond, geketend, verkrampt van de pijn, haar lichaam vol korsten...

Een van de bewakers sneed de emancipado de pas af.

'Je mag niet met haar praten.'

'Het is maar voor even.'

Precies op het moment dat Kaweka een zielig hoopje mens was, een gebroken vrouw, een vies, hulpeloos dier, en vooral een uitgebluste geest, leek de flauwe hoop die ze had geput uit gevoelens die ingingen tegen haar verstand nu toch voorzichtig te groeien. Waarom was het lot zo wreed voor haar? Wat zou hij denken van dat hopeloze wrak dat ze nu was? Zelfs op steun van de godin kon ze niet meer rekenen. De toekomstbeloften en de nederzetting leken heel ver weg; mama Ambrosia was dood en zij stond in een rij geketende slaven.

Ze keek op toen Modesto bij haar kwam staan. Waarom ben je niet met mee meegegaan? Waarom ben je me niet gevolgd naar de nederzetting, vroeg ze hem in gedachten. Dan was alles anders geweest. Ja, zij was degene die hem had verlaten, die was gevlucht zonder iets te zeggen, maar Yemayá had haar gedwongen. Wat is er nog over van de liefde die je me verklaarde... als dat tenminste echt was?

'Regla...'

De bewaker stoof op Modesto af.

'De markies heeft iedereen verboden met haar te praten. Je baas en jij zijn hier om don Ernesto beter te maken, niet om problemen te veroorzaken. Ga met Rivaviejo terug naar het huis.'

Kaweka spitste haar oren toen ze hoorde dat de zoon van de markies ziek was. Ze vergat alle wrok jegens Modesto, draaide zich om en keek hem vragend aan.

'Ja,' kon deze nog net zeggen terwijl hij probeerde zich van de bewaker te ontdoen, 'don Ernesto heeft een ziekte die...'

'Hij zal sterven,' voorspelde Kaweka, en voor het eerst in lange tijd liet ze een glimlach zien, een wrede, boosaardige glimlach die Modesto deed huiveren, waarna hij hardhandig bij haar vandaan werd getrokken en in de richting van de ziekenboeg werd geduwd.

Kaweka zag hem struikelen en een paar keer bijna vallen. De weinige woorden die ze hadden gewisseld leken boven de binnenplaats te zweven. Modesto had de bewakers getrotseerd om met haar te kunnen praten. Wat had hij willen zeggen? Ze keek naar haar vieze voeten, haar enkels met verwondingen van de voetklemmen, de bloedkorsten, en dacht aan de grove sandalen van palmblad die Modesto had gedragen toen ze hem leerde kennen. Het ging hem voor de wind; hij kon onmogelijk iets anders voor haar voelen dan medelijden.

Dat gevoel hield ze de hele dag, tot ze die avond, terwijl ze in een aparte slaapzaal voor gestrafte slaven op de grond lag, de gesprekken hoorde die op de plantage rondgingen.

'De zoon van de markies is ziek.'

'Welke?'

'De oudste.'

'De klootzak!'

'Ze dachten dat het niets ernstig was, koorts, maar die schijnt niet minder de worden.'

'Ze zeggen dat-ie al een paar dagen ziek is.'

'Ik hoop dat hij doodgaat!'

'De markies heeft verschillende dokters laten komen.'

De speculaties en ziekteverwensingen gingen over en weer, tot een bewaker hen tot stilte maande. Maar het lukte hem niet het vuur te temperen dat weer in Kaweka was opgelaaid, niet alleen door de aanwezigheid van Modesto, maar vooral bij de gedachte aan mama Ambrosia's zinloze, wrede dood die de zoon van de markies op zijn geweten had.

'Yemayá, ben je daar weer?' fluisterde ze.

De volgende ochtend gingen de negen klokslagen voor het Ave Maria waarmee de slaven dagelijks werden gewekt om op het veld te gaan werken, over in een aanhoudend gebeier, een uur voor de gebruikelijke tijd, waardoor degenen die in de nachtploeg hadden gewerkt nauwelijks hadden kunnen slapen.

'Hij is vast dood,' speculeerde een vrouw.

'Was het maar waar,' antwoordde een ander.

Het was inderdaad niet waar, maar ze kregen wel de gelegenheid om te bidden voor zijn herstel. Tegenover de keuken, op de plek waar normaal gesproken het eten werd uitgedeeld, werd een altaar geïnstalleerd, zoals ze ook met Kerstmis deden, of bij de weinige andere gelegenheden waarbij de markies toestond dat er onder werktijd religieuze vieringen plaatsvonden. De honderden slaven moesten zich in rijen opstellen en de liturgie bijwonen. De arbeiders van de plantage voegden zich bij de zwarte slaven, evenals de blanken. Modesto was er niet bij. Hij is vast in het hoofdhuis aan het werk, dacht Kaweka. Er was ook niemand van de familie aanwezig. De zwarten deden hun smeekbeden en gingen ter communie bij don Julián, de priester van de suikerplantage. Ze baden opnieuw voor het herstel van de zoon van de markies, maar inwendig smeekten ze om een pijnlijke dood. Ten slotte kregen ze hun brandewijn en werden ze naar het rietveld gestuurd.

Gedurende de daaropvolgende dagen bleven de lichten in en rond het hoofdhuis, dat op een heuvel stond en uitkeek over de plantage, voortdurend branden. De gezangen van de slaven tijdens het werk gingen nu over het herstel van don Ernesto.

'Ze moeten jullie in het huis kunnen horen!' drongen de bewakers aan terwijl ze hun zwepen lieten klappen.

En een van hen zong met luide stem voor en vroeg om zijn herstel, waarna de anderen in koor volgden en de heiligen aanriepen.

'Moge don Ernesto troost putten uit jullie smeekbeden! Hij moet jullie kunnen horen!'

Het huis was ver weg, dus ze zongen steeds harder. Kaweka zong mee.

'Dood hem!' smeekte ze te midden van de herrie.

Er volgden meer missen. Meer gebeden. Voortdurend heen-en-weergeloop naar het huis van de markies. Rijtuigen kwamen en gingen. De spanning was van de vertrokken gezichten van de opzichter, de koks en de bewakers af te lezen. Ze hielden hun hart vast voor de reactie van de markies als zijn erfgenaam de ziekte niet zou overleven, en reageerden die angst af op de slaven door ze uit te schelden en te geselen.

Op een dag greep Narváez Kaweka na zo'n mis bij haar arm en nam haar apart.

'Jíj hebt don Ernesto vervloekt!'

Hij had het niet aan de markies durven vertellen. Don Ernesto had er nog schamper over gedaan toen ze onderweg waren naar zijn vader om hem op de hoogte te brengen van mama Ambrosia's dood, en had de opzichter uitdrukkelijk verboden om er in het bijzijn van zijn vader over te praten. 'De dood van dat ouwe mens is een afschrikwekkend voorbeeld. Dat wilde mijn vader toch? We hadden niets aan haar en ze zorgde alleen maar voor problemen,' bromde hij. 'Laten we die hekserij er dus niet bij halen, dat is allemaal onzin! Wij katholieken moeten ons verre houden van dat soort duivelskunsten. Daarom zijn het ook slaven. Ze zijn onderontwikkeld, respectloos en dom, het zijn minderwaardige wezens.'

Maar don Ernesto's toestand verslechterde en de boze voorspellingen van de slavin bleven knagen aan de opzichter, die zich voortdurend afvroeg of hij de markies toch in vertrouwen had moeten nemen. Hij wist niet of er iets van waarheid in die religies zat. Narváez kon niet ontkennen dat er een zekere magie om die esoterische praktijken van de zwarten hing, en dat ging ook op voor de Chinezen, al waren die veel geslotener en hielden zij hun rituelen meer verborgen. De blanken wisten wel van de fantasiewereld van de zwarten, maar de meesten, zoals zijn heer, hielden zich er niet mee bezig. Maar Narváez wel; hij was al jong in aanraking gekomen met de zwarten. Zijn vader en grootvader hadden ook met ze gewerkt.

Los van de bandeloze feesten op zondag en de trance waarin de slaven tijdens die feesten kwamen, was het een feit dat hij in de loop van de jaren dingen had meegemaakt waarvoor hij geen verklaring kon vinden. Hun magische rituelen waren vreemd en stonden ver van het christendom af, maar als het ging om ziekten namen veel blanken hun toevlucht tot de geneeswijzen van de zwarten of combineerden ze die met de traditionele geneeskunst. Narváez en zijn mannen en hun familieleden hadden allemaal weleens de hulp van santero en medicijnvrouwen ingeroepen.

'Don Ernesto's ziekte… komt dat door die vloek van jou?' besloot hij Kaweka te vragen. 'Geef antwoord!' riep hij terwijl hij haar door elkaar schudde toen ze niets terugzei.

De ketting met witte en blauwe kralen die ze onder haar hemd verborgen hield, sprong bijna tevoorschijn. Alleen het dunne, versleten koord was zichtbaar; de kralen hingen naast elkaar ter hoogte van haar borsten. Ze had de ketting gerepareerd toen ze hoorde dat de zoon van de markies ziek was en tot haar vreugde bleken er slechts een paar witte kralen te ontbreken, die ze nog wel zou aanvullen. De warmte van de kralen op haar borst wees haar op het antwoord.

'Ambrosia wil de ziel van je heer; zij is degene die hem achtervolgt. En we verdrinken jullie in de stinkende moerassen van dit eiland. Jullie zullen nooit meer één teug schone lucht inademen.'

Het was een statig, rechthoekig huis van twee verdiepingen met gepleisterde muren, opgetrokken in Italiaanse renaissancestijl, met grote terrassen met trappen, planten en bomen. Het interieur was luxueus, met veel marmer en tropisch hardhout en grote ramen waardoor in andere omstandigheden zeeën van Caribisch licht naar binnen vielen. Nu was het overal donker, net zoals het kamertje naast de keuken waar Narváez Kaweka had laten opsluiten.

In het huis waren ze in afwachting van de dood van de eerstgeborene. In diens slaapkamer waren aan het voeteneinde van het bed enkele kandelabers neergezet die de ruimte verlichtten. De stem van don Julián, de pastoor, kwam luid boven die van een jonge priester en van een paar misdienaars uit, terwijl aan één kant van het bed alle mannen zaten te bidden ter voorbereiding van de oversteek naar gene zijde. Daartegenover zaten de vrouwen van het huis: doña Presentación – de moeder van Ernesto – zijn jongere zus, twee oude tantes en enkele vriendinnen van de familie. Zij waren allen al in rouwkleding gehuld en deden smeekbeden, sloegen kruisen, baden de rozenkrans en waren voortdurend in tranen. Er heerste een sombere, drukkende sfeer, die nog werd versterkt door de stank die de zieke verspreidde en de geur van de aromatische was van de kaarsen en andere kruiden die gebrand werden.

In een hoek van de kamer stonden dokter Rivaviejo en nog enkele dokters uit Havana en Matanzas werkeloos toe te kijken. Ze zwegen, berustend in het onvermijdelijke.

Markies de Santadoma en zijn twee andere zoons liepen in en uit; ze waren sterk vermagerd, maar waren keurig gekleed; zelfs in die omstandigheden hielden ze de schijn nog op. Buiten op de gang en op het bordes van de prachtige trap die naar de hoofdverdieping leidde, in de salons, in de bibliotheek en in de keuken verzamelden zich vrienden en bekenden die in afwachting van de fatale ontknoping stonden te smoezen. De huisslaven bewogen zich geruisloos tussen de gasten door en boden hun drankjes aan, en enkele zwarte vrouwen stonden ontroostbaar te snikken.

De opzichter baande zich een weg tussen de mensen door die zich op de gang verdrongen, liep de slaapkamer in en wenkte de markies.

'Ik heb nu geen zin in flauwekul, Narváez,' zei Santadoma geïrriteerd toen deze naast hem stond.

'Ik vrees dat het geen flauwekul is, Uwe Genade,' waagde de opzichter te antwoorden terwijl hij hem strak aankeek.

De woedende don Julián was in het hele huis te horen.

'Dat is ketterij! Dan zal Ernesto als zondaar sterven!'

'Ernesto is niet tot zonde in staat, daar heeft hij de puf niet voor,' antwoordde de markies, en hij wees opnieuw naar de deur, als teken voor de priester dat hij kon vertrekken.

'Alsjeblieft, Juan José,' kwam zijn vrouw tussenbeide.

'Wil jij je zoon nu zien sterven?'

De vrouw en de geestelijke antwoordden in koor: 'Het is Gods wil.'

'Maar het is niet de wil van markies de Santadoma!' schreeuwde deze.

'Dit is godslastering!' snauwde don Julián.

Doña Presentación maakte een kruisteken en sloeg haar handen voor haar gezicht.

De mensen die in de slaapkamer aanwezig waren, keken in verwarring toe. Kaweka stond zwijgend in de deuropening, naast Modesto, die door Rivaviejo was ontboden zodra de markies had aangekondigd dat de slavin, die santeria-priesteres was, zijn erfgenaam zou verlossen van de vloek die over hem was afgeroepen en tot zijn dood zou leiden. De mensen op de gang verdrongen zich om binnen te komen en degenen op de benedenverdieping kwamen naar boven of stelden allerlei vragen vanaf de trap. De vrouwen in de slaapkamer waren wit weggetrokken van ontzetting over het gesprek waarvan ze getuige waren geweest, terwijl de dokters elkaar verwonderd aankeken.

'Ja, meneer pastoor,' antwoordde don Juan José, 'ik maak me schuldig aan godslastering. Ik erken mijn zonde... En ik erken alle zonden die ik vanaf nu zal begaan! Ik vraag u te bidden zodat ik niet sterf voor ik er spijt van krijg.'

'Maar het zijn rituelen van de zwarten... Heidense goden!'

'Goden waaraan alle zwarten zich met uw goedvinden toevertrouwen! Goden die, met uw instemming, gelijkgesteld worden met onze heiligen!'

'Nee...' probeerde de priester hem te onderbreken.

'Zwijg!' beval de markies hem. 'Ze aanbidden ze in uw kerken, in uw eigen kerk! Of niet soms?' Don Julián aarzelde even, en de edelman profiteerde van dat moment om hem weg te sturen: 'Wegwezen! Ik heb u hier niet meer nodig!'

'Hoe dan ook,' zei de oudste van de drie dokters, 'de geneeskunst van de zwarten is niet geavanceerd genoeg om...'

De markies maande hem met een handgebaar tot stilte.

'Wilt u het dan nog eens proberen?' daagde hij hem uit. 'Wat denkt u? Nog maar eens een aderlating? Nog meer medicijnen? Moet hij dan nog meer lijden? Gisteren heeft u hem opgegeven, u zei dat de wetenschap niets meer voor hem kon betekenen.'

'Maar God wel,' vulde don Julián aan, die niet van plan was de slaapkamer te verlaten.

'Dat zou kunnen, meneer pastoor,' gaf don Juan José tot zijn verrassing toe, 'maar ik geloof niet dat het Onze-Lieve-Heer uitmaakt of u wel of niet bij Hem bent om dit wonder te verrichten. Dus laat hem gerust hier en gaat u naar beneden, naar de kapel, en bid. Bid alsof uw eigen leven ervan afhangt,' vervolgde hij terwijl hij opnieuw naar de deur wees. 'Ik zal u betalen, don Julián. Voor elk gebed dat u aan mijn zoon wijdt, zal ik u duizend keer zoveel betalen als gebruikelijk. Ik zal een nieuwe kerk voor u bouwen, met een gouden tabernakel. En jullie,' beval hij zijn vrouw en de andere dames, 'ga met hem mee, ga op de knieën en bid voor Ernesto!'

Hij besloot zijn tirade met een handgebaar naar Narváez, die de geestelijke bij de arm pakte om hem naar de deur te leiden, maar deze trok zijn arm hardhandig terug en hief zijn hoofd in een poging zijn gekrenkte waardigheid te herwinnen.

'Je maakt een grote fout,' zei zijn vrouw op verwijtende toon toen ze langs hem heen liep. 'Je zoon verdient het te sterven met de zegen van God.'

'Je begrijpt het niet, vrouw. Mijn zoon verdient het niet te sterven!' voegde de markies haar woedend toe. 'Jullie zijn allemaal verblind door de leer van die... van die zwartrokken,' vervolgde hij, waarna hij doña Presentación strak aankeek. 'Wat hebben dat bidden en die missen elke dag opgeleverd? En je behoedzaamheid, je kuisheid, je goede werken? Waar is die Jezus van je nu? Er is in het hele universum geen God die het recht heeft om me mijn zoon te ontnemen, en als ik dat kan voorkomen door Hem af te zweren of me tot andere goden te wenden, of ze nu van de zwarten of van de Chinezen zijn, reken dan maar dat ik dat zal doen! En nu wegwezen allemaal!' beval hij. 'En u ook!' schreeuwde hij naar de dokters, die zich meteen bij de vrouwen en zijn twee andere zoons voegden en zich naar buiten haastten.

Op dat moment duwde Narváez Kaweka naar binnen. Toen don Julián en de markiezin haar zagen binnenkomen, sloegen ze een kruis. Drie bewakers van de opzichter gingen ook naar binnen, met nog enkele huisslaven: verschillende vrouwen met hoofddoeken, een oude man en drie kinderen. Modesto maakte van de gelegenheid gebruik om met de groep naar binnen te glippen.

'We gaan tot jullie goden bidden,' kondigde don Juan José aan. In de slaapkamer waren alleen de zwarte slaven, de zieke, de markies en zijn mannen overgebleven. 'Jij daar,' richtte hij zich tot Kaweka, 'klopt het dat je een vloek over mijn zoon hebt afgeroepen? Volgens Narváez...'

'Ja,' beaamde Kaweka tot verrassing van de edelman, die ervan overtuigd was geweest dat ze zou ontkennen. 'En ook over hem,' voegde ze eraan toe, naar Narváez wijzend.

Heer en slavin keken elkaar uitdagend aan, en don Juan José de Santadoma zag dat in dat geteisterde lichaam een geest huisde die moeilijk te breken was, waarna hij concludeerde dat het geen zin had om zich in haar beweegredenen te verdiepen.

'Kun je hem genezen?'

'Dat hangt van de goden af.'

'Zijn die soms machtiger dan de christelijke God?'

Kaweka haalde haar schouders op en antwoordde: 'Heeft Hij hem kunnen genezen?'

'Als je zorgt dat mijn zoon blijft leven, schenk ik je de vrijheid, jou en je familie... en nog tien slaven die jij mag uitkiezen, en ik maak je zo rijk dat jullie de rest van je leven geen zorgen meer hebben. En alle andere zwarten hier zullen ook vrij zijn, evenals hun families.'

Kaweka liep naar het hoofdeinde van het bed, terwijl de andere slaven verwachtingsvol toekeken. Daar lag de ijdele, verwaande jongeman die kort daarvoor mama Ambrosia had doodgeranseld; gele huid, piepende ademhaling, zijn ogen diep in de kassen, gebarsten lippen. De zielen van de boze geesten die om het bed cirkelden beroerden Kaweka's huid.

Ze wierp een blik op de slaven die zich in de slaapkamer verdrongen en ontdekte Modesto, precies op het moment dat ze net zo'n wrede, boosaardige glimlach liet zien als op de binnenplaats, voordat de bewaker hem had weggeduwd en zij de dood van de zoon van de markies had voorspeld. De emancipado wist wat die glimlach betekende: Ernesto de Santadoma zou sterven. Kaweka zag hem aarzelen en onrustig heen en weer bewegen, en vroeg zich af of hij wilde dat ze de edelman zou redden en dat zij dan misschien de vrijheid kreeg die de markies haar in het vooruitzicht had gesteld. Haar vrijheid, en die van nog tien slaven en hun families. Het ging om veel mannen en vrouwen in ruil voor het leven van een ellendeling die niet veel later in al zijn hoogmoed waarschijnlijk alsnog het loodje zou leggen, waarschijnlijk ergens bij een of ander krankzinnig duel of tijdens een vrijpartij, of om een financieel geschil... Misschien zou de godin zijn dood nog een tijdje kunnen uitstellen om haar mensen te helpen.

De markies merkte haar aarzeling op en nam opnieuw het woord.

'Maar als het je niet lukt, ben je er geweest. En zij ook,' zei hij terwijl hij naar de andere slaven wees.

En alsof hij zijn woorden kracht bij wilde zetten, gaf hij een teken aan Narváez, die een dolk uit zijn gordel trok en in één beweging de hals van een van de vrouwen doorsneed. De slavin zeeg neer op een kostbaar vloerkleed, dat doordrenkt raakte van het bloed dat uit haar hals stroomde. De anderen begonnen te schreeuwen en probeerden te ontsnappen. Narváez en zijn mannen grepen naar hun wapens en sloegen hen ermee tot ze hen weer onder controle hadden. Er werd op de deur gebonkt en gevraagd wat dat geschreeuw te betekenen had.

'Dat krijg je er nu van,' zei de markies toen hij de haat in Kaweka's ogen zag op het moment dat ze besefte dat niet meer te voorkomen viel dat de vouw zou doodbloeden, een conclusie die de anderen ook moesten hebben getrokken, aangezien niemand haar te hulp kwam. 'Jij bent degene die de dood hierheen heeft gebracht,' vervolgde de edelman, die zijn beschuldigingen nadrukkelijk en overdreven langzaam uitsprak. 'Jij hebt die opgeroepen. Alleen jij bent verantwoordelijk voor wat hier gebeurt.'

Nee, had ze willen zeggen, maar ze kon het nog net op tijd inslikken. Wat er in die kamer stond te gebeuren was het gevolg van jarenlang geweld en onrecht, van onderdrukking en slavernij. Ze richtte haar aandacht op de zieltogende jongeman en ineens drukte ze haar hand op zijn borst. De markies, zijn mannen en de slaven keken reikhalzend naar wat ze deed, maar Kaweka trok slechts twee ronde parelmoeren knoopjes van het nachthemd van de zieke. Zonder op de anderen te letten, deed ze haar kralenketting af, knoopte het koord los, haalde de kraaltjes eraf en begon ze de ketting uiterst kalm opnieuw te rijgen waarbij ze de blauwe en witte kraaltjes afwisselde, tot ze er zeven van elke kleur had. Vervolgens hield ze de ketting omhoog, voelde de kracht ervan, de warmte, en legde hem op de borst van de zieke.

De zoon van de markies liet een luide kreun horen, een duidelijk teken van leven, waarna de vader bij het voeteneinde van het bed kwam staan.

Kaweka zocht de godin.

'Zing,' zei ze tegen de slaven.

Niemand was ertoe in staat.

'Zing!' schreeuwde de markies.

Er klonk slechts een monotoon gemurmel uit de kelen van de verschrikte aanwezigen. Kaweka wilde de markies geen kans geven om steeds met bevelen te komen. Het was háár ritueel. Maar ze had meer nodig, veel meer. De geesten fladderden onrustig om haar heen; ze leken in de war en de godin was nergens te bekennen. Ze pakte een Mariabeeldje van het nachtkastje. Het was een houten beeldje, zo groot als haar hand, dat er niet in geslaagd was de zieke te beschermen. Ze begon ritmisch met het beeldje op het houten hoofdeinde te slaan. Een van de slavinnen begeleidde haar met handgeklap. De oude markies vond ook iets om mee te doen: twee houten doosjes met snijwerk die hij tegen elkaar sloeg.

Het tempo versnelde. In tegenstelling tot de slepende gezangen op de suikerrietvelden, die nederig en eentonig klonken en in het Spaans werden gezongen, waren deze liederen net zoals bij de trommelfeesten opzwepend en in het Lucumí en riepen ze de goden aan; Elegguá, met zijn lange stok met kromme punt, als eerste. Het gezang galmde door de kamer. Op de gang stond nog steeds iemand op de deur te bonzen. Kaweka, met haar uitgemergelde lichaam, haar verknoopte kroeshaar, haar gescheurde hemd, haar enkels vol zweren en bloedkorsten van de voetklemmen die ze hadden verwijderd voordat ze naar het hoofdhuis was gebracht, ging volledig op in het ritueel en leek te groeien. De markies, nat van het zweet, klemde zijn handen stevig om de houten spijlen van het voeteneinde toen hij zijn zoon bevend in het bed zag liggen.

Kaweka zong terwijl ze met het beeldje op het hoofdeinde sloeg en voelde de godin binnen in haar, maar het leek of die de beslissing niet wilde nemen en Kaweka opdracht gaf haar geweten aan te spreken en te beslissen of de man zou sterven of zou blijven leven. Een van de kinderen die elke nacht opgekruld lagen te slapen in de deuropening van de dame voor wie zij werkten, was al door een god bezeten en begon te dansen en te gillen, terwijl zijn lichaam hevig schokte. Kaweka glimlachte: de goden waren met hen. Het gezang, het geklap en het getik en getrommel zwollen aan. Narváez en de zijnen keken hun ogen uit. Modesto bleef onbeweeglijk in een hoek van de kamer staan.

De godin ging wild tekeer binnen in Kaweka. Ze sloeg tegen haar borst, haar buik, haar hoofd... Yemayá stelde vragen en kreeg slechts één antwoord: de dood. De klappen van de godin deden haar beseffen wat de gevolgen van haar beslissing zouden betekenen voor de zwarten die zich in de kamer bevonden, en telkens wanneer Yemayá haar vraag op een ongewoon felle manier herhaalde, antwoordde

Kaweka met eenzelfde verbetenheid. De heftigheid van het twistgesprek drong door tot de zoon van de markies, die voelde dat hij voor de poorten van de hel stond en dat een miserabele zwarte slavin over zijn eeuwige lot beschikte. Op dat moment kwam hij overeind, opende zijn ogen, spreidde zijn armen en keek zijn vader smekend aan.

De markies slaakte een kreet en sloeg zijn handen voor zijn gezicht. Een van Narváez' mannen knielde neer, sloeg een paar kruisen en begon te bidden. De slaven zongen onverstoorbaar door. De deur barstte haast uit zijn voegen. Kaweka glimlachte naar de godin, die haar beslissing had aanvaard en wild in haar rondfladderde en doordrong tot in het diepst van haar wezen. Toen spuugde Kaweka Ernesto de Santadoma in het gezicht, die hevig begon te stuiptrekken.

Op dat moment vloog de deur open en stormde er een horde mensen binnen, aangevoerd door de pastoor en doña Presentación, die net op tijd waren om getuige te zijn van de laatste stuiptrekkingen van de zieke voordat hij stierf. De moeder en de pastoor stortten zich op de jongeman. Te laat. Don Julián maakte een groot kruisteken in de lucht. Te laat. Doña Presentación boog zich over haar zoon en kuste hem, riep zijn naam, pakte zijn hoofd en schudde het heen en weer in een vergeefse poging hem tot leven te wekken. In alle consternatie viel haar oog op de kralenketting die nog steeds op de borst van de dode lag, en met de ketting in de hand stoof ze op Kaweka af en begon ze haar snikkend uit te schelden, te krabben en te slaan. Kaweka was nog niet uit haar trance gekomen en deed niet eens moeite om de klappen van de vrouw te ontwijken. De anderen probeerden een einde te maken aan de commotie, maar het lukte niet het bezeten jongetje te beteugelen.

'Ben je nu tevreden?' gilde doña Presentación. Ze richtte haar woede op haar man, die geknield naast het bed zat. 'Mijn zoon is in zonde gestorven, ver van God. Ver van zijn moeder. Zonder de troost...'

De markies negeerde zijn vrouw, die desondanks doorging met haar scheldkanonnade.

'Dood haar!' beval de markies zijn opzichter met schorre stem. 'Dood ze allemaal.'

'Nog meer doden?' protesteerde don Julián, en wees naar de zwarte vrouw die in een plas bloed op de grond lag.

Even had de priester spijt van zijn reactie, want hij wist dat de markies geen tegenspraak duldde. Don Juan José leek te willen reageren op de woorden van de pastoor en stond op. De edelman en de geestelijke keken elkaar aan. Ernesto, die hij zelf had gedoopt, was zojuist overleden terwijl hij werd bijgestaan door een heks, en die gedachte kon don Julián niet verkroppen. Hij kon niet toelaten dat die man bleef volharden in zijn blasfemische hoogmoed.

'Wilt u dat de dood van uw zoon ontaardt in een slachtpartij?' vroeg hij. 'Wilt u dat we hem zó gedenken? Zo'n bloedbad neemt hij mee naar het hiernamaals. Wilt u dat hij zich tegenover God voor die doden moet verantwoorden? Dat we het beeld van Ernesto's glimlach bezoedelen?' De markies boog zijn hoofd, en don Julián wist dat hij als winnaar uit de strijd kwam. Pas toen matigde hij zijn toon. 'Jezus wil niet nog meer pijn. De zonde bestrijd je niet met geweld, maar met de waarheid, en de Waarheid is Hij. De ziekte van uw zoon heeft u van uw verstand beroofd, dat hebben we allemaal gezien. Dat is menselijk; niemand zal u dat verwijten, en zeker God niet, die de pijn van de kruisiging van Zijn eigen zoon heeft ervaren. Toon berouw, don Juan José. De Heer is genadig voor wie Zijn weg volgt, ook al dwalen ze er soms van af. Laat ons allen berouw tonen en bidden voor Ernesto's ziel... Dat is wat Hij van ons verwacht.'

De slaven die zich in de kamer bevonden, spoedden zich naar buiten nadat de pastoor ze daar met een handgebaar toe had gemaand. Kaweka bleef echter zwijgend bij het hoofdeinde van het bed staan; ze was verward, nog onder de invloed van de godin. Narváez liep naar haar toe en toen hij haar in de richting van de deur duwde, begon doña Presentación haar opnieuw te slaan en uit te schelden. De markies en de opzichter wisselden een blik waarin het lot van de slavin besloten lag.

Het was al donker. Op de plantage waren de droefgeestige gezangen van de slaven weer te horen. Narváez sleurde Kaweka, die nog steeds in trance was, naar de begraafplaats van de zwarten van La Merced. De opzichter dwong haar op haar knieën te gaan zitten. Toen richtte hij zijn pistool op haar hoofd.

'Dacht je soms dat je zo van die vloek afkomt?'

Haar stem klonk helder, maar zwaar en doordringend, en kwam boven de geluiden van de suikerfabriek uit. Terwijl hij het wapen op haar gericht hield, draaide de opzichter zich om en keek recht in de ogen van Modesto, die hen was gevolgd nadat hij de blik van verstandhouding tussen de markies en zijn trouwe opzichter had opgemerkt.

'Wat doe jíj hier? Wil jij soms ook dood?'

'Nee. Ik wil u alleen maar helpen.'

'Ophoepelen!' beval Narváez, en richtte het pistool op hem.

Modesto deed een paar passen naar achteren.

'Wilt u een zwarte godin doden? Ziet u niet dat dit meisje nog bezeten is?' Modesto zag Narváez aarzelen en vervolgde: 'U bent ook vervloekt, dat heeft zij gezegd. U heeft gezien op wat voor vreselijke manier don Ernesto aan zijn einde is gekomen. Als u haar doodt zullen de goden alleen nog maar bozer worden. U...'

'Hou je mond!'

Modesto wist dat hij dat niet moest doen.

'Kijk, de adel gelooft niet in de kracht van de zwarte goden en maakt er grapjes over, maar u heeft er ervaring mee omdat u met slaven werkt. U kent het goede... en het kwade dat zij kunnen brengen.' Narváez was zojuist getuige geweest van het zoveelste verontrustende ritueel van de zwarte magie, en hij twijfelde absoluut niet meer aan de krachten van de slavin. 'Als u haar doodt,' onderbrak Modesto zijn gedachten, 'kan niemand haar vloek ongedaan maken.'

'Er zijn babalawo's die dat wel kunnen.'

'Als degene over wie de vloek is uitgesproken een priesteres met een godin binnen in haar heeft gedood?' De emancipado liet een sarcastische lach horen. 'Vergeet het maar. U en de uwen zullen de gruwelijkste marteldood aller tijden sterven,' voorspelde hij.

Het maanlicht viel over de begraafplaats. Tussen de kruisen en de met stenen bedekte grafheuveltjes zat Kaweka; ze zat stil en was afwezig. De opzichter, die het pistool niet meer op Kaweka gericht hield, dacht na over wat Modesto had gezegd en wist niet wat te doen; verstijfd van angst bleef hij staan.

Modesto was zich bewust van de situatie waarin de opzichter zich bevond en besloot de man een uitweg te bieden.

'Niemand komt het ooit te weten,' verzekerde hij hem. 'Ik zal een graf graven zodat iedereen denkt dat u heeft gedaan wat u is opgedragen. Ik zal Regla meenemen, ver weg van hier. Ze zal een andere naam aannemen...'

'Laat haar eerst die vloek ongedaan maken...'

'Zodat u haar daarna meteen kunt doden?'

Narváez maakte zich groot en ging tegenover Modesto staan.

'Wie garandeert mij dat ze me van die vloek bevrijdt als ik haar laat leven?'

'De goden,' loog Modesto. 'Zij. Ik. U kent me, ik kom vaak hier op de plantage. Zodra u ook maar één voorteken van de vloek bespeurt, kunt u me makkelijk opsporen in Havana en iemand opdragen me te doden.'

'Laat die heks het zweren,' eiste de voorman terwijl hij Kaweka strak aankeek. 'Laat haar de vloek ongedaan maken, laat haar doen wat ze moet...'

Zonder dat hij Narváez' verzoek honoreerde, liep Modesto naar Kaweka, die precies op dat moment hevig begon te zuchten, wat even later overging in een ingehouden dierlijk grommen, vergezeld van een geroffel op de grond. Modesto en Narváez speurden de duisternis af naar de herkomst van dat geluid, tot ze ineens omsingeld werden door een stel honden die net zo gromden als Kaweka, hun bek wijd open en de witte hoektanden glinsterend in de nacht.

'Akkoord,' stemde de opzichter haastig in.

10

Havana, Cuba
Februari 2018

'Ik ben gedrogeerd.'
'Dat kan niet anders!' beaamde Sara.
'Ik kreeg iets te drinken.'
'Ze hadden het over santeria en magie en zo,' zei Elena.
Ze zaten rustig te ontbijten op het terras van het hotel, met uitzicht op zee. Nadat de kalmeringsmiddelen waren begonnen te werken, had Lita de hele dag geslapen. Deze ochtend was ze monter opgestaan en at ze voor drie. Haar vriendinnen hadden besloten haar toch maar te vertellen waardoor het volgens Pedro kwam dat ze zich zo wonderlijk had gedragen in de kerk van de Maagd van Regla, en tot opluchting van beiden reageerde Lita heel nuchter op hun verhaal.
'Hekserij? Ze zijn hier allemaal stoned of dronken!' schamperde ze.
Ze gingen weer op pad. Pedro stond naast zijn auto op hen te wachten. Hij zweeg over wat er die avond was gebeurd, en Elena en Sara gebaarden dat hij het moest laten rusten, voor het geval hij er toch iets over wilde zeggen. Ze gingen naar het strand. Ze zwommen, lagen in de zon, aten bij een strandtentje vis die ze uit eigen zak moesten betalen, want de chauffeur wist niets van de regeling met het hotel. De omgeving was prachtig, maar het strandtentje kon niet tippen aan die aan de Spaanse stranden. Ze dronken wat en 's middags hielden ze siësta om uit te rusten voor nog een avond vol vertier.
'Ik ben benieuwd of wij vandaag ook iemand versieren,' zei Elena op gespeeld klagerige toon terwijl ze Sara aankeek en ze afspraken hoe laat ze die avond uit eten zouden gaan.
'Ik kan hem jullie wel even laten zien…'
'Heb je hem gefilmd?' vroeg Elena.

'Geef je hem aan ons door?' vroeg Lita verbaasd.

'Ja, ik heb hem gefilmd, maar dat is privé,' antwoordde Sara. Toen keek ze Lita aan en vervolgde: 'En ja, je mag hem hebben, ik heb mijn portie wel gehad. Ik ben er klaar mee,' voegde ze er met een grappig handgebaar aan toe. 'En trouwens, we zijn hier om vakantie te vieren, niet om seks te hebben. Anders hadden we net zo goed in Madrid kunnen blijven.'

'Maar als het zo uitkomt...' opperde Elena.

'Sara heeft gelijk.'

'Túúrlijk. Zij is toch al aan haar trekken gekomen...'

'Ja, zo kan-ie wel weer,' zei Sara. 'Maar ik heb me vergist. We moeten gewoon genieten van alles hier, meiden. Full credit!' Die uitdrukking, die de receptioniste van het hotel de eerste dag had gebruikt was een running gag geworden. 'Het lijkt wel een droom! We kunnen onze tijd niet verdoen met kerels. Ik herhaal: dat kunnen we in Madrid ook doen.'

Lachend gingen ze naar hun respectievelijke kamers.

Ze hadden zin om die avond goed te eten, in ieder geval beter dan de avond ervoor, toen ze zich tevreden hadden moeten stellen met een snack en een biertje op de hotelkamer terwijl ze Lita in de gaten hielden. Ze kozen een restaurant dat een van de beste van Havana heette te zijn, een gerenoveerd koloniaal pand in het oude stadscentrum met een façade van pleisterwerk in okertimten en smeedijzeren balkons. Er was een open keuken en het interieur was licht en modern. De twee verdiepingen van het gebouw keken uit op de straat en hadden grote ramen, het personeel was vriendelijk en attent. Ze waagden zich aan traditionele Cubaanse gerechten: zwarte bonen, ajiaco, en kruimelvlees. En wijn, veel wijn, om al dat vlees en die groenten weg te spoelen. Ze zaten gezellig te praten en te lachen toen er een goed geklede donkere man van zekere leeftijd – beige jasje, witte broek, witte schoenen van gevlochten leer en een strohoed, die hij langzaam tussen zijn handen ronddraaide – naar hun tafel kwam.

'Mag ik er even bij komen zitten?' Hij had een verleidelijke glimlach, zoals zoveel Cubanen, dacht Lita terwijl ze de ruimte afspiedde naar Pedro, die altijd in de buurt bleef om een oogje in het zeil te houden. Vanuit een hoek van het etablissement gaf de chauffeur een knikje bij wijze van goedkeuring. 'Pedro is een goede vriend van me,' verklaarde de man.

'In dat geval...' zei Elena, en bood hem de nog vrije stoel van hun vierpersoonstafel aan.

Raúl, zoals hij zich voorstelde, sloeg het chocoladetaartje af dat de meisjes met elkaar deelden, maar accepteerde het glas rum dat een ober hem serveerde zonder dat hij dat had besteld.

'Ze weten hier dus wat u het liefste drinkt,' grapte Lita.

'Jazeker.' Raúl trakteerde hen opnieuw op een glimlach. 'Het komt niet vaak voor dat drie mooie vrouwen zoals u met een oude vent zoals ik aan tafel willen zitten. En daarom ben ik naar u toe gekomen,' voegde hij er onder ongemakkelijk gegiechel van de drie aan toe. 'De jeugd in dit land is zo... oppervlakkig.'

Hij bleef met complimenten strooien en vleiende opmerkingen maken. Hij stelde allerlei vragen over hun leven en wees hen op bijzondere details van het restaurant. Voor ze het wisten stak hij een gepassioneerd betoog af over de stad, zijn feesten, zijn mensen, zijn charmes en zijn gebreken. De vrouwen vuurden allerlei vragen op hem af en verbaasden zich over sommige anekdotes die hij vertelde... tot het gesprek ineens stilviel.

Raúl zat nog steeds aan de rum: Havana Club, zeven jaar gerijpt op eikenhout. De vriendinnen dronken mojito's. De drank was een middel om de stilte te verdragen. Het Cubaanse nachtleven diende zich al aan in de vorm van stemmen en lawaai van buiten, straatmuzikanten en een bedwelmende hitte. Plotseling boog Elena zich een stukje voorover en hield haar geopende handen boven de tafel, alsof ze om een verklaring vroeg aan die man die ongevraagd bij hen aan tafel was komen zitten.

'Wil je dat ik ze lees?' vroeg hij, en pakte een hand.

Raúl was hen inmiddels gaan tutoyeren.

'Probeert u ons soms te versieren?' vroeg Lita pardoes.

'Ik heb wel even met de gedachte gespeeld,' zei de man glimlachend, 'maar ik zou niet durven. Ik zou niet weten wat ik aan moest met zoveel jeugd en zoveel schoonheid.'

'Dus?'

'Bent u soms zo iemand die ons iets wil verkopen of ergens mee naartoe wil nemen?' vroeg Sara.

'Of misschien wilt u ons ontvoeren...' suggereerde Elena ondeugend.

'Ik zal het jullie stap voor stap uitleggen,' antwoordde hij. 'Ja, het klopt dat ik jullie iets wil verkopen. Havana, zijn feesten, zijn mensen, en, als jullie willen kan ik een paar clubs aanbevelen die jullie volgens Pedro leuk zullen vinden, waar je helemaal los kunt gaan... Ik ben te oud voor die dingen, dus ik kan niet met jullie mee. En ja, ik wil jullie ook ontvoeren, of eigenlijk alleen een van jullie. Jou,' zei hij terwijl hij Lita aankeek.

'Zij is niet eens de knapste,' grapte Sara.

'Houdt u niet van witte vrouwen, zoals wij?' vroeg Elena. 'Er zijn hier al zoveel vrouwen van kleur...'

'Maar niet genoeg priesteressen,' zei de man met een ernst die ze tot dan toe niet van hem hadden gezien.

'Neeeee!' antwoordde Lita. 'Nee, geen haar op mijn hoofd...'

'Wacht even,' viel Raúl haar in de rede in een poging het uit te leggen, 'je hoeft je niet verplicht te voelen...'

'Dat moest er nog bij komen!'

'Luister,' vervolgde de man op bedaarde toon om haar gerust te stellen, 'wat er gisteren gebeurde in de kerk hebben we sinds tijden niet gezien, iemand die op die manier door een god wordt bezeten, zó krachtig, zó overweldigend... zó aanwezig!'

'Ze was gedrogeerd,' kwam Elena haar vriendin te hulp.

'Ja,' beaamde Raúl, 'door Yemayá. Sterkere drugs bestaan er niet.'

'Hoort u eens...' begon Lita.

'Rustig maar,' kwam Pedro tussenbeide, die zich inmiddels bij hen had gevoegd. 'We willen je niet...' Hij aarzelde. 'Eigenlijk willen we helemaal niets van je. Maar feit is dat de godin zich gisteren liet zien op een manier die alleen oude mensen zich herinneren. En ik kan je verzekeren dat je niet gedrogeerd was.'

'Ik kreeg water met kruiden...'

'Waarom zou iemand jou drogeren?' zei Raúl. 'Jullie zijn prima meiden. Drie knappe, jonge Spaanse vrouwen die een leuke tijd willen hebben in ons land en met onze mensen. Dat waarderen we. We waarderen jullie. Iedereen wil het toch fijn hebben? En wat gisteren betreft... Er komen massa's toeristen naar Regla. Sommige alleen voor de lol, andere zijn geïnteresseerd in santeria of geloven erin. Maar de meesten komen alleen naar die rituelen kijken uit nieuwsgierigheid en zodra ze in het vliegtuig naar huis stappen, zijn ze hun interesse alweer kwijt. Thuis scheppen ze wel op dat ze zwarte missen hebben bijgewoond waar hanen werden onthoofd en hebben ze het over voodoo. Pedro heeft jullie alleen uitgenodigd om naar de kerk van Regla te gaan om kennis te maken met onze gewoontes. Wij vinden het niet erg als jullie daar je vraagtekens bij hebben, want we willen niemand bekeren. Wie zou er ooit belang bij hebben om je te drogeren, en met welk doel?'

'We waren gewoon stomverbaasd,' zei Pedro na een korte stilte waarin de drie vrouwen Raúls argumenten wogen. 'Dat is alles. We waren onder de indruk van je. En iedereen die erbij was, zelfs de babalawo's die het op internet hebben gezien – hij bijvoorbeeld,' voegde hij eraan toe terwijl hij naar Raúl wees, 'is ervan overtuigd dat Yemayá jou heeft uitverkoren en bezit van je heeft genomen...'

'Dat is onmogelijk,' zei Lita stellig.

'Luister,' zei de babalawo, 'voor ons is wat jou is overkomen een zegen. Het betekent dat je krachten bezit die niet veel mensen gegeven zijn. En zoals Pedro al zei, we willen niets van je.' Op dat moment nam hij de vrijheid zijn hand over tafel uit te strekken en hem op die van Lita te leggen, die dat tedere gebaar accepteerde. 'Je hoeft niet bang te zijn of je zorgen te maken, je hoeft echt helemaal niets. Je hoeft niet onze koningin te worden, of de moeder van alle godinnen. We redden het wel zonder jou, maar we hopen dat je begrijpt dat we je dit moesten vertellen. Voor mij is het een eer om hier tegenover jou te zitten.' Raúl kneep in Lita's hand. 'Wat er in de kerk is gebeurd hoeft zich niet te herhalen, maar je zult het met me eens zijn dat, mocht het je toch nog een keer overkomen, je weet waardoor dat komt.'

'Dat ze dan niet moet denken dat ze gek is, of gedrogeerd?' spotte Elena.

'Niemand beschouwt de paus van Rome als een gek, of de islamitische imams... de redelijke dan,' preciseerde Raúl, 'of de rabbijnen, of de lama's. Dit is onze godsdienst, die is geworteld in Afrika, ze is zelfs nog ouder dan de monotheïstische religies. Dat staat buiten kijf. Voor ons is er niets geks aan wat jullie vriendin gisteren is overkomen, het was de aanwezigheid van een godin, net zoals de christenen elke zondag als ze ter communie gaan, denken dat ze voor het lichaam van Jezus staan. En omdat ze dat geloven, eten ze de hostie. Wij gaan ook naar de kerk om de communie te ontvangen.'

Er viel een stilte.

'Ober!' riep Lita ineens. 'Nog een rum, graag, en nog drie mojito's. En jij?' vroeg ze aan Pedro.

De chauffeur sloeg het aanbod af.

'Ik wilde je alleen maar leren kennen,' zei Raúl terwijl ze op de drankjes wachtten. 'Heb je trouwens familie op Cuba? Weet je of sommigen van hen...'

'... net zo gek zijn als ik?' maakte Lita zijn zin af.

Ze glimlachten. Nee, ze wist bijna niets van die Cubaanse familie. Ze meende dat er wel een paar verwanten moesten zijn, maar zelfs haar moeder kon zich niets herinneren. Ze proostten en dronken, en daarna nam Raúl afscheid. Hij gaf hun zijn volledige naam, die ze in hun telefoons noteerden, met zijn adres en telefoonnummer, voor het geval ze hem nodig hadden.

'Het was een enorm plezier je te ontmoeten, Lita. En jullie ook, natuurlijk. Ik weet zeker dat we elkaar nog zullen tegenkomen.'

De man aarzelde. De drie stonden op en ten slotte kusten en omhelsden ze elkaar. Daarna gingen ze uit, naar een club waarvan Raúl de eigenaar kende. Het was er afgeladen vol en ze dansten op elektronische muziek, net zoals ze in de eerste de beste Madrileense discotheek hadden kunnen doen.

Lita had het niet voor mogelijk gehouden, maar het kostte haar helemaal geen moeite om al om zeven uur op te staan, na slechts tweeënhalf uur slaap. Ze probeerde geen lawaai te maken in de badkamer, al vreesde ze dat Sara, die in de suite ernaast sliep, wel wakker zou worden. Ze ging naar beneden, ontbeet op haar gemak en verliet daarna het hotel om naar de pier te gaan waarvandaan het veerbootje naar Regla vertrok. Op dat tijdstip waren er slechts een paar verdwaalde toeristen tussen de slaperige arbeiders die de baai wilden oversteken.

Ze moest het uitzoeken. Dat had ze die nacht besloten, terwijl de synthesizers in haar hoofd bonkten, de bassen haar trommelvliezen teisterden, de lichtflitsen haar verblindden en ze haast verdrukt werd door de dansende massa, die willoze marionetten die met de handen in de lucht om meer vroegen, meer volume, meer tempo, meer prikkels. In de stroboscopische lichtflitsen had Lita de gezichten van mensen om haar heen gezien: verkrampt, verdwaasd, verwilderd.

Dat was eigenlijk ook een religie, bedacht ze terwijl het bootje het kalme water van de baai doorkliefde. Op die dansorgies wilden mensen uit hun lichaam treden, alle remmen losgooien, hun emoties de vrije loop laten; ze dronken, rookten, gebruikten drugs en dompelden zich onder in intense, bonkende dansmuziek waardoor hun bewustzijn veranderde.

Terwijl ze zich met de haven van Regla in zicht vasthield aan een steunbalk van het dak, glimlachte ze inwendig, al leken sommige mannen die vlak bij haar op de boot stonden het wel op te merken. Cuba was een wereld waar de glimlach overal aanwezig was. Ze concentreerde zich weer op de argumenten die haar ervan hadden overtuigd dat ze deze uitdaging moest aangaan. Het ging misschien wel wat ver om te beweren dat een godin, een voor haar vreemd wezen, haar lichaam en haar wil in bezit had genomen en dat te vergelijken met het effect van de heftige muziek in de club, ook al zou die uiteindelijk ook bezit nemen van de hongerige geesten van de jeugd. Tegelijkertijd was het een feit dat duizenden mensen avond na avond in een soort kermis met een pseudoreligieus tintje hun emotionele stabiliteit overleverden aan dj's die ze niet kenden, wellicht dwazen of heilsprofeten die hun instinctieve driften aanwakkerden in een onwerkelijke ambiance die uitsluitend was gecreëerd voor een intense beleving.

Raúl had haar verteld over andere religies, maar was vergeten erbij te vermelden dat ze in een tijd leefden waarin de jeugd zich in vervoering liet brengen in wat voor hen het meest op een kerk leek: een betonnen hal die ooit een fabriek was geweest. Binnen was de geestelijk leider, de priester: de dj die vanaf zijn kansel de poorten van de hel opent voor honderden volgzame jongeren die zijn heilsboodschap blind aanvaarden. De rituelen: lichtflitsen, gejuich, dans, seks, drank, drugs… En ten slotte de communie: de collectieve extase, het verlies van bewustzijn en eigen identiteit.

Lita was tot de conclusie gekomen dat ze er spijt van kon krijgen als ze nu niet uitzocht of de reactie van haar lichaam in de kerk van

Regla – die uitzinnige, zinnelijke dans en haar vreemde stem en bewegingen – was toe te schrijven aan drugs of, zoals Raúl en Pedro volhielden, dat een Afrikaanse godin bezit van haar had genomen. 'Bezeten' noemden ze dat! Ineens kwam het haar allemaal bespottelijk voor, tot ze van boord ging en zodra ze de kerk zag, datzelfde gevoel van lichtheid haar weer overviel: ze zweefde, haar lichaam voelde gewichtsloos. Ze liep door, ging de kerk binnen en nam plaats. Het was er iets frisser dan buiten en het licht was gedempt. Een oude vrouw zat een paar banken voor haar te bidden. Lita keek strak naar het zwarte beeld met de blauwe mantel. Men dacht dat het niet alleen de Maagd van Regla was, maar ook Yemayá, de godin van de zeeën, die nu voor haar verscheen. Hun geesten smolten samen en Lita voelde een golf van gelukzaligheid door haar lichaam trekken. Ze voelde geen angst, geen argwaan. Ze meende dat dit moment de reden van haar bestaan was. Haar leven had geen andere zin dan daar te zijn, in innig contact met die kleine Maagd, met haar zintuigen meedeinend op de zeeën waarover de godin heerste. Ze luisterde naar de storm, de woeste golven, voelde hoe ze erin werd meegetrokken, tot ze hem wist te temperen en de wind en waterdruppels op haar huid voelde, die echter nog droog was.

Lang voordat Sara en Elena waren opgestaan was Lita alweer terug in het hotel. Ze ging op het terras zitten en ontbeet nog een keer. Ze had zojuist een magische, serene en aangename ervaring gehad. Ze zou niet weten hoe ze het moest uitleggen, en wist zelfs niet óf ze dat wel kon, maar één ding was zeker: die kleine Maagd had zich binnen in haar genesteld, ze had gevoeld met haar handen en gezien door haar ogen.

'Ik zou wel op zoek willen gaan naar mijn Cubaanse familie,' zei ze tegen haar vriendinnen nadat die zich bij haar hadden gevoegd. Maar ze verzweeg haar tochtje naar Regla van die ochtend.

'Ja, dat snap ik,' antwoordde een van hen zonder er verder op in te gaan.

Ze liepen de hele ochtend door de smalle straatjes van de oude stad. Ze bezochten de markt waar lokale en ambachtelijke producten werden verkocht, snuffelden rond tussen de talloze snuisterijen en uiteindelijk kochten ze een paar shirts en een poster met een karakteristieke Cubaanse auto, een enorme, oude, kanariegele

Chevrolet, die volgens hen mooi zou staan in de keuken van hun etage in Madrid. Lita dacht na over wat voor cadeautjes ze zou kopen en besloot ten slotte een waaier met een – handgeschilderd, zo beweerde de verkoper – bloemmotief voor haar moeder aan te schaffen. Iets voor Pablo vinden was lastiger. Ze hadden een paar keer gebeld en toen was ze zenuwachtig geworden, als een puber. Stommerd, had ze naderhand tegen zichzelf gezegd. Ze hadden het niet over de Santadoma's of de bank gehad. Lita wilde daar niet aan denken, ook al knaagde die vernederende toestand met de moeder van de markies nog regelmatig aan haar. Ten slotte vond ze iets voor Pablo wat haar perfect leek: een oud schoolboek over meetkunde, als verwijzing naar Pythagoras, waarin door de vele scholieren die het boek achtereenvolgens hadden gebruikt talloze aantekeningen waren gekrabbeld. Het boek was na de revolutie gepubliceerd, en ze kocht het voor een spotprijsje bij een kraampje op de Plaza de Armas.

'Het gaat erom dat hij het leuk vindt,' probeerde Sara haar gerust te stellen.

'Misschien had ik ook nog een boek over muziekinstrumenten moeten kopen,' zei ze bij zichzelf, waarop haar vriendin een verbaasd gezicht trok. 'Hij houdt van… muziek.'

'O, dat wist ik niet,' zei Sara, die haar aandacht alweer op andere dingen had gericht.

Rond het middaguur belde Lita naar Spanje. Terwijl de telefoon overging zag ze voor zich hoe haar moeder zich op een warme dag met een waaier koelte toewuifde. Ze zou hem vast mooi vinden. Ten slotte werd er opgenomen, maar het bleef stil aan de andere kant van de lijn.

'Mam?' Door het geblaf van de honden maakte het beeld van haar moeder met de waaier plaats voor dat van haar moeder die met de beesten in de weer was. 'Mama?' Niets. Gegrom. Gestommel. Geblaf. 'Rotbeesten!' mompelde ze en ze zag haar moeder geërgerd voor zich.

'Hallo…'

'Mam?'

'Lieverd!'

Het was weer rustig aan de andere kant van de lijn. Haar moeder had de hysterische yorkshireterriërs waarschijnlijk in een andere kamer opgesloten, maar toch lukte het Lita nog steeds niet om de informatie los te krijgen die ze nodig had. 'Familie?' vroeg haar moeder verbaasd. Zij wilde alleen maar weten hoe het met haar ging, wat ze deed, wat ze van het land vond, hoe het hotel was, de mensen... Had ze het naar haar zin? At ze wel? Genoeg? Echt? Lita gaf geduldig antwoord, maar vroeg tegelijkertijd door naar de familieleden waarover haar moeder had gezegd dat ze zich die niet goed herinnerde.

'Ik zei in Madrid toch al...' probeerde Concepción zich te verontschuldigen.

'Ja, weet ik. Dat je geen brieven had, dat de ene helft franquisten waren en de andere helft communisten, maar je moeder heeft je toch zeker wel íéts verteld?' drong ze aan. 'Al is het maar een klein detail. Iets!'

'Ja... waarschijnlijk wel, kind. Dat heeft ze natuurlijk wel gedaan, maar het is zo lang geleden en ik was ook niet erg geïnteresseerd. We hadden helemaal geen contact met familie die op Cuba was achterbleven, voor zover ik weet. In die tijd was bellen niet zo makkelijk als nu, en de post werkte ook niet zo goed,' probeerde ze zich te verdedigen. 'Maar eh...' zei ze aarzelend, 'als we muziek op hadden staan schepte ze altijd op over haar broer, die zo goed maraca's speelde.'

Hij was geen muzikant, dacht Concepción, die haar best deed om zich nog meer voor de geest te halen, maar hij verdiende wat bij met de maraca's, op feesten, in orkesten en muziekbands, op concerten. Toen herinnerde ze zich haar moeder weer, die door de keuken danste, begeleid door denkbeeldige maraca's terwijl ze met haar handen schudde en het geluid van de instrumenten nadeed.

'Shh-shh-shh-shh,' bootste Concepción het geluid na. 'Hij speelde maraca's. Dat weet ik zeker!' zei ze opgetogen, alsof ze haar kindertijd weer beleefde en zich herinnerde hoe ze samen met haar moeder had gedanst op de muziek die uit de radio in de keuken klonk.

'En dat was alles wat ze zich kon herinneren,' zei Lita toen ze met haar vriendinnen in een restaurant bij de haven zaten te eten.

'En hoe heette hij?'

'Antonio. Zijn voornaam wist ze nog, en de achternaam van mijn oma, Gómez.'

'Antonio, Gómez, dat zijn niet bepaald bijzondere namen, daar zijn er duizenden van.'

'Hé!' mengde Sara zich in het gesprek. 'Let een beetje op je woorden, ik heet ook Gómez.'

'Misschien zijn we wel familie,' zei Lita lachend.

'Woonde hij in Havana?'

Lita aarzelde.

'Daar ben ik wel van uitgegaan.'

'En je familie van vaderskant?' opperde Elena. 'We zouden het ook via die weg kunnen proberen.'

'Nee,' zei Lita nadat ze een diepe zucht had geslaakt. 'Daar hing een waas van geheimzinnigheid omheen. Hoe dan ook... ik denk dat het een avontuurtje van mijn oma was. Mijn moeder heeft het nooit echt toegegeven, maar... het kan niet anders en daarom ben ik er maar over opgehouden. Het schijnt dat de markies, de oude markies, de man heeft gedwongen mijn moeder als zijn kind te erkennen en dat hij later dreigde hem te doden als hij zich nog eens zou vertonen. Het schijnt dat hij nogal een schuinsmarcheerder was. Hij was wit, zoals jullie, had geen werk en geen geld, en zou zich vergrepen hebben aan de naïeve zwarte bediende. Hermoso...'

'Huh?'

'Hij heette Hermoso, José Hermoso. De markies beloofde voor mijn oma en mijn moeder te zorgen, en hij verdween.'

'Dus dit is alles wat we hebben,' vatte Sara samen. 'Een maracasspeler die Antonio Gómez heette en die, als hij nog leeft...'

'... ergens in de tachtig is.'

'De mensen worden oud hier,' merkte Elena op.

'Maar misschien woont hij wel aan de andere kant van het eiland...'

'Pedro!' Sara stak haar hand omhoog om de aandacht van de chauffeur te trekken.

'Hij kan ons vast niet helpen,' zei Lita, die al wist wat haar vriendin van plan was.

'We kunnen het altijd proberen, toch?'

Cuba zingt en danst. Zelfs op de landkaart beweegt het eiland, en de mensen springen eruit op het ritme van de son en de mambo, van de rumba, de bolero en de guaguancó. Oude Cubanen denken nog met trots terug aan vele musici en componisten: Piñero, Matamoros, Sánchez, Barroso, Garay, Simón, Grenet, Lecuona, Moré, Rodríguez. En de liederen: 'El manisero', 'Guantanamera', 'Mama Inés', 'Aquellos ojos verdes'. Zij allen hebben bijgedragen aan het Havana van de casino's en het spel, van Sinatra en Lucky Luciano, de gouden stad en de magische nachten. Sommigen speelden en zongen in grote bands en orkesten, anderen in kleine ensembles. Maar door de passie voor de muziek werden ook die andere figuren herinnerd die misschien niet zo virtuoos waren, maar vanuit hun dorp of buurt er ook toe hadden bijgedragen dat het ritme in de Cubaanse ziel was verankerd. Pedro en Raúl vroegen rond, en algauw gingen de geruchten over een maracasspeler genaamd Antonio Gómez het eiland over. Intussen genoten de drie vriendinnen van Havana en de plekken waar de chauffeur hen heen bracht en spraken ze niet meer over Afrikaanse maagden en santeria, hoewel een van hen dat wel graag zou doen. Ze wilden plezier maken en de vakantie was haast voorbij.

Ze vonden hem algauw.

'Hij heette geen Gómez...' zei Pedro.

'Wel waar,' zei Lita. 'Dat was zijn achternaam.'

'Dat kan wel zijn, maar ik bedoel dat hij bekendstond als "De Tuinman". Dat was kennelijk zijn beroep. Degenen die hem hebben horen spelen zeggen dat hij een grootheid was. Hij speelde op feesten en in orkesten.'

'Leeft hij nog?'

Vanaf de bestuurdersstoel van het busje keek Pedro om naar Lita.

'Jazeker.'

'Is het bekend waar hij woont?'

'We zijn op weg naar hem toe.' De meisjes zeiden niets, waardoor Pedro in verwarring raakte. 'Willen jullie niet? Moet ik omkeren?'

Ze wilden uiteraard wel, en enkele minuten later stopte het busje voor een oud, vervallen gebouw van drie verdiepingen.

'Is het hier?' vroeg Sara met een bezorgde blik op de gammele balkons en de gevel die vol scheuren zat. Er was niets meer te zien van het pleisterwerk dat het pand ooit had gesierd.

'Ik denk het wel,' antwoordde Pedro.

De chauffeur stapte uit het busje en ging informatie inwinnen bij een paar oude mannen die buiten zaten te kletsen.

'Ja, hier is het,' zei hij daarna, terwijl hij de schuifdeur van het busje opende. 'Antonio Gómez,' vervolgde hij terwijl de meisjes uitstapten. 'Hij was maracasspeler, en een goeie ook; dat moet hem wel zijn. Hij woont op de tweede etage. Zal ik meegaan?'

Nee, bedankt,' zei Lita. 'We redden ons wel.'

'Jullie hoeven je nergens zorgen over te maken, hoor. Het zijn allemaal goede mensen. En het is een mooie dag, de zon schijnt, en Cuba is fantastisch,' zei hij terwijl hij hen met een handgebaar aanmoedigde om de sfeer op te snuiven.

De drie liepen door een vochtige, vervallen gang en gingen via een trap met kieren in de treden naar de tweede verdieping. Op de overloop kwamen vier appartementen uit, waar in plaats van een deur een gordijn de privacy moest waarborgen. Ze keken elkaar aan. Lita haalde diep adem en schoof een van de gordijnen een stukje open.

'Antonio Gómez?' riep ze.

Een man die in een fauteuil met bloemmotief met zijn rug naar hen toe televisie zat te kijken stak een draaiende wijsvinger in de lucht ten teken dat ze bij het appartement ernaast moesten zijn.

'Dank u wel.'

Het geluid van de televisie vermengde zich met gepraat, geuren, vocht en armzaligheid.

'Kom!' moedigde Elena de andere twee aan toen ze hun weerzin opmerkte. 'Antonio Gómez?' vroeg ze terwijl ze het gordijn van de naastgelegen woning opzijschoof en tegelijkertijd op de muur klopte.

'Komt u verder!' klonk het van binnen.

Daar stond ook een televisie, met daartegenover een bank. In wat ooit een grote, chique kamer was geweest, met een hoog plafond met nog wat resten van een sierlijst, maar die nu door middel van houten of hardboard schotten in meerdere vertrekken was verdeeld, was een vrouw van kleur wat aan het rommelen.

Lita en haar vriendinnen zetten een paar aarzelende passen in wat wel een doolhof van kraampjes op een vlooienmarkt leek, maar dan zonder snuisterijen.

'Wat wilt u van hem?' vroeg de vrouw terwijl ze naar de bank wees.

Sara en Elena keken Lita aan.

'Ik denk dat hij de broer van mijn grootmoeder is.'

'De beroemde Margarita?' Lita knikte. 'Die met de markies naar Spanje is gegaan?' Ook dat beaamde ze. 'Grootvader heeft het best vaak over haar.' De vrouw liep naar de televisie, zette hem uit, schoof een kruk en paar stoelen bij, waarvan één er nogal wankel uitzag, en nodigde hen uit plaats te nemen. Zijzelf bleef staan en leunde tegen de vensterbank van een gebarsten raam. 'Opa!' riep ze. 'U heeft bezoek!'

Even later stonden de vriendinnen oog in oog met een oude man met een ongeschoren gezicht, slippers, een joggingbroek en een wit hemd.

'Dus jij bent de kleindochter van Margarita?' vroeg hij ineens terwijl hij naar Lita wees. 'Jullie zijn dat waarschijnlijk niet,' zei hij lachend tegen Sara en Elena.

Het duurde even voor ze begrepen wat hij zei. Ze hadden verwacht een seniele oude man te treffen en waren van hun stuk gebracht. Ten slotte lachten ze met hem mee.

'Hij is misschien niet meer zo goed ter been,' zei de vrouw, 'maar voor een negentigjarige is hij nog heel helder, eigenlijk té helder om de hele dag hier binnen te zitten.'

'Gaat hij dan niet naar buiten?'

Op dat moment verscheen er een meisje uit een van de hokjes waarin de kamer was verdeeld. Ze droeg een baby op de arm, en op haar jurk zaten melkvlekken ter hoogte van haar tepels.

'Ana, mijn dochter,' stelde de vrouw haar voor terwijl ze de baby overpakte. 'Zij is de kleindochter van Margarita,' zei ze tegen haar dochter.

'De beroemde Margarita?' vroeg het meisje.

'Ik ben Lita.'

'Sara.' 'En ik ben Elena,' zeiden de andere twee toen het meisje hen vragend aankeek.

'Dus dan ben ik jouw... nicht? Nee...' corrigeerde ze zichzelf. Ze zweeg en probeerde in gedachten de stamboom te reconstrueren, maar gaf het uiteindelijk op. 'Hebben jullie geld?'

'Ana!' zei haar moeder bestraffend.

'Ik ben al weg,' snauwde het meisje.

De drie keken Ana na en lieten hun blik daarna door de kamer gaan.

'Dit is niet echt wat Fidel ons heeft beloofd,' onderbrak de oude man de inspectie op spottende toon. 'Zo leven wij, en dan mogen we nog blij zijn dat het huis overeind staat! Er storten veel huizen in. We wonen hier met drie generaties... Vier, inmiddels,' zei hij met een hoofdbeweging naar de baby. 'Als jullie vanavond waren gekomen, hadden we jullie geen stoel kunnen aanbieden. Maar toch geloven we nog steeds in de revolutie.'

'Mijn grootmoeder is nog vóór de revolutie vertrokken, toch?' vroeg Lita, hoewel ze het antwoord al wist.

'Ja, inderdaad. De markies had het goed bekeken. Hij verkocht een deel van zijn bezittingen en ging op tijd weg.'

Lita vuurde allerlei vragen op hem af en de grijsaard beantwoordde die zonder omhaal.

'Wat Margarita voor iemand was? Goedgelovig, lief. Een beeldschone vrouw van kleur, zoals jij,' voegde hij eraan toe, van de gelegenheid gebruikmakend om haar een compliment te geven. 'De markies heeft haar altijd goed behandeld.'

'Natuurlijk kende hij de markies,' antwoordde hij op een nieuwe vraag van Lita, die enigszins verrast werd door de vanzelfsprekendheid die uit zijn reactie sprak. 'Hij was zijn tuinman,' verduidelijkte hij. Zijn hele familie had voor de Santadoma's gewerkt tot de oude markies naar Spanje vertrok en zijn zoon na de revolutie van Fidel Castro, toen alle bedrijven op het eiland genationaliseerd werden, naar Miami vluchtte.

'En sommige van die bedrijven waren natuurlijk van hem! Ze waren heel rijk. Ik had met zijn zoon mee kunnen gaan naar Miami,' vertelde de oude man weemoedig, een verhaal dat hij ongetwijfeld tot vervelens toe had verteld, want de vrouw met de baby klakte met haar tong en schudde haar hoofd. Lita en haar vriendinnen hingen echter nog steeds aan zijn lippen. 'Maar ik werd gearresteerd omdat ze me als vijand van het regime beschouwden. En meneer de markies liet me mooi barsten...'

'Ze zijn niets veranderd,' mopperde Lita.

'Dat geloof ik graag. Nog steeds rijk en hooghartig, zeker. Maar ik heb problemen gekregen omdat ik voor hen werkte... en ook omdat ik maraca's speelde bij orkesten in luxehotels. Want ik speelde heel goed, hè? Maar goed, die clubs en hotels pasten niet bij de geest van de revolutie. Dat is me altijd nagedragen, en na een paar jaar belandde ik in een heropvoedingskamp, waar ik suikerriet moest oogsten.'

'Is er misschien een santero in de familie?'

Zelfs de vrouw die met de baby bezig was, werd overvallen door die vraag.

'Nee,' zei de oude man. 'Nee toch?' vroeg hij aan zijn kleindochter, die haar schouders ophaalde. 'Niet meer dan in elke willekeurige Cubaanse familie. We leven hier tussen het atheïsme van de communisten en het geloof in de orisha's en heiligen. Er word wel beweerd dat zelfs de *Comandante* naar santero ging, maar hier in de familie heeft niemand speciale banden met de santeria, voor zover ik weet.'

'En... eh... ik hoop dat u het niet erg vindt dat ik het vraag,' zei Lita, waarmee ze meteen de volle aandacht van de kleindochter op zich vestigde, en ook van Sara en Elena, die elkaar verwachtingsvol aankeken. 'Misschien wordt er hier niet over gesproken... maar in Madrid... Is er iemand in de familie die bij de Santadoma's in slavernij leefde?' besloot ze te vragen.

De oude man schoot in de lach.

'Ja, natuurlijk,' antwoordde hij spontaan. 'Mijn eigen grootmoeder, Alfonsa heette ze. Ik heb haar alleen gekend toen ze al vrij was, maar ze is slavin van de markies geweest en na de afschaffing is ze als bediende voor de familie blijven werken. Veel slaven die werden vrijgelaten zijn daarna alsnog van de honger gestorven.'

Er viel een korte stilte, waarna Lita vroeg: 'En was zij geen santera?'

'Nee hoor.' Antonio maakte een ontkennend handgebaar. 'In dat huis moest je een vrome katholiek zijn, dingen als hekserij waren daar taboe. Als de markies, of de markiezin over broederschappen, dansen, heiligen of zo hoorden, werden ze woedend en kregen we dagenlang niet te eten. En mijn grootmoeder was heel gelovig. Van waar die belangstelling voor santeria?'

'Ik weet niet... Gewoon interesse, net als voor de slavernij. Ik weet er niet zoveel van,' praatte ze er wat omheen.

'Nou, ik ook niet. Vertel eens over jezelf en over je moeder. Concepción, toch?'

'Ja...'

'Het kwam door haar dat de markies me niet hielp toen ik werd gearresteerd.'

'Pardon?' reageerde Lita verbaasd.

'Ja, natuurlijk.' Lita verwachtte een uitleg die de oude man kennelijk al als bekend veronderstelde. 'Doña Claudia, zijn vrouw...' Antonio dacht dat hij daarmee al voldoende had duidelijk gemaakt en liet die woorden even in de lucht hangen, tot hij Lita's verbaasde gezicht opmerkte. 'Doña Claudia wilde niets van onze familie weten sinds ze dat van haar verloofde had ontdekt.'

'Dat van haar verloofde?' Wat bedoelt u? En wat heeft mijn moeder hiermee te maken...?'

'Jouw moeder is een dochter van de markies, meisje.'

Lita viel bijna van haar stoel toen ze dat hoorde, maar Elena hield haar alert met een hand tegen. Sara nam het gebeuren met rode oortjes op met haar telefoon, als een oorlogscorrespondent na een plotselinge bominslag.

'Dat was de reden dat de oude markies Margarita en Concepción meenam naar Spanje,' vervolgde Antonio, 'omdat doña Claudia en haar familie dat eisten en ze anders de bruiloft zouden afzeggen. Dat was in die tijd heel gewoon op Cuba: een rijkeluiszoon die met de dienstmeid naar bed gaat, en dan losten ze het op de een of andere manier op. Maar doña Claudia was razend. Ze haatte je grootmoeder omdat ze zo mooi en zo lief was... Dat serpent had alle reden om jaloers te zijn, en ze haatte je moeder natuurlijk ook, dus zodra de oude markies aankondigde dat hij naar Spanje zou vertrekken, zag zij haar kans schoon om zich van de minnares en haar dochtertje te ontdoen, zodat ze die niet meer in huis of op Cuba hoefde tegen te komen en ze bij haar man uit de buurt bleven.'

'Weet u dat zeker?' stamelde Lita.

'En of ik dat zeker weet! Margarita was mijn zus,' zei hij verongelijkt. 'Ze heeft me alles verteld, we hebben het er uitgebreid over gehad, al was dat niet nodig, want heel Havana was op de hoogte. En de markies maakte er ook geen geheim van, hij gaf om je grootmoeder en was goed voor haar. Als je wilt, kan ik hem... Maar ze zijn allemaal natuurlijk heel oud,' zei hij hoofdschuddend. 'Ik weet niet of ze nog leven.'

'En die José Hermoso, die mijn grootvader zou zijn?'

'Dat is weer een verhaal apart. Hij werkte voor de markies, en was bereid zich voor de vader uit te geven. Zo werden die dingen toen opgelost.'

11

Havana, Cuba
1868

Kaweka verbleef weer in Havana, ondergedoken bij Rogelia, een zwarte vroedvrouw die in een laag huis woonde achter de calzada del Monte voordat je de Chávez-brug overstak. Voorbij de brug vertakte de weg zich in verschillende richtingen: naar El Cerro, El Horcón en Jesús del Monte.

Modesto had haar hierheen gebracht op een muildier, nadat hij een graf had gegraven en het met stenen had dichtgegooid. Ooit zal ik er wel iemand in leggen, prevelde hij, dat zal niet moeilijk zijn hier. Kaweka had nog nooit op een rijdier gezeten, maar gaf geen commentaar en probeerde zich met beide handen vast te houden aan de weinige manen van het beest. Ze was nog steeds verdwaasd. Het voorval in de slaapkamer van de zoon van de markies had alle leven uit haar weggehaald. De ziel van die vervloekte jongen had zich, doodsbang voor zijn lot, op een laffe manier aan haar vastgeklemd en wist een deel van haar geest te grijpen en mee te nemen naar het hiernamaals. Kaweka wist, dat – dood of levend – het overlijden van Ernesto de Santadoma iedere band die zij nog met de suikerplantage kon hebben verbroken had, zodat het geweld en de verwondingen die zij had opgelopen sinds haar terugkeer op La Merced elkaar in hoog tempo hadden opgevolgd met de bedoeling haar kwaad te berokkenen, haar te vergelden, alsof de verschrikkingen zich tot dat moment hadden verscholen, in afwachting van het geschikte ogenblik om haar te belagen.

Ze was niet meer dan een levend geraamte. Haar haar was armetierig en vuil, haar huid werd ontsierd door ontelbare verwondingen en littekens. Haar enkels waren door de maandenlange voetboeien in levend vlees gaan zweren, haar dunne benen hingen slap aan beide kanten van haar rijdier. Dankzij de aanblik die ze boden konden ze de stad bereiken, al werden ze onderweg twee keer aangehouden. Modesto beschikte over papieren om zich vrij te kunnen verplaatsen naar de patiënten die Rivaviejo hem toebedeelde.

'En de zwarte vrouw?' werd er beide keren gevraagd.

'Die is praktisch dood,' zei Modesto terwijl hij naar haar lichaam wees, alsof dat toch wel duidelijk was. 'Mijn baas, de dokter, wil een laatste poging doen om haar te redden.'

Ze zou het niet overleven. Dat was Rogelia's gedachte nadat Modesto Kaweka op een strooien bed had neergelegd in een kamertje dat de vroedvrouw gebruikte voor consulten. Het had een raampje en er was een suikerkist omgekeerd neergezet, als tafeltje. De argwanende vroedvrouw verbaasde zich erover dat de emancipado zo zorgzaam en lief was voor deze vrouw.

'Wie is dat?' vroeg ze, zonder de afkeer in haar stem te verbergen.

Haar ongenoegen ontging Modesto niet. Hij had erover nagedacht: hij wist dat ze jaloers aangelegd was, maar het leek hem ongewenst Kaweka toe te vertrouwen aan een van de andere slaven of vrijen die hem het een en ander verschuldigd waren. Omdat ze vroedvrouw was, had Rogelia ervaring met het verzorgen van patiënten en kon ze de zorg voor Kaweka van hem overnemen wanneer hij er niet was.

'Iemand die belangrijk voor me is,' zei hij, op nog bitsere toon dan de hare. Hij wilde niet dat het leek alsof ze hem een gunst bewees. Het was een eis, daarom moest hij haar zijn wil opleggen.

Een enkele keer had Modesto omgang met Rogelia, wat gevoelens in de vrouw had opgeroepen die niet beantwoord werden en die ook nooit beantwoord zouden worden, al was ze nog zo vasthoudend. Maar de vroedvrouw had dankzij Modesto en de vooraanstaande arts voor wie hij werkte wel de nodige patiënten en aanbevelingen gekregen, waardoor ze financieel meer speelruimte had. Dat was ook te zien aan haar huis, dat dan wel eenvoudig was, maar ver uitsteeg boven het niveau van de vrijgelaten slaven die in de stad met veel moeite in hun levensonderhoud voorzagen. Nee, Rogelia had slavernij gekend, onderwerping, had haar man en twee kinderen aan koorts verloren, en nu had ze meer dan genoeg te eten, zoals te zien was aan haar weelderige vlees, en er was een zekere stabiliteit in haar leven. Ze zou niet het risico nemen om bij Modesto uit de gunst te raken.

Rogelia vroeg dan ook niet om verdere uitleg en hielp Modesto bij het wassen en verzorgen van Kaweka's verschrikkelijk vuile, toegetakelde lijf. Samen behandelden ze de vele verwondingen, vooral die op de enkels, gooiden ze de vodden weg die ze droeg en trokken ze haar oude maar schone kleren aan. Vervolgens zag Rogelia, die door jaloezie verteerd werd, hoe de man van wie ze droomde de zieke geduldig te eten en te drinken gaf met een fruitpapje en bleef ze de korte tijd die nog restte van de avond bij hem. Hoe graag wilde ze niet dat hij die nacht bij haar in bed lag, in de naastgelegen kamer, zoals vaker gebeurd was.

Maar Modesto bleef wakker om Kaweka's toestand in de gaten te houden: haar ademhaling, haar bewegingen, de koorts die haar kwelde.

Tegen de ochtend was het niettemin Kaweka die Modesto uit zijn gedommel haalde.

'Liggen blijven,' zei hij tegen haar.

'Waar ben ik?' vroeg ze, terwijl ze koortsig om zich heen keek. 'Ik moet hier weg.'

Het kostte Modesto weinig moeite haar tegen te houden, want toen Kaweka rechtop in bed zat, bleef ze stil zitten en sloot ze haar ogen, misselijk, niet in staat zich nog te bewegen.

Hij voelde aan haar voorhoofd. Dat gloeide.

'Je hebt hoge koorts.'

'Ik moet hier weg,' zei ze nog eens, amper hoorbaar. Ze deed opnieuw een poging, maar ze ging er alleen maar van kokhalzen en de gal liep in haar mond.

'Jij kunt nergens naartoe,' probeerde Modesto haar te overtuigen. 'Je kunt nog geen twee stappen zetten. Je zult op straat omvallen en dan word je weer opgepakt. Wat is er zo belangrijk dat je hier weg wilt?'

Kaweka, met haar ogen nog steeds gesloten, haalde diep adem. Door de koorts en de bewegingen die ze gemaakt had voelde ze haar hart in haar keel en slapen kloppen. Even vergeleek ze die intense geluiden met het geluid van de trommels dat haar oren had verdoofd toen ze voor het eerst van haar leven het genot had bereikt met de man die haar de onmetelijkheid van de liefde had laten zien.

'Ik ga mijn dochter zoeken,' hoorde ze zichzelf zeggen.

Er viel een stilte.

'Heb jij een dochter?' vroeg Modesto toen verbaasd. 'Waar is ze dan? Wie is de...' De laatste vraag maakte hij niet af. Hij gaf haar vlug weer een waarschuwing. 'Je bent niet in staat weg te gaan. Ik neem aan dat je dochter in de nederzetting is waar jij als marron woonde?'

Kaweka knikte.

'De bergen haal je nooit. Dat begrijp je toch wel?'

'Ik moet naar...'

'Nee.'

Ze zou de stad niet eens uit komen, dacht Modesto. Gevluchte slaven gedroegen zich heel natuurlijk en mengden zich onder de mensen in de drukte, klaar om te vluchten als iemand hen herkende, om een paar straten verderop hetzelfde te doen. Kaweka kon noch het een, noch het ander. Ze zou worden aangehouden zodra ze een voet op straat zette. En als ze haar wéér naar de plantage van de markies stuurden... dan zou ze haar dochter nooit meer zien, waarschuwde hij haar. Ze was ziek. Ze kon niet weggaan. Haar gewonde, nog bloedende enkels vormden een waarschuwing. In feite was zij één grote waarschuwing.

Kaweka liet zich terug op bed vallen.

'Hoe heet je dochter? Waar is ze in de nederzetting?' vroeg de emancipado.

Rogelia spande alle spieren in haar lichaam aan bij het horen van deze vragen. Ze had een voorgevoel van wat er zou volgen. Die stem, die toon... Vaak had ze zichzelf in slaap gewiegd met hun melodie in haar oren. Ze wist dat er andere vrouwen in het spel waren, maar ze had nooit kunnen bedenken dat een van hen haar van haar intiemste gevoelens, van haar persoonlijke liefdesbelevenissen kwam beroven. Verstopt voorbij het gat waar een deur had moeten zitten luisterde ze naar de zwakke, zachte stem van Kaweka, die tussen hoestbuien en benauwdheid door over Yesa vertelde, over de nederzetting in de bergen van El Rosario, over Eluma en Felipe, over de overige marrons, en hoe daar te komen. Wanneer was ze van het kind bevallen? Wie was de vader? Dat was nu allemaal onbelangrijk, maakte de jonge vrouw hoofdschuddend duidelijk terwijl er een schaduw van verdriet over haar gezicht gleed en ze haar ogen sloot.

'Je weet hoe dat gaat in nederzettingen,' voerde ze desondanks nog aan toen Modesto bleef zwijgen, want ze stelde zich voor dat Modesto zich afvroeg of hij het meisje had verwekt. 'Veel mannen, weinig vrouwen. Te veel die de vader kunnen zijn,' zei ze, zich verschuilend achter de gedwongen promiscuïteit waar in nederzettingen sprake van was. 'Ik werd kort na aankomst zwanger.'

Daarmee kwam er een eind aan een gesprek dat Kaweka had uitgeput en waarin ze niet had gezegd dat ze ondanks alles de hoop had gekoesterd dat hij haar naar de nederzetting zou volgen. En Modesto besloot niet te zeggen dat de kindermeid, die Kaweka voor haar moeder hield en die nog niet lang geleden was bezweken onder de slagen van Ernesto, hem had verboden haar achterna te gaan. Waarom zou mama Ambrosia haar het geluk onthouden, zou zij zich afvragen. Daarom zag hij er maar helemaal van af het haar te vertellen, Kaweka zou dat soort schokkende onthullingen nu niet kunnen verdragen. Er zou nog wel gelegenheid komen om te praten, om haar te vragen waarom ze bij hem was weggegaan toen hij de wereld aan haar voeten had gelegd: vrijheid, iets waarvoor zelfs hij niet kon kiezen; geluk, liefde... Modesto was wanhopig geworden toen hij erachter kwam dat ze was gevlucht. Hij had honderden redenen bedacht, en veel daarvan vormden een excuus voor haar, omdat hij van haar hield, maar een aantal ontstond uit de wrok van iemand die zich afgewezen voelt. Mama Ambrosia had hem de ogen geopend toen ze hem verbood Kaweka achterna te gaan. 'Kaweka is geroepen door de goden,' zei ze. 'Dat meisje, mijn dochter, behoort alle zwarten toe, niet alleen jou,' verklaarde ze uiteindelijk. En Modesto begreep dat iets veel belangrijkers zich in hun liefde mengde. En nu ze daar zwaargewond lag, besloot hij erover te zwijgen.

Rogelia zette haar nagels in haar handpalmen toen ze haar man lieve woordjes tegen de zieke hoorde zeggen, toen hij haar met zijn fluisterende stem streelde en prevelde dat het belangrijkste was dat ze beter werd, want anders zou haar zwakke, toegetakelde lijf door ziekte geveld worden. En om Kaweka helemaal gerust te stellen zei Modesto iets wat klonk als een uitspraak waarop Kaweka hoopte.

'Ik zal je dochter wel zoeken en naar je toe brengen.'

Rogelia schudde haar hoofd. Kaweka wilde Modesto bedanken voor zijn bereidheid, maar ze was moe geworden van hun gesprek, heel moe, en de rillingen gingen over in schokken.

'De koorts wordt hoger,' leek de emancipado te zeggen. 'Rogelia, haal...'

Kaweka hoorde niet hoe de zin eindigde, want ze verloor het bewustzijn, maar ze werd daarbij wel vergezeld door de glimlach van Yesa.

Modesto waarschuwde Rogelia: 'Als zij wordt aangehouden, worden wij tweeën ook aangehouden.' Hij verzocht haar voor de zieke te zorgen en hield een deel van de waarheid achter door niet in te gaan op de vragen van de vroedvrouw die hem in gevaar konden brengen.

'Het enige wat je moet weten is dat ik haar heb geholpen om van de suikerplantage te vluchten. Je weet welke straf daarop staat. Afranselingen, dwangarbeid... Als deze vrouw iets overkomt of ze pakken haar op... Als de markies haar zou vinden, slaan ze me helemaal verrot en zullen ze jou ook pakken, omdat je haar in huis hebt genomen.'

Hij hief bezwerend zijn hand op toen de vroedvrouw wilde protesteren. Volgens hem had hij daarvoor genoeg invloed op haar. De aanwezigheid van Kaweka, het contact met haar, het feit dat hij haar had geholpen om te ontsnappen, het gevoel dat hij haar moest verbergen en beschermen en dat hij de verloren, zo geliefde dochter bij haar moest terugbrengen: het had Modesto zozeer van Rogelia vervreemd dat hij haar overduidelijke gevoelens niet eens meer opmerkte. Afgunst, jaloezie, angst... De woede die de vroedvrouw uitstraalde werd aan zijn oog onttrokken door de sluier van zijn eigen argeloze, krachtige optreden.

Toch hield Rogelia vol: 'Je moet je niet in de bergen laten zien. Die dokter Rivaviejo kan jou echt niet beschermen als ze je oppakken terwijl je op zoek bent naar marrons.'

Hij wist dat ze gelijk had. Bovendien had de markies na de mislukte aankoop van Kaweka de arts daarvoor verantwoordelijk gesteld, en die had op zijn beurt al zijn woede op Modesto gericht. Hij zou er hard voor gestraft worden, maar het ging wel om Regla, een vrouw die zich iedere keer dat hij naar haar keek borrelend in zijn bloed leek op te lossen. Ze was bij hem weggegaan zonder iets te zeggen. Hij was haar weer tegengekomen en was erbij toen ze de zoon van de markies liet sterven. En al wist hij dat het de bedoeling was van de medicijnvrouw in die krankzinnige kamer, en al was hij zich ervan bewust dat ze zou zorgen dat Ernesto doodging, dat ze niets zou doen om hem te redden, toch beefde hij toen hij zag dat ze door de godin bezeten was. Er liepen rillingen van genot over zijn lijf toen hij haar hoorde. Het feit dat ze een mens liet sterven kon dat niet verhinderen. Hij móést zich wel laten zien. Hij zou het nog doen al achtervolgde Rivaviejo hem met een geweer.

'Hou je mond,' zei hij tegen Rogelia, die gedwee gehoorzaamde.

Ze wilde Modesto geen schade berokkenen. Ze begreep zijn belangstelling voor deze slavin niet, en al helemaal niet welk genot die hem zou kunnen bieden. De vrouw zag er niet aantrekkelijk uit met dat mishandelde lijf. Dat had ze kunnen vaststellen toen ze haar verzorgden. Rogelia wist hoe hartstochtelijk de emancipado was wanneer ze met elkaar sliepen. Ze kon zich niet voorstellen dat hij zich met passie aan dit broze, uitgeteerde lichaam kon geven.

Later, toen Modesto al naar de bergen was vertrokken en hij Rivaviejo had wijsgemaakt dat mensen van een van de plantages van Quiebra Hacha, dicht bij zee, hem hadden gevraagd bij een zieke te komen en dat de arts daarvoor goed geld zou ontvangen, zag Rogelia af van haar idee om de gevluchte slavin aan te geven. Het enige wat ze daarmee zou bereiken was dat Modesto te grazen werd genomen. En zijzelf trouwens ongetwijfeld ook. Die avond, toen ze de onregelmatige ademhaling van Kaweka in het kamertje naast haar hoorde, overwoog ze om haar te vermoorden. 'Ze is gestorven,' zou ze alleen maar tegen de emancipado hoeven te zeggen. Het was een mogelijkheid die vorm begon te krijgen. De slavin was ziek, gewond. Modesto zou haar, Rogelia, kunnen verdenken, maar hij zou het nooit zeker weten. Hij zou nooit kunnen aantonen dat zij haar had vermoord. Ze zou hem weten te overtuigen en dan zouden ze zich met elkaar verzoenen. De vrouw ombrengen was de eenvoudigste oplossing voor al haar problemen.

Rogelia stond op. De kaars die ze droeg verlichtte het bed waar de vrouw ineengekruld op lag te slapen. Ze zette hem op de suikerkist en boog zich over de zieke, die nog steeds onrustig was door de hoge koorts. Rogelia klemde haar handen om de hals, in de veronderstelling dat de dood meteen zou intreden. Ze zette meer druk, maar de halsspieren spanden zich aan. Rogelia schudde haar hoofd. Geheel verrast, alsof het onmogelijk was wat er gebeurde, gebruikte ze nog meer kracht, maar het resultaat was hetzelfde: om de een of andere reden kreeg ze haar vingers niet in het vlees gedrukt. Zo bleef het doorgaan, terwijl Kaweka's ogen nog gesloten waren en haar onregelmatige ademhaling steeds luidruchtiger werd.

'Wat...!'

Haar uitroep werd afgekapt door een plotselinge kreet uit de halfgesloten lippen van de vrouw op het bed. Rogelia liet los en keek naar het gewonde, zieke lichaam. Kaweka was nog steeds suf, bewusteloos, maar haar ademhaling bestond nu uit een reeks vreemde kreten. De doodsbange vroedvrouw haastte zich de kaars te pakken en liep vliegensvlug naar haar slaapkamer.

De volgende ochtend bracht Rogelia de vrouw ontbijt: water, een stuk banaan en wat mango. Na haar mislukte poging van de vorige avond scheen alles haar vreemd toe, alsof het haar huis niet was: het kamertje, de omgekeerde suikerkist, het bed, de jonge vrouw die erop lag. Die had nog steeds koorts, en Rogelia verfriste haar gezicht en dwong haar te eten. Heel even dacht ze dat Kaweka onwetend was van het gebeurde van de avond ervoor, maar de glazige blik van de vrouw drong diep in haar binnenste, hij ging in haar ingewanden tekeer als een parasiet. De vroedvrouw werd doodsbang. Daarom zorgde ze de hele dag voor de vrouw, en ook de dag erna en die daarna, zonder dat ze meer woorden met haar wisselde dan de strikt noodzakelijke.

Op een ochtend, toen Kaweka enigszins opgeknapt wakker werd, stak Rogelio haar hand uit om haar te helpen opstaan.

'Kom,' zei ze, 'ik wil niet langer voor je zorgen. Je moet hier weg. Dit is mijn huis, ik wil jou hier niet hebben. Trouwens, wanneer je wordt aangehouden, ben jij degene die Modesto heeft verraden. Ik wil niet degene zijn die bepaalt wat zijn lot wordt.'

'Ik was niet van plan hem van je af te pakken,' zei Kaweka, die desondanks overeind ging zitten.

Ze vroeg zich af of het wel helemaal waar was wat die vrouw net had gezegd. Hoewel ze het Modesto niet kon verwijten, bleef het haar nog steeds dwarszitten dat hij haar niet naar de bergen gevolgd was. Maar nu had hij haar leven gered, haar beschermd en was hij op pad gegaan om haar dochter te zoeken, en misschien kwam hij wel met Yesa terug. En wat zou zij dan doen? Zou ze opnieuw bij hem weggaan? Ze was niet bij machte wijs te worden uit die kluwen van tegenstrijdige gevoelens. Alles wat ze met Modesto had beleefd, zelfs de nooit vervulde verlangens en de uiteengespatte fantasieën, maakte dat ze zich opnieuw overgaf aan dromerijen, terwijl ze tegelijkertijd niet weer teleurgesteld wilde worden. De goden leidden haar en zij aanvaardde dat. Ze had zelfs van haar dochter afgezien om haar strijd te kunnen voeren! En nu was Modesto haar dochter gaan zoeken... Ze ontspande zich op het bed en bande de emoties en gevoelens uit haar hoofd. Yemayá zou beslissen.

'Het gaat er niet om wat jij van plan bent,' onderbrak Rogelia haar gedachten. 'De vraag is altijd wat zij willen, niet wat wij vrouwen willen. En als een man iets wil, is het omdat hij iets ziet. Als je het uit zijn zicht haalt vergeet hij het, net als een ezel.'

Na deze korte woordenwisseling hielp de vroedvrouw Kaweka opstaan, die pijn voelde bij de bewegingen die ze maakte, en ze liepen langzaam naar de deur aan de straatkant.

'Hoe kom ik nou te weten of Modesto terug is gekomen met mijn dochter?' vroeg Kaweka, die na dagen binnen te hebben gezeten met haar ogen knipperde tegen de zon, die boven de drukte van de stad scheen.

Ze had zich het huis uit laten leiden. Waarschijnlijk had ze langer het bed moeten houden en was ze niet opgewassen tegen een vijandige omgeving. Ze leed nog steeds onder de gevolgen van de mishandeling op de plantage, maar ze wist dat deze vrouw in staat was haar kwaad te doen. Als ze het één keer had geprobeerd, zou ze het opnieuw kunnen proberen, en dan zouden de goden misschien aan het feesten zijn en het niet kunnen verhinderen.

'Ik denk dat ik tegen hem zeg dat je ontsnapt bent,' hoorde ze de vroedvrouw zeggen.

'Dat gelooft hij niet.'

'Ik zeg gewoon dat toen ik terugkwam van mijn werk, jij er niet meer was. Dat moet hij wel geloven,' zei de vrouw schouderophalend. 'Kijk eens goed om je heen, je komt de straat nog niet eens over,' voorspelde ze. 'Wat kan jou dat meisje schelen als je toch weer op La Merced terechtkomt? Het is beter dat ze niet terugkomt.' Kaweka maakte weer dezelfde vreemde geluiden als op die ene avond. 'Goed,' gaf de vroedvrouw toe, 'op de dag dat Modesto met je dochter aankomt, zal ik een rode doek voor het raam van het kamertje hangen waar je hebt gelegen.' Alsof daarmee alles afgehandeld was, liep Rogelia een stukje voor het punt waar de calzada del Monte zich vertakte bij Kaweka weg. 'Ik wil je niet meer zien.' Haar stem klonk angstig. 'Je hebt geesten naar mijn huis gebracht en ik moet het nu reinigen. Er zit iets pervers in jou.'

Kaweka liet een vermoeide grimas zien en draaide zich toen om, om de drukke stad in te gaan. Ze bevond zich op een van de hoofdwegen tussen een menigte heen en weer lopende mensen, karren en grote wagens, mensen op muildieren, te paard, in koetsen... Er liepen dieren, straatverkopers die van alles hadden: tabak, fruit, suikergoed, groente, gevogelte, eieren, honing... Ze streden om de aandacht van de mensen en prezen hun producten met luide stem aan. De gaanderijen langs de straat vormden een aaneenschakeling van winkels en werkplaatsen. Door het geschreeuw, de drukte en de gejaagde sfeer raakte ze nog meer vermoeid, waardoor ze weer voelde dat ze nog te zwak was om niet door het leven van alledag te worden verzwolgen. Ze zocht steun tegen een gevel, zodat de voorbijgangers niet voor haar opzij hoefden te gaan. En hoewel ze daardoor rustiger werd, wekte ze nu wel de nieuwsgierigheid van de mensen: een zwarte vrouw die tegen een muur geleund stond, die niets deed, niets verkocht, met niemand sprak. Sommigen stonden haar al aan te staren. Kaweka sloeg haar ogen neer toen er een blanke vrouw voorbijliep, een bakkersvrouw met een mand op het hoofd die minachtend naar haar keek. Ze dwong zichzelf haar onderdanige houding te laten varen en hief haar gezicht op, maar toen merkte ze dat de vrouw naar haar voeten keek. Zoals Modesto al had gewaarschuwd zouden de nog niet genezen wonden rond haar enkels – de onuitwisbare tekens dat het lopen haar gedurende lange tijd was bemoeilijkt door voetboeien – opvallen en verraden wat ze was.

'Zeg, negerin...' begon de bakkersvrouw.

Half steunend tegen de muur probeerde Kaweka van de vrouw weg te lopen. Haar snelle bewegingen maakten haar misselijk.

'Hé, jij! Ik heb het tegen jou!' De vrouw wilde haar tegenhouden, maar dat ging heel onhandig door de mand die ze op haar hoofd droeg.

Haar geroep trok de aandacht. De meeste mensen liepen gewoon door, maar een aantal kwam nieuwsgierig toe lopen. Kaweka leunde met haar rug tegen de muur, een groepje mensen om zich heen.

'Die is gevlucht,' hoorde ze zeggen.

'Roep bewaking!'

'Hou haar vast.'

De mensen grepen haar bij de hand. Tegen deze overmacht gaf Kaweka zich over: ze zou weer worden opgepakt.

'Ik zei toch dat je niet naar buiten mocht!' hoorde ze ineens iemand zeggen.

Dat begreep ze niet. De mensen verdrongen zich om haar heen, en toen zag ze hem: een zwarte jongen, zestien jaar misschien, die haar krachtig en met grote beslistheid meetrok. Kaweka wankelde en deed haar uiterste best niet te vallen.

'Het is een gevluchte slavin,' zei een van de omstanders.

'Nee, dat is ze niet.'

Die opmerking kwam van twee andere zwarte jongens die, net als de eerste, opeens tevoorschijn kwamen en zich tussen Kaweka en de omstanders opstelden.

'Ze is helemaal nergens vandaan gevlucht,' zei een van de twee.

'Wij hebben haar vrijgekocht.'

Samen duwden ze Kaweka vooruit.

'Laat de papieren zien!' vroeg een man op gebiedende toon.

'Een momentje, meneer,' zei een van de jongens toen ze zich al een aantal meter van de groep verwijderd hadden.

Ze hielden haar tussen hen drieën in, tilden haar op, gingen er vliegensvlug met haar vandoor en lieten de opmerkingen van de blanken achter zich, die geen zin hadden een slavin achterna te rennen of zich er al te druk om te maken.

Osvaldo verstopte haar op de binnenplaats achter de taveerne, tussen dekens, onder het blikken dak waar hij met zijn gezin sliep. 'Ga hier niet rondlopen,' verzocht hij haar. Kaweka had de jongens gevraagd haar daarnaartoe te brengen toen ze onderweg, even voorbij de Chávez-brug, halt hadden gehouden.

‘Naar de taveerne van de Catalaan,’ had ze gezegd.

‘Maar bijna alle taveernes in de stad zijn van Catalanen,’ was hun reactie.

‘De taveerne vlak bij het slachthuis.’

‘Ah, ik weet al welke je bedoelt! Dat is hier vlakbij…’

Het was overduidelijk dat ze een gevluchte slavin was, zeiden ze onderweg. Daarom hielpen ze haar.

‘En om de blanken te pesten,’ voegde de jongste eraan toe.

Kaweka deed haar best met hen mee te lachen. Een van hen was vrij; de andere twee niet. In hun opmerkingen en houding voelde ze dezelfde spirit die ze tijdens haar eerdere verblijf in de stad had opgemerkt. Hier waren meer mensen die vrij wilden zijn en veel mensen konden elkaar daarbij helpen. Aan dit soort jongeren had Kaweka gerefereerd op de avond dat ze erachter kwam dat Osvaldo de marron uit de stad, Licinia, en haar twee kleine kinderen hielp. Ondanks de pijn en de misselijkheid die ze voelde na de tocht over straat kreeg ze hoop. Ze ademde diep de enigszins koele lucht van de eerste oktoberdagen in. Ze moest doorgaan met haar werk, en daarbij zou ze genieten van Yesa’s nabijheid… En misschien ook wel van die van Modesto. De eerste keer had ze haar moeten achterlaten vanwege de ziekte waarmee de godin haar had gestraft. Nu zou dat niet nodig zijn: ze kende de weg en zou er niet van afdwalen. Het was een weg die ze zou lopen samen met haar dochter, die bij haar zou opgroeien, die naast haar zou slapen, die ze zou liefkozen. Op La Merced was ze bang geweest dat dat nooit meer zou gebeuren. En wat Modesto betreft… Wat bleek het eenvoudig te zijn om je gewoon door de omstandigheden te laten leiden!

‘Waarom huil je?’ vroeg een van de jongens.

Kaweka perste haar lippen op elkaar.

‘Om jullie,’ zei ze uiteindelijk.

Achter in de taveerne nam ze afscheid van hen en liet ze haar lege handen zien. Ze had niets om hen voor hun hulp te bedanken. Een van de jongens kwam naar haar toe en legde tot haar verbazing een witte kraal in haar ene hand.

‘Van de bakkersvrouw,’ zei hij met een knipoog.

Kaweka hield hem stevig vast terwijl ze hen zag weglopen, vrolijk en onbezorgd. De tranen stroomden weer over haar wangen. Je huilt te veel de laatste tijd, verweet ze zichzelf, je lijkt wel een oude vrouw. Toen bekeek ze de kraal. Ze miste nu nog maar zes witte en zeven blauwe kralen om de kralenketting van Yemayá compleet te maken die op het dode lichaam van de zoon van de markies was blijven liggen en die zijn moeder had vastgegrepen terwijl ze haar sloeg.

Die avond, toen de Catalaan de zaak had gesloten, Osvaldo van mening was dat ze geen risico liepen en Kaweka zich ontspannener voelde omdat ze de hele dag onder de dekens had geslapen, deed ze zich tegoed aan een boordevolle kom kruimelvlees. Op de suikerplantage was het eten dag na dag, jaar na jaar hetzelfde. Voor haar was eten niet meer dan voldoen aan een behoefte, maar dit at ze met smaak, met plezier. Ze had de smaak van knoflook en ui gemist, van zure sinaasappel en van de scherpe saus die de overheersende smaak van het orgaanvlees verdoezelde waarmee de kok het gerecht had bereid. Het herinnerde haar aan de tijd dat ze vol verwachtingen had geleefd, totdat Rivaviejo alles kapot had gemaakt toen hij haar in de bewaarplaats van marrons had herkend.

'Het volk is in opstand gekomen,' zei Osvaldo ineens toen ze haar laatste hap nam, alsof hij haar niet met het bericht had willen overvallen zolang ze aan het eten was. 'In het oostelijke deel van Cuba.'

Kaweka draaide haar hoofd langzaam naar hem toe. Het was lang geleden dat er berichten over opstanden waren.

'De slaven, bedoel je?' wilde ze weten.

'Bazen en slaven samen...'

'Samen?' vroeg Kaweka verbaasd. 'Bazen en slaven, blanken en zwarten zij aan zij? Hoe kan dat nou?'

'Ze willen allemaal onafhankelijk van Spanje worden. Er wordt gezegd dat de plantagehouders hun slaven de vrijheid hebben gegeven, dat ze met hen het opstandelingenleger in gaan.'

'Die oorlog kan ons toch niks schelen?'

'Jawel, want om zich van Spanje te kunnen afscheiden hebben ze ons nodig als soldaten, en daarom geven ze ons de vrijheid. Bovendien hebben ze ook de hulp van andere landen nodig, en die krijgen ze alleen als de slavernij wordt afgeschaft.'

'Laten ze alle slaven vrij?'

'Dat weten we niet. Dit is nog maar een paar dagen geleden gebeurd, en het nieuws is wat tegenstrijdig, maar heeft zich snel verspreid. Een zekere Céspedes is generaal geworden en leidt de opstand. Hier in Havana en in Matanzas, in heel het westelijke deel van het eiland, is niets gebeurd. De landeigenaren hebben zich niet bij de opstand aangesloten en de militairen ook niet. Maar daar wel, schijnt het. De bewaking is opgevoerd, maar er zijn al slaven naar het oostelijke departement gevlucht.' Beiden zwegen een tijdje. 'Wat ben je van plan te gaan doen?' vroeg Osvaldo uiteindelijk.

'Met hen meevechten,' zei Kaweka met schitterende ogen, 'maar ik moet wachten tot ik mijn dochter terug heb. Dat kan niet lang meer duren.' Ze probeerde uit te rekenen hoeveel dagen er waren verlopen sinds Modesto was weggegaan, maar ze wist dat eigenlijk niet precies. De emancipado had verteld dat Rivaviejo ook in dat gebied werkte, al had hij ook gezegd dat hij zijn reis met zorg zou voorbereiden, zodat de arts geen argwaan ging koesteren.

Een oorlog waarin eigenaren hun slaven in vrijheid stelden om ze samen met hen te laten vechten, dacht Kaweka verheugd. Alweer een kans die de goden haar gaven om haar voor haar mensen te laten vechten, en deze keer misschien met haar dochter bij zich... En Modesto misschien ook, als ze hem ervan kon overtuigen dat hij Havana moest vergeten, de stad die hem gegijzeld hield. Ze stelde zich het ontgoochelde gezicht van Rogelia voor als Modesto uiteindelijk zou besluiten haar achterna te gaan. 'Ik was niet van plan hem van je af te pakken,' had ze gezegd. Dat was gelogen: ze droomde ervan haar leven weer op te pakken zonder van de strijd noch van de liefde af te zien, maar de dagen gingen voorbij en nooit hing er een rode doek voor het raam van de vroedvrouw. Osvaldo stuurde zijn kinderen ernaartoe om te kijken.

Op een dag kwam hij met een zieke vrouw aanzetten op de binnenplaats. Hij verontschuldigde zich met een wanhopige grimas. Kaweka eiste een geheimhouding die hij niet kon waarmaken. Kort daarna kwamen er nog meer zieken, en Rogelia hing maar geen rode doek op. Uiteindelijk kwam de Catalaan erachter. Osvaldo smeekte hem niets te zeggen. 'Je krijgt nog een paar dagen, dan geef ik die vrouw aan,' zei Joan, maar hij voerde zijn dreigement niet uit omdat hij geld ging vragen van de mensen die voor de medicijnvrouw kwamen.

Op een avond liep de groep arbeiders weer voor de taveerne langs.

Ze keerden van de haven terug naar de bewaarplaats voor marrons. Porfirio, het hoofd van de ploeg, de man die het genot van pijn kende dat Kaweka hem tijdens die nacht had bezorgd, greep een van de slaven bij de arm en verwijderde zich met hem van de groep.

'Laat hem niet ontsnappen,' waarschuwde de bewaker, wijzend naar de man de Porfirio bij zich had.

'Geen zorgen. We komen zo thuis,' grapte hij.

Ze liepen de taveerne binnen, waar Porfirio rum bestelde, en gevolgd door de andere man liep hij door naar de binnenplaats.

'Ik hoorde dat je terug was,' was zijn begroeting aan Kaweka.

'Niet voor lang,' antwoordde ze. 'Zodra mijn dochter terug is...'

Kaweka keek langs Porfirio heen in een poging de andere man te zien, die zich achter hem verschool.

'Jawel,' zei Porfirio, 'hij komt uit jouw nederzetting.'

'Ken je me nog? Ik ben Jesús,' sprak de man, terwijl hij een paar stappen naar voren deed.

Ondanks zijn toestand en de vodden waarin hij gehuld ging herkende Kaweka hem toch als een van de knechten van Felipe. Er gleed een koude rilling over haar lijf.

'Vertel haar eens wat je weet,' zei Porfirio.

De man beet op zijn lippen en schudde zijn hoofd voor hij aan zijn verhaal begon. Enkele maanden nadat Kaweka was weggegaan hadden slavenjagers de nederzetting in de bergen van El Rosario gevonden en met de grond gelijkgemaakt. Een paar slaven hadden de honden om de tuin weten te leiden en waren ontsnapt. Niet veel, dacht hij, al wist hij dat niet zeker. Veel waren doodgeslagen en een aantal, onder wie hijzelf, was gevangengenomen. Tot dat moment had Kaweka geloofd dat de godin haar nog steeds geruststelde over haar dochter, maar er was de laatste tijd zoveel gebeurd dat ze haar aanwijzingen heel goed verkeerd kon hebben geïnterpreteerd. Haar maag kneep zich samen van angst en ze hoopte dat Jesús nog meer zou vertellen, maar dat deed hij niet.

'En mijn dochter?' vroeg ze met trillende stem.

'Dat weet ik niet.' De man zuchtte. 'Ze was niet bij de groep die hier naar de bewaarplaats werd gebracht. We hebben het er wel over gehad hoe het deze en gene is vergaan, maar niemand wist iets over jouw kind. Ze kan samen met een volwassene ontsnapt zijn. Maar het is ook mogelijk dat ze later is opgepakt en overgeleverd, of daar ergens is verkocht. Een meisje zonder papieren… Honden blijven altijd zoeken.'

Jesús noemde niet de laatste mogelijkheid, die zowel Osvaldo en zijn vrouw als Porfirio door het hoofd speelde: dat het meisje dood was, dat mensen haar tijdens het vluchten hadden achtergelaten, dat een van die woeste, krankzinnige waakhonden haar had verscheurd.

Anders dan de meeste keren dat de godin bezit van haar nam of met haar communiceerde, was Yemayá nu niet gewelddadig: ze gleed netjes bij Kaweka naar binnen en ontwarde zorgzaam de knopen die zich daar hadden gevormd en die Kaweka zo kwelden omdat ze niet wist hoe het met haar kleintje was afgelopen.

'Ze leeft,' zei ze gedecideerd.

De andere vier namen dit van haar aan.

'Weet je van de opstand in het oosten?' vroeg Porfirio, om van onderwerp te veranderen. 'We vluchten vanavond, om ons bij de rebellen aan te sluiten,' vertelde hij, toen Kaweka knikte. Er verliepen een paar tellen. 'Ga je met ons mee?' vroeg hij daarna.

'Waarom vraag je mij erbij?'

Porfirio wist een wellustig glimlachje niet helemaal te onderdrukken.

'We zullen medicijnvrouwen als jou nodig hebben,' zei hij.

Kaweka overwoog niet om mee te gaan. Ze trok niet in twijfel dat de slavenjagers de nederzetting hadden aangevallen, want Jesús had geen enkele reden om daarover te liegen. Hij ging met Porfirio om, en die vertrouwde zij. Maar misschien was haar meisje gered en bevond ze zich in een andere nederzetting, of op een van de honderden riet-, tabaks- of koffieplantages of veeboerderijen in het gebied. Ze moest haar gaan zoeken.

'Dat zal je niet lukken,' zei Porfirio, die haar gedachten raadde.

'Toch moet ik het proberen.'

'Je weet heel goed, Kaweka,' mengde Osvaldo zich in het gesprek, 'dat slaven kunnen vluchten en zich in de bergen of moerassen schuil kunnen houden, en toch nog worden achtervolgd en gepakt door slavenjagers. Buiten de grote steden kan niemand dagen achtereen van plek naar plek gaan zonder te worden opgepakt. Je kunt niet van hot naar haar gaan om je kind te zoeken.'

Hij had gelijk.

'En Eluma?' vroeg ze aan Jesús, alsof ze haar dilemma uit de weg wilde gaan.

De knecht schudde zijn hoofd.

'Hij was een van de eersten die omkwamen.'

Kaweka dacht aan de oude babalawo en haalde diep adem, alsof ze een deel van zijn ziel wilde opnemen die nog moest rondzwerven. Hij zou Yesa beschermen. De herinnering aan de babalawo maakte haar rustig. Het was echt zinloos om op zoek te gaan naar haar kind, en nu al helemaal, nu de bewaking werd opgevoerd omdat op een deel van het eiland de oorlog begon. Als Yesa niet dood was, wat zij geloofde en wat de goden hadden gezegd, dan hadden ze haar net zo goed verkocht kunnen hebben om in een huis te leren dienen... Ze zou overal kunnen zijn, in welke plaats ook, en Kaweka zou niet weten waar ze haar zoektocht moest beginnen.

'Ze zou zelfs in het oostelijk departement kunnen zijn, waar nu de opstand is,' probeerde Porfirio haar op te monteren. Hij ging ervan uit dat ze nog steeds nadacht over wat er met haar dochter gebeurd was. 'Als de goden waar je in gelooft willen dat jullie herenigd worden, dan zullen ze daarvoor zorgen.'

'Maar ik moet vechten om haar te vinden...'

Ze zweeg. Vechten, had ze gezegd. Ze kon niet weer een vergissing begaan. Haar oorlog was bedoeld om de zwarten in het oosten van het eiland te bevrijden. Ze wist niet waar Yesa was. Als de goden haar eens naar het oosten stuurden?

'Nou, wat doe je?' drong Porfirio aan.

'Hè?' Kaweka was nog aan het wikken en wegen.

'Ga je met ons mee of niet?'

Ze luisterde niet. Modesto moest in dat gebied zijn geweest. Hij had beloofd dat te doen en misschien wist hij meer. Jesús had zich hoogstwaarschijnlijk niet om Yesa bekommerd. Niemand had zich tijdens de aanval van de slavenjagers en hun honden om haar bekommerd, iedereen was ongetwijfeld bezig geweest zijn eigen hachje te redden. De weggeslopen slaaf zou dus niet veel weten over hoe het de anderen vergaan was. Maar Modesto was naar haar op zoek, naar een meisje van die nederzetting. En als ze nou nieuws kreeg over Yesa of als ze zelfs gevonden was? Stel dat ze besloot met Porfirio mee te gaan en dat de emancipado terugkwam met haar kind?

'Kaweka!'

'Wat?'

'Of je meegaat!'

'Hoe laat gaan jullie?'

'Middernacht.'

Kaweka knikte nadenkend.

'Maar als ik om middernacht niet voor de bewaarplaats sta, moeten jullie niet op me wachten,' besloot ze.

Toen het donker werd vroeg Kaweka aan Osvaldo om met haar mee te gaan naar het huis van Rogelia. Ze liepen steeds in het duister. De enige verlichting werd gevormd door lampen in sommige portieken, zodat het niet al te moeilijk was om in het donker te blijven lopen tot ze het huisje zagen achter de calzada del Monte, waar nog steeds geen rode doek te bekennen was.

'Dat zeiden de kinderen toch al,' zei de kok, die zich slecht op zijn gemak voelde omdat hij op dat tijdstip zonder toestemming buiten de taveerne was.

Overal was het stil.

'Kom, we gaan!' zei Osvaldo.

Kaweka zuchtte. Ze wist niet of het zin had hier nog langer te wachten. Ze wilde zich net omdraaien toen de stilte in het straatje verbroken werd door gelach.

'Nee,' zei Osvaldo, die Kaweka's reactie voorzag.

'En als dat wijf me een loer draait?'

Osvaldo had daar geen antwoord op en hij keek ineengedoken toe hoe ze naar de deur van het huis liep. In de woning was het zwakke schijnsel van een lamp te zien. Kaweka ging bij het raam staan. Osvaldo bleef achter en keek voortdurend rond. Er waren in de woning nu ook stemmen te horen. Door een kier van het luik kon Kaweka naar binnen kijken. Modesto zat aan een tafel, hij dronk rum terwijl Rogelia in een teil haar vroedvrouwgerei aan het schoonmaken was en mogelijk net van een bevalling terugkwam.

Ondanks de protesten van Osvaldo opende Kaweka de deur. Modesto toonde zich verbaasd toen hij haar zag, maar Rogelia klakte onbeschoft met haar tong en ging meteen verder met het schoonmaken van haar spullen in de teil.

'Wat doe je hier?' vroeg de emancipado met dubbele tong.

Kaweka keek naar de bijna lege fles rum.

'Wat ik hier doe? Wachten tot je me wat over mijn dochter gaat vertellen.'

'Maar Rogelia zei... Ze zei dat je weggelopen was.'

'Dat zei ze tegen me,' zei de vroedvrouw bijna zonder op te kijken. 'Dat ze wegging.'

'Denk jij dat ik zou weglopen zonder dat ik iets over mijn kind wist?' vroeg Kaweka verwijtend, met stemverheffing.

Modesto sloeg het glas in één keer achterover en er ontglipte hem een boer voor hij antwoord gaf.

'Geen idee. Het zou niet de eerste keer zijn dat je ervandoor ging zonder iets te zeggen. Zelfs al had iemand je een heel goed aanbod gedaan,' zei hij hardvochtig terwijl hij zich opnieuw inschonk.

Kaweka stond als verlamd. Ze wilde met hem praten. Ze begon te stamelen. Maar daarvoor was ze niet hier.

'Weet je iets over mijn dochter?' vroeg ze uiteindelijk.

'Nee. Niemand wist iets. De nederzetting was door slavenjagers aangevallen...' legde Modesto uit, die niet wist dat Kaweka daar dankzij Jesús al van op de hoogte was.

'Ben je er geweest?' wilde ze weten.

'Nee. Dat was onmogelijk. Je weet dat er heel wat nederzettingen en solitaire marrons zijn daar...' Hij zweeg even, alsof hij een droge mond had. 'Ik ben wel tot de bergen van El Rosario gekomen, maar niemand wilde met me mee naar de nederzetting, áls iemand al echt wist waar die zich precies bevond. Hoe dan ook, iedereen zei hetzelfde: de slavenjagers hebben de nederzetting verwoest, en niemand wist iets van een klein meisje. Ik heb wel gevraagd...'

'Als er zoveel nederzettingen zijn in de bergen, hoe weet je dan dat het mijn nederzetting was die ze hebben aangevallen?'

'Omdat veel mensen zich jou wel herinnerden als ik ernaar vroeg: de medicijnvrouw.'

'Maar ben je dan niet op zoek gegaan naar marrons die je meer konden vertellen? Daar in de bergen zijn grote koffieplantages en ook kleine suikerplantages. Misschien was mijn dochter daar wel ergens.'

'Ik ben zelfs op zoek gegaan naar slavenjagers, maar het eindigde ermee dat ze mij begonnen te ondervragen in plaats van dat ze mijn vragen beantwoordden. Ik moest me voor hen verbergen.'

'Verbergen?'

'Zo is het wel genoeg!' Rogelia richtte zich in haar volle lengte op en ging voor Kaweka staan. 'Laat hem met rust. Waarom gaat de vader dat kind eigenlijk niet zoeken? Het meest logisch zou zijn dat de vader het kind heeft meegenomen. Was hij daar? Ga jij hem dan zelf zoeken! Hem en dat kind, als het tenminste niet dood is.'

'Ophouden!' Modesto sloeg met zijn vuist op tafel.

Zou het zin hebben om nu te zeggen dat Modesto de vader was, vroeg Kaweka zich af, na de woorden van de vroedvrouw. Ze kwam tot de conclusie dat Rogelia haar naar alle waarschijnlijkheid zou uitlachen en zou zeggen dat het een grove smoes was die haar mooi uitkwam. Modesto was dronken, misschien niet zo erg dat het niet tot hem doordrong, maar de rum was van Rogelia, zoals dit haar huis was, haar tafel, haar glas... Kaweka voelde zich ontheemd en totaal misplaatst, iemand die compleet onwelkom was. En ze keurde haar besluit van jaren geleden nu af om Modesto niet te vertellen dat ze zwanger was toen Gabino met de boodschap over Modesto gekomen was.

'Deze man,' vervolgde Rogelia, naar Modesto wijzend en gebruikmakend van Kaweka's aarzeling, 'heeft al genoeg voor je gedaan, om te beginnen jou de vrijheid aangeboden, op zijn kosten.' Dat had Modesto haar toevertrouwd toen ze hem had voorgelogen dat Kaweka weggelopen was uit haar huis. 'En dan ook nog je leven redden op de suikerplantage. Laat hem met rust! Loop zelf maar gevaar door je marrondochter te zoeken. Loop zelf maar zichtbaar voor iedereen door de bergen zodat iedere blanke je voor een paar peso's kan aangeven of kan laten oppakken. Laf mens!'

Bij het horen van die belediging wierp Kaweka zich op de vroedvrouw.

'Wie denk je wel dat je bent?'

Modesto kwam tussenbeide. Osvaldo, die naar binnen was gegaan om niet te worden opgemerkt door mogelijke nachtelijke patrouilles, probeerde de boel ook te sussen.

'Laat hem met rust!' schreeuwde Rogelia weer. 'Wat moet hij nog meer doen?'

Kaweka keek Modesto vragend aan, maar die haalde zijn schouders op, alsof hij de vroedvrouw gelijk gaf.

'Wees gerust,' zei Kaweka tegen hem, 'van mij zul je niets meer horen. We gaan,' zei ze tegen Osvaldo. 'Dank je wel voor alles wat je voor me hebt gedaan,' zei ze desondanks nog toen ze al bij de deur was.

'Wacht, Regla!' riep de emancipado, toen de twee de drempel al over waren.

'Loop met me mee naar de bewaarplaats,' zei Kaweka tegen Osvaldo terwijl ze in het duister van de straten van Havana verdwenen.

Kaweka keek niet om en zag niet dat Modesto een poging deed om haar achterna te gaan, en ook niet dat Rogelia dat verhinderde door haar lichaam als een onneembaar obstakel in te zetten, zeker voor een dronken man met ongerichte bewegingen.

Tot middernacht hielden ze zich schuil op de esplanade tegenover het gebouw waar Rivaviejo haar had ontdekt toen de bewaarplaats was opengesteld voor het publiek om de slaven te bekijken. Kaweka liet de gebeurtenissen van de dag de revue passeren: het bericht over de oorlog, de bevrijding van de slaven, het voorstel van Porfirio, de berichten van Jesús over de nederzetting. Haar afscheid van Modesto... Zou hij kunnen weten dat ze zich in het oostelijk departement ging aansluiten bij het opstandelingenleger? Ze had niets tegen hem gezegd. Ze had Osvaldo gewaarschuwd niets te vertellen, mocht de emancipado toevallig in de taveerne van de Catalaan komen, al wist hij evenmin dat ze daar had gewoond. Maar misschien had ze dat zelf wel gezegd toen ze lag te ijlen... Hoe dan ook drong ze er bij de kok op aan. Op het ziekbed, gedurende de dagen dat Rogelia voor haar zorgde, had ze haar lot in de handen van de goden gelegd wat betreft haar relatie met Modesto, en nu had ze hem dronken teruggevonden in het huis van die vrouw.

Kaweka huiverde. Opnieuw ging ze bij hem weg zonder iets te zeggen en Modesto had haar dat ook recht in het gezicht gezegd, al was dat verwijt in rum gedrenkt: het was niet de eerste keer dat ze verdween. Maar deze keer was het anders, dacht Kaweka bevend van woede. Hij had meer geloof gehecht aan de leugens van dat dikke, jaloerse wijf dan aan haar gevoelens. Hoe kon zij weggaan zonder dat ze iets over haar dochter wist? En in plaats van hem dat te kunnen voorleggen, had ze hem ondergedompeld in de alcohol aangetroffen, onverschillig over haar lot.

Yemayá was duidelijk geweest, besloot ze weer bij zichzelf. Die fluisterde haar toe dat haar meisje leefde, maar tegelijkertijd gaf ze haar een beklemmend gevoel mee dat haar maag deed ineenkrimpen. Ze zou haar niet terugkrijgen. Ze wist het. Ze kon zich naar de bergen van El Rosario haasten en doen wat ze Modesto had verweten niet te hebben gedaan, en vragen, zoeken, van koffieplantage naar veeboerderij rennen, maar ze zou haar niet vinden. Haar lot was de oorlog, de strijd tegen de afschaffing van de slavernij. Yemayá zou haar meisje beschermen. En wat Modesto betreft... Misschien had hij zich wel juist tegenover haar gedragen, maar uiteindelijk was het hem niet gelukt Yesa te vinden, en na de discussie die ze net hadden gehad bleef zijn lot daar achter, bij zijn fles rum en zijn minnares.

Kaweka ademde diep de nachtlucht in. Mama Ambrosia, die ze had aanbeden, was voor haar gestorven. Haar liefde voor de emancipado, die weer subtiel in haar was opgeleefd, was verstikt in een fles rum. Jacinto, de jongen die ze had genezen, was nog steeds slaaf, en de twee slaven die ze van hun machetes had beroofd waren afgeranseld. Ze had abortussen uitgevoerd en broeders en zusters geholpen zelfmoord te plegen. De lijken van de zwarten die aan de palmbomen hingen leken de nacht te verlichten. Hoe erg was het om een man te vergeten die al in de lucht leek uiteen te spatten zodra zij op pad ging? Haar oorlog, haar enige doel, was de vrijheid van haar mensen. Dan zou Yemayá haar haar dochter terugbrengen.

Kaweka stopte haar gedachtestroom toen de poort van de bewaarplaats opengling. Porfirio kwam tevoorschijn, in gezelschap van Jesús en nog een man, die ze niet kende.

'En de bewakers?' vroeg ze aan Osvaldo.

'Die zullen ze omgekocht hebben, zo gaat dat altijd,' zei de kok.

Die bewering bleek juist te zijn, want een van de schildwachten nam zelfs afscheid van de vluchtende slaven en keek hen na toen ze in de richting van Havana liepen.

'We gingen toch naar het oosten?' vroeg Kaweka verbaasd toen ze zich bij de drie gevoegd hadden.

'Ja, naar Bayamo,' fluisterde Porfirio. 'Een van de grote steden op Cuba. De opstandelingen hebben de stad van de Spanjaarden overgenomen en die tot hoofdstad van de nieuwe republiek uitgeroepen. Maar het is hier achthonderd kilometer vandaan. Dat zou weken lopen zijn, dan komen we nooit aan. We worden onderweg gewoon opgepakt.'

'Dus?'

Een schip, dat was de enige oplossing. Een oude brigantijn die alleen langs de kust voer. Nog diezelfde nacht werden ze in het met handelswaar volgestouwde ruim van het schip verstopt. Niemand van de bemanning toonde belangstelling voor zwarten die overgeplaatst werden, en de volgende ochtend zette de boot na de laatste stuwagewerkzaamheden koers naar de haven van Santiago de Cuba. Het kostte tien dagen om die plaats te bereiken en onderweg deden ze Nuevitas en Baracoa aan. Gedurende de reis was Kaweka voortdurend vol tegenstrijdige gevoelens. Ze had maar één keer eerder een zeereis gemaakt: in de klipper naar Cuba nadat ze in Afrika tot slavin was gemaakt. In de brigantijn aten ze en dronken ze water en hadden ze enige bewegingsvrijheid, al was die beperkt tot het ruim. Het belangrijkste was nog wel dat ze hier niet gedwongen waren de stank in te ademen van de dood van de medereizigers die tijdens de reis naar Cuba als beesten waren gestorven.

Overdag liet Kaweka Jesús verhalen over Yesa vertellen. Ze wilde weten hoe het haar meisje was vergaan nadat zij de nederzetting had verlaten om de godin te gehoorzamen. Op de melodie van Jesús' verhalen hoorde ze haar dochter weer lachen. Ze meende bijna haar te ruiken, te voelen. Maar 's nachts, wanneer ze haar ademhaling afstemde op die van haar, alsof ze hen tot een eenheid wilde smeden, werden door de deining, de krakende balken, de klotsende golven, de penetrante zoutlucht, het gebrek aan zuurstof en de duisternis de herinneringen aan Yesa verdrongen en kwamen er beelden in haar op van een ander meisje, Daye, en tot haar afschuw waren die even realistisch als die van haar dochter.

De dood. Die paar dagen dat ze had gehoopt dat haar zusje wakker zou worden kwelden haar met een kracht die haar toen, uit onschuld, uit onbevangenheid, onbekend was. De kilte van het lijk, die ze nu kende, was bij haar tijdens deze nachten op zee en deed haar beven bij de herinnering aan haar moeder, haar familie, haar land, haar geluk. Geregeld huilde ze van heimwee, van pijn. Ze huilde om haar dochter, om haar zusje, om een heel leven van slavernij.

Tussen die mentaal uitputtende ervaringen door vertelde Porfirio, de enige die wat contact had met de kapitein van het schip, die sympathiseerde met de opstand, dat de zaken goed leken te gaan voor de rebellen. Na wat eerste schermutselingen met ongunstig resultaat hadden de opstandelingen de stad Bayamo weten in te nemen en daar forten opgetrokken. De Spanjaarden achtten de opstand onbelangrijk en het leger was niet in staat doelgericht te reageren.

Na het eerste moment van euforie waarin de vier vluchtelingen dankzij deze goede berichten deelden, vormde voor Kaweka de verklaring van de Revolutionaire Raad wat betreft de slaven een teleurstelling. De Raad, met aan het hoofd de kapitein-generaal van de opstandelingen, Céspedes, was bijeen op een landgoed dat zijn eigendom was, La Demajagua. De aanvankelijk uit zevenendertig landeigenaren bestaande Raad riep inderdaad de onafhankelijkheid van Cuba uit, maar schafte de slavernij niet af.

'Er wordt gezegd dat ze de slaven geleidelijk meer vrijheid willen geven,' zei Porfirio toen hij Kaweka's terughoudendheid opmerkte. Daarmee herhaalde hij de woorden van de kapitein.

'Maar je zei ook dat de eigenaren schadeloos zullen worden gesteld,' zei Jesús.

De vierde vluchteling, een zekere Pedro José, keek van de een naar de ander. Kaweka had hem tijdens hun reis niet meer dan een paar woorden horen zeggen.

'Ze zeggen alleen maar dat ze onze vrijheid willen,' zei ze nadrukkelijk. 'De staat koopt ons, betaalt voor ons. De slavernij wordt niet afgeschaft. We worden weer gewoon handelswaar voor die landeigenaren.'

'Klopt,' moest Porfirio erkennen. 'En dat kan zo zijn, maar veel eigenaren geven vrijwillig hun slaven meer vrijheid en ze vechten samen in het opstandelingenleger. Ze nemen allemaal gezamenlijk aan de oorlog deel! Als één volk: blanken en zwarten, zonder onderscheid tussen heer en slaaf. Die afschaffing komt er, dat lijdt geen twijfel.'

Kaweka stelde zich voor hoe dat zou zijn: dezelfde zwarten die een blanke nog niet mochten aankijken, streden schouder aan schouder met hen. Maar zo ging het in de oorlog. Iets herinnerde ze zich nog wel van de stammenoorlogen in Afrika, zoals die waarin ze haar tot slavin hadden gemaakt. Maar hier op Cuba was het anders: de blanken hadden geweren en revolvers, net als de bewakers van de suikerplantage, en paarden, en Porfirio had gehoord over kanonnen, enorme wapens. Dat vertelde hij toen hij op een avond bij haar kwam omdat hij genot zocht. Zij stilde zijn verlangen, maar hij slaagde er niet in haar nieuwsgierigheid te bevredigen. Hij wist niet meer dan wat hij had gehoord en had gezien op plaatjes en zelfs op een schilderij: galopperende paarden, legde hij uit, sabels en legers, veel soldaten, de ene groep tegenover de andere die met elkaar vochten en elkaar ombrachten. Kaweka probeerde zich een beeld te vormen, en dat beeld voegde zich bij de andere beelden die de rest van de reis bij haar bleven en monterde haar op wanneer de oude brigantijn haar aan vroeger tijden herinnerde en haar steeds verder van haar dochter verwijderde. Ze moesten voor de vrijheid vechten, dacht ze, voor mama Ambrosia en voor zichzelf, voor de miljoenen zwarten die uit Afrika gestolen waren, voor Yesa, en vooral omdat ze dan op de dag dat ze elkaar als moeder en dochter weer zagen, beiden vrij waren.

De reis mocht haar geestelijk op de proef stellen door haar heen en weer te slingeren tussen verdriet en hoop, lichamelijk brachten deze dagen een zeker herstel van de slechte conditie waarin ze uit La Merced was weggegaan. Ze rustte uit, at goed, en was dan ook opgeknapt toen ze in de haven van Santiago de Cuba van boord gingen. Ze deden dat heimelijk, in het aardedonker, maar waren slechts met hun drieën: Porfirio, Jesús en Kaweka. Pedro José werd opgepakt door een aantal zeelieden, die hem de mond snoerden en terug naar het ruim brachten. Zelfs toen ze zich op hem wierpen liet de verlegen jongen nog geen kreet horen.

'Wat doen we?' vroeg Kaweka.

'Stel die vraag niet. We moeten ervandoor voordat ze zich ook over ons bedenken.'

'Maar...'

Porfirio trok Kaweka mee. Jesús liep voor hen uit, ze verloren hem al bijna uit het oog.

'We komen nog wel voor hem terug.'

'Nee!' riep Kaweka. 'We kunnen niet gaan vechten voor de vrijheid van de slaven terwijl we iemand van ons achterlaten. We kunnen niet…'

Porfirio greep haar bij haar schouders en schudde haar door elkaar tot ze zich stilhield. Verscheidene zeemannen stonden afwachtend naar hen te kijken.

'De kapitein had de prijs van de tocht verhoogd,' fluisterde Porfirio in haar oor. 'Ik heb Pedró José aan hem moeten verkopen.'

'Schoft! Ben je gek geworden?'

'Wil je met hem ruilen?'

'Ja!'

Kaweka probeerde zich aan zijn sterke armen te ontworstelen. De zeemannen kwamen hun kant op.

'Ze pakken ons allemaal op,' zei Porfirio kalmerend, al was de kracht waarmee hij haar vasthield weinig geruststellend. 'Morgen zullen ze ons verkopen op de markt van Santiago en met het geld dat ze voor ons krijgen neuken ze de havenhoeren en bezatten ze zich, en ze lachen zich krom over drie naïeve slaven die hen vertrouwden. We kunnen hun weinig schelen, Kaweka. We zijn maar zwarten, onontwikkeld, onbeholpen, minderwaardig.'

Meteen daarop legde hij haar over zijn schouder, alsof ze een baal was, en liep hij de laadbrug af om aan land te gaan. Jesús stond daar al op hen te wachten. Zwijgend liepen ze over kaden en langs magazijnen. Ze liepen een stuk langs de baai van Santiago, tot ze uitzicht hadden op de uitlopers van de Sierra Maestra, waarvan de bergtoppen afstaken tegen het nachtelijke maanlicht.

'Die kant op kom je in het dorp El Cobre, bij de mijnen en bij het heiligdom van de Maagd van Barmhartigheid van El Cobre,' had de kapitein tegen Porfirio gezegd. 'Dat pad moet je nemen. En kijk uit. Santiago heeft zich niet bij de opstand aangesloten, maar blijft Spanje trouw en er wordt overal gepatrouilleerd. Kom pas weer tevoorschijn wanneer je in dicht struikgewas bent, waar je vast en zeker genoeg rebellen zult tegenkomen die jullie kunnen helpen om Bayamo te bereiken.'

Het kostte nog eens vijf dagen om de afstand tussen Santiago en Bayamo te overbruggen. Kaweka bleef nog een tijdlang boos over het gebeurde met Pedro José. Ze betwijfelde of de uitleg van Porfirio klopte dat de kapitein de prijs had verhoogd, want ze had toch al nooit begrepen wat die schuchtere jongen moest bij die twee sterke, voortvarende weglopers, behalve dan om als betaling te dienen voor een prijs die al overeengekomen was voor ze uit Havana vertrokken.

Maar vanwege de noodzaak om te overleven en door het vooruitzicht om mee te kunnen doen aan de opstand verdween het voorval met de jongen naar de achtergrond. Zij waren alle drie al marron geweest. Ze wisten hoe ze zich moesten redden in het bos, dat hier ook nog eens veel dichter was dan in het westelijk deel van het eiland. Porfirio en Jesús hadden machetes bij zich die ze uit de bewaarplaats voor marrons hadden gestolen. Kaweka hakte een pad door het woud met de machete die van Pedro José was geweest. Ze hadden zijn spullen aan haar gegeven: de machete, een slaapmat, wat kleding, al was dat mannenkleding, en het gepekelde eten dat ze bij zich hadden. Haar handen beefden toen ze de inhoud van de zak doorzocht. Ze had nooit iets bezeten, afgezien van haar plantagekleding en de kralenketting die ze in de kamer van de zoon van de markies had verloren. Ze bezat nu de witte kraal die de jongens haar cadeau hadden gedaan die haar op straat hadden gered, en alle bezittingen van de jongen die als betaling voor hun overtocht had gediend.

'De kapitein zal hem niet slecht behandelen.' Porfirio wilde haar geruststellen toen hij haar wroeging opmerkte. 'En we zullen hem snel zijn vrijheid teruggeven.'

Ze liepen door weelderige vegetatie, in een onophoudelijke regen die hun het voortgaan bemoeilijkte. Ze liepen in noordwestelijke richting, zoals hun was aangeduid, en zochten de bescherming van de bergketen, maar trachtten er tegelijkertijd omheen te lopen. Zoals de zeeman had gezegd kwamen ze mannen en vrouwen tegen die net als zij hiernaartoe waren gekomen om zich aan te sluiten bij de rebellentroepen. Het 'Leve vrij Cuba!' verenigde hen en uiteindelijk kwamen ze tegen de avond van de laatste dag van oktober 1868 in Bayamo aan, ongeveer twee weken nadat de troepen van Carlos Manuel de Céspedes, kapitein-generaal van de republiek, het Spaanse garnizoen van de stad tot capitulatie had gedwongen: rond de honderd man infanterie en vijfentwintig cavalerie die het, tot hoon van het vaderland, niet eens was gelukt slag te leveren.

Bayamo was een van de belangrijkste steden van het land. Er

woonden ongeveer zevenduizend zielen, van wie slechts een derde blank was. De stad had negen kerken en twee kloosters, een gemeentehuis en een gevangenis, een theater en een filharmonisch orkest, twee ziekenhuizen en twee kazernes – alles gelegen aan de oever van de rivier de Bayamo. Toen de groep waarin Kaweka reisde de stad naderde, viel haar op dat zwarten koortsachtig bezig waren met werkzaamheden aan de toegangsweg naar Bayamo: ze brachten er zware stenen naartoe, kapten bomen, zaagden die in stukken en slepen de uiteinden tot punten, om schuttingen te maken door de gepunte palen in de grond te slaan, zoals ook op nederzettingen werd gedaan. De bedoeling was om zo de Spaanse troepen de doorgang te belemmeren of in ieder geval lastig te maken.

Zweepslagen hoorde Kaweka niet, maar wel blanke voormannen en opzichters die schreeuwend bevelen gaven. Met haar voeten in de modderpoelen waarin de wegen door de regen waren veranderd, bleef Kaweka een ogenblik staan om het tafereel te overzien. Het maakte haar triest, net als altijd, want ze hoorde in de bevelen en het geschreeuw van de opzichters op de weg naar Bayamo dezelfde heerszucht die van plantageopzichters afdroop. Ze schudde haar hoofd en keek naar Porfirio, die het niet ontging wat ze bedoelde. Hij maakte een besluiteloos gebaar en wees toen naar voren, naar de stad, alsof hun daar uitgelegd zou worden wat hier gebeurde.

De groep was veel groter geworden door alle mensen die zich er in de bergen bij hadden aangesloten. Behalve Kaweka waren er nog twee vrouwen: een oude en een jonge, die elkaar kenden en bij de anderen bleven lopen. Kaweka was hen in de bergen tegengekomen en de oudste had haar meteen aan mama Ambrosia doen denken. In de andere zag ze zichzelf terug. Binnen die troep mannen die volhardend vooruit probeerden te komen in het bladerrijke woud hadden de drie elkaar geholpen. 's Nachts, en wanneer ze uitrustten, gingen ze apart zitten en konden ze met elkaar praten. Cecilia en Sabina waren als slavin geboren op een koffieplantage midden in de bergen, en waren daaruit weggevlucht. De plantage bevond zich naast een rivier en te oordelen naar hun omschrijving leek hij veel op al die kleine plantages die Kaweka in haar leven als marron was tegengekomen. Cecilia had jaren van onderworpenheid gekend, en had een rustige, geduldige kijk op het leven. In Sabina brandde een geest van roekeloze onbesuisdheid, een hang naar strijd en vrijheid, die aangewakkerd werd nu ze zich ver van bazen en opzichters bevond. De twee vulden elkaar aan, had Kaweka gedacht, alsof ze niet in staat waren dit avontuur alleen aan te gaan.

Bij de ingang van de stad werden ze tegengehouden door een gewapende blanke soldaat. Nadat hij hen had ondervraagd bracht hij hen naar het rekruteringscentrum, de kazerne van de infanterie.

'Al zullen ze jullie nu wel niet meer te woord staan,' zei hij terwijl hij zijn blik omhoogrichtte, naar de al duistere hemel. 'Maar morgen misschien ook niet, ik weet het niet. Het is morgen Allerheiligen en overmorgen Allerzielen. Feestdagen, maar in de huidige situatie...' Hij leek hiermee het gesprek als beëindigd te beschouwen, maar Kaweka en Porfirio keken vragend naar hem, wat hem leek te ergeren. Hij aarzelde om die groep zwarte, in vodden gehulde slaven te woord te staan. Na op de grond gespuugd te hebben zei hij ter toelichting: 'Soldaten kennen geen feestdagen.'

Aangezien ze niet wisten waar ze heen konden, besloten ze naar de kazerne te gaan. Ze gingen daar wel ergens slapen en inspecteerden de proviand die hun nog restte tot de volgende dag.

'Uiteraard staan ze ons te woord,' zei Porfirio terwijl ze verder liepen, 'ze hebben soldaten nodig.'

Opeens zweeg hij, slaakte een kreet en sprong verrast achteruit, zodat hij iedereen achter zich omverliep. Kaweka, die naast hem liep, deed precies hetzelfde en gilde van angst.

Drie figuren met een zwarte cape om en met een masker voor – twee witte maskers en eentje met een doodshoofd erop getekend – die grote namaakskeletten droegen waar door de openingen in de schedel het licht van een lantaarn doorheen scheen, waren plotseling uit een portiek tevoorschijn gekomen om hun schrik aan te jagen. Ze huilden alsof ze tot leven gewekte doden waren en graaiden met klauwende handen in de lucht.

Het voorval duurde maar een paar tellen, genoeg om hen te laten schrikken en hartkloppingen te bezorgen. Het gehuil van de naargeestige figuren ging over in geschater terwijl ze van hen wegliepen, op zoek naar andere mensen die ze bang konden maken.

'Vroeger deden ze dat alleen bij kleine kinderen,' zei iemand toen ze bij de poort van de kazerne aan waren gekomen en een plekje hadden gezocht bij de muren. Hij doelde op de duistere figuren die nu en dan dicht langs het gebouw liepen, met hun doodshoofden die de nacht verlichtten, hun gelach en de kreten die de stilte van de nacht verstoorden terwijl ze iedereen de stuipen op het lijf joegen. 'Dit jaar maken ze er gebruik van dat de meesten van jullie dit niet kennen en hebben ze de grootste lol.'

Alsof hij zich wilde verontschuldigen voor het gedrag van deze jongeren, die waarschijnlijk buren van hem waren, nodigde hij hen bij hem thuis uit voor maistaart, een gerecht dat aan de vooravond van Allerheiligen werd gegeten: zoute maistaart, op smaak gebracht met boter, zout, knoflook en ui; en zoete maistaart, met suiker en anijs. 'Mais van de overledenen' noemde hij het.

Hoewel het een feestdag was werden ze de volgende ochtend geholpen, en nadat ze de kazerne binnen waren gelaten en naar een kamer waren gebracht, schreef een creoolse mulat in een wit uniform aan een tafel de gegevens op van de mannen en vrouwen en gaf iedereen een taak. Hij gedroeg zich autoritair en uit de hoogte.

'En zij?' vroeg Porfirio, die wilde weten wat er met de drie vrouwen gebeurde.

Hij trok daarmee weer de aandacht van de man, die zijn werk leek te hebben beëindigd. De mulat monsterde de vrouwen van top tot teen zonder zijn arrogante houding te laten varen, alsof hun aanwezigheid hem niet eens opgevallen was. Vrouwen maakten geen deel uit van het leger.

'Wat kunnen ze?' vroeg hij niettemin.

'Zij is een goede medicijnvrouw,' zei Porfirio, wijzend naar Kaweka. 'De andere...'

'Wat kunnen jullie?' De man onderbrak Porfirio en richtte zich tot Cecilia en Sabina.

De vrouwen schudden hun hoofd.

'Jij,' zei de klerk tegen Kaweka, 'meldt je in het hospitaal van San Roque. Daar werkt de apotheker van de stad, de heer Mateo. Hij gaat over de gezondheid van het leger en besluit hierover. Jullie tweeën sluiten je aan bij de andere zwarte vrouwen en blijven bij hen en de kinderen.'

Ze liepen de kazerne uit en vroegen bij de poort aan de schildwacht de weg naar het hospitaal van San Roque en ook naar de San Francisco-kerk. Daar moesten de mannen naartoe want daar, achter de kerk, op een open terrein tussen de stad en de rivier, werden de slaventroepen ingekwartierd.

'Waar moeten de vrouwen heen die geen taak hebben gekregen?' vroeg iemand uit de groep.

De schildwacht wilde antwoorden, maar Kaweka was hem voor. Ze was niet van plan zonder haar vriendinnen te gaan.

'Laat maar,' zei ze, terwijl ze Cecilia en Sabina meetrok uit de groep mannen. 'Ze gaan met mij mee naar het hospitaal,' zei ze later tegen de anderen, toen ze al ver van de poort waren. 'Jullie als zwarte mannen hebben ze onder controle met hun papieren, maar om vrouwen lijkt niemand zich te bekommeren, wij kunnen hun weinig schelen. Ze gaan met mij mee naar het hospitaal,' zei ze nog eens.

'Maar ze weten niks van zieken...' wierp een van de mannen tegen.

'Maar ik wel.' Daarmee maakte ze een eind aan de discussie.

De vorige avond hadden ze, op weg naar de kazerne voordat ze de jongeren met dodenmaskers tegenkwamen, door bemodderde straten gelopen die bevolkt werden door cavaleristen, burgers en soldaten, blank, zwart en Chinees, maar tot ongerustheid van Kaweka ook door een eindeloze stroom zwarte vrouwen met kinderen die maar wat rondzwierven, kennelijk zonder enig doel, die niet meededen aan de maalstroom en buiten de oorlog stonden. Ze stelde zich voor wat hun zou kunnen gebeuren in een oorlogstoestand zoals ze die onderweg tegengekomen waren, en ze wilde niet dat de twee vrouwen met wie ze vriendschap had gesloten tijdens hun tocht door de Sierra Maestra overgeleverd zouden zijn aan de grillen van die pas vrijgekomen, hitsige soldaten.

Kaweka was in Havana geweest, maar nooit met voldoende vrijheid om zich onbezorgd door de stad te bewegen, en daarom werd ze nog steeds geïmponeerd door een stad als Bayamo. De twee andere vrouwen kenden alleen maar de plekken diep in de bergen van de Sierra Maestra en hooguit een armzalig gehucht van drie, vier hutten. De jonge, overdonderde Sabina stond verstomd van de eerste stad waar ze doorheen liep. Ze hoorde, merkte niet eens wat Kaweka zei, maar de oudere, ervaren Cecilia wel.

'Dank je,' zei die.

Ze gingen uiteen bij de uitgang van de kazerne, de mannen naar de ene kant, waar de Bayamo stroomde, en de vrouwen in tegengestelde richting. Ze moesten opnieuw naar het hospitaal vragen nadat ze een paar huizenblokken verderop in het centrum van de stad verdwaalden doordat ze vol verbazing waren over de imposante herenhuizen – en ook minder imposante, maar allemaal solide gebouwd van steen of metselwerk, met dakpannen erop, met traliesmeedwerk en ornamenten op balkons en gevels. Bayamo kende een rijke, lange geschiedenis. De nederzetting was in 1513 door de Spanjaarden gesticht op een indiaanse enclave en was uitgegroeid tot de tweede stad van het eiland, na Baracoa. Op de vruchtbare grond in verder bergachtig gebied bevonden zich rond de stad ongeveer dertig plantages, plus een florerende bakstenenindustrie.

Kaweka vroeg een blanke functionaris naar het hospitaal, een man in een wit uniform die een sabel op zijn heup droeg en kleurige versieringen met gouddraad op zijn jasje had. Hij was nog heel erg jong en keek van haar weg toen ze haar vraag stelde. Cecilia liet een bijna onmerkbare ergernis zien. Maar Sabina ging veel te ver naar voren en keek de militair schaamteloos in het gezicht.

'Wat sta je te kijken?' beet hij haar toe. 'Heb je niet geleerd dat je respect moet hebben voor blanken?'

Hij hief zijn hand om haar te slaan. Cecilia deed een stap achteruit en Sabina dook ineen met haar armen beschermend boven haar hoofd, maar er kwam geen klap. Ze keek uit haar ooghoeken naar boven en zag dat de hand van de man werd tegengehouden door die van Kaweka, die hem bij zijn pols vasthield. De man brieste van woede, maar Kaweka weerstond die.

'Willen jullie zo samen vechten?' vroeg ze spottend.

De jonge functionaris rukte zich met kracht los en herwon zijn gekwetste trots door hun de rug toe te keren en hooghartig verder te lopen.

'Hij heeft ons in ieder geval niet gestraft,' zei Cecilia.

'Dat had hij waarschijnlijk graag gedaan,' vermoedde Kaweka. 'Maar hij is veel te jong, net geen kind meer. Hij durfde niet. En zulke types moeten de soldaten gaan leiden?'

'Maar zelfs dan moet je niet zo brutaal doen,' zei Cecilia verwijtend tegen Sabina.

Moest ze zich echt nederig blijven opstellen tegen blanken, vroeg Kaweka zich af. Blanken en vrijgekomenen zeiden dat ze samen vochten en dat ze de slavernij wilden afschaffen, en dat zou wederzijds respect met zich mee moeten brengen. Zouden ze soms altijd inferieur blijven? Ze wilde daar net een opmerking over maken, toen ze de aanwijzingen hoorde van een man in burger, een mulat, aan wie Cecilia de weg naar het ziekenhuis had gevraagd.

'Daar,' zei hij, wijzend naar een kerk op een hoek, 'staat de kerk van de Maagd van Regla en de straat die ermee kruist is die van San Roque. Daar is het hospitaal.'

Ze liepen die kant op.

'Denk je dat ze ons in het ziekenhuis zullen toelaten, Kaweka?' vroeg Cecilia.

Kaweka mompelde iets wat van alles kon betekenen. Haar aandacht was bij de kerk waar de man naar had gewezen. Ze voelde zich erdoor aangetrokken, alsof het gebouw haar wilde opslokken. Ze werd duizelig, al voelde het niet onprettig. Het leek wel alsof een deel van haar bewustzijn was ontsnapt en de kerk in was geglipt. Ze wist dat Yemayá zich daar bevond, voor de christenen de Maagd van Regla, de naam die ze had gekregen van de dode slavin op La Merced. Ze had jaren onder die valse naam geleefd. Later had Modesto haar weer gedood; en die Regla, die zij niet was, was begraven in een leeg graf op La Merced. Zou ze zich zo blijven noemen?

'Regla.'

Dat was de naam die ze opgaf toen de verpleegster van het hospitaal ernaar vroeg. Om de een of andere reden, misschien omdat de verpleegster een oudere, rustige blanke vrouw was met netjes gekamd grijs haar dat zo contrasteerde met de slordigheid van de mensen op straat, of omdat ze een witte jas droeg in de ziekenhuisomgeving van een stad die in oorlog was, of gewoon omdat ze een ketting droeg met een kruisje eraan, besloot ze niet haar Yoruba-naam te gebruiken.

'Hier vlakbij staat de kerk van je naam, de Onze-Lieve-Vrouwe van Regla,' zei de vrouw.

Mocht ze daar naar binnen? Kaweka durfde de vraag niet te stellen omdat ze niet onnozel wilde overkomen.

'Ik weet het, mevrouw.'

Ze bevonden zich in de hal van een bescheiden stenen gebouw

van twee verdiepingen met een grote binnenplaats en plek voor veertien bedden op twee aparte zalen: een voor mannen en een voor vrouwen.

'Hoe zou je een wond verzorgen?' vroeg mevrouw Gertrudis, die had gezegd zo te heten nadat Kaweka had verteld dat ze door de kazerne waren gestuurd en brutaalweg deed alsof Cecilia en Sabina er ook bij hoorden.

'Ik weet niet veel van de medicijnen van blanken,' zei Kaweka verontschuldigend tegen de vrouw, die weinig gemeen had met de verpleegsters en ongeschoolde chirurgen die op suikerplantages werkten.

'Des te beter,' zei de vrouw tot haar verrassing. 'Ik betwijfel of we voldoende hulpmiddelen hebben voor al die mensen die zorg nodig hebben op het moment dat de Spanjaarden slag leveren. We zullen het moeten doen met wat de natuur ons geeft.'

'Was en honing,' antwoordde Kaweka, en ze zocht de instemming van Cecilia. Ze was ervan overtuigd dat die ook wel iets van geneesmiddelen wist.

'Spinnenweb,' voegde die eraan toe.

'En om bloedingen te stelpen?'

'Gekookte yamagua-boom.'

Gertrudis ging door met vragen stellen, en Kaweka sprong in op de aarzelingen van Cecilia en de onkunde van Sabina. Daarna bracht Gertrudis hen naar de apotheek om hun een aantal kruiden te laten zien. Ze waren geslaagd voor de test.

'En zij?' wilde de vrouw over Sabina weten.

'Ze hoort bij ons,' zei Kaweka, die op die manier de vraag wilde omzeilen.

De blanke en de zwarte vrouw keken elkaar aan en toen knikte de eerste, zwichtend voor Kaweka's houding. Deze medicijnvrouw interesseerde haar.

'Wanneer ze niet bij jullie is kan ze in de keuken en de wasserij helpen,' stelde de vrouw voor.

Vervolgens liet ze hun het hospitaal zien: de ziekenzalen, waar geen bozales lagen zoals zij, maar blanken en vrije mulatten.

Gertrudis raadde haar gedachten.

'Dit is het burgerziekenhuis van de stad,' legde ze uit. 'Van hieruit wordt de hulp aan het hele leger georganiseerd. Er zijn aan de rand van de stad al veldhospitalen ingericht. Jullie denken toch niet dat wij met onze veertien bedden voor die duizenden soldaten kunnen zorgen?'

Ze brachten een bezoek aan de keuken, en alle drie merkten ze dat hun meteen bij het binnenkomen het water al in de mond liep. Ze hadden honger en de keuken leek goed bevoorraad te zijn.

Een zwarte vrouw, Tomasa, was doende met een paar grote pannen die op houtskoolvuren stonden te koken.

'Kleding, onderdak en eten,' zei Gertrudis, nu de drie al genoten van wat daar bereid werd.

Ze aten op de binnenplaats, gezeten op de grond: kippensoep met kikkererwten en wat spek met ui, en terwijl Cecilia en Sabina siësta hielden om uit te buiken ging Kaweka de straat op om de korte afstand naar de kerk van Regla te overbruggen.

Zodra ze de kerk naderde voelde ze weer de aantrekkingskracht die haar in zijn greep had gehouden toen ze er die ochtend langs waren gelopen. Een plezierig soort duizeligheid die haar gewichtsloos boven de straat liet zweven. Ze voelde zich vol en ijl tegelijk. Gehoor gevend aan de roep van de kerk liep ze kordaat de houten deur door en bevond zich vervolgens in het schemerige binnenste. Ze ademde diep de geuren in die de gelovigen hadden achtergelaten, en herkende er pijn en vreugde, twijfel en zekerheid in. Daarna liep ze de middengang door terwijl ze gebiologeerd naar het kleine beeld keek dat op een retabel achter het altaar stond en beschenen werd door kaarsen.

Ze was nog nooit in een kerk geweest.

'Ben je een toegewijde van onze Maagd?'

Door de stem bleef ze aan de voet van het altaar staan. Ze wendde haar blik naar een priester die haar tegemoet was gelopen.

'Ja,' stamelde ze. 'Ik heet Regla.'

'Welkom. Wil je met me bidden?'

Kaweka gaf geen antwoord. Ze richtte haar blik weer strak op het beeld in de blauwe mantel. Yemayá en de Maagd van Regla vulden haar binnenste op harmonische wijze.

'Is er iets?' vroeg de geestelijke, nadat hij haar enkele momenten van devotie had gegund, die verstoord werden door een steeds hortender ademhaling.

Na een lichte trance keerde Kaweka tot de werkelijkheid terug. Opnieuw keek ze naar de Maagd en zonder zich tot de priester te wenden, wees ze er met een bevende vinger naar.

'Ze is zwart!' riep ze uit.

Kaweka had op de plantage prentjes gezien en zelfs wel een beeld op de plantage, maar dat waren altijd blanke Maagden geweest.

De priester lachte.

'Ja. De Maagd komt uit Afrika, net als jullie. De heilige Augustinus liet haar maken en ze kwam van Spanje, Cádiz, hier naar Cuba. Eerst naar Havana, naar Regla, en later naar andere kerken zoals deze.'

'Maar… zijn er dan Maagden in Afrika?'

'Natuurlijk! God regeert over de hele wereld. De Maagd van Regla is de beschermheilige van zeelieden, ze redt hen uit stormen…'

Kaweka luisterde niet meer, ze werd meegevoerd door een onweersbui. Yemayá nam haar bij de hand en de twee bevonden zich boven een woeste zee. Ze werden in de diepte ondergedompeld en kwamen weer naar boven, drijfnat, in de kalmte. Ze hield zich staande, en was helemaal in water veranderd.

12

Madrid, Spanje
Februari 2018

Het was koud in Madrid, maar Concepción bleef zichzelf maar koelte toewaaien. 'Mam!' zei Lita, die nerveus was, verwijtend. En Concepción hield op, om even later werktuiglijk opnieuw te beginnen, gewoon omdat ze de waaier in haar hand hield. Lita keek teder naar haar en vroeg zich opnieuw af of ze het haar wel moest vertellen. Na het ongelooflijke bericht over de vader van Concepción hadden zij en haar vriendinnen er onophoudelijk over doorgepraat, in restaurants, in het hotel, op luchthavens en in het vliegtuig. Het was telkens opnieuw onderwerp van gesprek, maar ze kwamen niet tot een bepaald besluit.

Ze moest het haar moeder vertellen, zei Lita weer tegen zichzelf, hoewel ze meteen weer bedacht dat het nu misschien niet het juiste moment was. Als het eens niet waar was? Als het niet meer dan praatjes waren van eenvoudige mensen? 'Het is hoogstwaarschijnlijk waar,' hadden ze tegen elkaar gezegd. Dan keken ze weer voor de zoveelste keer op hun telefoon naar het filmpje van Sara, die de vochtige trappen van het gebouw op liep naar het familielid van Lita: daar was weer het gangetje met gordijnen bij wijze van deur, het vertrek dat met hardboard in kamertjes verdeeld was en de schilderachtige mensen die er woonden, het gesprek met de oude man, en tot slot de verbazing op het gezicht van Lita toen die hoorde dat haar moeder een stiefzus was van don Enrique de Santadoma, markies de Santadoma en algemeen directeur van de Banca Santadoma.

Concepción waaide zichzelf weer koelte toe en glimlachte naar Lita. De hondjes lagen rustig in een hoek van de keuken.

Ongelovig had Lita hardnekkig doorgevraagd, totdat de maracasspeler boos was geworden. Zijn laatste reactie was ook opgenomen, die bits en kortaf was: 'Ik weet dat ik arm en oud ben, meisje, maar doe niet alsof ik lieg of dom ben.'

Ze sprak met haar moeder over haar reis naar Cuba, maar kon niet besluiten of ze haar moest vertellen wat oom Antonio had gezegd. Concepción, die haar spijt nooit verborg over het feit dat haar vader ervandoor was gegaan toen Margarita zwanger was, sprak altijd zonder een spoor van twijfel over een zekere José Hermoso als haar vader. Lita wist niet hoe ze het moest vertellen. Ze durfde niet!

'Herinner je je niet meer van je moeder?' vroeg ze daarom. 'Wat jammer. Antonio vertelde me over haar.'

'Natuurlijk herinner ik me veel meer van mijn moeder. Wat dacht jij dan?'

En glimlachend vertelde Concepción over haar opgewekte karakter, over hun wandelingen door Madrid en de vriendinnen van haar moeder met wie ze in parken afsprak. 'We gingen vaak naar El Retiro.' Ze vertelde over hoe ze danste, hoe knap ze was. 'Je hebt haar foto toch gezien!' Over hoe...

'Maar... heeft ze je niets nagelaten?' onderbrak Lita haar. 'Heb je nog spullen van haar?'

Het medaillon van de Maagd dat om haar hals hing. Dat kende Lita al. Ja, ze had meer nagelaten: een oude radio, die Concepción al een tijd geleden had weggedaan toen ze een nieuwe kocht, nog voor mevrouw haar de tv van hun slaapkamer cadeau gaf, en een bijbel, die op haar nachtkastje lag, al kostte het haar moeite erin te lezen, zei Concepción enigszins klagend. En een paar armbanden en een ketting. Lita had die al gezien, ze had ze zelfs weleens om gehad.

'Maar we hadden maar heel weinig spullen.'

'En persoonlijke dingen?' Lita probeerde niet al te geïnteresseerd te klinken.

'Zoals?'

'Kleren... Brieven?'

'Brieven?' vroeg Concepción verbaasd. 'Je oma kon niet lezen. Nee, die waren er volgens mij niet, dat zei ik je al. Franco stond geen betrekkingen met Cuba toe... En als ze er wel waren, dan wist ik er niets van. En kleren... Ja, natuurlijk had ze kleren, wat een rare vraag. Niet veel, maar...'

'Heb je die weggegooid?'

'Ik neem aan van wel...' Concepción zweeg opeens. 'Wacht eens!' Lita schoof op haar stoel naar voren. 'Er was een koffer. Die herinner ik me. Van hard canvas. Die zag ik in onze kamer nadat mama overleden was, op haar bed... zonder lakens of kussen, alleen een kaal matras,' vertelde ze over een beeld dat in haar heugen gegrift stond als symbool voor haar moeders dood.

'Wat is er met die koffer gebeurd?' vroeg Lita, die haar opwinding onderdrukte om het verdriet van haar moeder niet te verstoren.

'Dat weet ik niet.'

'Heb je die weggegooid?'

'Nee!' Opnieuw verraste haar moeder haar. 'Waarom zou ik die wegdoen? In dit huis is nooit iets weggegooid. De markies wilde niet dat dingen die met hem in verband stonden in onbekende handen konden komen, en al helemaal niet bij het afval! Ik heb zelf spullen naar het souterrain gebracht van personeel dat weg was gegaan. Van de koffer van mama herinner ik me niets,' zei ze met trillende stem, alsof ze een deel van haar leven naar de vergetelheid had verwezen. 'Hij moet naar het souterrain zijn gebracht, vast en zeker. Daar kwam alles terecht wat niet meer gebruikt werd. Die zal een andere bediende ernaartoe hebben gebracht, op een moment dat ik niet in staat was om ergens over te beslissen.'

'Ik moet... Ik zou die koffer graag zien,' zei Lita, die probeerde geen emotie in haar stem te laten doorklinken.

'Ik ook,' zei Concepción.

Ze vroegen zich af of ze moesten wachten tot het donker werd voor ze naar beneden gingen. Dan was de werkdag van Zenón, de conciërge van het gebouw, afgelopen en zat zijn werk als spion van de Santadoma's – want dat was hij beslist – er dus ook op, zodat hij Concepción niet kon verklikken.

'We doen niks verkeerds,' redeneerde Concepción. 'Wat maakt mij het nou uit wat hij tegen meneer en mevrouw zegt?'

'Ik weet zeker dat Zenón wél denkt dat we iets slechts doen,' zei Lita, die aan de ingebakken boosaardigheid en het wantrouwen van de man dacht. 'En ook dat wanneer hij praat met... meneer en mevrouw,' opzettelijk die aanspreekvormen gebruikend, 'hij van alles verzint om ons in een kwaad daglicht te stellen.'

Lita wist haar moeder te overtuigen en ging om de tijd te doden wat in de wijk wandelen, al vermeed ze het in de richting van de bank te gaan. Ze moest nog een afspraak maken met Stewart, die haar kort na haar aankomst in Madrid had verrast met een appje, zoals iemand zou doen die ongeduldig uitziet naar het weerzien met zijn geliefde. Ze had ook een telefoontje gemist van de persoonlijk secretaresse van don Enrique, de vrouw aan wier arm ze de vergaderzaal had verlaten op de dag dat doña Claudia haar zo had vernederd. De secretaresse had uiteindelijk een beleefd, vriendelijk bericht ingesproken waarin ze meedeelde dat de algemeen directeur van de Banca Santadoma haar graag wilde spreken. Twee verplichtingen die ze uitstelde tot de volgende dag.

Wie ze wel zag was Pablo, direct nadat ze in Madrid waren aangekomen. Hij stond op het vliegveld op hen te wachten. Sara en Elena kenden hem niet. Lita was bang dat ze zich op hem zouden storten en allerlei vragen zouden stellen. Maar haar vriendinnen gedroegen zich netjes en boden alleen aan iets te komen drinken bij hen thuis. Nee, ze wilden niets drinken, hadden ze zich verontschuldigd, en ze waren naar Pablo's appartement gegaan.

'Die Cubanen schijnen heel vurig te zijn,' zei Pablo onderweg in de taxi provocerend.

'Klopt,' spotte Lita, en ze kuste hem op zijn mond. 'Je zult je van je beste kant moeten laten zien.'

Pablo streelde haar tussen haar benen, terwijl hij in de achteruitkijkspiegel keek of de chauffeur soms oplette. Ze voelde zijn vingers over haar kleren heen, zacht en oppervlakkig, maar ze huiverde alsof ze een elektrische lading over zich heen kreeg. Ze wachtten niet tot ze in zijn appartement in de calle Ibiza waren: ze kusten elkaar in de lift, snoven elkaars geur op, proefden elkaar, en haar koffer klapte tegen het kozijn van zijn voordeur.

In de deuropening trok hij haar jasje uit, in de gang haar trui en in de woonkamer begon hij aan haar bloes.

'Ik moet...' Lita probeerde zich van hem los te maken. 'Ik ben zo lang onderweg geweest...'

'Wat geeft dat nou?'

'Ik wil douchen.'

Het was hem gelukt haar bloes over haar hoofd uit te trekken en hij sloeg zijn armen om haar heen.

'Straks,' fluisterde hij.

'Ik ben zweterig... vies.' Pablo knielde neer, maakte haar broek open en trok die zo ver naar beneden dat hij haar kruis kon kussen; ze had haar onderbroek nog aan. Met zijn handen kneep hij in haar billen. 'Pablo,' zei ze langzaam, 'ik ben...'

Hij bleef haar kussen, totdat haar tegenwerpingen waren veranderd in gekreun en ze zijn hoofd met beide handen omvatte. Toen trok hij haar slipje naar beneden en zocht hij met zijn tong haar vulva.

'God!' verzuchtte Lita terwijl ze zich naar de leunstoel liet meevoeren, hij op zijn knieën, en zij met kleine pasjes lopend door haar broek die op haar enkels hing. Ze trok hem uit, om zich met haar benen wijd op de stoel te laten vallen.

Door Pablo's tong tegen haar clitoris en zijn handen die haar billen streelden, door haar eigen dijen die ze met kracht tegen zijn hoofd gedrukt hield alsof ze dat wilde breken en door haar handen waarmee ze zijn hoofd tegen haar vagina drukte, kwam ze hijgend en kreunend klaar, gek van genot.

Toen ze weer kon praten en bewegen, trok ze hem aan zijn haar omhoog, kleedde hem uit en nam ze hem mee naar de slaapkamer.

'Die mannen daar zijn veel vuriger,' zei ze uitdagend, en ging schrijlings op hem zitten.

'Pff!' Pablo wilde haar niet boven op zich hebben, pakte haar vast en duwde haar onder zich. Toen stootte hij in haar. 'Zo?' vroeg hij.

'Veel harder,' zei ze, en ze stak haar benen in de lucht om zich helemaal te geven.

Hij stootte woest.

'Harder!' riep Lita.

Pablo brulde, om zich te meten met het geïdealiseerde beeld van die vurige zwarte mannen.

'Ja!' spoorde ze hem aan. 'Ga door!'

Het ging er wild aan toe. Nadat Pablo was klaargekomen bleven ze beiden zwetend liggen: hij uitgeput, zij gebroken.

'Er moet zwart bloed in je familie zitten,' zei Lita tegen hem, en ze lachte hijgend.

'Heb je zoveel ervaring met zwarte mannen?'

'Nee, dommie,' zei ze geruststellend. 'Zo zeggen ze dat daar. Ik ben je niet ontrouw geweest.'

'Echt niet? Hou je niets achter over je reis met die twee gestoorde, ongeremde vriendinnen van je?'

Ze hield heel veel voor hem achter. Pablo was benieuwd naar haar reis, omdat hij nooit op Cuba geweest was. De boulevard? De muziek? Hij streelde haar buik terwijl hij naar haar luisterde. Was de situatie daar echt zo erg als gezegd werd? Wat zeiden de mensen? Waren ze tevreden, wanhopig? Lita beantwoordde zijn vragen en beschreef gepassioneerd, euforisch haar ervaringen, hoeveel ze had genoten, maar ze verzweeg haar bezoek aan oom Antonio en dat haar moeder mogelijk een stiefzus van Enrique de Santadoma was. 'We werden als prinsessen behandeld!' riep ze in plaats daarvan uit. Ook vertelde ze niets over haar geestvervoering in de kapel van de Maagd van Regla, en ook niets van wat Raúl in het restaurant gezegd had – de babalawo, zoals hij daar genoemd werd. Het was niet haar bedoeling hem daar ook maar iets over te vertellen. Ze was gelukkig, ontzettend gelukkig. Ze voelden zich voldaan, maar Pablo streelde haar nog steeds – haar borsten nu, zachtjes, alsof hij zich niet van haar wilde losmaken, haar alleen maar wilde aanraken om bij elkaar te blijven. Terwijl hij dat deed, fantaseerde hij erover om die reis ook met haar te maken, zij met zijn tweetjes, en Lita zei ja, ze beloofde het en zou hem alles laten zien... Ze wilde dit gelukkige moment niet verstoren door te zeggen dat ze een heks was! Ze voelde dat ze van deze man hield en dat geen Afrikaanse godin of Cubaanse Maagd, zwart of wit, haar ertoe kon brengen om de betovering die ze nu beleefde kapot te maken.

Lita vertelde Pablo niets en vroeg zich ook niet af wanneer en hoe ze dat wel zou doen, niet eens óf ze het zou doen. Zoveel viel er ook niet te vertellen, zei ze nog eens tegen zichzelf terwijl ze rondwandelde tot het donker werd. Haar mystieke ervaring leek ver weg, met een hele oceaan ertussen. Ja, ze was stiekem teruggegaan naar de kapel en had opnieuw iets vreemds gevoeld, maar de herinneringen aan al die esoterische ervaringen vervaagden door de afstand, de tijd die verstreken was en de terugkeer naar de dagelijkse routine in Madrid. Cuba, de kapel, de godin en die krankzinnige dans beperkten zich nu tot niet meer dan de poster van de gele Chevrolet die naast een muur in de keuken lag te wachten om te worden opgehangen, en het boek over Pythagoras dat Pablo van haar kreeg, waar hij blij mee was en waar hij in bladerde alsof het om een wiegendruk ging.

En wat haar moeder betrof... Zuchtend vroeg Lita zich af wat er in die canvas koffer kon zitten. Zolang ze dat niet wist, moest ze zich er maar niet te veel van voorstellen. De etalages van al die dure winkels in de wijk, die ze anders vaak bekeek, al was het maar om de exorbitante prijzen te zien die als een belediging voor gewone mensen op piepkleine kaartjes stonden aangegeven, ontsnapten nu aan haar aandacht. Zou er iets in die koffer zitten wat bewees wie Concepcións vader was? De gevolgen daarvan waren ook onderwerp van controverse. Elena, die advocate was, friste via internet haar juridische kennis op, die was ondergesneeuwd doordat ze voor haar werk met buurtverenigingen bezig was, en vertelde hun erover.

'Sinds de grondwet jaren geleden in werking is getreden is er geen verschil meer tussen wettige en onwettige kinderen, zoals vroeger. Onwettige kinderen of bastaardkinderen bestaan niet meer. Ze hebben allemaal dezelfde rechten. Of dat voor je moeder op zou gaan wat betreft de nalatenschap van haar vader weet ik niet, aangezien die is overleden ver voordat die wet is uitgevaardigd... Enfin... eerlijk gezegd weet ik niet wat zou gelden. Of met terugwerkende kracht een erfenis kan worden opgeëist die jaren geleden is verdeeld, toen die Eusebio was overleden. Ik zou zeggen van niet, maar daar moet gewoon eens rustig naar gekeken worden.'

'Laten we ons daar niet mee bezighouden,' zei Lita, die niet te veel wilde afdwalen. 'Als we niet eens zeker weten, laat staan kunnen bewijzen dat mijn moeder de dochter is van een Santadoma, gaan we niet speculeren over geld en erfenissen.'

'En het vaderschap aantonen via DNA?' vroeg Sara. 'Dat geeft zekerheid.'

'Ik weet niet,' merkte Elena op. 'Waar wil je zo'n test mee doen? Met DNA van de grootvader? Want de vader zou je in Miami moeten zoeken, waar hij is overleden. Is hij daar begraven?' Lita haalde haar schouders op. 'Nou ja, in ieder geval zou dat erg ingewikkeld worden en bovendien moeten er aanwijzingen zijn voor het vaderschap voordat je goedkeuring krijgt voor een DNA-test. Geen rechter zal zo'n test toestaan gewoon omdat iemand zegt een kind van die en die te zijn. Die moet dan wel met iets van consistent bewijs aankomen. Als dat niet zo was, zou iedereen om die tests vragen.'

'Je weet er heel wat van,' zei Sara.

'Vind je? Eerlijk gezegd heb ik het college hierover nooit gevolgd. Alles wat ik weet heb ik uit roddelbladen en van tv.'

Lita leek opnieuw het gelach te horen dat na die bekentenis opgestegen was. Wat ze haar vriendinnen niet had willen vertellen was dat er kortgeleden een begin was gemaakt met de verdeling van de nalatenschap van de oude markies, de man die uit Cuba was geëmigreerd, niet de zoon, Eusebio, die in Miami overleden was nog vóór zijn vader.

Want toen Eusebio eenmaal overleden was, werd diens enige zoon, de huidige markies de Santadoma, die al in Spanje woonde, ermee geconfronteerd dat alle erfgenamen van de oude markies vrouwen waren: namelijk diens twee dochters, en Claudia, de weduwe van Eusebio. De oude markies wilde niet dat zijn vermogen in handen zou komen van schoonzoons die hij niet vertrouwde. Een paar van zijn kleinkinderen waren wél jongens, en er kwamen er vast nog meer. Het ging er gewoon om een generatie over te slaan – die hij niettemin genereus behandelde – en de verdeling van de nalatenschap op te schorten om al die kleinkinderen, jongens en meisjes, te laten erven wanneer zijn twee dochters waren overleden. Wettelijk was dit mogelijk en zo had hij ook besloten. Met de dood van doña Pilar, de laatste van de twee dochters, begon dan ook de verdeling van de nalatenschap van de oude markies de Santadoma.

Op dat moment kregen de kleinkinderen – of ze wettig waren of niet, sinds de inwerkingtreding van de Spaanse grondwet – oftewel de door de oude markies gekozen erfgenamen, toegang tot de nalatenschap. En Concepción was ook een kleinkind als ze inderdaad door Eusebio de Santadoma verwekt was.

De avond viel. Lita keek op haar horloge en nam aan dat de conciërge het gebouw inmiddels had verlaten. Ze liep dus terug naar het huis van haar moeder. De oude markies de Santadoma, peinsde ze terwijl ze doorliep, had nooit kunnen bedenken dat een bastaardkind als Concepción onder dezelfde voorwaarden als zijn wettige kleinkinderen toegang kon krijgen tot zijn nalatenschap omdat de oprichter van de bank, zoals Lita had kunnen vaststellen op de website van de bank, overleden was kort nadat de Spaanse grondwet in werking was getreden zonder dat hij het besef of zelfs maar de tijd had gehad om zijn oude, ingewikkelde testament te laten aanpassen.

Lita twijfelde er niet aan dat, als de vader van Concepción inderdaad een Santadoma was, hij dat had geweten en dat dat de reden was waarom hij een dienstmeisje met haar pasgeboren dochter had meegenomen, enkel en alleen zodat zijn enige zoon geen hinder van hen ondervond. Zo had oom Antonio in Havana het verteld en dat verklaarde ongetwijfeld ook de vijandigheid waarmee doña Claudia haar moeder en zelfs haar bejegende, zoals tijdens de vergadering duidelijk was geworden. Dat gedrag was niet meer dan het gevolg van de wrok die ze koesterde tegen het bastaardkind van haar zo geliefde en betreurde echtgenoot.

Het souterrain leek wel een soek waarin meubels, kleren, boeken, koffers, matrassen, speelgoed, spiegels, schilderijen en allerlei andere spullen lagen opgestapeld van de vele Santadoma's die in het gebouw hadden gewoond voordat ze naar de dure buitenwijken van de hoofdstad waren verhuisd. In de geest van de markies waren de spullen naar deze plek afgevoerd op het moment dat ze niet meer nodig waren. Lita herinnerde zich dat er weleens over het souterrain was gesproken toen ze puber was en hier woonde, maar het was nooit in haar opgekomen dat die hele toko nog steeds onveranderd bestond. Ieder ander die onroerend goed in de wijk Salamanca bezat zou er winkels van hebben gemaakt of zou het hebben gebruikt voor parkeerruimte – allebei gewilde en veelgevraagde bestemmingen in de wijk. Maar de Santadoma's, die het hele pand bezaten, gebruikten het souterrain voor hun eigen spullen als luxe rommelhok, terwijl ze hun vele auto's op de binnenplaats van het gebouw parkeerden.

Voordat Lita het kon verhinderen had Concepción het licht al aangedaan.

'Je laat me schrikken in het donker,' verweet ze Lita. 'We doen toch niks slechts? Want als dat wel zo is, ga ik praten met...'

'Nee, mam. Ik ben gewoon heel voorzichtig. Rustig maar.' Als Lita al een schemerige bedoening had verwacht, spaarzaam verlicht door een peertje dat aan een snoer aan het plafond bungelde, dan kwam ze bedrogen uit. In het souterrain waren een paar rijen tl-buizen die voldoende licht gaven om vlot tussen alles door te kunnen lopen. Maar door deze verlichting werd het ook duidelijk dat er een gigantische hoeveelheid spullen stond. 'Hoe kunnen we hier ooit die koffer vinden?' vroeg Lita wanhopig.

'Alles uit de keuken en van het personeel staat in die hoek,' zei haar moeder, alsof het de gewoonste zaak van de wereld was. 'Ze zetten de spullen van de bedienden niet bij die van de markiezen en hun gezinnen. Zie je wel?' Ze wees rechts naast zich toen ze door een gang liepen met aan beide kanten meubels en andere zaken. 'Dat is allemaal van de oude markies.'

Lita keek naar een groot, bewerkt, massief bureau waarop door de dikke laag stof heen nog sprankjes mahoniehout oplichtten. Daarnaast stonden grote kisten, en het hoofd- en voeteneind van een bed met de dwarslatten: het meubilair van het leven van een man.

Ze keek of ze spullen herkende. Veel was aanwezig geweest toen ze hier woonde: speelgoed, meubels, lampen.

'Herinner je je dit ding nog?'

Haar moeder bracht haar terug naar het verleden toen ze wees op een handmatig te bedienen snijmachine voor vleeswaren waarin ze als kind bijna een paar vingers was kwijtgeraakt.

'Ja,' zei ze, terwijl ze aan de zwengel voelde.

'Hierachter staan de spullen van het personeel.' Concepción liet de snijmachine en andere apparaten achter zich en stapte een kleine ruimte in.

Lita hoorde haar met pakken en koffers schuiven.

'Zal ik even helpen?'

'Je weet niet welke...' Concepción maakte haar zin niet af, alsof ze haar aandacht op iets anders richtte. 'Dit is hem! Ik heb hem!'

Ze kwam weer tevoorschijn met een koffer.

Lita merkte dat haar handen trilden toen ze de sloten wilde openknippen, wat ze daar ter plekke deden, op een muurkast waar een laken op lag. Ze moest hoesten van het stof en en hield een hand voor haar neus en mond. Wat er in die koffer zat, zou hun leven compleet kunnen veranderen.

Het eerste wat ze zag waren kleren, die oud en muf roken. Ze legde ze haastig opzij, maar ging kalmer te werk toen ze haar moeder hoorde zuchten. Datgene waar zij zo onvoorzichtig in rommelde, werd door Concepción gestreeld, teder opgepakt, omhooggehouden en zelfs besnuffeld. Maar zij moest... Wat? Wat zocht ze? Papieren, ja, brieven, documenten... Er kwamen een paar prentjes tevoorschijn waarvan ze al vermoedde dat haar oma die had bezeten, evenals een afbeelding van een heilige, die ze verder niet bekeek. Meer was er niet, en ze begreep dat ze in die koffer niet de verklaringen zou vinden die ze zocht. Ze wilde zich er al bij neerleggen, toen ze een plastic schrijfmapje zag dat achter de voering van de koffer was geraakt en dat bleek te knisperen van droogte en ouderdom toen ze het in haar handen hield. Ze opende het langzaam, omdat de inhoud misschien verkleefd was met de omslag. Dat was ook zo. Voorzichtig trok ze de papieren los, waarbij soms letters achterbleven op het transparante plastic, maar ze wist ze eruit te krijgen: een huwelijksakte van Margarita Gómez en José Hermoso, opgemaakt op Cuba. Een geboorteakte, eveneens Cubaans, van Concepción Hermoso, wat kaartjes en een paar kwitanties, die in de loop der jaren onleesbaar waren geworden. Het identiteitsbewijs van Margarita en nog wat officiële documenten, zowel Spaanse als Cubaanse. Drie sepiakleurige foto's met onherkenbare mensen erop. Op eentje stond een man, en op de andere twee een stel op een feest, zo leek het. Er waren geen datums of gegevens op de achterkant gezet. Niets wat het vaderschap aantoonde waar de maracasspeler in Havana zo zeker van was.

Opnieuw keek ze de papieren door, maar er zat geen enkele brief tussen.

'Dit was een lievelingsjurk van mijn moeder,' zei Concepción.

Lita keek even op en knikte. Haar oma was analfabete geweest. Haar moeder had op school leren lezen en schrijven, wat basisrekenwerk als optellen en aftrekken geleerd, en uiteraard de catechismus en de nodige gebeden, om de christelijkheid aan te tonen die zo geliefd was tijdens het Franco-tijdperk, vlak voor ze op haar zestiende, met het primair onderwijs in haar zak, zich geheel ging wijden aan huishoudelijk werk voor de markiezenfamilie. Concepción zou de correspondentie van haar moeder gelezen en geschreven kunnen hebben, en uiteindelijk waren er ook mensen die brieven lazen en schreven voor anderen.

'Ze had hem donderdags altijd aan, wanneer ze 's middags uitging,' vervolgde Concepción nostalgisch.

Lita mompelde iets instemmends.

Haar moeder zuchtte. 'Ik herinner het me als de dag van gisteren.'

En als ik het nu gewoon eens zeg, dacht Lita: *Je bent een dochter van don Eusebio*. Zou ze zich dan iets herinneren? Onmogelijk, besloot ze. Het zou haar ergeren, of in ieder geval een schok geven. Nee, het zou haar echt ergeren, besloot ze. 'Kind, wat zeg je nou?' zou ze boos zeggen. 'Ik, een bediende en halfbloed, dochter van don Eusebio?' En ze zou zo'n lach laten horen waarmee ze alles afdeed en zij zou haar niet weten te overtuigen, want hier was echt haar hele verleden, in deze koffer. Afgezien van wat er op de verkleurde foto's te zien was, had haar oma niets bewaard van die aristocraat die haar natuurlijk had verleid... of misschien verkracht, want wat maakte het in die tijd uit wat een jonge edelman met zijn bediende van kleur uitspookte? Verkracht, vast en zeker, zei ze bij zichzelf, helemaal als je bedacht wat voor karakter de Santadoma's hadden. Alleen al bij het idee dat haar oma vrijwillig, of zelfs hartstochtelijk, met die man had gekoketteerd en zich aan hem gegeven had, kromp haar maag ineen. Bovendien, gesteld dat ze enig bewijs had bezeten van die relatie, was het ook nog eens zo dat de Santadoma's toen Margarita overleden was, toegang hadden tot de koffer en uiteraard elk belastend document hadden vernietigd.

'Nou, we hebben hem gevonden!' riep Concepción blij, nog blijer dan wanneer ze een schat gevonden zou hebben. 'Nemen we hem mee naar boven?'

Stewart bood haar een plek aan in het team dat de Amerikaanse bank vertegenwoordigde bij de kooptransactie. Ze zou door de Santadoma's betaald worden, maar in zijn organisatie werken.

'Alsof het een filiaal is. Je werkt bij ons op kantoor, ver van de Santadoma's, met hetzelfde contract dat je altijd hebt gehad. Lijkt je dat wat?' Lita knikte. 'En, was het leuk op Cuba?' Hij vroeg het alsof hij daar zonder meer van uitging.

'Ontzettend leuk! Maar jullie zijn echt veel te genereus geweest.'

'Nee hoor,' zei hij, alsof het onbelangrijk was. 'Spanjaarden hebben altijd iets te maren. Ik voorspel je een grootse toekomst bij ons. Dán zul je zien wat genereus is.'

Lita zou bij de Amerikanen werken en daarna naar de Banca Santadoma teruggaan, wanneer de markies, die de afspraak uiteindelijk accepteerde, geen invloed meer had. Ze zou haar baan niet kwijtraken en Stewart stelde haar een toekomst in het vooruitzicht die niet meer afhankelijk was van het feit dat ze de dochter van een bediende was. Alles met betrekking tot de familierelatie van haar moeder met de Santadoma's was vastgelopen omdat ze in de koffer niets had gevonden wat die had kunnen aantonen. Toen ze de koffer naar boven hadden gebracht stonden de yorkshireterriërs hen stil en braaf op te wachten.

'Ik snap nog steeds niet wat je hebt gedaan met die beesten,' zei Concepción, terwijl ze de honden knuffelde en Lita de koffer op haar bed legde.

Ze opende hem. Door de onschuldige inhoud die ze erin hadden aangetroffen werd de kans dat ze konden bewijzen wie de vader van haar moeder was steeds kleiner, en ze wist niet welke kant ze nu op moest, welke stap ze moest zetten. Ze had alleen de video-opname met de uitspraken van een tandeloze oude maracasspeler op slippers, gekleed in een sportbroek en een wit hemdje en zittend op een rafelige bank. Een weinig geloofwaardig beeld, waar je het ook liet zien.

Ze had het rechtstreeks aan de markies kunnen vragen toen hij, na zijn gesprek met Stewart, haar terugbelde. 'Lieve oom...' Zo had ze het gesprek kunnen beginnen, want als het waar was dat haar moeder een dochter was van don Eusebio de Santadoma, dan was don Enrique niets anders dan haar biologische oom. Zij, die haar leven lang maar één familielid had gehad, namelijk haar moeder, zag de uitgebreide familie voor zich die ze om zich heen kon hebben: ooms, neven en nichten...

Maar ze wilde daar verder niet bij stilstaan. Toch merkte de markies in Lita's stem de ironische toon op die het gevolg was van dit absurde vooruitzicht.

'Ik hoor dat je blij bent, Regla,' zei hij, na haar vormelijk gegroet te hebben. Hij vatte haar intonatie verkeerd op.

'Omdat ik naar u luister, don Enrique,' zei ze onnadenkend.

In de stilte die op de telefoonlijn viel kreeg ze echter genoeg tijd om na te denken. En aarzelde ze. Binnen een tel brak het koude zweet haar uit.

'Ik wist niet dat ik dat soort reacties bij jou teweegbracht.'

De markies liet zich niet overbluffen door een werknemer, zelfs niet in spitsvondigheid. Lita herpakte zich en zei met vaste stem dat ze het aanbod van Stewart had aangenomen, al was ze zich ervan bewust dat haar werkgever nog steeds de Banca Santadoma was.

‘Ik wil je eraan herinneren dat je plek hier bij ons is, Regla,’ zei de markies nog eens nadrukkelijk.

‘Het lijkt niet passend, don Enrique,’ zei Lita. ‘U zult begrijpen dat de huidige situatie…’ Ze overwoog wat ze moest zeggen: ongemakkelijk, moeilijk, vernederend zelfs. ‘… onaanvaardbaar is!’ riep ze uiteindelijk uit, terwijl ze met de telefoon in haar hand opstond van haar stoel, alsof ze hem op afstand uitdaagde.

Stewart had haar al verteld dat de markies haar wilde voorstellen om terug te komen bij de bank, maar dat hij ervan uitging dat ze zou weigeren. Daar hadden ze het al met zijn tweeën over gehad. ‘Maar waarom zou hij het me dan voorstellen?’ had Lita verwonderd gevraagd. ‘Een trekje van die adel van jullie,’ had Stewart glimlachend geantwoord. ‘Dat heet ijdelheid.’

Lita was zich ervan bewust dat de koffer hun geen enkel bewijs had opgeleverd en was daar nog steeds van overtuigd toen ze die dag, na met haar bazen gesproken te hebben, onaangekondigd bij haar moeder langsging om bij haar te eten. Ze was terneergeslagen en had het absurde gevoel dat ze tekortgeschoten was tegenover haar moeder in een kwestie die ze haar nog niet eens had opgebiecht.

Zittend aan de keukentafel, met de twee honden gehoorzaam aan haar voeten, keek ze hoe haar moeder het eten aan het klaarmaken was. Groentes, verder niets. Na de karige maaltijd en vóór het toetje – stukjes sinaasappel – haalde Concepción een kaartje uit de zak van haar schort en legde het voor Lita op tafel.

‘De Maagd van Regla,’ zei ze. ‘Een van de bidprentjes van je oma. Ik weet wel dat je niet echt in die dingen gelooft, maar ik wil graag dat jij er een hebt. Hier komt je naam vandaan.’

Lita wachtte even voor ze ernaar keek, alert, afwachtend of haar hetzelfde zou overkomen als op Cuba, of dat dat een soort mysterieuze ervaring zou blijven die te wijten was aan de hitte, het verre land, de alcohol en die krankzinnige dansen, of misschien aan een soort tektonisch magnetisme… Hadden ze zich daar niet dicht bij de beroemde Bermuda-driehoek bevonden? Onder tafel balde ze haar vuisten, maar ze ontspande zich toen ze merkte dat ze door geen enkele occulte sensatie bevangen werd. Ze wilde die episode die ze niet begreep achter zich laten. Toen keek ze naar het kaartje en zag een foto van de in het blauw geklede zwarte Maagd waar ze naar had gekeken in de kapel van Regla, aan de voet van de baai van Havana, en ze voelde een luchtstroom, wonderlijk lauw, die haar beroerde. Ontgoocheld klakte ze met haar tong. Haar moeder keek naar haar, maar haar beeld vervaagde toen Lita zichzelf boven de grond voelde zweven, net zoals haar aan de andere kant van de wereld overkomen was. Ze voelde zich vol en ijl tegelijk, en haar angst veranderde in een aangenaam aanvaarden. Ze haalde diep adem. Ze voorvoelde wat er zou komen: een reusachtige golf die over haar heen sloeg. Ze hijgde. De honden huilden. Yemayá sprak tegen haar over iemand, over een vrouw, maar zij begreep het niet. De godin barstte in haar hoofd uiteen. De honden werden uitzinnig en renden jankend heen en weer.

13

Bayamo, Cuba
December 1868

De revolutie, aangevoerd door een groep van niet meer dan honderdvijftig dromers die vanaf de suikerplantage La Demajagua vertrokken om het eiland te veroveren, werd in korte tijd versterkt met duizenden mensen, hoofdzakelijk zwarten, slaven en Chinezen. Ze vormden een groot leger, zij het met weinig wapens en middelen en zonder enige militaire scholing. Bij de opstandelingen uit het bergachtige, bosrijke oostelijke departement met zijn waterrijke rivieren sloten zich mensen aan uit de provincies van het centrale departement: Camagüey, Santa Clara en Puerto Príncipe.

Terwijl in het rijke, vlakke en vruchtbare westelijke departement, met als belangrijkste steden Havana en Matanzas, de opstand beperkt bleef tot geheime politieke bijeenkomsten waartegen al spoedig ongebruikelijk hard werd opgetreden zodat er niet meer dan ondergronds verzet overbleef, verspreidden zich over de dorpen en steden van de rest van het eiland de ideeën van onafhankelijkheid en abolitionisme, en de inwoners zwaaiden met vlaggen omdat ze wel wisten dat de Spanjaarden traag en in het algemeen mild reageerden. Desondanks behielden de laatsten de controle over de grote steden, gesteund door een bevolking – onder wie veel Franse bannelingen uit Haïti – die bang was voor bloedbaden zoals die zich op het naburige eiland hadden voorgedaan na de slavenopstand daar.

Kaweka bewees al snel haar nut als medicijnvrouw. Voor de veertien bedden in het civiel hospitaal van Bayamo bleef Gertrudis zorg dragen, aan het hoofd van een aantal vrome blanke vrouwen uit de stad die naar het hospitaal kwamen om hun geweten te sussen en mee te werken aan de revolutie, al werden ze wel vergezeld door hun slavinnen, die de ondankbaarste taken op zich namen.

Regla, zoals Kaweka werd genoemd, werd toegewezen aan de kampen aan de rand van de stad waar zwarten die nog slaaf of pas vrij waren op elkaar gepropt werden gehuisvest, samen met vele Chinezen, al werden de laatsten enkel verzorgd door eigen geneesheren, die over kennis en magische remedies zouden beschikken die ze geheimhielden. Kaweka liep de stad door in gezelschap van Cecilia en ook van Sabina, die eerst in de keuken van het hospitaal zou gaan werken, tot zij die zonder meer voor zichzelf had opgeëist.

'Mevrouw Gertrudis heeft me opgedragen om de zwarten te genezen en ik heb haar nodig,' zei Kaweka toen ze op verzet stuitte bij de kokkin, die niet bereid was haar onverwacht gekomen hulpje op te geven.

De vrouw ging klagen bij Gertrudis, maar die hield zich niet bezig met het brutale, ongedisciplineerde gedrag van Kaweka toen ze diezelfde dag nog bericht kreeg van de arts die voor de zwarte zieken werkte dat Kaweka met succes de zorg op zich had genomen voor een van de ziekenboegen: een open constructie met een dak van palmbladeren en gestut door boomstammen. Het veldhospitaal was gelegen op een groot terrein waar, met uitzondering van een handjevol mensen dat een canvasdoek te pakken had gekregen en dat gebruikte als tent, de meerderheid zonder enige vorm van gemak en overgeleverd aan de elementen in de openlucht sliep.

Afgezien van mensen die gewond waren geraakt bij de bouwwerkzaamheden van loopgraven en palissades, was het dagen geleden dat er gewonden van het slagveld uit de omgeving van Bayamo binnenkwamen: Higuaní, Baire, Holguín, Las Tunas, El Cobre… Daar leverde het bevrijdingsleger met wisselend succes slag.

'We blijven slaven,' zei een man die een kogel in zijn dij had.

'En nu behandelen ze ons nog slechter!' riep iemand verderop, die op een matras van gedroogde bladeren lag.

Kaweka deed er vanuit haar bevoorrechte positie niet lang over om te merken dat haar mensen ontevreden waren. Het was waar dat een aantal de vrijheid had gekregen, maar desondanks bleven ze onder bevel van hun voormalige opzichters, die de functie van onderofficier hadden gekregen in hun compagnie. Ook was er voltallig zwart personeel van plantages in het leger gekomen dat als slaven werd ingezet. Ze waren toegevoegd aan de revolutionaire zaak door bazen, die nu gekleed als officier door de straten van Bayamo paradeerden.

Zwarten kapten de bomen langs de wegen die naar de stad liepen om daarmee Bayamo te verdedigen, dat was uitgeroepen tot hoofdstad van de nieuwe republiek, en degenen die daar niet bezig waren deden ondersteunend werk voor officieren die blank of mulat waren. Een enkeling had wel vijf van dit soort hulpen. Of ze trokken karren, werkten als kok, schoonmaker, boer, smid... Het bevrijdingsleger werd geleid door hoofden, officieren en onderofficieren die blanken of vrije mulatten waren. Zij werden superieur geacht aan de zwarte slaven, die bijna allemaal analfabeet waren en gewerkt hadden in de rietsuiker, de tabak, de veehouderij of het huishouden.

Hoe dan ook deed de ergste discriminatie zich voor op het moment dat er strijd werd geleverd: de zwarten, slechts gewapend met een machete, knuppel of lans van *jiquí*-hout – een enkeling misschien met een oud geweer waar mogelijk nog een kogel uit kon komen – werden voor de cavalerie van het *mambí*-leger uit gestuurd. 'Mambí' was de bijnaam voor de opstandelingen, een denigrerende term van Afrikaanse oorsprong die 'bandiet' of 'crimineel' betekende.

Deze door hun superieuren slecht behandelde mannen vochten niettemin voor een eigen zaak, een andere dan de politieke onafhankelijkheid die de blanken en creolen voor ogen hadden. De kreet 'Leve vrij Cuba!' waarmee de vijand werd aangevallen had voor hen een veel diepere betekenis omdat die hun vrijheid impliceerde, en slechts gewapend met machetes gingen ze de Spaanse troepen te lijf, hoe goed bewapend die ook mochten zijn.

'Dat was in Baire, op een plek die Tienda del Pino wordt genoemd...' hoorde Kaweka een man zeggen.

Ze leunde tegen een van de boomstammen waar het dak van de ziekenzaal op rustte. De man die sprak zat in een grote groep soldaten die buiten aan het uitrusten waren. De avond viel en de plek leek wel een soort groot marktplein stampvol met duizenden mensen. Kaweka had nog nooit zoveel mensen bij elkaar gezien, de paarhonderd slaven op La Merced waren er niets bij. Daarom keek ze met een zekere angst en diep ontzag naar die mensenmassa die deinde en kolkte binnen de gemarkeerde grenzen.

'Ze vielen aan met machetes,' zei een andere soldaat, die stond.

Vanaf dat moment volgde het ene verhaal het andere op. Kaweka begreep eruit dat de voorhoede van de vijand verrast was door een lawine aan opstandelingen die slechts gewapend waren met machetes. Veel Spanjaarden sneuvelden en de rest zag zich gedwongen zich terug te trekken in Baire, vanwaar ze de volgende ochtend in een dichte mist wisten te vluchten.

'Zij hebben ons geleerd hoe we ze moeten gebruiken!' riep een man, terwijl hij zijn machete in de lucht stak.

Kaweka zag een eindeloos aantal machetebladen schitteren die tussen gejuich en het 'Leve vrij Cuba!' boven de hoofden van de mannen heen en weer zwaaiden. Misschien was er wel een machete bij die zij had gestolen op La Merced en aan de marrons had gegeven om zich te kunnen verdedigen. En zo niet, dan vertegenwoordigden ze die wel, dacht ze met een brok in haar keel. Op suikerplantages werden slaven van hun wapens ontdaan zodra ze van de rietvelden terugkwamen. Nu hielden ze hun machetes bij zich, en Kaweka zag hoe ze ze geduldig en zelfs met zorg slepen, hoe ze ze lieten glanzen. De mannen die zich voorheen aan blanken onderworpen hadden en voor hun heer hadden geknield om zijn zegening te ontvangen, schreeuwden nu om het bloed van hun onderdrukkers. Ze vergat het waarschijnlijk terechte gejammer van een aantal mensen in de ziekenboeg en liet zich volstromen met de geest van rebellie die ze eindelijk in haar mensen zag verschijnen.

'Leve vrij Cuba!'

Kaweka stak haar vuist in de lucht en schreeuwde net zo hard als de mannen die met hun machetes zwaaiden. De oorlogskreet, die aan het begin van de revolutie was ontstaan in het kleine Yara, verenigde de zwarte mannen in een gebrul dat de Spanjaarden moesten horen tot in Santiago de Cuba, dagreizen hiervandaan.

Maar toen het grootste enthousiasme geluwd was en de schaduwen van de nacht herinneringen opriepen, huilde Kaweka.

'Moet je aan je dochter denken?' raadde Cecilia, die naast haar lag.

'Ja,' bekende Kaweka. 'Waar zou ze zijn?'

De oude vrouw was op de hoogte van het bestaan van Yesa en de vele tegenslagen die er in het leven van het jonge meisje waren voorgevallen. Kaweka had het haar wel honderd keer verteld en haar steeds weer verzekerd dat Yesa leefde, dat Yemayá dat zei, maar ze had ook troost gezocht bij de vrouw voor haar wanhoop vanwege de afstand, vanwege de onzekerheid. Ze had zelfs over Modesto verteld toen de oude vrouw maar bleef zeggen dat ze betwijfelde of er nooit een man in haar leven was geweest die speciaal voor haar was.

'Maar nu zijn ze allemaal speciaal.' Kaweka kwam in opstand tegen haar eigen herinneringen. 'Ik moet voor hen allen vechten.'

'Ja,' erkende Cecilia, 'en we zullen overwinnen. En dan zul jij zelf je dochter bevrijden. De godin heeft je verzocht om te vechten. Voldoe daaraan, hou haar tevreden, dan kun je op haar rekenen. Dat weet je.'

Over Modesto zei ze niets.

Kaweka had zich nog nooit zo verbonden gevoeld met Yemayá. De godin leek gelukkig in deze omgeving van oproer. Daar in Bayamo, omringd door duizenden zwarte mensen, had Kaweka niets te verbergen. Ze had er niet lang over gedaan om als medicijnvrouw erkend te worden, maar ze talmde al helemaal niet om haar relatie met Yemayá publiekelijk te tonen en gaf zich 's zondags vol passie over aan de dansen op de maat van de trommels, wanneer de kerkklokken van Bayamo luidden voor de hoogmis.

Op zondagen leek het leger, dat zwarten maar slecht bleef behandelen, niet langer op de uitbuitersbedrijven waar de slaven van weggehaald waren. Op datzelfde terrein, in de openlucht, dreunden de trommels tot de grond trilde en het stof van de uitgedroogde aarde opwervelde. Mannen en vrouwen zongen en dansten tot ze schor werden en in trance raakten. De discipline en kuisheid die de officieren – vaak vruchteloos – op werkdagen meenden op te leggen verdwenen, en ongeremdheid maakte zich van het kamp meester. Als op plantages – waar de mannen onderworpen waren aan slavernij en waar de productie hun enige bestaansrecht was – het vieren van zulke bijeenkomsten waar seks, feest en tovenarij door elkaar liepen al door de kerk werd toegestaan, hoefde er nu helemaal niet gewacht te worden op enige soepelheid, aangezien de slaven de kern van het opstandelingenleger vormden.

Kaweka gooide alle voorzichtigheid overboord die mama Ambrosia haar had gezegd in acht te nemen tijdens de zondagse feesten op La Merced, en ze schudde zelfs haar hoedanigheid van iyalocha van zich af. Ze ontdeed zich van de rol van uitverkorene van de goden die ze aan de hand van Eluma in de nederzetting had gespeeld.

Ze had de behoefte zich vrouw te voelen, een eenvoudige zwarte vrouw die naar het kamp kwam om haar man te zoeken zodra de bevelhebbers de troepen waren vergeten en in de stad naar de kerk of de club waren gegaan.

Yemayá was haar er dankbaar voor. Ze nam vrolijk bezit van haar, net zoals andere heiligen mannen en vrouwen in bezit namen op de vele feesten met trommels die op het grote terrein met elkaar wedijverden, alsof de mensen de rumoerige bijeenkomsten waar ze in de stad altijd naartoe gingen, naar de rand van Bayamo hadden verplaatst. De brandewijn en de rum, buitgemaakt tijdens de invallen op plantages en in gehuchten, vloeiden rijkelijk. Kaweka dronk een kom leeg toen ze uitgeput was na een lange, uitzinnige dans. Ze proostte met Cecilia en Sabina, die net zo bezweet waren als zij. Veel mensen bleven dansen en zingen op het krankzinnige ritme van de trommels, dat maar niet ophield. Er was een groep mannen om hen heen gaan staan, met glinsterende ogen, een drankklucht om zich heen, en een wellust die uit al hun poriën kwam. Ze bepotelden hen. De vrouwen probeerden zich los te rukken, maar spanden zich niet al te zeer in.

Yemayá borrelde nog steeds in Kaweka, wat nog toenam toen lichamen elkaar raakten. De godin was ontvankelijk voor het genot van het ogenblik, voor de muskusgeuren die het kamp ademde.

'Wat moet jij nou met een verdroogde oude vrouw als ik?' zei Cecilia tegen een man, nog ouder dan zij, die haar lastigviel.

Kaweka zag het tafereel glimlachend aan, maar draaide zich vervolgens meteen om naar Sabina. Zij werd omring door mannen die verblind begonnen te raken door lust. Ze sloeg een paar keer in de lucht om haar eigen belagers af te weren en schoot het meisje toen te hulp. Hoewel Sabina nog jong was, ging Kaweka ervan uit dat ze al wel seksuele omgang had gehad met mannen in de Sierra Maestra; en mocht dat niet het geval zijn, dan zou dat nu ongetwijfeld gaan beginnen, dat leek een feit. De mannen stonden al te dreigen en elkaar uit te dagen om de vraag wie haar mocht hebben. Het zou niet lang duren voor ze gingen vechten. Op plantages en veebedrijven waren er bij de slaven altijd al veel meer mannen dan vrouwen, en bovendien waren niet alle vrouwen hun mannen het leger in gevolgd, zodat de verhouding tussen de seksen hier nog schever was:

duizenden soldaten die buiten zichzelf waren van opgewondenheid, tegen een klein aantal vrouwen.

Ze zouden het meisje slopen.

'Ze heeft al een man!' gilde Kaweka, en ze duwde de mannen om Sabina heen opzij. 'Hij vermoordt jullie als jullie haar aanraken!'

'Hij kan haar toch met ons delen?' meende iemand.

'En jij?' vroeg een man, die Kaweka bij haar middel greep.

'Zij heeft ook een man,' zei Cecilia, klaar om de vrouwen te verdedigen.

Een lange man begon te schaterlachen.

'Wie wil dat oude mens nou?' spotte hij.

Het waren zes, zeven mannen. Ze begonnen de vrouwen weg te trekken van de nog steeds dreunende trommels en kreten. Terwijl een paar mannen haar meesleurden, keek Kaweka om naar de plek waar ze zo-even nog deel van had uitgemaakt: niemand zou hen horen, en als ze al gehoord werden, dan zou niemand hen te hulp komen. Wie zou dat moeten doen, als iedereen gek geworden was? Kaweka probeerde Porfirio ergens te ontdekken. Ze had hem de hele dag nog niet gezien. Waarschijnlijk was hij met een groep op expeditie. Jesús zag ze ook niet. Ze kwamen in de buurt van de rivier, waar het gezang geleidelijk overging in gehijg, gelach en gekreun van genot van andere stellen of groepjes die zich daar afgezonderd hadden. De mannen gooiden de vrouwen gewoon tussen het riet dat langs de oever groeide.

Kaweka kreeg niet veel tijd om haar vergissing in te zien. Deze hengstige beesten kon het weinig schelen hoe jong Sabina, hoe oud Cecilia of hoe mager zij was. Ze wilden alleen maar seks, erbovenop, klaarkomen, en dan nog een keer met een ander van hen drieën of met dezelfde, van voren, van achteren, of met een man. Ze waren uitzinnig, straalbezopen, in een roes van de drang naar vrijheid. Tussen de rietstengels door ving ze een glimp op van Sabina, die onder een man lag die zich in haar ramde terwijl een ander vlak bij hen verwoed stond te masturberen. Kaweka wilde haar een bemoedigende blik toewerpen, haar iets overbrengen van het wellustige verlangen van de godin die ze in zich voelde, maar ze zag dat de vochtige, starre ogen van het meisje nietsziend in de verte staarden.

'Geniet ervan!' riep ze tegen de kleine mulat die worstelde om haar te bezitten en over haar heen kroop alsof hij bang was dat ze zou ontsnappen.

'Ontmaagd me!' hoorde ze Cecilia, die een stukje verderop lag, spottend roepen. 'Dat is het enige wat jullie kunnen!' Het gehijg nam meteen toe. 'Harder!' zei de oude vrouw.

Kaweka lachte. De mannen keken verbaasd op toen ze haar lach hoorden, en stonden helemaal verstomd toen ze begon te brullen op het moment dat de mulat haar wist te penetreren. De man reageerde als verlamd.

'Ga door!' zei Kaweka, terwijl ze hem bij zijn haar vastgreep tot er een paar plukken loskwamen. 'Je neukt een godin. Laat eens zien hoe mannelijk je bent.' Ze begon hem zelf op en neer te bewegen, en schuurde obsceen tegen hem aan. 'Sabina!' gilde ze in de richting van het meisje. 'De godinnen zijn bij ons, bij jou, in jou, ze delen in je lichaam! Geef ze het genot dat ze willen! Voel deze godinnen!'

Ze wist dat het meisje bezocht was door de godheid, want die zweefde boven de groep in de vorm van een bijna onwaarneembare werveling die de vrouwen omhulde met lust en kracht. De drie krijsten en lachten, en krijsten nog harder. Cecilia's stem was vast, jong bijna, en het gehijg van Sabina klonk over de rivier heen als het sensueelste geluid dat een vrouw ooit had voortgebracht. De drie vrouwen eisten een bevrediging op die gewone stervelingen niet konden bieden. Een van de mannen vluchtte en de anderen trokken zich zwijgend en beteuterd terug toen de krachten in hun lichaam afnamen.

Ten slotte bleven ze alleen achter, beduusd door alles wat er gebeurd was. Onder hun voeten trilde de grond nog steeds van de trommels. Moeizaam trokken ze aan Cecilia, die slap tussen het gras lag. Ze hielpen haar overeind en ondersteunden haar tot ze een beetje bijgekomen was en begreep dat ze nog leefde.

'Nooit...' Ze hapte naar adem. 'Nog nooit heb ik zoiets gevoeld. Jammer dat ik dit pas op mijn oude dag meemaak.'

Sabina viel haar bij met een glimlach. Het zoeken naar bevrediging van de godinnen en verzadiging van hun geest had wel een prijs, zo merkten ze even later: kapotte kleren en over hun hele lijf afdrukken en schrammen van beten en krabben. Pijnscheuten gingen door hen heen toen ze in de richting van het hospitaal van Bayamo liepen. Kaweka wilde niet in de ziekenboeg blijven, omdat ze daar misschien gezocht werden door andere mannen, die al nieuwsgierig naar hen hadden gekeken toen ze in het kamp liepen. De geruchten over hen moesten als een lopend vuurtje rondgaan.

'Kan jouw godin ons niet van de pijn bevrijden?' vroeg Cecilia, die liep te hinken. 'Per slot van rekening was het voor haar dat...'

'Het kan de godinnen weinig schelen dat we lijden,' onderbrak Kaweka haar. 'Vandaag hebben ze genoten, ze zijn tevreden en loom, het is nu niet het moment om ze lastig te vallen en boos te maken. We herinneren hen er later wel een keer aan.'

Ze verzorgden hun kwetsuren zo goed mogelijk en zonder gegeten te hebben kropen ze in een van de magazijnen die Gertrudis hun had aangewezen op de dag dat ze waren aangekomen. Cecilia viel al snel in een luidruchtige slaap, gewoon op de grond. Sabina en Kaweka zaten naast haar tegen de muur geleund en luisterden een tijdje naar haar moeizame ademhaling, tot Sabina ook neerplofte en haar hoofd in Kaweka's schoot vlijde. Die streelde neuriënd zachtjes haar haren en haar zij, om de herinnering aan de gewelddadigheid van die middag te verdrijven. Even later, toen het meisje sliep, stroomden de tranen over Kaweka's wangen. Daar, bij Sabina, die haar liefde ontving, moest Yesa zijn.

Na de kerst van 1868 druppelden er steeds meer berichten de stad binnen over Cubanen die Spanje trouw waren gebleven: de graaf van Valmaseda, commandant-generaal van de Spaanse troepen, rukte aan het hoofd van een goed toegerust leger op naar Bayamo om de stad te heroveren. Van een goede toerusting was bij de rebellen geen sprake, maar zij vertrouwden op hun meerderheid in manschappen en op de geest van patriottisme die, zo was gebleken, de balans weer in evenwicht brachten.

Vanwege de oprukkende Spanjaarden deed Céspedes opnieuw een oproep aan zwarte mannen, en op 27 december werd er een decreet uitgevaardigd waarin herhaald werd dat die slaven vrijheid kregen van wie de eigenaren zich bij het leger aanmeldden. Vanaf dat moment werden de vrijgekomenen verplicht toegevoegd aan de dienst aan het vaderland, en de eigenaren die afstand van hen hadden gedaan werd een schadeloosstelling in het vooruitzicht gesteld. Toch bleef de mogelijkheid bestaan dat de bazen hun slaven aanbrachten in het leger zonder hun de vrijheid te geven. Dit werd bepaald in een andere, onbegrijpelijke paragraaf, die waarschijnlijk het gevolg was van een sentiment rond afstamming en ras dat zelfs met de vijand gedeeld werd: respect voor het in bezit hebben van slaven door Cubanen die Spanje trouw waren.

Kaweka begreep de wetten niet, maar voorzag wel dat het aan de zijde van de opstandelingen mogelijk was afschaffing van de slavernij te bereiken, wat haar niet mogelijk leek onder het gezag van mensen als markies de Santadoma en zijn bevriende haciëndabezitters op westelijk Cuba.

'Wat maakt het uit om als soldaten te moeten vechten? We moeten vrijheid zien te krijgen,' verklaarde ze in de ziekenboeg toen ze een aantal mannen hoorde klagen.

Toch werd er voortdurend gedeserteerd. Veel vrijgekomenen gaven zich liever over aan de Spaanse autoriteiten dan onder de militaire discipline van de revolutionairen te blijven, en vluchtten naar Santiago de Cuba of een willekeurige plaats die nog in handen van de conservatieve troepen was.

'Ze blijven liever slaaf,' zeiden de soldaten verontschuldigend toen ze Kaweka's vurige betoog hoorden.

'Om weer op de plantages te werken?' beet ze hun toe. 'Je kunt nog beter doodgaan.'

En in de overtuiging dat het beter was om dood te gaan dan in slavernij te leven, gingen de zwarten die deel uitmaakten van de troepen opstandelingen de confrontatie met Valmaseda tegemoet. De strategen van het rebellenleger wilden hem tot staan brengen aan de oevers van de brede rivier de Cauto, bij een plek die bekendstond als Cauto del Paso, waar de rijksweg doorheen liep, zo'n dertig kilometer van Bayamo.

Kaweka liep met hen mee, samen met Cecilia en Sabina, alle drie bepakt met verband, drankjes, medicijnen en de nodige instrumenten en spullen om hun taken te verrichten, waarbij ze geholpen werden door een aantal kinderen die ze onderweg, op mars met de soldaten, hadden aangeworven.

'Bij ons krijg je te eten,' hadden ze gezegd, wat voldoende was om hen te overtuigen.

Ze waren niet de enige ziekenverzorgsters in de troepen die vanuit Bayamo vertrokken en waar zich de mannen bij voegden van generaal Donato Mármol, die Céspedes had opgedragen de vijand tegemoet te treden. Gezamenlijk vormden ze een leger van zo'n zevenduizend mannen, van wie er echter slechts ongeveer duizend over een vuurwapen beschikten.

Kaweka zong mee met de liederen van slaven en vrijen. Die waren gewapend met machetes, lansen, hooivorken of gewoon stokken, maar toch waren ze opgewekt vanwege het grote verschil in strijdkrachten, zoals verkenners hadden meegedeeld. Ze waren met meer dan dubbel zoveel als de Spanjaarden, die drieduizend soldaten en drie stuks artillerie hadden. Bovendien genoten ze het voordeel van de natuurlijke bescherming van de rivier de Cauto, die Valmaseda en zijn troepen onder vuur moesten doorwaden als ze Bayamo wilden innemen. Dit treffen werd voorgesteld als een beslissende strijd voor de belangen van de patriottische Cubaanse Revolutie: de eerste confrontatie tussen de twee legers in open veld.

Zij zouden de overwinning behalen, zeiden de mannen tegen elkaar. Ze kregen de kans te vechten voor hun vrijheid en die lieten ze niet aan zich voorbijgaan. Kaweka liet haar borst zwellen en vulde haar longen met de lucht die de duizenden dappere mannen om haar heen uitademden. Het was twaalf jaar geleden dat ze haar op het strand van Jibacoa uit een klipper aan land hadden gezet, en ondanks alle rebellerende acties tegen de slavernij die ze gedurende die tijd had aangevoerd, had ze zich nooit kunnen voorstellen dat ze zou meelopen en meezingen in een leger van zwarten die luid tekeergingen tegen die schandvlek van de mensheid. De slaven kwamen in opstand!

Ze probeerde zich een beeld te vormen hoe de strijd zou verlopen. Sinds Porfirio haar een eenvoudige toelichting had gegeven bij afgebeelde oorlogstaferelen, had ze uit de mond van de mannen in het kamp talloze verhalen gehoord over de gevechten: geweren, kanonnen, paarden... aanvallen met machetes! Haar haren gingen rechtovereind staan bij het idee dat al deze soldaten zich ongewapend op de Spanjaarden zouden storten.

In deze toestand kwamen de rebellen, na zich bij de troepen van generaal Mármol te hebben aangesloten, aan in het conflictgebied, waar ze de oprukkende Valmaseda wilden tegenhouden aan de oever van de Cauto, een grillig slingerende rivier met veel zijrivieren die moeilijk over te steken was, behalve op de plaatsen die daarvoor aangelegd waren en die gemakkelijk te verdedigen waren. De troepen van de opstandelingen verplaatsten zich overeenkomstig de berichten die ze van hun spionnen kregen over de manoeuvres van het vijandelijke leger. Twee generaals zouden tegenover elkaar staan op het slagveld. Aan de ene kant Blas Diego de Villate, graaf van Valmaseda, vierenveertig jaar oud, met een voltooide studie krijgskunde waaraan hij zijn leven had gewijd en met ervaring met opstanden in Spanje en oorlogen in Marokko. Tegenover hem Donato Mármol, vijfentwintig jaar oud, zoon van een welgestelde familie met land in Bayamo, die voordat hij het beheer van de veeboerderij Santa Teresa op zich nam na de dood van zijn vader door Frankrijk en Spanje had gereisd. Hij deelde in de revolutionaire ideeën en was een van de haciëndabezitters die zich bij Céspedes hadden aangesloten in de opstand tegen de Spaanse tirannie. Zijn vriend had hem tot generaal benoemd.

Valmaseda wist Mármol om de tuin te leiden en na een afleidingsmanoeuvre de Salado over te steken, een zijrivier van de Cauto. Plotseling stonden de twee legers tegenover elkaar in een open vlakte tussen de bossen, zonder enige beschutting voor de zwarte, ongewapende mannen die de voorhoede van de Cubaanse troepen vormden.

De Spanjaarden waren met minder, dat werd gezegd, dacht Kaweka, maar toen ze hen zag, in ordelijke formatie en in hun witte uniformen met blauwe strepen, gewapend met geweren en kanonnen, leken ze veel indrukwekkender dan de in vodden gehulde bende die samen met haar argeloos voortliep.

'Leve vrij Cuba!'

De kreet golfde door de gelederen van de rebellen.

'Eropaf!'

De machetes, de speren en de hooivorken werden in de lucht geheven... evenals honderden lege zwarte handen!

Kaweka beefde.

De officieren – blanken en mulatten – die zich achter in de gelederen buiten schootsveld bevonden, gaven de voormalige slaven en de mannen die slaaf zouden blijven bevel de Spanjaarden aan te vallen.

De salvo's van vijandelijk geweervuur dreunden over het veld. Kaweka zag veel mannen aarzelen. Enkelen weken terug, sommigen gingen er openlijk vandoor terwijl officieren hen probeerden tegen te houden, maar de meesten, vol haat door jaren van onderworpenheid en vernedering, stormden op de geweren en kanonnen van de Spanjaarden af, de machete in de hand, alsof het gereedschap waarmee ze in de rietvelden hadden gewerkt een amulet kon worden die hen beschermde.

Sabina hield zich aan Kaweka vast. Cecilia boog haar hoofd om niet te hoeven kijken naar het bloedbad dat werd aangekondigd door de eerste kogels. En toen kwamen de kanonschoten. Zwarte mannen sneuvelden met tientallen tegelijk. De woede, de drift, het geschreeuw, het geraas: door de chaos konden ze geen inschatting van de situatie maken. Ze vielen met zijn allen aan als een instinctieve, krankzinnig geworden horde en de Spanjaarden hoefden alleen maar te schieten, ze hoefden zelfs nauwelijks te mikken.

Kaweka voelde de tranen over haar wangen stromen. Stommeling, zei ze tegen zichzelf. Hoe had ze ooit kunnen dromen van een overwinning van haar mensen? Ze zocht de godin, maar die was er niet. Ze riep haar. Yemayá, bescherm hen! Ze smeekte het. De godin kwam niet.

'Slet!' schold ze toen, terwijl ze met gebalde vuisten haar nagels in haar handpalmen drukte.

Intussen drong het besef door dat ze erin waren gelopen, en de mannen die over hun dode of gewonde kameraden heen zouden moeten springen om te kunnen aanvallen, hielden halt.

'Aanvallen!' schreeuwden de officieren vanachter hun verschansing.

'Naar voren!'

'Niet wijken!'

'Terugtrekken!' schreeuwde Kaweka daartegenin.

Velen gaven hieraan gehoor en trokken zich terug.

De Spanjaarden bleven schieten totdat de terugtrekkende manschappen van het rebellenleger buiten schootsveld waren. Het slagveld lag vol lijken en gewonden. Aangezien Valmaseda geen heil zag in voortzetting van de strijd gaf hij zijn leger, waarvan slechts enkele mannen gesneuveld waren, het bevel zich te hergroeperen en naar de Cauto terug te keren.

Generaal Donato Mármol gaf soortgelijke bevelen aan de opstandelingen. Om herovering van Bayamo te verhinderen was het absoluut noodzaak te verhinderen dat Valmaseda de Cauto overstak. Terwijl de twee legers zich weer in beweging zetten, krompen Kaweka en haar twee vriendinnen net als andere verzorgers en veel vrouwen die het leger vergezelden trillend ineen bij het horen van het geweeklaag, gejammer en angstige gehuil die in de plaats waren gekomen van de bevelen, leuzen en schoten. Ze geselden het slagveld en maakten het tot een nieuw universum van pijn en tragedie, waarin Kaweka zich met een aarzelende stap naar voren onderdompelde.

De lijken waren op het slagveld achtergebleven. Bij een aantal zaten huilende vrouwen, maar de meeste lagen er verlaten en vergeten bij. Kaweka en haar mensen deden hun uiterste best te zorgen voor de mensen die door kogels of mitrailleurvuur gewond waren geraakt. Een aantal oude mannen, dat over geen enkel wapen beschikte, bleef bij hen, evenals de andere ziekenverzorgers en een paar ossenkarren die Mármol had toegewezen voor het vervoer van gewonden naar Bayamo.

'Ga jij met de eerste groep terug,' beval een korporaal, een mulat, Kaweka. Ze wilde protesteren. 'Ze hebben je daar nodig als alle gewonden er aankomen. In de ziekenboeg kun je meer betekenen,' drong hij aan.

Ze gehoorzaamde en ging naast de ossenkar lopen, zoals ze zo vaak van de rietvelden terug naar de suikerplantage was gelopen, al vervoerden ze nu geen riet, maar dappere mannen... of krankzinnige mannen die zich ervoor leenden om hun leven te riskeren, dacht Kaweka hoofdschuddend. Wie kon hield zich aan de kar vast en sleepte zich zo voort. De gewonden stonden elkaar bij zoals Sabina Manuel hielp, een van de kinderen die de medische benodigdheden hadden gedragen; hij had een gebroken been, misschien het scheenbeen of kuitbeen, en was flink toegetakeld toen hij in de chaos viel en er op hem getrapt was.

De graaf van Valmaseda en Donato Mármol waren nog steeds bezig met hun kat-en-muisspel in de buurt van de Cauto, zodat de karren en gewonden vrije doortocht hadden naar Bayamo, waar Kaweka zich inspande om zo veel mogelijk mannen te helpen. Vanuit het hospitaal kwamen Gertrudis en haar blanke assistentes hun te hulp, maar er waren zoveel gewonden dat er al spoedig een tekort was aan deskundige handen en middelen.

Na enkele schermutselingen wist de Spaanse generaal de Cubaan opnieuw te verrassen door te doen alsof hij een aanval uitvoerde maar uiteindelijk onder snel afnemend vijandelijk vuur de rivier overstak. Onder druk van de opgerukte troepen van Valmaseda en andere vijandelijke kolonnes die vanuit Holguín, Santiago de Cuba en Manzanillo waren gekomen, trokken de rebellen zich in Bayamo terug. Tegenover de overmacht van de vijandelijke strijdkrachten, vier dagen na de slag bij Salado, achtten Céspedes en zijn generale staf het onmogelijk de stad te verdedigen die de eerste hoofdstad van de onafhankelijke Cubaanse republiek was geweest, en er werd bevel gegeven tot ontruiming.

Aan de rand van de stad, waar het kamp van de zwarte manschappen zich bevond, hoorde Kaweka van dit strategische besluit uit de mond van de mannen die vertrokken – sommige ordelijk, met hun officieren, andere in angst en wanhoop.

‘En de gewonden?’ vroeg ze aan Gertrudis.

Veel mannen die nog konden lopen sloten zich bij de uittocht aan en een enkeling wist op de karren met wapens en munitie te klauteren onder het toegeeflijk oog van een onderofficier en de ossenmenner, maar dan nog bleven er meer dan tweehonderd mannen achter in de ziekenboeg van Kaweka. Ze lagen er op dekens of gewoon op de grond.

‘We zullen ze hier moeten achterlaten,’ zei Gertrudis, terwijl ze haar spullen pakte. Die dag ging ze niet vergezeld van haar legertje solidaire blanke dames.

‘Maar… de Spanjaarden…’ stamelde Kaweka.

‘De graaf van Valmaseda heeft clementie beloofd aan wie zich overgeeft,’ beweerde Gertrudis. Ze zette zich in beweging.

‘Maar dan worden ze weer slaaf!’ zei Kaweka.

Gertrudis draaide haar hoofd naar haar toe, nam haar onvriendelijk van top tot teen op en liep onaangedaan weg, zoals blanke bazen ook altijd deden. Cecilia en Sabina, en een aantal van de nog geen dozijn zwarte vrouwen die waren gebleven om te helpen met de gewonden en niet de bescherming van het leger van Mármol hadden gezocht, keken vragend naar Kaweka, waarmee ze haar een gezag toekenden waar zij niet op uit was.

'We blijven!' Met deze woorden nam ze het toch op zich.

De vrouwen glimlachten. Cecilia, die het dichtst bij haar was, bleef haar aankijken; ze wilde meer weten.

'We besluiten wel wat we doen wanneer die lui eraan komen. Alle mensen in Bayamo stonden aan de kant van de opstandelingen, ze hebben de Spanjaarden verraden en blijven. Ik neem aan dat zij ook op clementie rekenen,' probeerde Kaweka haar gerust te stellen.

Maar haar veronderstellingen bleken onjuist. Het leger trok zich terug en de inwoners van Bayamo besloten dit voorbeeld te volgen, zoals 's nachts duidelijk werd. Een indrukwekkende steekvlam laaide op aan de donkere hemel boven de silhouetten van de gebouwen van de stad. De vrouwen keken perplex naar het schouwspel. Yemayá, die danste op het ritme van de vuurvlam, koos dit ogenblik om dichterbij te komen en Kaweka voelde haar in haar binnenste toen de godin bezit van haar had genomen. Het vuur in haar lichaam maakte haar mond en keel droog, zodat ze nauwelijks in staat was zich bij de uitroepen van de anderen te voegen toen nieuwe steekvlammen de eerste opvolgden. Er kwamen er steeds meer: felle, bulderende vlammen die de hemel aanvielen. De vlammen likten al aan de ziekenboeg toen de San Francisco-kerk in brand stond, aan de rand van het kamp. De hele stad stond in brand! Huizen, villa's, kerken, kazernes, ziekenhuizen... De inwoners stonden niet toe dat Valmaseda en zijn troepen ook maar één enkel gebouw van de stad in gebruik namen. Ze verwoestten haar liever.

De godin zei het tegen haar, en Cecilia ook: 'Na deze brand zal de Spaanse generaal geen genade kennen.'

Tegen het ochtendgloren stond Bayamo nog steeds in brand en de meer dan zesduizend inwoners verlieten de stad, gepakt en gezakt met hun eigendommen.

'De Spanjaarden zullen voor de gewonden zorgen,' meende een van de vrouwen. Ze zaten allemaal in een kring om Kaweka heen.

'Het heeft geen zin om te blijven. Ze zullen ons weer tot slaven maken. We zullen gestraft worden en dat helpt de mannen niet om te herstellen,' voegde iemand eraan toe. 'Als ze hen willen verzorgen, zullen ze dat doen, of wij hier nu wel zijn of niet. Maar als ze hen willen laten doodgaan, gebeurt dat, al verzetten we ons er nog zo tegen.'

'We moeten vluchten,' vond een derde.

'We bereiken er niets mee door te blijven.'

Het idee al die mannen achter te laten die op de vijandelijke geweren waren afgestormd voor hun vrijheid, voor hen, vrouwen, en voor hun kinderen, bracht hun tot een stilzwijgen dat slechts verbroken werd door het gebulder van de branden.

'Jullie moeten weg!' klonk het vanaf een veldbed.

'Vlucht!' riep een andere man.

En een tel later werd het dilemma dat Kaweka en de andere vrouwen kwelde beslecht uit de monden van de mannen die nog bij bewustzijn waren.

'Leve vrij Cuba!' wist iemand uit te roepen.

'Zorg dat je vrij wordt!'

'De anderen hebben jullie nodig.'

'Vecht voor ons!'

Al die aansporingen, de meeste zwak en zacht uitgesproken, deden Kaweka's innerlijke vuur opvlammen en een strijdlust ontbranden die na het bloedbad bij de Salado was gedoofd. De godin bleef bij hen, als toeschouwer, en Kaweka merkte dat ze beefde bij de aanblik van het lijden van die tientallen gewonden die hun stem verhieven. Een beweging bij iedere zucht. De blanke officieren van het opstandelingenleger, in hun particuliere oorlog voor onafhankelijkheid van Spanje, hadden al deze mannen een wisse dood in gejaagd. Er was gespot met hun levens door houten speren in te zetten tegen kanonnen, er was meedogenloos met hen gespeeld, net als op de plantages, en toch waren ze daar en spoorden ze hen aan om vrij te worden, om het monster te blijven achtervolgen dat, of het nu begraven lag onder angst of verergerd was door krankzinnigheid, iedere slaaf in zich had.

Kaweka zag dat de vrouwen weer vragend naar haar keken en Yemayá barstte in haar los. Ze hadden gelijk: het had geen enkele zin hier te blijven. Waarschijnlijk zouden de Spanjaarden niet eens toestaan dat ze hun mensen verzorgden. Ze zouden weer slaven van hen maken en hen opnieuw naar plantages sturen of als bedienden laten werken. Er was geen andere optie, ze moesten blijven vechten. Toch kostte dit besluit haar moeite.

'Denk aan Yesa,' fluisterde Cecilia, die haar zag aarzelen.

'We vertrekken,' zei Kaweka toen met vaste stem.

'Neem onze machetes mee,' zei een van de gewonden. 'Wij kunnen er weinig meer mee.'

De inwoners van Bayamo waren nog steeds aan het vluchten, de stad in de as achterlatend. Kaweka, Sabina en Cecilia, Manuel, die hinkend liep met zijn gespalkte been, verscheidene kinderen en een stuk of tien vrouwen die bij de gewonden waren gebleven, sloten zich bij de rijen vluchtelingen aan. De vrouwen hadden niet veel bij zich: een machete en misschien een bundeltje, zoals Kaweka, waar ze de witte kraal in bewaarde die de jongens in Havana haar cadeau hadden gedaan en nog een paar gekleurde kralen die ze had weten te bemachtigen sinds ze in Santiago de Cuba aan wal was gegaan, maar nog steeds onvoldoende om een nieuwe ketting voor Yemayá van te maken.

'Pak aan, draag deze zak voor me, negerin.'

Kaweka keek instinctief achter zich waar de stem vandaan kwam. Een blanke man wilde dat Clotilde, een van de vrouwen, een grote zak vol spullen voor hem droeg. Clotilde aarzelde, maar sloeg haar blik neer bij het horen van de autoritaire toon.

De machete stond op het punt in de borst van de man te dringen. Het verbaasde Kaweka zelf dat ze ineens met gestrekte arm voor hem stond, het snijvlak van het wapen stevig tegen zijn huid prikkend.

'Wat doe je?' vroeg de aangevallen man boos.

'Draag dat ding zelf,' mompelde Kaweka tussen haar tanden door, terwijl ze iets meer druk gaf.

'Hoe durf je!'

Kaweka keek de man even strak aan als dat ze haar machete vasthield: het lichaam gespannen, de hals gestrekt, volkomen onbuigzaam trachtend haar geringe gestalte te meten met die van de ander.

Een paar vluchtende inwoners bleven staan en keken in ongelovige verbazing naar het tafereel. Kaweka voelde dat het niet lang zou duren voor dat sentiment zou omslaan in woede. De blanken waren met veel en zij was met iets meer dan een dozijn zwarte vrouwen, een handjevol slavinnen tegenover mensen die onvoldoende tijd hadden gehad om de vrijheid te accepteren die Céspedes de slaven had toegekend om hen te kunnen gebruiken als kanonnenvoer, als je er al van uitging dat ze op enig moment de bedoeling hadden hun die vrijheid toe te kennen. Ze voelde ook de angst bij Clotilde en de andere vrouwen. Ze zouden hen vermorzelen, tot slaaf maken.

'Ik durf omdat we vrij zijn!' riep ze, en bij die woorden drukte ze de machete in het vlees en voelde ze dat hij op de ribben stootte.

De man week achteruit, wankelde en viel. Uit de zak die Clotilde had moeten dragen vielen allerlei spullen. Kaweka nam niet de moeite om ernaar te kijken. Ze konden niet blijven doen alsof ze slaven waren! Een aantal mensen kwam onder het uiten van verwensingen de blanke man te hulp. Ze stonden al bijna voor Kaweka toen een andere machete een halve horizontale cirkel in de lucht beschreef, die de aanstormende mensen dwong achteruit te gaan.

Kaweka en Sabina glimlachten naar elkaar.

'We verwachtten niet dat we ook tegen opstandelingen moesten vechten,' hoorden ze Cecilia achter zich zeggen.

Een engerd trok een revolver. Kaweka dreigde de man die gevallen was opnieuw aan te vallen, nu in zijn hals. Met haar machete om zich heen slaand drong Sabina zich door het toenemend aantal toestromende mensen naar voren.

'We hebben jullie niets misdaan,' zei Kaweka tegen de man met de revolver in zijn hand. 'Laat ons gaan.'

'Veel van onze mensen hebben de dood gevonden terwijl ze jullie verdedigden,' voegde Cecilia eraan toe.

De man liet zijn wapen niet zakken.

'De Spanjaarden komen er van verschillende kanten aan. Het duurt niet lang meer of Valmaseda laat zich hier zien,' waarschuwde een jonge man die een bepakte muilezel meetrok en langs het opstootje liep zonder stil te blijven staan.

Bij het horen van deze woorden vervolgden de meeste mensen om hen heen snel hun weg.

'Laat ze,' zei iemand tegen de man met de revolver, die nog steeds aarzelde.

Kaweka slaakte een zucht van verlichting toen de mensen vertrokken, maar ineens klonk er een schot. Achter haar viel Cecilia neer.

Ze had de grond nog niet geraakt toen de machete niet meer op de gevallen man gericht was, maar naar de man vloog die het schot had gelost. Kaweka raakte hem in de buik, die ze van boven naar onder opensneed, om vervolgens de machete nog dieper in zijn lichaam te slaan, in woede zijn ingewanden zoekend.

Niemand leek het te zien; niemand wilde het zien. Iedereen vluchtte voor Valmaseda.

Kaweka liet zich bebloed neervallen naast Sabina, die geknield op de grond huilend het hoofd van Cecilia in haar handen hield. Ze hield haar oor bij Cecilia's mond om te kunnen horen wat ze zei.

De mensen liepen nu in een boog om hen heen: een man die zieltogend op de grond lag met opengereten buik, twee zwarte vrouwen die huilden om de oude vrouw die ze in hun armen hielden, een groep verbijsterde zwarte vrouwen en tot slot iemand die op handen en voeten als een bezetene bezig was kandelaars en zilveren bestek in een zak te proppen.

'Vlucht!' beval Kaweka de vrouwen die haar vergezelden. 'Vlucht!' zei ze nog eens, toen ze hen zag aarzelen.

Zo bleven de twee vriendinnen achter bij Cecilia, die een kogel in haar borst had, terwijl de inwoners van Bayamo en de laatste soldaten van het opstandelingenleger de brandende stad achter zich lieten.

14

Madrid, Spanje
Maart 2018

Vanachter het grote raam van de negenendertigste verdieping die door de bank van Stewart was gehuurd in een van de wolkenkrabbers die een paar jaar geleden aan het eind van de paseo de la Castellana waren gebouwd, keek Lita uit over de stad. Het schitterende uitzicht waar ze vanuit die bevoorrechte positie van had moeten genieten, veranderde niettemin in een deken van vervuiling die over de stad lag. Een smerige, zelfs agressieve aanblik.

Met die onaangename gewaarwording draaide ze zich om naar het interieur van de verdieping, een moderne, ruime, lichte en zelfs verlaten aandoende ruimte, aangezien hier alleen het ondersteunend personeel zat van de mensen die op het hoofdkantoor van de Banca Santadoma werkten. Stewart en zijn mensen wilden een eigen plek waar ze konden vergaderen, ver van de invloed van de markies en zijn personeel.

Lita haalde diep en voldaan adem. Ooit zou die vervuiling verdwijnen. De overheid was ermee bezig en de maatschappij eiste het. Intussen liet zij zich meeslepen door euforie: ze was weer aan het werk, zij het ver van don Enrique, zijn familie en zijn aanhangers. Ze had salarisverhoging gekregen van Stewart, maar niet overdreven veel. 'Dat komt nog wel,' had hij beloofd, maar hij gaf haar ook een licht kantoor, hoog boven Madrid, voor haar alleen, met functioneel, eersteklas meubilair dat paste bij een hoge manager. Ze had ook een eigen secretaresse, Inés, een oplettend, competent meisje.

Dat had ze allemaal opgewonden aan haar moeder verteld terwijl ze haar hand pakte en erin kneep, omdat ze wilde dat haar moeder besefte dat haar dochter zich van de Santadoma's had losgemaakt, dat ze geheel los van die familie succes had. Ze wilde de hulp niet bagatelliseren die ze van haar moeder had gehad toen die met doña Pilar had gesproken, maar haar moeder moest begrijpen dat ze heel goed zonder de Santadoma's konden in het leven. Concepción had aan een half woord al genoeg gehad.

'Ik ben trots op je,' zei ze, en liet haar nog harder in haar hand knijpen, 'heel trots.'

Zo voelde Lita zich ook, bijvoorbeeld wanneer ze haar secretaresse over de intercom vroeg Pablo te bellen.

Hij was haar directe aanspreekpunt bij de accountantsfirma. Sinds Lita bij de Amerikanen op kantoor werkte, waren ze beiden voortdurend bezig met de definitieve beoordeling van alle financiële en juridische documentatie die de ophanden zijnde transactie van aankoop van aandelen van de familie Santadoma moest ondersteunen, en Lita liet de kans niet voorbijgaan om Inés hem te laten bellen. Het gaf haar een gevoel van macht te weten dat wanneer haar secretaresse haar het telefoontje doorgaf, Pablo aan de andere kant van de lijn al zat te wachten, want hij had geen persoonlijk assistent.

Eén keer liet ze hem expres, gewoon om te pesten, bijna een halve minuut wachten.

'Voor straf zul je vannacht in de stoel moeten slapen,' zei hij vermanend toen ze eindelijk opnam.

De laatste tijd woonde ze bijna meer in Pablo's appartement dan bij haar vriendinnen.

'Dat is voor jezelf erger,' kaatste ze terug. Pablo zuchtte en wachtte met zijn weerwoord, alsof hij een andere straf aan het bedenken was, wat Lita aangreep om er nog een schepje bovenop te doen: 'Daarom hebben sommige mensen een eigen secretaresse en andere niet, omdat ze spontaan zijn en kunnen improviseren...'

'Je krijgt geen eten! Ik sluit je op in de badkamer! En je slaapt in de stoel. Je zult me smeken om in de slaapkamer te mogen.'

Over haar vooruitging in de hele bancaire structuur die opgebouwd werd, Inés inbegrepen, grapte ze ook met Elena en Sara: 'Ik heb nog nooit een vriendin gehad die een eigen secretaresse had...'

'Waarom neem je haar niet mee naar huis om te zien of ze ons ook helpt?'

En ze lachten, al keken ze elkaar daarna zwijgend aan.

'Jij hebt het helemaal gemaakt,' zei Elena tegen haar.

Lita knikte, terwijl er een rilling door haar heen ging. Ja, ze floreerde op haar werk en door het respect dat ze daar kreeg en haar relatie met Pablo werd steeds bevredigender. Ze hielden van elkaar. Dat hadden ze tegen elkaar gezegd, al deden ze dat niet in een duur restaurant, of hand in hand wandelend door de straten van Madrid of in bed na een orgasme. Ze slechtten die zowel onzichtbare als bij tijden onneembare barrière op een alledaags moment: toen ze elkaar op de gang naar de badkamer tegenkwamen. Hij week uit naar rechts, zij week uit naar dezelfde kant, voor haar links. En toen botsten ze. tegen elkaar op Hij kwam gedoucht uit de badkamer, met een handdoek om zijn onderlichaam geslagen; zij liep slaperig in een gekreukeld nachthemd en met verward haar naar de wc. Ze probeerden elkaar nog een keer door te laten, maar botsten weer tegen elkaar op.

'Ik hou van je,' bekende Pablo, toen hun gezichten vlak bij elkaar waren.

'Nooit zoveel als ik van jou,' zei Lita, die haastig tussen hem en de muur door glipte om zich in de badkamer op te sluiten en met haar gezicht tegen de deur in stilte te huilen.

De koop van de aandelen van de Banca Santadoma, die eigendom waren van de familie, werd gesloten. Wel was deze transactie afhankelijk van de verkoop van de rest van het kapitaal van de onderneming. Lita was niet aanwezig bij het sluiten van de deal, waar doña Claudia een glansrol vervulde als favoriete markiezin aan het hof van 'minstens!' de Zonnekoning, zoals Pablo die avond vertelde.

Na het sluiten van dit eerste onderdeel van de operatie vloog Stewart terug naar Miami.

'Vanavond vertrek ik,' zei hij. 'Ik kan niet alleen voor dit project blijven werken en ik wil mijn gezin ook weer eens zien.'

Voor Lita voelde het alsof haar beschermer haar verliet.

'Kom je terug?'

'Uiteraard. Er valt nog veel te kopen.' Hij glimlachte. 'Je hebt toegang tot alle documentatie van het aankoopproces van de Santadoma's, zowel op papier als digitaal,' zei hij, wijzend op een aantal dossiers en de pc op tafel. 'Nu gaat het erom te onderhandelen met de overige eigenaren en moet er een openbaar overnamebod komen op de aandelen op de beurs. Je zult moeten samenwerken met mensen van de bank en met consultants van Speth & Markus, met Pablo en zijn mensen, maar bedenk vooral dat de markies al heeft verkocht, zij het onderhands, zodat je nu voor ons werkt.'

Aan de ene kant mochten de zaken goed gaan voor haar, aan de andere kant kreeg ze een steeds ongeruster gevoel. Ze had geregeld het bidprentje met de Maagd bekeken dat haar moeder haar gegeven had. Soms gebeurde er niets en dan wist ze weer zeker dat ze zich vergist had, dat het onmogelijk was. Je verbeeldt het je gewoon, zei ze dan tegen zichzelf. Maar andere keren deed het gekreukte stukje karton haar beven. Het glansde, het absorbeerde de lucht in de kamer en deed de muren afbrokkelen. Ze zocht op internet en was verbijsterd over de enorme hoeveelheid esoterische, tegenstrijdige en soms onbegrijpelijke informatie. Kon die hele wereld van hekserij, die soms zo goedkoop was, iets met haar te maken hebben? Moest ze hulp zoeken? Ze moest iets doen. Voorlopig stopte ze het kaartje in een lange, saaie verhandeling over internationale economie die ze nog van haar masterstudie had en glimlachte. Zelfs de Maagd zou niet kunnen ontsnappen uit het ingewikkelde en vaak onbegrijpelijke theoretisch-filosofische web dat in dit dikke, taaie boek gesponnen werd. En haar ongerustheid vanwege een doodgewone afbeelding van een zwarte Maagd hielp haar ook niet bepaald bij haar echte probleem: haar moeder, die nog steeds zorgde voor een bijna leeg huis en twee ongezeglijke honden, zonder pensioen, hoeveel beloften er ook waren gedaan door deze en gene. Want de kwestie van de afstamming van haar moeder was enigszins op de achtergrond geraakt nadat ze de koffer hadden gevonden en er niets in had gezeten van enig bewijs, en zij het gevoel had gekregen dat ze zich in een doodlopende straat bevond.

Ze begroef zich nog meer in al het werk dat op haar afkwam, alleen in dat nieuwe kantoor en met de berg papieren die Stewart haar had aangewezen voor hij naar de Verenigde Staten terugvloog.

Lita pakte het dossier dat het meest opviel omdat het zo versleten was. Het bevatte akten en oude documenten. Die waren van de oude markies, de grootvader. Ze zag het afschrift van zijn testament, dat ze uit haar hoofd kende, de aankoop van de aandelen van de bank, verslagen, aantekeningen. Het betrof een deel van het leven van de markies, vastgelegd op papier, zoals in die tijd gebruikelijk was. Lita bekeek een origineel handgeschreven briefje en lette meer op het onberispelijke, fraaie handschrift en de tekst die er in keurig rechte regels op was gezet dan op de inhoud, al zag ze die uiteindelijk wel. Het was een berichtje van zijn zoon Eusebio vanuit Miami, kort voor zijn overlijden. Ze had meer van dit soort briefjes gezien...

Abrupt stond ze op. Haar bureaustoel op wieltjes schoot onder haar weg en gleed de ruimte door, tot hij tegen het grote raam botste. Een paar meter verderop probeerde Inés haar verbazing te verbergen.

'Gaat u weg?' vroeg ze, toen Lita al voor haar langs liep met haar tas en jasje in de hand.

'Ja.'

'Zal ik telefoontjes doorsturen naar uw mobiel?'

De secretaresse kon niets zinnigs opmaken uit het gemompel van haar nieuwe bazin.

'Komt u nog terug voor we dicht...'

Maar Lita was het kantoor al uit.

Ze nam een taxi. Dat deed ze nooit. Het was duur en soms, wanneer de taxichauffeur via de achteruitkijkspiegel maar naar haar bleef kijken, voelde ze zich ongemakkelijk. Ze gaf haar moeders adres op. De chauffeur was een correcte man, niet hinderlijk, al was hij nog wel duur, en Lita vergat waarom ze zo plotseling het kantoor uit was gegaan en zag spijtig de ritprijs steeds verder oplopen terwijl de chauffeur poogde het drukke verkeer van de avondspits op de paseo de la Castellana te ontwijken. Ze hoefden alleen maar door die grote verkeersader om in de wijk Salamanca te komen. Zes kilometer was het, tien minuten bij normaal verkeer, maar die middag werd er alleen maar gestopt en weer opgetrokken, gestopt en weer opgetrokken.

'Dat was een rib uit mijn lijf!' riep ze uit, toen ze bij haar moeder klaagde over de kosten van het ritje.

'Waarom heb je de metro dan niet gepakt?'

Lita aarzelde. Concepción keek haar vragend aan.

'Ik weet het niet... Ik was moe... Maar je hebt gelijk. Ik had met de metro moeten gaan.'

'Dat zou ik denken.'

De hondjes volgden haar naar de keuken, de enige plek waar het licht was. In de rest van het huis was het schemerig en stonden de met lakens bedekte meubels er spookachtig bij. Lita schonk zichzelf een uitstekend glas rode wijn in, een reserva, die volgens haar moeder niemand miste en die ze voor haar geopend had. Ze antwoordde met een smoesje toen haar moeder doorvroeg.

'Ik wilde graag naar je toe.'

Er gleed een glimlach over het gezicht van Concepción en Lita voelde zich ontzettend schuldig toen ze dat zag. Maar het was toch zo?

'Ik wilde echt heel graag naar je toe,' zei ze nog eens, en ze gaf haar moeder een zoen op haar wang.

Het was een warme, tedere zoen. Ze wilde haar moeder niet voor de gek houden. Het leven maakte haar zo: een hypocriet die niet in staat was haar ware gevoelens te tonen, al bestonden die wel. In de wereld waarin zij zich bewoog, moesten antwoorden snel zijn, logisch, geen tegenspraak duldend. Die houding kon ze niet meenemen naar huis, bij haar moeder. Ze gaf haar opnieuw een zoen.

'Kind!' Concepción maakte zich van haar los alsof Lita haar hinderde.

Ze aten samen. Voordat ze naar het appartement was gegaan had Lita wat vleeswaren en kaas gekocht bij de delicatessenzaak waar de Santadoma's altijd naartoe gingen, gelegen in de dure wijk Salamanca. Nog zo'n uitspatting waar ze haar moeder niet over vertelde, al wist die heel goed dat die zaak peperdure ham verkocht. Maar de wijn verdiende zulke waar, geen groenten, en het idee dat door haar hoofd spookte en waar ze ook niet over sprak vroeg er al helemaal om.

Ze aten, babbelden, en toen de avond gevallen was en ze de honden hadden uitgelaten en het allebei ijskoud hadden gekregen nam Lita afscheid van haar moeder en ging ze de trap weer af. In haar tas voelde ze aan de sleutels van het souterrain waarin de Santadoma's hun levens hadden opgeslagen. Ze had die met de smoes dat ze naar de wc moest uit het kastje gehaald waar ze altijd hingen. Er heerste diepe rust in het gebouw en Zenón moest al uren thuis zijn. Niettemin wachtte ze in de stilte een paar minuten, om zichzelf ervan te overtuigen dat ze gewoon naar de bergruimte toe kon gaan. Toch trilde haar hand toen ze de sleutel in het slot stak en ze moest diep ademhalen voor ze hem omdraaide.

Het licht ontlokte opnieuw sprankjes aan het nog steeds bestofte mahoniehout van het bureau van de oude markies, dat haar moeder aangewezen had. Lita liep naar het imposante, zware meubelstuk dat door een zeer vaardige meubelmaker moest zijn gemaakt, een perfect symbool voor een adellijke bankier, waaraan over het geluk of de ellende van een oneindig aantal mensen was onderhandeld. Lita stelde zich een zelfingenomen man voor die op don Enrique leek en die met dezelfde hooghartigheid en minachting met de verwachtingen van mensen omging zoals zijn schoondochter, doña Claudia, tijdens de vergadering van de bank had gedaan. Rond dit bureau was er ongetwijfeld ook wel besloten over het lot van een bepaalde slaafgemaakte.

Lita trok aan de grote lade in het midden. Die zat dicht. Misschien was die slaafgemaakte, man of vrouw, een voorouder van haar, iemand over wie oom Antonio in Havana het had gehad. Ze gaf een ruk aan de la, maar die gaf niet mee. Ze trok er woedend aan. Hij bleef dicht. Die klootzakken van een slavendrijvers ook! Zij had het bloed van die slaafgemaakte vrouw in zich. 'Alfonsa' had oom Antonio haar genoemd. Haar stigma!

Op het blad van dit bureau zou getekend kunnen zijn voor de aankoop van die vrouw en kon het voor haar betaalde geld zijn neergelegd.

'Schoften,' zei ze tussen haar tanden.

Haar woede vermengde zich met een doffe pijn die haar spieren deed spannen en haar aan het snikken maakte. Opnieuw trok ze aan de la, met twee handen aan de greep. Ze gaf een brul en het slot sprong open. Ze hield zich in en keek het souterrain rond: het geraas rommelde na door de lucht. Maar er kwam niemand op het lawaai af en dus trok ze de la open. Er bevonden zich schrijfwaren in die op het bureau moesten hebben gelegen: een briefopener, een pennenhouder, een zilveren inktstel, pennen, een loep, potloden... Ze keek er verder niet naar en rommelde in de spullen tot ze een sleutel vond waarmee ze de andere laden kon openen, twee aan elke kant. Ze zaten vol dossiermappen, papieren, maar ze vond er ook wat ze zocht: bundels brieven, met een koordje bijeengehouden. Ze hoefde geen van de koordjes los te maken om te kunnen zien wie als afzender stond vermeld op een van de enveloppen: Eusebio Santadoma. De naam was in droogstempel boven een ingewikkeld adres in Miami gezet.

Anders dan tegenwoordig, waar alles in de cloud of op harde

schijf wordt gezet, kreeg het leven van die mensen vorm op papier, in brieven, verslagen, of op simpele kwitanties. En hier lag een groot deel daarvan. Lita zocht iets waarin ze het kon meenemen. Er lagen heel wat koffers in de opslag. Ze bekeek ze en zonder er eentje te openen koos ze voor een leren reistas die haar leeg leek. Hij was heel mooi. Vintage, grapte ze bij zichzelf terwijl ze tegen de knopjes van de knipsluiting drukte die het gouden beslag aan de bovenkant dichthield. Vervolgens stopte ze alle documenten uit de laden erin, zodat die leeg achterbleven en de tas vol was. Ze sloot de laden met de sleutel af, maar toen ze de lade in het midden ook wilde sluiten zag ze ineens een langwerpig doosje van verweerd blik, dat haar eerst helemaal niet opgevallen was. Het versleten doosje paste niet bij de rest van de spullen en ze had toch al datgene waar ze voor gekomen was. Ze was al een hele tijd in het souterrain, en nu ze de papieren in haar bezit had, keerde haar angst terug en wilde ze hier snel weg. Er zou iemand aan kunnen komen, een bewoner die het vreemd vond dat het licht aan was... Misschien dacht die persoon wel dat ze een dief was. Ze wilde de grote la sluiten, maar dat lukte niet. Misschien zat hij klem... Ze probeerde het nog eens, trok hem van de ene kant naar de andere. Ook raar: eerst kreeg ze hem niet open, nu kreeg ze hem niet dicht. Ze zuchtte en probeerde kalm te blijven. Toen pakte ze het doosje uit de lade en legde het op tafel.

Er zat iets in wat op een ketting leek, al aarzelde Lita om het van dichtbij te bekijken: een dun, versleten touwtje waar een paar houten kralen aan waren geregen, wit en blauw, zeven van beide kleuren. En twee van de witte waren duidelijk niet wit, maar vervangen door parelmoeren kralen.

Ze raakte betoverd door de ketting, ze kon haar ogen er niet van afhouden. Ze wiegde hem voor haar ogen heen en weer. Het was een snuisterijtje, een marskramerding, maar zc raakte helemaal in vervoering. Met een ongebruikelijke zorgzaamheid legde ze hem in de palm van haar hand. De kralen brandden op haar huid. Het verbaasde haar dat ze dat rustig kon toelaten. Het brandde, maar deed geen pijn. Ze vergat de papieren, de brieven en de tas. Haar angst verdween en ze hing de ketting plechtig om haar hals. Een man die stuiptrekkend stierf met deze ketting op zijn borst; een zwarte vrouw die lachte, huilde... bloedde. De verontrustende, warrige beelden maakten haar misselijk.

Iets dwong haar om het kaartje uit het dikke economieboek te halen. Een zwarte Maagd en een kralensnoer. Ze bedacht dat ze er iets over had gelezen op internet en zocht het weer op. Daar stond het, over de Maagd van Regla en Yemayá. Haar ketting. Zeven witte kralen en zeven blauwe. Andere combinaties waren ook mogelijk, maar deze kwam het meest voor.

Ze zuchtte, schudde haar hoofd en sloeg haar handen voor haar gezicht. Was het echt… of was ze gek aan het worden? Of allebei? Christelijke heiligen en heidense goden hadden bezit van haar genomen, en daar was geen medicijn voor. Naar een psychiater zou ze niet gaan, al keek ze er toch even naar op internet. Ze zocht op 'santería, bezetenheid, psychiatrie, ziekte'. Bij het zien van de eerste hits vroeg ze zich af of ze moest doorgaan of niet, en klikte uiteindelijk op de volgende. Tussen tientallen advertenties van genezers en mediums die zich aanboden voor allerlei werkzaamheden, hekserij en tovenarij vond ze ook een paar studies die serieus overkwamen en die spraken van soortgelijke verschijnselen als waar zij aan leed, als ze het zo kon noemen tenminste. Volgens de verslagen was niemand eraan overleden en had ook niemand er ooit idiote dingen door begaan. Ze vergeleken het met een soort dronkenschap. Ook dan verloor iemand de controle over zichzelf. Lita strekte haar handen voor zich uit en keek naar haar stevige, gespannen vingers. Geen bevende handen, dacht ze bij zichzelf. Dat is iets wat komt en gaat en wat je onder controle moet krijgen. Maar nu die brieven van de markies. Ze pakte het kaartje en het doosje met de ketting en stopte die bijna met geweld in het laatje van haar nachtkastje.

Sara en Elena zaten in de kamer tv te kijken. Ze hadden nieuwsgierig naar haar gekeken toen ze met de reistas vol papieren naar haar slaapkamer was gelopen en met een smoes kwam en niet gezellig een biertje met ze ging drinken. Met Pablo was het ongeveer hetzelfde gegaan. Toen ze uit het souterrain was weggegaan en haar mobiel had aangezet, bleek ze drie telefoontjes te hebben gemist. Er ging een vierde over toen ze met de tas op straat liep, en in haar verbeelding zag ze de blikken van tientallen bewakers op zich gericht. Ze had documentatie van de Santadoma's gestolen, al hadden die ook het leven van Alfonsa gestolen, een verre verwante maar niettemin familie, zei ze bij wijze van excuus tegen zichzelf. Die gedachte maakte haar rustig en de zogenaamde argwaan waarmee de mensen naar haar keken verdween meteen. Ze nam Pablo's telefoontje niet op en luisterde ook niet naar het bericht dat hij had achtergelaten. Toen stuurde hij appjes, die ze wel las.

Ik voel me niet lekker, schat, schreef ze uiteindelijk terug toen hij zich zorgen maakte omdat hij niets van haar hoorde. Ze mocht hem ook niet ongerust maken. 'Ik ga slapen. Ik hou van je.'

Ze liet zich op haar bed vallen en trok het koordje los van een van de bundels brieven. Doordat het uitzonderlijk zwaar papier van zeer goede kwaliteit was, hoefde ze niet bang te zijn dat er na al die jaren scheuren in zouden komen of dat het in haar handen verpulverde.

Ze opende de eerste brief. Een kroontje in reliëf in de linkerbovenhoek maakte gewag van de afkomst van de afzender, die de brief bijna zestig jaar geleden in Miami had geschreven, in november 1961, en die begon met *Lieve vader*.

'Ik kan niet slapen.'

Pablo's hese, slaapdronken reactie maakte duidelijk dat hij dat wél kon, althans tot dat moment. Het was al over tweeën. Lita had de zoveelste brief van Eusebio Santadoma aan zijn vader naast zich neergelegd en Pablo gebeld. Ze gaf hem geen gelegenheid met iets anders te komen dan zijn eerste reactie.

'Als ik nou in je armen lag...' zei ze liefjes.

'Stel je een rechthoek voor met de verhoudingen van de gulden snede...'

'Lieverd...'

'Rustig. Dat helpt om in te slapen.'

'Ik wil niet slapen,' zei ze. 'Ik wil je zoenen tot ik niet meer kan.'

Pablo was even stil.

'Ik kom eraan,' zei hij toen opeens.

Lita sloeg met haar vuist in de lucht, haar lippen op elkaar geklemd om een kreet te onderdrukken.

'Ik kom wel naar jou toe,' zei ze. 'Ik ben sneller dan jij. Ik kom meteen, in pyjama.'

Twee avonden later ging Lita tussen haar twee vriendinnen op de bank zitten. Ze pakte de afstandsbediening van Elena af en zette de tv uit. De twee zeiden niets, ook niet toen ze een aantal brieven op tafel uitspreidde, waarbij ze ervoor zorgde dat ze niet op de druppels kwamen te liggen die van de bierflesjes waren afgesijpeld.

'Dat werd tijd! We dachten dat je het nooit ging vertellen,' zei Sara tot haar verbazing toen ze de brieven had neergelegd en weer rechtop in de bank zat.

'Wat weten jullie dan?' vroeg Lita.

'Eigenlijk niets, maar we kennen je en weten dat je met iets belangrijks bezig bent.'

'We bestierven het bijna, zo erg moesten we de neiging onderdrukken om in je slaapkamer te gaan neuzen,' zei Elena.

Lita sloot haar ogen voor ze reageerde en haalde diep adem. Ze moest gewoon met hen praten, ze moest haar twijfels uitspreken tegen iemand om te zien of die klopten.

'Dit zijn de brieven die de zoon van de oude markies, die naar Spanje is gegaan,' zei ze, 'aan zijn vader heeft gestuurd. Het komt erop neer dat ik denk dat je uit een aantal brieven kunt opmaken dat mijn moeder de dochter is van...'

'Hoe kom je aan die brieven?' onderbrak Elena haar.

'Dat doet er nu niet toe.'

'Maar later misschien wel,' prevelde de advocate.

'Mag ik mijn verhaal even afmaken?' Elena knikte onwillig. Lita pakte de brief die ze het eerst op tafel had gelegd en las voor: '"Het doet me genoegen dat u heeft geschreven hoe het met Margarita en het meisje is. Zorg goed voor hen."'

Vervolgens liet ze de verschillende vellen zien die de brief telde, alsof het om een trofee ging.

'En hieruit concludeer je dat hij de vader van het meisje is?'

'Er is meer.'

'Maar dit geeft geen uitsluitsel!'

'Wacht even, meiden,' zei Lita sussend, 'in geen van de brieven die ik op mijn kamer heb zegt die Eusebio...'

'Je opa.'

Lita zag zich gedwongen te knikken.

'Een klootzak,' zei ze niettemin. 'Enfin, in geen van die brieven zegt die vent expliciet dat hij de vader is van mijn moeder. Hij schrijft niet: "Hoe gaat het met mijn dochter?" Nee, dat doet hij niet. Maar het is heel raar dat de zoon van een markies zich in een brief aan zijn vader druk maakt om een bediende en haar dochter, dat zijn jullie toch met me eens? En hier...' Ze vouwde de brief weer open. '... heeft die schoft het over Fidel, over de Cubaanse Revolutie, economische belangen en over de situatie van bedrijven en huizen die ze nog op Cuba bezitten. Hij schrijft allerlei vertrouwelijks en bespreekt belangrijke onderwerpen met zijn vader... En dan doet het hem genoegen te horen hoe het met een bediende en haar dochter is? Het doet hem genoegen! Een Santadoma!'

'Vreemd is het wel,' gaf Elena toe.

'Op zijn minst is het verdacht,' viel Sara haar bij. 'maar laten we wel wezen: zowel jij als wij willen... Nou ja, we willen dat die vent je opa is, toch? We zijn misschien niet objectief.'

Door die opmerking stelde Lita zich opnieuw de vraag of ze echt wilde dat dat zo was. Haar tegenstrijdige gevoelens hingen zeker in de lucht, want Sara raadde het.

'Het gaat om een hoop geld. Een fantastische wraak zou het zijn.'

'Wraak?' vroeg Lita.

'Dat je moeder de stiefzus van de markies is? Een verrukkelijke wraak!'

'Verrukkelijk?' herhaalde Lita weer, in zichzelf.

En als alles nou verband met elkaar hield, dacht ze meteen: Yemayá, de Maagd van Regla, haar moeder, de Santadoma's...

'Wat staat er nog meer in die brieven?' vroeg Elena, haar uit haar gepeins halend.

Ze vertelde wat ze uit al die brieven had opgemaakt. Meestal ging het om net zulk soort zinnen als in de brief waaruit ze had voorgelezen. Er waren meer dan twintig brieven waarin het over Margarita ging, en daarnaast altijd over de moeder van Lita, die don Eusebio uiteindelijk bij naam noemde: Concepción. Hij wilde weten wat ze deed, hoe haar gezondheid was, schreef dat hij zich erge zorgen had gemaakt toen ze waterpokken had, en uit de brieven was zelfs op te maken dat hij om die reden naar Madrid had gebeld.

'De zoon van de markies die vanuit Miami naar Madrid belt met de vraag hoe het met de waterpokken van de dochter van een bediende gaat!' riep Lita uit.

'Onmogelijk, inderdaad! Dat gelooft toch niemand?' zei Elena instemmend.

'Het is jammer dat we de brieven van de markies aan zijn zoon niet hebben,' merkte Sara op, en dat vond Lita ook.

Ze waren het erover eens dat het gedrag van de twee niet gewoon was, en dat duidelijk was dat de opmerkingen van Eusebio verwezen naar berichten en uitspraken over Margarita en Concepción, die hij van zijn vader had kregen.

'Misschien zijn ze een extra bewijs voor wie de vader van mijn moeder is,' merkte Lita ten slotte tegen Elena op. 'Misschien zijn ze voldoende voor de rechtszaak waar we het over hebben gehad.'

'Ja,' zei Elena. 'Misschien wel... als je ze niet gestolen had.'

Er viel een stilte in de kamer.

'Je hebt ze toch gestolen?' vroeg Elena toen.

'Zeker. Je denkt toch niet dat ze ze mij zouden hebben gegeven?'

'In dat geval is het onrechtmatig verkregen bewijs, zou ik zeggen. Dat staat geen enkele rechter toe.'

15

Cuba
Augustus 1872
Oostelijk departement

'Weet je wat je te wachten staat bij de Spanjaarden?'

Bij het ochtendkrieken, toen het zwakke licht nog niet door de aanhoudende motregen heen drong die een nieuwe zomerse stortbui aankondigde, hielden een stuk of tien zwarte mannen die uit het regiment waren gedeserteerd hun pas in. Vanachter een boom kwam Kaweka tevoorschijn. Sabina was bij haar, Sabina was altijd bij haar. Ze wisten van de vluchtenden af dankzij een jongen die door twijfel was overvallen en die naar Kaweka toe was gegaan om om raad te vragen. 'Toen ik op de plantage was,' had Kaweka tegen Sabina gezegd terwijl ze naar de voorbijlopende mannen keken, 'deed ik mijn best onze mensen te laten ontsnappen. Nu probeer ik te voorkomen dat ze dat doen. Het is vreemd.'

'We weten wel wat ons te wachten staat als we hier blijven,' antwoordde de man die de leider van het groepje leek te zijn.

'Ze maken weer slaven van jullie.'

De mannen hadden respect voor Kaweka. Daarom hadden ze halt gehouden en luisterden ze naar haar, nerveus voor en achter zich kijkend. Hun blikken schoten constant van de vrouwen naar het kamp en terug.

'Als slaven hadden we in ieder geval te eten.' Het was weer de leider die sprak. 'Hier niet. We moeten leven van kokosnoten en yuccawortels. Iets anders is er niet.'

Kaweka reageerde daar niet op, al was het waar: er was steeds minder te eten, het vee was al lang geleden opgeofferd en ze leefden van wortels en het weinige fruit dat overgebleven was nadat Moeder Natuur door duizenden mensen was kaalgeplukt.

'Toen we slaven waren,' ging de man door, 'zorgden ze voor ons, zodat we ons werk konden doen. Nu interesseert ons leven hen niet.'

'Maar jullie zijn vrij!'

'Wat hebben wij aan vrijheid als ze ons als honden afmaken?' vroeg een ander.

'Laat ons gaan, Kaweka,' verzocht een derde.

Ze vroegen haar om toestemming. Ze vroeg zich af wat ze zouden doen als ze die niet gaf. Dat wilde ze uittesten.

'Nee,' zei ze. 'We vechten voor onze vrijheid, voor de vrijheid van iedereen, voor die van onze kinderen, en als we daarvoor moeten sterven...'

'De Spanjaarden hebben het al over vrijheid.'

'Die geven ze niet. Dat is een truc.' Kaweka probeerde hen te overtuigen, maar angst had zich van de mannen meester gemaakt. Een paar waren al doorgelopen, terwijl de rest meer lette op de bewegingen in het kamp dan op Kaweka. Deze discussie hadden ze honderd keer gevoerd voordat ze waren gedeserteerd. 'De Spanjaarden...'

'Je bent een goed mens en de goden beschermen jou, Kaweka,' onderbrak de leider haar, terwijl hij de tocht hervatte en langs haar liep. 'Maar ons niet.'

De goden zijn grillig, de ene keer zijn ze je goed gezind en de andere keer nemen ze je te grazen, wilde Kaweka tegenwerpen, maar ze perste alleen maar haar lippen op elkaar en draaide zich om.

'Het beste,' zei ze desondanks. 'We zullen ook voor jullie vechten.'

De mannen liepen met gebogen hoofden voor hen langs terwijl de regen in hevigheid toenam. Kaweka en Sabina zagen hen gaan, bijna allemaal in lompen gehuld, eentje helemaal naakt, ongewapend. Het was drie jaar geleden dat de opstand tegen de Spanjaarden was begonnen en er werd voortdurend gedeserteerd uit de republikeinse gelederen. De oorlog was vastgelopen en de graaf van Valmaseda had daar gebruik van gemaakt en een generaal pardon afgekondigd voor iedereen die de brui gaf aan de revolutionaire zaak. Na de nederlaag en het bloedbad bij Bayamo veranderden de rebellenleiders van strategie en kwamen ze met andere tactieken. Ze bestookten de Spaanse legers nooit meer in het open veld, maar voerden een guerrillaoorlog, en pasten de tactiek van de verschroeide aarde toe om te voorkomen dat de vijand iets in handen kreeg wat hem kon dienen.

Er was dan ook geen plantage of veeboerderij die niet in vlammen opging nadat de revolutionaire strijdkrachten er vertrokken waren.

Ook het beleid ten aanzien van slaven stond op de helling. De afschaffing van de slavernij in de Republiek van Cuba in Verzet was sinds 1870 een feit, nadat Céspedes een jaar daarvoor de Grondwet van Guáimaro had afgekondigd. In datzelfde jaar reageerden de Spanjaarden hierop met een wet op vrijgeborenen, die bepaalde dat uit slavinnen geboren kinderen vanaf 1870 vrij zouden zijn, al bleef er nog wel sprake van een patronaat tot ze tweeëntwintig waren, en de wet bepaalde tevens dat slaven ouder dan zestig vrij werden.

'Ze geven de vrijheid aan kinderen en ouderen. Precies degenen die niet kunnen werken, die plantages niets opleveren,' had Kaweka de mannen even spottend als woedend horen zeggen op de bijeenkomsten in het kamp. 'Op die manier hoeven ze ons niet eens te eten te geven.'

'Ze nemen een loopje met ons!'

'Het is vernederend!'

Vervolgens werd er flink gescholden en wraak gezworen aan de Spanjaarden – een stemming die ze meenamen naar het slagveld, dat in een bloedbad ontaardde. Dit wakkerde de wederzijdse haat alleen maar aan, zodat die zich ontwikkelde tot een blinde, ziekelijke en onbeheersbare drift die zich in het gemoed van de strijdende partijen nestelde.

Kaweka voorzag dat dit nog op deze regenachtige dag zou gebeuren toen ze zich samen met Sabina, met de deserteurs al op grote afstand, aansloot bij de rest van de mambí-compagnie die onder bevel van kapitein Arango stond: tweehonderd soldaten infanterie, de meesten zwarte mannen en een paar Chinezen, en vijftig cavalerie, blanken en vrije mulatten. Kaweka en Sabina waren bij hen als ziekenverzorgers onder leiding van medisch luitenant Juan Pérez, die net als veel pas afgestudeerde artsen zich enthousiast bij de gelederen van de opstandelingen had aangesloten. Ze bevonden zich in de buurt van Manzanillo, een kustplaats van waaruit het Spaanse leger werd bevoorraad.

Van hun verkenners hoorden de rebellen dat er een schip met proviand voor de Spanjaarden was aangekomen. Kaweka en haar mensen marcheerden twee dagen in de genadeloze stortbuien om het konvooi met bevoorrading tijdig te kunnen onderscheppen. Ze haalden het in iets voorbij het dorp waar de 'Roep van Yara' had geklonken, en de verkenners kwamen terug met het bericht dat de wagens en de ossen van het konvooi in de modder waren blijven steken.

In het oosten van Cuba waren praktisch alle verbindingswegen niet meer dan eenvoudige paden of smalle paadjes tussen vegetatie en bos, die in de regentijd in onbegaanbare modderpoelen veranderden. De kolonie Cuba, een pionier in de aanleg van spoorwegen – nodig voor het vervoer van de suiker die de grondbezitters zoveel rijkdom bracht – beschikte niet over fatsoenlijke wegen. Konvooien kwamen daardoor vast te zitten en reizen liepen zoveel vertraging op dat proviand soms helemaal niet op de plaats van bestemming aankwam, doordat het werd opgemaakt door de soldaten die voor het vervoer ervan moesten zorgen.

Dat zou ook weleens kunnen gebeuren met die kolonne die op een smal pad door het bos was komen vast te zitten. Kaweka en Sabina, die zich bij luitenant Pérez op een hooggelegen plek tussen de vegetatie schuilhielden, klaar om gewonden te helpen, keken naar de inspanningen van de Spaanse troepen. Die trachtten hun tocht te vervolgen door hun ossenspannen toe te schreeuwen en af te ranselen. Maar de poten van de ossen zonken alleen maar in de blubber in plaats van dat de volgeladen karren vooruitgetrokken werden. De wielen van meer dan twee meter doorsnee, bedoeld om de modder de baas te blijven, draaiden hemeltergend langzaam rond, millimeter voor millimeter. Kaweka kreeg geen idee van de vijandelijke krachten. Ze leken met meer te zijn, maar een groot deel van hen zat onder de modder, net als de wagens en de dieren, onwetend van het gevaar, van de rebellen die hen vanuit de dichte vegetatie bespiedden. Hun mensen bevonden zich onder hen in een hinderlaag, maar Kaweka voelde de spanning en de angst die in de lucht hingen en die zelfs niet door de stortbui werden weggeveegd. Sabina kwam naast haar liggen. Hun mannen waren er klaar voor en beide vrouwen wisten wat er ging gebeuren.

'Leve vrij Cuba!'

De rebellen beschikten over slechts een paar geweren, en wie er een had, had niet meer dan twee, drie patronen. Toch werd er vanuit de dichte vegetatie gevuurd en vielen de eerste soldaten. De Spanjaarden reageerden traag en schoten in de richting van het groen, wel wetend dat het weinig zin had om op bomen te schieten. Voor de tweede keer schoten de opstandelingen vanuit hun schuilplaatsen, waarna er een magische, afwachtende stilte viel die Kaweka een rilling over haar lijf bezorgde. Nu kwamen ze. De Spanjaarden wisten het ook, en Kaweka zag de paniek op de gezichten: blanke, jonge, onervaren jongens, haastig in Spanje gerekruteerd om in deze oorlog mee te vechten. Ze slaakte een kreet. Sabina ook. Vol vuur voegden ze hun stemmen bij het gebrul van de tweehonderd mannen die uit de meest onverwachte hoeken tevoorschijn kwamen en zich met geheven machete op de vijand stortten.

Kaweka genoot van het geschreeuw, van de slagen die de mannen uitdeelden, van hun vuur, hun gekte. Ze sloeg haar arm om Sabina's schouders en drukte haar tegen zich aan, ze bracht de trots over die haar bevangen had bij het zien van de woede van de mannen die een paar jaar daarvoor nog vernederde slaven waren, wezens die ontdaan waren van de mannelijkheid die ze nu tentoonspreidden.

De meeste Spanjaarden deden moeizame pogingen om te vluchten en vochten meer tegen de modder en het water dan tegen hun vijanden, die ook in de slijkpoelen vast kwamen te zitten. Een paar zwarte mannen sneuvelden, en nog eens zoveel blanken. Geëmotioneerd schraapte Kaweka haar keel om een kreet te onderdrukken, maar die veranderde in een brede glimlach toen ze zag dat er vanuit de vijandelijke gelederen bevel werd gegeven tot terugtrekking en dat de karren, de ossen en het proviand werden achtergelaten. Toen kwam ze aanrennen om de gewonden te helpen, terwijl een paar mannen de ossen uitspanden en deze dieren, evenals de paarden, met levensmiddelen belaadden of die zelf op hun schouders namen. Vervolgens doken ze, terwijl ze de dieren meetrokken, opnieuw het bos in.

Een aantal mannen bleef rondlopen om de gewonden af te maken, doof voor hun smeekbeden en jammerklachten. Ze maakten geen krijgsgevangenen; dat deden de Spanjaarden ook niet. Ze doodden ze, maakten zich meester van hun wapens en persoonlijke eigendommen en sneden hen vervolgens met hun machetes van onder tot boven open, als beesten, en slingerden de ingewanden in het rond.

Kaweka zag hen als krankzinnigen lachen en schreeuwen en dansen, gedrenkt in bloed dat zich met de regen vermengde, en ze prees hen en moedigde hen vanaf haar plek naast de gevallenen aan. Yemayá lachte en zong in haar bij de overwinning. Deze van hun ingewanden ontdane mannen vochten tegen slaven, vertegenwoordigden eeuwen van zweepslagen, perversies en vernederingen waar ze nu met hun smerig tentoongestelde ingewanden de prijs voor betaalden. Op de plantages werden slaven zwaar en wreed door de blanken gestraft, als afschrikwekkend voorbeeld voor alle zwarten. Deze jonge, uiteengereten soldaten veroorzaakten paniek bij de Spanjaarden. Sabina brulde opgewonden en vergat zelfs welke taak ze hier had. Ze sloot zich aan bij de macabere dans. Kaweka keek naar haar. Sabina riep om wraak en uitte dreigementen tegen de blanken.

Tijdens de terugtocht naar het hoofdkampement in de buurt van Yarayabo bleef Kaweka op Sabina letten. Ze droegen levensmiddelen, stonden gewonden bij en verzorgden die. Sabina was in de plaats van de oude Cecilia gekomen nadat die in de armen van de jonge vrouw was gestorven tijdens hun vertrek uit Bayamo. Nu kregen deze twee vrouwen een band, hun vriendschap werd hechter en Sabina trad het leven zelfstandig tegemoet, zoals de meeste zwarten deden die zich van slavernij ontwikkelden naar vrijheid, al werd die nog steeds beknot door de onvermijdelijkheden en verplichtingen die een oorlog met zich meebracht.

'Per slot van rekening is de oorlog noodzakelijk om de rest van de slaven op Cuba te bevrijden,' meende Kaweka. 'We moeten overwinnen en onze mensen redden op de grote plantages in de westelijke regio, in steden als Havana en Matanzas. Daar woont het grootste aantal slaven. Daar worden ze nog steeds wreed en ellendig behandeld. We zijn verplicht om te vechten!'

En afgezien van degenen die zich overgaven en deserteerden vanwege het ongenadige leven van gebrek en tekort dat een opstandeling had, namen de overigen dit offer met trots op zich, als een noodzaak om hun eigen doelen te bereiken, die nauw verbonden waren met de doelstelling van onafhankelijkheid van het koloniale Spanje, die de blanken en vrije mulatten dreef. Wel was het zo dat in het proces van de vorming van een nieuwe staat de onontwikkelde mensen gedesoriënteerd en verbijsterd in die vrijheid wakker werden, niet wetend hoe ze ermee om moesten gaan. Veel van hen hadden niet eens leren praten en hadden tot dat moment als verbannenen geleefd op afgelegen bedoeningen diep in de bergen. Ze spraken een brabbeltaal die zelfs voor hun kameraden onverstaanbaar was. Het waren mensen die in hoge mate ongevoelig waren geworden voor tegenspoed, onrechtvaardigheid en ellende: soldaten die door hun bevelhebbers de dood in werden gejaagd. Diefstal, geweld, alcoholisme en promiscuïteit tierden welig in de kampen van het opstandelingenleger en er vormden zich bendes struikrovers die het land afschuimden en paniek zaaiden.

Sabina, die in de regen voor Kaweka uit liep, een muildier meevoerend met daarop een door een kogel gewonde man die zich met moeite vast wist te houden, was ook onderdeel van dit ingewikkelde proces en ze ging het aan met het enthousiasme van een jonge vrouw voor wie de wereld openligt. De revolutie nestelde zich in haar hele wezen en zelfs lichamelijk ontwikkelde ze zich daardoor. Kaweka bleef klein, met een fijn maar pezig postuur, maar Sabina leek te zijn gegroeid en had een lichaam gekregen dat buitengewoon verleidelijk bleek te zijn voor mannen die geen vrouwen hadden om hun wellust te bevredigen. Er waren maar weinig vrouwen die met het leger meegingen. Ze hielden zich verscholen in nederzettingen in de bergen, als marrons die zich verborgen voor de Spanjaarden. Sinds de herovering van Bayamo had generaal Valmaseda bepaald dat iedereen die zich buiten het landgoed bevond waar hij werkte, zou worden gefusilleerd, en dat vrouwen bijeengebracht zouden worden in de dorpen van Jiguaní of in Bayamo zelf. De vrouwen verdwenen dus, en de weinigen die bleven werden voortdurend door soldaten belaagd. Desondanks slaagde Kaweka erin respect bij hen af te dwingen. Ze was medicijnvrouw en uitverkorene van de goden, zoals iedereen kon opmaken uit het feit dat ze mensen genas en in trance raakte bij dansen die niet meer alleen op zondag werden uitgevoerd. Ze had alleen seks als ze dat zelf wilde – een voorrecht dat ze ook voor Sabina moest opeisen voordat de troep soldaten haar sloopte.

Yemayá bleef in verbinding met Kaweka. Ze vertelde haar over Yesa, stelde haar gerust terwijl ze harmonieus door haar heen stroomde tijdens een van de vele keren dat ze aan haar dochter dacht. Kaweka werd dan heen en weer geslingerd tussen de zekerheid die de orisha haar gaf en de weemoed en het verdriet die zich van haar meester maakten omdat ze haar dochter niet in haar armen had. Het waren gevoelens die ze tegenover de mannen probeerde te verbergen. Kaweka zocht de godin in de dans en in het slaan van de trommels, in het zingen en in de wervelende bewegingen van de opgezweepte mensen om haar heen, hoewel Yemayá, net als toen ze slavin op La Merced was, al naargelang haar luimen bezit van haar nam. Dat merkte ze toen ze onderweg waren naar Yarayabo.

Dat was geen goed moment om door Yemayá te worden bezeten. De kolonne had haast, ze doorkruisten vijandelijk gebied.

'Sabina!' riep ze. Die begreep meteen wat er aan de hand was toen ze zich naar Kaweka omdraaide.

Het meisje gaf de halster van het muildier aan een soldaat en bleef staan tot Kaweka bij haar was. Die greep haar vast.

'Laat me niet alleen. Zorg dat ik niet schreeuw,' verzocht Kaweka haar.

Kapitein Arango had bevel gegeven tot absolute stilte. Het onophoudelijke geraas van de regen hielp hen en de geluiden van de voortmarcherende kolonne werden erin gesmoord. Kaweka probeerde zich te verzetten tegen de godin en haar uit te drijven; soms lukte dit haar. Ze sprak met haar, vervolgde haar in haar lijf, schold op haar, balde haar vuisten, kneep haar maag samen, sloeg haar armen met kracht om zich heen en spuugde onophoudelijk. Sabina zorgde dat ze overeind bleef, hield haar vast en volgde haar in haar wankele stappen. Kaweka beefde. Ze klemde haar handen om haar kaken om te voorkomen dat de godin haar stem overnam. Yemayá werd niet boos, al barstte ze in haar binnenste wel uit. Het was één ogenblik, een steekvlam. Toen verliet de godin haar.

'Zeg tegen luitenant Pérez dat ik met de kapitein moet spreken,' zei ze tegen Sabina, terwijl ze zich uit haar armen losmaakte en zich nog maar net herpakt had.

'Waarom?' vroeg de arts Pérez. Hij stelde dezelfde vraag waar de soldaat die hij naar de kapitein had gestuurd mee teruggekomen was.

Pérez had meteen aan de wens van Kaweka voldaan, al kwam dit verzoek van een gewone zwarte vrouw. Hij had gezien hoe ze een ten dode opgeschreven man had genezen door neuriënd haar Afrikaanse goden op te roepen en haar handen over de wond te laten glijden. Sindsdien had hij belangstelling voor de vrouw die altijd in de buurt van Sabina en de troepen was.

'Er nadert een vijandelijk bataljon. Het zijn veel soldaten en ze zijn goed gewapend,' antwoordde Kaweka. 'We moeten halt houden tot ze ons gepasseerd zijn.'

Het water dat over het gezicht van de militair liep, kon zijn bezorgdheid niet verbergen.

'We hebben er verkenners op uitgestuurd,' zei hij. 'Die zeiden dat er nergens gevaar was.'

'Ze komen onze kant op,' hield Kaweka vol.

'Weet je dat zeker?'

Kaweka gaf geen antwoord. Op dat moment stonden er al verscheidene zwarte mannen om haar heen. Vanaf het punt waar zij was blijven staan had de kolonne halt gehouden.

'Voorwaarts!' beval een sergeant te paard, die op de groep stuitte.

De soldaten kwamen niet in beweging. Ze mompelden en gebaarden, en Pérez begreep de neteligheid van de situatie. De mannen zouden Kaweka gehoorzamen, ze hadden haar waarschuwing gehoord. Hij was arts, maar per slot van rekening ook een hogere militair.

'Wacht hier, sergeant.'

Pérez zelf haastte zich zelf naar de voorhoede om Arango te spreken.

'De zwarten geloven deze vrouw, kapitein,' voerde hij aan, terwijl hij liet doorschemeren dat er mogelijk insubordinatie van kwam. 'Voor hen is zij een soort...'

'Hekserij interesseert me niet,' onderbrak de kapitein hem, terwijl hij een wegwerpgebaar maakte. Bij het zien van de alerte en vragende blikken van zijn officieren heroverwoog hij desondanks even later zijn eigen woorden.

Hij gaf bevel halt te houden. Mannen en dieren moesten zich in het dichte woud verbergen. 'Stilte!' werd de troepenmacht opnieuw bevolen. De verkenners kregen nieuwe instructies en kwamen terug met het bericht dat het waar was: een Spaanse compagnie die mogelijk drie keer zo groot was als hun troepenmacht, grotendeels te paard en goed bewapend, naderde hen. 'Stilte!' klonk het weer. De opstandelingen van kapitein Arango wachtten in de regen tot de vijand zich van hen verwijderd had.

De compagnie van Kaweka sloot zich aan bij Bataljon IV, dat onder bevel van kolonel Maceo stond sinds zijn aankomst in het kamp van Yarayabo. De compagnie werd ingedeeld bij het eerste korps van het Leger van het Westen dat destijds aangevoerd werd door generaal García, die de leiding had over de krijgsverrichtingen in de regio Guantánamo, waarvan de hoofdstad niet al te belangrijk was. Er woonden Spanjaarden en veel Fransen die de slavenrevolutie op het naburige Haïti waren ontvlucht. De stad lag wel aan een grote natuurlijke baai die een strategisch belangrijke haven was geworden voor de mambí-belangen, die ernstig hadden geleden onder het verlies van Bayamo, de nederlaag in Las Villas en de grote problemen in Camagüey. In dat gebied steunden de Cubaanse republiek en de revolutionaire geest op generaal García en de nieuwe tactiek van de guerrillaoorlog.

De levensmiddelen werden luidruchtig ontvangen, en het rumoer nam toe toen Kaweka kwam, wier voorspelling, zo werd binnen de gelederen beweerd, een bloedbad had voorkomen. Het bericht had zich snel verspreid en veel soldaten kwamen naar haar toe om haar toe te juichen. Het terrein rond de ziekenboeg, waar het nog modderig was door de aanhoudende regen, werd het toneel van een spontaan feest. Brandewijn, tabak, gezang, trommels en de dansen – hoewel gehinderd door de modder – trokken zoveel zwarte mensen dat de officieren, blanken en mulatten, het niet waagden deze viering te verbieden.

Kaweka stond in het middelpunt van de belangstelling, als een godin. Ze lieten haar alleen dansen, binnen een van de vele kringen die zich vormden. Ze werd aangevuurd en toegezongen door tientallen, misschien honderden stemmen. Door haar buitengewoon slanke, lichte postuur leek ze boven het slijk te kunnen zweven met haar altijd blote voeten. Kaweka was uit op extase; ze had er behoefte aan zich te ontdoen van het bloed en de klachten van de gewonden, maar haar hemd en rok van grove jute, die doorweekt waren, drukten zwaar op haar, plakten aan haar huid en belemmerden haar in de bewegingsvrijheid die ze nodig had om het verdriet en het lijden van de oorlog achter zich te laten. Zonder met dansen op te houden kleedde ze zich uit. De regen stroomde vrij over haar lichaam, over haar rug die door de zweep getekend was, zoals bij veel van de aanwezigen het geval was. Die hielden als eersten hun mond, en de overigen sloten zich bij hun zwijgen aan, evenals de trommels en het gezang in de andere kringen. Op het laatst was Kaweka de enige die nog danste, terwijl ze zich naar een climax bewoog. Naakt op de kralenketting van Yemayá na. Mager geworden. Ontsierd door littekens die als glimmende linten door de regen kronkelden en de slaven van weleer in vervoering brachten.

Uiteindelijk stortte ze in de modder neer. Sabina schoot toe om haar lichaam te bedekken en omhelsde haar. De mannen trokken zich respectvol terug en wendden hun blik af van de vrouwen. Kaweka zag hoe ze zich verspreidden en net zoals dat had gegolden voor haar in het oog lopende littekens, was een simpele beweging genoeg om de tientallen mannen te laten verdwijnen. Kaweka hief haar hoofd, nog verdwaasd van de dans. Het was als een windvlaag: benen, een lichaam dat slungelig wegglipte, maar toch met die magische gratie die haar in La Merced zo betoverd had.

Ze keek zoekend rond en meende zijn rug te zien, al verdween die meteen tussen honderden andere. Toch wist ze van wie die rug was. Modesto was hier.

De volgende dag verzocht Kaweka een aantal soldaten om naar een man te zoeken die ze meende te hebben gezien, want helemaal zeker was ze er niet van. Hij heette Modesto. Ze kreeg echter geen tijd om hun berichten af te wachten, omdat een sergeant, een mulat, haar opriep naar het hoofdkwartier te komen, dat gevestigd was in het vervallen huis dat vroeger het statige woonhuis was geweest van de verlaten veehouderij waarin het leger zijn kamp had opgeslagen.

Het was ongebruikelijk dat bevelhebbers een zwarte soldaat bij zich ontboden, laat staan een zwarte vrouw. In al de jaren dat Kaweka in de oorlog meevocht had ze alleen maar met luitenant Pérez gepraat. Een goede geneesheer, die het echter wel moeite had gekost om haar waarde als medicijnvrouw te erkennen.

'Ze willen je vast feliciteren vanwege die Spaanse troepenmacht,' zei Sabina enthousiast.

'Misschien word je wel tot korporaal bevorderd,' zei de sergeant die haar was komen halen ironisch. 'Haast je!' spoorde hij haar aan.

Kaweka keek niet eens naar hem en bleef voorovergebogen naar haar patiënt kijken die op een veldbed lag. De mulat wilde nog eens zeggen dat het dringend was, maar hij bedacht zich en bleef staan wachten, hoewel zijn onrustige bewegingen aangaven dat het hem niet zinde.

Het was alsof ze een andere wereld binnenstapte. Van die van de zwarten, die gedwongen soldaat of hulpje waren en die verantwoordelijk waren voor allerlei zwaar werk in het kampement, naar die van de blanken, en de vrije zwarten en mulatten, die bij de eersten mochten wonen en slapen en een prettiger leven hadden binnen de ongemakken van een oorlog. Kaweka en Sabina zagen in plaats van grijze lappen en machetes nu overal witte uniformen, sabels en pistolen aan riemen om het middel, strooien hoeden, tressen en versierselen, hoewel er wel iets leek te veranderen. Kaweka had horen praten over de kolonel van haar eigen bataljon: Antonio Maceo, een mulat van nog geen dertig, die als gewone soldaat in het revolutionaire leger was gekomen en vervolgens, dankzij zijn moed, toewijding en intelligentie, stukje bij beetje opgeklommen was naar zijn huidige rang. Maceo – de 'Bronzen Titan', zoals zijn bijnaam was – was een voorbeeld voor mulatten en zwarten, een spiegel waarin je jezelf weerkaatst zag.

Maar die zag ze niet. Hem niet, generaal García niet en geen enkele andere hogere militair behalve kapitein Arango, die haar gezeten achter een tafel ontving in een klein vertrek zonder ventilatie waar het zo vochtig was dat het zweet tussen haar borsten liep. De regen had hun een pauze gegund, maar de modder niet. Die hoopte zich op op de altijd blote voeten van Kaweka, die voor de man bleef staan. Sabina, aan wie niemand de minste aandacht besteedde, alsof ze gewoon een verlengstuk van Kaweka was, was een stap achter haar stil blijven staan – de grootst mogelijke afstand die dit kamertje toeliet.

'Regla...' begon de kapitein onwillig terwijl hij op een papier keek. Kaweka had niet de indruk dat de blanken haar ergens mee wilden feliciteren, zoals Sabina maar was blijven herhalen toen ze hiernaartoe liepen, maar ze had wel de mogelijkheid overwogen dat ze werd geroepen om een van hun mannen te behandelen. Nu was het echter duidelijk dat haar iets vervelends te wachten stond. 'María Regla Fernández,' las de kapitein toen ineens voor.

Kaweka aarzelde even, tot ze zich herinnerde dat ze deze achternaam had opgegeven in het hospitaal van Bayamo om te voorkomen dat Gertrudis haar de naam van haar voormalige baas gaf, die van markies de Santadoma. Dat was gebruikelijk voor emancipados. Ze deed er het zwijgen toe.

'Vanaf vandaag,' vervolgde de kapitein, 'ga je naar het kamp in de Sierra Maestra waar de vrouwen en kinderen naartoe zijn gegaan, terwijl wij vechten en deze bevrijdingsoorlog gaan winnen.' Hij zei het wrokkig en sprak de woorden langzaam uit. 'Ze hebben daar een ziekenverzorgster nodig.'

Het duurde even eer Kaweka begreep dat ze verbannen werd.

'Maar...'

Meer wist ze niet uit te brengen. Ze beefde van woede. Daarna probeerde ze ertegen in te gaan, maar ze wist niet hoe, ze had nog nooit met een blanke gediscussieerd. Verder dan wat onverstaanbaar gehakkel kwam ze niet.

Met dit bevel werd ze weggehouden van de strijd, van haar mensen, van alles waar ze zich voor gegeven had, om naar de vrouwen gestuurd te worden. Ze weerstond de blik van de man toen die geërgerd naar haar opkeek. Hij vond zeker dat ze al uit zijn kantoor weg had moeten zijn.

'Wat sta je te kijken! Sergeant!' brulde Arango. 'Neem deze twee mee en plaats ze over naar de bergen,' beval hij, nog voor de ander in de deur verschenen was.

Kaweka wilde zich over de tafel heen op de man werpen, maar toen trok de sergeant hen beiden weg en sleurde hen eerst het kantoor en toen het huis uit, om hen vervolgens naar de plek te duwen waar de rijdieren stonden, in de openlucht, bij gebrek aan palen vastgezet aan lange touwen.

'Sla ze in de boeien!' beval hij de palfreniers.

'Maar onze spullen dan?' waagde Sabina te vragen.

'Spullen?' gromde de man, en liet een bulderende lach horen. 'Jullie bezitten niets. En als je wel wat bezit, is het gestolen.'

Ze mochten niet eens terug naar de ziekenboeg, dacht Kaweka. Hoe vaak had mama Ambrosia haar niet gewaarschuwd? Door de herinnering aan de kindermeid kwamen er allerlei gevoelens in haar op. Ze voelde zich vol heimwee en zachtheid terwijl ze tegelijkertijd kookte van woede. De raad die de vrouw haar had gegeven toen zij nog een kind was toonde nu zijn waarde. Hoe meer ze liet zien welke krachten ze bezat, hoe meer ze gehaat zou worden door de mensen die hun gezag ondermijnd zagen worden, had mama Ambrosia herhaaldelijk gezegd. En dat was precies wat er gebeurde, dat had ze net gezien bij de kapitein: hij was niet in staat geweest zijn compagnie te behoeden voor de ondergang, die een confrontatie met de Spanjaarden zou hebben betekend. Maar een zwarte heks had dat wel gekund, en de mannen wisten dat. Kaweka had een lelijke deuk geslagen in zijn reputatie van rebellenleider. Hij had aarzelend gesproken toen hij zijn meerderen over het incident had ingelicht. 'Het was gewoon toeval!' Met die woorden had een kolonel de weifelend gebrachte uiteenzetting van zijn ondergeschikte schreeuwend onderbroken toen die beweerd had dat Kaweka voor de zwarten een soort priesteres was. Maar het leger van de Republiek van Vrij Cuba kon niet afhankelijk zijn van de visioenen van een krankzinnige zwarte vrouw... al zouden ze kloppen. 'Zelfs als ze kloppen!' brulde de man. 'Morgen kan ze een andere dreiging verzinnen... en de mannen konden haar woorden weleens boven de zienswijze van de bevelhebbers stellen. Heren, we hebben te maken met een stel analfabeten en lichtgelovigen die niet zullen aarzelen om tegen ons in opstand te komen. We hebben het al zwaar genoeg met vechten tegen de vijand, we gaan ons niet ook nog bezighouden met een zwarte tovenares, of ze nou gelijk had of niet, of ze een priesteres of hoe ze haar ook noemen is of niet. Weg met die vrouw! Geen beïnvloeding meer van het moreel en de subordinatie van de troepen. Breng haar zo ver mogelijk hiervandaan!'

Daar was de sergeant dus mee doende. Hij gaf bevel de vrouwen aan het touw vast te binden, net als de dieren.

'Je hoeft het meisje niet vast te binden,' protesteerde Kaweka, wijzend naar Sabina. 'De kapitein heeft over haar niets gezegd.'

'Dat ga ik niet controleren. Arango lijkt in een niet al te best humeur te zijn.' De man grijnsde dommig. 'Jij hebt haar toch zelf meegenomen hiernaartoe? Dan zal ze nu ook in je lot delen,' besloot hij met een gebaar naar de mannen die bezig waren Sabina's handen vast te binden. Sabina verzette zich in het geheel niet. Ze stak haar beide armen met gevouwen handen naar voren. 'Lang zullen jullie niet hoeven wachten,' zei de sergeant voor hij wegliep. 'Er vertrekt vandaag nog een konvooi naar de bergen. Bewaak ze goed!'

De palfreniers waren zwart, net als zij tweeën. Vrijgelaten slaven die het hoeden van de koeien op de veehouderij van een blanke hadden verruild voor de zorg voor de paarden van andere blanken. Kaweka hoefde het niet eens te vragen. Ze kenden haar, respecteerden haar, hielden van haar. Niemand zou iets zeggen, net zomin als de slaven op La Merced hadden gedaan van wie ze de machetes had gestolen. Stuk voor stuk, niemand had ook maar iets gezien. Ze hoefde ze alleen maar aan te kijken en ze maakten het touw al los. Ze zouden zelfs ontkennen dat ze hier geweest was. Het was gemakkelijk: 'Nee.' 'Ik weet het niet.' 'Ik was daar niet bij.' 'Nee, nee, nee...' Dat konden de mensen die voortdurend onderworpen werden aan verhoren van bazen en opzichters heel goed. Zo zou het gaan, beslist, dacht Kaweka toen ze naar de ziekenboeg terugliep en nat werd van de regen die weer was gaan vallen. Misschien zou de sergeant ook doen alsof hij van niets wist. Hij zou niet het lef hebben dit de kapitein mee te delen. De twee vrouwen liepen door het kamp alsof er niets gebeurd was. Uiteraard waren ze samen met het konvooi vertrokken, zou de sergeant tegen iedereen beweren, en hij zou een willekeurige zwarte man in zijn nekvel grijpen en door elkaar rammelen om die zijn woorden te laten bevestigen. En die man zou dat doen. Ze kwamen bij de ziekenboeg aan en liepen naar de tent waar de bedden van de gewonden in rijen lagen. Daar sliepen zijzelf ook, daar lagen hun spullen.

'Ze willen me niet bevorderen,' grapte Kaweka bij wijze van begroeting tegen de soldaat die dat voor mogelijk had gehouden

Vanaf zijn ziekbed keek hij haar vragend aan. 'Jammer,' zei hij.

'Ik zou het wel hebben gedaan,' zei iemand achter Kaweka.

Zijn stem... 's Nachts had ze aan hem gedacht, waarbij ze ieder spoortje emotie had uitgebannen: Modesto paste niet in haar plannen. Ze schudde alle 'waaroms' van zich af die steeds weer opdoemden wanneer ze over hen nadacht, vragen over wiens schuld het was dat ze uit elkaar waren gegaan, zoveel discussies hadden gevoerd. Dat was allemaal niet belangrijk. Nu bestond alleen de oorlog, het verlangen naar vrijheid. Dat was het enige waar Kaweka aan dacht. Toch was ze nieuwsgierig, zodat ze zich naar hem omdraaide.

'Wat doe jij hier?' vroeg ze op koele toon.

'Ik kom om te vechten... net als iedereen,' zei hij, wijzend naar de mensen om hen heen.

'Nu?' vroeg ze schamper. 'Bijna vier jaar na het begin van de oorlog? En waarom in Guantánamo? In heel het oosten wordt gevochten.'

'Ik hoorde dat jij hier was en ben je achterna gegaan.'

'Het is jaren geleden dat ik hoopte dat jij me achternaging,' zei ze verwijtend. 'Naar de nederzetting,' verduidelijkte ze, toen ze Modesto's verbaasde gezicht zag.

'Ja, ik wilde dat ook doen, hoewel jij bij me was weggegaan. Mama Ambrosia verbood me naar je te gaan zoeken. Ze zei dat je de goden toebehoorde.'

Nu was Kaweka degene die zich verbaasde.

'Wat zeg je nu voor akeligs?' zei ze, maar plotseling kwam het beeld van Eluma haar voor de geest. Misschien had de babalawo er iets mee te maken.

'Wat ik zeg,' zei Modesto. 'Ze zei me dat ik je moest vergeten, dat je aan iedereen toebehoorde.' Opnieuw wees hij naar de anderen. 'Dat...'

Kaweka keek hem vorsend aan Ze achtte de kindermeid in staat dit te hebben gezegd. Waarom zou Modesto daar nu over liegen?

'Waarom heb je me daar in Havana niets over gezegd?' wilde ze weten. 'Je had...'

'Omdat je ziek was. Ik wilde niet dat je je ergerde door mama Ambrosia de schuld te geven van mijn beslissing. En de keer daarop dat we elkaar zagen...'

... was je dronken, vulde Kaweka zijn zin in gedachten aan.

Modesto knikte, hij zag wat zij op dat moment dacht. Het was mogelijk dat hij een vergissing had begaan door Rogelia te geloven, maar Kaweka kon hem niet uitsluitend vanwege dat voorval veroordelen. Hij was van haar gaan houden en was bereid geweest voor haar vrijheid te betalen, maar door te verdwijnen gaf ze zijn gevoelens een klap, sloeg ze alle verwachtingen de bodem in. Dat over mama Ambrosia was waar, dat moest ze geloven. Daarna had hij haar leven gered op La Merced en had hij geprobeerd haar dochter te vinden. Had hij haar soms niet voldoende bewijzen gegeven voor zijn liefde? Modesto keek nu net zo vorsend als zij zo-even had gedaan en vroeg zich af of de vrouw die hij nu tegenover zich had een andere was dan die hij had gekend. Kaweka had altijd gevochten, zeker, maar de oorlog had haar harder gemaakt… Misschien wel zo erg dat ze niet meer in staat was lief te hebben.

Ze zag hem twijfelen en besloot dat dit het juiste moment was om een eind te maken aan het gesprek.

'We gaan,' zei ze tegen Sabina. Het enige wat ze wilde was die gedachten verre van zich houden en terugkeren naar de realiteit, de oorlog, het onrecht waarvan zij dankzij blanke bevelhebbers net het lijdend voorwerp was geweest.

Ze pakte haar plunjezak op, die licht was, afgezien van de machete die erin moest zitten, te oordelen naar het heft dat eruit stak. Het was nog steeds dezelfde machete die Porfirio haar cadeau had gedaan nadat hij Pedro José had verkocht aan de kapitein van de brigantijn. Ze had niets meer over de masochist gehoord. De herinneringen aan zijn perverse neigingen in het scabreuze spel dat ze hadden gespeeld waren vervaagd. Ook had ze niets over Jesús gehoord. Beiden zaten waarschijnlijk bij andere eenheden van opstandelingen… als ze nog leefden. Ze haastte zich. Ze moest weg uit dit leger dat haar verstoten had. Als ze de sergeant tegenkwam kon dat afgrijselijke gevolgen hebben. Om zich te herpakken haalde ze diep adem, ze wierp de tas over haar schouder en maakte aanstalten om de tent te verlaten.

'Succes!' wenste de gewonde man haar toe.

Kaweka merkte dat de meeste patiënten die bij bewustzijn waren en die zich konden bewegen, naar haar keken. Ze glimlachten, knikten haar toe en wensten haar geluk. Zelfs luitenant Pérez, die wist van het besluit van de bevelhebbers, bleef in een hoek van het armoedige veldhospitaal staan en neeg met opeengeklemde lippen zijn hoofd, als een stil eerbetoon aan haar werk. Omgeven door zoveel genegenheid voelde Kaweka op dat moment dat ze deel uitmaakte van een veranderende samenleving die bestond uit mannen en vrouwen die de geschiedenis achter zich wilden laten die de blanken voor hen hadden gecreëerd, om hun eigen geschiedenis te schrijven. Het bloed, dat zij had geroken, dat haar had doordrenkt, dat zij had tegengehouden of dat onstuitbaar was gevloeid en het leven van haar patiënten had genomen – ja, vooral dat laatste bloed – was slechts de pijler waarop haar nieuwe wereld moest rusten.

'Leve vrij Cuba,' wist ze toch met schorre stem uit te brengen, in verwarring door de enorme dankbaarheid die ze bij al die strijders voelde.

Ze verliet het hospitaal met een brok in haar keel, een trillende kin en tranen die met alle geweld wilden stromen. Sabina volgde haar, en Modesto ook. Het geroep in de tent nam toe, een kabaal dat de aandacht trok van de mannen die buiten stonden. De bagage van de vrouwen liet er geen twijfel over bestaan wat er gaande was.

Veel mannen kwamen hun kant op. Kaweka liep werktuiglijk, met haar blik in de verte.

'Waar ga je naartoe?' vroeg iemand.

Waar ze naartoe ging? Wat gingen twee zwarte vrouwen en een emancipado zonder geld doen in gebied dat ze niet kenden, terwijl ze midden in een oorlog zaten? Als ze door de Spanjaarden gevonden werden, werden ze tot slaaf gemaakt. Als ze rebellen tegenkwamen, werden ze beschouwd als deserteurs. Zij tweeën ook, al waren ze vrouwen. Misschien was de enige oplossing om zich te verschuilen in een nederzetting. Maar het was Kaweka's roeping om te vechten, om de vrijheid na te jagen. Dat eiste de godin van haar, daar verlangde zijzelf naar. Ze kon geen verraad plegen aan al die doden die achtergebleven waren. Nee, ze ging zich niet opnieuw schuilhouden in de bergen. Er schoot een elektrische lading door haar lichaam die haar deed zwellen van enthousiasme.

'Waar ga je naartoe?' klonk het weer.

Yemayá kronkelde binnen in haar en spoorde haar bemoedigend aan.

'Naar de oorlog!' verklaarde ze, en ze liep nu stevig door.

Een aantal mannen bleef staan en sommigen liepen zelfs weg; in hun ogen was angst te lezen. Anderen liepen achter hen aan, met wapens en spullen die ze nooit ergens achterlieten. Vrijheid kon niet afhangen van de grillen of het eergevoel van officieren, blank of mulat, die zich nog steeds beter voelden dan zij, dacht Kaweka terwijl ze achteromkeek. Er volgden haar een stuk of dertig mannen, degenen die de zaak het meest toegedaan waren, de overmoedigsten, de dappersten, of misschien de krankzinnigsten. Ze klakte met haar tong bij die mogelijkheid. Toen keek ze nog verder naar achteren, waar tientallen mannen hen stonden na te kijken – sommige bedrukt, andere glimlachend, veel die hun machete in de lucht hieven ten afscheid. Een enkeling haastte zich nog om zich bij hen te voegen. Haar blik kruiste toen die van Modesto, de man met zijn karakteristieke slingerende loopje, dat even onbeholpen als aantrekkelijk was. Geen van tweeën wisten ze hoe ze een eind moesten maken aan een situatie die slechts een tel duurde, maar toch lang genoeg om beiden te laten beseffen dat ze elkaar veel hadden uit te leggen.

16

Madrid, Spanje
April 2018

'Weet je nog dat ik vertelde dat we bij jouw oom Antonio zijn geweest, de broer van oma Margarita?'

'Uiteraard.'

Haar moeder stond met de rug naar haar toe te koken en Lita zat aan tafel naar haar te kijken, zoals ze zo vaak in haar leven had gedaan. Een alledaags, warm tafereel dat haar nu onrustig maakte. Net zoals haar was overkomen voordat ze de brieven gevonden had, bevond ze zich ook nu weer op een dood punt. Ze wist niet wat ze moest doen, durfde geen beslissing te nemen. De zaak groeide haar boven het hoofd, en intussen liepen de onderhandelingen over de verkoop van de bank soepeltjes. Een transactie waarin al aandelen waren betrokken die mogelijk haar moeder toebehoorden, want als zij een kleinkind van de oude markies was, was ze daarmee net als al de anderen eigenares van de Banca Santadoma. Het testament was duidelijk: de kleinkinderen waren erfgenaam, en daar was Concepción er een van.

'Maar over die aandelen en al die dingen van de bank, daar moet je moeder toch over beslissen?' had Sara gezegd toen ze haar vriendinnen in vertrouwen nam.

Lita haalde haar schouders op en hief vertwijfeld haar handen.

'Je weet hoe ze is. Heel eenvoudig, nederig…' Ze slaakte een zucht. 'Het is een goede vrouw,' voegde ze er toen berustend aan toe. 'Ze zal het niet geloven. Ze zal het gewoon niet accepteren en koppig bij het oude blijven…'

'Maar je zult het tegen haar moeten zeggen. Je kunt niets doen zonder dat je moeder ervan weet. Zij is de erfgename, niet jij.'

Wat had ze nou helemaal dat haar theorie kon staven? Een video-opname van een oude, ongeschoren Cubaan op slippers en in sportbroek en hemd, en wat correspondentie van de Santadoma's, die ook niets bewees. De man op de video wekte weinig vertrouwen, hij kwam niet erg geloofwaardig over en de brieven had ze gestolen, zodat ze die niet kon gebruiken. Ze had niks, behalve de overtuiging dat wat de broer van haar oma zei waar was.

'De overtuiging of de wens?' had Sara gevraagd toen ze hun haar conclusies voorlegde.

Die vraag had Lita zichzelf niet willen stellen en daar zat ze nu, in de keuken van het huis van de markies, met een glas wijn in haar hand geklemd alsof ze de voet ervan af wilde breken.

'Waarom vraag je dat?' vervolgde Concepción, terwijl ze over haar schouder keek.

Lita haalde diep adem. Was ze zeker van wat ze ging doen? Nee, dat was ze niet.

'Omdat jouw oom Antonio beweert dat jij de dochter bent van Eusebio de Santadoma, de zoon van de oude markies,' zei ze desondanks. 'Die man die naar Miami is gegaan.'

Ze gooide het er ineens uit. Haar moeder hield even op met roeren in wat er ook in de pan mocht zitten.

'Praat geen onzin,' zei ze toen.

Concepción concentreerde zich weer op het eten, alsof er net een grap was verteld. Lita stond op, liep naar haar toe en sloeg haar armen van achteren om haar moeder heen.

'Mam, het is geen onzin.' Ze trok haar moeder bij het fornuis weg en draaide het gas uit. Alweer groente, foeterde ze bij zichzelf. Ze liet haar moeder plaatsnemen aan tafel en zette haar mobieltje aan. 'Kijk eens naar dit filmpje.'

De bijeenkomst werd in dezelfde vergaderzaal gehouden waar Lita uit was gezet na de beledigingen van doña Claudia. Terwijl ze glimlachend en groetend door het kantoor van de Banca Santadoma liep kreeg ze het letterlijk steeds benauwder. De meeste mensen groetten haar oprecht vriendelijk, maar sommigen keken naar haar vanachter een masker van aardigheid dat hun hypocrisie niet kon verbergen.

'Blijf je hier staan? Het lijkt wel alsof je liever niet naar binnen wilt.'

Gloria behoorde ongetwijfeld tot de laatste groep. Het hoofd

Risicomanagement dat haar concurrente was geweest bij Pablo, was haar voor en opende resoluut de deur van de vergaderzaal. Ze drukte haar nog net niet weg, maar kwam wel zo dicht bij haar dat Lita voelde dat ze haar sarcastische woorden besloot met een subtiele aanraking waarin grote woede school.

Lita ging de uitdaging aan en volgde haar. Ze moest met haar hand de deur tegenhouden om te voorkomen dat de manager die in haar gezicht dichtsloeg, en ging de ruimte binnen waar haar leven kortgeleden overhoop was gehaald. 'Zwartje.' 'Kleindochter van onze dienstmeid.' De beledigingen van de oude vrouw hingen nog steeds in de lucht, en mocht dat niet zo zijn, dan doolden ze nog wel rond in de herinneringen van de meeste aanwezigen. Ze kon rekenen op de steun van veel van hen, had Pablo haar verzekerd. Ze had na afloop ook appjes gekregen met steunbetuigingen, zelfs van collega's die niet eens bij de vergadering waren geweest, maar onwillekeurig moest ze opnieuw denken aan die vernederende kwalificaties.

Er werd getekend voor de verkoop van een ander groot pakket aandelen van de bank dat in handen was van de familie Ruz Pariente, allemaal rijke mensen en vrienden van de Santadoma's, partners in allerlei andere zaken, vrienden tijdens vakanties op plezierjachten, op feesten en glamouravondjes waar de roddelpers haar bladzijden mee vulde. De meesten namen staand deel aan het uitgelezen ontbijtbuffet waar twee serveersters stonden te bedienen. Onder de mensen die aan tafel zaten bevond zich ook Pablo, die naast de advocaat van de verkopers helemaal opging in zijn taak om de contracten aan een laatste controle te onderwerpen. De afgelopen twee avonden had hij zich bij Lita verontschuldigd omdat hij overladen was met werk, maar zij vond het niet erg. Zijn werk hield haar niet erg bezig, maar wel piekerde ze voortdurend over de houding van haar moeder, die steeds koppig de mogelijkheid van de hand had gewezen dat ze het kleinkind van de oude markies was. Ze wilde niet dat Lita haar de brieven van Eusebio aan zijn vader voorlas. Ze vroeg ook niet hoe ze eraan kwam, en keek de video van Antonio niet eens helemaal af. Ze ging alles uit de weg alsof het om iets duivels ging. Er was geen sprake van dat Lita haar kon overtuigen, want Concepción weigerde ronduit voor een kloof te gaan staan die haar onoverbrugbaar leek: een wijziging in haar maatschappelijke status die niet paste binnen de beginselen van strikte klassenscheiding waarin ze grootgebracht was. 'Hoe kan ik nou een dochter van don Eusebio zijn?' zei ze steeds weer.

Als zij en Pablo elkaar hadden gezien de afgelopen dagen, zou hij hebben gemerkt dat ze ergens mee zat, en Lita voelde zich zwak en kwetsbaar. Ze wist niet hoe ze met de situatie moest omgaan. Misschien had ze de aanvechting gehad om hem om hulp te vragen, maar dat kon ze gewoon niet doen. Ze kon de man die een ontzettend belangrijke financiële transactie tot een goed einde moest brengen, niet iets onthullen over aanspraken die deze in gevaar brachten. Ze geloofde dat hun relatie, die geweldig, vervullend en uniek was, stabiel was geworden en wilde Pablo niet laten kiezen tussen haar en zijn carrière – een onvoorzien probleem dat erbij was gekomen door er met haar moeder over te praten.

'Ik dacht dat het helemaal geen invloed zou hoeven te hebben op onze relatie,' zei ze toen ze het er met haar vriendinnen over had. 'Het is een zaak die mijn moeder aangaat. Maar als ik hem er helemaal in zie opgaan, druk bezig met de kleinste details om de transactie te laten slagen... Laatst hoorde ik hem tegen mensen van de catering zeggen wat die Amerikaan lekker vindt. Een topmedewerker die zich bezighoudt met gebakken eieren of weet ik veel wat!'

'Inderdaad,' zei Elena. 'Dat van je moeder legt er een bom onder. De verhoudingen bij de onderhandelingen zouden er totaal door kunnen wijzigen. En hoe ga je het nou aanpakken?' vroeg ze, na een flinke slok bier te hebben genomen.

Dat wist ze niet, concludeerde Lita opnieuw, nu ze de markies en de twee mannen van de familie Ruz Pariente zag, alle drie in een informeel geruit jasje, alsof ze wilden benadrukken dat de miljoenenverkoop niet meer was dan wat vertier dat zou eindigen in een selecte golfclub zodra de vervelende formaliteiten afgerond waren. Ze stonden te kletsen met een kop koffie in de hand. Meyerfeld, de collega van Stewart, die met zijn donkere pak wél belang leek te hechten aan de transactie, stond een beetje buiten het groepje en mengde zich niet in de conversatie. Toen ze bij hen in de buurt kwam, begreep Lita waarom: ze spraken Spaans.

De lange Meyerfeld begroette haar met een knikje. Al hadden ze elkaar een paar keer gesproken over het contract dat nu zou worden getekend, noch Lita, noch een van de andere adviseurs had contact met de man gehad dat verderging dan het puur professionele. Glimlachjes, grapjes, koetjes en kalfjes, om maar te zwijgen van fysiek contact of blikken buiten het gebruikelijke oogcontact, behoorden niet tot het sociale repertoire van de Amerikaan.

Lita begroette hem vormelijk. Toen begon de markies, die niet verborg dat hij haar aanwezigheid weinig op prijs stelde, zich met hen te bemoeien, evenals de twee Ruz Parientes, die erop leken te hebben gewacht om hun commentaar en opmerkingen door haar voor Meyerfeld te laten vertalen.

'Je spreekt heel goed Engels,' zei de ene Ruz Pariente nadat zij ook een paar keer iets had opgemerkt.

Lita reageerde hier niet op. Behalve die drie, die het Engels kennelijk niet hoefden te beheersen, sprak iedereen die hier aanwezig was Engels, zoals dat in een bedrijf als dit nu eenmaal nodig was. Het zou in deze opgeprikte man, met zijn glimmende schoenen en geruite jasje, die zijn leeftijd probeerde te verdoezelen met zoveel gel in zijn grijze haar dat het wel gesteven leek, nooit zijn opgekomen om zo'n opmerking te maken tegen Gloria – die hen vanuit een ooghoek in de gaten hield – of een van de andere managers in de zaal. Desondanks wachtte het heerschap met een vaderlijke houding op haar reactie. Dat halfbloedje heeft de kansen weten te benutten die de genereuze westerse samenleving haar heeft geboden. Lita was ervan overtuigd dat de man zoiets dacht, en meende zelfs de trots te kunnen waarnemen die hij uitstraalde omdat hij zichzelf als een hoeksteen van de samenleving beschouwde. Het was het soort gebruikelijke, bijna werktuiglijke en onbewuste commentaar waar immigranten en alle andere niet-witten mee te maken kregen, al waren ze zoals zij in Spanje geboren, hadden ze op een nonnenschool gezeten in een van de duurste wijken van de stad en bezaten ze een academische titel. Lita kreeg de neiging ironisch te worden: Wist je niet dat het Engels (of wat ook maar) een zwarte uitvinding is? Of gewoon grof te zeggen: Rot op! Ze hield zich deze keer echter in omdat ze al voor genoeg beroering in deze zaal had gezorgd, en produceerde een soort glimlach waarmee de ander zich bevestigd voelde in zijn oneindige edelmoedigheid.

De raciale superioriteit duurde voort toen iedereen plaats had genomen en de contracten werden afgehandeld. Manuel Ruz Pariente, die haar kennis van het Engels had geprezen en tegenover Lita zat, leek meer door haar in beslag genomen te worden dan door de bepalingen die Pablo en zijn advocaat uiteenzetten, de een in het Engels en de ander in het Spaans. Alles was van tevoren al overeengekomen. Het ging dan ook louter om een formaliteit, en de man knikte werktuiglijk bij de opmerkingen van zijn jurist, terwijl hij naar haar keek zonder zijn verbazing te verbergen over het feit dat een jonge vrouw van kleur Engels kende. Hij leek zelfs bronstig te zijn geworden van haar glimlachje, waar ze nu spijt van had.

Lita werd afgeleid door het gedrag van Manuel Ruz Pariente. Ze voelde de spanning in dichte wolken op zich afkomen, waardoor haar bewegingen en zelfs haar ademhaling vertraagden. Het kostte haar moeite haar aandacht erbij te houden, net als toen ze de zaal in wilde gaan en Gloria haar voor was geweest. Die zat nu ook naar haar te kijken. Maar had zij Lita bij de deur verrast, nu was het omgekeerd. Lita richtte haar hoofd op en trok een minachtend gezicht, dat de ander met een verdorven glimlachje beantwoordde. Hoe dan ook, door de weigering van haar moeder om zelfs maar te luisteren naar de argumenten rond haar afkomst, een eventueel conflict met Pablo, de spanning tussen haar en Gloria en de schaamteloosheid waarmee die vieze oude bok haar opnam, veranderden de stemmen van Pablo en de advocaat en die van de Ruz Parientes in gemurmel en ging zij die nieuwe wereld in waar een kleine zwarte Maagd haar heen leidde. Ze beefde bij de gedachte dat Meyerfeld of de markies misschien iets merkte. Onder tafel kneep ze op schoot haar handen in elkaar op het moment dat de ruimte op haar dreigde te vallen om haar te verpletteren.

Ze voelde zich beneveld en duizelig, en wilde zich door de vijandig lijkende omgeving en de uitzichtloze situatie net gewonnen geven, toen de tranen die achter haar ogen prikten haar niet overspoelden, maar in plaats daarvan uiteenspatten in honderden kleuren, in ontelbare schitterende deeltjes die haar hoofd prikkelden en een oneindige kracht in haar opwekten. Zij was een vrouw van kleur. Dochter van een vrouw van kleur. Afstammelinge van zwarte slaven. Zwarte! Ze voelde zich net zo zweven als toen ze bij de kapel van Regla in de baai van Havana was aangekomen.

Ze stond met zoveel gezag op dat alle blikken zich op haar richtten: die van Ruz, van de markies, van Gloria, en zelfs van Pablo, die nog wat stamelde. En zo ging het door tot de contracten werden getekend, iedereen elkaar feliciteerde, de bijeenkomst was afgelopen en er voor koffie champagne in de plaats kwam.

De glimlachjes en uitgebrachte toosten leken Lita een belediging voor het bloed van de slaafgemaakten waarop het vermogen was opgebouwd dat zojuist was verhandeld. De aanklachten die ze tegen doña Claudia had geuit vanwege de uitbuiting van slaven barstten weer in haar los, alsof die dag terug was: 'En wat hier aan deze tafel verkocht wordt is niets anders dan de opbrengst van hun bloed, hun leven!' Ze dacht aan Alfonsa, over wie ze tot voor kort niets had geweten. Hoeveel mensen hadden niet net als zij hun leven gegeven zodat dit stelletje geprivilegieerden zich nu verrijkte met miljoenen euro's? Ze voelde de nabijheid van al die onderworpen zwarten. Ze waren verschenen en hun droeve gezichten vermengden zich met die van de witten, tegen wie ze schreeuwden, die ze beten, als spoken die om wraak roepen. Een genoegdoening die botste met de realiteit: de geschiedenis van haar mensen die zich eeuwig herhaalde. Zij was een vrouw van kleur, dochter van een vrouw van kleur... Ze kon de doden niet verraden. Zij zou zich niet verstoppen. Er schoot een stoot energie door haar lijf die het vuur in haar opstookte.

Ze liep naar don Enrique de Santadoma toe. De Ruz Parientes en een aantal medewerkers was om hem heen gaan staan. Net als zo-even stond Meyerfeld op een afstandje, maar deze keer had hij wel gezelschap van Pablo.

'Regla!' begroette de markies haar, alsof hij het incident met zijn moeder was vergeten. Misschien was hij al aangeschoten van de champagne.

Lita keek hem recht in de ogen en aarzelde even, maar Yemayá kronkelde al binnen in haar, spoorde haar aan, pushte haar.

'Ik deel u mee dat mijn moeder het haar toekomende deel zal opeisen van de erfenis van haar grootvader, markies de Santadoma.'

Het groepje viel in één keer stil. Zelfs Meyerfeld leek te merken dat er zware dreiging in de lucht hing. Pablo liep bij hem weg en kwam in de kring staan.

'Wat is dat voor idioterie!' zei don Enrique nadat hij van de verrassing bekomen was.

'Mijn moeder is uw stiefzus,' verklaarde Lita met vaste stem. 'Ze is de dochter van don Eusebio, uw vader, en dus een kleinkind van de markies. Ze heeft recht op...'

'Waar haal je die kletskoek vandaan?' Santadoma kwam op Lita af en richtte zich in zijn volle lengte voor haar op. 'Je bent gek!'

Lita bleef onbewogen en glimlachte. Voor het eerst voelde ze zich deze dag gelukkig. De trots vanwege haar ras, haar verleden, zette zich als een schild tussen haar en de markies in.

'Zij heeft recht op dezelfde bezittingen als u. Vraag het maar aan uw moeder,' zei ze uitdagend, 'aan doña Claudia. Die kan het u vertellen.'

'Ik hoef niemand wat te vragen! Stom mens! Ondankbaar schepsel!'

Lita maakte aanstalten om weg te gaan.

De markies hield haar bij de arm tegen.

'Raak me niet aan...'

Terwijl Lita zich omdraaide, wierp Pablo zich op de markies.

'Laat haar los!' viel hij uit.

'Het enige wat ik tegen mijn moeder hoef te zeggen is dat ze gelijk heeft, aanstelster!' riep don Enrique, die niet op Pablo lette en haar door elkaar bleef schudden. 'Jullie zijn alleen maar goed voor wassen en strijken. Uitschot! Jullie hebben alles gekregen, en als dank...'

Pablo verdraaide de arm van de markies tot hij Lita wel moest loslaten, maar de opgefokte man, met een van woede rood aangelopen gezicht, schonk nog steeds geen aandacht aan hem en liet een schaterlach horen die door de vergaderzaal daverde.

'... en als dank willen jullie familie van ons zijn!'

'Vergis u niet, markies de Santadoma!' riep Lita luid. 'Mijn moeder is uw zus. En het is geen kwestie van willen. Het is een feit!'

De markies maakte met handgebaren duidelijk dat hij haar niet geloofde. Zijn handen waren zo dicht bij Lita's gezicht dat alleen dankzij Pablo's ingrijpen de edelman haar geen klappen verkocht.

'Wat doe je, klootzak?' schreeuwde don Enrique terwijl hij Pablo met kracht van zich af duwde, alsof hij hem nu voor het eerst in de gaten kreeg.

Lita schoot haar vriend te hulp, maar die probeerde haar daarvan te weerhouden. De markies bleef blind in de lucht slaan. Verscheidene aanwezigen, ook de Ruz Parientes en de Amerikaan, kwamen tussenbeide om hen uit elkaar te halen en de boel te sussen. Pablo en Lita werden in de richting van de uitgang geduwd terwijl don Enrique naar de tegenovergestelde hoek werd geleid.

'Wat zei je nou over je moeder?' vroeg Pablo met grote ogen toen hij eindelijk weer normaal kon ademhalen en haar van alle kanten leek te willen beschermen.

Haar vriendinnen stonden perplex.

'Was je dit echt zo van plan?'

'Nee.'

Yemayá kronkelde niet meer binnen in haar, en daardoor voelde Lita zich alleen gelaten met de gevolgen van een immense fout die haar terneerdrukte, alsof een zware donkere mantel haar bedekte.

De volgende dag werd ze ontslagen. Een van de advocaten van de markies kwam zich bij haar melden op het kantoor van de Amerikanen, want zoals ze met Stewart had afgesproken was haar arbeidsrelatie met de Banca Santadoma voortgezet. 'Hoewel de Amerikanen u ook hadden ontslagen,' zei de jurist, terwijl hij naar de bijna lege kantoren achter zich wees. 'In dit geval zijn ze het helemaal met don Enrique eens.' Meyerfeld was er niet, en de rest van het weinige personeel keek een andere kant op. Alleen Inés liet het begin van een vriendelijke glimlach zien, die echter niet meer dan een triest grimasje was. Toch was Lita er haar dankbaar voor. Stewart reageerde niet op haar mailtjes en ook niet op haar berichten en telefoontjes, en in haar hoofd vervaagde zijn vaderlijke glimlach.

Ook Pablo reageerde pas toen het al ver in de ochtend was. Hij wilde met haar afspreken in een eettentje een flink eind uit de buurt van de Banca Santadoma.

'Ik kan wel meer jouw kant op komen, hoor,' zei Lita, om de afspraak voor hem eenvoudiger te maken. 'We hoeven niet af te spreken in het blok waar de bank staat, maar...'

'Ik neem niet meer deel aan de onderhandelingen over de verkoop van de Banca Santadoma...'

Lita sloot haar ogen en richtte ze op het plafond. Er verstreken een paar seconden.

'Ik ben nu op het hoofdkantoor van Speth & Markus,' ging Pablo verder.

Ze ontmoetten elkaar in de eettent, een gelegenheid met op de deur grote foto's van verschillende ontbijten en goedkope maaltijden, waar om hen heen ambtenaren en kantoormensen in hun pauze zaten te kletsen, te lachen en te roepen. Ze zaten aan een formica tafel. Pablo's handen waren ver weg en Lita durfde de hare niet uit te steken.

'Ik ben ontslagen,' zei ze nog eens – wat ze al honderd keer had geschreven en ook over de telefoon tegen hem had gezegd – alsof ze daarmee iets kon veranderen aan zijn verslagen gezicht.

'Ik half en half...'

'Wat bedoel je?'

'Dat ik momenteel vastzit in een kantoor zonder daglicht, waar ik de aankoopbonnen van een bakkerij controleer.'

'Maar jij verdedigde me alleen maar tegen een gewelddadige gek.'

'Die gek is wel eigenaar van een bank die buitensporige honoraria betaalt voor wat we doen. En er moet nog veel werk worden gedaan en er moeten nog vele uren worden gefactureerd.'

'Maar jullie werken voor de Amerikanen.'

'Dat maakt niet uit, Lita. Niemand wil een werknemer die problemen zoekt en met een klant gaat knokken. Ridderlijk zijn voor vrouwen mag alleen in sprookjes. En kent geen boze gezichten. Ik weet dat Meyerfeld inmiddels naar de zaak heeft gebeld. Ik ben maar een financiële man, een simpele accountant. Voor mij tien anderen.'

Lita waagde het Pablo's hand te pakken, die koud en bewegingsloos was.

'De universiteit?' wilde ze weten, terwijl ze aan de stapels boeken, documenten en papieren dacht in het kleine kantoortje van zijn appartement, een kamertje dat zelfs nog belangrijker was dan de slaapkamer, want hij werkte er aan zijn proefschrift. Pablo had het haar plechtig laten zien, alsof het een heilig vertrek was.

'Mijn baas is mijn hoogleraar. Het hangt ervan af hoe welwillend hij is. Hij heeft tot nu toe geen woord tegen me gezegd. Hoe haalde je het ook in je hoofd?' zei hij ineens met enige stemverheffing, terwijl hij zijn hand terugtrok.

Omdat een Afrikaanse godin me meevoerde, mijn emoties leidde en me dwong dreigend tegen de markies op te treden. Als ze dat bekende zou dat het einde van hun relatie betekenen. Pablo was niet knap, stelde Lita weer eens vast terwijl hij met vragende blik wachtte op haar verklaring. Hij was aantrekkelijk, heel aantrekkelijk zelfs, maar er was een groot verschil tussen schoonheid en aantrekkingskracht. De eerste had genoeg aan zichzelf, mooi was altijd mooi, zelfs in situaties als deze, wanneer alles instortte. Maar aantrekkingskracht moest zichzelf iedere dag en elk moment weer bewijzen, en verleiding moest beoefend worden. Pablo's benauwde blik beroofde hem van deze eigenschappen. Tussen gelach en geschreeuw, het lawaai van de koffiemachine en de gokautomaat en het gerinkel van glazen en borden zat Lita tegenover een verslagen, geruïneerde man, en zelfs zo hield ze van hem, misschien zelfs nog meer, en ze voelde pijn tot in de vingers van de hand die hij zojuist had teruggetrokken omdat ze hem zoveel schade hadden berokkend. Maar Pablo wachtte nog steeds op een reactie. Misschien had hij haar nodig.

'Eén komma zes, een, acht, nul...'

'Lita!'

Ze negeerde hem en ging door met het opnoemen van het getal phi, de gulden snede, het Godsgetal: 'Drie, drie, negen, acht, acht...'

Pablo schudde zijn hoofd.

'Zeven...'

'Ik ken ze, Lita,' zei hij verwijtend.

Lita pakte opnieuw zijn hand. Ze meende dat hij op haar aanraking reageerde.

'Nee,' zei ze terwijl ze zijn hand drukte en er liefde in probeerde over te brengen. 'Het is een oneindig getal. Je kunt alle cijfers niet weten. Vast wel veel meer dan ik, maar nooit allemaal.'

'Wat wil je nou zeggen?'

Dat wisten ze allebei.

'Jij gelooft in het irrationele. Je leeft in het irrationele! Je hebt het honderden keren tegen mij gehad over de gulden snede alsof die een deel van je eigen wezen is, alsof die de basis van je overtuigingen is: het ondefinieerbare, het onmeetbare... Maar nu wil je dat ik een reden geef voor een gevoel: dat mijn moeder de dochter is van Eusebio de Santadoma en dat ik die waarheid aan het licht moet brengen.'

Pablo liet zijn hoofd zakken, dacht na en keek haar toen weer aan, zij het nu met een andere blik.

'Je had wel een ander moment kunnen kiezen om de markies dat in zijn gezicht te slingeren.'

'Wanneer jij er niet bij was? Zodat hij me kon slaan?'

Pablo lachte.

'Maar wie zegt dat je moeder echt een Santadoma is? Je hebt het over iets van ik weet niet hoeveel jaar geleden.'

'Meer dan zestig jaar geleden.'

'En afgezien van dat gevoel van jou, dat net zo irrationeel is als phi, heb je rationeel bewijs dat dit aantoont?'

Ze hadden tegen haar gezegd dat ze niemand iets moest vertellen. Nog in de middag van de dag dat ze was ontslagen had Elena erop aangedrongen om juridische hulp te zoeken en had ze haar meegenomen naar het wijkcentrum, waar een aantal advocaten arbeidsrecht samenwerkte. Het doel was om het ontslag door de bank aan te vechten; de twee vrienden van Elena – jong, energiek en strijdbaar – hadden een blik met elkaar gewisseld die duidelijk maakte dat hun belangstelling steeds meer gewekt werd tijdens Lita's verhaal. 'Discriminatie, racisme, zelfs geweld,' stelde een van hen uiteindelijk vast. 'Een zaak over de onrechtmatigheid van het ontslag gaan we zeker winnen,' meende de ander.

'Ook al heeft ze gezegd dat haar moeder een stiefzus is van de algemeen directeur van de bank?' vroeg Elena.

'Dat is toch geen belediging?' merkte de eerste op.

'En ook niks strafbaars,' voegde zijn collega eraan toe. 'Het zou voor die klotekapitalisten een eer moeten zijn om een vrouw van kleur als stiefzus te hebben.'

Lita zuchtte en zette haar ogen op kiertjes. Wat maakte het voor de markies uit of haar moeder een vrouw van kleur was of niet, om zich wel of niet trots te voelen? Er waren mensen die zo graag lieten zien hoe tolerant en progressief ze waren, dat ze uiteindelijk in dezelfde stereotypen vervielen als de rest. Hoe dan ook vertrouwde ze de zaak aan deze advocaten toe. Ze vond hen strijdbaar, voortvarend en gretig, zoals Elena al gezegd had.

Pablo viel niet onder de 'niemanden' tegen wie ze volgens de advocaten niets mocht zeggen. Ze liet hem de video zien en vertelde van de brieven. Hoe kwam zij daaraan? Een van de advocaten had dezelfde vraag gesteld en Lita voelde hoe haar vriendinnen vorsend naar haar keken, vooral Elena, die haar aan haar waarschuwing leek te herinneren en haar leek te verwijten dat ze de brieven had gestolen.

'Dat is privécorrespondentie. Als jij en je moeder die brieven bezaten,' hield de advocaat aan, 'waarom hebben jullie dan zo lang gewacht en het niet eerder geprobeerd?'

'Omdat we ze pas net tegengekomen zijn,' zei Lita met een glimlach naar haar vriendinnen. De vraag zelf had het antwoord aangedragen. Inderdaad, ze hadden ze nu moeten vinden en dat kon maar op één manier: 'Ze zaten tussen de papieren die de Amerikanen me gegeven hebben met het oog op de verkoopoperatie,' verklaarde ze. 'Er was veel privédocumentatie tussen de markies en zijn zoon,' zei ze. Dat was waar. 'Ik heb zelfs een mailtje van de Amerikaan waarin hij schrijft dat hij alle papieren en privébrieven ter beschikking stelt. En in die mail wordt melding gemaakt van de correspondentie tussen vader en zoon.' Dat was ook waar, en ze kon het bewijzen als ze erom vroegen. 'Ze hebben mij zelf de brieven overhandigd,' besloot ze.

'Ik kan me geen brieven herinneren,' zei Pablo. 'Waarom zouden ze die aan jou geven? Jij bent van de cijfers, niet van de woorden. En het gaat om privécorrespondentie. Mag je die wel gebruiken?'

De advocaten hadden deze kwestie ook besproken en hadden geconcludeerd dat, aangezien beide belanghebbenden in de brieven, de markies en zijn zoon Eusebio, al waren overleden, dit geen inbreuk maakte op iemands privacy.

'Maar de Santadoma's kunnen aanvoeren dat die brieven van de familie zijn,' wierp Pablo tegen.

'Ze zeggen maar wat ze willen. Het gaat om mijn moeder, niet om de Santadoma's, en in het uiterste geval kan de rechter beslissen. Er wordt geen inbreuk gemaakt op privacy of integriteit omdat daar geen sprake meer van is, en ik heb ook niemand bestolen. Ze hebben ze aan mij gegeven.'

De situatie van Lita's moeder zorgde voor zoveel gespreksstof dat Pablo uiteindelijk zijn horloge raadpleegde.

'Moet je naar je werk?'

'Ja. Ik moet uitzoeken of het meel dat die bakker heeft gekocht overeenkomt met het aantal broden dat hij zegt te hebben verkocht. Een opwindende taak...'

'Het spijt me,' verontschuldigde Lita zich, voor het eerst. 'Het spijt me heel erg.'

Pablo knikte peinzend. 'Als iemand me had voorspeld dat ik mijn werk in de waagschaal zou stellen door een vrouw te verdedigen...' Zijn woorden eindigden in een zucht.

'En is dat goed of slecht?' wilde Lita weten.

'Irrationeel, liefje, irrationeel.'

Ze spraken niet over hen tweeën, dat durfden ze geen van beiden. Hun relatie was er wel en niet, aan die tafel in de cafetaria. Hun liefde verborg zich achter een zorgelijke realiteit die veel aandacht opeiste, alsof ze met elkaar hadden afgesproken te voorkomen dat er een situatie ontstond die kon ontaarden in iets wat ze op dit moment niet konden overzien. Ze sloten een wapenstilstand en namen afscheid met een zoen die Lita niet wist te omschrijven: vlug, teder, routineus? Ze konden elkaar die avond beter niet zien, zei Pablo. Hij had veel om op een rijtje te zetten en dacht aan de honderden vrienden en collega's die hij moest terugbellen nu het nieuws als een lopend vuurtje was rondgegaan. Hij sloop bijna naar kantoor terug terwijl Lita de warmte van het voorjaarszonnetje opzocht dat met de tl-buizen in de cafetaria wedijverde en zo schitterde op de formica tafels dat je ogen er pijn van deden.

Ze ging naar de paseo de la Castellana en liep in de richting van haar moeders huis. Het was een flinke wandeling, maar die deed haar nu vast goed. Die constatering verjoeg haar hersenspinsels. Misschien had ze inderdaad beter op een ander moment haar moeders afkomst kunnen opeisen in plaats van publiekelijk zo'n schandaal te veroorzaken. Pablo had gelachen toen ze zei dat de markies haar anders had geslagen. Daarmee was hij heel toegeeflijk, want haar vlaag van dwaasheid had haar vriend in grote problemen gebracht.

'Ben je tevreden?' vroeg ze hardop aan de godin die op de ongelukkigste momenten bezit van haar leek te nemen.

Yemayá gaf geen antwoord en Lita vervolgde haar weg tussen auto's en mensen, stak straten over en bleef staan voor stoplichten met een schuldgevoel dat ze maar niet van zich wist af te schudden.

'Goedendag, Lita.'

Zenón groette haar zoals altijd en Lita keerde tot de werkelijkheid terug. Ze had er rekening mee gehouden dat de markies opdracht had gegeven haar niet in het gebouw toe te laten. Ze beantwoordde zijn groet. Haar ontmoeting met Pablo was al onduidelijk, onuitgesproken en aftastend geweest, maar het gesprek dat haar nu te wachten stond leek haar zelfs pijnlijk.

Het kleine beetje moed dat haar restte verdween toen haar moeder de deur opendeed en glimlachte. Ze wist niets, maar de honden wel, veronderstelde Lita, toen ze zag dat ze niet met haar waren meegekomen en niet blaften. Ze werd door onrust, zelfs een soort teleurstelling overvallen omdat de markies geen represailles tegen haar moeder had genomen. Het leek wel of hij het dreigement van Lita totaal onbelangrijk vond en alles bij hetzelfde zou blijven. Ze overwoog de mogelijkheid dat het nog te vroeg was voor maatregelen, maar verwierp die. Ze kende de markies, hij was een doortastende man.

'Kom je niet binnen, Lita?' vroeg haar moeder verbaasd.

Ze moest het niet doen. Ze wilde het niet doen. Ze durfde niet. Op dat moment had ze spijt dat ze geen rekening had gehouden met de gevolgen die haar trots had voor mensen van wie ze hield. Door haar hadden ze Pablo verbannen. En oog in oog met haar moeder zweefde ze ook niet, net zomin als ze had gezweefd bij haar vriendinnen en haar vriend, toen ze zich voor een rauwe, wrede realiteit gesteld zag die niet door goden gemanipuleerd werd. Ze voelde geen hartstocht, geen enkel brandend of prikkelend gevoel meer in haar hoofd. Ze waren twee eenvoudige, doodgewone vrouwen die een armlengte van elkaar gescheiden waren.

'Lita!' drong haar moeder aan.

Ze kwam binnen.

'Mam,' begon ze al in de gang, 'ik heb...' ... een vergissing begaan? Een stommiteit? Ze wilde het minder erg maken. 'Ik geloof dat ik op de zaken vooruit ben gelopen... bij de markies.'

Concepción hoorde haar verhaal van begin tot eind aan en daarna zwegen ze allebei een tijdje. Nadat ze verslag had gedaan van haar domme aanval van hoogmoed had Lita weinig meer toe te voegen. Toch was er nog iets, bedacht ze, en ze haastte zich het te zeggen.

Ze hadden haar ook ontslagen, ze had geen werk meer. Concepción pakte over de tafel heen haar handen vast, als altijd, en schudde haar hoofd.

'Ik ben alles kwijt, mam.'

De tranen waarvan Yemayá had voorkomen dat ze in de vergaderzaal van de bank vloeiden, stroomden nu vrijelijk over haar wangen.

'Maak je geen zorgen, meisje,' zei Concepción op geruststellende toon.

Ze had geen werk! Misschien ook geen vriend! Op dat moment zag Lita de realiteit in haar ware omvang, zonder emoties. Ze zou geen geld meer hebben... De woorden van haar moeder dwongen haar de ogen op te slaan.

'Lita, don Enrique zal het wel begrijpen. Het is een goede man. Hij zal ons echt wel vergeven.' Lita verstijfde in haar stoel. 'Ik ga wel met hem praten,' vervolgde haar moeder.

Lita trok haar handen los uit die van haar moeder en droogde haar tranen. Concepción meende het oprecht, ze was overtuigd van de goedheid van haar baas. Lita slaakte een diepe zucht en schudde haar hoofd. Ze voelde verzet tegen de gehoorzaamheid, de onderworpenheid die haar moeder in haar relatie met de Santadoma's liet zien.

'Natuurlijk, mam,' zei ze sarcastisch. 'Hij geeft me een paar zweepslagen en zet me dan weer op de plantage aan het werk om suikerriet te kappen. Dat was althans het voorstel van doña Claudia.'

Het kwam uit het diepst van haar ziel.

'Lita!' Concepción leek in verwarring door wat ze zei. Ze begreep niet waar Lita het over had, maar die had geen spijt dat ze het eruit gegooid had. 'Zei ze dat tegen je?'

'Mam, je bent...'

Wat? Wat wilde ze tegen haar zeggen? Je bent een trouwe bediende, het bastaardkind van de mensen die je voorouders tot slaaf hebben gemaakt? Ze zaten tegenover elkaar, Lita keek naar haar moeder in haar ochtendjas en gestreepte hemelsblauwe schort, haar verkrampte gezicht, haar opeengeklemde lippen. Haar moeder probeerde haar tranen te bedwingen. Ze wist hoe ze dat moest doen, ze had geleerd haar verdriet onder controle te houden tegenover haar bazen, maar niemand weerhield haar ervan om in het bijzijn van haar dochter te huilen.

Toen Lita de eerste traan over de wang van haar moeder zag rollen, betreurde ze haar woorden.

'Het spijt me.'

Concepción schraapte haar keel en zei toen: 'Lieverd, dat van don Eusebio, dat die mijn vader zou zijn, dat kan niet... niet waar zijn.'

'Waarom kan dat niet waar zijn, mam?'

'Hoe kan ik nou familie van de markies zijn?'

'Waarom niet, mama? Zijn wij soms anders?'

'Ja. Ik ben anders. Ik ben een halfbloed, een bediende, dat ben ik van kinds af aan geweest, mijn moeder was dat en mijn oma ook.'

'En je overgrootmoeder was een slaafgemaakte.'

'Daarom dus, Regla. Dat probeer ik te zeggen.'

'Je hebt ervoor gevochten dat ik anders zou worden. Je hebt gezorgd dat ik onderwijs kreeg...'

Concepción hoorde het betoog van haar dochter met halfgeloken ogen aan. Tijdens Lita's jeugd dacht ze te leven via haar, haar dromen, haar glimlach en haar prestaties op de universiteit. Die gebeurtenissen haalden haar uit de routine van dienstbaarheid. Later werd Lita zelfstandig en bleef Concepción alleen met doña Pilar achter, met haar honden, de familie die haar bezocht, met haar neefje, de markies, en de priester die iedere dag het sacrament van de communie aan mevrouw en vervolgens aan haar kwam toedienen. De jaren begonnen weer op haar gemoed te drukken. En nu voelde ze zich oud.

'Maar de Santadoma's hebben ervoor gezorgd dat je op school werd toegelaten,' weersprak ze Lita, die niet wilde praten over een beslissing die niet alleen pijnlijk voor haar had uitgepakt, maar bovendien altijd een soort eeuwige dankbaarheid van haar leek te eisen die ze niet voelde. 'Je had een beurs, maar die dekte niet alle kosten en de rest betaalden zij. Ik kreeg salaris en kost en inwoning. Er waren ook mensen die alleen kost en inwoning kregen, plus vier peseta fooi.' Lita had haar moeder willen overtuigen door aan een mogelijk sluimerende opstandigheid en eigenliefde te appelleren, maar haar moeder reageerde met de gebruikelijke clichés. 'Toen je ziek was, kwam de dokter van de kinderen naar je toe. Dokter... Hoe heette hij ook weer?' Concepción keek vragend naar haar dochter, maar die zweeg met een uitdrukkingsloos gezicht. 'Remas,' vulde Concepción zelf aan, 'dokter Remas, weet je nog? Je kreeg snoepjes en stickers van hem. Hij heeft ons nooit iets in rekening gebracht en de andere artsen van de familie ook niet, ook niet toen je geopereerd werd aan je blindedarm in het ziekenhuis waar de familie ook komt. De Santadoma's hebben ons altijd geholpen, Lita. En jij bent aan een leven als bediende ontsnapt. Nee, ik kan de confrontatie met mijn baas niet aangaan.'

'Zelfs niet als je zijn zus was?' wilde Lita weten. Concepción schudde rustig haar hoofd, maar Lita hield aan: 'Mama, het is mogelijk dat ze ons niet hebben gegeven wat ons toekomt. Ja, ik ben ontsnapt aan dienstbaarheid, maar jij had die nooit op je moeten nemen. Bedenk dat toch.'

'Kind...'

'Ze zullen je onder druk zetten.' Dat hadden de advocaten arbeidsrecht, de vrienden van Elena, tegen haar gezegd. 'Ze zullen je vragen om documenten te tekenen of verklaringen af te leggen. Onderteken niets en zeg ook niets, al zeggen ze dat het voor iets anders is.'

'Lita...'

'Nee, mam, nee. Wij zijn vrouwen van kleur die van slaafgemaakten afstammen! Ons hele leven hebben ze ons geminacht, en niet alleen de Santadoma's. Die dokter Remas over wie je het hebt, gaf me snoepjes en stickers, inderdaad, maar hij noemde me "bruintje", weet je dat nog wel? Bruintje zus, bruintje zo. Bruintje, dezelfde belediging waar dat kutwijf van een doña Claudia mee aankwam toen ze mij uit de vergaderzaal liet zetten.'

Het verbaasde gezicht van Concepción bracht Lita tot zwijgen. Ze had dit nog niet aan haar verteld. Ze wist dat het haar zou kwetsen, ze had haar moeder dit leed willen besparen, maar hoewel haar moeder over haar eerste zinspeling heen was gestapt, vroeg ze nu om uitleg.

'Ja,' vervolgde Lita, die zich op haar stoel naar haar moeder toe boog. 'Doña Claudia heeft me publiekelijk vernederd toen ze mij tegenkwam op de dag van de ondertekening met de Amerikanen. En ze heeft ons beledigd. Ze schreeuwde dat we weer slaaf gemaakt zouden moeten worden, en dat we een stelletje bruinen en mulatten waren. Ze zei het luid, aan tafel, ten overstaan van iedereen. En ze zei ook nog dat ze niet zou ondertekenen wanneer ik erbij was.'

Concepción zuchtte diep.

'Ze hebben me eruit gezet, mam, ik moest me de zaal uit laten voeren, iedereen zat te fluisteren en naar me te wijzen. Ik heb me nog nooit zo geschaamd en me zo ellendig gevoeld. En gister heeft de markies, van wie jij zegt dat hij ons wel zal vergeven, mij ook publiekelijk beledigd. Hij noemde me stom en ondankbaar, greep me vast en schudde me door elkaar, en probeerde me te slaan. Die man is arrogant, een despoot, niet alleen tegen ons trouwens, maar tegen iedereen. Maar doña Claudia, zijn moeder, heeft jou altijd gehaat, jou persoonlijk. We hebben het erover gehad, weet je nog?' Lita wachtte een paar tellen, waarin ze bedacht dat de bekende reactie wel zou komen: 'Onzin, kind.' Maar deze keer hoorde ze die niet. 'Mama, doña Claudia heeft speciaal van jou een afkeer, en je weet nu waarom. De broer van oma zegt het op de video, die jij niet helemaal wilde afkijken. Doña Claudia wist het, zij wist dat don Eusebio een relatie had met oma Margarita, en ze dwong haar schoonvader om jullie mee te nemen naar Spanje om jullie van haar aanstaande man te scheiden. Waar ze geen rekening mee hield, was dat haar man in Miami kwam te overlijden en dat zijzelf naar Spanje moest vluchten, waar ze jou weer tegenkwam. Wil je nu de video zien? Hij zegt het heel duidelijk!'

Concepción legde Lita het zwijgen op door haar handen te pakken, die tot dan toe druk gebarend door de lucht waren gegaan, en kneep er zachtjes in.

'Ben je publiekelijk beledigd?' vroeg ze met trillende stem.

'Ja, mam.'

'Heeft de markies je geslagen?'

Lita aarzelde.

'Ja.'

Ze wilde eraan toevoegen dat het tijd werd dat ze het gevecht aangingen, maar hield haar mond. Ze merkte dat er in haar moeder iets begon te borrelen dat op de opstandigheid leek waar ze zo-even tevergeefs aan had geappelleerd.

'Hebben ze je belachelijk gemaakt? Vernederd?'

De dochter knikte, de moeder schudde haar hoofd.

'Als kind is je iets soortgelijks overkomen,' vertelde Concepción met een brok in haar keel, 'op school.' Lita herinnerde zich die voorvallen wel, die haar soms in haar dromen nog achtervolgden.

'Een paar dagen lang kwam je huilend thuis, ontroostbaar. Kinderen kunnen zo wreed zijn. "Het zwartje van de Santadoma's," hadden ze gezegd, "de dochter van de dienstmeid." Jij was die beledigingen alweer snel vergeten en vond alles weer leuk. Zo zijn kinderen. En ik bad voor je, maar op een dag gebeurde het weer. Niet alle meisjes zijn slecht, maar als ze bij elkaar zijn... zijn de valse wel de baas.' Concepción haalde diep adem. 'Ik heb ook gehuild,' bekende ze. 'Veel gehuild. Lita, ik huilde niet wanneer meneer of mevrouw me beledigde of kwetste... Toen ik jong was heb ik meer dan eens een klap gekregen! Ik doorstond het altijd, maar jouw verdriet brak iets in me. Ik dacht dat alles wel zou veranderen als je ouder was, door de universiteit, je werk en het verstrijken van de tijd. Overal in Madrid zijn immigranten, mensen van kleur, zoals wij...'

Lita luisterde verbluft. Haar moeder sprak zelden zo lang achtereen.

'Ja, er zijn altijd mensen die naar je staren, je uit de weg gaan of iets grofs zeggen,' vervolgde haar moeder schouderophalend, alsof dat onbelangrijk was, 'maar ik had nooit gedacht dat ze minachtend tegen je zouden blijven doen ten overstaan van anderen, zoals je als kind op school is overkomen. Regla, tijdens die angstige nachten heb ik je beloofd dat ik je altijd zou beschermen, dat ik er altijd voor je zou zijn. Ik heb het honderden keren gezworen, het hielp me om te kunnen slapen. "Ik zweer het, ik zweer het, ik zweer het," herhaalde ik steeds fluisterend. Dat is het weinige wat arme mensen nog hebben: hun woord. En als ik daarvoor de dochter van een Santadoma moet zijn, dan zal ik dat zijn ook.'

Lita sprak een paar keer met Pablo, al zag hij er ontzettend triest uit. Hij bezwoer haar zijn liefde, hoewel hij het ook over teleurstelling en zelfs depressie had. Zijn werk op de universiteit hing aan een zijden draadje. 'Wie anders zou mijn lessen moeten geven,' stelde hij, als verklaring dat hij er niet was ontslagen. Ook vertelde hij dat hij met mensen had gesproken die zich vrienden van hem hadden genoemd, maar die hem nu ontweken of zijn telefoontjes niet meer beantwoordden, of kortaf deden en hem op afstand hielden. Alleen een paar goede, trouwe vrienden steunden hem.

Lita wilde hem troosten, hem helpen waar nodig, maar hij vroeg haar om hem tijd te gunnen.

'Ik moet me herpakken, rustig worden, schat, kijken wat ik ga doen.'

'Maar...'

'Maar het lukt me niet uit mijn hoofd te zetten wat je Santadoma in het gezicht hebt geslingerd.'

'Kan ik je wel bellen?' vroeg ze nadat ze een brok in haar keel had weggeslikt.

'Ja, wanneer je maar wilt.'

Ze namen afscheid met een zoen. Lita had de afzondering van haar slaapkamer opgezocht, al sloot ze niet uit dat een van haar vriendinnen, of beiden, aan de deur stond te luisteren. Ze gooide haar telefoon op het bed en probeerde haar tranen te bedwingen. Ter afleiding opende ze de la van haar nachtkastje: daar lagen het bidprentje en het doosje met de ketting. Ze keek naar de Maagd. Nog nooit had ze iets gevraagd aan welke god ook. Ze pakte de ketting op, maar ze voelde zich niet zweven, ze werd niet duizelig, niet euforisch. Het waren doodgewone voorwerpen. 'Verdomme!' riep ze uit.

De advocaten arbeidsrecht vochten haar ontslag aan.

'Ze gaan betalen,' verzekerden ze Lita, 'ze kunnen niet in hun opstelling volharden.'

Maar over het vaderschap van Concepción sprak niemand zich uit en dat irriteerde Lita mateloos. Haar moeder bleef doorgaan met haar werk, de zorg voor de twee yorkshireterriërs, en Zenón groette zoals altijd wanneer ze haar moeder – nu vaker – opzocht.

'Niemand gaat iets doen zolang wij officieel niets eisen,' zei een van de advocaten toen Lita blijk gaf van haar verbazing daarover. 'Tot nu toe is het bij verbale onenigheid gebleven. Wil je dat we er een zaak van maken?'

Dat wist ze niet. Haar moeder steunde haar, zeker, ze had nogmaals haar instemming betuigd, maar toch ontweek ze het onderwerp, alsof het haar taak was om zich blind aan Lita over te geven. En deze onvoorwaardelijke steun voegde ook niets toe aan haar eis: ze had nog steeds alleen maar de video met die oude man in hemd, en een paar brieven waaruit alleen wat gissingen waren te halen. Ze had meer bewijzen nodig!

Ze wilde er wel met Pablo over praten maar durfde niet, ze dacht dat het hem niet interesseerde. In plaats daarvan ging haar telefoon over, wat haar uit haar apathie haalde. Met een wat trillerige hand nam ze op. Het was een onbekend nummer. Misschien was het Stewart. Dat hoopte ze. Het deed haar pijn dat ze geen contact meer met hem had.

'Hallo?'

'Regla Blasco?'

Het was Stewart niet.

'Met wie spreek ik?'

'Met Víctor Prado. Ik ben journalist, redacteur van het digitale dagblad *Documento Cero*. Spreek ik met mevrouw Blasco?'

Lita aarzelde. Wat moest een journalist van haar?

'Ja,' zei ze desondanks.

'Ik heb uw nummer van uw moeder gekregen.'

'Van mijn moeder?'

'Ja. Rustig maar, er is niets aan de hand. Ik heb uw moeder gebeld om te vragen of ze kon bevestigen dat ze beweert een afstammeling van de Santadoma's te zijn.'

Er viel een stilte op de lijn. Lita probeerde het bericht te verwerken.

'Ze zei dat ik met u moest spreken,' verbrak de journalist het stilzwijgen.

Lita zei nog steeds niets.

'Ik zou u graag ontmoeten.'

'Hoe weet u ervan?' vroeg Lita.

'Dat is dus een bevestiging...'

'Nee, nee, ik bedoel: hoe bent u dit te weten gekomen.'

'Mevrouw Blasco, ik weet dat u van de Santadoma's hebt geëist dat ze de buitenechtelijke familieverwantschap van uw moeder erkennen. Uit uiterst betrouwbare bron heb ik dit vernomen. Ik geef u de gelegenheid om de informatie waar ik over beschik toe te lichten of te nuanceren. Als u dat niet doet, publiceer ik zomaar wat, met de mededeling dat noch u, noch uw moeder op het bericht wilde reageren. Ik adviseer u deze kans te grijpen.'

Nu kwam er in ieder geval iets in beweging. Ze nam zijn uitnodiging aan.

Voordat ze naar de afspraak met Prado ging bereidde ze het gesprek voor met de twee advocaten die haar ontslagzaak in behandeling hadden. Ze kwamen in haar huis bij elkaar. Sara en Elena waren erbij, want geen van de twee wilde vanaf de zijlijn toekijken. Samen speculeerden ze over de bron van de journalist. Dat kon een van de velen zijn die aanwezig waren geweest bij die vergadering.

'Hij zal je om bewijzen voor het vaderschap vragen,' waarschuwde Marcelo haar.

'Die zijn zwak,' verduidelijkte José, de andere jurist.

'Juist. Noem ze wel, maar laat ze niet zien. Spreek er in algemene bewoordingen over. Zeg dat je over documenten en verklaringen beschikt.'

'Dat gelooft hij niet,' zei Lita. 'Hij zal erop staan dat ik ze laat zien.'

'Wat hij wil is een primeur, en dat ís het, zeker gezien de lopende onderhandelingen over de verkoop van de bank. Hij hoeft ze niet te zien zolang jij volhoudt dat je ze hebt. Zeg gewoon dat je dat van je advocaten niet mag doen. Zeg dat het bewijzen zijn voor een komende rechtszaak en dat je niemand voortijdig iets wilt laten zien.'

Lita knikte nadenkend. 'Spannen we echt een rechtszaak aan over de kwestie van mijn moeder met de bewijzen die we nu hebben?'

'Daar moeten we over besluiten. We doen niets overhaast. Mijn ervaring is,' zei Marcelo, 'dat wanneer je een zaak als deze aanspant, helemaal als die weerklank vindt in de pers, er opeens allerlei dingen opduiken waar niemand aan had gedacht. De een weet dit, een ander heeft iets gezien... Laten we gewoon geduld hebben. Op dit moment vechten we het ontslag aan. Dat vaderschap komt wel.'

Ze gingen verder met de voorbereiding van het interview met Prado, waar Lita haar gedachten niet helemaal bij had, omdat ze aan Pablo moest denken. Ze moest het tegen hem zeggen, het kon niet zo zijn dat hij door een krantenartikel verrast werd.

Hij was ervan overtuigd geweest dat dit zou gebeuren. Dat was Pablo's reactie. Het was duidelijk dat iemand die informatie zou lekken, hetzij iemand van de aanwezigen, hetzij vrienden of familie van de aanwezigen, en anders wel vrienden van die vrienden. De praatjes verspreidden zich steeds verder en bereikten uiteindelijk een journalist die geïnteresseerd was in de roddel, al hadden de Santadoma's en de Amerikanen hun pr-afdelingen nog zo aan het werk gezet om een schandaal te voorkomen.

Dat van haar moeder, zei Pablo, betrof niet het geval van een vrouw die het vaderschap opeist bij een beroemdheid na een nachtje doorzakken of van een min of meer geheime relatie. Het ging om een vrouw van kleur die op Cuba was geboren vóór de Cubaanse Revolutie in 1959, en die net als verscheidene generaties voor haar, haar hele leven als bediende had gewerkt voor de markies en markiezin de Santadoma, bekendheden in Spanje, vooral de markies zelf. Die was onderwerp geweest van een hele reeks reportages vanaf het moment dat hij van zijn vrouw scheidde, om te hertrouwen met een beroemd Italiaans model van wie hij de vader had kunnen zijn. Via allerlei bladen hadden ze de wereld kennis laten maken met hun schitterend ingerichte huizen, hun vakanties in de sneeuw of aan zee, hun feesten en recepties... Kortom, het gelukkige, luie leven in grote luxe, dat door de meeste mensen nauwlettend wordt gevolgd en wordt benijd.

Nadat Víctor Prado een eerste gesprek had gehad met Lita, maakte hij ook kennis met Concepción, die hij eveneens interviewde. Het leek Concepción logisch om op het verzoek om een interview in te gaan, aangezien het om een artikel over haar ging.

'Een bediende van kleur wier enige taak de verzorging van twee terriërs is!' Dat was een van de diverse bijschriften die de journalist in zijn tekst had gezet, vergezeld van een foto die hij zonder het te zeggen van Concepción had gemaakt terwijl ze de honden uitliet.

Het schemerde Lita voor de ogen toen ze de foto van haar moeder zag, die een eenvoudige gebreide trui droeg over haar eeuwige gestreepte werkjas, en de honden in de gaten hield terwijl ze hun behoefte deden op straat. Ze kwam naïef en onschuldig over, als een groot kind. Haar hart begon te bonken toen ze besefte dat die man de privacy van haar moeder had geschonden met de bedoeling haar klein te maken, haar aan het publiek voor te stellen als een hulpeloos wezen.

'Niet doen,' zeiden haar vriendinnen toen ze, na in een scheldkanonnade te zijn uitgebarsten, de telefoon pakte om Prado persoonlijk uit te foeteren en te eisen dat hij zijn kwetsende artikel terugtrok.

Het was misschien pijnlijk, zeiden Sara en Elena, maar het artikel was best goed. Heel goed, in feite. Volgens de journalist moest er wel een heel bijzondere reden zijn dat de Santadoma's, met alle extravagantie die bij de rijken hoorde en met de schandalen die om de familie heen hingen, iemand onderhielden die alleen maar voor twee honden zorgde. Zo stelde Prado het, zonder om de hete brij heen te draaien. Wat was de reden dat een pragmatische, nuchtere bankier een bediende in een appartement in de dure wijk Salamanca liet wonen met als enige gezelschap twee honden, en bovendien haar eten, persoonlijke benodigdheden en maandsalaris betaalde? Moest daar geen morele verplichting achter zitten die veel groter was dan gewone dankbaarheid jegens een trouwe bediende?

Behandelde markies de Santadoma zijn werknemers, die nu ongetwijfeld getroffen werden door de ophanden zijnde verkoop van de bank, net zo genereus? Deze vraagstelling zou de geloofwaardigheid van Concepcións aanspraken kunnen staven, want van de pr-afdeling van de bank was geen enkel persbericht uitgegaan, de markies had geen enkele verklaring willen afleggen, en doña Claudia, die volgens Lita volledig van de feiten en van het vaderschap van Concepción op de hoogte was, al helemaal niet.

Zeker, de foto van Concepción versterkte de indruk die je bij lezing van het artikel kreeg, vooral wanneer je hem afzette tegen een andere, wat kleinere foto in een hoek, van een van de leden van de familie Santadoma, voorovergebogen op een galopperend paard op het veld van een van de exclusiefste poloclubs van Madrid.

Prado speculeerde over alles wat Lita had gezegd en kauwde dingen helemaal uit, bijvoorbeeld dat de Santadoma's voor haar onderwijs en zelfs haar medische zorg hadden betaald. Die informatie had hij niet kunnen halen uit de paar opmerkingen die hij Concepción had weten te ontfutselen. Lita had tegen haar gezegd dat ze niet te veel moest loslaten. 'Wat heb ik nou helemaal te zeggen, Regla?' had Concepción uitgeroepen, maar in het weinige dat ze wel had gezegd beweerde ze in ieder geval wel dat ze familie van de markies was. Dat had Lita nog wel de nodige zorgen gebaard: dat haar moeder in aanwezigheid van de journalist zou lachen om de mogelijkheid dat ze de dochter van een Santadoma was.

Foto's, aanwijzingen, het getuigenis van Lita en de bewijzen waar ze naar verwees, in combinatie met de overdrijvingen en veronderstellingen van Prado, de slavernij, het werk in de huishouding, de luxe... Dat alles zorgde voor een sensationeel, tendentieus en door een aantal bewoordingen zelfs agressief roddelartikel, dat door het grote publiek verslonden werd.

'De nakomelinge van een zwarte slaafgemaakte vrouw, kleindochter van een van de grootste bankiers van Spanje, eist haar verwantschap en het haar toekomende deel van de erfenis op.'

17

Grenslijn nabij Júcaro, Cuba
Oktober 1874

Tweeëndertig soldaten waren het. Na een succesvolle aanval op een Spaans detachement hadden Kaweka en Modesto besloten dat met het oog op wendbaarheid, doeltreffendheid en operationaliteit dit het geschiktste aantal was voor de groep. Toen ze eens te veel mannen hadden toegelaten, waren ze gedwongen geweest een bloedige interne strijd tussen verschillende facties te sussen.

'Ik wil er niet één méér,' zei Kaweka tegen Modesto. 'Tweeëndertig.' Ze herhaalde het aantal dat de emancipado had genoemd nadat hij de mannen had geteld die nog overeind stonden na het gevecht. 'Zorg ervoor dat het er altijd evenveel zijn.'

Ze had het aantal niet om een bepaalde reden gekozen. Dit was gewoon wat het was, want ze kon niet tellen. Ook niet schrijven, zoals geen van de tweeëndertig mannen. Daar hield Modesto zich mee bezig: met tellen, schrijven, de brieven lezen die ze van de legerleiding van de rebellen kregen, en die beantwoorden. Hij controleerde de voorraden en de wapens, hielp Kaweka en Sabina bij de verzorging van de zieken en gewonden en zorgde ook voor de twee ezeltjes die hun weinige bezittingen vervoerden.

Het had niet lang geduurd voor Modesto de plaatsvervanger van Kaweka werd, kort na zijn komst twee jaar geleden. De eerste dagen hield Kaweka hem wat op afstand. Ze werd voortdurend omringd door zwarte strijders die haar vroegen naar plannen waar ze niets vanaf wist, en Modesto respecteerde haar houding. Maar op een dag sprak Kaweka hem aan.

'Waarom zou mama Ambrosia jou iets verbieden?' vroeg ze, toen hij wat afzijdig van de anderen stond. In haar hart was ze ervan overtuigd dat Eluma overal verantwoordelijk voor was.

Deze keer ontkwam Kaweka niet aan de glimlach die zich op het gezicht van Modesto aftekende, de glimlach die haar in La Merced zo betoverd had.

'De kindermeid was een intelligente vrouw en ze wist wat je roeping was,' antwoordde hij, wijzend naar de rustende mannen. 'De leiding nemen over de zwarten om te strijden voor hun vrijheid. En het klopte. Dit zijn allemaal slaven die het land hadden kunnen doorkruisen om de blanken te beroven, schreeuwend om wraak, en toch volgen ze jou, gehoorzamen ze jou. Ambrosia had gelijk: je kon de mijne niet zijn, je behoorde toe aan hen allen. Jij kunt van niemand zijn, Kaweka. Vecht voor datgene waarvoor je geboren bent en op deze aarde gekomen bent.'

'En waarom heeft het zo lang geduurd voor je mee bent gaan doen aan de oorlog? Je wilde geen risico nemen door soldaat te worden,' verweet ze hem. 'Je hoopte je vrijheid te krijgen op een makkelijke manier, via een geneesheer.'

'Misschien... Ja, ik neem aan van wel,' gaf hij toe, 'maar ik heb er wel voor gezorgd dat de markies je verkocht. En ik nam de kosten voor mijn rekening. Ik bood je alles aan wat ik had. Als je niet de bergen in was gevlucht, dan was jij degene geweest die de vrijheid had bereikt terwijl ik onder het juk van Rivaviejo was blijven zitten.'

'De goden riepen me,' verontschuldigde ze zich, terwijl ze aan Eluma dacht.

'Mij niet. Ik ben nooit door een god geroepen,' zei Modesto.

Ze zwegen een tijdje, terwijl ze elkaar zaten op te nemen.

'En hebben ze je nu wel geroepen?' vroeg zij ten slotte.

'Nee. De goden hebben me verlaten. Rivaviejo wilde me verkopen. De nieuwe Spaanse wet, die bepaalt dat de uit slavinnen geborenen en de mensen ouder dan zestig jaar vrij zijn...' Kaweka knikte. 'Volgens die wet mogen emancipado ook verkocht worden, en Rivaviejo wilde geld verdienen met mij.'

'Waardeerde hij je niet zo?'

'Hij is blank.'

'De goden hebben je niet verlaten,' oordeelde Kaweka. 'Ze hebben je nu tot hier gebracht om voor jouw mensen te vechten.'

'Nee. Geen enkele god heeft me naar jou geleid. Dat heb jij alleen gedaan.'

'Het heeft lang geduurd...'

'Je weet toch dat zwarten uit de stad weinig reislustig zijn.'

Kaweka deed haar best om de glimlach die de emancipado haar toonde niet te beantwoorden en bezag de emoties die bij haar werden opgeroepen. Ze geloofde beslist wat hij zei, waardoor de teleurstelling die was ontstaan doordat ze steeds had gedacht dat hij haar niet achterna had willen komen plaatsmaakte voor een enorm schuldgevoel. En hij had gelijk: hij was bereid geweest haar te kopen en later had hij haar leven gered... En blijkbaar was het Ambrosia geweest die had gezegd dat hij haar niet moest volgen, omdat zij alle zwarten toebehoorde. Hij had niet geprobeerd haar tegen te houden in Havana, en had ook hun gelukkige relatie niet weer voortgezet die door de wil van de goden en de medewerking van haar eigen moeder was verbroken. Hij zei dat hij haar tot daar was gevolgd, wat de indruk wekte dat hij nog steeds van haar hield, al waren er nog zoveel jaren verstreken. En zij? Ze had geen tijd om aan de liefde te denken, besloot ze, al vond ze het prettig dat Modesto er was.

Op een avond, kort nadat ze uit het leger waren weggegaan, was Kaweka weer aanwezig bij een van de toespraken die Modesto tegen de mannen hield en merkte ze op dat ze allemaal respect hadden voor de emancipado. Met zijn houding en argumenten wist hij een eind te maken aan een onderlinge ruzie, die anders was uitgelopen op klappen met machetes over en weer.

'Zo te zien is het ook jouw roeping om ze te leiden,' zei Kaweka toen de rust was weergekeerd.

Modesto glimlachte alleen maar. De afgelopen maanden had hij nooit geprobeerd haar aan te raken en was er een hecht vertrouwen tussen hen gegroeid.

Een bliksemstraal verlichtte hun beide lichamen voor hij iets kon zeggen. De donder die erop volgde klonk als een terechtwijzing van Yemayá, de godin, die hun hun angstvallige gedraai verweet. Het was regentijd, en na de donderslag kwam het water met bakken uit de hemel. Kaweka kuste Modesto en gaf zich aan hem. Ze bedreven de liefde in de regen. De trommels die Kaweka verwachtte te horen werd het zwijgen opgelegd door het luidruchtige ruisen van de druppels die op hen, de aarde en de bomen neervielen. Het water – Yemayá zelf – schoot toe om zich in hun versmelting te mengen, eraan mee te doen. Het gleed tussen hun naakte lijven, liep over hun huid, spoelde hun wantrouwen schoon en voerde hun schuldgevoelens af. Het water, de godin, stoeide met hen totdat het genot de diepst verborgen plek in hun lichaam wakker maakte. Ze drong zich in hun mond, in hun zoenen, en vertroebelde hun blik totdat ze van de wereld verdwenen waren. Ze prikkelde de tepels van Kaweka en begeleidde de stoten van Modesto. Ze liet een genot ontbranden dat ten slotte uitbarstte met dezelfde kracht waarmee de elementen het universum overspoelden.

De mannen over wie Kaweka de leiding had waren ruwe bonken die, behalve tijdens oorlogshandelingen, moeilijk te disciplineren en bijeen te houden waren. Ze kwamen en gingen. Zij koos ze en stuurde ze ook weg als ze voor te veel problemen zorgden, al won ze altijd eerst de raad van Modesto in, die inmiddels haar levensgezel was geworden. Hoe dan ook beschouwde de meerderheid van die moeilijk te sturen slaven, die vanwege hun verkregen vrijheid overspoeld werden door talloze emoties en onbekende gevoelens en in wie zich als uiterste reacties geweld en opstandigheid hadden genesteld, het als een eer om zij aan zij met Kaweka te strijden. Ze voerden onophoudelijk oorlog tegen de Spanjaarden, achtervolgden strijdkrachten die altijd hoger in aantal of beter bewapend waren, vielen hen aan, trokken zich terug en verborgen zich om ze verderop opnieuw te omsingelen, keer op keer, totdat ze hen overwonnen hadden of hun in ieder geval een flinke slag hadden toegebracht. Ze hadden geleerd dat de beste guerrillatactiek niet doden, maar verwonden was. Een dode soldaat bleef liggen; een gewonde had hulp van zijn makkers nodig, wat ervoor zorgde dat de oprukkende vijandelijke troepen veranderden in hulpbehoevende gelederen die te zwak waren om doelgericht te reageren op de aanhoudende belegering of definitieve aanval.

Maar deze keer ging het niet om verwonden, maar om doden. De mannen van Kaweka hielden zich zwijgend schuil in de moerassen nabij Júcaro. Hun vuile, gekreukte kleren vielen in de vegetatie en de modder niet op, in tegenstelling tot de gestreepte uniformen van de zich langs de grenslijn bewegende Spanjaarden die ze bespioneerden: broeken en tropenhemden van wit katoen en linnen met smalle blauwe strepen, op touwschoenen, met breedgerande hoeden die van palmbladeren gemaakt waren. Kleurige poppetjes die afstaken tegen het kale landschap, als rondwandelende schietschijven. Kaweka's blik gleed met trots, met tevredenheid over haar mannen, want op verwachtingsvolle momenten als deze vormden ze een eenheid, een onstuitbare kracht.

De grenslijn was een verdedigingslinie van tweeënzestig kilometer lengte die bij het uitbreken van de oorlog getrokken was en het Cubaanse eiland in tweeën deelde, van Júcaro in het zuiden tot Morón in het noorden. De Spanjaarden hadden het gebied over een strook van een paar honderd meter breed kaalgeslagen en er drieëndertig militaire kampen en versterkingen neergezet, die ook nog eens beschermd werden door palissaden en andere hindernissen, plus een contingent van omstreeks vijfduizend soldaten. Vóór de grenslijn hadden ze nog een linie van mobiele kampementen opgezet met patrouillerende cavaleriesoldaten die moesten waarschuwen voor een mogelijk naderende vijand.

Voor het opstandelingenleger moesten al die obstakels verhinderen dat de republikeinse revolutie en de onafhankelijkheidsoorlog tegen Spanje oversloegen van het oostelijk naar het westelijk departement. Voor Kaweka en haar mensen vormden deze versterkingen de barrière voor de vrijheid van alle slaven op het hele eiland.

'Sinds het begin van de oorlog,' had Modesto verteld op een avond dat ze hun bivak hadden opgeslagen op een open plek in een van de vele bossen waar ze doorheen trokken, 'zijn de oogsten de grootste in de hele Cubaanse geschiedenis.'

Modesto vertelde hun er alles over. Hij las hardop voor, zodat iedereen kon luisteren. Hij kwam met nieuws, gaf de mannen raad en deed zelfs enigszins samenzweerderig tegen hen. Kaweka viel daarbuiten. Modesto vormde 's avonds het middelpunt van de belangstelling, want hij was onderwezen bij Rivaviejo, hij had dingen gelezen en had leren schrijven.

'De bazen kunnen zich in goud wentelen,' zei iemand op spijtige toon.

'Ja,' bevestigde de emancipado. 'In de hele geschiedenis van dit land hebben de laatste zes oogsten de plantagehouders de grootste hoeveelheid rietsuiker en de meeste dollars – miljoenen – opgeleverd.'

Kaweka en een groot aantal van de guerrillastrijders werden bevangen door verdriet. Ze wisten wat deze uitbarsting van rijkdom voor de zwarte slaven op de grote suikerplantages in het westen met zich meebracht: eindeloos lange dagen, vermoeidheid, geschreeuw, bevelen, mishandeling, ziekte, straffen, gezang. Vermoeidheid tot uitputting erop volgde, vermoeidheid tot gevoelens en ideeën verdwenen en mannen en vrouwen veranderden in zwakke, gebrekkige machines.

Iemand brulde het uit. Het klonk hartverscheurend. Kaweka drukte zich tegen Modesto aan en legde haar hoofd op zijn schouder. Hij omarmde haar stevig.

Met haar blik strak op de wachtposten gericht die vanaf een klein fort de grenslijn bewaakten, huiverde Kaweka bij de herinnering aan die troosteloze dagen. Ze had te doen met de vele broeders en zusters die achter deze verdedigingslinies nog steeds met onderwerping te maken hadden. Ze vocht voor hén! In haar verbeelding ging ze op zoek naar Yesa, haar dochter, die volgens de godin nog leefde. Ze had Modesto niet gezegd dat zij zijn dochter was en had besloten dat ook niet alsnog te doen. Ze was bang dat hij niet bij haar zou blijven als ze het vertelde. Zou ze kunnen verhinderen dat hij naar de bergen van El Rosario ging om zijn dochter te zoeken? Kaweka vertrouwde op Yemayá, maar wist niet of Modesto er ook zo over dacht. Haar dochter, en die van Modesto, was gezond en wel, had de godin gezegd. Zij, Yemayá, had haar weer bij Modesto gebracht. Zij, Yemayá, zou aangeven wanneer ze tegen Modesto moest zeggen dat hij de vader was. Voor nu wist Kaweka dat ze ook voor haar dochter vocht, al wiste de tijd de herinneringen uit, en vooral het spoor van de mensen die in de nederzetting in de bergen van El Rosario hadden gewoond en haar nieuws konden brengen. Kaweka vroeg altijd naar haar kind zodra zich de gelegenheid voordeed. Er bereikten haar berichten die onjuist bleken te zijn, vruchten van de verbeelding of boze opzet, maar daarom gaf ze het nog niet op om iets over haar dochter te weten te komen.

Ze sliepen op een afstandje van de anderen, bij hun honden, drie imposante waakhonden die Kaweka met hulp van Yemayá had gestolen van een aantal Spanjaarden die verbijsterd hadden toegekeken toen de altijd trouwe dieren hun bevelen niet opvolgden, ervandoor gingen en in de dichte begroeiing verdwenen. Het waren hún honden geworden, een soort persoonlijke bewakers van hen en Sabina, wier hartstocht haar in de armen van een zekere Gonzalo had gedreven. Modesto waarschuwde Kaweka daar geregeld voor, maar die stemde in met de relatie vanwege de genegenheid die ze voelde voor de jonge vrouw die ze in de Sierra Maestra had opgepikt. 'Trouwens,' voerde ze ter verdediging aan, 'zijn wij soms ook niet samen?' De waakhonden, die ooit waren getraind om slaven op te sporen, waakten nu over hun slaap, die soms dus werd verstoord door tomeloze hartstocht.

Nu lagen de honden tussen de mannen, terwijl die de grenslijn in de gaten hielden. Al die Spaanse jongens, die uit het Iberisch schiereiland waren gehaald en naar Cuba waren gebracht om mee te vechten in een oorlog die ver van hen afstond, verdedigden de slavernij, een slavernij die edelen, notabelen en vooraanstaande lieden rijk maakte. In het moederland waren geen slaven, daar hadden ze die schandvlek al lang geleden uitgewist, maar toch kwamen ze naar Cuba om die hier in stand te houden. Met welk recht, vroeg Kaweka zich af, en spuugde naar de grenslijn. Een van de waakhonden richtte zijn enorme kop op en snuffelde in de warme, vochtige lucht, die nieuwe regen aankondigde. Nee, het raakte haar niet wat er met al die blanke jonge mannen gebeurde, en hun leed kon haar ook niet deren.

Want het was inderdaad leed wat ze nu zag.

'We wachten,' had ze haar mannen een paar dagen geleden bevolen toen ze zich al in de buurt van de grenslijn bevonden en zich omzichtig door het moerasgebied verplaatsten, op vijandelijk terrein, tussen de verdedigingslinie van de cavalerie en de palissaden die om de versterkingen heen stonden, nog voorbij Hoyo Caimán en Tío Pedro.

Het zwarte braaksel. De gele koorts. De soldaten in de kampen nabij Júcaro leden onder het hardvochtige klimaat van het moerasgebied dat zich voor haar uitstrekte. Modesto beweerde dat sinds het begin van de oorlog, in 1868, ongeveer een derde van de Spaanse soldaten was bezweken aan het zwarte braaksel, en velen van hen waren zelfs nooit aan oorlog voeren toegekomen.

Het werd donker. De mannen hoorden het gezoem van duizenden

muskieten die opvlogen uit het stilstaande water van de moerassen. Soms waren er dikke wolken insecten te zien die de omgeving nog meer verduisterden. Volgens de meeste artsen werden de koortsen overgedragen door de kwalijke dampen uit dit soort moerasgebieden, maar enkele deskundigen beweerden nu dat de ziekte zich verspreidde via muskieten. Ook dat had Modesto hun uitgelegd. Bij Rivaviejo had hij een vooraanstaande Cubaanse arts leren kennen die deze mogelijkheid onderzocht, en het leek hem geloofwaardig. Hoe dan ook, of het de muskieten waren of de dampen, een groot deel van die arme Spanjaarden in streepjeskatoen leed al aan de symptomen van de ziekte: het zwarte braaksel, dat voor velen tot de dood leidde, maar dat de zwarte slaven gewoonlijk niet trof.

'De Spanjaarden hebben ziekten naar Amerika gebracht zoals de pokken, die de inheemse bevolking praktisch uitroeiden,' zei Modesto. 'Het minste is dan wel dat hun nakomelingen nu overlijden aan onze ziekten.'

Gloeiende hitte, drukkende benauwdheid, aanhoudende regen, vocht dat in de botten doordrong: het was zweten, zweten en nog eens zweten. De zweetdruppels parelden op de gezichten van de Spaanse soldaten, en de muskieten roken hen en vlogen om hun barak en versterking heen met een gezoem dat hen uit de slaap hield. Kaweka en haar mensen hadden hier genoeg tijd doorgebracht om te weten dat de situatie in dit gebied van de grenslijn kwetsbaar was. Degenen die niet aan het zwarte braaksel leden waren ernstig verzwakt door malaria, een andere ziekte, die tachtig procent van de blanke troepen onder de leden had.

Kaweka begon te beven toen ze merkte hoeveel spanning er onder de mannen leefde. Yemayá was bij haar. De godin beheerste haar, nam krachtig bezit van haar. Sabina naast haar wist het, zij beefde ook. Modesto, achter hen, bleef afwachtend, alert op alles. En met hem de tweeëndertig mannen. Vóór hen bevonden zich rond de tweehonderd mannen: zeven of acht in het kleine fort ter bewaking, zoveel als er in die kleine ruimte pasten, en de rest in de barak, waar een gammele omheining van palmtakken omheen stond. De slaven en vrijgelatenen die de Spanjaarden verzorgden, sliepen aan hun voeten op de grond. Dat was hun allemaal verteld door een vrijgelatene die ze gevangen hadden genomen terwijl hij proviand vervoerde en onderweg van het ene fort naar het andere met zijn wagen in de modder was blijven steken. Hij had hun ook verteld dat de barak in de regentijd deels onder water stond en dat het water op sommige plekken tot boven de enkels reikte. De modder verhinderde verplaatsingen, en de zieke en zwakke soldaten zochten hun toevlucht in hun hangmat; 's nachts wikkelden ze zich ondanks de hitte helemaal in dekens, als mummies, tegen de muskieten.

Kaweka had naar de uiteenzetting van de man geluisterd, een zwarte man die slaaf was geweest in een schoenmakerij in Matanzas, en moest de geestdriftige overmoed van haar mannen sussen.

'Ze zullen ziek en zwak zijn, maar ze hebben goede wapens en wanneer er alarm geblazen wordt, zullen de andere kampementen te hulp schieten. We gaan een snelle actie uitvoeren, als altijd. Laat je niet afleiden.'

Ze wachtten tot de nacht gevallen was en de stilte boven de moerassen slechts verstoord werd door het gonzen van de muskieten. Kaweka stelde vast dat de wachtposten die hun ronde hadden gelopen zich weer op hun post bevonden en gaf bevel op te rukken.

'Leve vrij Cuba!'

De fluisterend uitgesproken leus klonk niet meer dan wat gesis, net als het geluid van hun blote voeten door het grasland dat van water doordrenkt was. Bij het licht van de maan en de sterren aan de hemel, die hun best deden om door het vocht heen te dringen dat in de lucht hing, liepen ze zwijgend in de richting van de barak, gewapend met geweren die ze na het eerste schot zouden verruilen voor machetes, waarvan Kaweka er al een in haar hand had. Ze liepen om omheiningen heen en hielpen elkaar bij het oversteken van een greppel. De honden vonden de 'wolvenkuilen': kuilen die met takken bedekt waren en waar op de bodem puntige spijlen waren gezet om iemand die erin viel te spietsen. Terwijl ze om zo'n kuil heen liep waarvoor een van de waakhonden stokstijf was blijven staan, de kop naar beneden, snuffelend en hen waarschuwend, moest Kaweka onwillekeurig denken aan de valstrikken en obstakels die pas vrijgekomen zwarten hadden opgeworpen ter verdediging van Bayamo, en aan alles waar zijzelf de nederzetting mee had uitgerust.

De rebellen hadden de eerste hoofdstad van de Republiek van Vrij Cuba verloren. Nu was het de beurt aan de Spanjaarden, dacht ze glimlachend. Ze volgden de mannen die voorop liepen en het kleine fort in de gaten hielden. De soldaten waren aan het kletsen en legden binnen een kaartje terwijl van tijd tot tijd iemand zijn taak volbracht en onverschillig het duister met zijn ogen aftastte, om vervolgens snel naar het kaartspel terug te keren. Zodra zo'n onoplettende soldaat tevoorschijn kwam, met een sigaret of glas in de hand, gaf de man voorop de rest van de groep een teken en hielden ze zich op de grond schuil, zodat ze opgingen in de modder en het hoge gras.

Ze lieten de kleine versterking achter zich, waar Kaweka een paar mannen liet postvatten, en naderden nu de barak.

De stilte vulde zich geleidelijk met geluiden. Het eerste was het gerochel van een van de wachtposten toen hij gekeeld werd. Het geluid van de tweede man die sneuvelde haalde de mannen die vanuit het kleine fort de ronde deden uit hun apathie. Langs de palissade stonden verder geen schildwachten en nadat ze er eenvoudig overheen waren gegaan bevonden Kaweka en haar mannen zich voor de barak, een rechthoekig, houten bouwwerk, aan alle vier zijden open en met palmbladeren bedekt. Een paar lampen verlichtten een wirwar van meer dan honderd hangmatten, opgehangen aan de pilaren die de barak stutten. Naast haar bevond zich een gesloten gebouwtje, dat van de officieren. Zoals hun gijzelaar verteld had waren de meeste hangmatten goed zichtbaar en gevuld met een in een deken gewikkelde gedaante. De zwarten die voor de Spanjaarden zorgden en aan hun voeten op de grond lagen hielden zich muisstil.

'Wie is daar?' klonk het desondanks vanuit de versterking. 'Geef het wachtwoord!'

Kaweka begon nog niet te roepen. In de barak heerste nog rust en zij verkneukelde zich bij de aanblik: meer dan honderd blanke verdedigers van de slavernij, ongewapend en weerloos. Een van de wachtposten bij het kleine fort schoot nerveus in de lucht. Als reactie klonk een aantal schoten in zijn richting.

Toen gilde ze wel: 'Leve vrij Cuba!'

Ze vielen aan. De meeste Spanjaarden kregen geen tijd om te reageren. Kaweka's mannen schoten willekeurig op de hangmatten. De Spanjaarden draaiden rond, probeerden zich van de dekens te ontdoen en vielen op de grond. Sommigen zochten naar hun wapen, terwijl anderen zich rennend uit de voeten probeerden te maken. Na de schoten stortten de zwarten zich brullend op hen, hun machetes geheven. Sabina was een van de eersten. Kaweka zag hoe ze uitzinnig op zo'n in deken gewikkelde gedaante insloeg, die na de derde of vierde slag niet meer bewoog.

Intussen ging zijzelf met drie mannen voor de deur van het gebouwtje van de officieren staan, erop bedacht dat de bevelhebbers weldra tevoorschijn zouden komen.

De eerste, met ontblote borst en de broek half dichtgeknoopt, viel bij het schot van een van de guerrillastrijders plompverloren op de grond. De tweede kreeg geen tijd om te reageren en werd ook geraakt, maar het lukte hem om zich in zijn barak terug te trekken en de deur dicht te doen.

'Kijk uit!' waarschuwde Modesto.

Kaweka en de anderen draaiden zich om en zagen Spaanse soldaten op zich afkomen die hun meerderen wilden verdedigen. Kaweka viel aan, haar machete met twee handen in de lucht heffend, en haar mannen volgden haar. De Spanjaarden begonnen te schieten. Ze raakten een van de guerrillastrijders in zijn been, terwijl Kaweka en haar mannen hun machetes door de lucht kliefden en inhakten op de Spanjaarden om hen heen.

De drie honden sprongen de Spanjaarden ook naar de keel, wat de paniek en de verwarring nog groter maakte.

'Zingen!' schreeuwde Kaweka. 'Zingen, klootzakken!' gilde ze in grote opwinding en ze viel aan met haar machete. In haar hoofd viel het knappende geluid van de stalen bladen die in de lichamen hakten samen met het geluid van machetes die suikerriet kapten.

Binnen een paar tellen kreeg Kaweka hulp van haar mannen. Ze bleef blind doorvechten, totdat Modesto haar bij een arm pakte en door elkaar schudde.

'We moeten weg!' drong hij aan. 'Geef bevel tot terugtrekken.'

De officieren lieten zich weer in de deur van hun barak zien.

'Toe dan!'

'Wegwezen!' zei Kaweka toen. 'Wegwezen, wegwezen!' herhaalde ze. 'We vertrekken!'

Veel mannen volgden haar bevel op, maar niet allemaal.

'Hierheen!' zei Modesto.

Maar ze kwamen niet opdagen. Kaweka zocht Sabina, maar zag haar niet. De Spanjaarden zochten hun wapens en waren zich eindelijk aan het groeperen om de verrassingsaanval te pareren. Binnen in de grote barak, tussen de hangmatten, werd nog steeds gevochten. Een guerrillaoorlog hield in dat je aanviel en je terugtrok, alles met dezelfde snelheid, maar de mannen om Kaweka heen leken te twijfelen: in defensieve houding hoorden ze de bevelen aan die de anderen niet opvolgden en wachtten ze de reactie van de Spanjaarden af.

'Terugtrekken!' gilde Kaweka.

Wat was de rest aan het doen, vroeg ze zich af, al duurde het niet lang voor het haar duidelijk werd. Ze waren aan het plunderen! Daar waren ze, beladen met bundels kleren en andere spullen. Ze trokken zich wanordelijk terug, renden de duisternis in, vluchtten weg van het geschreeuw in de barak en de te verwachten geweerschoten in hun rug, die inzetten toen ze in de nacht waren verdwenen. Ze waren nog binnen schootsafstand, dus lieten ze zich op de grond vallen en tijgerden of kropen door het stilstaande water. De ongedeerden hielpen de gewonden. Ze wisten dat de Spanjaarden hen niet achterna zouden komen, dat die er rekening mee hielden dat de inval een valstrik was en ze op een sterkere vijand zouden stuiten zonder op de bescherming van de grenslijn te kunnen rekenen. Maar ze wisten ook dat bij het aanbreken van de dag de cavalerie die langs de zogeheten grenslijn van Camagüey patrouilleerde op hen afgestuurd zou worden.

Ze verscholen zich in de uitgestrekte, dichte mangrovebossen die over de hele zuidkust van het eiland tussen de zee en het binnenland gelegen waren. Daar kwam gevaar meer van insecten en krokodillen. De laatstgenoemden betekenden goed eten als ze ze wisten te vangen, altijd beter dan de koeien- en ossenhuiden die ze in stukken sneden en met groente – als die er was – kookten tot ze zacht genoeg waren om te kunnen kauwen. Door honger gedreven waren ze meermalen gedwongen geweest dit te doen. In de geschiedenis van de slavernij op Cuba waren veel marrons in de bladerrijke, weelderige en ondoordringbare mangrovebossen gaan wonen, die tot vijftien meter hoog waren en het grootste deel van de Cubaanse kust bedekten. Ze vormden daarom bekend terrein, althans in de verhalen waarmee naar vrijheid snakkende slaven op plantages hun dromen fluisterend opluisterden.

De regen was weer met bakken naar beneden gekomen toen Kaweka bevel gaf tot terugtrekking. De regentijd zou spoedig ten einde zijn en het leek alsof de hemel zich al eerder wilde ledigen. Ze had Modesto naar het aantal mannen gevraagd toen ze de mangrovebossen weer in trokken, maar die antwoordde dat hij het niet wist, dat hij ze in het donker niet kon tellen, en hij drong erop aan dat ze weggingen. Kaweka meende dat een aantal van hun mensen in die paar tellen van besluiteloosheid was gevallen.

Modesto bevestigde dit de volgende dag: drie mannen waren achtergebleven, dood of gewond.

'En dat om te kunnen roven...' viel Kaweka uit. 'Roep ze bij elkaar, nu!' zei ze woedend.

'Wees redelijk, Regla.' Kaweka had hem gevraagd die naam niet te gebruiken, maar Modesto deed dat nog steeds, misschien omdat hij dacht dat dat hem onderscheidde van de rest. Hij had haar voor de oorlog gekend, haar geholpen, Kaweka had haar leven zelfs aan hem te danken. 'De andere partijen die door de bossen rennen strijken de buit op bij een overwinning, ze zoeken eten en zelfs vrouwen voor hun mannen. Zelfs het leger doet dat. Vechten voor de vrijheid van de andere slaven op het eiland is nobel, maar zij kunnen aan die strijd niet altijd met jouw gedrevenheid deelnemen. Je moet ze belonen, anders gaan ze bij je weg. Zelfs de Spanjaarden beloven hun meer als ze zich bij hun gelederen aansluiten. Dit leven is niet vol te houden, zelfs niet door iemand die slaaf is geweest.'

'Ze zijn vrij,' wierp Kaweka tegen. 'Niemand geeft ze met de zweep, niemand dwingt ze...'

'Ze verlangen naar de warmte van hun brits, naar hun dagelijkse funche, naar rum en brandewijn, het dansen en de feesten op zondag...'

'En naar de zweep?'

'Naar hun vrouwen!'

'Ze waren slaaf!'

'Dat is lang geleden, Regla. Mensen zijn geneigd de goede dingen te onthouden en de slechte te vergeten.'

‘Slavernij kun je niet vergeten,’ zei Kaweka stellig, alleen al de gedachte verwerpend.

‘Een mens vergeet alles, Regla,’ hield Modesto aan. ‘Je moet je mannen geld en afleiding geven, en de enige manier om dat te doen is de vijand beroven. Als je dat niet toestaat, als je het blijft verbieden, kunnen ze tegen je in opstand komen.’

Ondanks Modesto’s waarschuwing liet Kaweka de mannen verzamelen op een open plek, waar ze, allemaal doorweekt, in een kring om haar heen kwamen zitten. Kaweka’s drang om haar mannen tot de orde te roepen was even groot als Modesto’s drang was geweest om haar daarvan te weerhouden. Ze zou niet toestaan dat ook maar iemand haar leiderschap in twijfel trok.

‘We hebben drie van onze mensen verloren omdat bevelen niet werden opgevolgd.’

Zoals de emancipado had voorspeld waren de mannen niet langer bereid af te zien van plunderen. Ze leken op deze bijeenkomst te hebben gewacht en iemand kwam met een felle reactie.

‘Jij geeft geen bevelen meer.’

Het was Gonzalo die dit zei, met naast hem Sabina, die een nieuw geweer in haar handen hield, een Remington zoals de Spanjaarden gebruikten en dat ze ongetwijfeld had bemachtigd tijdens hun aanval op de grenslijn.

‘Dat had je moeten zeggen voordat ze doodgingen. Ze waren het misschien niet met je eens geweest. Ik herinner jullie er even aan: Juan…’

‘We kennen ze,’ onderbrak Gonzalo haar weer. ‘Heel wat beter dan jij. En de drie wisten wat we gingen doen.’

Gonzalo was een grote, sterke man met een volle baard. Naast hem zat Sabina rechtop, als een godin tussen hen allen in: mooi, trots. Ze droeg een lange, witte bloes, van dezelfde herkomst als het geweer.

‘Het waren kameraden van ons,’ zei iemand anders.

‘We weten allemaal dat we kunnen sneuvelen,’ klonk het verderop.

‘Ons doel…’ Kaweka probeerde haar toespraak te vervolgen.

‘Ons doel is om ons te verrijken voordat de Spanjaarden de oorlog winnen en weer slaven van ons maken of ons meteen executeren, zoals ze nu doen met de mensen die ze gevangennemen.’

Bij die woorden knikte het merendeel van het gezelschap en

klonken er kreten van bijval en instemmend gemompel.

'Wat hebben we aan vrijheid als we er niet van kunnen genieten?' hoorde Kaweka iemand zeggen.

Opnieuw klonken er kreten en veel misbaar.

'Wij zijn alleen vrij wanneer iedereen van onze mensen vrij is!' riep Kaweka nog eens.

'Stop nou,' fluisterde Modesto. 'Dit is niet het moment.'

'Jij voert ons niet meer aan, Kaweka,' oordeelde Gonzalo.

'Omdat jij dat zegt?' viel Kaweka tegen hem uit, terwijl ze zich van Modesto afwendde.

'Omdat we dat allemaal zeggen.'

Kaweka keek de kring rond. Op Sabina liet ze haar ogen niet rusten, ze had aan een tel genoeg om te begrijpen dat de band die hen had verenigd, zojuist verbroken was. Modesto had haar gewaarschuwd, en nu verloor ze weer een dochter, maar zoals ook bij Yesa, de eerste, was gebeurd, was ze niet bereid om zich door deze breuk van haar taak te laten afleiden. Iedere keer waren er meer zwarten die zich aansloten bij de lange oorlog voor de vrijheid, en zij wilde er niet eens aan denken om al die geesten te verraden die 's nachts om de overwinning schreeuwden. Die dolende zielen waren onderdeel van haar eigen natuur. Toch deed het haar pijn. De uitdagende blik van Sabina die haar man steunde verscheurde haar vanbinnen, alsof er uit alle macht en met buitengewoon geweld belevenissen, herinneringen en gevoelens in haar werden losgemaakt – de liefde voor Yesa waar ze niet van had kunnen genieten en die ze meende te hebben kunnen vervangen met Sabina. Ze probeerde zich groot te houden, haar verdriet niet te tonen onder de blikken van de mannen. Slechts een paar hadden de ogen neergeslagen. Verreweg het merendeel leek de woorden van Gonzalo te steunen.

Kaweka haalde diep adem en zocht hulp bij de godin. Ze wist dat die er niet was, dat die haar alleen had gelaten. Dat voelde ze al bij de eerste stap die ze in dat moerasland hadden gezet toen ze doordrongen op Yemayá's terrein: water. Ze wist dat Yemayá gelukkig en tevreden was, zoals haar aard was, en dat ze ontsnapt was, de problemen van de zwarten ontvluchtend om aan opwellingen toe te geven en te genieten in haar domein.

'Je zult je moeten bewijzen,' daagde ze Gonzalo uit, terwijl ze de machete uit de gordel haalde waar hij aan hing.

De guerrillastrijder deed een stap naar voren.

'Regla...' Modesto kwam tussenbeide. 'Doe het niet,' zei hij tegen haar.

'Ik heb hier lang voor gestreden.' Kaweka's stem kwam boven de stortbui uit. 'Ik heb jullie nooit iets wijsgemaakt. Jullie hebben erin toegestemd om met mij te vechten voor onze mensen, niet om bandieten te worden, zoals zoveel anderen.'

'We zijn jouw strijd zat,' zei iemand.

'Kom, Regla,' hield Modesto aan. 'We zoeken andere soldaten...'

'Denk je dat iemand me volgt als ik nu toegeef? Ga weg!' beval Kaweka.

'Je kunt niet met deze man gaan vechten!' zei hij smekend.

'Dat doe ik ook niet.'

Op een onmerkbare beweging van haar machete kwamen de drie waakhonden opeens tevoorschijn en vlogen met zijn drieën op de rebellerende soldaat af. Het duurde even voordat de vrienden van Gonzalo reageerden, lang genoeg voor de honden om zich op Gonzalo te storten. Nadat ze van de schrik bekomen waren sloegen ze met machetes op de honden in, maar die lieten niet los. Iedereen wist dat ze niet los zouden laten, dat ze liever zouden doodgaan dan hun prooi laten gaan. Kaweka zag Sabina haar geweer richten, ze kon niet schieten omdat haar minnaar dan ook gewond kon raken in plaats van de duivels die tegen hem tekeergingen. De blikken van de vrouwen kruisten elkaar en ze herkenden in de ander hun vijand.

'Af!' beval Kaweka toen. Twee honden lieten hinkend los. Ze sleepten zich dodelijk gewond voort. De derde opende de bek, maar kon zich niet meer bewegen. 'Ga kijken of je iets voor hem kunt doen,' zei ze tegen Modesto, terwijl ze beiden naar Gonzalo keken, die zich bloedend op de grond bewoog. Een deel van zijn gezicht was weggerukt. 'Straks gaan we op weg om het Cubaanse leger te zoeken, zoals je voorstelde.'

Ze gaf bevel de honden af te maken.

'Eén hond kunnen we redden,' zei een van de mannen na een tijdje.

Kaweka schudde haar hoofd.

'Ze hadden me niet moeten gehoorzamen. Ze hebben een zwarte aangevallen,' sprak ze op besliste toon.

Kaweka en Modesto verlieten het moerasgebied aan het hoofd van eenentwintig mannen die opnieuw trouw hadden gezworen aan de vrouw die hen tot dan had aangevoerd. In de moerassen bleven Sabina, Gonzalo, wiens leven van het lot afhing, en een aantal lastpakken die hem niet wilden afvallen achter.

Kaweka had geprobeerd de relatie met Sabina te herstellen. Ze liet haar 's nachts bij zich roepen. Modesto verborg zijn argwaan en gehoorzaamde haar. Maar Sabina kwam niet en verzette zich tegen een verzoening. Kaweka drong aan, maar Sabina bleef halsstarrig weigeren. In de ochtend, bij vertrek, toen ze langs de rij opstandelingen liep, perste Kaweka de lippen op elkaar toen ze bij Sabina aankwam. Ze zou ze kunnen plooien tot een glimlach, maar hield ze uiteindelijk stijf op elkaar toen het meisje haar blik afwendde.

Ze zette het gebeurde met moeite van zich af terwijl Modesto de kolonne naar Camagüey voerde om zich aan te sluiten bij de strijdkrachten die generaal Máximo Gómez in die omgeving verzamelde.

'De Dominicaan,' beweerde Modesto, verwijzend naar Gómez, 'bereidt de overtocht van de grenslijn en de invasie in het westelijk departement voor.'

'Ik wil niet weer deel uitmaken van een leger en onder bevel staan van blanke officieren en grillige mulatten,' waarschuwde ze hem op een toon die hij liever minder kil had gehad.

'Dat zal niet gebeuren,' zei hij geruststellend, met een glimlach om zijn lippen die ze niet kon thuisbrengen. 'Je staat bij hen in aanzien, Kaweka. Ik weet dat, dat hebben ze mij verteld, dat heb ik al zo vaak tegen je gezegd. Ze zullen respect voor je hebben.'

In het westelijk departement, waarnaar zowel de regering van de republiek als generaal Gómez het conflict wilde verplaatsen, was het nog steeds betrekkelijk rustig. De rijken genoten nog van hun overvloedige oogsten, veilig achter de grenslijn en verdedigd door het gewone leger en het korps van burgervrijwilligers. Het oostelijk departement daarentegen was na jaren van oorlog geheel verwoest. In dit gebied vonden nog steeds vijandelijkheden plaats. De revolutionairen hadden de controle over het platteland en de bergen, maar de grote, versterkte en trouwe steden waren nog in handen van de Spanjaarden.

De opstandelingen kregen nog steeds hulp uit het buitenland in de vorm van wapens, levensmiddelen, geld en een aantal troepen vrijwilligers, gestuurd door de Junta Cubana in New York, die bestond uit rijke bannelingen die voor de onafhankelijkheid van het eiland waren, al was het hun niet gelukt de Amerikaanse regering in de oorlog te betrekken. De Amerikanen hadden grote belangstelling voor Cuba, maar waren absoluut niet van plan in het conflict betrokken te raken. Nog voor de Amerikaanse Burgeroorlog hadden ze Spanje voorgesteld om het eiland te verkopen, zoals ze ook Florida aan het begin van de eeuw in handen hadden gekregen en zoals ze pas Alaska van de Russen hadden gekocht, maar Spanje weigerde af te zien van zijn meest winstgevende kolonie.

En nu, na jaren van strijd, in een kennelijke patstelling, wilden de Amerikanen niets meer weten van de Cubaanse ambities. De vluchtelingen die vanuit New York de oorlog in stand hadden gehouden, waren mat geworden en zamelden geen geld meer in. Maar het ergste was dat de eigen rebellen geen eenheid meer vormden. De politici wantrouwden de legerleiding, die steeds meer in handen kwam te liggen van zwarten, mulatten of nieuwkomers die ver afstonden van hun maatschappelijke rang, gewoonten en idealisme, die de grondbezitters in het oosten hadden geïnspireerd om de opstand aan te voeren. De militairen op hun beurt, ijdel en overmoedig geworden door onderscheidingen en goudkleurige tressen, voerden de orders van de republikeinse regering niet uit en streefden hun eigen belangen na.

November maakte een eind aan de regentijd en na een tocht van een aantal dagen waren ze blij in open veld uit te komen, in de zon te lopen en droge grond te betreden. Ze stuitten op de soldaten van het Tweede Korps van het opstandelingenleger onder leiding van generaal Máximo Gómez. Kaweka's mannen hoorden ongeduldig de aanwijzingen aan die Modesto hun gaf en nog voordat hij klaar was haastten ze zich om zich bij het leger aan te sluiten. Ze hunkerden naar sociaal contact, een babbeltje, sterke verhalen, alcohol, weddenschappen, vrouwen als die er waren, en zelfs naar vechtpartijen.

Kaweka en Modesto liepen echter met een assistent mee die hen naar een commandant bracht die zo zwart was als kool, waarschijnlijk een bozal uit Afrika, net als zij.

'Gefeliciteerd met de aanval op de grenslijn,' zei de officier bij wijze van begroeting nadat hij zich had voorgesteld als commandant Lino. Het kamp bestond uit niet meer dan een paar legertenten op een vlakte waar de paarden van het Tweede Legerkorps graasden, zo'n zevenhonderd, vertelde de man terwijl ze over het terrein liepen. 'Het was een briljante actie,' voegde hij eraan toe.

Hij sprak vol lof over de guerrilla die Kaweka was begonnen nadat ze uit het kamp van Yarayabo was ontsnapt. Die actie werd zowel haar als haar mannen vergeven toen bleek dat ze niet meededen aan de ordinaire struikroverij die het gebied teisterde, maar uiteindelijk zelfs aanvallen uitvoerden op Spaanse troepen in Sierra Maestra. Kaweka luisterde. Ze waren hier op initiatief van Modesto, en toen ze de uitbarsting van vrolijkheid bij haar mannen zag kon ze hem alleen maar gelijk geven. In ieder geval voelde ze zich op haar gemak bij deze commandant, die haar inderdaad met respect behandelde.

'Je hebt wat kleding nodig...'

Het was meer de gebarende hand van Lino, die het vermeed naar haar vodden te kijken, dan zijn woorden. Kaweka bezag hem aandachtig. Onberispelijk gekleed was hij niet, maar zijn witte mambí-officiersuniform verkeerde in acceptabele staat. Alleen de bevelhebbers van het opstandelingenleger waren gewoon witte kleding te dragen. De gelederen die onder hen stonden, de troepen die uit zwarten en mulatten bestonden die al voor het uitbreken van de oorlog vrij waren, toonden ook nog een zekere uniformiteit, maar de slaven die onder dwang toegevoegd waren aan het bevrijdingsleger kleedden zich gewoon zo goed als ze konden, over het algemeen in lompen. Een groot deel van hen gebruikte een eenvoudige lendendoek of ging simpelweg naakt. Kaweka en Modesto hadden onwillekeurig een glimlach gewisseld toen ze bij nadering van het kamp van de generaal een van de wachters waren tegengekomen die de ronde liep op het pad. De zwarte man droeg enkel een op de Spanjaarden buitgemaakte witte lange jas van gestreept katoen die hij open liet hangen, zodat zijn borst, buik, penis, testikels en benen gewoon te zien waren. Een geweer, een patroongordel en één spoor die hij aan een van zijn blote voeten had vastgebonden, completeerden zijn uitmonstering.

Kaweka's mannen waren hem juichend genaderd, maar de man bleef ernstig en zei dat ze door moesten lopen. Armetierigheid en vrijpostig gedrag: twee kenmerken van de nieuwe mannen van het vrije Cuba.

Kaweka glimlachte bij de herinnering. De commandant vatte dit verkeerd op en haastte zich een toelichting te geven.

'Aangezien je hier gekomen bent aan het hoofd van een groep mannen, kom je in aanmerking voor een functie als korporaal of sergeant van het bevrijdingsleger. Zo is de wet. De generaal heeft jou de rang van sergeant toegekend, en zo moet je er ook uitzien. Zodra ik wist dat je kwam...' Kaweka keerde zich vragend naar Modesto, die knikkend bevestigde dat hij een bericht vooruitgestuurd had. '... heb ik bevel gegeven om kleding voor je te zoeken, al weet ik niet of...' Lino zweeg om Kaweka van top tot teen op te nemen en zuchtte toen. 'Ik had gedacht dat je groter was.'

'Waarvoor heb ik kleding nodig?' vroeg Kaweka.

Maar ze trok die wel aan. Een uniformjasje, en een broek die van een kleine man moesten zijn geweest, al viel hij voor haar groot uit, net als de zilverkleurige tressen die in een hoekvorm onder de ellebogen op de mouwen waren genaaid.

Modesto glimlachte toen hij haar het kamertje uit zag komen waarin ze zich verkleed had.

'Tot uw orders, sergeant!' grapte hij, terwijl hij in de houding ging staan.

'Er zijn voor jou ook kleren,' zei ze, zonder op zijn plagerij in te gaan.

De emancipado verzette zich hiertegen. Hij kleedde zich net als de slaven, slechter zelfs, omdat hij geen van de hebbedingen wilde waarmee hun soldaten zo graag pronkten: een ketting, een armband... Hij droeg geen wapens, maar een tas met brieven, papieren en schrijfbenodigdheden. Hij vocht niet, en tegen gevaar had hij juist zijn toevlucht gezocht in de lompen die hem in de omgeving deden opgaan en hem onopvallend en alledaags maakten.

Kaweka viel juist op met haar sergeantsuniform en haar zilverkleurige tressen toen ze zich bij generaal Máximo Gómez aansloot. Zijn plan was om de grenslijn over te steken en het gebied van Las Villas binnen te vallen om de oorlog te laten overslaan op het westen van het eiland. De militair verdeelde zijn strijdkrachten: de inval voerde hij uit aan het hoofd van een leger van vijfhonderd cavalerie- en zevenhonderd infanteriesoldaten. De overige troepen liet hij opstellen ter verdediging van de regio Camagüey.

Kaweka en haar guerrillastrijders vergezelden het leger, met de belofte van commandant Lino dat ze, wanneer ze eenmaal in Las Villas waren, zelfstandig konden opereren en de plantages als eerste doelen konden aanvallen en vernielen, aangezien deze via belasting de Spaanse regering financierden.

'We moeten het leven en de bezittingen respecteren van Cubanen die de republiek zijn toegedaan. Dat zijn er veel in Las Villas,' verklaarde de commandant tijdens de laatste bijeenkomst met Kaweka, voordat hij naar de grenslijn oprukte. 'Regla...' Lino zweeg even om zijn woorden meer gewicht te geven. 'Veel van onze mensen streven uitsluitend de onafhankelijkheid van Spanje na. Je zult ze herkennen: de troepen bestaan overwegend uit vrije mannen, zwart of mulat; of uit blanken, boeren en ambachtslieden die, net als de eersten, zich bij de zaak hebben aangesloten.'

Behalve de onenigheid die Kaweka had kunnen krijgen met blanke officieren was dit een van de redenen waarom zij haar eigen groep guerrillastrijders oprichtte, allemaal zwart of mulat, allemaal dankzij de revolutie vrij geworden slaven. Want in het gewone leger werden de slaven nog steeds slecht behandeld door hun makkers in de eigen gelederen, door blanke keuterboertjes met een koe en een stukje grond dat nog te klein was om hun gezin te voeden, maar die zich desondanks superieur waanden, net als de zwarten en mulatten die hun vrijheid nog voor de Roep van Yara hadden verkregen en die, als het zo uitkwam, nog meer afstand wensten te houden van de mensen van hun ras als de blanken zelf.

De oorlog duurde nu een paar jaar, maar het ideaal van het abolitionisme en de noodzaak om dit realiteit te maken om strikt praktische en politieke redenen – nog afgezien van gefundeerde morele principes – konden er niet voor zorgen dat mensen die voorheen van een zwarte hadden verlangd dat deze hun niet in de ogen keek, dit nu met instemming en vriendschap toelieten.

Racisme bestond nog steeds in het bevrijdingsleger zelf, en discriminatie was een constante voor zwarten die slaaf, onontwikkeld, onbekwaam, vuil, slecht opgevoed, promiscue en ongelovig waren; het waren inferieure wezens.

'Het abolitionisme,' ging commandant Lino verder, Kaweka in haar gevoelens stavend, 'is een secundaire strategie geweest, een manier om soldaten te rekruteren, zeker, maar ook om samen te werken met de grote mogendheden, vooral Engeland, Frankrijk en de Verenigde Staten, die eisen dat de slavernij afgeschaft wordt. Onder de vlag van het abolitionisme krijgt de Republiek van het Vrije Cuba internationaal erkenning en daarmee financiering voor de oorlog. Snap je?'

Lino was niet in staat de blik van Kaweka te doorgronden, een kleine vrouw, zoals alle uit Afrika gestolen vrouwelijke bozales: slank, pezig, uitgedost in een sergeantenuniform waarin ze er lachwekkend uitzag. Ze bleef de slavin van een plantage, dacht hij op dat moment.

'Ik begrijp het,' zei Kaweka, al was dat niet zozeer vanwege het betoog van de officier, maar meer omdat Modesto het haar een aantal keren had uitgelegd. 'Onze zaak interesseert hen nauwelijks.'

'Zoiets,' moest de commandant erkennen. 'Jij en ik weten wat we willen, waarom we in deze oorlog vechten: voor onze mensen.' Kaweka voelde een rilling over haar rug lopen. 'De generaal zal de steden en de grote plantages die goed verdedigd worden aanvallen. Jij en je mannen zullen je moeten concentreren op de kleinere plantages, de moeilijk bereikbare of de plantages die ver van de route van onze strijdkrachten af liggen. De politici en de officieren willen de rijkdom van Spanje vernietigen. Wij willen onze mensen uit de slavernij bevrijden!'

Opnieuw een rilling, deze keer heviger.

'Regla,' zei de commandant nog eens terwijl hij een hand op haar schouder legde en haar bijna door elkaar schudde, 'sommigen zullen niet vrij willen zijn. Ze hebben te veel leugens horen vertellen over de rebellen en zijn bang voor ons. De Spanjaarden hebben hen ervan weten te overtuigen dat het een ramp is om in onze handen te vallen. Sta niet toe dat ze zich bij de Spanjaarden voegen. Zorg dat ze zich bij jou of bij onze gelederen aansluiten, ook als ze dat niet willen. Begrepen? Ook als ze dat niet willen.'

Op een dag in januari stak het leger bij het ochtendgloren de grenslijn over, waarbij ze slechts zes soldaten, twee paarden en een muildier verloren. Kaweka en haar mannen, die experts waren in acties bij versterkingen, hielpen mee om de aanwezige greppels te dichten met enorme bundels suikerriet, zodat de infanteristen en cavalerie eroverheen konden. De Spanjaarden boden niet al te veel verzet. Toen ze zich op vijandelijk terrein bevonden nam Kaweka afscheid van commandant Lino.

Generaal Gómez trok in de richting van het dorp Jíbaro, dat hij met de grond gelijk maakte, maar dat lukte hem niet met de plantage Mapos, de grootste in het gebied, met een bestand van meer dan driehonderdvijfentwintig slaven en negentig Chinezen, die verdedigd werd door een honderdtal goed bewapende mannen, die zelfs over twee kanonnen beschikten.

Kaweka, die een gids toegewezen had gekregen, een van de vele inwoners van Las Villas die zich bij de zaak en het opstandelingenleger hadden aangesloten, ging op weg naar plantage La Candelaria, die honderd hectare rietvelden besloeg en een werkploeg van veertig tot vijftig zwarte slaven had.

Ze beval haar mannen zich schuil te houden in een palmbos, om vervolgens zelf de plantage te gaan verkennen. Modesto's verzoek om haar te vergezellen wees ze van de hand.

De oogsttijd was inmiddels een maand aan de gang. Ze hoorde het geschreeuw van de bewakers, het hakken van de machetes in het suikerriet en de gezangen van de slaven. Het was jaren geleden dat ze in de buurt was geweest van een bedrijf als dit. Ze had veel vijanden gedood en veel vrienden zien sterven. Bloed en pijn waren onafscheidelijk gezelschap geworden, maar een stralende zon bleef onbeschaamd schijnen over het onrecht, en de dikke, zoetige lucht bedwelmde haar tot misselijkmakens toe. En als Yesa hier eens was? Haar maag kromp ineen, ze kokhalsde. Ze meende dat ze tijdens haar omzwervingen door de bergen en de oostelijke gebieden zich deze taferelen voor de geest had gehaald, er kracht uit had geput, zich ervoor had gewroken. Maar nee. Haar herinneringen van toen hadden niets gemeen met de oude vrouw die zich nu, kromgebogen, uitgemergeld en in vodden, onder het gewicht van een bos suikerriet voortsleepte.

De gehurkte Kaweka zag hoe de slavin langzaam verder liep naar de ossenwagen en daar haar last in legde. Eén moment meende ze dat de oude vrouw naar haar keek en glimlachte. Doordat ze tranen in haar ogen kreeg kon Kaweka niet zien dat de vrouw wankelend terugliep naar het veld waar geoogst werd.

18

Madrid, Spanje
Mei 2018

Het artikel van Víctor Prado in *Documento Cero* werd een internethit. Het aantal bezoekers van de digitale krant schoot exponentieel omhoog en het bericht kwam in de top tien van trending topics op Twitter.

'Hebben de Santadoma's je studie betaald?'

Lita merkte een subtiele verandering in Pablo's houding op, alsof hij nu, na dit sensationele bericht, meer geloof hechtte aan haar beweringen over de afkomst van haar moeder.

'Wel toen ik bij de nonnen zat. Veel geld was dat trouwens niet, want ze wisten ook een beurs voor me te regelen omdat ik arm was. Op de universiteit ging het ongeveer hetzelfde, maar daar betaalde mijn moeder zelf bij omdat de beurs te laag was. Niet de Santadoma's.' Beiden zwegen even. 'Ik kan dit allemaal niet verwerken,' verzuchtte ze, nu het artikel van Prado zoveel belangstelling wekte.

'Neem je tijd,' zei hij geruststellend, terwijl hij haar een glas wijn inschonk. 'Tegenwoordig staan nieuwsberichten twee dagen in de belangstelling, daarna is het afgelopen. Tenzij...'

'Tenzij wat?'

'Tenzij die eventuele juridische eis invloed heeft op de aankoop van de bank en dat terug te zien is op de beurs en in de gespecialiseerde media.'

'Natuurlijk heeft die invloed!' riep ze uit.

Pablo maakte een grimas. Lita was onaangekondigd bij hem langsgekomen op het moment dat het licht van de vroege voorjaarsavond zijn uiterste best deed om niet te doven. Ze hadden elkaar al een paar dagen niet gezien en Lita kon niet meer tegen hun trieste telefoongesprekken. Pablo ging maar door over de rekeningen van zijn bakker. 'Ik heb er nu ook een kapperszaak bij gekregen,' vertelde hij haar tijdens een van hun telefoontjes. Lita vroeg niet of het om een dames- of herenkapper ging en ze durfde er al helemaal geen grappen over te maken. Hun gesprek eindigde met een treurig, bijna plichtmatig 'kus' en een uit gewoonte uitgesproken 'ik hou van je'. Het deed sterk denken aan de zoenen en beloften die ze hem wist te ontfutselen toen ze hem deze avond bijna dwong met haar naar bed te gaan.

'Je houdt niet meer van me,' zei ze verwijtend nadat hij tot een duidelijk onbevredigend, kort, oppervlakkig en bijna geluidloos orgasme was gekomen.

Pablo reageerde niet meteen en in die paar seconden kromp het hart van Lita ineen.

'Heb je je weleens afgevraagd of jij van mij houdt?'

'Ik ben hier toch?'

'Waarom?'

'Omdat...' Ze draaide om duizend mogelijke antwoorden heen. 'Omdat ik van je hou!' barstte ze toen uit. 'Gek op je ben!'

'Op de Pablo van nu?' vroeg hij tot haar verrassing.

Ja, hij was gedeprimeerd. De glimlach was van zijn gezicht verdwenen, de betovering had hem verlaten. Ze lagen in bed, Lita wilde hem omhelzen en haar hoofd op zijn borst leggen, maar hij schoof van haar weg.

'Ik moet aan mijn proefschrift werken,' zei hij verontschuldigend, terwijl hij opstond en wegliep. 'Als ik opschiet kan ik het misschien nog indienen voordat ze me van de universiteit sturen.'

Even later stond zij ook op, ze glipte zijn studeerkamer binnen en kuste hem boven op zijn hoofd, maar ze stond niet toe dat hij zijn hoofd omdraaide en stopte met typen. Het bureau lag vol met papieren. Ze pakte een stift en tekende op een ervan, over de tekst heen, een vijfhoek: vijf zijden, twee plus drie, het eerste vrouwelijke getal en het eerste mannelijke, zoals Pablo haar had uitgelegd. Vijf, het getal van de liefde en het huwelijk.

'Ik hou van de Pablo van vroeger, van nu en van de toekomst,' fluisterde ze in zijn oor. 'Ik hou van je tot ik doodga, wat er ook gebeurt.'

Ze ging terug naar huis. Sara en Elena lagen te slapen, en voor ze naar bed ging opende ze het laatje van haar nachtkastje en streelde het kralensnoer dat ze in het bureau van de markies had gevonden. Waarom bewaarde een vermogende aristocraat zo'n prul? Het was een heel simpel ding. Lita raadde naar de geschiedenis van die ketting, wat er zo belangrijk aan kon zijn dat een bekende bankier hem als een schat tussen zijn bezittingen bewaarde, maar verder dan wat esoterische ideeën die door haar hoofd schoten kwam ze niet. Twee parelmoeren kralen... Hoe dan ook, wanneer zij zich er niet aan brandde, was het rustgevend, kalmerend om ze tussen haar vingers door te laten glijden. Ze was niet gelovig. Ze was nooit ter communie gegaan met de onderworpenheid en nederigheid waarmee de nonnen wilden dat ze het lot aanvaardde dat God had voorbestemd voor een vrouw van kleur als zij. Tijdens haar puberteit had ze zich nog veel meer afgezet tegen de hypocriete vroomheid van de Santadoma's, waarin haar moeder ook meegesleept werd, maar nu zat ze hier 's avonds in bed en liep de kralen van de ketting na alsof het een rozenkrans was, op zoek naar verlichting, een magische ontmoeting die zij, wanneer die zich voordeed, paradoxaal genoeg met duizend-en-een argumenten zou weigeren en ontkennen.

In de ochtend, tijdens het late ontbijt dat ze zich nu in gezelschap van haar vriendinnen kon veroorloven, kwam ze erachter dat het bericht van *Documento Cero* door een aantal digitale media was overgenomen. Het stond diezelfde dag nog op de website van een streekblad en een paar dagen later beantwoordde de markiezin, het Italiaanse ex-model dat haar glamour had zien afbrokkelen, de vragen van een journalist op totaal ongepaste, zo niet grove wijze. Haar reactie was te horen op een landelijk radioprogramma en te zien in het actualiteitenprogramma van een grote tv-zender.

De markies zelf, die geadviseerd werd door zijn communicatiemedewerkers, hield wijselijk zijn mond. Er kwam geen enkele verklaring van de kant van de Banca Santadoma of van de Amerikanen. Ze vertrouwden er kennelijk op dat de publieke belangstelling zou tanen, een strategie waardoor een van de nichtjes van de bankier gefrustreerd raakte. Het ging om een opstandige bohemienne van in de dertig, een onbegrepen kunstenares: de ene dag was ze tegen het systeem en de andere dag liberaal, maar de meeste dagen onverschillig, met een familie die haar alleen in besloten kring toeliet wanneer het strikt noodzakelijk was. Maar doordat ze in de society was opgegroeid en die goed kende, deed ze mee aan praatprogramma's van een paar radiozenders die in de marge ook ruimte boden voor roddel en achterklap over mensen die beroemd waren geworden uitsluitend omdat ze het bed hadden gedeeld met een bekendheid.

Al deze parvenu's die hun afkomst verloochend hadden werden door Ariadna García Santadoma – rijk, met een adellijke titel geboren en buitengewoon neerbuigend – met een ongenuanceerd sarcasme en een ongelooflijke vijandigheid bekritiseerd, wat voor heibel zorgde en onderhoudend was, of in ieder geval de aandacht van de luisteraars vasthield. Haar oom, de markies, en ook haar ouders, hadden haar gesmeekt en gewaarschuwd om op geen enkele manier te zinspelen op Concepción, slaafgemaakten, en alles wat met Cuba en de suikerplantage te maken had. Dat beloofde ze uiteraard, maar niemand van haar familie hield er rekening mee dat deze vrouw zich heel wat voelde wanneer er naar haar geluisterd werd, dat ze er prat op ging dat ze zich door niemand liet beïnvloeden, en vooral, dat ze een paar lijntjes coke snoof voor ze de studio in ging, om helemaal los te kunnen gaan, zei ze met een enorme grijns om de mond en ogen die al schitterden.

'Heeft iemand misschien een idee hoeveel fortuinen in Spanje vergaard zijn dankzij de slavernij?' Dat was haar reactie op de eerste vraag van haar gesprekspartners, die wel wisten dat er niet veel voor nodig was om Ariadna op stoom te krijgen. 'Daar kunnen we hele programma's aan wijden!' Ze toonde zich verbaasd toen de anderen probeerden ertegen in te gaan. 'Op Cuba zaten veel slaafgemaakten, en het was een eiland van Spanje. Veel aristocratische families die hun leven tegenwoordig slijten in Madrid of andere steden of dorpen zijn rijk geworden door de slavernij. Zelfs de kerk en leden van de koninklijke familie bezaten suikerplantages waar slaafgemaakten werden uitgebuit.'

'En de huishoudelijke hulp?' vroeg iemand. 'Is zij een onwettig kind van de familie?'

'Concepción?' vroeg Ariadna schouderophalend. 'Kan best zijn. Zo ging dat. Spanje is altijd een land geweest van hete macho's die zich op de eerste de beste vrouw storten en her en der kinderen achterlaten.'

'Ken jij die hulp?'

'Concepción? Uiteraard. Ze heeft altijd bij de familie gewoond. Ze kwam met haar moeder en mijn overgrootvader naar Spanje. Haar familie is al decennialang bij ons.'

'Dan stamt ze dus van slaafgemaakten van jullie af?'

Ariadna dacht even na.

'Absoluut,' gaf ze uiteindelijk toe. 'Daar twijfel ik niet aan. Ik heb dat thuis zelfs wel horen zeggen.' Er viel een ongebruikelijke stilte tijdens de uitzending. 'Het was normaal,' besloot ze – een verpletterende uitspraak voor de familie Santadoma.

Na deze uitlatingen werd Lita voortdurend gebeld. De Santadoma's, die boos waren dat dit in de publiciteit was gekomen, schortten de onderhandelingen over de schadeloosstelling voor Lita vanwege haar ontslag op, al namen ze wat betreft Concepción nog steeds geen enkele maatregel.

En terwijl de markies tierend rondliep vanaf het moment dat hij de bank in stapte tot het moment dat hij er weer wegging, zat de roddelpers achter Lita aan en eiste een verklaring van haar. Zíj voelde zich al overdonderd, maar haar moeder nog veel meer, want ze werd door journalisten belaagd zodra ze een voet op straat zette, net zoals Lita belaagd werd zodra ze het gebouw van de Santadoma's naderde. Door haar huidskleur was ze helaas gemakkelijk te herkennen, bedacht ze wanneer ze camera's en verslaggevers moest zien te ontwijken. Ze wist dat er diezelfde dag nog verzonnen verklaringen in de media zouden verschijnen. Ze zag zich gedwongen haar moeder een andere telefoon te geven, want iedereen leek haar nummer te hebben.

'Maar als meneer me wil spreken?' vroeg haar moeder aarzelend.

'Mam!'

Er werd besloten dat Concepción een paar dagen thuis zou blijven, tot de storm wat geluwd was. De honden moesten hun behoefte dan maar doen in de keuken van het huis, net als toen doña Pilar nog leefde, en Zenón, die moeite had de discretie te bewaren die de Santadoma's altijd van hem hadden geëist en die het huis verdedigde tegen het leger van journalisten, zou ze te eten geven. Lita merkte iets van afgunst en jaloezie in hem op, die gepaard gingen met de verongelijktheid van iemand die zich gedwongen ziet harder te werken dan gebruikelijk.

In de pers verscheen een bericht dat Lita bij de bank ontslagen was. De journalist had haar cv, haar studie en vaardigheden verzonnen, en zelfs de kleding waarin ze op haar werk verscheen. Zowel Marcelo als José, haar advocaten, ontkende ook maar iets te hebben gelekt. Verder deelden ze haar mee dat de onderhandelingen over haar ontslag nog helemaal vastzaten, waardoor het de kant van een rechtszaak leek op te gaan.

In andere media was te lezen dat haar moeder bij de sociale verzekeringen onbekend was en dat ze al jaren geen belasting betaalde. Ze schilderden haar zo ongeveer af als een illegale immigrant, iemand zonder papieren. Hoe waren ze dat nou weer te weten gekomen? Ja, ze had het daar wel met mensen over gehad, zei ze tegen Pablo. 'Met jou bijvoorbeeld... Jij was het toch niet?' En met Stewart, zei ze er snel achteraan toen hij haar met gefronste wenkbrauwen onderzoekend aankeek, en met Elena en Sara, en zelfs met het hoofd van de personeelsafdeling van de bank...

'En indirect dus ook met zijn secretaresse,' onderbrak hij haar, 'want die heeft natuurlijk moeten uitzoeken hoe het zat. Dat gaat hij echt niet zelf doen. Vervolgens krijgt de vriendin van de secretaresse, met wie ze altijd samen ontbijt, het te horen, en dan weer haar man of vriend. Het gaat om roddel die bijzonder tot de verbeelding spreekt: een aristocratische familie die geen sociale premies betaalt voor haar hulpje... Sorry voor dat "hulpje",' corrigeerde hij zichzelf meteen.

Hun reis naar Cuba werd ook besproken op websites en digitale kranten, compleet met foto's. MERKWAARDIGE UITNODIGING VAN DE BANK, kopte een ervan tendentieus, die met iemand van hun hotel in Havana had gepraat.

'Ik had een paar van die foto's op mijn socials gedeeld,' bekende Sara, terwijl ze naar een foto wees.

'Ik ook,' voegde Elena eraan toe. 'En jij ook,' bracht ze Lita in herinnering.

Weer een andere foto maakte bij Lita veel emoties los. Een dag later ging er namelijk een schoolfoto van haar op internet rond, op het schoolplein, waar ze ergens aan het eind van de eerste rij stond, die van de kleinsten. Drie meisjes die samen de klas van twaalfjarigen vormden en poseerden in het uniform van de religieuze school waar de Santadoma's hun meisjes naartoe stuurden: een geruite rok die tot over de knie viel, rode kousen die boven de knie eindigden en een bloes in dezelfde kleur die tot aan de hals was dichtgeknoopt.

'Heb jij die hun gegeven, mama?'

Met de telefoon op handsfree stelde ze haar vraag terwijl ze naar de foto keek. Ze viel op tussen die vijfentwintig meisjes, niet alleen door haar huidskleur, maar ook doordat een van de nonnen haar zorgzaam bij de schouder vasthield, in een poging haar de verlegenheid te laten overwinnen die op haar gezicht en zelfs in haar houding te zien was.

Ze zag er triest, eenzaam en hulpeloos uit in die voor een arm, eenvoudig meisje vijandige, wrede omgeving: de dochter van de dienstmeid van de Santadoma's in geleende kleding, concludeerde Lita, en bij de herinnering gingen er een paar pijnlijke schokken door haar heen. Volgens haar had ze geen vriendinnen gehad op school, dus ieder van de truttige meisjes op de foto had hem kunnen lekken.

Haar moeder kon zich de foto niet eens herinneren.

'Dat soort foto's kochten wij niet, lieverd,' had ze gezegd.

Hoe dan ook nam de berichtgeving af op websites, blogs en in de roddelpers, waar op de redacties alweer nieuwe gebeurtenissen en schandalen over elkaar heen buitelden. Bij de serieuze pers ging het anders. Die leek te hebben gewacht tot de belangstelling van de massa weggeëbd was, om zich vervolgens in de strijd te mengen. En de Santadoma's, die er tot dan het zwijgen toe hadden gedaan, zagen zich verplicht te reageren toen een landelijke, invloedrijke krant in één editie met verschillende reportages over de familie kwam: hun vermogen, de bank, hun afkomst, de plantage La Merced, de vele verzwegen schandalen...

DE SANTADOMA'S: ARISTOCRATEN DIE HUN SLAAFGEMAAKTEN NAAR HET GRAF VOEREN, stond op de cover van een weekblad waarin tussen Egyptische hiërogliefen – die verwezen naar de farao's die samen met hun bedienden werden begraven – op iedere bladzijde een deel van de fries van het mausoleum van de markiezenfamilie werd afgebeeld – een soort domino waarvan de stenen die het mausoleum sierden achtereenvolgende taferelen toonden van werkende slaafgemaakten op de suikerplantage.

De berichtgeving gaf aanleiding tot scherpe kritiek van vooraanstaande links-radicale politici, die onder het mom van de strijd van Lita en haar moeder van de gelegenheid gebruikmaakten om uit te halen naar het kapitalisme, de adel, de monarchie en de rijken, en die de Santadoma's een voorbeeld noemden van het morele en spirituele verval waarin de consumptiemaatschappij ontaard was.

Het succes van deze actie leidde ertoe dat veel van de mensen uit de kringen van de markies achter hem gingen staan, al waren er ook altijd mensen die de Santadoma's op de golfbaan, in het driesterrenrestaurant en dure clubs uit de weg gingen. Een paar financiële bladen begonnen ook uit te weiden over de kwestie en over het feit dat de Santadoma's niet reageerden, waardoor don Enrique zich genoodzaakt zag actie te ondernemen.

Lita at bij haar moeder. Dat deed ze sinds ze niet meer werkte – bij Pablo eten was geen optie omdat hij somber was en ze niet wist hoe ze ermee moest omgaan, hoe graag ze ook wilde. De bel ging. De honden liepen blaffend naar de deur. Concepción ging opendoen en Lita spitste zonder al te veel belangstelling haar oren terwijl ze dacht aan de holle ogen van Pablo, die ze zo graag met al haar kracht zou willen helpen en liefhebben.

'Kom je even, lieverd?' hoorde ze toen.

'Wat is er, mam?'

'Meneer Gil is hier. Met Zenón. Hij zegt dat hij van de bank komt… om me te ontslaan.'

Dat was te verwachten, dacht Lita zuchtend.

'Wat gaan we doen?' vroeg Concepción toen ze naar de deur liepen.

'Leven, mama.' Ze riep het bijna.

Ze wist nog net voor zich te houden dat het voor Concepción tijd werd om niet langer voor die lui te werken. De honden liepen blaffend heen en weer. 'Af!' beval Lita. Zenón keek een andere kant op toen ze eraan kwamen, waarmee hij leek te bekennen dat hij de bank had verteld dat Concepcións dochter in het appartement was. Het zou anders te toevallig zijn. Hij ging vergezeld van meneer

Gil, de vertrouweling van de markies die zich met zijn privézaken bezighield, van zijn persoonlijke investeringen op de beurs tot het regelen van nachtelijk gezelschap. Hij controleerde de privé-uitgaven van alle Santadoma's. Ze kenden elkaar van de bank.

'Goedendag, María Regla,' groette hij haar.

'Gil,' zei ze, na haar keel te hebben geschraapt.

'Zullen we het simpel houden?'

Lita dacht na. Ze merkte dat haar handen trilden, dat haar keel tijdens die vier stappen droog geworden was en dat haar strijdlust was veranderd in angst. Vechten had geen zin, dus knikte ze.

'Je moeder is ontslagen.' Hij overhandigde haar een document. 'Dit moet ze tekenen. Je weet dat dat niet inhoudt dat ze het ermee eens is, alleen dat ze het heeft ontvangen. Daarna moet ze het huis verlaten. Ik blijf hier, om te controleren of ze alleen haar eigen bezittingen meeneemt.'

'Wat moet ik nu?' snikte Concepción. 'Lita!'

'Mama...'

'Als we nou eens met meneer de markies gingen praten? Hij zal zeker luisteren.'

'Moeder!'

Lita pakte de ontslagbrief aan.

'Als we zeggen dat het ons spijt, zal hij het begrijpen...'

Lita streelde de arm van haar moeder om haar te kalmeren, maar de tranen stroomden al over haar wangen. Was ze zich misschien niet bewust van de enorme impact van wat ze hadden gedaan? Was ze mogelijk van plan gewoon te blijven werken voor de Santadoma's, alsof er niets gebeurd was? Concepción kon haar emoties niet de baas. Dat was te zien aan haar tranen en een paar diepe, zuchtende uithalen, die Lita haar nog nooit had horen maken en die op een zenuwinzinking leken te wijzen. De wereld mocht instorten, Madrid mocht in brand staan, maar zolang haar moeder haar toevluchtsoord had waarin ze haar hele leven al kon schuilen, kon niets haar deren. Het had lang geduurd voor Lita het doorhad: zij kon dingen tegen elkaar afwegen, risico's nemen, strijd voeren. Ze was jong en was hierop voorbereid. Maar haar moeders leven was gebaseerd op zekerheid en ankers die haar met het leven verbonden, met routine, met gewoonten en het verglijden van de tijd. Afgezien van de band met haar dochter was een fysieke ruimte het belangrijkst, een veilige omgeving, die nu verdween. Welk effect had zo'n klap op iemand van in de zestig zonder toekomstperspectieven?

'Mam...' zei ze smekend, terwijl schuldgevoel haar keel dichtkneep. Toen richtte ze zich tot meneer Gil. 'Kom binnen,' wenkte ze hem, maar de man wilde niet dat Lita de conciërge buitensloot.

'Zenón komt mee,' zei hij bevelend. 'Akkoord?'

Lita draaide zich om naar Zenón en zag zijn triomfantelijke grijns. Hij was benepen, ordinair en middelmatig, iemand die van het ongeluk van de ander zijn succes, zijn reden van bestaan maakte.

'Zoals u wilt.'

Ze liepen met Gil en Zenón naar de keuken en gingen aan tafel zitten. Zenón bleef staan, zo ver mogelijk bij de honden uit de buurt; al tijdens het leven van doña Pilar was de afkeer wederzijds geweest. Concepción keek vragend naar Lita, die na lezing knikte, en tekende voor ontvangst van de ontslagbrief die hun overhandigd werd. Beiden waren ze nu werkloos, dacht Lita, terwijl Pablo moreel en professioneel ten onder ging in de kwitanties en bonnen van bakkers en kapperszaken. Haar ontslagzaak liep nog, een akkoord was nog niet in zicht, en behalve het schamele weduwepensioen van haar moeder hadden ze nu geen van tweeën vaste inkomsten meer. Welke hindernissen zouden ze nog meer tegenkomen in de strijd die ze waren begonnen? Die werden opgesomd nog voordat ze kon opstaan om naar Concepcións kamer te gaan om haar spullen te halen.

'Dan nu over jou en jouw huis,' kondigde Gil aan, terwijl hij de papieren op tafel uitspreidde. 'Nu je zonder werk zit en geen vaste inkomsten meer hebt, en ook geen losse,' voegde hij er spottend aan toe, 'is je kredietwaardigheid afgenomen. De bank heeft daarom de ontbindingsclausule toegepast en al je verleende krediet vervallen verklaard. Dit zijn de bewijzen. Alles wat er op jullie rekeningen stond, zowel van jou als van je moeder als borg, is gebruikt om je schulden te betalen. Desondanks heb je nog een flinke schuld bij de bank uitstaan. Een bedrag dat met rente en bijkomende kosten vandaag langs gerechtelijke weg is opgeëist.'

'Klootzakken,' mompelde Lita.

Het ging om de kosten van haar studie, haar master, die van haar verblijf in Londen en van haar Engels, van dingen die ze nodig had gehad: de computer, kleinigheden, kosten die ze niet kon dekken... Alles op krediet, vernieuwd en opnieuw vernieuwd, probleemloos, automatisch bijna.

'Wacht,' zei Gil toen ze opnieuw wilden opstaan, 'de creditcards zijn ook vervallen. Ik zeg het maar even, zodat je niet...'

De rest van de zin liet hij in de lucht hangen, met een verzaligd gezicht en een morbide voldoening die ook Zenón uitstraalde, die achter hem stond.

'Verder nog iets?' vroeg Lita.

Meer was er niet. Nu er zoveel op haar afkwam moest ze haar uiterste best doen om zich goed te houden en haar moeder te steunen en te kalmeren, omdat die een paniekaanval leek te krijgen. Ze moest haar moeder troosten toen die, terwijl ze naast elkaar op het bed zaten, in huilen uitbarstte. Ze moest wachten tot haar snikken afnam en haar moed inspreken. Zij was bij haar. Ze hielp haar moeder met haar koffer. Veel was er niet te pakken. Maar bij iedere stap begon haar moeder weer te huilen, en Lita vocht zelf ook tegen de tranen die ze in haar wanhoop voelde branden. Ze hield haar moeder vast, overtuigde haar dat ze niet naar de markies moest gaan, dat moest ze niet doen, hij en de rest van de familie waren slechte mensen.

'Maar kind, ze hebben me altijd goed behandeld.'

Ze begreep het niet. Ze konden haar vertrappen, maar haar leven bleef dit huis, de keuken waarin Gil en Zenón stonden te wachten, haar kamerjas en haar geruite schort.

'Je bent hier altijd slecht behandeld, mam. Laat mij nu voor je zorgen. We zullen gelukkig zijn.'

'Wat moet je met mij? Ik ben een blok aan je been.'

'Je bent helemaal geen blok aan mijn been. Je bent de enige die ik heb. Ik heb alles aan jou te danken.'

Concepción deed haar best iets van een glimlachje te produceren.

'En de honden?' schoot haar ineens te binnen toen Lita de koffer al in haar handen had en zij met vochtige ogen afscheid nam van de plek waar ze van kinds af aan bescherming had gevonden. 'Blijft u bij ze?' Gil haalde zijn schouders op. Zenón deed alsof zijn neus bloedde en schudde een paar keer zijn hoofd. 'Wie gaat er voor ze zorgen?' drong ze bezorgd aan toen de twee mannen zo onverschillig reageerden.

Gil zuchtte. De advocaten van de bank die hem deze taak hadden opgedragen hadden geen instructies over de honden gegeven. Hij keek op zijn horloge: lunchtijd. Hij dacht even na en belde toen met zijn mobiel.

Er werd niet opgenomen. 'Die kloteadvocaten ook,' gromde hij. Hij zweeg even, keek naar de honden, die er nu in hun hoek rustig bij lagen, snoof, alsof hij geen keus had, en begon weer te bellen. Toen Lita zag dat hij onwillekeurig rechtop ging staan, wist ze wie hij belde.

'Heer markies? Ja, ja... Neem me niet kwalijk... In het restaurant? Excuseert u me... Het spijt me bijzonder, maar ik moet weten wat er met Pilars honden moet gebeuren.'

Zelfs de oren van de honden gingen omhoog toen er geschreeuw uit de mobiele telefoon kwam. Deze honden, plus het feit dat Concepción voor ze zorgde, waren een belangrijke oorzaak van de hoon die don Enrique ten deel was gevallen en hadden tot scherpe kritiek in de media geleid, tot bijtend commentaar van zijn vrienden en tot allerlei uitspraken op internet die voor de lezer even geestig en gevat waren als vernederend voor de edelman. Gil schoffeerde Concepción door de telefoon ver van zijn oor te houden zodat zij de scheldende markies kon horen: 'Ze steekt ze maar in haar reet! Ze...' Even later verbrak hij de verbinding en haalde hij diep adem, waarna hij zich tot Concepción richtte.

'U heeft het gehoord. Zie maar wat u met die beesten doet.'

'Wat?' riep Lita uit.

'Juist. En nu wegwezen,' drong Gil aan. 'Ik moet het huis afsluiten.'

'En de honden hier opsluiten?' vroeg Concepción. 'Wie geeft ze te eten? Wie laat ze uit? Zenón?'

De conciërge schudde opnieuw zijn hoofd, nu lachend.

'Neem ze maar mee,' stelde Gil voor. 'Dat is het beste voor ze.'

'Maar ze zijn niet van mij,' zei Concepción.

De dieren waren de afgelopen maanden het belangrijkste in haar moeders leven geweest, bedacht Lita. Ze vond het leuk om voor ze te zorgen, dus waarom niet?

'Goed,' zei ze, terwijl ze haar hoofd achterovergooide om er maar niet aan te denken wat de reactie van haar kamergenoten zou zijn wanneer ze met haar moeder en twee honden aankwam.

'Lita!' zei haar moeder verwijtend.

'Als je ze cadeau krijgt...'

Gil keek hen na toen ze op straat liepen: de dochter met een koffer waarin een heel leven paste, de moeder met twee slecht opgevoede yorkshireterriërs aan de lijn, van wie niemand van de familie hield.

'Wat gaan we nu doen?' vroeg Concepción.

'We gaan naar huis.'

'Ik kan nergens heen,' zei haar moeder, alsof ze Lita niet gehoord had.

'Mijn huis is jouw huis,' zei Lita, en ze zette opnieuw de gedachte aan de reactie van Sara en Elena uit haar hoofd. Het waren goede vriendinnen van haar.

'We hadden geen ruzie met de markies moeten maken.'

Lita had geen zin in een discussie.

'Hij is een belangrijk iemand. En belangrijke mensen winnen altijd. Zo is het leven.'

Ze liepen naar de metro. Ze moesten de lijn hebben die Lita ook altijd naar de bank nam. Ze probeerde zich te herinneren of ze weleens honden in de metro gezien had, omdat ze niet wist of ze met deze twee dieren kon instappen. Stel dat ze eruit werden gezet vanwege de honden! Ze liepen door de wijk Salamanca, dezelfde route die ze zo vaak gelopen had, naar de bank of naar het huis van haar moeder... en toen zag ze hem opeens: de marineblauwe Bentley van de markies, die imposant voor de deur van zijn favoriete restaurant stond geparkeerd, als een protserig bewijs dat de eigenaar zich in het etablissement bevond, want het kostte meer tijd om de wagen te laten rijden dan om te voet van de bank naar het restaurant te gaan.

'Ze winnen altijd, lieverd,' zei Concepción nog eens.

Ze liepen voor de ingang van het restaurant langs, die voorzien was van tapijt en een gekleurde luifel inclusief een als lakei verklede portier, toen Lita het gevoel kreeg te zweven. Ze kende dit. Even aarzelde ze, maar het schitteren van de auto deed pijn aan haar ogen. Bovendien, zei ze tegen zichzelf, had ze kennelijk toch al de nodige verkeerde beslissingen genomen.

'Wat is er met je, Lita?'

De portier kwam op hen af. Hij hield hen tegen toen ze met hun oude koffer en de honden het tapijt op stapten.

'We zijn zwart, mam,' antwoordde Lita, terwijl ze de godin binnen in haar voelde ronddraaien.

'Halfbloed, bedoel je,' corrigeerde Concepción haar.

'Maak dat jullie wegkomen!' zei de portier gebiedend.

'Dubbelbloed, inderdaad, want jij bent lichter geworden door een Santadoma.'

'Lieverd...'

'Weg, zei ik!' zei de potsierlijke lakei.

'We gaan naar binnen,' besloot Lita. Ze bevrijdde de godin die binnen in haar leek rond te dartelen.

'Wat ga je doen?' vroeg Concepción geschrokken.

'Jullie kunnen niet naar binnen,' zei de portier toen hij zag dat ze doorliepen.

'Mond houden!' beval Lita hem met een diepe keelstem. De man keek beduusd en ze vervolgden hun weg.

Ze betraden een klassiek ingerichte, lichte ruimte: een grote, lichte zaal vol weelderige tafels en stoelen waar het bomvol was met mensen uit de society en directeuren van banken en multinationals, de enigen die zich een simpele salade voor de prijs van kreeft konden veroorloven.

'Wacht hier, mam,' zei Lita naast de deur, waar ze de koffer neerzette en de honden overnam. 'Kom!' zei ze tegen de yorkshireterriërs.

De honden hadden al de nieuwsgierigheid gewekt van de gasten die zich dicht bij de ingang bevonden, maar toen ze, op bevel van Lita, begonnen te blaffen zodat gesprekken werden onderbroken en de meerderheid van de aanwezigen zich begon te ergeren, hadden ze de volle aandacht.

Lita zag de markies zitten aan een ronde tafel voor zes personen die in een hoek apart stond. Alle plaatsen werden ingenomen door goed geklede mannen.

De obers en de maître zeiden vragend: 'Mevrouw...?' maar waagden het niet een vrouw die zoveel macht uitstraalde de pas af te snijden.

Meneer de markies? Meneer Santadoma? Don Enrique? Hoe moest ze hem aanspreken, vroeg Lita zich af terwijl ze hem naderde. Opeens viel haar in dat dat allemaal respectvolle, onderdanige aanspreekvormen waren. Ze herinnerde zich hoe ze doña Pilar tegemoet was getreden, met haar handen gevouwen voor zich – een houding van bescheidenheid. Toen had ze het verband niet gelegd, maar nu begreep ze dat de gevolgen van de slavernij zich tot haar uitstrekten; het voelde alsof de geest van een onbekende voorouder haar kwelde, en ze kreeg kippenvel over haar hele lijf.

'Santadoma!' brulde ze.

Lita domineerde het restaurant alsof ze het behekst had en ze liet de riem los van de twee kleine terriërs, die maar bleven blaffen en tussen de benen doorrenden van Lita, de obers en de markies zelf, die van zijn stoel was opgestaan.

'Ik kom je de honden brengen,' zei Lita met een stem die ze niet van zichzelf kende, 'maar ook om je te waarschuwen dat de zielen van duizenden zwarten vanuit de suikerrietvelden om wraak schreeuwen.' Ze stak haar hand uit, maar het was Yemayá die naar de markies wees. Die kon geen woord uitbrengen. Alleen zijn rood aangelopen, woedende ogen leken te leven. 'Ik waarschuw je, Santadoma: je doden rusten niet in vrede, omdat ze omringd worden door de geesten van slaafgemaakten die hen afranselen, beledigen en bespugen. Dat wacht jou en je kinderen tot in eeuwigheid!'

Er viel een angstwekkende stilte. Lita keek enkele ogenblikken naar de man die door een godin klem was gezet en begreep, voor ze zich omdraaide om terug te lopen naar de uitgang, welke macht ze had. Don Enrique stond er als verlamd bij, de honden blaften en sleepten hun riemen achter zich aan en de obers wachtten tot het voorbij was.

Vanuit de ingang van het restaurant, waar Lita haar had achtergelaten, overzag haar moeder het tafereel. Ze keek ontsteld – met grote ogen, gespannen spieren en opgetrokken schouders, alsof ze een klap verwachtte – maar toen ze haar dochter zag aankomen ontspande ze zich en liet ze uiteindelijk een glimlach zien om haar steun te betuigen. Op dat moment herkende Lita de zwarte in haar, de slaafgemaakte die haar rechten opeist.

'Lita,' zei Concepción toen ze weer op straat waren. Lita liep zwijgend door. De spanning had haar spieren nog in zijn greep, haar handen trilden. Toen keek ze haar moeder vragend aan. 'In alle zestig jaar van mijn leven heb ik dit nog nooit meegemaakt,' vervolgde die, alsof ze zich op dat moment alle ervaringen in haar leven voor de geest haalde. 'Nooit heeft ook maar iemand tegen meneer de markies geschreeuwd!' voegde ze er bewonderend aan toe.

Even later hoorden ze achter zich de yorkshireterriërs aan komen dribbelen, hun losse riemen sleepten over de grond.

Het was een stralende dag in Madrid.

De druk die de media op de Santadoma's zetten hield aan door het optreden van het afvallige nichtje in het roddelprogramma en breidde zich verder uit via kinderen en oomzeggers van de markies, die een gemakkelijke prooi vormden voor journalisten en bloggers die hen op hun socials volgden. Het ging om snobistische jongelui met geld die open en bloot hun leven vol grillen leidden en een spoor van schandalen trokken waarin het gemakkelijk wroeten was. Journalisten zochten naar gekwetste of gewoon jaloerse vrienden die in het openbaar of anoniem met anekdotes en immorele, liederlijke verhalen kwamen. Schandalige excessen voor een publiek dat te maken had met de gevolgen van een economische en maatschappelijke crisis die het naar het werklozenleger of de voedselbank bracht. Sommige verhalen waren gelogen, maar dat maakte niet uit; andere, hoe bizar ze ook leken, kwamen nog niet in de buurt van de ware bandeloze uitwassen.

In dit mediacircus duurde het niet lang voor het filmpje met de blaffende, rondrennende terriërs in een van de beroemdste restaurants van Madrid dankzij een snelle, handige gast viraal ging onder bekenden van de Santadoma's. Mogelijk was het gewoon toeval: iemand die had willen vastleggen hoe ze steak tartaar bereidden of crêpes met cointreau flambeerden, en de telefoon alleen maar een beetje hoefde te draaien. Hoe dan ook startte het filmpje op het moment dat de honden begonnen te blaffen en Lita op haar weg door het etablissement door obers aangesproken werd, en eindigde het nadat ze met haar moeder het restaurant was uitgelopen. Iemand die waarschijnlijk alleen maar met een exquis, jaloersmakend gerecht op social media had willen opscheppen, verkneukelde zich nu dankzij het verhaal van twee woedende hondjes die begeleid werden door de naargeestige dreigementen die een vrouw van kleur uitte tegen een van de rijkste, belangrijkste mensen van Madrid.

'Dit lijkt me niet de meest geschikte strategie om je problemen met de markies op te lossen,' merkte Sara op toen ze het filmpje nog een keer bekeken had.

Lita zweeg. Ze zocht naar antwoorden op haar eigen vragen: waar kwam dat verhaal over de slaafgemaakten van de suikerrietvelden vandaan? En dat van de geesten van de doden? Ze wist dat die woorden niet uit haarzelf kwamen, maar uit de godin van de kapel van Regla – en ze stelden eisen ten aanzien van de vader van Concepción, de erfenis, datgene wat haar wettelijk toekwam. Het was heel goed mogelijk dat een van haar voorouders slaafgemaakte was geweest, eigendom van de Santadoma's, maar dat was niet waar ze voor streed. Of toch wel? Wat wilde Yemayá eigenlijk? Het mocht een grappig, interessant filmpje zijn, maar het bracht niet het machtsgevoel over dat Lita in de greep had gehouden, noch de verbinding met het verleden en evenmin de magie die de markies had tegengehouden: zijn verkrampte handen, zijn verstijfde vingers, zijn ingehouden woede. Lita nam het waar. Het was magisch, in elk opzicht: een kracht die slaafgemaakten en wrekende geesten uiteindelijk door haar mond had laten spreken. Later zocht ze op haar kamer naar antwoorden in het snoer dat ze in het laatje van haar nachtkastje bewaarde. Maar het bezorgde haar juist onrust. De kralen gilden, brandden in haar handen, wilden iets tegen haar zeggen, terwijl zij ze besluiteloos en in ontzetting vasthield en haar uiterste best deed kalm te blijven. Ze had het snoer als een soort talisman opgepakt, maar toen het zijn magie liet zien schrok ze.

'Ik was bang.'

De stem van haar moeder kwam in haar gedachten. Ze aarzelde. Was zij misschien ook bang? Was ze bang voor de kralenketting? Haar glimlachende vriendinnen brachten haar terug naar de werkelijkheid. Er waren al een paar dagen verstreken.

'Ja, dat is wel op het filmpje te zien, Concepción,' zei Sara. 'U ziet er bang uit, geschrokken.'

Concepción was een paar wandrekken aan de bovenkant aan het schoonmaken.

'Daar kan van alles op liggen,' had Elena haar gewaarschuwd toen ze haar op een stoel zagen klauteren. Geen van hen kon zich herinneren daar ooit te hebben schoongemaakt.

'Voorzichtig, mam.'

'Ja, kijk uit, Concepción,' zei Sara, 'ik weet zeker dat daar het hol is van een monster...'

Lita ademde de sfeer in huis diep in. Sara en Elena hadden hen opgenomen alsof ze familie waren. Ze fronsten wel even hun voorhoofd toen ze de honden zagen, maar Lita beloofde dat ze er geen last van zouden hebben. De honden mochten van haar alleen in de hoek liggen en daar bleven ze ook. Concepción leefde zich uit op huishoudelijke taken.

'Wat moet ik anders doen?' vroeg ze toen Sara en Elena tegen haar zeiden dat dat niet nodig was, dat ze hier zonder meer kon wonen, dat ze van haar hielden, dat...

Lita haalde haar schouders op toen de twee haar hulpzoekend aankeken. 'Laat haar maar,' zei ze, terwijl ze een hulpeloos gebaar maakte. Sindsdien kookte Concepción ook, en ze stuurde hen weg wanneer ze haar wilden helpen. 'Morgen koken wij,' dreigden ze. Concepción wilde het huis schoonmaken, wassen en strijken... en alles op zich nemen, wat tot een soort grappige strijd onder de vier vrouwen leidde om alles maar als eerste gedaan te hebben, een spel dat de junioren gewoonlijk verloren, vooral omdat Concepción geen enkele moeite had met vroeg opstaan, al had ze de avond ervoor nog zo lang met hen voor de tv gezeten.

Lita, haar moeder en de twee honden hadden samen een kamer. Haar moeder sliep in het bed, Lita lag op een opklapbed dat buren hun hadden geleend, een homostel dat de gelegenheid aangreep om Lita uit te vragen over haar claims, haar moeder te leren kennen, de dochter van een macho die zich had vergrepen aan een naïeve bediende, en om haar aan te moedigen in haar strijd tegen onrecht. Vervolgens boden ze aan om voor die twee grappige honden te zorgen, die niet uit hun armen waren weg te slaan. 'Zeg het maar wanneer we op ze moeten passen. Geen enkel probleem, wij vinden het leuk,' zeiden ze herhaaldelijk, en ze bleven plakken.

De realiteit was echter dat ondanks alle ophef en geroddel Lita en Concepción geen geld hadden, geen cent. Lita verweet zichzelf dat ze zo lamlendig was geweest op het moment dat ze een andere bankrekening had kunnen nemen. Ze had het nu wel geprobeerd, en was erachter gekomen dat het niet eenvoudig was om een rekening te openen. Daar waren bewijzen en nog eens bewijzen voor nodig, loonstaatjes waar ze niet meer over beschikte. Ja, ze was pas ontslagen, gaf ze toe. De medewerker trok een grimas bij die bekentenis en wilde haar afwimpelen. Ze zou het loonstrookje van haar moeder halen, bood Lita aan. Wat voor werk deed die? Lita zuchtte. En terwijl zij met van alles bezig was – de problemen, de journalisten, geld dat ze moest overmaken, duizend-en-een formaliteiten plus een Pablo die steeds verder van haar vervreemdde – grepen de lui van de Banca Santadoma in en bevroren haar tegoeden.

Zelfs haar moeder had geen loonstrookje meer, geen pensioen, alleen een toelage van iets meer dan tweehonderd euro, die op dit moment nog op de bank van de markies stond. Ze biechtte het op aan haar vriendinnen.

'Aha,' zei Elena plagerig toen ze hoorde in welke penibele situatie Lita zich bevond. Ze wilde de scherpe kantjes ervan afhalen. 'Je wilt bij ons weg, en wanneer je rijk bent, hoef je niet meer aan je vroegere vriendinnen te denken.'

'Je denkt toch niet dat we je laten gaan?' begon Sara. 'Nu zeker! Wij willen deze soap niet missen, al zouden we geruïneerd worden omdat we jou en je moeder en de honden onderhouden.'

Lita moest een brok in haar keel wegslikken voordat ze een paar woorden van dank kon stamelen, die de twee met drukke gebaren, een lange omhelzing, bemoedigende woorden en een enkele traan wegwuifden.

Lita had de slaap nauwelijks weten te vatten, zodat ze niet al te veel zin had om haar telefoon op te nemen toen die tijdens het ontbijt overging.

'Neem je niet op?' vroeg Sara.

De drie vriendinnen zaten bij elkaar aan tafel in de keuken, alle drie nog slaperig, met ongekamde haren en in de oude hemdjes waarin ze sliepen. Concepción was weer eerder opgestaan en was al boodschappen gaan doen. Lita maakte een loom gebaar en nam de telefoon niet op.

'Een telefoontje uit Zwitserland,' zei Elena met een blik op de telefoon. 'Dat moet belangrijk zijn.' Ze nam de telefoon op, tot wanhoop van Lita, die echter wel haar gemompel en gebaren in de gaten hield. 'Deze vrouw zegt dat ze van de Hoge Commissaris van de VN is of zoiets,' besloot Elena, terwijl ze Lita het apparaat met een plechtig gebaar overhandigde.

'Regla Blasco?'

Lita schudde haar hoofd om wakker te worden. Ze schraapte haar keel en zei: 'Ja. Ik... Dat ben ik.'

'Goedemorgen. U spreekt met Noemí Vit en ik bel u vanuit Genève, vanuit de zetel van het kantoor van de Hoge Commissaris voor Mensenrechten van de VN...'

In een uitgebreid gesprek vertelde mevrouw Vit over het Internationale decennium voor mensen van Afrikaanse afkomst, een programma van de Verenigde Naties dat in het jaar 2015 was begonnen en tot en met 2024 doorliep. Het doel ervan was gerechtigheid voor slachtoffers, in het bijzonder voor mensen die afstamden van Afrikaanse slaafgemaakten uit het koloniale tijdperk, zoals dat op Cuba had plaatsgevonden.

Lita had nog nooit van dat programma gehoord.

'Jullie zijn mensen van Afrikaanse afkomst,' merkte Sara op toen Lita het gesprek had beëindigd.

Lita knikte.

'Wat doen ze daar bij de VN precies?'

'Ze zei dat ze zich, in grote lijnen, bezighouden met de rechten van afstammelingen van slaafgemaakten, en naar mogelijkheden zoeken voor moreel, juridisch en zelfs financieel eerherstel voor afstammelingen van Afrikanen. Ze raadde me aan op internet verder te kijken.'

Ze zetten een van hun tablets aan, die naast de koffiepot lag. Ze gingen naar de website van de VN en vonden daar de pagina over het Internationale decennium, die doorverwees naar het Verdrag van Durban en de wereldconferentie tegen racisme, rassendiscriminatie, xenofobie en bijbehorende vormen van onverdraagzaamheid. Er was gigantisch veel documentatie. Verklaringen van goede wil, even breedsprakig als hoogdravend. Doelstellingen die buitengewoon algemeen waren. Maar er werd constant gehamerd op de eisen die aan landen werden gesteld om het verdrag na te leven en uit te voeren.

Ze lazen her en der een alinea. De Verenigde Naties wilden nakomelingen van slaafgemaakten die de Afrikaanse diaspora hadden meegemaakt verdedigen en zelfs compenseren. Hun land van oorsprong schadeloosstellen en zelfs mensen persoonlijk. Ze streefden naar gelijkheid en gerechtigheid; bestreden racisme, rassendiscriminatie, xenofobie en onverdraagzaamheid, en probeerden echte gelijkheid van kansen en behandeling voor alle individuen en volken te bereiken.

'Luister eens wat hier staat!' zei Lita, die een van de verklaringen aan het lezen was. 'Na afschaffing van de slavernij, de rassensegregatie, de *blanqueamiento* oftewel het witter laten worden van de bevolking, en andere vormen van geïnstitutionaliseerde discriminatie tegen personen van Afrikaanse afkomst, bleef de raciale hiërarchie die door de slavernij was geschapen gehandhaafd.'

'Zo gebeurde dat op Cuba,' zei Elena.

'Zoals je moeder en al haar voorouders, die gewoon van slaafgemaakten van de familie tot hun bedienden werden.'

'En ze bleven ze seksueel uitbuiten.'

'Mijn moeder?'

'Je hoeft geen vrouw van kleur of bediende te zijn om te worden misbruikt,' mopperde Sara.

Voor het eerst van haar leven vroeg Lita zich af of haar moeder slachtoffer was geweest van misbruik door iemand van de Santadoma's. Concepción moest zich beslist herinneren dat ze ook jong en aantrekkelijk was geweest. Lita dacht aan de foto's, waar ze nooit op die manier naar gekeken had. Iedereen zei altijd dat haar oma Margarita een schoonheid was geweest. Concepción deelde in die bekoorlijkheid en had die ook weer aan haar doorgegeven. Op zijn goede momenten probeerde Pablo haar te overtuigen van haar schoonheid, waar zij, omdat ze kritisch keek naar elk miniem onvolkomenheidje op haar lichaam, haar twijfels over had. Sara en Elena reageerden precies zo wanneer Lita zich een dag, een ochtend, of slechts een paar minuten lang lelijk voelde – misschien gewoon omdat ze slecht geslapen had en er moe uitzag – en in een steeds terugkerende, onverklaarbare neerslachtigheid verviel. Haar vriendinnen deden weliswaar niet zoveel moeite als Pablo en vergaten soms wat het hele punt was. Ze zeiden lieve dingen tegen haar en kwamen uiteindelijk met een cliché aanzetten dat een beschadigd gevoel van eigenwaarde moest opvijzelen, op zijn minst kortstondig.

Haar reactie was dan ook dodelijk wanneer een van hen tweeën in zo'n dip zat, iets wat onherroepelijk gebeurde. 'Rustig maar, de mensen kijken alleen maar naar je glimlach,' zei ze quasi-onnadenkend toen Sara klaagde over haar dikke kont en armen en benen die zelfs de meest welwillende toeschouwer nog wel mollig moest vinden. Maar Lita deed dan zeker over haar eigen lichaam, haar goed geproportioneerde rondingen en zelfs haar exotische huidskleur.

Nu keek ze naar haar moeder. Ze stelde zich haar voor zonder haar schort en geruite jas, die ze nog steeds aantrok, maar die Lita altijd als een merkteken van haar werk had gezien. Ze zag in haar moeder weer die wilde schoonheid die zwarte vrouwen in een witte samenleving wel móésten tentoonspreiden.

'Heb je problemen gehad toen je jong was?'

'Wat zit je naar me te kijken?'

Dankzij Concepcións directe, lieve reactie kreeg ze geen knoop in haar maag. Ze zette de mogelijkheid van misbruik uit haar hoofd en bezag haar moeder nu vanuit een nieuw standpunt, dat ze na lezing van de documenten van de Verenigde Naties had gekregen. Het klopte. Mevrouw Vit had het genoemd: haar moeder was een van de duidelijkste voorbeelden van de gevolgen van het kolonialisme. Concepción was onderwijs, de toegang tot cultuur, zelfs tot vrijheid onthouden, in een perverse verlenging van de officieel afgeschafte slavernij. Nu eiste ze op wat haar toekwam. Vit had ervan geweten. De zaak van Concepción, had ze tegen Lita gezegd, reikte verder dan haar eigen leefomgeving. Hij sloot aan op de vorderingen van een hele beschaving en op een mondiale, historische strijd, zoals het instellen van een decennium voor mensen van Afrikaanse afkomst liet zien.

Concepción had recht op een herstelbetaling wegens de flagrante schending van haar rechten. De Spaanse staat moest, als ondertekenaar van het Verdrag van Durban en vooral als ex-koloniale macht die had geprofiteerd van de slavernij en verantwoordelijk was voor de schade die slaafgemaakten en hun nakomelingen berokkend was, haar de juridische en andere middelen ter beschikking stellen die nodig waren om te verkrijgen wat haar toekwam, en haar van dezelfde leefomstandigheden laten genieten als de witten die haar hadden gebruikt.

'Eerherstel is een probleem van ons verleden en ons heden,' luidde het in een van de vele VN-documenten. In het Verdrag van Durban werd duidelijk gesteld dat de trans-Atlantische slavernij en het kolonialisme nog steeds twee van de belangrijkste oorzaken van racisme, rassendiscriminatie, xenofobie en bijbehorende onverdraagzaamheid waren tegen Afrikanen en mensen van Afrikaanse afkomst, mensen van Aziatische afkomst en inheemse volken.

'Het probleem is dat Spanje het verdrag niet nakomt,' zei mevrouw Vit nadat ze de slotrede van de Afrikaanse top had aangehaald. 'Het land heeft geen van de maatregelen genomen die in Durban zijn vastgesteld. Ik zou graag de eis van uw moeder gebruiken... Nou, het zou niet echt "gebruiken" zijn, maar ik zou graag de eis van uw moeder willen aangrijpen om in Spanje bekendheid te geven aan het werk voor de zaak van mensen van Afrikaanse afkomst, en tegelijkertijd druk uit te oefenen op de Spaanse regering om het verdrag na te komen.'

Mevrouw Vit bood haar hulp aan van haar kantoor en van instanties die zij zou kunnen overtuigen. Hoewel het allemaal niet heel concreet had geklonken, leek het Lita dat ze haar moeder er wel over kon vertellen.

'Mam.' Concepción stopte met waar ze mee bezig was. 'Ik ben opgebeld door de Verenigde Naties. Ze bieden ons iets aan... Vertel eens,' veranderde ze ineens van onderwerp, 'is er weleens misbruik van je gemaakt omdat je een vrouw van kleur bent? Ben jij ooit verkracht?'

Ze kon haar onrust en zorgen hierover niet wegdrukken. Concepción draaide zich met een ruk om, verbaasd over deze vraag. Het was zo'n plotselinge beweging dat zelfs de honden, die in hun hoek lagen te dommelen, hun hoofd oprichtten.

'Waarom?' vroeg Concepción, die de vraag van haar dochter verkeerd opvatte. 'Is er iets met je gebeurd?'

'Nee,' antwoordde Lita. 'Nee, nee. Ik vroeg het me gewoon af.'

'Hoe kom je daar ineens bij?' vroeg Concepción. Lita zuchtte. 'Nee, Regla,' zei Concepción. 'Ze hebben nooit misbruik van me gemaakt.'

Was ze tevreden met dit antwoord? Het leek te snel, te kortaf, bijna verdedigend te hebben geklonken. Maar misschien had ze de grenzen van haar achterdocht te veel opgerekt. Haar moeder gaf haar niet de kans hierover na te denken.

'Waar had je het nou over?'

Lita keek haar even aan. Ja, haar moeder was een knappe vrouw geweest.

'Dat ik gebeld ben…'

19

Cuba
Januari 1875
Westelijk departement

Plantage La Candelaria viel in de nacht na Kaweka's tranen om de oude vrouw met de bos suikerriet op haar rug. Het geschreeuw van de voormannen, het zingen van de slaven en het lawaai van de machines, de dieren en de karren van de oogsttijd verhulden wat Kaweka van plan was: een paar mannen naar de grote barakken sturen, anderen naar de molen en het ketelhuis. Zij, Modesto en twee van de beste schutters die ze hadden, glipten naar een uitkijktoren die midden in de plantage stond, waar zich de klok bevond die geluid werd om de dagelijkse routine van de slaven aan te geven, maar die ook luidde bij gevaar, en aangrenzende plantages waarschuwde in geval van brand of oproer. De twee wachtposten waren uitgeschakeld en Kaweka overzag, met Modesto naast zich, de plantage vanuit de klokkentoren. In het oosten, aan de andere kant van de grenslijn, had ze strijd geleverd rond plantages en veeboerderijen die al in brand stonden als gevolg van de tactiek van de verschroeide aarde die in dit deel van het eiland werd toegepast. Maar nu niet. Aan haar voeten werd nauwkeurig een groot deel van haar leven weergegeven: slaven, ossen, voormannen, suikerriet, suiker... Staand achter de balustrade van de klokkentoren overdacht ze het lot van de plantage.

'Ze zullen ons ontdekken,' merkte Modesto op.

Ze schonk geen aandacht aan hem, maar hief haar ketting naar de hemel en riep: 'Leve vrij Cuba!'

In La Candelaria bevrijdden ze zevenenveertig slaven, onder wie de oude vrouw om wie Kaweka de vorige dag had moeten huilen en die in vervoering naar de vlammen stond te kijken die de plantage verslonden. Kaweka stond toe dat haar mannen wreed optraden tegen de opzichter en de plantage plunderden, zowel alle voorzieningen als het hoofdhuis. De eigenaren waren er niet, die hadden hun toevlucht gezocht in grote steden zoals Havana. Misschien verbleven ze wel in het luxueuze hotel Inglaterra vlak bij theater Tacón waar ondanks de oorlog nog steeds voorstellingen werden gegeven.

In feite zette de westelijke regio het leven van luxe en rijkdom gewoon voort en hield het gebied zich afzijdig van een oorlog die duizenden mensen de ellende in dreef. De zeventien juweliers en de zaken in luxeartikelen in Havana konden tot vreugde van hun klanten verkondigen dat ze nog steeds geregeld goederen ontvingen uit Parijs, waarvan ze gescheiden waren door een complete oceaan, maar in de streek Las Villas, op een kleine vijfhonderd kilometer van de hoofdstad, had Kaweka grote moeite om haar mensen te voeden.

Ze moest een vast kampement opzetten, anders dan ze tot nu had gedaan in dichte bossen, jungle of modderig gebied. De realiteit had haar gedwongen naar een echt veilige plek te zoeken, want de oorspronkelijke groep van tweeëndertig mannen, voorheen behendig en doeltreffend, was minstens vertienvoudigd volgens het boek dat ze van commandant Lino hadden gekregen en waarin Modesto de bevrijde slaven inschreef.

'Je naam?' vroeg hij hun.

'Justino Peláez.'

'Leeftijd? Brandmerken? Afkomstig uit? Familie?'

'Justino Peláez: je bent vrij,' verklaarde hij na inschrijving.

Misschien waren er meer dan tien, of meer dan twintig mannen en vrouwen langsgekomen – of dertig, wat deed het ertoe – maar iedere keer dat Modesto plechtig de ketenen verbrak die iemand met de slavernij verbonden, voelde Kaweka een rilling, gevolgd door een visioen van de eeuwigheid: oneindig, rein, warm.

Zij als sergeant stond steevast achter de ruwe tafel waaraan Modesto met zijn boek en schrijfgerei zat. Een paar mensen die voor haar langs liepen zagen er nog bang uit, niet in staat hun nieuwe lot op zich te nemen; anderen deden dat met een zekere hoogmoed, met een mentaliteit die al aangestoken was door de durf en kordaatheid die ze bij de eerste tweeëndertig hadden gezien. Velen glimlachten naar hen en later kwamen ze naar hen toe om hun dank te betuigen of hun onderdanigheid, alsof ze hun voormalige heren voor hen hadden ingeruild.

'Nee,' ging zij daartegen in.

En de nieuweling pakte haar bij de hand, streelde die en wilde zelfs neerknielen om haar zegen te krijgen, maar Kaweka hield hem tegen, zodat hij onhandig opstond.

'Nee, nee,' zei ze weer toen ze haar een armband van bot, een stuk fruit of tabak aanboden.

Geheel overweldigd probeerde Kaweka die immense dankbaarheid, die ze uitten in woorden die geen mens hun geleerd had, van haar weg te leiden.

Ze vroeg iedereen of ze iets van Yesa wisten en merkte dat ze haar graag ter wille wilden zijn. De antwoordden verwarden haar.

'Heb je haar gezien?'

'O! Is het een vrouw?' verried de man zichzelf, die beweerde haar dochter te hebben gezien.

'Ze was oud,' vertelde een ander.

'Ja, een mooie vrouw.'

Desondanks bleef ze haar vraag herhalen en hoe onzinnig sommige informatie ook was, toch was de godin na ieder gesprek in haar hart. Ze had de vlucht van de slaven van La Merced in gang gezet, meende ze, terwijl ze met liefde aan Mauricio dacht. Vervolgens had ze geprobeerd hetzelfde te bewerkstelligen in de nederzetting in de bergen van El Rosario, totdat ze het haar verboden. Zij bond in en Yemayá herinnerde haar eraan welke weg ze moest gaan, door haar dochter ziek te maken. Door de oorlog was het de regering van de Republiek van het Vrije Cuba zelf die in het oosten de vrijheid van de slaven afkondigde, en Kaweka beperkte zich ertoe ze bijeen te brengen.

Nu was zij het die de plantages aanviel, die vocht, plunderde en verwoestte en die de slaven bevrijdde, in de kampen die generaal Gómez had opgezet tussen de rivier de Jatibonico en de bevolking van Ciego, vanwaaruit hij zijn oorlogsacties richting het westen voerde en waarnaar de troepen zich na de strijd terugtrokken. Daar liet Kaweka hen inschrijven in het boek van Modesto, en verklaarde dat ze vrij waren. Ook zij, met haar mensen, rustte uit voordat ze weer het conflictgebied in ging, op zoek naar een volgende plantage. Veel van de bevrijde slaven wilden zich bij hen aansluiten. Modesto zocht de sterksten uit, durfallen, mannen die konden omgaan met een machete; de overige mannen stonden ter beschikking aan de officieren van het gewone leger, en de vrouwen, kinderen en ouden van dagen zetten gemeenschappen op naar voorbeeld van de nederzettingen van marrons.

Kaweka keerde terug naar het kamp langs de Jatibonico aan het hoofd van de pas bevrijden, die bepakt waren met spullen en etenswaren, en soms een kar meevoerden die door ossen werd getrokken en meestal ook wel een paard dat eigendom was geweest van de opzichter of de eigenaren van de aangevallen plantage.

De mambí's beroemden zich op hun heroïsche, vermetele cavalerie, die soms suïcidaal en ijzingwekkend tekeerging, een cavalerie die galopperend op de vijand aanviel met de kreet 'Leve vrij Cuba!', terwijl de ruiters met machetes boven hun hoofd zwaaiden. Maar in Kaweka's groep was niemand die in hoog tempo op een van deze dieren kon rijden.

De mensen van het leger bevalen hun de paarden terug te geven. Modesto onderhandelde: zij moesten dan met de rest van de buit kunnen doen wat ze wilden. Hij had succes. Kaweka was een gerespecteerde vrouw, waardoor het kamp van de zwarte sergeant een soort onafhankelijke enclave werd binnen de organisatie van het opstandelingenleger.

'Schijnen ze ook voor onze vijanden?' vroeg Kaweka op een nacht toen ze naast Modesto onder een hemel lag waarin de sterren elkaar leken te willen verdringen.

'Nee,' antwoordde die, nadat hij even had nagedacht.

'Waarom zouden ze voor de Spanjaarden niet hetzelfde zijn?'

'Omdat zij in de sterren nooit de pijn en het bloed van een volk, een ras zullen zien. Zij kijken naar de sterren vanuit trots, hoogmoed. Ze geloven dat hun god ze daar geplaatst heeft om hun een plezier te doen.'

Kaweka zweeg, ze keek naar het schouwspel boven zich. Ze hadden net de liefde bedreven, voorzichtig, genietend van een tederheid die met het aanbreken van de dag en de oorlog zou verdwijnen. Dan zouden ze weer lijden vanwege elkaar: hij omdat zij als onverschrokken sergeant alle aanvallen leidde en zich in eerste linie opstelde; zij omdat hij als emancipado zo zelfverzekerd was en hen volgde, maar soms, vaker dan gewenst, hulpeloos achterbleef, vergeten door de mannen. Maar nu lagen ze onder een sterrenhemel waarvan Modesto haar verzekerd had dat die van hen was.

Sinds hun lichamen zich tijdens die onweersbui met elkaar verenigd hadden, klonken de trommels binnen in Kaweka als zware, stille hartslagen die doortrilden in haar ingewanden. Het waren ogenblikken die aangenaam voortduurden, alsof het rumoer dat ze van andere stellen hoorden die in het kamp uitrustten, in hen in harmonie was veranderd, in een relatie waarin behoeften verdampten in de sereniteit van een met sterren bezaaide hemel.

Het was een prachtige nacht in de bergen. Iedere dag bracht Kaweka de goden eerbewijzen, zoals Eluma haar geleerd had, en bad ze voor de haren. Alles sliep: de kruiden, de planten, de bomen, de zwarten, allemaal beschermd door dezelfde hemellichamen die Afrika streelden en waaronder Modesto haar zijn liefde betuigde.

Kaweka genoot van zijn liefkozingen en gaf zich over aan een genot dat ze niet meer kende, maar waagde het niet te gaan dromen. De gedachte om samen met Modesto gelukkig te worden, zette ze zonder verder nadenken uit haar hoofd. Er leek een hele menigte te zijn die haar volledige toewijding eiste. De godin, de zielen van de dode slaven, mama Ambrosia, Eluma, Yesa... Hoe kon ze zich dan overgeven aan verliefdheden?

'Alles is veranderd,' zei ze. Modesto wachtte op uitleg, al wist hij heel goed wat ze bedoelde. 'Vroeger gingen we vechtend nu eens hierheen, dan weer daarheen. We vielen grotere groepen mensen aan en wisten snel op de vlucht te slaan. We zochten ons eten en als we dat niet vonden, leden we drie, vier dagen honger. Maar nu zijn we langzame, zware soldaten geworden. We moeten iedere keer een grotere afstand afleggen om een plantage te vinden die niet verlaten is of verwoest is door anderen, en vervolgens moeten we vluchten met mannen, dieren en spullen op sleeptouw, als een doelwit voor de vijand, iets wat we altijd hebben vermeden. Ik ben bang wanneer het 's ochtends licht wordt.'

Haar angst was gerechtvaardigd. Het opstandelingenleger van generaal Gómez was op niet al te veel verzet gestuit in de grensstreek Las Villas, die al door de Spaanse troepen verlaten was. Het moederland had zo'n achttienduizend soldaten versterking voor het Cubaanse conflict gestuurd, een menselijk contingent dat echter niet over de benodigde militaire en financiële middelen beschikte. De mannen hadden al een jaar geen soldij gehad. Er was steeds minder te eten en tropische ziekten gedijden goed binnen troepen die geen toegang meer hadden tot inmiddels verdwenen hospitalen. De sterfte onder zieken en gewonden in het Spaanse leger bedroeg vijftig procent.

Dat waren de omstandigheden waarin de groten elkaar troffen: generaal tegen generaal, leger tegen leger. Guerrillagroepen als die van Kaweka namen deel aan een andere strijd, omdat de landeigenaren van het gebied, die vanuit Havana geen bescherming meer kregen, troepen inhuurden die bestonden uit creolen, misdadigers, dwangarbeiders en gedeserteerde mambí's, die als oorlogstactiek de guerrilla inzetten, de streek kenden, immuun waren voor de ziekten die de in Spanje gerekruteerde soldaten sloopten en een extreme gewelddadigheid tentoonspreidden die was aangewakkerd door jaren van conflict.

Het waren de kinderen, die altijd ver van kamp Jatibonico aan het spelen waren, die met het nieuws aan kwamen rennen dat de ploeg van Kaweka terug was. Maar het waren slechts drie mannen, totaal uitgeput, van wie eentje licht gewond, en ze kwamen niet eens tot een eensluidend verhaal over wat er gebeurd was. Wel zeiden ze alle drie dat ze op een groep bereden vrijwilligers waren gestuit, maar na het eerste schot dat was gelost liepen hun verhalen uiteen, om pas weer samen te vallen op het eind: een ramp, een bloedbad.

Ze waren in open veld aangevallen nadat ze een kleine plantage met de naam San Lorenzo, in de buurt van Santa Clara, in brand hadden gestoken en waren ontsnapt. Vijftien slaven, drie Chinezen, een paar ossen en twee ezels. Ze konden zich nergens verschuilen.

'En Kaweka?'

Dat wisten ze niet.

'En Modesto?'

Dat wisten ze niet.

'En de anderen?'

Dat wisten ze ook niet.

Zij hadden weten te ontsnappen.

Zijn jullie gevlucht? Deze onuitgesproken beschuldiging hing in de lucht boven de mensen die om de teruggekomen mannen heen waren gaan staan. De drie mannen maakten geen deel uit van de tweeëndertig; het waren vrijgelaten slaven die zich bij Kaweka hadden aangesloten. Eentje had een vrouw, die in de kring kwam staan, om hem te steunen.

'Waren jullie erbij?' vroeg de oude Eduardo, aan wie Kaweka en Modesto bij hun afwezigheid de leiding over het kamp hadden gegeven.

'Waarbij?'

'Bij het einde, de ramp, het bloedbad.'

De mannen gaven niet meteen antwoord.

'Ja,' zei een toen aarzelend.

'Zeker,' zei de tweede.

'Het waren er heel veel, te paard, en zwaarbewapend...'

'Jullie waren er niet bij,' viel Eduardo hen in de rede.

'Jullie zijn weggerend,' klonk het uit de groep.

'Dat deed iedereen!' verdedigde een van de drie zich.

'De sergeant ook?' vroeg iemand.

Dagen later werd een bewusteloze Kaweka op een draagbaar van takken en palmbladeren vervoerd. Ze had een schotwond in haar zij en een diepe steekwond van een machete in haar linkerschouder. Ze werd omringd door zeven mannen, haar mensen, die met haar door de Sierra Maestra hadden getrokken.

Na het verlaten van de plantage was hun groep guerrillero's aangevallen door een peloton vrijwilligers. De eerste schoten van de aanvallers hadden hen verrast en zorgden voor verwarring. Een paar van hun mensen werden getroffen. Toen de ruiters hun wapens herladdden zochten Kaweka en haar mensen dekking achter de kar en de ossen en de ezels. Daar wisten ze het uit te houden tot ze zich terugtrokken in struikgewas, waar de paarden niet konden komen. Het liep uit op een gevecht met machetes, waar de opstandelingen in uitblonken. Maar ze waren in de minderheid, hadden zich verspreid, en misten goede leiding.

Kaweka bezweek terwijl ze woest een voor haar ogen vervagende vijand aanviel. Met een bloedende schouderwond bleef ze verdwaasd doorvechten, tot de stekende pijn haar overweldigde en velde. Drie van haar mannen zagen het gebeuren, schoten toe om haar te beschermen en verdedigden zich met nog meer vuur. Met hun leidster op hun rug wisten ze ertussenuit te knijpen.

In het dichte kreupelhout konden ze zich verstoppen. De strijd ging door, de kreten en de schoten hielden de hele dag aan. 's Avonds wachtten ze tot het vrijwilligerspeloton de achtervolging staakte en probeerden ze hun makkers te vinden. Vier kwamen er opdagen. In het duister telden ze fluisterend het aantal doden aan hun kant.

'Luis?' vroeg iemand.

'Die heeft het loodje gelegd.'

'El Ferrias?'

Stilte.

'Geen idee,' klonk het uiteindelijk.

'Ik heb hem niet gezien.'

'Hij bevond zich aan de andere kant.'

De namen van kameraden, van vrienden bleven tussen lange momenten van stilte en een enkele zucht opklinken. Van een aantal wisten ze wat ermee gebeurd was, van anderen niet. Het laatste wat ze van Modesto gezien hadden, was dat hij was opgesprongen om de slaven te beschermen.

De mannen lieten het kamp achter zich om Kaweka naar het veldhospitaal te brengen dat door Máximo Gómez was opgezet. Een groeiende stoet van mensen die zich bij hen voegden kondigde hun komst aan. Juan Pérez, inmiddels medisch commandant, stortte zich op de patiënt zodra hij vernam dat ze binnen was.

Het schot had haar buik niet geraakt, deelde hij mee na een ingreep van enkele uren. Ze had geluk gehad, want buikwonden hadden de slechtst mogelijke prognose. Wat haar schouder betreft waren er een paar gebroken botten en gescheurde spieren, maar hij kon nog niet zeggen of er zenuwen of pezen geraakt waren. Ze hadden haar behandeld en gestabiliseerd. Kaweka had veel bloed verloren, ze was zwak en koortsig. Ze konden nu alleen nog afwachten.

'Bid voor haar,' zei hij tegen de vrijgelaten slaven die rond het veldhospitaal stonden te wachten. Die namen zijn raad ter harte en begonnen buiten, in weer en wind en dag en nacht, te dansen, te zingen en de goden te smeken. Ze richtten kleine altaartjes op op stenen en suikerkisten, met kaarsen, bidprentjes en her en der een katholieke heilige, onder wie de heilige tweelingbroers en geneesheren Cosmus en Damianus, maar ook met attributen van de orisha's, voornamelijk die van Elegguá, een lange stok met kromme punt. Iedereen bad tot iedereen en bracht de kindgod met het oude gezicht, die de sleutel van het lot bezit en naar willekeur over het leven van de mensen beschikt, voortdurend offerandes. Elegguá had een grote passie voor dansen en hij was gulzig, een gigantische veelvraat die in staat was zijn gunsten te verlenen in ruil voor een flink festijn. De vrijgelatenen stonden hun schamele voedselvoorraad af en offerden zwarte kippen, waar de god het meest van hield, en *hutia* en duiven, tabak, fruit, en vooral brandewijn om hem tevreden te houden, terwijl Kaweka rillend en zwetend op het ritme van de christelijke klaagzangen en de Yoruba-trommels voor haar leven vocht.

'Modesto.' Dat was het eerste wat Kaweka wist uit te brengen toen ze bijkwam na zeven dagen strijd tegen infectie en dood. Pérez had alle mogelijke medicijnen ingezet waarmee hij bij andere patiënten zuinig omsprong, gezien de schaarste ervan. Commandant Lino kwam, vergezeld van generaal Gómez zelf, meteen naar het hospitaal om Kaweka naar haar gezondheid te vragen toen ze maar nauwelijks wat was opgeknapt.

In de traditionele, met palmbladeren overdekte hut had de medisch commandant voor Kaweka met behulp van een klein gordijn een apart, van de andere patiënten afgezonderd plekje ingericht: een stromatras op een houten verhoging. Pérez, Lino en Gómez duwden deze flinterdunne afscheiding opzij terwijl het gevolg van de generaal achterbleef tussen de andere veldbedden.

'Ik ben blij dat je erbovenop gekomen bent, Regla,' sprak de slanke Dominicaanse generaal haar toe. Hij had een grijzende krulsnor die zo zwaar was dat hij links en rechts van zijn mond wanordelijk naar beneden viel. 'De republiek heeft je nodig. Jij was de bepalende factor in het gevecht tegen...'

'En mijn mannen?' viel ze hem in de rede. Niemand had haar op de hoogte willen stellen. Kaweka voelde zich te zwak om hun zwijgen te doorbreken, hun leugens te weerleggen of hun uitvluchten te ontzenuwen.

De generaal nam geen blad voor de mond.

'Twaalf zijn teruggekomen.'

Kaweka sloot haar ogen. Haar verdriet kwam met uithalen, de verwondingen in haar zij en schouder verkrampten, en iedere keer wanneer ze hijgend naar adem hapte schoten de pijnscheuten door haar heen.

'Het zijn helden van de revolutie,' stelde Gómez vast. 'Zo moeten we ze ons herinneren. Soldaten die hun leven hebben gegeven om het vaderland te bevrijden van de tirannie van de Spanjaarden en naar de overwinning te leiden...'

Commandant Lino boog zich over het bed heen en pakte de hand van Kaweka, wier lichaam nog steeds pijnlijk schokte.

'En Modesto?' viel Kaweka de generaal opnieuw in de rede.

Ze waren uit het dichte struikgewas tevoorschijn gekomen om een schuilplaats in het bos te zoeken, ze trokken de dieren mee en spoorden de slaven aan die niet opschoten. Door het peloton vrijwilligers waren ze in een hinderlaag gelokt, de tussen de bomen verborgen ruiters joegen hen op; gehuil kondigde een aanval van de cavalerie aan. Kaweka en de mannen vroegen zich af wat te doen. Na de eerste schoten zag Modesto enkele mannen vluchten en andere neervallen.

'De slaven!' schreeuwde Kaweka tegen hem, terwijl ze gebaarde dat ze beschermd moesten worden.

Modesto rende naar de groep van vijftien slaven en drie Chinezen, trok een aantal van hen bij de schouders naar de grond, tussen de poten van de ossen en de ezels. De vrijwilligers vielen in een krankzinnig tempo aan, de kogels floten hun om de oren. Een jonge, volledig hysterisch geraakte mulattin greep Modesto vast en dwong hem ook te gaan liggen.

'Rustig blijven!' schreeuwde Modesto nog harder. 'Ze willen júllie geen kwaad doen.'

De doodsbange vrouw gaf hem geen kans zich te bewegen. De anderen trouwens ook niet: met de armen om elkaar heen geslagen zaten ze op een kluitje bijeen, zochten ze bescherming bij elkaar. Modesto richtte zijn hoofd op. Een wolk van stof die opwaaide van de droge grond benam hem het zicht en deed pijn aan zijn ogen. De zon begon onder te gaan en niet ver van hen kleurden de brandende plantage en suikerrietvelden niet alleen de hemel rood, maar ook de aarde, het stof, de machetes en de geweren. De ossen bewogen zich onrustig boven hen. Modesto hoorde Kaweka, haar mannen en de aanvallers in een onverstaanbare herrie door elkaar heen schreeuwen. Hij wilde ernaartoe. 'Liggen, liggen!' zei de hysterische vrouw terwijl ze aan zijn kleding trok, zodat de aandacht maar niet op hem gevestigd werd. Modesto wilde zich van haar losrukken, maar slaagde daar niet in en een andere slaaf verweet hem zijn actie. 'Jij zorgt er nog voor dat ze ons afmaken, jongen,' zei hij, en drukte hem weer tegen de grond.

De hitte van de strijd verplaatste zich geleidelijk naar bebost gebied. De schoten en bevelen volgden elkaar minder snel op, zodat ze soms waren te verstaan, al herkende Modesto geen enkele stem.

'Neem ze te grazen!'

'Ik wil geen overlevenden!'

'Erachteraan!'

Geknal in de verte dat het gekreun van de gewonden die om hen heen lagen al niet meer overstemde. Een bevelende stem vlakbij. Het kalme geklepper van een paar paardenhoeven. De bange vrouw perste hem tegen zich aan, toen er plotseling vlakbij geschoten werd en het gekerm van de gewonden ophield.

Ze lieten zich niet gevangennemen.

'Klootzakken!'

Nog een schot.

'Naar de hel met jou, stuk stront.'

Een nieuwe knal.

Eindelijk viel er een stilte, waarin alleen het snikken en klappertanden van de bange vrouw te horen waren.

'Opstaan jullie!'

Ze spraken met hen. Een van de ruiters joeg zijn paard op om het op het kluitje mensen te laten trappen. Maar het dier bleef boven hen met de benen in de lucht trappelen en zorgde dat ze niet werden geraakt. Het groepje viel niettemin uiteen en iedereen kwam overeind, zwarte slaven en Chinezen.

'Ga op een rij staan,' zei een van de ruiters. 'Zijn jullie gevlucht?'

De mannen en vrouwen vormden een rij. Niemand antwoordde, ze keken allemaal naar de grond. Modesto viel niet op tussen de anderen: een bozal, vuil en in vodden gehuld. Hij had zijn tas niet bij zich en was ongewapend, zijn handen waren leeg. Hij droeg zelfs geen voorwerpen bij zich die anderen als een soort schatten altijd bij zich hadden. Hij dacht snel na: alles was verbrand. Er waren geen boeken, er was geen administratie van de plantage; er waren geen voormannen of wachtposten meer, die waren allemaal dood. Alleen als een van de slaven hem verraadde konden de vrijwilligers weten wie hij was. Hij hield zijn blik strak op de grond gericht. Ze werden door paarden omringd, nu waren het er drie, vier... Vanuit het bos waren nog steeds schoten en gesmoorde kreten hoorbaar. Nog steeds kleurde de omgeving rood en was de hitte verstikkend. Modesto wilde rondkijken, vaststellen wie er omgekomen waren. Bij de gedachte dat er op een paar passen afstand misschien was geschoten op Kaweka, waardoor ze gewond was, zijn hulp nodig had, of misschien dood was, werd hij misselijk en trilden zijn benen.

Hij keek steels om zich heen. In het vreemde licht ontwaarde hij lichamen, maar zag hij haar er niet tussen. De andere slaven hielden zich stil, het hoofd gebogen. Hij besloot net zo te doen als zij en hield de blik gericht op de machetes die er nog lagen, vol bloed, verspreid rond hun voeten, op de plek waar ze zich tegen de grond hadden gedrukt. Niemand had ze op willen rapen; niemand wilde toegeven te hebben meegedaan aan de slachting van de beheerders van de plantage.

De ruiters waren met elkaar aan het overleggen.

'Ze zijn geld waard,' hoorde hij een van hen zeggen.

'Maar ze hebben mensen vermoord...'

'Deze niet. Dat waren die klootzakken van een opstandelingen.'

'Kijk dan naar die machetes. Vol bloed!'

'Welke machetes?' vroeg de man die kennelijk de leiding had spottend, en maakte daarmee een eind aan de discussie.

Ze moesten van hen de machetes schoonmaken. De mulattin gaf hem de zijne en voor het eerst herinnerde Modesto zich de groene ogen die op de plantage zijn aandacht hadden getrokken. Hij bedankte haar met een glimlach en wreef met fijn zand net zo lang over het mes tot elk spoortje bloed verdwenen was. Vervolgens legde hij de schone machete op de plek die de vrijwilligers hadden aangewezen. Door de hebzucht van die mannen ontsnapten ze aan de dood, maar de vier vrouwen van de groep ontkwamen niet aan verkrachting, want zodra de duisternis viel sloegen de soldaten hun bivak op naast het pad, vloeiden de rum en de brandewijn en vergrepen ze zich aan de vrouwen.

Die avond moest Modesto, vastgebonden met touwen, afgezonderd van de soldaten, in het zwakke schijnsel van het vuur waar de militairen van het vrijwilligersleger rondscharrelden, in de stilte die werd onteerd door het gehijg, gelach en de obscene grappen van de verkrachters, de blikken weerstaan van de acht zwarte slaven. De Chinezen daarentegen bleven zelfs in deze wanhopige toestand onaangedaan. Modesto probeerde hen in te schatten. Ze konden hem verwijten dat hij de plantage was binnengedrongen, hem verantwoordelijk stellen voor de gevaarlijke situatie waarin ze zich bevonden. De avond daarvoor hadden ze nog gewerkt en gegeten; ze waren slaven, zeker, maar ze leefden. Wat stond hun te wachten van die misdadigers in uniform? Een kreet van pijn scheurde door de nacht en Modesto dacht aan het meisje met de groene ogen. Hij zag over het gezicht van een van de slaven een pijnlijke grimas trekken. Die vier vrouwen hoorden bij deze of gene, ze moesten hun vrouwen, hun vriendinnen zijn... Op plantages met zo weinig slaven, waar weinig werd geproduceerd, leken de banden meer op die van een grote, autoritaire en zelfs gewelddadige familie, maar toch een familie. Tegelijkertijd hadden ze de vorige avond allemaal hun woede gekoeld op de voorman en de twee wachtposten, tot de dood erop volgde. Kaweka had hun toegestaan zich te wreken en de meeste van haar mannen hadden de vrouwen, die nu gilden, aangemoedigd toen ze met hun machetes inhakten op al roerloze lichamen.

Misschien was het uit schuldgevoel, of gewoonweg uit angst dat ze zelf konden worden beschuldigd van deze moorden, dat Modesto gevrijwaard werd van een aanklacht die hem in andere omstandigheden heel waarschijnlijk had geleken.

In het kamp van Kaweka werden vrouwen, kinderen en gebrekkige ouderen opgenomen om het leger van generaal Gómez te vergezellen. De mannen werden aangemonsterd als infanteriesoldaat als ze over enige militaire kennis beschikten of die met behulp van aanwijzingen hadden verkregen; anderen werden als hulpkracht aangeworven. Kaweka werd liefdevol opgenomen. Haar uniform werd gewassen tot al het bloed eruit verdwenen was, en hersteld. Vroeger was de jas al te groot geweest, maar nu ze vijf weken in het hospitaal had gelegen viel hij over haar heen als een enorme cape die lukraak over haar schouders was gegooid. Hoe dan ook gaven de glimmende sergeantstrepen enig prestige aan haar trage, aarzelende bewegingen, aan een manier van doen die ver afstond van de kracht en dynamiek die haar optreden tot dusver hadden gekenmerkt. Ademhalen deed pijn, hoesten was een kwelling, en haar linkerschouder en -arm droeg ze bewegingloos, als dood in een mitella, onder haar uniformjas.

Ze had al een week geen koorts meer, verdroeg al dagen haar eten, en haar wonden heelden. Haar schouder deed er lang over om te genezen, en noch Pérez, noch de andere artsen waagden zich aan een voorspelling in hoeverre hij zou herstellen. De arm had in ieder geval niet geamputeerd hoeven worden, zeiden ze opgewekt. Er was in heel wat ledematen gesnoeid tijdens spoedbehandelingen in de noodhospitalen aan het front, ingrepen die in veel gevallen zonder ether of chloroform moesten worden doorstaan, enkel met alcohol: een fles rum voor een been.

'In het kamp, bij je eigen mensen, knap je wel op,' meende commandant Pérez.

Ze brachten haar onder in de hut die ze altijd met Modesto had gedeeld wanneer ze terugkwamen van hun aanvallen op plantages: drie scheve, in de grond verzonken palen en vier palmbladeren als dak. Ze wisten niets van de emancipado. Voordat ze haar in de enige stoel zetten die het kleine vertrek rijk was, liet Kaweka haar vingers over de omslag van het boek glijden waarin de namen van de bevrijde slaven werden geschreven, op de tafel waarachter haar man altijd trots ging zitten, en ze vroeg zich af of ze hem zou terugzien.

En zij? Zou zijzelf weer een aanval op een plantage of een peloton Spanjaarden leiden?

'Ongetwijfeld,' verzekerde generaal Gómez haar toen hij afscheid van haar nam. Hij vertrok naar het westen, en Pérez had hem deelgenoot gemaakt van Kaweka's zorgen. 'We hebben je nodig in de revolutie, sergeant,' zei hij opbeurend.

‘Krijg ik mijn mannen terug?’ vroeg Kaweka hem. Ze wist dat die na de tragische confrontatie met het vrijwilligersleger naar andere bataljons waren gestuurd.

‘Zodra je klaar bent om weer te vechten,’ beloofde de generaal.

Maar hij zei niets over Modesto. Niemand had het over hem. De vrouwen door wie ze liefderijk verzorgd werd wisten nergens van, en Eduardo en de andere oudere mannen hadden het nooit over Modesto. Tijdens haar verblijf in het hospitaal hadden ze haar verteld dat geen van de twaalf mensen die het hadden overleefd en naar het kamp waren teruggekeerd Modesto had gezien, dood noch levend. En het laatste wat Kaweka zich herinnerde, was dat ze Modesto had toegeroepen dat hij de slaven van plantage San Lorenzo moest beschermen...

Ze knapte op, omringd en geliefd door haar mensen. Geholpen door een paar meisjes die haar ondersteunden en van wie ze bij het geringste gepuf weer moest gaan zitten, maakte ze haar eerste wandelingetjes. Ze had geprobeerd zich van de twee te ontdoen en los te lopen, maar al haar moed werd haar ontnomen toen ze voelde hoe zwak ze was. De mensen hielden van haar, zorgden voor haar, omringden haar en kletsten met haar. Veel bevrijde slavinnen hoopten dat ze hun de godin opnieuw zou brengen, maar Yemayá leek hen te hebben verlaten. Ze bleef zich in stilzwijgen hullen, liet zich niet zien in hun netelige toestand. In het hospitaal had Kaweka het haar in het gezicht geslingerd: ‘Je hebt de vrijheid van meer dan tien slaven verhinderd.’ Het was een zacht verwijt. ‘Hoeveel waren het er, twaalf, dertien? En daarbij zijn er ook nog eens veel mensen omgekomen die niets anders hadden gedaan dan aan jouw wensen tegemoetkomen en die altijd op je goedheid en hulp vertrouwden.’ Ook had ze zich afgevraagd of ze iets had gedaan wat Yemayá kon hebben gekrenkt. Over Sabina kon de godin niet boos zijn; die verdiende wat haar was overkomen. Ook zou ze haar niet kunnen kwetsen met haar liefde voor Modesto. Maar de godin keerde niet naar haar terug en Kaweka bleef haar aanroepen en offergaven aanbieden, ervan overtuigd dat de grillige, wisselvallige godin vroeg of laat weer in haar zou varen. Ze dacht aan de mensen in het kamp, die er reikhalzend naar uitkeken om haar weer te zien dansen, bezeten door Yemayá: ze moesten voeling hebben met hun wortels en in vrijheid de band met hun goden en cultuur vernieuwen, niet heimelijk, maar in het openbaar, openlijk, zingend en schreeuwend, en woest op de trommels slaand.

In afwezigheid van Yemayá werd Kaweka doordrongen van de geuren, de kreten, de tranen, het gelach en de kleuren van het kamp. Ze had dit oord altijd beleefd als een verplichte stopplaats tijdens haar oorlogstochten, net als toen ze door het oosten zwierven en verstopt tussen de vegetatie van de jungle sliepen, wachtend op het ochtendgloren om de oorlog tegen de Spanjaarden te hervatten.

Maar de kinderen die vroeger bang voor haar leken te zijn en van een afstandje naar haar hadden gekeken, kwamen nu met steeds meer durf naar haar toe, met een glimlach op het gezicht, en ze waagden het zelfs te vragen naar haar heldendaden waar hun moeders over hadden verteld. De moeders benaderden haar met hetzelfde vertrouwen, en voor ze het in de gaten had zat Kaweka samen met kinderen, vrouwen en zelfs ouderen om het vuur en luisterden ze naar haar verhalen, zoals de tweeëndertig naar Modesto geluisterd hadden.

'De bijen!' riepen een paar kleintjes en zelfs een vrouw uit.

Kaweka glimlachte stilletjes. Dat was een dodelijke truc geweest. Het leek wel of ze het gezoem van die duizenden insecten nu weer hoorde en ze zag de verwachtingsvolle gezichten van de kinderschaar. Toch vertelde zij nooit verhalen. Die herinnerde ze zich ook nauwelijks: haar bezetenheid ging over aanvallen, één keer, nog een keer, en weer. Werd ze soms net zo oud als de mensen die zich in hun woningen terugtrokken? Maar de kinderen zaten onrustig te schuifelen, en dat verwachtingsvolle beviel haar.

'Er was een heel groot Spaans bataljon,' begon ze, 'dat proviand en wapens vervoerde, met dappere mannen voorop en aan de flanken, zodat ze niet door de guerrilla verrast zouden worden. Het was moeilijk voor ons om hen te naderen zonder dat de hoofdcolonne ons zag: de mannen aan de buitenkant zouden het bataljon waarschuwen, en voordat wij er waren zouden de anderen zich al hebben verschanst en bewapend.' Kaweka zweeg, ze sloot aan bij de stilte die hen omringde. De aanwezigen zaten er doodstil bij, in afwachting van haar verhaal. Een van de kinderen gebaarde dat ze verder moest gaan. 'Omdat we wisten welke route ze zouden nemen, besloten we dat het gevaar omgekeerd moest worden. Van binnen naar buiten, niet van buiten naar binnen.' Ze glimlachte bij de herinnering aan het gesprek dat ze hierover met Modesto had gevoerd. 'Dus lang voordat de colonne eraan zou komen, verzamelden we heel veel honingraten en verstopten we die in de aarde, tussen bladeren en overdekt met zand. De paarden van de officieren, de muildieren, de ossen, de karren en de infanterie trapten op de honingraten en de bijen zwermden er woedend uit en verdedigden hun raten. Als de Spanjaarden waren teruggegaan was er weinig gebeurd, maar in de verwarring bleven veel van hen doorlopen. Rennende mannen, galopperende paarden, en zelfs de ossen met hun dikke huid hadden er last van. En ze bleven maar op honingraten trappen. En de ene zwerm trok andere zwermen aan, om uiteindelijk een heel bijenleger te vormen dat de vijand volledig in de war bracht.'

Kaweka maakte een gebaar dat haar verhaal afgelopen was.

'En toen?' vroeg een meisje.

'Vertel verder!'

'Wat gebeurde er nog meer?'

Ze doodden veel mannen, vertelde Kaweka. Ze hakten met machetes op hen in tot hun ingewanden eruit kwamen. Ze pakten hun wapens en proviand en vluchtten het struikgewas in voordat ze zich konden herpakken en strijd leveren.

'Dat moeten jullie ook doen met iedereen die slaven van jullie wil maken,' verklaarde ze aan het eind van haar verhaal.

Zoals hij had gezegd keerde generaal Gómez terug naar het oosten om zich te voegen bij de leden van de regering van de Republiek van Cuba in Verzet en andere militairen, onder wie generaal Vicente García uit Las Tunas, die tegen de regering in opstand was gekomen en om afzetting van president Cisneros had gevraagd.

Máximo Gómez vertrok met vijftig man, terwijl het merendeel van zijn mannen bleef vechten en terrein won in het westen, ver voorbij Sancti Spiritus, in Villa Clara, Remedios en Cienfuegos, en de Spanjaarden steeds minder weerstand boden. De generaal liet ook nog eens drieëntachtig afgebrande suikerplantages achter zich, dat was bij ruim een dozijn het werk van Kaweka en haar mensen. De slaven van de andere zeventig plantages waren naar de bergen gevlucht, hadden zich aangemeld bij het opstandelingenleger of hadden zelfs spijt gekregen en waren naar de Spanjaarden teruggegaan. De vrouwen mengden zich onder de mensen van de dorpen en steden in het gebied van Las Villas, maar de meesten van hen konden weinig meer dan suikerriet maaien en die naar de molen brengen en de bij een suikerfabriek horende taken uitvoeren. Mensen die de kennis en vaardigheden hadden om een bepaald beroep uit te oefenen waren er nauwelijks, en voor hen was er geen plek in een stedelijke omgeving die na jaren van oorlog geheel verarmd was. Ook waren ze niet eens vriendelijk en wierpen zelfs mensen van hun eigen ras jaloerse blikken naar hen.

Veel van deze vrouwen, met de kinderen en ouderen van de suikerplantage in hun kielzog, zochten bescherming bij de sergeant van wie inmiddels iedere soldaat en slaaf had gehoord. Het kamp bij de Jatibonico begon uit zijn voegen te barsten, en Kaweka had geen Modesto meer die kon tellen hoeveel mensen zich bij hen hadden aangesloten. Al begreep ze er niets van, ze hoorde hem graag getallen noemen en vroeg dan of het er meer of minder waren.

Het probleem was dat de vrijgekomenen honger hadden. Het probleem was dat de aarde kaal was, dat het vee opgeofferd was en dat de weiden, net als de plantages, verwoest waren.

De regio Camagüey was net zo troosteloos. De weinige leveringen die aankwamen waren bestemd voor het leger, voor de mannen op veldtocht, terwijl de kinderen, de vrouwen en de ouderen het moesten stellen met de bataten en de kalebassen die ze verbouwden, en met bananen, die ze met schil en al opaten.

Kaweka had altijd een paar ossen meegenomen van haar strooptochten naar de plantages, voedzaam vlees voor de kleintjes en de zwangeren. Nu stalen soldaten de weinige levensmiddelen in het kamp. En ze verkrachtten de vrouwen, als die zich al niet zelf aan hen gaven in ruil voor eten voor hun kinderen. De toestand verergerde steeds meer. Kaweka sprak met Eduardo en drie ouderen. Het kamp bij de rivier de Jatibonico mocht niet één groot bordeel worden.

'Geef ons te eten,' eiste een van hen.

Kaweka ging op zoek naar de officieren van het leger. Lino was er niet, en een blanke kapitein lachte haar uit.

'Gun ze toch hun lolletje,' zei ze nadat hij haar levensmiddelen had geweigerd. 'Ze moeten zich ontladen, en hoe kan dat beter dan met een troep zwarte slavinnen die toch niets te doen hebben? Op die manier hebben de eerzame Cubaanse vrouwen in de dorpen ook minder last van ze. Deze mannen vechten voor de republiek. Bedenk dat we in oorlog zijn. Bemoei je er niet mee.'

Commandant Pérez was vriendelijker, maar net zo stellig.

'Ik heb niet eens medicijnen, Regla. En ik heb al moeite om de gewonden fatsoenlijk te voeden,' voerde hij aan, terwijl hij het verband van haar schouder haalde. 'Ze moeten herstellen. Als ze niet eten genezen ze niet. Beweeg je arm eens.'

Maar Kaweka kon het niet. Haar spieren, haar pezen, haar zenuwen, wat het ook waren, ze weigerden dienst! Dat slap hangende, schriele, ontvelde ding aan haar lichaam reageerde niet.

'Je moet ermee oefenen,' voegde de arts eraan toe terwijl hij haar arm voorzichtig van boven naar beneden bewoog. Kaweka kreunde van de pijn. 'Ja, het doet zeer, maar als je deze arm weer wilt gebruiken, moet je er moeite voor doen, begrijp je?'

Kaweka ontweek Pérez' blik zodat hij haar pijnlijke grimas niet zou zien. Haar ogen dwaalden door het stampvolle hospitaal.

'En de generaal?' vroeg ze.

Kaweka hoorde hem achter zich ademhalen, terwijl hij de wond aan haar schouder verzorgde.

'Het gaat niet goed,' gaf hij uiteindelijk toe.

De generaal van het oproerleger, Vicente García, had samen met andere militairen die hem steunden Cisneros, de president van de republiek, afgezet en hem vervangen door een ander lid van het parlement, de voormalige kolonel van het bevrijdingsleger, Juan Bautista Spotorno.

De afgezette Cisneros steunde de plannen van Máximo Gómez voor een invasie in het westelijke deel van het eiland, in het bijzonder een invasie in Las Villas als bruggenhoofd, en beval generaal García om de bevelen van Gómez op te volgen en zich met zijn leger bij het aanvalsleger van Gómez te voegen.

García weigerde. Hij kwam uit Las Tunas en bleef daar de strijd voortzetten, zei hij, in het oosten, zijn eigen streek, om de zijnen te verdedigen en om zijn geboortestad te heroveren op de Spanjaarden. Spotorno schaarde zich achter zijn leidsman en steunde García, die hij met voorbijgaan aan Máximo Gómez tot hoofd van het oostelijke departement benoemde.

Nu de zaken er zo voor stonden, stak Máximo Gómez opnieuw de grenslijn over om de invasie in het westen voort te zetten, maar hij stond niet, zoals hij gedacht had, aan het hoofd van een leger van zo'n duizend man, maar voerde het bevel over slechts honderdvijftig ruiters die hij had weten te rekruteren.

Kaweka was niet in staat de gevolgen te overzien van de politieke verschuivingen waarover een zorgelijke Pérez haar zojuist verteld had. Dat was Modesto's taak. Hij was degene die haar de toestand uitlegde, die vertelde wat er zou gebeuren... 'Waar ben je, stommeling?' riep ze op weg naar het kamp uit. Ze had nog steeds niets over hem of Yesa gehoord. Yemayá gaf ook nog steeds geen acte de présence en dat beangstigde haar, ze ging twijfelen over de toestand waarin haar dochter verkeerde, ze begon te denken dat Yemayá haar daarom meed...

Alles om haar heen wankelde, want zelfs de vriendelijkheid die ze bij de mensen om haar heen had opgemerkt was door de omstandigheden onzichtbaar geworden. De vrijwillige of gedwongen promiscuïteit van de vrouwen trok allerlei bandieten en deserteurs aan die om het kamp heen hingen, in de buurt bleven slapen of gewoon in het kamp een plek zochten. Die ruwe, gewelddadige mannen joegen de weerloze bevrijde slaven angst aan, en de vreugde en hoop die het leven van de grote gemeenschap van bevrijden aanvankelijk gekenmerkt hadden veranderden in een sfeer van angst en terreur die een nieuw soort onderdanigheid schiep.

Bovendien was Kaweka niet eens in staat een machete te hanteren. In haar hut, wanneer ze meende dat niemand haar zag, greep ze het wapen vast met haar rechterhand om te oefenen. Iedere beweging veroorzaakte een snijdende pijn in haar andere zij, en de onbeweeglijkheid van haar gewonde arm bracht haar uit haar evenwicht, waardoor ze wankelde en zelfs misselijk werd. Nog steeds hadden ze respect voor haar, maar ze moest weerloos toezien hoe de mannen vrouwen en zelfs kinderen belaagden en hen ongegeneerd en schaamteloos verkrachtten, waar en wanneer ze maar wilden.

Veel vrouwen vluchtten. Kaweka wenste hun succes. Sommigen wisten niet waar ze zich konden verschuilen.

'Vlucht naar de bergen,' moedigde ze hen aan, 'zoals de marrons.'

'Kom met ons mee.'

Zij wachtte op Modesto en Yemayá. En ze moest blijven zoeken naar Yesa. Nee, zij kon niet weggaan, maar intussen viel het kamp helemaal uiteen... zoals ook was gebeurd met het leger van Las Villas onder bevel van generaal Máximo Gómez.

Het optreden van generaal García in het oosten, die de belangen van zijn eigen streek voorop had gesteld, had zijn weerslag op de troepen en de bevelvoering in Las Villas. Daar namen ze García's houding over en verzetten ze zich tegen het bevel van Gómez, een Dominicaanse militair, en zijn officieren, die hem vergezelden sinds zijn veldtocht in Camagüey. Muiterijen, listen en leugens volgden elkaar op om bevelvoerders die niet uit Las Villas kwamen in diskrediet te brengen, een strategie die, acht jaar na het begin van de oorlog, uitmondde in de benoeming van Roloff tot generaal van het opstandelingenleger van het westen en de benoeming tot het middenkader van mensen afkomstig uit Las Villas, al hadden ze nog zo weinig militaire ervaring. Het gevolg was dat Gómez en zijn mensen werden afgezet. Die staken opnieuw de grenslijn over om hun toevlucht te zoeken in het oostelijke departement, deze keer niet met een leger, maar vergezeld van hun familie.

Het gebrek aan discipline, de trouw aan de eigen streek, de belangen van partijen, achterdocht en afgunst, het ontbreken van gezag en intelligentie bij de politieke leiders en de arrogantie van de militairen kregen voor elkaar wat het Spaanse leger niet gelukt was, al beschikte het over meer troepen, wapens en middelen dan de opstandelingen.

De geest van een volk, de wil om te overwinnen, de vrijheidsgeest en het vrijheidsverlangen waarmee ze de reusachtige verschillen in aantallen en bewapening met hun vijand hadden tenietgedaan, werden gebroken door kleinzielige kibbelarijen.

Kaweka onderging de tragische ineenstorting van deze collectieve toekomstdroom vanuit haar eigen persoonlijke ongeluk. Haar linkerarm herstelde zich niet. Ze werd al misselijk van de pijn wanneer ze hem probeerde te bewegen, waardoor ze vaak stil en ineengekrompen zat te huilen en tegen een Yemayá sprak die niet reageerde. Soms weerstond ze haar onhandigheid, zette haar tanden op elkaar en forceerde het levenloze ledemaat door ermee op een paal of tak te leunen, in een poging ook maar de geringste aanwijzing te zien dat haar zenuwen en spieren reageerden en haar arm echt naar haar wil bewoog.

Er werd nog doorgevochten onder bevel van Roloff, maar de mannen deserteerden, staken de grenslijn over om hun toevlucht te zoeken in het dichte kreupelhout van de oostelijke bossen, de moerassen en de bergen, of ze gaven zich over aan de Spanjaarden. Het kamp was niet langer het toevluchtsoord van gezinnen van bevrijde slaven, maar veranderde in een tijdelijke verblijfplaats van deserteurs en misdadigers.

De streek werd gegeseld door chaos. De Spanjaarden herstelden zich en vielen aan. De meeste vrouwen, kinderen en ouderen die Kaweka kende waren gevlucht of omgekomen, maar het komen en gaan van mensen ging onophoudelijk door, alsof de verwoeste palmhutten, de onverharde paden die ertussendoor liepen, de overblijfselen van moestuinen en varkensstallen, de brandstapels die de nachten verlichtten, het geringste menselijke spoor in het immense, verlaten, leeggelopen kamp als een vuurtoren werkte op rondzwervende lieden die op de vlucht waren voor oorlog, slavernij of onrecht.

Kaweka zocht het gezelschap van enkele mannen en vrouwen zoals zij, de meesten al oud, die overgeleverd waren aan een lot dat niet erger was dan het lot dat hun had gewacht toen ze slaaf waren. Maar de gedweeheid waarmee deze mensen eender welke groep dronken of brutale boeven gehoorzaamden wanneer die hun bij elkaar geschraapte paar yamswortels opeisten, maakte Kaweka opstandig. Een keer liet ze haar verzamelde knollen los en greep naar haar machete.

Het duurde zo lang voordat ze hem vast had, dat de mannen alleen maar om haar lachten. Ze viel op de grond toen ze een vijand probeerde aan te vallen. Hij hoefde alleen maar een stap opzij te doen om zich te verdedigen.

Ook lachten ze om de strepen op haar uniform.

'Van wie heb je dat ding gepikt?'

Ze verscheurden haar uniform, ze was niet in staat zich er ook maar enigszins tegen te verzetten.

Niemand hielp haar.

Hoe dronken, liederlijk en losgeslagen ze ook waren, en ondanks het feit dat ze zich als beesten gedroegen, fronsten er toch een paar het voorhoofd toen ze het lichaam van Kaweka zagen, haar met littekens toegetakelde borst, en ze spuugden.

De in lompen gehulde Kaweka, met haar gescheurde uniform,

sloot zich op in een hut waarvan het dak bijna helemaal was verdwenen door wind en regen. Nu en dan kwam een van de ouderen die ze uit een plantage had bevrijd waar ze te eten hadden, haar een yamswortel of halve kalebas geven. Kaweka had geen idee welk lot haar te wachten stond. Ze had de kans niet aangegrepen om zich weer bij commandant Pérez aan te sluiten. Hij had haar dat voorgesteld toen hij opdracht kreeg zijn veldhospitaal dichter bij de voorhoede te plaatsen, in Cienfuegos, maar was zich ervan bewust dat ze daar van weinig nut kon zijn zolang ze niets met haar arm kon. Ze zag de compassie in zijn blik. Hij was een goed mens. Ze was hem dankbaar. Maar dan was er nog Modesto. Ze moesten elkaar hier ontmoeten; deze plek was hun referentiepunt. Ze meende dat ze de godin weer in zich had gevoeld. Yemayá stond achter haar besluit... Dat scheen haar tenminste zo toe. Ze sliep alleen, in de hut, alert op geluiden van buiten, gelach, gevechten, kreten van de weinige vrouwen die er nog waren.

'Ze zeggen dat het een monster is.'

De mannen liepen altijd voor haar hut langs alsof ze de pest had. Maar nu niet. Kaweka zag hun silhouetten afgetekend tegen de vlammen van de brandstapels. Een aantal liep wankelend, ze zochten steun bij elkaar, duwden schreeuwend tegen elkaar, er gingen flessen brandewijn rond.

'Er is geen vrouw zo monsterlijk of ze kan wel met de benen wijd...'

'Altijd nog beter dan een ezel.'

Geschater. Nog meer geduw. Een van hen kwam haar hut binnen.

'Een tong zal ze toch wel hebben,' zei hij.

'Laat mij maar.' Iemand kwam naar voren, een fles in de hand. 'Waar zit ze...'

'Pas op daar, ze heeft vast een tong als een slang, dun en gespleten,' klonk het buiten.

Kaweka greep weer naar haar mes, klaar om te doden.

'Ik eerst!'

Het was een sterke, grote man die dit zei. Hij maaide met één beweging de man met de fles weg.

'Je gaat mij eens flink pijpen!' brulde hij in de duisternis van het vertrekje.

'Ik bijt hem in één keer af!' dreigde Kaweka, die hem zag naderen.

De man stond met een ruk stil en zweeg.

'En dan zet je je nagels erin?' vroeg hij toen.

Kaweka's greep op het handvat van de machete verslapte, ze liet hem bijna vallen.

'P-Porfirio?' stamelde ze.

20

Madrid, Spanje
Mei 2018

'En jij denkt dat dat mens van de VN dat gedoe met je moeder gaat oplossen?'

In gedachten telde Lita tot tien nadat Pablo deze vraag op haar had afgevuurd met zijn rug naar haar toe, alsof hij haar uit de weg ging. Ze was deze avond naar zijn huis gegaan, helemaal opgetogen over het gesprek met mevrouw Vit, die haar alles tot in detail had verteld, en over alles wat ze vervolgens op internet had uitgezocht, maar Pablo was sceptisch, onverschillig gebleven, en nu deed hij zo lomp. Lita bleef op de bank zitten met op haar schoot de laptop, die nog op de website van het Verdrag van Durban stond. Pablo rommelde met iets in het boekenrek.

'Misschien...' Ze wilde net zo'n grove toon aanslaan als hij, maar hield zich in omdat haar vriend met problemen kampte die hij door haar gekregen had nadat hij het voor haar had opgenomen tegen de markies.

Ze stond op en liep naar hem toe. Ze ging achter hem staan, legde haar hoofd tegen zijn schouder en sloeg haar armen om zijn borst, streelde hem.

'Het spijt me,' fluisterde ze. 'Ik ben zo van slag door alles.' Pablo zweeg. Lita bleef hem strelen, maar hij reageerde niet op haar liefkozingen. Ze kuste zijn rug, wilde met haar hand naar zijn kruis gaan. 'Eens kijken hoe het daar is...' probeerde ze te grappen.

Pablo hield haar hand tegen en draaide zich om.

'Beter van niet.'

'Heb je geen zin?' vroeg ze uitdagend.

'Nee, Lita. Nu niet, sorry.'

'Wil je praten?'

‘Waarover? Dat je moeder een stiefzus van de markies is, of dat ze me nu de cijfers van een ijzerwarenketen hebben toebedeeld?’ vroeg hij afwerend, uit zijn humeur.

‘Nee. Helemaal niet. Over ons.’

‘Ik herken mezelf niet meer. Al mijn dromen zijn uiteengespat…’

‘Allemaal?’

‘Allemaal. Ik kan nu niet eens… Ik weet niet…’ Zijn stem kreeg iets wanhopigs. ‘Ik kan niet goed nadenken. Ik kan niet slapen.’

‘Je bent steengoed in je werk. Je kunt overal werk krijgen,’ zei ze, deels om hem te troosten en deels omdat ze hiervan overtuigd was.

‘Jij ook,’ kaatste hij vinnig terug. ‘Heb jij soms werk gevonden?’

Ze keken elkaar aan.

‘Heb je liever dat ik wegga?’ vroeg ze uiteindelijk.

Pablo gaf geen antwoord. Lita perste haar lippen op elkaar, maar kon niet voorkomen dat haar kin trilde. Ze pakte haar spullen en wist nog een ‘ik zie je’ uit te brengen zonder de brok in haar keel te verraden.

Ze deed er iets langer dan een uur over om naar haar huis in de wijk La Latina te lopen. Ze liep door park El Retiro, dat in dit jaargetijde tot twaalf uur ’s nachts open was, en zou het liefst gaan zitten om stilletjes de tranen te laten stromen die nu langzaam kwamen, op het ritme van uithalen die ze niet kon beheersen. Maar ze deed het niet. Ze wilde niet dat er iemand naar haar toe zou komen om te proberen haar te troosten. Wat moest ze zeggen? ‘Mijn vriend heeft het uitgemaakt. Of toch niet. Ik weet het niet.’ Dus liep ze door. Wanneer ze iemand tegenkwam, keek ze naar beneden en hield haar adem in, maar zelfs dan nog lieten sommige mensen hun blik langer op haar rusten dan gebruikelijk was. Halverwege, in de buurt van museum het Prado, bleef ze staan, pakte haar mobiel en appte naar Pablo: *Ik hou van je*. Ze slaakte een zucht alsof ze de hele wereld had gered, al kwamen de tranen een paar straten verderop terug. Die avond ging de telefoon van Lita niet over.

Ook de volgende ochtend was er nog geen berichtje van Pablo. Met behulp van een diazepam had ze uiteindelijk kunnen slapen, wat niet wegnam dat ze rond negen uur opstond, nadat ze nog een tijdje in bed was blijven liggen. Sara had net koffie gezet en haar moeder was niet thuis. Die was waarschijnlijk boodschappen aan het doen. Ze nam een kop koffie en ging zwijgend zitten. Aangetrokken door de geur van de koffie kwam ook Elena eraan, die er net zo uitzag als haar vriendinnen. Gapend schonk ze zich een kop in en ging bij hen zitten.

'Slecht geslapen?' vroeg Elena aan Lita.

Lita knikte alleen maar, terwijl ze in haar kopje blies.

De andere twee zeiden niets.

'Is er iets?' vroeg Lita vanwege dit ongebruikelijke gebrek aan belangstelling.

'Nee.'

'Niets.'

Dat was niet waar.

'Waar is mijn moeder eigenlijk?'

Ze ging ervan uit dat die op de markt was, aan het pingelen over de prijs van de ingrediënten waarmee ze had besloten te koken, maar toen er op deze vraag alleen stilzwijgen volgde, veerde ze op. Ze hoorde de honden blaffen, veraf, alsof ze zich op flinke afstand bevonden.

'Het is ze dan toch gelukt,' zei ze.

'Wat, wie?' wilde Sara weten.

'De buren. De honden. Ze waren helemaal geobsedeerd, ze wilden dat wij ze aan hen gaven.' Lita zweeg abrupt. 'Misschien is het wel een oplossing,' verklaarde ze toen. 'Ik wil die beesten niet houden, en mijn moeder blijft ook niet eeuwig voor ze zorgen.'

'Ze zijn bij je moeder,' onderbrak Sara haar.

'Maar de honden zijn toch bij dat stel?' zei Lita gedachteloos.

'Ja, bij je moeder,' verduidelijkte Elena.

De drie keken elkaar aan.

'Is mijn moeder daar op bezoek?' vroeg Lita enigszins wantrouwend.

'Nee.'

Een paar tellen was het stil.

'Oké!' riep Sara toen uit. Ze had energie verzameld voor haar reactie. 'Je moeder werkt voor die twee. Ze hebben haar aangenomen voor schoonmaakwerk.'

'Verdomme!'

Lita liep woedend naar de deur.

'Blijf hier!' waarschuwde Sara haar.

'Concepción heeft dit zelf aan Vicente voorgesteld,' legde Elena uit. 'Zij heeft hem om werk gevraagd. Als je ernaartoe gaat, laat je haar een figuur slaan. Wat wil je tegen haar zeggen? Dat ze het niet moet doen?'

'Uiteraard!'

'Ga je ruzie met ze maken?'

'Ze zijn te goeder trouw,' suste Sara.

'En je moeder... kan het geld goed gebruiken.'

'Neem nog wat koffie,' zei Sara hartelijk.

'En hoe is het met Pablo?' wilde Elena weten, waarmee ze de gedachten van Lita onderbrak, die zichzelf al de straat op zag gaan om werk te zoeken, net zoals haar moeder had gedaan.

Ze schudde haar hoofd.

'Rampzalig. Hij is gedeprimeerd, ingestort. Dat ze hem op het bureau zo hebben laten vallen is alsof... ik weet niet... alsof hij nu voor een afgrond staat.'

'Misschien is dat ook zo,' meende Elena.

'Nee!' kwam Sara tussenbeide. 'Een mens moet vechten, je kunt het niet bij de eerste de beste tegenslag al opgeven. Een vent met ballen laat zich er niet zo makkelijk onder krijgen.'

Ze praatten door over Pablo. Lita luisterde, zei weinig, twijfelde. Deels wilde ze zich vastklampen aan de argumenten die hem een excuus boden, dat moest ze wel, wilde ze haar fantastische relatie niet kwijt zijn. Ze zei bij zichzelf dat ze moest vechten om hem te houden, om hem niet te verliezen, maar vervolgens zag ze zichzelf gedwongen iets te zeggen wat zijn zwakke kant liet zien. Ook dat was waar, moest ze tot haar verdriet toegeven, al waren er wel redenen voor te vinden. Daar zaten ze dan, met ongekamde haren, in de hemdjes waarin ze hadden geslapen, met nog meer koffie op tafel, toen ze in hun gesprek verrast werden door Concepción, die binnenkwam met haar eeuwige geruite jas aan. De honden, die ze bij zich had, hielden zich stil, alsof ze aanvoelden hoe belangrijk het gesprek was.

'Praat rustig verder,' zei Concepción.

'Koffie?' vroeg Sara, terwijl ze naar de lege stoel wees.

‘Alles is al gezegd, mam,’ antwoordde Lita, en keek naar de vrouw die zojuist het huis van de buren had schoongemaakt, terwijl zij het over een man had gehad die klaagde over ijzerwarenzaken. Het was een levensechte waarheid: Concepción die voor hen stond. Concepción die, dik in de zestig, doorknokte. Concepción, het onechte kind van kleur van de zoon van de markies, die glimlachend naar hen keek.

‘Ik neem deze koffie wel.’ Ze ging zitten zonder in te gaan op Lita’s woorden, al pakte ze over de tafel heen wel Lita’s hand. ‘Die koffie van jullie wordt steeds slechter,’ voegde ze er met een vies gezicht aan toe. ‘Weet je zeker dat alles gezegd is?’ vroeg ze toen aan haar dochter.

‘Nee!’ zei Elena haastig. ‘Wat vindt u ervan?’

En ze begonnen weer over Pablo, deze keer met Concepción erbij, die verse koffie zette en haar dochter aanraadde om geduld met hem te hebben en het bij te leggen.

Ze gebruikten die middag een zaal in het wijkcentrum dat de bewonersvereniging deelde met een aantal burgerorganisaties en zorginstellingen. Elena had dit geregeld nadat Lita door een zekere Joseph was gebeld die zei dat hij namens mevrouw Vit kwam en een afspraak met haar wilde. Een lang, wankel op schragen steunend tafelblad met allemaal verschillende stoelen eromheen op een laminaatvloer. Muren vol met posters over acties en evenementen. In één hoek een heleboel spelletjes voor kinderen, in een andere schaaktafels. Boven hun hoofden tl-buizen, waaronder één kapotte, die buitengewoon hinderlijk flikkerde.

Vier mannen stelden zich voor: drie zwarte, één wat lichtere man. Twee waren immigrant. Lita wilde zich niet afvragen of ze wel of geen papieren hadden. De rest was Spanjaard, zoals zij, allemaal leden of bestuursleden van de vereniging voor de behartiging van belangen van mensen van Afrikaanse afkomst. Aan tafel Marcelo en José, evenals Sara en Elena. Niemand had hen opgeroepen, maar ze waren toegevoegd ‘als waarnemers’, want ze waren niet van plan iets te missen.

‘Een demonstratie,’ begon Joseph Bekele, de voorzitter van de vereniging, nadat alle mensen waren voorgesteld en iedereen zijn zegje had gedaan. 'Over drie dagen,' kondigde hij aan, voor het hoofdkantoor van de Banca Santadoma. Ze rekenden uiteraard op Lita, en op Concepción, met wie ze helaas nog niet hadden kennisgemaakt en die zich had verontschuldigd met een verwijzing naar haar dochter. 'Wat moet ik op een vergadering?' had ze aan Lita gevraagd. 'Ik ben nog nooit op een vergadering geweest. Jij vertelt me wel hoe het gegaan is.' De mensen van Bekele beloofden dat de demonstratie zo vaak herhaald zou worden als nodig was. Ze zouden hun eigen mensen oproepen, en veel anderen zouden hen komen steunen, verzekerden ze toen Lita sceptisch vroeg wie er zou komen. Het verhaal van Concepción, vertelden ze, was het verhaal van heel veel mensen; slavernij, ellende en onwetendheid vormden de rode draad in hun leven, evenals ontkenning van die beperkingen. Die ontkenning was het belangrijkste kenmerk van het racisme waar ze onder leden van de kant van witte mensen, dezelfden die al die obstakels voor hen opwierpen. Er zouden mensen komen, daar moest ze zich geen zorgen over maken. Er leek trouwens ook institutionele belangstelling te zijn voor het onderwerp.

'Heeft iemand nog iets gehoord van mevrouw Vit bij de VN?' vroeg een van de advocaten.

Bekele knikte. Hij had met haar gesproken en er was belangstelling voor deze kwestie. De strijd van Concepción was de strijd van iedereen: van de ngo's die gerechtigheid wilden voor mensen van Afrikaanse afkomst, van immigranten, en van vele anderen die gehoor zouden geven aan de oproep.

'Er kon zelfs nog wel een verrassing komen,' zei de voorzitter geheimzinnig. Die bewering moest hij toelichten toen de anderen daarop aandrongen, ook zijn eigen mensen. 'Er komt misschien ook een politicus,' liet hij weten.

Iedereen had deze mogelijke steun enthousiast toegejuicht, en daar stonden ze dan, op de aangegeven datum, zonder dat ze ook maar aan één van de wettelijke vereisten hadden voldaan om bijeen te komen in een openbare ruimte. Ze bezetten de straat van de wijk Salamanca op het stuk voor de gevel van de Banca Santadoma, een actie die zich in een paar minuten had voltrokken nadat de eerste demonstranten waren aagenkomen, alsof de mensen het voorbereid hadden.

Er waren meer dan vijfhonderd mensen, de meesten niet-wit, op een warme, lichte dag. 'Het is een succes!' pochten de mensen van de vereniging. Er werden spandoeken met leuzen tegen racisme en slavernij uitgedeeld, een groot laken waarop genoegdoening werd geëist van de Santadoma's voor hun begane koloniale wandaden, en andere met allerlei provocaties tegen degenen die een wereldrijk hadden gesticht ten koste van uitgebuite zwarten. Drie Afrikaanse vrouwen zwaaiden met stokken met daarbovenop knuffels die deden deken aan de yorkshireterriërs. Een groep mensen had zich verkleed als slaafgemaakten en liep op blote voeten rond, in wijde, grauwe hemden en met strooien hoeden op, en ze droegen machetes van hout. Er werden fluitjes uitgedeeld waar de mensen meteen op begonnen te blazen tussen het geschreeuw en gescheld en getoeter van de automobilisten door. Een aantal was tot hun verrassing vast komen te zitten in de straat zelf, en anderen stonden stil in de verkeerschaos van de aangrenzende straten.

'Dokken, Santadoma, dokken, dokken!' werd er geschreeuwd. 'Terug naar Cuba!' De mensen van de vereniging begonnen leuzen te roepen. 'Haal je geld op, leeg hun kassen, hier wordt bloedgeld witgewassen!' scandeerden ze.

De politie liet zich wel zien, maar bleef op een afstandje de boel in de gaten houden.

Het duurde een tijd voor Lita zich met de stroom liet meevoeren. Samen met haar moeder en haar vriendinnen liep ze aan het hoofd van de stoet. Ze voelde zich bekeken en aangewezen vanachter de grote getinte ramen in de gevel van de bank. Daar stonden de mensen die jarenlang haar collega's waren geweest. En de ongetwijfeld woedende markies, misschien in gezelschap van Gil en andere stafleden. Zou Stewart ook staan te kijken? Gloria, hoofd Risicomanagement uiteraard wel, en Lita stelde zich voor hoe ze op haar stond te foeteren en probeerde recht te praten wat krom was. Heel even keek ze niet naar voren en wierp ze een blik op haar met stomheid geslagen moeder en op haar vriendinnen, die opgezweept werden door de toenemende spanning. Alle drie hadden ze aan heel wat demonstraties meegedaan, voor heel verschillende zaken: voor traditionele feministische eisen, tegen racisme, voor homo's en mensen met welke geaardheid ook, tot en met demonstraties die opgraving van het lichaam van generaal Franco eisten, of meer rijstroken voor fietsers. De dictator die al Joost mocht weten hoeveel jaar dood was interesseerde hun niet zo, en geen van hen fietste, maar Elena was activiste bij een aantal wijkcentra die van haar verwachtten dat ze steun verwierf en uiteindelijk had ze ook haar vriendinnen overtuigd. En Elena moedigde hen nu aan mee te doen met de spreekkoren.

'Haal je geld op, leeg hun kassen, hier wordt bloedgeld witgewassen!'

Dat was de favoriete leus geworden. Hun vriendin moedigde hen zwaaiend met beide armen aan.

'Kom!'

'Haal je geld op...' Lita voegde haar stem toe aan het kabaal. Gezamenlijke kreten waarbij de mensen hun vuist tegen het gebouw hieven op het ritme van de woorden: '... hier wordt bloedgeld witgewassen!' Allemaal tegelijk. Elena glimlachte naar haar. Lita hief haar vuist met woede: tegen de markies, tegen Gil. Ze voelde dat ze haar recht aankeken. Ze sloeg in de lucht voor haar moeder, die nog steeds ineengedoken naast haar stond; voor haar oma, voor de zwarten, voor de slaafgemaakten. Ze werden gefilmd door mensen van een tv-kanaal die een paar meter verderop stonden. Buiten zichzelf bleef Lita roepen. De camera gleed langzaam over de mensenmassa heen en even later werden er, buiten de groep, opnames gemaakt van een interview met een man. Met een hoofdbeweging en een glimlach liet Joseph het haar weten, en Lita herkende in de man een van de populistische parlementsleden die geen kans liet liggen om tekeer te gaan tegen het kapitalisme, de banken, de rijken, de Santadoma's en Amerikaanse imperialisten die de controle wilden over een Spaanse onderneming, en daarmee de cirkel sloten van een slavernij die deel uitmaakte van de trieste geschiedenis van haar land.

De politicus beëindigde het interview en liep voor hij wegging naar Concepción toe, die hij begroette en met wie hij zich, met Joseph aan de andere kant, op de foto liet zetten.

'Ga door met de strijd,' riep hij in een aantal microfoons, waarin hij met stemverheffing moest spreken om zich verstaanbaar te maken. 'Deze vrouw vertegenwoordigt het onrecht dat kolonialisten en nietsontziende kapitalisten een heel ras hebben aangedaan en dat heden ten dage, in de eenentwintigste eeuw, nog steeds voortduurt.

Wij staan achter hen! Ja, het kan!' schreeuwde hij, en hief zijn vuist in de richting van de bank.

Toen ging hij weg, en na zijn vertrek kwamen de agenten geleidelijk dichterbij, alsof de politie had gewacht tot de politicus van het toneel was verdwenen. Het was geen oproerpolitie. Het waren agenten die erop vertrouwden dat de demonstranten vreedzaam uiteen zouden gaan, of dat dat zo was afgesproken. Dat concludeerde Lita toen ze Josephs woorden hoorde nadat de politie hen voor het eerst gemaand had.

'We moeten stoppen,' zei hij.

De mensen waren opgewonden maar tevreden. Na veel geschreeuw, provocaties en boegeroep had het serieuze protest meer het karakter van een feestje gekregen en in die sfeer werd gehoor gegeven aan de oproep om de demonstratie te ontbinden.

De als slaafgemaakte verklede mensen knielden met gevouwen handen neer voor de leden van de vereniging en smeekten hun op aanstellerige toon hen niet te slaan. Veel mensen begonnen mee te doen met de smeekbeden. Het ging al niet meer om de bank. De journalisten, die hadden gemeend dat het afgelopen was, stelden hun camera's en microfoons weer op. Nu lachten en klapten de mensen. Iemand van de vereniging wilde een zogenaamde slaafgemaakte, een vrouw, voorzichtig helpen opstaan. Toen ze overeind stond, gaf ze de jongeman een zoen. Er werd gejuicht en geapplaudisseerd. De twee gingen niet uiteen en bleven elkaar omarmen, alsof ze dansten. Dat meende een aantal mensen om hen heen tenminste, die ook begonnen te dansen. Mensen klapten op de maat en gebruikten allerlei voorwerpen om op te slaan. Een kakafonie, een warboel van trommels, geluiden en gezang, die niettemin velen ertoe aanzette om te bewegen, te dansen, iedereen op zijn eigen manier, in een bonte verzameling van rassen, kleuren, melodieën en bewegingen.

De agenten konden een glimlach niet onderdrukken. De reporters liepen al filmend en fotograferend van de een naar de ander. De spandoeken lagen op de grond, de hondenknuffels op stokken gingen krankzinnig op en neer, de eisen waren vergeten. Lita voelde zich zweven in die chaos van eensgezindheid. Haar benen dwongen haar te dansen. Ze schrok en keek naar haar vriendinnen op het moment dat haar hele lichaam tot leven kwam en gehoor gaf aan de oproep.

Sara en Elena keken terug, de een had ogen als schoteltjes en de ander stond met open mond. De twee herinnerden zich ongetwijfeld de bezeten Lita in de patio van de kapel van Regla.

En Lita danste.

En die wilde, waanzinnige dans waarin Yemayá zich machtsdronken liet zien, die sensuele dans die fantasieën opriep, die onverschillig stond tegenover vier mannen die het waagden in haar buurt te komen en minachtend en ongelooflijk laatdunkend tegenover de blikken van onder meer markies de Santadoma vanuit zijn gouden loopgraaf, was te zien in tv-programma's, samen met beelden van een grote demonstratie van zwarten die waren begonnen met het uitjoelen van bankiers, om te eindigen in zang en dans waarin om gerechtigheid werd gevraagd. De opname van een glimlachende agent, zijn tolerante houding, bracht de boodschap over dat hun eisen legitiem waren. De populistische parlementariër, Concepción die hem groette. De uitval van de politicus tegen slavernij, het kapitalistische systeem, de elite en de schandvlek van de slavernij die was ontaard in maatschappelijk onrecht waarvan de gevolgen voelbaar waren tot in de eenentwintigste eeuw.

Een paar dagen later werd er opnieuw gedemonstreerd, deze keer zonder Lita en Concepción en zonder de officiële steun van de vereniging. Een aantal mensen beweerde ten onrechte dat het om een spontaan protest ging. Enkele, voornamelijk jonge mensen, van wie veel met een bivakmuts op, hadden het dansen en feesten ingeruild voor leuzen en graffiti op de gevel van de bank kladderen, stenen tegen de ramen gooien en wegrennen toen de politie verscheen.

Deze taferelen herhaalden zich op verschillende plaatsen door heel Spanje. In een aantal steden bleken filialen van de Banca Santadoma in de ochtend beklad te zijn met leuzen tegen racisme en slavernij en waren geldautomaten gekraakt en ruiten gesneuveld.

'Wat willen jullie nou eigenlijk?' Pablo stelde de vraag op onvriendelijke, zelfs agressieve toon.

Lita keek hem aan. Ze had besloten door te gaan: ze ging bij hem op bezoek en had hem zelfs zover gekregen dat ze samen vrijden, al was het resultaat weinig bevredigend, routineus, vlak, zoals het de laatste tijd zo vaak was.

'Ik weet niet waar je het over hebt.'

'Over al dat gedoe bij de Banca Santadoma. Wat win jij ermee dat de bank een slechte naam krijgt? Het zou zelfs tegen je eigen belangen ingaan, als je een deel van de erfenis wilt.'

Lita had daar zeker al aan gedacht. 'Bloedgeld.' Dat was de nieuwe term van de mensen die zich posteerden bij de deuren van de bankfilialen en probeerden in- en uitgaand personeel ervan te overtuigen dat ze niet voor de bank moesten blijven werken. 'Bloedgeld!' wierpen ze hun toe, waarmee ze de zaken van de Santadoma's vergeleken met de door slaafgemaakten gedolven edelstenen in de mijnen van Afrikaanse landen die in oorlog verkeerden.

In een tijd dat de maatschappelijke bewustwording groeide en er werd gestrooid met concepten als milieu, duurzaamheid en recycling, er geroepen werd om een verbod op slaven- en kinderarbeid, deed de mogelijkheid om een bank te veroordelen vanwege de herkomst van zijn kapitaal zijn intrede in het collectieve gedachtegoed als een oefening in verantwoordelijkheid, zoals ook gebeurde met diamanten en de daarbij behorende garantiecertificaten. Lita wist – dat was haar verteld door de advocaten, die deze oorlog beleefden als een terugkeer naar hun studententijd en studentenprotesten – dat de campagne zou overslaan op de middenstand.

En dat gebeurde ook.

De vele exotische restaurants en winkels met producten uit Afrika of migratielanden waren de eerste die op hun kaarten en in hun etalages een rode sticker plakten met de vermelding dat er niet kon worden betaald met bankpasjes van de Banca Santadoma. BLOEDGELD, was er te lezen op een zwarte strook die over een pasje met het logo van de bank heen gezet was. Er sloten zich andere zaken bij de actie aan, sommige op vrijwillige basis, andere meer toevallig: veel winkeliers beperkten zich ertoe de sticker gewoon te laten zitten die 's nachts iemand op hun etalageruit had geplakt.

Analisten keken met zorg, zelfs met interesse naar die volksbeweging die de bedoeling had het prestige van de Santadoma's aan te tasten en die met feiten kwam die onvermijdelijk in de serieuze, gespecialiseerde media verschenen. Daar werd gespeculeerd over de gevolgen voor de reële waarde van de bank. De aandelen op de beurs konden niet zakken omdat de handel erin was opgeschort, maar alle financiële voorzieningen waarop de verschillende contracten gebaseerd waren, de prijs die was overeengekomen om te betalen dan wel te verkrijgen, zouden dalen als de klanten bij de bank weggingen en het publiek geen vertrouwen meer had in de bank. Iedere financiële instelling had haar fundament op haar imago, haar goede naam.

'Op een gegeven moment moet de markies het opgeven,' antwoordde ze. 'Het enige wat ik kan doen is druk uitoefenen.'

'Weet je wel zeker dat die organisaties van zwarten en immigranten die achter die relletjes tegen de Santadoma's zitten, dezelfde belangen hebben als jij?'

'Mijn moeder was immigrant en zwart zijn we alle twee,' zei Lita zonder na te denken. 'Waarom zouden we niet onze dingen delen met al die mensen die jij noemt?'

Die dag verliet ze met slechtere voorgevoelens dan ooit Pablo's huis. De kamer waarin hij met zijn proefschrift bezig was, die altijd opgeruimd en keurig was geweest, was nu een rommeltje. De vloer lag bezaaid met papieren, alsof de man van wie ze hield zijn droom al opgegeven had. Toen ze die avond door El Retiro liep, waren er geen tranen, maar woede en drift. Pablo was een grens overgegaan die hij volgens haar nooit zou passeren: die van ras. Ze had Pablo willen uitnodigen voor het etentje dat ze morgen had met Joseph Bekele. Ze wilde Pablo deelgenoot maken van haar situatie, haar problemen, wilde naar zijn raad luisteren en met hem dit zo belangrijke moment in haar leven delen, met de gedachte dat ze door een gemeenschappelijk doel misschien weer tot elkaar konden komen. Maar de neerbuigendheid waarmee hij haar tegemoet was getreden was het enige dat ze meenam naar haar afspraak met Bekele. Ze ging nu met Concepción, die ze ervan wist te overtuigen dat haar mening belangrijk was, naar een restaurant niet ver van hun huis, ook in de wijk La Latina. Het was een Afrikaans restaurant met typisch Afrikaanse spullen, kleurige schilderijen en rieten manden, foto's van Afrika en in hout gesneden figuren.

Vanwege haar huidskleur namen mensen zonder meer aan dat zij van Afrikaans eten hield, en ze had er daarom soms lol in om te zeggen dat zij dan wel een vrouw van kleur was, zeker, maar net zo Spaans als iedereen, en dat ze dol was op *jamón ibérico* en tortilla. Bij Joseph Bekele stelde ze zich maar niet zo op. De man leek helemaal in zijn nopjes dat hij hen uitgenodigd had in een restaurant waar, zo beweerde hij, nog steeds de ziel bewaard was gebleven van de keuken van die verre, Ethiopische streken, al had hijzelf zijn wortels in Nigeria.

Lita betwijfelde of een kip die was gekocht op de markt van plaza Cebada in Madrid, niet ver van deze plek, ook maar enigszins overeenkwam met een kip die ergens bij een straattentje in Addis Abeba was gekocht, al zorgden de scherpe smaak en de overvloedig gebruikte specerijen ervoor dat hun zielen, vast en zeker ook verschillend van kleur, versmolten tot één.

Joseph Bekele, een zwarte man van rond de vijftig, loodgieter van beroep, slaagde er niettemin in het explosieve mengsel van ongewone smaken ongemerkt bij hen naar binnen te laten glijden door de passie waarmee hij sprak over kwesties die speelden bij mensen van Afrikaanse afkomst.

'Neem me niet kwalijk,' zei hij op enig moment, nadat hij de vele doden betreurd had die hadden geprobeerd over te steken naar Europa, op zoek naar een beter leven, 'als ik zeg dat veel van hen er een arm of been voor over hadden gehad om een leven als dat van jou te hebben, Concepción, en vooral omdat hun kinderen dan kansen hadden gehad en een vrouw als jij hadden kunnen worden, Lita.'

'Precies wat ik altijd zeg,' viel Concepción hem in de rede, 'we zijn altijd goed behandeld door de Santadoma's.'

Lita was heel wat tijd kwijt aan het eten: *doro wot*, gestoofde kip die zo scherp was dat je laatste restje weerstand tegen de hete smaak verdween, alsof het om een test ging, en gekruid met talloze specerijen, soms met namen die ze niet kon uitspreken. Joseph zat haar te observeren toen ze een stuk *injera* nam, een bittere taart van een typisch Ethiopisch graan, en nam vlees met saus uit een gedeelde kom. Ze aten met hun handen, en Concepción deed dat zo natuurlijk dat het Lita verbaasde.

'Je oma en ik deden dat ook weleens,' zei Concepción, wat Lita nog meer verwonderde, maar ze zei niets.

'Sorry,' kwam Bekele tussenbeide, die meende dat haar houding het gevolg was van zijn woorden. 'Ik wilde jullie niet kwetsen...'

'Nee,' onderbrak Lita hem. Ze sprak met volle mond, legde haar hand ervoor en wachtte tot ze de hap had doorgeslikt. 'Ik neem aan dat het waar is, maar waarom dan die belangstelling voor ons? Uw vereniging moet veel grotere problemen hebben, en ik geloof toch ook niet dat jullie geld te veel hebben.'

'Ik zeg het je eerlijk: die problemen hebben we inderdaad. En ja, we hebben veel te weinig geld. Mensen zonder woning, werk, eten...'

'Steunt die mevrouw van de VN ons?'

'Ja en nee. Het klopt dat de Hoge Commissaris belangstelling heeft voor de kwestie. Spanje komt het Verdrag van Durban niet na wat betreft mensen van Afrikaanse afkomst, en de conclusies van de deskundigen die er onlangs onderzoek naar hebben gedaan in Spanje zijn echt bedroevend. De onzichtbaarheid van Spaanse mensen van Afrikaanse afkomst is een constante in deze maatschappij.' Lita luisterde aandachtig, kauwde verstrooid op het stuk van *teff* gemaakt brood dat nog op haar bord had gelegen. 'In Spanje gaat de overheid ervan uit dat discriminatie en uitsluiting vooral tegen immigranten uit Afrika gericht zijn, dat er geen onverdraagzaamheid bestaat jegens mensen van Afrikaanse afkomst die in Spanje geboren zijn.'

'Verdomme!' riep Lita.

'Lita!' zei Concepción berispend.

Maar die sloeg geen acht op haar.

'Ik draag geen bordje bij me dat ik in Spanje geboren ben en ik kan u verzekeren dat ik dagelijks te maken krijg met racisme en discriminatie. Ik hoef maar een voet op straat te zetten.'

'Precies,' zei Bekele. 'De Spanjaarden hebben helemaal niet door dat ze racistisch zijn tegen mensen met een Afro-achtergrond die hier geboren zijn. En een van de meest onzichtbare groepen, die heel groot is en die in het rapport van de VN naar voren komt, is die van vrouwen die huishoudelijk werk doen.'

'Zoals jij,' zei Lita tegen haar moeder.

Joseph knikte, net als Lita, die nadacht en opeens in verwarring raakte. Ja, haar moeder had een onbeduidend, triviaal leven geleid, ze was in een huis gestopt waar ze voor onuitstaanbare mensen moest werken en er was niemand die haar zag staan. Ze werd misselijk bij de gedachte dat zij misschien de eerste was geweest die haar had behandeld alsof ze onzichtbaar was.

'Is er iets?' Bekele onderbrak haar innerlijke zelfverwijt.

'Het eten is zo heet,' zei ze.

Joseph richtte zich tot Concepción. 'Jij bent een van die huishoudelijke hulpen. Werkdagen waar geen eind aan komt en belabberde arbeidsvoorwaarden. Klopt dat?'

'Er waren mensen die het veel slechter hadden dan wij,' meende Concepción niettemin. 'Noch mijn moeder, noch mijzelf, noch mijn dochter heeft het ooit aan onderdak of eten ontbroken.'

'Dat bedoelen ze niet, mam. De slaafgemaakten hadden ook onderdak en eten en...'

'Vergelijk dat in godsnaam niet met elkaar, Lita!' viel haar moeder haar in de rede, en ze herhaalde die woorden een paar keer.

'Jawel, dat doe ik wel. Het gaat om waardigheid. Het gaat erom dat jij als mens gelijk bent aan de markies, aan doña Claudia, aan wie dan ook van hen...'

'Kind...'

'Nee. Ik wil niet nog eens horen dat zij anders zijn. Waarom stuurden ze jou niet ook naar school?'

'Het was een andere tijd...'

'De jaren zestig in Spanje? Vrouwen studeerden toen. Er waren vrouwelijke advocaten en artsen, en secretaresses en verpleegkundigen, heel veel. Maar jou lieten ze dag en nacht werken.'

Bekele keek naar hen.

'Als jij er niet van overtuigd bent, Concepción...' merkte hij op toen moeder en dochter er het zwijgen toe deden.

'Zoals mijn dochter zegt, ik ben maar een hulp in de huishouding...'

'Mam,' zei Lita, 'zo bedoelde ik het niet.'

'Ja, ja. Het is waar. En we hoeven ons niet te schamen. Dat doe ik niet en ik hoop jij ook niet. Laten we gewoon erkennen dat ik van al die dingen waar jullie over praten niets afweet. Meneer Bekele, ik zal precies doen wat mijn dochter zegt.'

'Daar ben ik blij om, Concepción. Uiteindelijk zul je het beslist begrijpen. We hebben een concreet geval van werkelijke discriminatie tegen mensen van Afrikaanse afkomst met de Spaanse nationaliteit, met daarbij een omstandigheid die van nog meer belang is...' Joseph zweeg even, in de verwachting dat Lita die zou benoemen. 'In dit geval hebben we naam en toenaam van de schuldigen,' voegde hij eraan toe toen Lita niets zei. 'De familie Santa...'

'Santadoma.'

'Juist. Kijk, wie kunnen we als schuldige aanwijzen voor de ellende, de onwetendheid of de ziekte van een kind uit Nigeria of Ethiopië? De westerse samenleving? Het kapitalisme? De corruptie van leiders die worden gesteund door multinationals? We kunnen niet concreet iemand, niet bepaalde personen aanwijzen. Mensen willen zich niet schuldig voelen, en dat zijn ze ook niet, laten we dat erkennen, en bij ellende en rampen maken ze een paar euro over naar een of andere organisatie, om hun geweten te sussen. Het is een onderwerp dat al bijna uitgemolken is, toch? Mensen zijn het moe. Weer hongerige migranten, en wéér. Nog meer mannen die niets te verliezen hebben die hun geluk hier komen beproeven. Welke schuld hebben ze? Wie heeft er schuld? Niemand en iedereen.' Lita zat beschroomd naar hem te luisteren, Concepción nadenkend. 'Maar in jouw geval weten we wie er uiteindelijk verantwoordelijk is voor jouw situatie...'

Ik, wilde Lita op dat moment uitroepen. Dit gesprek verscheurde haar. Want zij had onder de hoede van haar moeder geleefd. Dankzij haar had ze kunnen slapen, eten, studeren. Concepción had zich daar helemaal onzelfzuchtig aan gewijd, en het enige wat ze ervoor terugkreeg was ondankbaarheid en het minderwaardigheidsgevoel waar Lita mee rondliep en waar ze maar niet vanaf kwam. Misschien had ze het haar nooit rechtstreeks verweten, maar nu haatte ze zichzelf voor al die keren dat ze had gedacht dat haar eenvoudige afkomst een belemmering vormde in haar relaties op het werk en in de maatschappij. Ze had er trots op moeten zijn dat ze zo'n moeder had! En wie had er, zo bezien, echt de verantwoordelijkheid?

'De Santadoma's,' vervolgde Joseph, die na een stilte de draad van het gesprek weer oppakte. 'Slavendrijvers. Kolonialisten. Potentaten die hun positie en rijkdom te danken hebben aan de uitbuiting in het verleden van mensen van Afrikaanse afkomst. Mensen die, met jou, Concepción, de gevolgen van de slavernij hebben laten voortduren. Zuiver racisme. Onverdraagzaamheid.' Bekele begon zich steeds meer op te winden. 'Xenofobie. Rassendiscriminatie...'

Hij was heel hard gaan praten. Gasten aan andere tafels keken hun kant op.

'Sorry,' zei hij toen. 'Sorry,' zei hij ook tegen de overige gasten. 'We moeten echt gehakt maken van die lui,' fluisterde hij toen, hoewel hij nog steeds met enig gezag sprak. 'Er zijn een hoop van dat soort mensen op de wereld. Misschien zijn hun bedienden geen mensen van kleur die ze uit Cuba gehaald hebben, zoals de Santadoma's hebben gedaan, en vergeef me dat ik het zo grof zeg,' voegde hij eraan toe, omdat zijn woorden naar Concepción verwezen, 'maar ze genieten nu wel, op dit moment, in de eenentwintigste eeuw, van de rijkdom die ze verworven hebben door onze mensen tot slaaf te maken. Al die mensen moeten weten dat wij er zijn. Dat we strijd voeren. Dat we het gaan benoemen. Dat we recht hebben op herstelbetalingen.'

'Maar hoe dan?' vroeg Lita.

'Door te laten zien hoe de afstammelinge van een slaafgemaakte eist wat haar toekomt. En ze krijgt dat voor elkaar, want jij zult het voor elkaar krijgen. Ze moeten bang voor ons zijn, Lita. We moeten die mensen hun droom, hun rust, hun gemoedsrust afpakken. Ze moeten zich zorgen maken dat zij de volgenden kunnen zijn. Ze moeten zich in de Santadoma's herkennen en bang zijn dat ze maatschappelijk en financieel opgejaagd kunnen worden.'

'Maar het gaat om dingen die heel lang geleden gebeurd zijn,' merkte Concepción op, alsof ze het tegen zichzelf zei.

'Het kan zijn dat het lang geleden is, ja,' zei Bekele, 'maar die dingen zijn ongelooflijk actueel. We zitten nu in het decennium voor de rechten van mensen van Afrikaanse afkomst, en dat duurt nog tot 2025. Al zal het dan niet ophouden. Vroeger konden we geen strijd voeren, we waren zwak, onderworpen. Vandaag de dag, al zijn er nog zoveel jaren verstreken sinds ze ons tot slaaf maakten, kunnen we dat wel, en we zullen het doen ook, Concepción, we zullen het doen ook.'

Na deze uiteenzetting werden de twee vrouwen door Bekele overstelpt met namen van organisaties voor mensen van Afrikaanse afkomst, comités voor mensenrechten en ngo's die, zo verzekerde hij, bereid waren mee te werken aan de behartiging van Concepcións belangen.

'Weet je zeker dat ze belangstelling hebben voor deze zaak?'

'Absoluut, Lita. Het is hun strijd. En Concepción, jij kunt hun boegbeeld zijn. Ik heb al met heel veel van deze instellingen gepraat.

We kennen elkaar goed. Geld hebben ze niet, maar ze ondernemen actie, werken ervoor, zullen zich met ons laten zien, druk uitoefenen.'

Voor de hete kip kwam nu het buitengewoon zoete 'brood met honing' in de plaats dat als dessert werd geserveerd, een soort koekje van melk en honing met daarbij een karaf *tej*, Ethiopisch honingwater, eveneens zoet, gemaakt van water, honing en kruiden.

Stekend heet, misselijkmakend zoet. Extreme smaaksensaties die Lita stilletjes onderging om hun gastheer niet voor het hoofd te stoten. Alles aan deze ontmoeting leek, net als het eten dat was opgediend, buitensporig, overweldigend, net als de beloften en de enthousiaste toezegging van Bekele die Lita zonder verdere vragen besloot te accepteren, een houding die ze aannam na een paar slokken tej, een verraderlijk drankje waarvan de zoetheid de alcohol maskeerde.

'Ga je ermee akkoord, mam?'

'Uiteraard, kind.'

Tot Lita's verbazing nam Concepción een flinke slok tej, wat gevolgd werd door een hik die ze zonder succes probeerde binnen te houden en die Bekele en haar dochter op de lachspieren werkte.

'Het stelt niets voor vergeleken bij goede, oude rum...'

'Mam!'

Lita had haar nog nooit zien drinken.

'Je oma was er dol op en nu en dan kreeg ik een slokje. Toen overleed ze en...' Concepción nam nog een flinke slok. 'Nee, het stelt niets voor,' herhaalde ze. Toen stond ze op. 'Ik kom te laat.'

'Waar kom je te laat?'

'Bij de buren, lieverd. Ik wil daar trouwens ook niet aangeschoten aankomen.'

Bekele putte zich uit in loftuitingen over Concepción nadat die het restaurant was uitgelopen. Lita worstelde juist met haar gevoelens toen ze haar moeder naar haar werk zag gaan, terwijl zij de wereld probeerde te verbeteren: de een dweilde de vloer van de buren, de ander was bezig met schadeloosstellingen wegens koloniale slavernij van honderd jaar geleden. Ze besloot zich op het honingbrood te storten tot ze zo propvol zat dat elk zorgelijk gevoel erdoor verdrongen was.

'Pff...!' zuchtte ze.

'Zeg dat wel,' zei Bekele. 'Het is misschien wat zwaar na een maaltijd, maar hoe ouder ik word, hoe meer ik van zoetigheid hou, al snap ik dat jongeren het te veel van het goede vinden.'

'Nou ja, met wat beweging...' relativeerde Lita.

'Lekker dansen?'

De verbazing moest van haar gezicht hebben afgestraald, want Bekele glimlachte en vervolgde: 'Ik heb je gezien tijdens de demonstratie bij de bank. Nou ja, de halve wereld heeft je gezien... Je was op tv!'

'En op internet.'

'Ja.'

'Het was schaamteloos,' zei Lita treurig.

'Zeker.'

'Ik herkende mezelf niet. Ik gedraag me nooit zo extreem.'

'Juist.'

'Het was ongeremd, obsceen,' voegde ze eraan toe.

'Beslist, maar we weten toch dat we de goden niet kunnen beheersen, en al helemaal niet onderdrukken.' Hij zweeg even, vroeg toen: 'Yemayá?'

'Ja,' hoorde de verraste Lita zichzelf zeggen.

'Dat was duidelijk.'

Joseph wist van orisha's, van de religie van zwarten, de religie van Nigeria. Hij kende – bestudeerde die zelfs, en nam er deel aan – alle aspecten van een cultuur die ze niet moesten laten verdwijnen als gevolg van de diaspora en de verwestering van duizenden jongeren die uit Afrika wegtrokken, achter de hersenspinsels aan die de witte samenleving hun beloofde. Hij bood aan haar te helpen. Lita nam een grote slok tej. Ze had het hier liever niet over, maar Joseph drong aan. Het viel niet te ontkennen: ze straalde magie uit wanneer ze danste! De geest van de goden omringde haar! Lita dronk door. Met een vriendelijk glimlachje zette Joseph de karaf buiten haar bereik. Het was moeilijk te begrijpen, zei hij bij wijze van troost, en nog moeilijker te aanvaarden wanneer je er zelf rechtstreeks door getroffen werd.

'Al zou ik er alles voor overhebben om te ervaren wat jij ervoer tijdens de demonstratie.' Hij was oprecht. Lita keek hem oplettend aan. 'Bezeten worden door onze goden moet net zoiets zijn als de mystieke extase van christelijke heiligen bereiken,' vervolgde hij gebarend. 'Communie hebben met... met onze voorouders.'

'Maar die goden gaan je uiteindelijk overheersen,' flapte Lita eruit. 'Ik hou er niet van de controle over mezelf te verliezen.'

'Religies overheersen ons toch altijd?' meende Bekele. 'Zo gaat het al eeuwen. Ze beïnvloeden ons handelen, beperken dat, geven ons normen en waarden waaraan we menen te moeten voldoen. Er zijn zelfs mensen die in naam van een godsdienst doden: fundamentalistische terroristen, fanatici.'

'Maar dat is nou precies wat ik niet wil, dat me dat gebeurt.'

'Hm. Bedenk dat jihadisten Allah alleen maar zagen wanneer ze gedrogeerd waren, áls ze hem dan al zagen. Ze doden in de overtuiging dat hun god echt bestaat en hun beloont met het paradijs en de hoeri's die hen duizend jaar lang gelukkig zullen maken.' Joseph zweeg, alsof hij de mogelijkheid overwoog dat zo'n idyllische plek bestond. 'Maar jij...' Opeens gaf hij haar een bemoedigend tikje op haar hand. 'Jij ziet die goden wel echt. Jij kent ze. Dat is niet te vergelijken, en voor mij is het onvoorstelbaar.'

'Maar ik ben er bang voor. Ik zie liever geen goden,' verklaarde Lita.

'Je bent bevoorrecht. Wees niet bang, ze doen je geen kwaad. Voel ze. Geniet van de magie.'

Ze bleven nog even zwijgend zitten. Lita leegde haar glas tej. Er zaten niet meer dan een paar druppels in, maar ze moest iets doen, hoe onbeduidend ook, om te ontsnappen aan de spanning die haar weer leek te overvallen.

'Kortom,' zei Joseph, 'ik sta voor je klaar. Kom naar me toe als je iets nodig hebt. Ik denk dat ik je kan helpen met je band met... hen. Wat je moeder betreft, dat loopt gewoon. We zullen het voor elkaar krijgen, dat weet ik zeker.'

Vervolgens schonk hij haar glas tot de rand vol met tej, stond op en verontschuldigde zich met de mededeling dat hij ook moest werken. Lita en haar moeder waren uiteraard altijd welkom, zei hij nog voor hij haar hand dankbaar en respectvol drukte, alsof hij haar van alles verschuldigd was.

Lita kwam pas in de middag thuis. Ze was langzaam teruggelopen, een briesje moest haar verzoenen met de jonge vrouw die een exotisch restaurant was binnengelopen en er beschonken uitkwam, deels door de alcohol die haar benen nog steeds zwaar en haar stappen onzeker maakte, maar ook door het inzicht dat zelfs haar moeder, en misschien zijzelf ook, nog steeds de schadelijke gevolgen ondervond van de geschiedenis van uitgebuite zwarten; en door de betrokkenheid in de strijd, en door de goden die zich op mensen stortten en hen in uitzinnig gedans lieten uitbarsten.

Toen ze de voordeur opende voelde ze nog steeds de warme handdruk van Joseph. Er leek niemand thuis te zijn. Ze controleerde het niet en liet zich op de bank in de woonkamer vallen.

Laat in de middag werd ze wakker in een stil huis, met een voorjaarszonnetje dat door het raam naar binnen viel en bijna gewichtsloze stofjes deed oplichten – een omgeving die voldoende meelevend was om geleidelijk aan haar droge mond en gigantische hoofdpijn aan te kunnen. Ze verwenste de tej en alles wat Ethiopisch was. Dat doe ik nooit weer, zei ze bij zichzelf, zoals altijd wanneer ze zich zo miserabel voelde. Ze wachtte geduldig. Ze was alleen in de woonkamer en spitste haar oren: niemand thuis, geen moeder, geen vriendinnen, geen honden. Niemand.

Ze deed een poging om op te staan, maar liet zich terugvallen op de bank. Ze overdacht de gebeurtenissen van die dag en zuchtte: haar moeder moest aan het werk zijn bij de buren, of boodschappen aan het doen zijn. Die wist hoe ze aan de kost moest komen, terwijl zij 's middags op een werkdag haar roes lag uit te slapen. Als haar eisen nou eens niet ingewilligd werden? Wat kwam er van hen terecht als de Santadoma's niet toegaven? Sara en Elena hadden hen wel in huis genomen, maar deze uitzonderlijke situatie kon niet heel lang voortduren. Zolang die krankzinnige spanning om hen heen hing was het geen probleem, maar vervolgens zou de routine binnensluipen en kwam de rauwe werkelijkheid aan het licht, die duidelijk maakte dat het appartement te klein was, dat ze last van de honden hadden, dat zij niet betaalden en dat ze zelf ook niet veel geld hadden. Ze moest werk vinden! De angst maakte dat Lita opstond en door de kamer begon te lopen. Doordat ze haar benen bewoog stroomde het bloed naar haar hoofd. Ze liep haar slaapkamer in en in een impuls opende ze het doosje met de kralenketting. Ze had Joseph niet van de ketting verteld en wist niet of ze dat ooit zou doen. De man geloofde heilig in al die dingen. En als het eens waar was en al die zwarte goden bestonden, en om de een of andere reden voor haar hadden gekozen? Ze hing de ketting om, voor het eerst sinds ze hem gevonden had in het bureau van de markies in het souterrain.

Je bent bevoorrecht, had Joseph gezegd. Bij de herinnering aan die woorden ging ze rechtop staan. De onhandigheid die haar spieren en gevoelens in haar greep hield verdween plotseling. De ketting brandde op haar borst. Tot dat moment had ze nooit in tovenarij geloofd, confuus de ketting teruggelegd in de doos en naar rationele verklaringen gezocht. Maar die middag doorstond ze het gesprek dat het mysterieuze object met haar leek te willen aangaan. Voel die betovering, geniet van de magie, had Joseph haar aangemoedigd. Lita wílde ze voelen. Ze doen geen kwaad, had hij haar ook verzekerd. Maar daar had hij het mis, want zodra zij zich overgaf aan de macht die deze kralen uitstraalden, kwam ze in een wereld terecht van pijn en onderworpenheid, van zweepslagen en bloed, van klaagzangen in de vorm van monotone liederen, en voelde ze in haar hoofd het immense leed van de slavernij en het verdriet van ontelbare zielen losbreken.

Lita liet zich op haar bed vallen en greep met een hand naar de ketting, klaar om die af te rukken, maar dezelfde kwelling die haar zo op de borst drukte dat ze amper kon ademhalen, verstrengelde zich met een soort betovering die haar meevoerde naar een afgrond waar de geesten van de slaafgemaakten rondzwierven. Aan de hand van een haar onbekende god mengde Lita zich onder al die wezens wier leven onbeduidend, tweederangs was geworden, een bijkomstigheid van het leven van de witten die zichzelf superieur achtten.

Lita wist dat deze god kwaad was omdat hij de zijnen niet kon beschermen. Hij moest toezien hoe hun volwaardige leven, gelijk aan het leven van elk ander menselijk wezen, uiteindelijk versmolt met het leven van dieren.

Het geluid van de voordeur die opengíng en de rennende honden wekten Lita uit haar reis met de goden.

Ze zweette. Hijgde. Huilde.

21

Puerto Príncipe, Camagüey, Cuba
Februari 1878

Op het moment dat een commissie van de Republiek van Cuba in Verzet voor capitulatie van de opstandelingenlegers tekende in de Spaanse kazerne van San Agustín del Zanjón, een kleine veertig kilometer van Puerto Príncipe, bevond Kaweka zich in een kamp op niet meer dan tien kilometer afstand van de stad, op een plek die bekendstond als Guayamaquilla, een gebied niet ver van de plaats waar ze drie jaar eerder had gebivakkeerd, toen Modesto hen vanuit Júcaro leidde om zich te voegen bij de strijdkrachten van generaal Gómez, die van plan was de grenslijn over te steken teneinde de oorlog naar het westen van het eiland te brengen.

Toen had ze het gebied doorkruist aan het hoofd van een compagnie die gekrompen was door het verraad van Sabina en haar mensen, die waren achtergebleven in het moerasgebied van Júcaro. Wel waren het mannen geweest die haar gehoorzaamden en respecteerden, zoals ook commandant Lino had gedaan door haar tot sergeant te benoemen en haar het uniform te geven dat, versleten en duizendmaal versteld, ze nog steeds droeg. Alleen zorgden de strepen niet zoals vroeger voor paniek op plantages en voor een verenigde groep van soldaten en bevrijden achter haar, maar riepen ze alleen nog spot en hoon op onder de mannen in het kamp.

'Waar heb je die strepen gepikt, meissie?'

'Benoemen ze manke vrouwen nu ook al tot sergeant?'

Porfirio had haar beschermd sinds ze elkaar in Jatibonico waren tegengekomen en zij zich bij de compagnie had gevoegd waarin hij ingedeeld was. Ze had beseft dat ze niet langer op Modesto kon blijven wachten in dat spookkamp, dat verlaten was door reguliere troepen en veranderd was in een toevluchtsoord voor dieven en misdadigers. Porfirio en zijn mannen waren meer met roof en plundering bezig dan met oorlog. Afgezien van soms een vermoeide slag in de lucht of een afkeurend gegrom bemoeide Porfirio zich niet met de beledigingen aan haar adres.

'Met verlamde onderofficieren als jij is het geen wonder dat we ons moeten overgeven,' kreeg Kaweka toegebeten door een man die haar omver wilde lopen toen ze hem passeerde.

Porfirio schudde het hoofd en zei: 'Beter ons overgeven dan wachten tot ze ons afmaken.'

'Er wordt gezegd dat de Spanjaarden ons zullen bevrijden,' meende een derde, die bij hem in een kring om een gedoofd vuur zat.

Dit gerucht deed de ronde in het rebellenleger, en iedereen hoopte dat het realiteit werd door de ondertekening van een document dat door de Cubanen eufemistisch 'pact' of 'overeenkomst' werd genoemd, maar dat de Spaanse generaal Martínez Campos openlijk bestempelde als een capitulatieakte.

Martínez Campos was begin november 1876 in Havana van boord gegaan om het bevel te voeren over het Spaanse leger, over de mannen die al op het eiland waren en over nog eens vijfentwintigduizend man waarmee het moederland het leger besloot te versterken. Spanje hield in eigen land de derde en laatste van de carlistenopstanden voor beëindigd, de politieke oorlogen over opvolging die het Iberisch schiereiland een groot deel van de eeuw hadden geteisterd en een aderlating waren voor de schatkist en de troepen. Anders dan de ongeoefende, argeloze contingenten die tot dan op Cuba waren aangekomen, hadden daarom veel van de soldaten die de nieuwe generaal vergezelden ervaring op het slagveld. Ze waren gehard in de strijd.

Maar al had de generaal geduchte middelen en troepen bij zich, hij wijzigde de opstelling tegenover de vijand fundamenteel en zette diplomatie en onderhandelingen op de eerste plaats. Hij ging beleefd met de rebellenleiding om in gesprekken die tot dusver overigens nauwelijks hadden plaatsgevonden, en ruilde standrechtelijke executies in voor respect voor gevangenen.

Kracht en grootmoedigheid: twee deugden die uiteindelijk het moreel en de overtuigingen uitholden van een rebellenleger waarvan de leiders, plaatselijke aanvoerders zonder wapens of hulp van buitenaf, verwikkeld waren in onderlinge ruzies en ook nog eens te stellen hadden met revolutionaire politici.

Martínez Campos was onverbiddelijk in de strijd, die zich aanvankelijk concentreerde rond Las Villas, het gebied waar Kaweka diverse plantages met de grond gelijk had gemaakt, en die hij een paar maanden na zijn aankomst op Cuba al gepacificeerd had. Vervolgens rukte hij op naar het oosten van het eiland, de wieg van de revolutie. De rebellen leden onophoudelijk nederlagen, al kostte het de Spaanse gelederen heel wat mensen en werd er massaal gedeserteerd.

Al die strategieën en omstandigheden bij elkaar leidden ertoe dat op die dag in februari 1878 de leden van de revolutionaire regering het zogeheten 'Pact van Zanjón' ondertekenden, waarmee Spanje krachtens de capitulatie van het rebellenleger de opstandelingen gratie verleende en de delicten vergaf die sinds het begin van de oorlog in 1868 waren begaan. Eveneens werd slaven en landarbeiders die in de gelederen van de rebellen streden, de vrijheid geschonken.

Iedereen, zwart of Chinees, die bivakkeerde in de omgeving van Puerto Príncipe, barstte in jubelkreten uit bij het horen van dit nieuws, Porfirio en zijn mannen niet minder. Al hadden de blanken niet de onafhankelijkheid bereikt waarvoor ze hen hadden meegesleept en opgeofferd in die bloedige oorlog, ze consolideerden de staat van vrijheid waarmee de grondbezitters in het oosten hen hadden gelokt om mee te doen aan een revolutie die niets met hun eigen belangen uit te staan had. Ze verkregen hun positie van vrijgelatene in een toestand van vrede voor het hele eiland en tegenover alle Cubanen.

Niemand wist waar het vandaan kwam, maar als bij toverslag doken overal flessen rum en brandewijn op, tabak en zelfs eten. Het feest barstte los in de kampen waar meer dan duizend mensen, misschien nog meer, verbleven. Er klonken trommels, maar ook kalebassen en rommelpotten, maracas, fluiten, tamboerijnen, schellen, ijzeren voorwerpen en tanden van ploegen waar met metalen staven op werd geslagen. Er klonk gezang op en er werd steeds meer gedanst.

Kaweka deed hier niet aan mee. Haar nutteloze linkerarm verhinderde niet alleen dat ze goed kon vechten – al had ze haar rechterarm nog zo goed getraind – maar hij belemmerde haar ook in haar bewegingen, bracht haar uit haar evenwicht, deed haar struikelen en zelfs vallen. Ze probeerde haar lichaam te beheersen, maar haar valpartijen veroorzaakten niet alleen geschater, maar verwijderden haar ook nog eens van de godin, alsof die zich schaamde voor haar klunzigheid en haar lichaam afwees om in te dansen, iets wat Kaweka begon te begrijpen: ze was nu onwaardig om haar te ontvangen. Als genezeres faalde ze: ook in die bezigheden waren de goden niet meer met haar. Kaweka verloor haar zelfvertrouwen en het vertrouwen van de anderen. Sinds Porfirio verschenen was had ze geen contact meer gehad met Yemayá, waardoor ze niets van haar dochter wist. Ook had ze geen enkel bericht ontvangen over de emancipado en in de nachten, die steeds zwarter, donkerder en onheilspellender werden, was ze bang dat ze allebei dood waren.

Modesto was verscheidene keren in haar leven verschenen en verdwenen, dacht Kaweka treurig. Ze had zich afgezonderd van het kabaal. Maar het was ook waar dat ze niet graag wilde dat hij haar nu zag: door de oorlog verminkt, door de honger een levend skelet, en zelfs door de goden verstoten. Een schim van de vrouw die hij in La Merced had leren kennen. Ze was niet eens doelwit van de mannen. Ze probeerde Porfirio een plezier te doen, maar haar bewegingen waren onbehouwen, grof, zelfs voor iemand die van pijn genoot. Porfirio liet haar ophouden en troostte haar, alsof hij op die manier, die helemaal niet paste bij een sterke, gewelddadige slaaf, de mislukte poging tot genot enigszins compenseerde.

Op de avond van het feestgedruis kwam Porfirio naar de boom waaronder zij zich schuilhield voor de algehele vreugde, met een stuk cake van meel van groene banaan en bataat en een fles brandewijn. Hij dwong haar bijna om te drinken.

'Ik snap niet waarom je zit te treuren,' zei hij toen ze hem de fles weer aanreikte. 'Het is je gelukt. Het is ons gelukt om de vrijheid te krijgen! De blanken hebben hun oorlog verloren, wij hebben de onze gewonnen. We zijn vrij.'

'Pedro José ook?' vroeg ze verwijtend.

'Ik heb niks meer over Pedro José gehoord. Misschien is hij vrij, of wordt hij vrij, of sterft hij als slaaf, ik heb geen idee. Wat ik wel weet is dat Jesús, die wel uit de boot is gestapt, voor hem... voor ons is gestorven.'

'En de slaven van de plantages in het westen?'

‘En de slaven in Afrika?’ viel hij uit. ‘Je kunt niet de hele wereld redden!’

‘De blanken blijven met ons spelen, over ons leven en dat van de onzen beschikken,’ zei ze weer.

‘Hou jezelf niet voor de gek, Kaweka. Deze oorlog is niet geëindigd omdat de rebellen op het slagveld hebben verloren. Dat zeggen ze, en daarvan proberen ze ons te overtuigen.’ Kaweka was verrast en keek hem vragend aan. ‘De blanken hebben zich overgegeven omdat het niet langer om een onafhankelijkheidsoorlog van Spanje ging, maar veranderd was in een conflict tussen zwarten en blanken, een ordinaire rassenoorlog, en dat staan de blanken, die van ons, die van ons leger, van onze regering, niet toe. Ze zijn allemaal hetzelfde, of het nou Spanjaarden of Cubanen zijn: landeigenaren, rijke haciëndabezitters die tot vrede kunnen komen zodra de angst toeslaat dat de zwarten het van hen zouden kunnen winnen. Allemaal hebben ze liever een Cuba dat afhankelijk is van Spanje dan een zwart of Afrikaans Cuba. Wat er in Haïti is gebeurd, met de overwinning van de zwarten en een zwarte regering, is het bewijs dat ze nooit zullen toestaan dat dat hier gebeurt, op dit eiland, al zouden er daarvoor twee blanke officieren elkaars kont moeten likken die een dag eerder nog vanuit hun loopgraven op elkaar schoten. Deze oorlog begon ermee dat de hele legerleiding van de republiek in handen was van blanke grondbezitters en hun vrienden en relaties. In tien jaar tijd zijn er een hoop van hen overleden. Anderen zijn het moe, het merendeel is geruïneerd en is de idealen vergeten waarvoor ze in opstand kwamen. Maar allemaal, zonder uitzondering, voelen ze zich aangevallen en beledigd door het feit dat veel van de nieuwe officieren in het leger zwart zijn. Wij gaan door! Generaal Maceo is de belangrijkste vertegenwoordiger van de macht die we hebben…’

‘Maar als ze vrede sluiten,’ hield Kaweka aan, ‘dan hoeft Maceo niets meer te doen.’

‘Daar gaat het niet om, Kaweka. Ze kunnen ons niet wegschuiven. We hebben de vrijheid leren kennen, we hebben ervoor gevochten. Wij wijken niet.’

Zwijgend dronken ze van de brandewijn. Toen nam Porfirio weer het woord.

‘Ze hebben zich vergist, Kaweka. De blanken hebben elkaar onderling vergeven. Amnestie, vergeving, dat is wat ze zeggen, en alles blijft hetzelfde, de blanken gaan door met hun handel en hun hacienda's. Ze staan de vrijheid toe waarvoor we hebben gevochten in het rebellenleger, een klein deel van alle slaven die er op Cuba zijn, en zijn van plan zichzelf verder te verrijken, alsof er niets is gebeurd. Maar bedenk eens: hoe zullen die slaven hierop reageren? De slaven die in opstand zijn gekomen tegen Spanje zijn vrij, terwijl degenen die trouw zijn gebleven aan de Spanjaarden nog steeds slaaf zijn. Dat slaat nergens op. Het zou andersom moeten zijn: wij, de slechteriken, zouden nog slaaf moeten zijn, en zij, de goeden, zouden als prijs de vrijheid moeten krijgen. Ze zullen het niet onder controle kunnen houden. De zwarten komen in opstand.'

Porfirio bleef erbij dat ze vrolijk moest zijn, moest lachen en met hem mee moest komen naar het feest. Kaweka bleef peinzen. Hij gaf haar een vriendschappelijk duwtje en bleef een tijdje grapjes maken, maar uiteindelijk hield hij op en liet haar onder de boom met de rest van de brandewijn zitten.

Iets meer dan twee weken na de ondertekening van het Pact van Zanjón, op 28 februari 1878, verschenen bij het ochtendgloren de onderofficieren van het rebellenleger in het kamp bij Guayamaquilla, waar de troepen gelegerd waren in afwachting van de nakoming van de afspraken in de capitulatieakte, om de wapens in te leveren en officieel de verklaring te krijgen dat ze vrijgesteld waren van dienst.

'Opstaan!' schreeuwden de korporaals en sergeanten tegen de verraste soldaten, die na twee weken nietsdoen en feestvieren alle militaire discipline waren vergeten. 'In het gelid! Schiet op!'

Terwijl er appel werd geblazen liepen legerhoofden door het kamp en trapten tegen halfgedoofde vuren, pannen, glazen, lege flessen en luilakken, die door de bevelen heen bleven slapen.

'Sta op, lamzak!'

Porfirio trok Kaweka omhoog toen een van de korporaals met de kolf van zijn geweer een soldaat naast hen sloeg, die begon te kreunen, zich omdraaide en zijn gezicht met de handen bedekte.

Ze stelden zich op in het open veld: duizend slaperige, vermoeide, katterige, ongedisciplineerde mannen, meer dan ooit in vodden gehuld, verdeeld over compagnieën, verwijderd van vrouw en kinderen.

De mannen stonden te wachten zonder goed te weten wat er ging gebeuren, terwijl de zon een stralende, vredige dag beloofde.

'Stilte onder de gelederen!'

'Wat kan het die idioten schelen dat wij praten?' hoorde Kaweka iemand rechts van haar zeggen, op de tweede rij, waar ze half verscholen naast Porfirio stond.

'Bij deze idioot waag je het niet je verdomde bek open te trekken! Stilte!' schreeuwde de sergeant, een bebaarde mulat, die de rij afzocht naar de brutale dader.

Die vond hij niet, maar hij stuitte wel op Kaweka.

'Sergeant.' Hij leek zich te verkneukelen terwijl hij met een van zijn vingers over de verkleurde strepen op haar onderarm gleed. 'Dus jij bent... Hoe heet je ook weer?'

Kaweka trok een gezicht.

'Doet er niet toe,' vervolgde de man. 'Veel mensen hebben over jou en je mannen gehoord. Het zal ze goeddoen je te zien.'

Hij duwde haar naar de plaats waar de andere korporaals en sergeanten stonden, ieder voor zijn eigen compagnie.

'Jij hier,' wees hij.

Kaweka gehoorzaamde zonder een spier te vertrekken, ze keek recht vooruit zonder iets te zien, hoorde de overige onderofficieren met elkaar praten. Iemand noemde haar naam. Anderen vertelden van haar omzwervingen tijdens de afgelopen tien oorlogsjaren. Sommige dingen klopten, de meeste niet. Uiteindelijk luisterde ze niet meer naar het gebabbel en dacht ze weer aan hetgeen haar al dagen zorgen baarde, sinds hen berichten bereikten over het aantal slaven dat bij benadering door de Spanjaarden zou worden vrijgelaten na het Pact van Zanjón.

'Iets van twaalfduizend,' klonk het in de groep waarin Porfirio en zijn mannen zich bevonden.

'Is dat veel?'

'Ik neem aan van wel.'

Niemand van hen kon tellen. Kaweka miste Modesto.

'Hoeveel slaven zijn er op het eiland?'

'Tweehonderdduizend, zeggen ze.'

'Zijn dat er veel meer dan twaalfduizend?'

'Dat weet ik niet.'

‘Uiteraard! Al die slaven op de plantages in het westen!’

‘En die in Havana.’

‘En Matanzas.’

‘En de meesten van hen zijn niet ontsnapt, om aan de oorlog mee te doen.’

Dat was waar, dacht Kaweka. Alleen al in La Merced kon het aantal slaven gelijk zijn aan het aantal mannen op die vlakte, en dat was maar een van de vele plantages in het westen. En wat de slaven in de stad, in Havana, betrof… Ze vroeg Porfirio ernaar, maar die wist het niet, en ze gingen op zoek naar iemand die iets van getallen wist.

‘Dit zijn de twaalfduizend,’ zei de man, en maakte een bergje van steentjes op de grond. ‘Dit zijn er nog eens twaalfduizend,’ ging hij verder, terwijl hij een tweede bergje maakte. ‘En nog eens twaalfduizend…’

Terwijl ze niet goed wist wat ze ervan moest verwachten, werd Kaweka bij de aanblik van de zich uitbreidende hoopjes steen aan haar voeten weer door dezelfde angst overvallen. Want vervolgens probeerden ze uit te leggen wat ieder afzonderlijk van die twaalfduizend was.

‘Waar was jij slavin? Oké,’ zei de man nadat Kaweka op deze vraag had geantwoord, ‘La Merced is een van de grotere plantages, met zo’n vierhonderd tot vijfhonderd slaven…’

Nog meer steentjes, totdat ze een idee kregen hoe weinig twaalfduizend waren vergeleken bij hun broeders en zusters, bij die tweehonderdduizend die nog steeds slaaf bleven van de blanken.

Tien jaar oorlog, leed, ellende, honger en wreedheden voor de vrijheid van zo weinig slaven. Kaweka rilde bij de herinnering aan de bergen steentjes en de zwarten die nog geknecht werden op plantages, en in deze verwarring voelde ze een paar subtiele, lichte pijnscheuten, die niet bij haar lichaam en haar eigen pijn hoorden en die ze wilde grijpen, opnieuw aan haar bestaan wilde toevoegen.

Ze bleef stil staan, aan het hoofd van de compagnie, alsof ze bang was dat een plotselinge beweging de tintelende godin in haar zou laten schrikken, zoals dieren die eerst voorzichtig dichterbij komen, om vervolgens verschrikt op de vlucht te slaan. Daarom bewoog ze alleen haar ogen toen de stoet eraan kwam met aan het hoofd kapitein-generaal Arsenio Martínez Campos, in gezelschap van leden van de generale staf, de generaals en politici van de rebellen, en een eindeloze optocht mensen, van militairen tot burgers: iedereen die een paard had of er een had kunnen huren in Puerto Príncipe, waar de prijzen per dier onverhoeds waren gestegen.

Korporaals en sergeanten eisten tucht van onverschillige soldaten die de bevelen en discipline zat waren, en wier apathische, haveloze aanblik sterk contrasteerde met de pracht en praal van het gevolg van de generaal in staatsiekleding: rode broek, halfhoge laarzen, gestreepte uniformjas van dril, sabel, sterren, strepen, onderscheidingen, sjerpen en banden en goudborduursel.

Zelfs de Cubaanse generaals en officieren, degenen die zich met hun troepen hadden overgegeven, droegen nieuwe, witte kleren, uniformen die ze hadden gekregen van de overwinnaar, omdat die van hen in slechte staat waren. De zwarten zagen het, Kaweka ook, en de godin roerde zich bij het zien van die nieuwe hinderpaal na de capitulatie, die het lot van haar ras aankondigde. De blanken, de Spanjaarden en de Cubanen, trots, goedgekleed, tevreden met hun ras en positie, blij met de redevoering van de generaal die overwonnen had; de zwarten in vodden gehuld, terwijl ze de toespraak uitzaten die nu en dan werd onderbroken door applaus voor de koning van Spanje en voor de leider die hen naar de overwinning had gevoerd.

Gevolgd door zijn mannen en de Cubaanse generaals inspecteerde Martínez Campos de troepen. In de stralende zon die al hoog aan de hemel stond, en onder applaus en toejuichingen van het publiek gingen officieren, korporaals en sergeanten in de houding staan wanneer hij langskwam en betoonden hem eer met de weinige wapens die hun nog restten. Maar Kaweka stond onbeweeglijk. De Spaanse generaal bleef bevreemd voor haar stilstaan, waardoor een aantal officieren haar haastig haar oneerbiedige houding verweet.

'Stilte!' beval de generaal. Hij had de overwonnenen niet zoveel ridderlijkheid betoond om vervolgens de aanwezige burgers en verslaggevers getuige te laten zijn van een onbenullig voorval. 'Deze sergeant heeft tegen niemand oneerbiedig gedaan. Laten we de eer en de gevoelens respecteren van degenen die zich overgeven.'

'Generaal...' vroeg een fotograaf die aan kwam lopen met een statief en een camera. 'Een foto van dit historische moment.'

Martínez Campos zette zijn borst vooruit, knikte en riep zowel zijn eigen generaals als die van het verslagen leger op, die zich aan beide zijden van Kaweka en achter haar opstelden. Ze waren allemaal groter dan zij, en zij stond ertussenin, klein, angstvallig, maar ze voelde de godin in haar binnenste kronkelen.

Het duurde een tijdje voor de fotograaf zijn spullen stevig genoeg had opgesteld op de hobbelige grond.

'We moeten ervoor zorgen dat de zwarten en alle officieren en soldaten inzien dat ze zich over het eiland kunnen verspreiden,' zei Martínez Campos, rechtop naast Kaweka staand terwijl ze het moment van de foto afwachtten. 'Dat ze zich kunnen aansluiten bij de vrede die we zojuist hebben gesloten en hun wapens kunnen inleveren. En daarom moeten we de gevoelens van de overwonnenen respecteren.'

'We moeten deze strijd van broedermoord niet laten voortduren,' vulde een van de Spaanse generaals aan.

'Inderdaad. Er zijn tienduizenden doden, en er is genoeg verwoest.'

De commentaren en goede voornemens volgden elkaar op uit de monden van al die Spaanse en Cubaanse militairen van hoge rang, maar Kaweka richtte zich op maar een deel ervan.

'Maceo geeft zich niet over.'

'Die zwarte bezoedelt de vrede.'

'Het is een mulat,' corrigeerde iemand, alsof het dan minder erg was.

'Het is een koppige zwarte.'

'Mulat,' herhaalde de ander.

'Hij is de enige zwarte generaal en hij voert het bevel over een heel korps van het rebellenleger in het oosten!'

'Hij geeft niet toe, hij zal zich niet overgeven,' meenden verscheidene mannen.

'Dat zal hij wel,' verklaarde Martínez Campos, toen de fotograaf gebaarde dat hij klaar was.

Ze hervatten de inspectie van de troepen en lieten Kaweka achter zonder ook maar iets tegen haar gezegd te hebben.

Vervolgens vertrokken ze allemaal naar Puerto Príncipe, waar de mensen de stad hadden versierd en op straat en op balkons blij juichend stonden te klappen omdat de oorlog voorbij was. Daar zouden het Spaanse en het rebellenleger gezamenlijk paraderen. De rebellen liepen door tot de kazerne van de cavalerie in La Vigía, waar ze hun laatste wapens inleverden en waar werd geregistreerd dat ze in vrijheid waren gesteld. 's Avonds gingen de soldaten de stad in om in kroegen en bars feest te vieren met drank en vrouwen, terwijl de kapitein-generaal een banket met galabal gaf ter ere van de opstandige legerhoofden.

Kaweka deed niet mee aan de parade, ging Puerto Príncipe niet in en leverde haar machete ook niet in in de kazerne van de cavalerie. Het bewijs van invrijheidsstelling kreeg ze ook niet. Zodra de officieren bevel gaven naar de stad te marcheren nadat Martínez Campos de inspectie had beëindigd, glipte zij ertussenuit, oriënteerde zich op de zon, sloot haar ogen tegen de felle schittering, beefde bij de warmte die de wedergeboorte van Yemayá in haar binnenste voedde, en liep naar het oosten.

'Martínez Campos maakt gehakt van hem.'

Het dozijn mannen dat bijeen was in de zaal van de Spaanse Club, een patriottische vereniging die aan het begin van de oorlog was opgericht als reactie op de sentimenten van republicanisme en onafhankelijkheid van de Cubaanse rebellen, en die haar zetel had in de calle Obispo van de oude stad, knikte bijna eenstemmig. Een maand na het sluiten van het Pact van Zanjón was generaal Maceo om de tafel gaan zitten met de Spaanse kapitein-generaal in Mangos de Baraguá in het oosten van het eiland, in de buurt van Santiago, waar hij de Spanjaard meedeelde dat hij de capitulatie niet aanvaardde. De twee legerleiders kwamen overeen dat de vijandelijkheden acht dagen later hervat zouden worden, op 23 maart.

'Die zwarte is gek.'

'Dat zijn ze allemaal.'

'Het zijn domkoppen!'

'Over welke strijdkrachten beschikt Maceo?'

'Over geen enkele. De officieren en troepen deserteren en geven zich aan bij onze mannen. Hij heeft geen soldaten en geen wapens!'

Er werden meer vragen gesteld door de mannen, van wie sommige zaten en andere stonden, achter de kring met grote stoelen met daarin goedgeklede mannen in zwarte lange jas en lichte broek en vest. Zonder aandacht te schenken aan de slaven die hen bedienden discussieerden ze, dronken oude rum en koffie en namen trekjes van hun dikke sigaren die ze genotvol langs hun lippen lieten bewegen.

'Waarom toch zo'n clementie met de lui die zich overgegeven hebben? We hadden die aanvoerders allemaal moeten fusilleren, of in ieder geval moeten opsluiten... In plaats daarvan hebben ze nieuwe uniformen van ons gekregen!'

'Martínez Campo had ze naakt in het veld moeten achterlaten!' riep iemand. 'Deze vlaggen vragen daarom!' Met bevende hand wees de man naar de vlaggen die buitgemaakt waren op de rebellen en met de trots van de overwinnaar in de club uitgestald waren.

Het merendeel van de aanwezigen nam een moment stilte in acht voor de gesneuvelde Spaanse soldaten, een noodzakelijk offer voor de overwinning en voor het buitmaken van de trofeeën. Daarna kibbelden ze verder en bekritiseerden ze de opstelling van hun kapitein-generaal. Toch toonden al die Spaanse landeigenaren en notabelen in de club een zekere tevredenheid over het einde van de strijd, en waren ze het erover eens dat de nieuwe opstand, geleid door de Bronzen Titan, geen enkele kans van slagen had.

'Een driftige, omhooggevallen mulat,' omschreef iemand hem.

'Niet de moeite waard om je mee bezig te houden,' zei een ander.

'Precies.'

Het gesprek verdeelde zich over kleinere groepjes.

'Overigens, markies,' zei een man wiens dikke bakkebaarden zo lang waren dat ze bijna op zijn kin bij elkaar kwamen, 'heeft u dit artikel gelezen?'

Don Juan José de Santadoma zette zijn glas met rum op tafel en pakte de krant aan die de man hem aanreikte.

'Waar gaat het over?'

'Over een slavin die van u zou zijn geweest...'

De markies fronste zijn voorhoofd en verdiepte zich in het bericht, een verhaal over een sergeant van de opstandelingen die de journalist na het Pact van Zanjón in Guayamaquilla had gezien, en die hij opnieuw was tegengekomen in Mangos de Baraguá, tijdens het protest van Maceo een paar weken later. De verslaggever die Martínez Campos vergezelde was getroffen door dit toeval en besloot onderzoek te doen naar de vrouw. Het kostte weinig moeite om aan informatie te komen. Ze heette Kaweka, zeiden ze, en was sinds het begin van de oorlog leidster van een geduchte guerrillagroep die talrijke acties had uitgevoerd tegen de Spaanse troepen en de plantages in het gebied van Las Villas, totdat ze gewond was geraakt aan haar linkerarm.

Don Juan José merkte dat zijn handen zweetten. De landeigenaar haalde diep adem en las verder. De sergeant was wegens oorlogsverdiensten benoemd tot onderofficier. Ze werd gevreesd en gerespecteerd, zowel vanwege haar krijgsmanschap als haar genezende gaven.

De krant in zijn handen beefde terwijl de markies het verhaal las over een aantal van de guerrilla-aanvallen die de journalist toeschreef aan Kaweka en haar mannen. Ze was slavin geweest op plantage La Merced, eigendom van markies de Santadoma, ging het artikel verder.

'Markies?' vroeg een vriend aan hem. 'Wat ziet u bleek...'

Er was een foto gevoegd bij het verhaal, een heel slechte foto die in Guayamaquilla genomen was, waarop generaal Martínez en zijn generale staf en de overwonnen officieren om een kleine, uitgeteerde vrouw heen stonden die verzoop in een uniform waar ze wel drie keer in paste. De geportretteerden waren amper te herkennen, maar bij het zien van de zwarte vrouw barstte in het hoofd van de markies een eindeloze stroom beelden los die elkaar in duizelingwekkend tempo opvolgden en hem verwarden, zelfs misselijk maakten. Het bed waar zijn zoon Ernesto zieltogend op lag, het gezang van de zwarte vrouw, zijn hysterische echtgenote en don Julián, de priester, die hem uitschold. Bloed. De bezeten, schreeuwende vrouw. Het doodsgezicht van zijn zoon, zijn armen uitgestrekt om hulp. Meer bloed, geratel van voorwerpen, meer gezang... En toen de dood.

'Markies!'

'Juan José!'

Drie van zijn vrienden liepen bezorgd naar hem toe, twee bogen zich over hem heen en de derde knielde naast zijn stoel neer.

'Hij heeft een flauwte.'

Een van de drie tikte hem op de wang. De markies schrok op, vermande zich en duwde hen met een gebaar van erkentelijkheid van zich af, alsof hij niet genoeg lucht kreeg.

'Het is de warmte,' zei hij terwijl hij opstond. 'Of ik heb iets verkeerds gegeten... Dank u, heren. Mijn rijtuig!' riep hij naar het personeel.

En een ogenschijnlijk herstelde don Juan José, met de krant onder zijn arm, deed zijn best om met vaste tred naar de uitgang te lopen.

In het grote huis van markies de Santadoma aan de calzada del Cerro weerklonk geschreeuw en gescheld. In dat gebied, waar ook – zij het goed verstopt – marrons gevangen werden gehouden, stonden overal boerenhoeves en grote huizen waar edelen en rijke grondbezitters uit Havana woonden die gevlucht waren voor de cholera-epidemie die de oude stad veertig jaar eerder geteisterd had, op zoek naar schoon water uit een rivier, de Almendares.

Anders dan de ruimte binnen de stadsmuren was dit gebied heel uitgestrekt, zodat de Spanjaarden grote huizen in neoklassieke stijl konden laten bouwen met rijen zuilen in de voorgevel en hoge plafonds, en met grote, schitterende tuinen eromheen. Een stijl die door de eilanders ongehinderd kon worden aangevuld met karakteristieke grote binnenplaatsen waar de slaapvertrekken op uitzagen, waar frisse lucht was en waar je tussen bloemen en fonteinen in de schaduw kon zitten om de ondraaglijke hitte te ontlopen die het eiland geselde.

In dit huis liep de markies schreeuwend en scheldend heen en weer, tussen het marmer, het edelhout, de klassieke meubels, de schilderijen en draperieën, en overal luxe en praal, wachtend tot eindelijk Narváez zou komen, de opzichter die hem had verzekerd dat de tovenares die op duivelse wijze zijn zoon Ernesto had vermoord dood was. Wie had destijds met zekerheid kunnen zeggen dat God, onze Heer, niet barmhartig zou zijn geweest en op het laatste moment een wonder had verricht om zijn eerstgeborene te redden? Wie kon hem garanderen dat, zoals zijn echtgenote Presentación hem steeds weer verweet – aanvankelijk in de harde, kwetsende woorden van een ontroostbare moeder, en later met haar trieste, stille gezicht – God met die tragedie niet hun vertrouwen in Jezus Christus op de proef stelde? En hij had gefaald, had met zijn hoogmoed gezondigd, had zichzelf beter geacht, slimmer zelfs dan God, en had zijn christelijke geloof verloochend en zich ingelaten met demonische praktijken.

Met het verstrijken van de jaren veranderden inzichten, werden waarheden vertekend en onrecht uitvergroot. De markies en zijn echtgenote wilden geloven dat de toestand van Ernesto niet zo ernstig was, dat hij beter had kunnen worden, zomaar ineens. 'Jezus heeft Lazarus toch ook opgewekt?' had zijn vrouw snikkend opgemerkt toen ze nog met hem praatte. 'En hij genas melaatsen, terwijl artsen zelfs tegenwoordig melaatsheid niet kunnen genezen.' En de markies knielde iedere dag op de bidstoel neer in de kapel van zijn grote huis en toonde zich nederig voor het kruis, beschaamd, gekweld en vol berouw omdat hij het leven van zijn eerstgeborene had toevertrouwd aan een zwarte heks, terwijl de Heer hem ongetwijfeld te hulp zou zijn gekomen om zijn zoon te redden, want hij was oneindig barmhartig. Iedere dag raakte don Juan José er meer van overtuigd dat Ernesto had kunnen genezen, terwijl alleen al bij de herinnering aan de zwarte vrouw die de kralenketting op de borst van zijn zieke, weerloze zoon legde, zijn hele lijf pijn begon te doen en er een ondraaglijk brandend gevoel opkwam waarvan hij niet kon zeggen of dat in een ledemaat of in een orgaan, in zijn hoofd of in zijn voeten zat, maar dat hem uiteindelijk ineen deed krimpen, de armen om zich heen geslagen om het branderige gevoel uit te drijven.

Het gewelddadige einde van die zwarte feeks, dat hij uiteindelijk was gaan beschouwen als een door hem uitgevoerde goddelijke wraak, was het enige wat hem nog iets van troost had geboden. En nu kwam hij erachter dat die heks nog leefde!

Hij stortte zich meteen op de opzichter toen hij hem zag. Hij kreeg hem midden in een van de grote kamers in de gaten en beende naar hem toe. Onderweg liep hij een paar stoelen omver en viel er een vaas met bloemen om. De overrompelde Narváez had geen idee waarom hij van de plantage weggeroepen was.

'Klootzak!' Don Juan José sloeg met zijn vuist tegen Narváez' wang. Die bracht hoofdschuddend een hand naar zijn gezicht toen de markies hem bij de revers van zijn jasje greep. 'Leugenaar!' De markies schudde hem door elkaar.

'Wat is er, heer?'

De opzichter deed een stap achteruit. De edelman trok hem nog steeds aan zijn kleren. Ze struikelden en kwamen op de vloer terecht, maar het tapijt dempte de klap. Ze kwamen tegelijk overeind, de markies hijgend, geknield op de grond.

'Heer markies...'

'Stuk uitvaagsel!'

De markies maakte een beweging om weer een klap uit te delen, maar de behendige Narváez was al van de verrassing bekomen en hield hem tegen. Om niet met hem in gevecht te raken sloeg hij zijn armen om de markies heen.

'Heer markies, wat is er aan de hand? Om godswil…'

Narváez wilde de markies helpen opstaan, maar die weerde hem ruw af. De markies beefde van woede. Gevolgd door de opzichter liep hij naar zijn kantoor, waar hij de deur met een klap dichtsloeg toen ze beiden binnen waren.

'Ze leeft nog, schoft! Die heks die mijn zoon heeft vermoord leeft nog!'

Narváez hoefde het krantenartikel waarmee zijn baas zwaaide niet te lezen. Hij had zich al in geen tijden zorgen gemaakt over deze bijna vergeten kwestie, maar na de ontsnapping van de slavin had hij er wel goed over nagedacht.

'Ze had me betoverd,' zei hij, een van de uitvluchten gebruikend die hij destijds had verzonnen.

'Nonsens!'

'Ik zweer het u, Uwe Genade. Zij en die emancipado van dokter Rivaviejo, de man die haar wilde kopen, hebben me behekst. Ik verloor mijn verstand… en ze ontsnapten…'

'Ik heb haar graf gezien. Ik heb er zelfs het kruis vanaf gehaald.'

'Dat was een streek van de emancipado.'

'Waarom heb je verdomme niks gezegd?' brulde de markies.

'Ik was bang,' biechtte de opzichter op, in de hoop dat de edelman hem door zo'n bekentenis zou vergeven. 'Uwe Genade weet dat die heks ook een vloek over mij heeft uitgesproken op de dag dat don Ernesto die oude kindermeid sloeg totdat die… Nou ja, u weet wel welke dag ik bedoel. Ik wist niet wat ik moest doen. Wat voor zin had het om het Uwe Genade te zeggen? U had al zoveel verdriet…'

'Dat had je mij moeten laten bepalen.'

Narváez boog zijn hoofd. 'Zeker,' erkende hij, 'maar…'

'Niks te maren!'

De opzichter aarzelde. Bij het zien van het rode hoofd van de markies en de woede die eruit sprak, besloot hij een aantal smoezen toe te voegen aan de uitvlucht die hij al gebruikt had.

'Ik maakte me zorgen over die hekserij, of ik soms ook dood zou gaan, begrijpt u. En ik ging naar don Julián om om hulp en geestelijke troost te vragen,' loog hij. Tot zijn voldoening – die hij met uiterste inspanning wegdrukte – veranderde het gezicht van don Juan José alleen al bij het horen van de naam van de priester. Sinds de noodlottige dag was don Juan José bang voor de geestelijke, een angst die was toegenomen toen de edelman zichzelf verantwoordelijk ging houden voor de dood van zijn zoon.

Narváez wist dat de markies de biechtvader van zijn vrouw nooit sprak. En hij wist ook dat de markies nooit naar don Julián toe zou gaan, die altijd gesteund werd door doña Presentación en openlijk blijk gaf van zijn minachting voor de markies. De edelman en de geestelijke kwamen elkaar tegen in het grote huis aan de calzada del Cerro en in het statige huis op de plantage, wanneer ze daar woonden. De priester maakte zich lang, keek recht voor zich uit en groette zijn gastheer niet eens. De rijke, hoogmoedige edelman don Juan José de Santadoma was bang voor een priester die hem via een verpletterende stilte van heiligschennis en moord beschuldigde.

'En na een tijdje,' vervolgde de opzichter, 'toen ik meende dat Uwe Genade al wat beter was en ik u ervan wilde vertellen, heeft don Julián het me verboden. Hij zei dat het uw toch al gekwelde geest alleen maar zou verontrusten en nog meer doden zou veroorzaken... Dat God, onze Heer, het zo niet wilde en dat Hij, alleen Hij, degene was die besliste over het lot van heksen... En ik heb hem gehoorzaamd, heer markies. Ik heb hem gehoorzaamd!'

De eigenaar van La Merced stuurde zijn opzichter weg en plofte neer in de grote stoel achter de fraai bewerkte mahoniehouten tafel waaraan hij zijn zaken regelde. Hij opende de middelste lade en keek naar het langwerpige blikken doosje waarin hij de ketting bewaarde die de slavin op de borst van zijn zoon had gelegd. Soms opende hij het doosje, maar hij had de ketting nooit meer durven aanraken nadat hij de rijgdraad met de gekleurde houten kralen en de twee parelmoeren knopen die de vervloekte zwarte heks van het overhemd van zijn zoon had gerukt erin had gelegd.

Nu durfde hij er zelfs bijna niet naar te kijken. Die heks leefde! Dat hield hem tegen, alsof hij door het doosje te openen, de slechte geesten die erin opgesloten zaten de mogelijkheid gaf te vluchten. Heel vaak had hij overwogen om zich van het doosje en de ketting te ontdoen, maar het had hem altijd weer geleken alsof hij daarmee definitief zijn nederlaag, zijn schuld bekende. Hij bezat de ketting waaraan de twee knopen van het overhemd van zijn zoon geregen waren, het laatste kledingstuk dat diens huid had beroerd. Hij bewaarde hem. Hij hield hem goed opgeborgen en was er zo meester over. Maar het doosje leek die gedachte te willen tarten. Het glinsterde en de schittering priemde in zijn ogen. Met een klap sloot hij de la en hij maaide alle spullen en papieren van zijn schrijftafel. De lamp, het zilveren inktstel, de briefopener, de pennen en inktpotten... Door het kabaal heen klonk zijn geschreeuw, van pijn bij de herinnering aan zijn zoon, van woede omdat het serpent nog leefde, en van wraak.

'Ik vermoord je! Ik zweer het! Ik zal je weten te vinden en met mijn eigen handen vierendelen!'

De uitbarsting van de markies was in het hele huis te horen. De slaven, zelfs zijn eigen vrouw en zijn gezin, die wel gewend waren aan de woedeaanvallen van de heer des huizes, schrokken van de pijn en de razernij die deze keer in zijn dreigementen te horen waren.

'Narváez, zoek die emancipado,' beval de markies, die gestoken was in het kolonelsuniform van het Zevende Bataljon van het korps vrijwilligers van Havana, met het pistool in de holster, drie sterren onder aan de mouwen en glimmende goudversiersels.

Zittend voor de schrijftafel, die werd gedomineerd door de edelman in zijn grote stoel, knikte de opzichter, wiens nalatigheid hem na een paar dagen kennelijk vergeven was.

'Haal heel Havana ondersteboven, heel Cuba desnoods. En u, luitenant Márquez,' sprak hij tot de man die in de andere stoel tegenover hem zat, in eenzelfde uniform als hijzelf, 'vertrekt met uw mannen naar het oosten om die... die sergeant op te pakken.'

De luitenant knikte eveneens.

'De oorlog is afgelopen, luitenant, maar er zijn nog een paar bolwerken van opstandelingen, zoals dat van Maceo, en ook roversbendes, pas vrijgekomen zwarten en Chinezen, gewelddadige klaplopers, mannen zonder werk en inkomen die dorpen en akkers verwoesten. Havana loopt totaal geen risico, daar zijn geen vrijwilligers meer nodig om de stad te verdedigen. U heeft voor deze actie de toestemming van de generale staf, en u moet zich voegen naar de bevelen van de legerleiding in het oosten, maar verlies het doel van uw missie niet uit het oog: dat zwarte mens levend in handen krijgen!'

Nog diezelfde middag verliet een compagnie van vijfentwintig ruiters Havana onder leiding van luitenant Márquez, onderdeel van het Zevende Bataljon vrijwilligers van Havana, op kosten van markies de Santadoma en andere landeigenaren, op verse paarden, voorzien van moderne wapenrusting en ruim voldoende munitie.

Tegelijkertijd ging Narváez op weg naar het huis van dokter Rivaviejo in de oude binnenstad. De geneesheer was al overleden, maar zijn weduwe werkte mee aan het onderzoek dat de opzichter tot dusver had gedaan. Hoe kan ik ingaan tegen de belangen van markies de Santadoma, dacht de vrouw, die hoopte dat Narváez haar houding zou prijzen tegenover de landeigenaar. Ze liet hem naar de twee andere huisslaven gaan die voor het huis zorgden en op straat drankjes verkochten tegen verkoudheid en hoest. Geen van beiden wist waar Modesto was. Die was ontsnapt toen de dokter had besloten hem te verkopen, bekenden ze. De weduwe verduidelijkte dat ze deze twee slaven niet verkocht omdat ze haar enige middelen van bestaan waren na de dood van haar man. De opzichter ondervroeg hen en kreeg het levensverhaal van Modesto te horen, zijn gewoonten en liefhebberijen, waar hij naartoe ging voor een drankje en een praatje (de dorpswinkel op de hoek van de calle San Ignacio, naast de Cristina-markt), waar hij kerkte, en zelfs welke vrouwen hij opzocht. 'Rogelia,' daar waren de twee het over eens. Die zag de emancipado misschien nog het meest, voegden ze er met een onbeschaamde glimlach aan toe. Ze hadden soms nog contact met haar, maar doordat er sinds de dood van Rivaviejo en de ontsnapping van Modesto geen kraamvrouwen meer naar hen toe kwamen, hadden ze elkaar wat uit het oog verloren.

Bij Rogelia aangekomen liet Narváez haar niet weten door wie hij gestuurd was, waardoor zij haar kans schoon zag om tegen hem tekeer te gaan. 'Waarom? Wat wil je weten? Wat levert mij het op?' vroeg de vrouw, die de opzichter de rug toekeerde en aan haar fornuis verderging met koken. Narváez was niet van plan tijd te verspillen aan geruzie met een dikke, hautaine zwarte vrouw en opende met één trap de voordeur van het huis aan de calzada del Monte om twee dienders binnen te laten die buiten hadden staan wachten.

Ze knevelden de vroedvrouw, rukten haar de kleren van het lijf en gooiden haar op de grond.

'Denk je soms dat je beter bent dan de negerinnen op plantages? We zullen je even laten voelen wat die suikerwerksters voelen die dit land rijk maken,' zei de opzichter van La Merced.

Een van de dienders pakte de zweep van zeekoehuid en liet hem op de enorme rug van de vroedvrouw neerdalen. Eén keer, twee keer... Haar kreten werden gesmoord door de prop in haar mond. Drie, vier... Het trappelen van de vrouw werd minder. Vijf... tien... Rogelia gilde niet meer.

'De emancipado vluchtte samen met de rebellen omdat Rivaviejo hem wilde verkopen,' verklaarde Narváez de volgende ochtend aan de markies in diens schrijfvertrek. Behalve zij tweeën was ook de persoonlijk secretaris van de edelman er, de lange, slanke Gracià van Catalaanse afkomst, met zijn kuif en gemaakte, sluwe glimlach. 'Maar al heb ik over hem dan geen verdere informatie,' vervolgde de opzichter van La Merced, 'die heb ik wel over de heks, de sergeant.' De markies fronste zijn voorhoofd en boog zich bijna onmerkbaar iets naar voren. 'Het blijkt dat de vroedvrouw deze slavin kende,' zei Narváez met voldoening. 'Modesto bood haar onderdak in zijn huis nadat ze gewond uit La Merced was ontsnapt.'

'Dat negerinnetje is van mij!' riep don Juan José uit nadat hij aandachtig naar het verhaal van zijn opzichter had geluisterd. Hij doelde op Yesa. 'Ze is het kind van een vrouw die mijn slavin was. Ze behoort mij dus toe.'

'Naar alle waarschijnlijkheid is ze dood,' zei Narváez. 'De slavenjagers hebben de nederzetting aangevallen. Volgens die zwarte vroedvrouw vertelde de emancipado dat aan haar toen hij terugkwam uit de bergen.'

'Ik heb zo'n gevoel dat ze niet dood is,' zei de markies. 'Hoe dan ook moet je proberen haar te vinden.'

'Hoe dan?' De vraag ontsnapte aan Narváez' lippen.

Maar Gracià knikte instemmend terwijl hij al een strategie bedacht om achter de verblijfplaats van het meisje te komen, als het tenminste nog leefde; maar die mogelijkheid zou hij niet noemen waar zijn gretige baas bij was.

‘Is bekend op welke dag de slavin voor het eerst uit La Merced vluchtte?’ vroeg hij.

‘Dat moet wel in de boeken van de plantage staan,’ antwoordde de markies.

‘Mooi. Ze heeft toen dus haar toevlucht gezocht in een nederzetting van marrons in de bergen van El Rosario,’ vervolgde de secretaris zijn uiteenzetting, alsof hij het tegen zichzelf had, ‘waar ze een kind heeft gebaard. Volgens de vroedvrouw is die Modesto dat kind gaan zoeken in de bergen van El Rosario op ongeveer het moment dat de opstand in het oosten begon.’

De secretaris keek vragend naar Narváez alsof hij wilde dat die bevestigde wat hij hun zojuist had verteld.

‘Klopt,’ zei de opzichter. ‘Dat zwarte mens herinnerde zich dat ze het er met Modesto over had gehad dat Kaweka waarschijnlijk was gevlucht om zich bij de rebellen te voegen.’

‘In dat geval,’ concludeerde Gracià, ‘weten we ongeveer wanneer de slavenjagers de nederzetting in de bergen van El Rosario hebben aangevallen: tussen de eerste ontsnapping van de slavin en het begin van de oorlog...’

‘Maar...’ begon Narváez, die echter zweeg toen de markies hem dwingend gebaarde dat hij de secretaris moest laten uitpraten.

‘Ik weet wel dat het een vrij lange periode is, maar we kunnen het nog wel wat concreter krijgen. De duur van de zwangerschap bijvoorbeeld, als ze nog niet zwanger was toen ze vluchtte. Hoe oud het kind minimaal moet zijn geweest op het moment van de aanval op hun nederzetting... Kortom, we hebben tijdstip en plaats: de bergen van El Rosario. We weten ook wat we zoeken: een jong meisje, dat toen één, hooguit twee jaar was. Veel zullen er daar niet van zijn. Het gaat erom alle slavenjagers van het gebied te ondervragen – zoveel zullen dat er ook niet zijn – en in hun administratie te controleren welke acties ze hebben uitgevoerd in de bergen van El Rosario sinds 1868, toen de oorlog begon, en vanaf dat punt teruggaan. En als de baby levend gevangen werd genomen, dan staat dat natuurlijk in het verslag en dan weten we waar ze naartoe is gestuurd en kunnen we haar spoor volgen.’

‘Maar als ze nou niet werd geregistreerd, maar ondershands is verkocht?’ opperde Narváez, waarmee hij hardop het zwakke punt benoemde dat hun alle drie door het hoofd speelde.

'Hoe heb je voor elkaar gekregen dat die vroedvrouw ging praten? Nou?' vroeg de markies hem. De opzichter knikte, terwijl hij de bloedende rug van de vrouw voor zich zag. 'Dan ga je ook zo te werk bij de slavenjagers en ook bij de gerechtsbodes van de dorpen, als het moet. Ik wil dat zwarte kind hebben!' Vervolgens richtte de markies zich tot zijn secretaris om diens plan goed te keuren. 'Aan de slag, Gracià. Om de kosten hoef je je niet te bekommeren... en ook niet om de methodes om de waarheid te achterhalen. Neem zoveel klerken in de arm als je denkt nodig te hebben voor het speurwerk in de boeken van de slavenjagers en van gemeenten en rechtbanken in het gebied, en ook de juiste mensen om het geheugen van de slavenjagers op te frissen,' zei hij cynisch. 'Hou je niet in, ontzie niemand. En al moet je ervoor betalen om de tongen los te krijgen, doe dat dan. Het enige wat je hoeft te doen is ernaartoe gaan en in de herbergen het bericht laten verspreiden dat je een goede beloning uitlooft aan degene die dit kind weet te vinden, en dan komen de slavenjagers als aasgieren op je af. Maar laat je niks wijsmaken,' zei hij waarschuwend. 'Help Gracià de juiste mannen te vinden voor deze taak,' beval hij Narváez, 'en bovenal, vind dit kind.' De opzichter en de secretaris maakten aanstalten om op te staan, maar bleven door de woorden van don Juan José in hun beweging steken. 'Ze heeft me mijn kind afgenomen,' prevelde de edelman. 'Nu wil ik háár kind. Het is van mij! Breng het hier!'

Narváez vertrok met een groep mannen naar de bergen van El Rosario om de burgemeesters van de verschillende dorpen, de slavenjagers en de eigenaren van suiker- en koffieplantages te ondervragen, terwijl Gracià drie klerken aannam en met hen naar de archieven van het Koninklijk Instituut voor Ontwikkeling in Havana ging, een instelling die zich bezighield met marrons en verslagen kreeg over acties van slavenjagers en burgemeesters en gerechtsbodes in de Cubaanse dorpen. Markies de Santadoma zat in het bestuur van het instituut. De deputaties op het eiland stuurden er maandelijks overzichten over de situatie van marrons in hun grondgebied naartoe. Iedere zaterdag publiceerde het instituut ten behoeve van slaveneigenaren een lijst van gevangengenomen marrons, aan welke meesters ze toebehoorden als dat bekend was, en de plaats waar ze gevangen waren genomen. En daar, tussen duizenden vergeten dossiers op vuile tafels, installeerden de secretaris van de markies en zijn assistenten zich.

'Wat zoeken we?' vroeg een van de assistenten.

Gracià legde het uit.

'Snappen jullie het?' zei hij. 'Alles wat zich in de bergen van El Rosario en omgeving heeft voorgedaan vóór 1868. Zodra jullie iets vinden, laat je het mij weten. En let wel, alles! Al lijkt het nog zo onbenullig.'

Het vuil op de meubels en de papieren waaide op en zorgde voor een wolk van stofjes in de bibliotheek, die oplichtten in de zonnestralen die door het raam naar binnen vielen toen de klerken de touwtjes van de dossiers losknoopten en zich in de boeken verdiepten, op zoek naar een zwart meisje dat nu ongeveer veertien jaar oud was, en dat meer dan tien jaar geleden door de slavenjagers in de bergen van El Rosario gevonden had moeten zijn.

22

Madrid, Spanje
Mei 2018

Dankzij Joseph Bekele kreeg Lita een tijdelijke baan, zo'n baan die altijd wel te vinden was voor jonge mensen, bij een hulporganisatie voor immigranten die gehuisvest was in een voormalige fabriek in de arme wijk Vallecas. Ze viel in voor iemand van de administratie die met zwangerschapsverlof was. Ze nam kleding, levensmiddelen en andere eerste levensbehoeften in ontvangst, voerde ze in op de computer en droeg vervolgens zorg voor de distributie ervan. Met de paar honderd schamele euro's die ze verdiende droeg ze bij aan de kosten voor het huis en de boodschappen. Wat haar ontslag betrof gaf de markies niet toe. Er was geen zicht op een akkoord, wat betekende dat via de rechtbank iedere schadeloosstelling op de lange baan geschoven werd. Met haar moeder ging het net zo. Het kon de Santadoma's weinig schelen dat ze was ontslagen en dat er nooit sociale premies afgedragen waren. Een leger van advocaten onder bevel van don Enrique stond klaar om de zaken te traineren met alle trucs en leugens die nodig waren om Lita en haar moeder schade te berokkenen. En wat betreft de afstamming van Concepción hadden Marcelo en José de zaak niet heel duidelijk met de bewijzen waarover ze beschikten. De Santadoma's hadden een van de beste advocatenkantoren in civiel recht in de arm genomen dat geleid werd door een vooraanstaande hoogleraar door wie ze geïntimideerd leken te zijn. Dat gevoel kreeg Lita althans na hun laatste gesprek.

'Het zou wel een mop zijn,' zei ze enigszins venijnig, 'als ik me in dit wespennest heb gestoken om erachter te komen dat we nu niet eens de erkenning eisen van het feit dat mijn moeder het kleinkind is van de oude markies.'

In tegenstelling tot de aanvankelijke indruk konden de advocaten arbeidsrecht niet goed overweg met deze juridische specialisatie. Elena kende geen andere jurist die de zaak op zich had kunnen nemen en Lita had nog niet eens geld voor een eerste consult bij een specialist.

'Sommige advocaten hoef je pas te betalen als er resultaat is,' zei Marcelo, alsof hij graag van de zaak af wilde.

'Ja, die lui die adverteren op de radio. Dat zijn natuurlijk de besten,' zei Lita spottend.

Ze sprak er met Joseph over. 'Die demonstraties en alles wat we doen zullen niet veel uithalen als het ons niet lukt om de Santadoma's de afstamming van mijn moeder te laten erkennen.'

'Dat is zo,' zei de Nigeriaan.

Nog diezelfde middag, vlak voordat Lita haar werkdag wilde beëindigen, kwam hij naar de fabriek in gezelschap van een knappe zwarte man van een jaar of veertig.

'Alberto Gómez, advocaat,' stelde hij hem aan Lita voor. 'Hij kan de zaak van je moeder op zich nemen.'

Lita monsterde hem van onder tot boven.

'Ben ik goedgekeurd?' vroeg Alberto met een glimlachje.

'De buitenkant wel, ja. Over de binnenkant kan ik niks zeggen.'

Zijn binnenkant liet zich die dag voor het avondeten zien, toen Concepción, Lita, Sara en Elena de advocaat alle bewijzen toonden die ze hadden over het mogelijke vaderschap.

'Uw moeder heeft nooit iets aan u verteld?' vroeg Alberto aan Concepción.

'Nooit.'

Alberto bekeek de video van oom Antonio een paar keer en knikte telkens weer.

'Zijn jullie verder niet op zoek gegaan naar iemand die zou kunnen weten hoe het zit?' vroeg hij uiteindelijk.

'Eerlijk gezegd niet,' zei Lita.

'Daar hadden we ook geen tijd voor.' Dat was Elena.

'Kunnen we nog een keer praten met deze man, met oom Antiono?' vroeg Alberto.

'Ik betwijfel of hij nog van de bank af komt,' zei Sara.

'We hebben mensen daar nodig, op Cuba, om ons te helpen,' vervolgde de advocaat.

'Misschien...' begon Elena.

Ze keken vragend naar haar.

'Ik zit aan Raúl te denken.'

'Wie is dat?' vroeg Alberto.

'Een Cubaanse santero,' zei Elena, 'een bab... Hoe heet het ook weer?'

'Babalawo,' kwam Lita haar te hulp.

Alberto's gezicht vertrok bijna geen spier, maar de minieme verandering die ze erop zag was voor Lita voldoende om te begrijpen dat hij op de hoogte was van de vermogens, bekwaamheden of talenten, hoe je ze ook moest noemen, van zo iemand.

'Kunnen we contact met hem opnemen?'

'We hebben zijn nummer, en hij heeft gezegd dat we altijd kunnen bellen.'

Ze belden Raúl op. In Havana was het halverwege de middag. De babalawo toonde zich niet verrast. Ze wisten daar van de strijd die Lita in Spanje was begonnen. Hij praatte een tijdje met haar en vroeg toen naar haar moeder, die hij persoonlijk even wilde begroeten, en sprak vervolgens met Alberto.

Ze moesten wachten. Alberto overlegde met Marcelo en José, die de komst van de nieuwe advocaat heel vanzelfsprekend accepteerden. Zij zouden verdergaan met de eisen op arbeidsrechtelijk vlak. Lita zou graag meer contact hebben gehad met Alberto, wat meer over hem weten, ze voelde... Ze wilde er niet aan denken! Maar Alberto had afscheid van haar genomen met de belofte dat hij zou bellen zodra hij nieuws had uit Havana. Haar moeder had intussen een tweede huis gevonden waar ze twee keer per week een paar uur ging werken. Lita glimlachte, feliciteerde haar en ging op haar beurt verder met haar werk in de haveloze fabriek in Vallecas, waar ze in het vervolg een T-shirt met het logo van de ngo Vrienden van Vergeten Afrika droeg en zich kweet van haar taak om iedereen te helpen, niet alleen Afrikanen.

Ze sleepte met zakken, zweette, praatte, discussieerde. Mensen omhelsden haar geregeld en vroegen haar om raad over onderwerpen waar ze niets vanaf wist en om hulp die ze niet kon geven, altijd tussen verhalen door die soms verschrikkelijk en uiterst pijnlijk waren.

En dan was het alweer tijd om te sluiten en besefte ze dat de tijd weer tussen haar vingers door was geglipt, de vingers die een aai over de krullenbol van een zwart jongetje hadden gegeven die er met zijn moeder was en voor wie ze net zo lang in zakken en dozen had gezocht tot ze een zak met snoepjes voor hem had gevonden.

Ze kon dat jongetje maar niet uit haar hoofd zetten en zijn moeder ook niet, net zo min als de zwarte mensen en mensen van kleur die op haar afkwamen, alsof zij hen vriendelijker zou behandelen. Er waren moslims die op zoek waren naar eigen mensen, en Roma, en witte Spanjaarden die net zo armoedig waren als de rest, maar zij voelde zich iedere dag meer betrokken en kundiger en triester bij het zien van de ellende van de mensen met wie ze haar huidskleur deelde.

Sara en Elena wisten niet wat ze met haar verhalen aan moesten.

'Ik wist niet dat je ook zo kon zijn.'

'Is dat niet een soort racisme... maar dan omgekeerd?'

Met Pablo sprak ze er niet over. Ze zagen elkaar steeds minder. Lita ging altijd laat van haar werk weg, ze keek niet op de klok, en als ze naar huis ging rook ze naar van alles en nog wat, ook naar haar eigen vuil. Pablo bleef zich onderdompelen in bakkerijen en ijzerwarenhandels, gedegradeerd tot een eenvoudige boekhouder die mouwophouders droeg. De kloof tussen hen werd steeds dieper, al had dat een reden die Lita nooit had kunnen bevroeden: zij voelde zich meer op haar plaats, meer vrouw, meer... Terwijl Pablo steeds gedeprimeerder werd omdat hij gefaald had. Hoe kon ze over de telefoon tegen hem zeggen dat ze gelukkig was?

'Het geeft je vervulling,' zei Joseph tijdens een van de vele keren dat hij naar Vallecas kwam. 'Dit werk... Ik bedoel,' corrigeerde hij zichzelf, 'deze contacten laten zien hoe onbelangrijk we zijn en dat we het geluk altijd op de verkeerde plek zoeken in plaats van in de glimlach van de mensen aan wie we ons toewijden.'

'En hoe komt het dan dat ik me elke dag zwarter voel?'

Bij wijze van antwoord glimlachte Joseph.

'Je ziet er nog steeds hetzelfde uit,' grapte hij. 'Heb je zaterdagmiddag trouwens iets te doen?'

Joseph drong erop aan om Concepción ook mee te nemen en raadde aan het niet aan Sara en Elena te vertellen. 'Dit zijn feesten van ons,' voegde hij eraan toe. Lita wist haar moeder te overtuigen. 'Ik zie hen als onze broers en zussen,' zei ze. 'We zullen het daar naar onze zin hebben.' Daarmee ontlokte ze haar moeder een beslissend glimlachje.

Ze gingen naar een restaurant ergens aan de rand van Madrid, op een van de industrieterreinen die om de stad heen lagen. Het was een niet al te groot restaurant met geblindeerde ramen. De tafels en stoelen stonden tegen de wanden, behalve twee tafels met witte lakens eroverheen waarop een crucifix, kaarsen, prentjes, broodjes, een aantal glazen en een soepterrine stonden. Joseph liep met hen naar een hoek vanwaar ze de hele ruimte konden overzien. De binnenkomende mensen verzamelden zich rond het altaar. Bij elkaar waren het zo'n veertig tot vijftig mensen, telde Lita, en bijna allemaal zwart. Er werd een onzevader gebeden, waarna een rituele mis begon. Mensen liepen naar het altaar om offerandes te brengen: een kip, tabak, bloemen, eten en veel drank. Daarna begon de priester te zingen en geesten op te roepen, zoals Joseph hun uitlegde.

Al snel weerklonk er muziek. Er waren geen trommels, geen heilige trommels, maar wel bongo's, *atabaques*, en tamboerijnen en handgeklap, en veel animo om te feesten, al moest dat wachten tot de verzoeken tot de diverse goden beëindigd waren. Een solist zette een lied in; de aanwezigen volgden en voerden de dans uit die bij de aangeroepen god hoorde. Lita en haar moeder keken verrukt naar de passie van al die mannen en vrouwen die uitbrak op het moment dat, nadat de goden waren aangeroepen en gegroet, de muziek voluit klonk en de mensen met hun dans de orisha's aanspoorden om in hen af te dalen en zich met hen te verenigen.

Concepción bleef op één plek staan dansen, want ze durfde de dansvloer niet op te gaan.

Lita omarmde haar, terwijl ze om zich heen bleef kijken. De tijd vergleed, de mensen bleven dansen en zingen. Een aantal werd bevangen door een orisha, of meende dat in ieder geval, of simuleerde dat. De rest ging op een afstandje staan, zodat ze helemaal in hun roes konden opgaan. Lita bezag alles als een deskundige gast. Nu en dan keken Joseph en anderen naar haar, wachtend op een actie van haar, maar zij voelde niets, al wist ze wel waarom ze naar haar keken. Ze wist dat alleen maar die speciale muziek hoefde te klinken, de muziek die ze hoorde op het moment dat de aanwezigen even een pauze leken te nemen. Ja, daar was ze.

'Nu is het mijn beurt, mam.'

Lita wist niet hoe ze het haar moest uitleggen en ook niet hoe haar moeder zou reageren. Concepción had nog nooit iets gezegd over de dans die ze voor de bank van de Santadoma's had uitgevoerd en Lita had het onderwerp niet durven aanroeren.

'Lita, ik ben Cubaanse,' zei haar moeder, en daarmee wist ze haar weer eens te verrassen, zoals al zo vaak was gebeurd sinds ze bij elkaar woonden. 'Je oma was Cubaanse en háár oma ook... Tot aan de slaven die hun Afrikaanse goden naar het eiland brachten.'

Terwijl moeder en dochter elkaar zwijgend aanvoelden, probeerde Joseph de provisorische dansvloer vrij te maken. Lita haalde uit haar tas het blikken doosje en hing de ketting om haar hals. Ze deed dit plechtig, in overeenstemming met de kracht die het voorwerp had. Ze bevonden zich tussen zwarten. Tussen gelovigen die respect hadden voor hun priesters en hun goden vreesden, maar die hun religie altijd trouw bleven. Veel mensen waren al dronken, maar aangeschoten of niet, iedereen raakte in vuur en vlam toen de ketting op Lita's borst begon te branden en Yemayá groeide. De godin groeide tot ze explodeerde, in Lita's binnenste en in de geesten van de mensen, in dat restaurant aan de rand van Madrid.

Lita danste, zong, gilde, krabde zich op het hoofd, sleepte zich voort en viel zelfs een paar mannen en vrouwen aan. Yemayá was niet tevreden. Niemand waagde het haar dans te onderbreken. De offerandes vielen voor haar voeten neer om de godin gunstig te stemmen, maar die vertrapte ze. Wat wilde ze? Waarom was ze boos op hen?

Er werd steeds meer gedoneerd in de fabriekshal in Vallecas. De – meestal zwarte – mensen gaven zoveel ze konden. Dat was misschien niet genoeg om de armoe te bestrijden, maar voor de gevers zelf ging het om ware schatten. Veel mensen wilden met Lita praten, en sommigen vroegen haar om hen van een bepaalde ziekte te genezen.

'Ik weet niet wat ik tegen ze moet zeggen,' zei ze tegen Bekele toen hij weer eens langskwam. Van de ene op de andere dag was Lita een soort idool geworden voor zwarten die deelnamen aan de ceremoniën van santería.

‘Niets bijzonders.’ Dat was Josephs reactie. ‘Je bezit uitzonderlijke krachten waar zelfs de babalawo’s die de santería-centra van Madrid leiden, zich niets bij kunnen voorstellen en waar ze niets van begrijpen. Vertrouw die mensen ook niet. Veel van die mannen, en vooral veel van die vrouwen, zijn charlatans die alleen maar hun brouwsels en tovermiddeltjes willen verkopen. Er zijn ook echte, een minderheid, maar dit staat ver van ze af. Die kunnen je niet helpen.’

‘Dus?’

‘Dat zal de godin je zeggen. Vertrouw op haar. Op dit moment zijn de Vrienden van Vergeten Afrika van Vallecas in de wolken. Je hebt voor solidariteit tussen onze mensen gezorgd.’

‘Dat is zo.’ Lita glimlachte, ze voelde een enorme voldoening. ‘Dat constateer ik iedere dag.’

‘Ongetwijfeld. De markies, de overige aandeelhouders en de Amerikanen gaan door met de verkoop van de bank alsof de eventuele rechten van je moeder niet bestaan, maar wat ze zich niet realiseren, en dat is ook jouw verdienste, is dat een aantal Amerikaanse antiracistische bewegingen al demonstreren tegen ELECorp Bank omdat die een instelling wil oprichten over de ruggen en het bloed van de zwarte slaven op de Cubaanse plantages heen. Hier in Spanje gaan de acties door om druk op de Banca Santadoma uit te oefenen, zij het minder heftig… We stoken het vuur wel weer op als het nodig is,’ zei hij met een glimlachje. ‘Maar het is duidelijk dat de Amerikanen inmiddels de naam van je moeder al kunnen uitspreken: Concepción. Die wordt geroepen voor ELECorp. Ze zullen er nooit mee instemmen dat alles wat die rijke witten hun hebben aangedaan ongestraft blijft. Veel mensen voelen zich door Concepción vertegenwoordigd. Iedereen heeft racisme meegemaakt. Je moeder is haar hele leven onzichtbaar geweest. Ik garandeer je dat ze dat vanaf nu niet meer zal zijn. In de Verenigde Staten wordt dit soort dingen niet vergeten. Integendeel, er komen steeds meer reacties op. En die zullen nog toenemen wanneer Alberto die rechtszaak aanspant. Je hoeft alleen maar naar Black Lives Matter te kijken. Lita,’ richtte hij zich, nu ernstiger, tot haar, ‘laat je door Yemayá leiden.’

‘Als ze net zo’n humeur heeft als tijdens het feest…’

‘Geloof me nou maar,’ ging hij door, met dezelfde bedachtzaamheid waarmee hij zijn laatste woorden had uitgesproken. ‘Dit kan een van de weinige gevallen worden waarin het ons lukt om de uitbuiters, de nakomelingen van de slavendrijvers, persoonlijk schadeloosstellingen te laten betalen aan de afstammelingen van een van hun slaven.'

'Maar dat van die afstamming van zo'n slaaf is een veronderstelling van ons,' wierp ze tegen. 'Oké, het is vrijwel zeker, dat wel...'

'Jouw moeder is een vrouw van kleur en op Cuba woonden geen zwarten. Die hebben de Spanjaarden allemaal gehaald, tot slaaf gemaakt, geketend, op slavenschepen. Niemand ging op een plezierreisje,' zei hij. 'Linksom of rechtsom moet ze afstammen van een van hen.'

'Als zij er zeker van is... Dat ben ik trouwens zelf ook,' zei Lita, meer tegen zichzelf. 'Een van mijn voorouders, een zekere Alfonsa, werd als een beest behandeld. Ze was gewoon een eigendom van de Santadoma's dat ze mishandelden, uitbuitten en misschien ook wel verkrachtten. Dat was normaal, volgens iedereen die ik hoor.'

Lita voelde een rilling door haar hele lijf gaan, die overging in een pijnlijke kramp.

'Dit is onze kans, Lita, jullie kans, om ze de schade te laten vergoeden die je moeder en je voorouders is berokkend, en ook de schade die jou is toegebracht, waarom niet? Het wordt tijd dat de hele wereld ziet dat wij vechten, dat wij de schadeloosstellingen die ons toekomen opeisen, die ze in Durban en vervolgens met het Internationale decennium voor mensen van Afrikaanse afkomst hebben beloofd, waarvan ze in nietszeggende, hypocriete uiteenzettingen beweren dat eraan voldaan is.'

Lita bleef voor de ngo in Vallecas werken, trots dat ze de mensen van haar eigen bloed kon helpen. Ze vroeg haar moeder langs te komen op een dag dat ze geen schoonmaakwerk had. Concepción kwam aanlopen met de twee honden, en die drie zetten de hele fabriek op zijn kop. Moeder en dochter voelden zich meer dan ooit met elkaar verbonden.

'De Santadoma's waren heel religieus, dat weet je toch,' antwoordde Concepción toen Lita na het feest in het restaurant op het industrieterrein had gevraagd wat ze van santería afwist, waarom ze niet verrast was dat zij danste doordat de godin bezit van haar nam, en waarom ze haar nooit iets had verteld. 'Mijn moeder,' vervolgde Concepción, 'wilde de familie nergens mee lastigvallen en onderwierp zich helemaal aan hun godsdienst. In de tijd van generaal Franco had je als dienstmeid van de Santadoma's geen andere keus. Toen jij kwam heb ik haar voorbeeld gevolgd, en al wilde je dan geen communie doen, ik wilde me ook geen problemen op de hals halen met het geloof van onze voorouders. Ik was het helemaal vergeten. Hier in Spanje sloeg dat ook nergens op, maar jouw oma heeft me nu en dan over Cuba verteld en over haar goden, en door jou ben ik er weer aan herinnerd.'

Mensen nodigden Lita uit om te komen eten in hun eenvoudige woningen, waar ze werd onthaald op de etenswaren die ze de mensen zelf had overhandigd, maar die waren bereid met specerijen die met veel moeite vergaard waren en die vooral ook met veel liefde toegevoegd werden.

Ze leerde luisteren. En al die ervaringen – al die plaatsen en gezinnen die ze achter zich hadden gelaten, de woestijn waar ze doorheen hadden gemoeten om in het rijke, aantrekkelijke noorden te komen: een droom die vervaagde door de werkelijkheid, het geweld en de afpersingen van mensenhandelaren en mafiosi, de oversteek in een kleine vissersboot waarbij vrienden, broers, zussen en zelfs kinderen waren overleden – vormden zich tot moedige, pijnlijke verhalen die zich in haar binnenste nestelden en daar steken veroorzaakten. Lita meende dat ze midden in een westerse samenleving trots was geweest op haar afkomst. Maar ze begreep dat zij, zoals Joseph haar eens vertelde, ondanks wat haar als kind en ook later mocht zijn overkomen, op de bank, door de betrekkingen met de Santadoma's, bevoorrecht was geweest. En daarom had ze zich er nooit in verdiept hoe het voor anderen was. De gevoelens die ze tot voor kort nog had kunnen tegenhouden door alle ellende weg te wuiven en zich te beroepen op haar Spaans-zijn om zich te onderscheiden van de nieuwelingen, de pas aangekomenen, de illegale immigranten, en door hooghartig haar academische opleiding af te zetten tegen het analfabetisme van de mensen die het land binnenkwamen, door te werken en al die feiten te ontvluchten, door met Sara en Elena iets te gaan drinken of te lachen, speelden nu op door bootjes en doden, door de tandeloze glimlach van een middelbare vrouw die op een avond, terwijl ze naast elkaar op een vloerkleed op de grond zaten, in de kring van haar gezin, haar hand trots op de hare legde.

Lita verbond zich, met liefde en overtuiging, steeds meer aan de zwarte gemeenschap, aan de mensen van haar ras, terwijl Pablo van haar vervreemdde en hij steeds meer op de achtergrond raakte in de radiostilte die hij zelf leek te hebben ingesteld. Ondanks racisme en alle problemen was Lita altijd trots geweest op haar huidskleur en op haar Spaanse nationaliteit, maar nu raakte ze overspoeld door een werkelijkheid die ze tot dusver misschien had gemeden: immigratie, armoede, gebrek... En alles bij elkaar zorgde dat voor veel diepere gevoelens dan de keren dat ze zich diep vanbinnen schaamde voor haar houding in het verleden. Sara en Elena, die zagen dat hun vriendin helemaal veranderde, steunden haar en grepen alles aan om de band die ze met elkaar hadden hecht te houden.

Op een van die dagen, toen de drie vriendinnen, Concepción en zelfs de honden soezerig aan het natafelen waren na een gezamenlijk bereide maaltijd, stond Alberto Gómez, de advocaat, met een koffer in de hand voor de deur.

Op de nieuwe video herkenden ze oom Antonio met moeite. Hij was geschoren en gewassen, zijn haren waren gekamd en hij droeg een wit, linnen overhemd. De man herhaalde wat hij al eerder had verklaard en zwoer bij hoog en bij laag dat hij de waarheid sprak.

Concepción, Lita en de vriendinnen zaten verbluft te luisteren naar de nieuwe getuigenissen die eveneens waren opgenomen, namelijk die van een keukenhulp en van een wasvrouw, die in Havana allebei voor de Santadoma's hadden gewerkt. Ze kenden Margarita, uiteraard kenden ze die.

'Zo'n mooie vrouw.'

De voormalige keukenhulp stak haar hoofd omhoog, kneep haar ogen half dicht en knikte zichzelf toe, als een soort bevestiging van de herinneringen die bij haar bovenkwamen.

'Margarita heeft de mooie vrouwen uitgevonden,' zei ze toen weemoedig.

De andere oude vrouw, haar gerimpelde gezicht vol plooien en groeven, bewoog haar ene hand zachtjes door de lucht alsof ze het trage tempo van een symfonie aangaf, en fluisterde: 'Zo'n mooi meisje, zo mooi. Ze liep alsof ze zweefde!'

'Iedereen wist dat het meisje een dochter was van don Eusebio!' riep de voormalige keukenhulp uit.

'Uiteraard,' zei de ander. 'Dat hield hij helemaal niet geheim. Want hij was verliefd op Margarita.'

'Zo'n mooi meisje.'

'Maar toen kwam doña Claudia... En die pakte de twee van hem af.'

Concepción moest huilen toen ze die verklaringen over haar moeder en zichzelf hoorde, en de drie vrouwen drukten haar tegen zich aan. Er was nog een video met mensen die vertelden wat ze hadden gehoord over haar familie en kennissen, en de verhalen kwamen allemaal overeen. Alberto had voor elkaar gekregen dat een paar Cubaanse advocaten de getuigen hadden vergezeld naar het Spaanse consulaat in Havana, waar de verklaringen waren afgelegd in aanwezigheid van de consul, die als Spaans notaris optrad.

Er waren video's en openbare documenten, maar ook kwamen er foto's tevoorschijn waarop de mensen die de verklaringen hadden afgelegd te zien waren op het landgoed van de markies, waar ze trots poseerden. Deze foto's staafden hun verklaringen. Het was duidelijk dat ze daar hadden gewoond; ze waren getuige geweest van de voorvallen waarvan ze vertelden.

Op een van de foto's, die was gemaakt voordat de oude markies in ballingschap naar Spanje was gegaan, stond Margarita, inderdaad een jonge, mooie vrouw van kleur, zoals ze gezegd hadden. Zo mooi dat het onmogelijk was niet verliefd op haar te worden. Concepción kuste de foto.

'Raúl en zijn honderden kennissen,' begon Alberto, alsof hij met een laatste verrassing kwam, 'zijn op verscheidene kinderen van José Hermoso gestuit, de werknemer van de markies die de markies als echtgenoot voor Margarita had gekozen. Dat wil zeggen, in náám uw vader,' richtte hij zich tot Concepción. 'Het is duidelijk dat hij gedwongen werd.' Vervolgens las hij de verklaring voor die een van deze kinderen ten overstaan van de consul had afgelegd: '"Zodra de markies uit Havana vertrokken was, huwde hij met onze moeder, zijn echte vrouw." Ze hadden de huwelijksakte bij zich, en hoewel het duidelijk is dat ze Margarita nooit hebben gekend, hadden ze toch een paar dingen van haar die zij verstopt had op haar kamer. Die wilde ze kennelijk niet meenemen naar Spanje toen ze haar weghaalden bij don Eusebio, en ze bleven daarom in bezit van hun vader. Het gaat om een paar foto's van de zoon van de markies, Eusebio de Santadoma, samen met Margarita en een pasgeboren Concepción: net een gelukkig gezinnetje. De kinderen van Hermoso verkochten Raúl ook een in goud gevatte camee van agaat, de camee die Margarita op de twee foto's draagt en waarin gegraveerd staat: VOOR MIJN ZWARTE MEISJE. EUSEBIO. Echt, ze hebben ons ervoor laten betalen alsof het om de kroon van de koningin van Engeland ging,' mopperde Alberto.

Vervolgens was iedereen even stil van die lawine aan bewijzen van Concepcións afstamming.

'Oftewel, jullie zijn dus wel degelijk markiezinnen,' zei Elena ironisch.

Lita kon geen woord uitbrengen, net zomin als Concepción, die nu wel overtuigd was van haar bloedlijn.

'Bij zoveel bewijs zullen de Santadoma's wel moeten onderhandelen,' zei Alberto. 'Morgen ga ik meteen hun advocaten bellen. Is dat oké, Lita?'

De minnelijke claim van Alberto Gómez, die voorafging aan een mogelijke rechtszaak waarin de afstamming van Concepción en haar rechten als erfgename van de markies wettelijk erkend zouden worden, veroorzaakte grote opwinding bij de Banca Santadoma. Het ontslag van Lita en het ontslag en pensioen van haar moeder verdwenen naar de achtergrond. Dat waren maar kleine problemen vergeleken bij de verstrekkende kwestie waaraan de Santadoma's niet de benodigde aandacht hadden besteed. Ze hadden er alleen voor gezorgd dat de praatgrage bohemienne in de familie haar mond hield en er een paar duizend euro voor neergelegd om haar haar versie van het verhaal te laten wijzigen. Ze gingen ervan uit dat het schandaal verflauwde en hadden her en der mensen betaald om de boel te sussen. Maar de nieuwe bewijzen die Gómez aandroeg, gooiden alles in de war. De bezorgdheid was begrijpelijk, bedacht Lita, want het koopcontract tussen de Amerikanen en de Santadoma's was tot in de puntjes uitgewerkt. Alle familieleden moesten hun aandelen verkopen. Het percentage aandelen dat de Santadoma's in de bank hadden, moest in zijn geheel overgedragen worden aan de Amerikanen. Het niet nakomenvan deze verplichting betekende hoge bedragen aan schadeloosstelling betalen. Niemand, ook de hoogleraar rechtsgeleerdheid niet die de zaak onder zich had, een zekere Contreras, had enig probleem voorzien bij de afhandeling van het contract. Dat had hij met een gedetailleerd verslag over de kwestie duidelijk gemaakt. Alle erfgenamen hadden getekend: de markies, zijn zusters en de kleinkinderen van de andere twee familietakken. Ook doña Claudia had haar eigen pakket aandelen verkocht. Daarom was er ook niet over een bedrag aan schadeloosstelling gesproken, omdat niet-nakoming van dit punt niet voor mogelijk werd gehouden. Contreras had aangeraden dat het beter was om over andere punten van de transactie te spreken of daarover te onderhandelen dan over het punt dat eenvoudig opgelost werd door toezegging van alle betrokkenen.

Alle Santadoma's hadden getekend.

De Amerikanen hadden getekend.

Lita wist dat. Ze had alle gescande documentatie op haar pc staan, want Stewart had die aan haar gestuurd. Ze wist dat er geen weg terug was. Niet voor de Amerikanen, die net als de Ruz Parientes al andere aandelenpakketten hadden gekocht, en niet voor de Santadoma's, die de hunne hadden verkocht. Want niemand had in zijn stoutste dromen ook maar kunnen bedenken dat er in de tijd dat de erfenis van de oude markies werd afgehandeld en dat aan de andere formaliteiten van het contract werd voldaan, een nieuw kleinkind van de aristocraat zou opduiken. Concepción was zestig. Zestig jaar van stilte, rust en zekerheid voor de leden van de familie Santadoma. Maar sinds de uitvaardiging van de Spaanse grondwet was de wet heel duidelijk: Concepción had haar hele leven al haar afstamming kunnen opeisen. Wie had kunnen bevroeden dat er na verloop van zo'n lange periode een tot dan toe onbekend kleinkind verscheen?

Concepción had duidelijk niet getekend voor de verkoop van de aandelen die haar als erfgename van de markies zouden toekomen. Als zij als erfgename erkend werd en zich tegen de verkoop keerde, kregen de Amerikanen niet al het kapitaal van de bank in handen, wat wel de bedoeling was. Dat betekende dat de verkopers het getekende contract niet nakwamen en de clausules over schadeloosstelling van kracht werden waar noch Contreras, noch iemand anders aandacht aan had besteed. De Santadoma's zouden, kortom, een fortuin kwijt zijn.

De vergadering werd gehouden in de zaal met de grote daklichten op de negenendertigste verdieping van de wolkenkrabber aan het eind van de paseo de la Castellana, waar Lita voor de Amerikanen had gewerkt. De eindeloze hemel was intens blauw en zag er schoon uit. Een goed voorteken, dacht Lita glimlachend, terwijl onwillekeurig het gebruikelijke beeld van een dikke smogdeken in haar opkwam. Aan de glazen tafel was ruimte voor zo'n twintig personen. Op dat moment waren er maar twee stoelen bezet, namelijk die van haar en die van de advocaat Alberto Gómez, al liepen er achter de jaloezieën, die de rest van de ruimte aan het oog onttrokken, constant mensen heen en weer.

Terwijl ze zaten te wachten liet Alberto haar op zijn laptop beelden zien van demonstraties die zich die dag hadden voorgedaan in Miami en een aantal andere steden in Florida bij filialen van ELECorp, vanwege de verkoop van de Banca Santadoma. In Spanje gingen de acties ook door.

'De Amerikanen zullen niet blij zijn,' zei de advocaat vergenoegd. 'De beurzen reageren heel sterk op dit soort problemen. Ze zullen ze snel moeten oplossen. Als klanten geen vertrouwen hebben, breekt er paniek uit en daalt de koers. Ze lopen groot risico dat de fondsen met hun kapitaal gaan speculeren.'

Lita en haar advocaat waren hier op verzoek van de juristen van de Amerikaanse bankiers. Santadoma bemoeide zich er verder niet mee sinds Alberto zich met een notaris bij de bank had vervoegd om formeel de markies op te roepen iedere actie te stoppen die de erfenis van de cliënte van de advocaat, Concepción Hermoso, in gevaar bracht. Haar eis om erkenning van haar afstamming zou, kortom, zonder verdere plichtplegingen bij de rechtbank worden ingediend.

De markies had bevreemd naar de nieuwe advocaat gekeken. Waarom een zwarte, vroeg hij zich af. Wel moest hij vaststellen dat de man goedgekleed en welgemanierd was, heel anders dan de advocaten arbeidsrecht, die hij met minachting had bezien.

'Het is een leugen om te beweren dat deze vrouw een dochter is van don Eusebio de Santadoma,' was het enige wat hij zei toen hij de eis van de notaris hoorde, 'en ik wijs op de juridische stappen die mijn familie kan ondernemen bij een dergelijke onwaarheid.'

De juristen van de Amerikanen reageerden met minder dedain,

nog diezelfde ochtend hadden ze Gómez gebeld om hem uit te nodigen voor een vergadering in de glazen toren aan het eind van de paseo de la Castellana, waar ze de waarde van de bewijzen van Concepción hoopten te kunnen inschatten. Lita en Alberto hadden geprobeerd haar over te halen om ook te komen. 'Kind,' had ze geantwoord, 'ik voel me heel ongemakkelijk bij zoveel mensen, al die advocaten en die Amerikanen over wie je het had... Ik heb genoeg gezien en gehoord om er zeker van te zijn dat mijn moeder inderdaad een relatie had met een Santadoma, en voor zover ik aan de foto's kan zien, een gelukkige relatie. Maar rechtszaken, schadeloosstellingen en al die zaken waar jullie het over hebben, daar heb ik geen verstand van, en ik ben altijd bang een vergissing te maken, zoals tijdens dat eerste interview, toen je me daarvoor moest waarschuwen. Stel je voor dat de markies komt opdagen en met me gaat praten! Wat moet ik tegen hem zeggen?' Alberto knikte met samengeknepen lippen. Die mogelijkheid kon je nooit uitsluiten, want don Enrique was onvoorspelbaar. 'Gaan jullie twee maar,' vervolgde Concepción, meer ontspannen nu ze zag dat haar dochter niet verder aandrong. 'Ik heb vertrouwen in jullie aanpak. Jullie informeren mij achteraf wel.'

'Weet je zeker dat we het zo gaan doen?' vroeg Lita terwijl ze in de vergaderzaal nog steeds op de advocaten van de Amerikanen wachtten. 'Marcelo en José zeiden de hele tijd dat we vóór de rechtszaak geen enkel bewijs moesten laten zien.'

'Aha. Dat kan inderdaad een strategie zijn, maar wij hebben geen belang bij een rechtszaak die jaren duurt. Je moeder is al op leeftijd, ze moet kunnen genieten van wat haar toekomt, vind je niet?' Lita knikte. 'Als we een rechtszaak willen vermijden en tot een akkoord willen komen met de Santadoma's, maar zij willen niet schikken, moeten we allereerst de Amerikanen overtuigen. Zij zijn de eerste belanghebbenden om de aandelen van de bank in hun geheel te willen verkrijgen, en zij zijn ook degenen die van de markies en de zijnen kunnen eisen dat ze tot een akkoord komen. Daarom moeten we duidelijk maken dat we niet zitten te bluffen. In hun plaats zou ik het ook zo doen.'

'Maar als ze de bewijzen zien, kunnen ze dan niet proberen die te weerleggen, de getuigen proberen om te kopen zodat ze hun verklaringen intrekken?'

'Ja, dat kunnen ze proberen. In feite waren ze daar al mee bezig,' bekende de advocaat voor het eerst aan Lita, 'maar ze stuitten op een land met fatsoenlijke mensen die ontzettend veel hebben meegemaakt en enorm hebben geleden. Veel van hen geloven nog steeds in de revolutie en haten het kapitalisme... Maar het was vooral de rol van Raúl. De mensen wisten van zijn belangstelling voor deze kwestie en wanneer iemand ook maar één nieuwsgierige vraag stelde, kwamen ze hem dat al vertellen. Santería is daar nog steeds een gerespecteerde religie en de babalawo's worden met eerbied behandeld. In ieder geval,' ging Alberto door toen de deur van de zaal werd geopend en hij zachter begon te praten, 'hoe kunnen ze de foto's veranderen? Of de brieven van de markies? Of de camee? Denk je dat ze je oom kunnen omkopen?'

Lita dacht na, en ze wees deze mogelijkheid al van de hand toen de eerste mensen het vertrek binnendruppelden. Twee advocaten stelden zich aan Gómez en haar voor. Vervolgens kwam Meyerfeld binnen, even groot en koel als altijd. Ook Stewart kwam, die glimlachend de witte tanden ontblootte die zoveel indruk op haar hadden gemaakt toen ze met hem had kennisgemaakt. Terwijl de anderen op hun plaats gingen zitten liep Stewart rechtstreeks naar Lita en stak zijn hand uit.

Ze drukte die, en merkte dat hij haar hand een seconde langer vasthield dan nodig was.

'Vindt u het goed dat ik met uw cliënte spreek?' vroeg hij in het Engels aan Alberto, nadat hij die gegroet had. 'Nee, het is niets belastends,' vervolgde hij toen Alberto achterdochtig keek.

'Dat is u geraden,' zei Alberto glimlachend.

'Je hebt heel wat overhoopgehaald, Lita!' verweet Stewart haar toen met de breedst mogelijke glimlach, zonder een spoortje ernst.

Lita keek vragend naar Alberto, maar die haalde zijn schouders op.

'Ik vraag alleen maar wat mijn moeder rechtens toekomt,' antwoordde ze.

'Kijk naar mij,' zei Stewart, 'en ook naar je advocaat, als je wilt. We zijn allebei zwart en we willen allemaal de gerechtigheid die onze voorouders is onthouden, maar veel mensen proberen misbruik te maken van hun ras. Ik veroordeel dat niet!' zei hij er snel achteraan. 'Het probleem is om dat recht te bewijzen...'

'Daarom zijn we hier,' viel Alberto hem in de rede.

'Uiteraard,' gaf de Amerikaan toe, en ging naast Lita zitten.

Terwijl ze zaten te praten waren er zes adviseurs binnen komen lopen, plus de advocaten. Lita kreeg niet de gelegenheid om ze allemaal in zich op te nemen, want na de tweede stuitte ze op Pablo, die onberispelijk gekleed ging en er even aantrekkelijk uitzag als vroeger. Hij wekte de indruk dat het feit dat hij zich op de negenendertigste verdieping van een glazen gebouw bevond, ver van bakkers en ijzerwarenhandelaren, hem nieuw leven en vers bloed had ingeblazen. Lita keek van hem weg.

'Waarom is Pablo hier?' vroeg ze op fluistertoon aan Stewart.

'Hij is erg goed in zijn vak,' antwoordde die, ook zachtjes. 'Ik heb begrepen dat hij was gedegradeerd omdat hij het voor je opnam. Als uiteindelijk blijkt dat jij gelijk hebt, moet hij dan als enige daardoor gedupeerd worden?'

Lita onderdrukte de fysieke reacties van verbazing waar dat antwoord om vroeg: haar ogen sluiten, haar hoofd schudden om haar gedachten te ordenen... Er was misschien niets tegen Stewarts argumentatie in te brengen. Inderdaad, waarom moest hij de enige zijn die voor haar de prijs betaalde? Maar tegelijkertijd voelde ze dat Pablo er alleen maar was om druk op haar uit te oefenen. Toen keek ze naar hem. Pablo plooide zijn lippen tot een flauwe glimlach, alsof hij wist wat de Amerikaan tegen haar gezegd had en dat bevestigde.

Aan het hoofd van de tafel begon Alberto met de presentatie van de eerste video van de Cubanen die hun verklaringen aflegden over Eusebio, Margarita en Concepción.

'Kan dat niet op groot beeld?' vroeg iemand, wijzend naar het enorme, platte scherm dat achter Gómez aan de wand hing.

'Nee,' zei die slechts, wat duidelijk maakte dat hij geen verbinding wilde maken met het computersysteem van het kantoor. Hij werkte offline, had hij tegen Lita gezegd, en zijn IT-mensen hadden alle mogelijke veiligheidsmaatregelen genomen om de informatie te beschermen. Die was daarom niet compleet, zoals Lita even later moest vaststellen.

'Wie is deze man?' vroeg een van de advocaten van Stewart.

Alberto had de video's gemonteerd en alle gegevens eruit gehaald die tot de identiteit van de getuigen zouden kunnen leiden, met inbegrip zelfs van verbale verwijzingen waaruit op te maken viel wie er aan het woord was, zoals nu oom Antonio, de broer van Margarita, die met stelligheid verklaarde dat Concepción de dochter van don Eusebio was.

'Iemand die persoonlijk de feiten heeft meegemaakt,' antwoordde Gómez.

Lita kende de verklaringen – in een aantal gevallen en met betrekking tot bepaalde momenten zelfs woordelijk – zodat zij, terwijl de rest de aandacht richtte op de video, iedereen observeerde. Ze voelde de spanning. De verklaringen van de getuigen weerklonken in de zaal en ze merkte dat de mensen van Stewart maar half, vanuit een ooghoek zaten te kijken, om te verbergen dat ze ongerust werden. Een tolk was fluisterend voor Meyerfeld en Stewart aan het vertalen, waardoor Alberto een aantal keren de video moest stoppen en zelfs terug moest draaien. De mensen hielden zich dan stil, wachtend tot er voor de Amerikanen vertaald was, en dan was Lita degene die zich geobserveerd voelde. Het beviel haar in het middelpunt van de belangstelling te staan van al die duurbetaalde, hoogopgeleide mensen, onder wie Pablo, met wie ze overigens liever geen oogcontact maakte. Na de video's kwamen de foto's en de camee. Alberto's laptop ging de tafel rond. Lita lette op Pablo's gezicht toen hij de beelden zag. Uiteindelijk kwam de laptop terug bij Alberto, die wees op de transcripties van de video's.

'Ze zijn gelegaliseerd door het Spaanse consulaat,' verklaarde hij, 'maar de datums en bepaalde passages zijn eruit gehaald. Ze bevatten echter hetzelfde wat u al van deze mensen heeft gehoord. Als u wilt dat ik ze voorlees…'

Dat hoefde niet, en daarom begon Gómez met de brieven van de zoon van de markies aan zijn vader, die hij luid en duidelijk voorlas.

'Hoe komt u aan deze correspondentie?' onderbrak een van de advocaten hem.

'Die is aan mijn cliënte gegeven als onderdeel van de documentatie voor de onderhandelingen.'

'Maar dit is vertrouwelijk, privé.'

Gómez herhaalde de argumenten die Marelo en José destijds hadden genoemd: 'We hebben begrepen van niet, omdat zowel de verzender als de ontvanger al is overleden.'

'Hoe dan ook is uw cliënte op een onwettige manier aan de brieven gekomen. Die zijn haar niet overhandigd om haar vervolgens te laten claimen...'

'Wettig of onwettig,' viel Alberto hem scherp in de rede, 'daarover beslist de rechter. Het is niet onze bedoeling ze te houden, want er is een hele berg aan brieven,' zei hij met enig cynisme. 'Het is voor ons prima om ze terug te geven na de rechtszaak. Wij hoeven ze niet.'

Hij las de brieven voor, maar niet in hun geheel; hij beperkte zich tot de passages die getuigden van de belangstelling van Eusebio voor Margarita en Concepción.

Halverwege een van de brieven begon er iemand te zuchten. Lita trachtte tevergeefs de bron te vinden.

'Goed,' zei Gómez ten slotte, 'tot zover een deel van de bewijzen waar we over beschikken. Onderwijs en medische kosten van María Regla Blasco werden betaald door de Santadoma's; dat is eenvoudig aan te tonen. En ik moet u eraan herinneren dat mijn cliënte, doña Concepción Hermoso, door markies de Santadoma naar Spanje is gebracht toen ze nog geen jaar oud was, samen met haar moeder, een jonge vrouw van kleur, die dienstmeid was. De vraag rijst welke noodzaak daarvoor was. Zou u zoiets doen? Zonder over iemand te willen oordelen,' ging hij verder, terwijl hij zijn blik even op Lita richtte, 'maar was deze dienstbode zo onmisbaar? Had voor haar in de plaats niet iemand kunnen komen die géén jonge baby met zich meesleepte, die alleen maar een probleem en een belemmering vormde voor de moeder om haar werk te doen? Het ligt niet voor de hand dat de markies of zijn echtgenote een bijzondere band had met deze dienstbode. Ze moeten er veel hebben gehad die graag met hen mee wilden naar Spanje. Er was meer aan de hand, dat is duidelijk. De Santadoma's weten dat en zullen dit moeten erkennen.'

'We gaan met u niet in discussie over het materiaal dat u heeft laten zien,' sprak een van de advocaten van de Amerikanen, 'maar we ontkennen met klem dat de Santadoma's op de hoogte waren van deze situatie. Niemand van hen...'

'Doña Claudia,' viel Gómez hem in de rede. Hij was Lita net voor. Hij had haar verzocht om zich er op geen enkel moment in te mengen, maar ze stond op het punt om de aanwijzingen van haar advocaat te negeren. 'Doña Claudia,' zei hij nog eens, 'de weduwe van don Eusebio, de vader van mijn cliënte, was al op de hoogte van de bloedlijn van doña Concepción toen ze nog op Cuba woonden. Dat verklaren alle getuigen.'

'Doña Claudia is oud en seniel,' meende een van de juristen.

'Daarom is het ook mijn bedoeling haar komende week op te roepen om vroegtijdig een verklaring af te leggen. God verhoede dat haar seniliteit of gezondheid achteruitgaat. Ik denk dat haar getuigenis van het grootste belang is en dat de rechter dit zal accepteren.'

Veel van de aanwezigen herinnerden zich de schreeuwende doña Claudia in de vergaderzaal van de bank, die weigerde in te gaan op de smeekbeden van haar zoon de markies, die Lita en haar moeder beledigde, en iedereen kwam tot dezelfde conclusie. Lita en Alberto onderdrukten een glimlach. Iedereen hier in de zaal, om te beginnen Stewart, was bang voor wat die vrouw kon verklaren ten overstaan van een rechter en in aanwezigheid van Concepción. Niemand kon haar het zwijgen opleggen.

'Ik geloof niet dat deze vrouw in staat is een verklaring af te leggen,' probeerde een van de advocaten haar erbuiten te houden.

'Jawel, jawel. Kijk,' zei Gómez, terwijl zijn stem, gezicht en houding zich verhardden, 'we zijn hier te goeder trouw gekomen.' Hij richtte zich nu rechtstreeks tot de Amerikanen. 'Ik accepteer hier geen trucjes. Als u wilt onderhandelen, leg dan uw kaarten of aanbod op tafel. Wij hebben dat al gedaan. Ik ga nu geen tijd verliezen aan slimmigheidjes. Bewaart u die maar voor de rechtbank.' De laatste woorden richtte hij weer tot de advocaat die gesproken had. Hij haalde een document uit zijn aktetas en gaf er een duwtje tegen, zodat het bij de collega terechtkwam tot wie hij zich gericht had. Die las het zwijgend.

'Denkt u dat dit nodig is?'

'Zeer beslist,' antwoordde Gómez.

Het ging om een soortgelijke eis als die aan markies de Santadoma, door middel waarvan de advocaat, gevolmachtigde van Concepción, de kopers ervan in kennis stelde dat zij haar deel van de erfenis opeiste en hen wees op de gevolgen van een vonnis in haar voordeel over de aandelen van de bank.

'U had het over te goeder trouw,' verweet de advocaat hem.

'Dat is het ook.' Gómez speelde de beledigde. 'Stelt u zich voor dat wij de eis van doña Concepción voor u verborgen hielden. Dat zou te kwader trouw zijn. Wij hebben onze kaarten op tafel gelegd en we kunnen u op zijn minst toch wijzen op de gevolgen die onze stappen kunnen hebben?'

De aangesprokene knikte. Meyerfeld en Stewart tekenden voor ontvangst van de eis en Alberto nam opnieuw het woord.

'Ik veronderstel dat u wilt overleggen, zodat het waarschijnlijk beter is dat we u even alleen laten.' Lita en Alberto stonden op. De overigen wilden uit beleefdheid ook opstaan, maar Alberto maakte een afwerend gebaar. 'Uiteraard,' vervolgde hij, 'zou het goed zijn wanneer jullie de markiesss...' Hij liet de 's' op het eind sarcastisch slepen. '... de arbeidsrechtelijke situatie van doña Regla laten oplossen. Ze heeft de rechtszaak verloren, dat heeft u zelf gezegd,' richtte hij zich tot Stewart. 'Het is niet goed om tot een akkoord proberen te komen wanneer er ook andere geschillen in het spel zijn. Die staan bereidwilligheid in de weg... net als het feit dat doña Concepción Hermoso geen pensioen krijgt na een leven lang zonder vaste werktijden voor aristocraten te hebben gewerkt. In plaats van te leven van een pensioen dat haar rechtens toekomt, moet ze nog steeds als schoonmaakster werken om haar brood te verdienen.'

Vroeger zou Lita bij de woorden van Alberto haar ogen beschaamd hebben neergeslagen. Maar deze keer rechtte ze haar rug en keek iedereen, ook Stewart en Pablo, uitdagend aan.

'De Santadoma's zijn nogal bijzondere mensen,' merkte de tweede advocaat van de Amerikanen op. 'We zullen ons best doen, maar ik begrijp dat het zaken van minder gewicht zijn vergeleken met waar we hier voor zijn. Even voor de duidelijkheid: stelt u aan de onderhandelingen, die van invloed zijn op een eventuele erfenis van uw cliënte, die op haar beurt gevolgen heeft voor de verkoop van een bancair instituut, de voorwaarde dat Santadoma doña Regla schadeloosstelt en haar moeders pensioen betaalt?'

'Ja.' Nu was Lita Alberto voor. 'Ik ben ontslagen omdat ik een vrouw van kleur ben en omdat ik opeis wat mijn moeder toekomt, die nog geen cent heeft meegekregen na een leven lang voor hen te hebben gewerkt en die iedere dag te maken had met de karaktertrek die u als "nogal bijzonder" kwalificeert. Zal ik u een paar voorbeelden geven van dat bijzondere?' Lita liet een stilte vallen om haar woorden meer gewicht te geven. Niemand zei iets. 'Wat ons sowieso al toekomt, mij en mijn moeder,' vervolgde ze, 'heeft niets te maken met het feit dat zij de dochter is van Eusebio de Santadoma. Dat is een andere strijd.'

'U heeft het gehoord,' zei Gómez.

'Ik weet niet waarom ik niet opkijk van jouw sterke positie,' zei Stewart glimlachend. Hij stak Lita opnieuw zijn hand toe, en deze keer omvatte hij de hare met beide handen. 'Ik zou graag met je hebben gewerkt. Je bent...'

'U komt haar nog wel tegen wanneer ze in de bestuursraad zit, als eigenaar van een flink pakket aandelen van de bank,' onderbrak Alberto hem.

Stewart schaterde en knikte, terwijl hij Lita's hand losliet. Die hield haar hoofd schuin en keek samenzweerderig naar haar advocaat. Daarna nam ze afscheid van Meyerfeld en liep ze samen met Alberto naar de uitgang. Pablo bleef gewoon zitten toen ze langs hem liepen. Lita keek met gemengde gevoelens naar hem. Wat was er overgebleven van al hun verwachtingen? Ze wilde niet dat hij merkte hoe ze zich voelde, al helemaal niet in de omgeving en de situatie waar ze nu in zaten, en daarom nam ze geen afscheid van hem.

23

Jiguaní, Cuba
Mei 1878

Het regenseizoen was begonnen en Kaweka keek naar de langsstromende rivier, die al iets gezwollen was. Ze bevond zich in de omgeving van Jiguaní, in bosrijk gebied, dicht bij Bayamo, Yara en Sierra Maestra en al die plaatsen waar ze had gevochten en waar de revolutie was gesmeed, die een vrede had opgeleverd waartegen de Bronzen Titan, generaal Maceo, zich verzette. Met het protest in Baraguá besloot hij de oorlog tegen de Spanjaarden voort te zetten.

Toen de zwarte generaal te weten kwam dat Kaweka was gevlucht na de overgave van de troepen aan de Spanjaard Martínez Campos en ze in Mangos de Baraguá was aangekomen, liet hij haar bij zich roepen.

'Maar ik ben invalide,' klaagde Kaweka nadat de militair haar veldslagen had geroemd en haar het bevel over een compagnie van tien man aanbood.

'Je hoeft niet te vechten, sergeant,' was zijn reactie. 'Dat zullen je mannen doen. Maar de ervaring die jij meebrengt, is van onschatbare waarde. Ik wilde dat ik veel meer officieren had als jij, maar je hebt al gezien hoe weinig troepen, wapens, middelen en zelfs proviand er is. De strijd heeft inmiddels al jaren geduurd en heeft veel zwarte doden gekost die als ongedierte zijn vermoord en afgeslacht, zodat de blanken het onderling op een akkoordje kunnen gooien. Ze blijven zich verrijken, ons uitbuiten, en na tien jaar oorlog doen ze alsof er niets is gebeurd.'

Kaweka's compagnie moest de omgeving van de rivier de Jiguaní in de gaten houden en verhinderen dat de vijand die overstak. Ze had een korporaal en negen soldaten onder zich, die haar bevelen meteen naast zich neerlegden toen er Spanjaarden opdoken.

'Wat doen jullie?' vroeg ze fluisterend, om niet door de vijand ontdekt te worden, toen ze zag dat ze hun wapens op de grond gooiden.
'Ons overgeven,' antwoordde de korporaal.
'Geen sprake van!'
Het kon haar nu niet meer schelen dat ze hard riep. Tegelijkertijd omklemde ze met haar rechterhand haar machete.
'Wil je het tegen ons opnemen?' vroeg de korporaal.
Kaweka voelde de loodzware machete en zwichtte. De mannen vroegen niet of ze met hen meeging, ze wisten dat ze dat niet zou doen. Ze deden hun handen omhoog en liepen naar de Spanjaarden toe, terwijl ze luid om vergeving en genade smeekten.
'Ik wens je succes, zus,' zei de korporaal voor hij ervandoor ging.
Kaweka verstopte zich in het dichte struikgewas. Door een plotseling opkomende stortbui zag de vijand ervan af haar te achtervolgen. Het watergordijn wist echter niet het schuldgevoel uit te wissen dat haar overviel toen ze haar mannen zag neerknielen. Ze had de discipline niet weten te handhaven. Misschien hadden ze er geen vertrouwen in dat een halfverlamde hen naar de overwinning kon leiden, zoals ze zo vaak gedaan had. Reputatie alleen was niet voldoende. Ondanks de regen dook Yemayá niet op om te genieten van haar lievelingselement. Kaweka wist niets van Modesto, niets van Yesa, en haar soldaten liepen bij haar weg. Ze voelde zich alleen, verloren, mislukt, en vroeg zich af hoe ze terug kon komen bij de bevelhebbers om te bekennen dat al haar mannen, niet één uitgezonderd, waren gedeserteerd.
Toch moest ze terug naar het kamp. Hoe vernederend het ook mocht zijn, de bevelhebbende officier moest weten dat het haar toegewezen gebied volledig openlag, overgeleverd aan de vijand. Toen ze er aankwam zag ze een aantal in lompen gehulde soldaten in het provisorische kamp rondslenteren.
'Waar is de luitenant-kolonel?' vroeg Kaweka aan een van hen.
De man leek even na te denken. Hij krabde op zijn hoofd en glimlachte cynisch.
'Hij moet nu wel zo ongeveer thuis zijn.'
'Kapitein Martínez?'
'Of die een huis heeft weet ik niet.'
'Hij rooft er eentje van een ander,' merkte een van zijn kameraden lachend op.

'En de troepen?' Kaweka waagde zich aan nog één vraag.

De grimassen zeiden haar genoeg.

Ze hadden zich allemaal overgegeven. Generaal Maceo en leden van zijn generale staf waren naar Jamaica gereisd, waar een aanzienlijk aantal Cubaanse immigranten woonde van wie werd gezegd dat ze bereid waren de revolutionairen te helpen. In de hoofdstad, Kingston, had de Bronzen Titan, de held van de strijd voor een vrij Cuba, twee openbare bijeenkomsten met Cubanen georganiseerd over manschappen en geld waarmee hij de oorlog zou kunnen voortzetten. Hij kreeg vijf shilling en wierf zeven soldaten aan.

In de brief die de zwarte generaal naar de voorlopige opstandelingenregering stuurde stond onder meer dat er geen financiële middelen te verwachten waren en dat ze hun best moesten doen niet meer onnodige slachtoffers te laten vallen. Na dit bericht duurde het nog een tijd voor Maceo op Cuba terugkwam. Manuel Calvar, president van de Republiek van Vrij Cuba, capituleerde voor generaal Martínez Campos zonder ook maar iets te hebben bereikt. Anders dan was gebeurd met de slaven toen het Pact van Zanjón werd getekend, vielen de slaven die in het rebellenleger waren blijven vechten onder de Wet Moret, die bepaalde dat alleen uit slavinnen geborenen en slaven boven de zestig vrij werden.

Na een lange oorlog was Kaweka, drieëndertig jaar – die door een leven van armoede en ontberingen veel meer leken – in de bergen in het oosten terechtgekomen, half invalide, in een sergeantenuniform, met als haar hele bezit een machete en de kralenketting van een godin die haar had verlaten. Ze was nog steeds slavin, in een gepacificeerd land dat haar nu vreselijk vijandig voorkwam, en waar ze elk moment kon worden opgepakt en uitgeleverd aan de autoriteiten.

Santiago de Cuba
Mei 1878

De kazerne Reina Mercedes besloeg een groot terrein in het oosten van de stad Santiago de Cuba. Het was een eenvoudig, rechthoekig gebouw van honderdtachtig bij tachtig meter van slechts één verdieping en stond naast het militair hospitaal Príncipe Alfonso.

Oorspronkelijk was het een gevangenis geweest, om de kloosters in de stad te ontlasten van de gevangenen die er zaten opgesloten. Het had een capaciteit voor zo'n duizend soldaten op de begane grond, die gebouwd was rond een grote paradeplaats waar depots, stallen en overige militaire voorzieningen op uitkeken, en soldatenbarakken waar woningen voor officieren en hun gezinnen van werden gemaakt. In het souterrain bevonden zich cellen waar zo'n tweehonderd gevangenen bij elkaar waren gepropt.

Tijdens de Tienjarige Oorlog van 1868 tot 1878 waren de gevangenen overgebracht naar kazerne El Provisional aan de andere kant van de stad en deed de Reina Mercedes dienst als militaire basis van de eerstelijnsverdediging van de stad, als steun voor het hospitaal, maar was de kazerne niet de krijgsgevangenen kwijtgeraakt die in die tijd steeds in aantal toenamen.

Na allerlei omzwervingen, die begonnen met zijn aanhouding nabij plantage La Candelaria in het westelijk departement, waardoor hij in de belangrijkste stad van het oosten van het eiland terechtkwam, zat Modesto nu in de Reina Mercedes.

Zijn hoop dat de slaven van de plantage hem niet zouden aangeven bij de vrijwilligers werd de bodem ingeslagen toen de laatsten met stelligheid beweerden te weten wie er met zijn machete had meegedaan aan de moorden op de opzichter en de rest van de blanken die waren achtergebleven.

Deze compagnie huurlingen wilde best clandestien plantageslaven verkopen om geld op te strijken, maar ze besloten dat het ook niet misstond om, behalve de lijken van Kaweka's mannen die ze hadden afgeknald en waarvoor ze betaald werden, een van de verantwoordelijken van de slachtpartij levend aan justitie over te dragen. Dat zou hun bekendheid en prestige geven, zodat andere landeigenaren ook van hun diensten gebruik zouden willen maken.

Er waren maar een paar zweepslagen nodig om de eerste slaaf van La Candelaria die werd ondervraagd Modesto te laten verraden. De anderen sloten zich hier spontaan bij aan. Een aantal keek beschuldigend naar hem: door hem zaten ze in de penarie. Anderen, onder wie het mulattenmeisje met de groene ogen, hielden de ogen neergeslagen.

Zijn rug werd meedogenloos ontveld door zweepslagen, al kon het zwiepende leer niet de opluchting temperen die hij had gevoeld toen hij vaststelde dat Kaweka zich niet onder de lijken bevond – een kalmte die werd verstoord toen hij het hoofd van de vrijwilligers over haar hoorde praten. Het ergerde de man dat de beroemde sergeante aan hen was ontsnapt.

'Ze moet zwaargewond zijn,' zei een van zijn mannen. 'Ik heb haar zelf met de machete in haar schouder geraakt, het was een fikse houw.' Hij zette zijn woorden kracht bij met een handgebaar.

De volgende dag werd Modesto samen met de opeengehoopte lijken van Kaweka's strijders op een kar naar Santa Clara overgebracht, dat nog steeds in Spaanse handen was, ondanks de invasie van generaal Máximo Gómez in het westelijk departement. De lijken werden op het plein tentoongesteld, naast de grootste kerk van de stad. José García – zoals Modesto had gezegd te heten, om niet teruggestuurd te worden naar Rivaviejo in Havana – werd overgedragen aan het plaatselijke gerecht.

'Hij zat bij de groep rebellen die plantage La Candelaria hebben aangevallen,' luidde de beschuldiging van een van de vrijwilligers. 'Hij heeft de opzichter en een aantal blanke medewerkers vermoord.'

De verklaring ging in aanwezigheid van de vertegenwoordigend advocaat die als verdediger van de slaven optrad nog een tijdje in deze trant door. Modesto ontkende iedere betrokkenheid met de rebellen en voerde aan dat hij als slaaf deel had uitgemaakt van de groep zwarten van de plantage.

'Daar kunnen we zo achter komen,' oordeelde de rechter.

'De boeken zijn verbrand,' merkte een van de vrijwilligers op.

'En de eigenaar?'

'In Havana... waarschijnlijk.'

'Laat de andere slaven komen om een verklaring af te leggen.'

Die zijn nu wel zo ongeveer verkocht, dachten de vrijwilligers die het vervoer van Modesto en de lijken hadden geregeld bij zichzelf.

'Tot uw dienst, edelachtbare,' zei een van hen niettemin. 'We brengen ze zo snel mogelijk naar u toe.'

Maar ze werden uiteraard niet gebracht. En Modesto, die aangeklaagd was voor moord, moest afwachten in een kerker waar hij overdag uit werd gehaald om mee te helpen aan openbare werken, want hij had niet verteld dat hij verpleger was. Hij probeerde de verdediger van de slaven te spreken, maar die zag zijn werk als beeindigd en ging op geen van zijn verzoeken in, omdat hij wachtte op de getuigen. Het wachten werd onderbroken toen de stad bij verrassing werd aangevallen door rebellengeneraal Manuel Calvar, die erin slaagde het plein iets meer dan anderhalf uur in handen te houden, een tijdspanne waarin een van de twee kazernes en andere openbare instellingen in brand werden gestoken. Magazijnen en arsenalen werden geplunderd en de generaal vergaarde een aanzienlijke buit voordat hij de stad opnieuw overliet aan de Spanjaarden.

Modesto, die rondliep met een voetboei om zijn enkels, was aan het werk in de kazerne waar de troepen van het andere fort van de stad hun toevlucht hadden gezocht nadat daar dertig doden en talrijke gewonden waren gevallen. Met al zijn kracht smeekte hij Kaweka's godin Yemaya om de rebellen Santa Clara te laten belegeren tot ze het plein definitief in handen kregen.

'Je vrienden hebben je niet bevrijd,' spotte een van de Spaanse soldaten terwijl hij Modesto een klap in zijn nek gaf. 'We hebben ons goed geweerd.'

'Ik ben geen rebel,' zei Modesto, de orisha vervloekend.

'Ja, ja, en ik geen Spanjaard,' riep een andere soldaat.

De aanval van de opstandelingen was niet gepareerd in de gevangenis en de bijgebouwen van de rechtbank, waar net als op plantage La Candelaria de boeken en dossiers waren verbrand.

Modesto was niemand meer: hij had geen papieren, geen identiteit. Zijn voorgeschiedenis, ook de juridische, was verdwenen. Het enige wat hij had waren zijn voetboeien, waarvan de kapitein van het regiment bevolen had ze niet los te maken, omdat hij was aangeklaagd voor moord. Gezien deze situatie bracht de vertegenwoordigende advocaat van de slaven Modesto onder de hoede van het leger. Net als veel anderen zorgde Modesto voor de officieren, verrichtte hij hand- en spandiensten en moest hij vooral hard meewerken aan het herstel van de verdedigingswerken van de stad. De problemen met de papieren en andere formaliteiten werden uitgesteld tot na de oorlog.

In deze omstandigheden kwam generaal Martínez Campos op Cuba aan met versterkingen in de vorm van soldaten die gehard waren in de Spaanse carlistenoorlogen. Hij begon met de aanval die tot de capitulatie van de opstandelingen zou leiden, eerst met het Pact van Zanjón en later met de totale overgave, na de mislukte inspanningen van Maceo op Jamaica. Net als veel andere slaven die de Spanjaarden ten dienste stonden vergezelde Modesto, met enkels die al helemaal vereelt waren door de voetboeien, het regiment dat samen met de andere strijdkrachten van generaal Martínez Campos uit Santa Clara en andere plaatsen op het eiland wegtrok om het oostelijk departement te veroveren. Een aantal malen probeerde hij te vluchten, alleen of met anderen, ondanks de voetboeien waar hij keer op keer door struikelde en viel. Verder dan één kilometer van zijn regiment kwam hij daarbij niet. De grote waakhonden konden hem met het grootste gemak te pakken krijgen. De straffen voor vluchten werden steeds zwaarder.

'Jullie zijn hier in het leger en het is oorlog!' brulde een luitenant – een van de veteranen die pas uit Spanje waren aangekomen – nadat hij drie slaven te pakken had gekregen die waren gedeserteerd. 'Als landverraders in het leger standrechtelijk worden geëxecuteerd, dan jullie ook, ellendelingen. In Spanje zijn geen slaven, alleen maar soldaten, en zo zullen jullie sterven.'

En ze werden ter plekke gefusilleerd.

De dood van deze mannen maakte grote indruk op Modesto. Hij had een van hen kunnen zijn – een gedachte die hem misselijk maakte. Die mannen waren geen soldaten. Ze deserteerden niet, en dachten er al helemaal niet aan om zich bij de vijandelijke gelederen aan te sluiten. De meerderheid wilde gewoon op zoek gaan naar zijn gezin, zijn plek, zijn plantage, om het slavenleven voort te zetten.

Vroeg of laat moest er een eind komen aan deze waanzin. Cuba, zijn mensen, zijn middelen, konden niet meer. Tien jaar onophoudelijke oorlog, verschroeide aarde en broedermoord moesten wel stoppen, zodat Modesto wende aan het nieuwe leven van slaaf-zijn, een leven dat hij zo vaak had gezien wanneer hij met Rivaviejo plantages bezocht: gehoorzamen, je onderwerpen, vechten en dronken worden met de andere slaven zodra de gelegenheid zich voordeed, een beest worden dat de mensen die hem vertrapten dankbaar moest zijn. Met dit besef kwam hij in Santiago de Cuba terecht in kazerne Reina Mercedes, waar hij zorgde voor de gevangenen die opgesloten zaten in de ondergrondse kerkers. Hij bracht ze eten, verschoonde nu en dan hun stro, leegde de emmers waarin ze hun behoefte deden en voerde nog allerlei andere klusjes uit.

Aan alle mensen die in de gevangenis terechtkwamen na het protest van Maceo in Baraguá vroeg Modesto naar sergeant Kaweka, de enige band die hij nog had met het leven van degene die hij geweest was, vrije man of slaaf. Er waren er veel die hem wat voorlogen, in de hoop dat hij hen zou matsen met het eten, maar uiteindelijk kwam iemand met een aantal aanknopingspunten die geloofwaardig leken. De man had in kamp Jatibonico gezeten, in hetzelfde veldhospitaal waar ook sergeant Kaweka was opgenomen. Hij kende de arts, commandant Pérez. De man liet een litteken zien dat over zijn rechterdij liep om aan te tonen dat hij de waarheid sprak. Iedereen had het over de sergeant, zei hij, en hij vertelde Modesto wat die al wist: zij en haar mannen waren verrast door een compagnie vrijwilligers nadat ze een plantage met de naam La Candelaria hadden aangevallen. De man herinnerde zich die naam omdat zijn zus ook Candelaria heette. Hij vertelde dat ze gewond op een baar naar het kamp was gebracht en dat, terwijl zij daar lag te zieltogen, de mensen buiten zongen en baden, en dat zelfs generaal Máximo Gómez haar was komen bezoeken toen ze weer beter was. Kaweka leefde nog, ja, invalide aan de linkerarm ter hoogte van haar schouder, maar vastbesloten om de machete weer te omklemmen. Hij was later teruggekeerd naar zijn eigen eenheid en had nooit meer iets over haar gehoord.

Het was meer dan drie jaar geleden dat de mislukte aanval op plantage La Candelaria had plaatsgevonden. Modesto ging ervan uit dat Kaweka nog leefde, al twijfelde hij er ook aan, omdat hij het raar vond dat hij nooit meer iets hoorde over een inval door een sergeant die vroeger de vijand angst had ingeboezemd en bewondering had geoogst bij haar vrienden. Het voelde alsof ze niet meer bestond, waardoor hij zich keer op keer de tot wanhoop brengende woorden herinnerde van de vrijwilliger die zijn meerdere op de plantage te woord stond: 'Ze moet zwaargewond zijn. Het was een fikse houw.'

Het Pact van Zanjón vervulde hem met enige hoop. Misschien had Kaweka, als sergeant van het rebellenleger, de zo vurig gewenste vrijheid gekregen, en dan zou hij blij voor haar zijn. Maar vlak voor 25 juli, het feest van Santiago, de patroonheilige van de stad, meldde zich bij kazerne Reina Mercedes een compagnie van het Zevende

Bataljon van het Vrijwilligerskorps van Havana.

Zo'n twintig gewapende mannen in uniform reden in formatie en in galop op zwetende paarden door de poort van de kazerne, alsof ze niet wisten dat de oorlog iets meer dan twee maanden geleden beëindigd was. De schildwachten kregen niet eens tijd om hen tegemoet te treden, ze zagen hen op de paradeplaats al van hun paarden afstijgen. De luitenant die de compagnie leidde vroeg onmiddellijk naar de bevelvoerder en volgde samen met zijn adjudant een korporaal, die hen naar de vertrekken van de kolonel bracht.

De rest van de vrijwilligers, die al naast hun rijdier op de grond stonden, vroegen om drinken terwijl ze hun uniformen en wapens schikten en het stof en de aarde van zich af klopten. De soldaten van de Reina Mercedes kwamen nieuwsgierig kijken naar dit onverwacht aangekomen contingent en bevalen de slaven voor de paarden te zorgen. Modesto was een van de slaven die er rondliepen.

'Wat komen jullie doen in Santiago?' hoorde hij een soldaat vragen.

'Maceo en zijn nepregering hebben zich al overgegeven,' zei een ander.

'We zoeken een opstandeling,' antwoordde een vrijwilliger. 'We hebben orders van onze kolonel, markies de Santadoma, om een sergeant te vinden die een slavin van hem is.'

'Hé! Wat doe je, idioot?'

Een van de soldaten sloeg Modesto toen die, overrompeld door dit bericht, zijn paard losliet, dat de man vervolgens bijna omverliep.

'Excuses, excuses, excuses,' zei hij jammerend, terwijl hij het paard weer in toom hield.

'Eigendom van jouw kolonel?' vroeg een van de soldaten. 'Ze zullen haar, net als alle anderen, na Zanjón de vrijheid hebben gegeven. We hadden ze allemaal om zeep moeten helpen, dat stelletje moordende wilden.'

'Deze hebben ze niet vrijgelaten,' hield de vrijwilliger vol. 'We weten dat ze zich heeft aangesloten bij Maceo. Die accepteerde het Pact van Zanjón niet. Volgens de laatste berichten, die we hebben gekregen van deserteurs, zit ze in Jiguaní. Daarom zijn we hier. Die vrouw is nog steeds slavin en we rusten niet voor we haar gevonden hebben.'

'Zoveel ophef om een slavin?' vroeg een andere soldaat met een gebaar naar de meer dan twintig paarden, mannen en wapens.

'Inderdaad!' klonk het beslist. 'Al gaat het niet alleen om die slavin. De markies zoekt haar dochter ook. Onze kolonel is vastbesloten...'

... haar te vermoorden, vulde Modesto bij zichzelf aan. Hij bracht het paard naar de waterbak, waar hij het plompverloren overdeed aan een slaaf die al bezig was een van de andere dieren van de compagnie te drenken.

Het rechthoekige gebouw van kazerne Reina Mercedes, dat Modesto tot dan zelfs een soort toevluchtsoord had geleken waarin hij zijn dagen tot zijn dood kon slijten, zoals veel andere slaven deden die geen ander doel in het leven hadden, rees plotseling voor hem op als een van de meest onneembare gevangenissen die een mens had kunnen bouwen. Weten waar Kaweka was, en zelfs Yesa... Yesa! Als de markies achter haar aan zat, moest die over genoeg gegevens beschikken om ervan overtuigd te zijn dat het meisje leefde. Die man deed niets zonder reden. De wetenschap dat Kaweka gevaar liep waar ze zelf vast niets vanaf wist, hield hem uit zijn slaap. Hoe kon het dat de markies van al die zaken op de hoogte was? De soldaten wisten het niet. Ze kenden alleen hun orders en het weinige dat de luitenant zich onderweg hiernaartoe op een avond rond het kampvuur een keer had laten ontvallen over de dochter van de slavin, en ook iets over een foto in een krant wat Modesto niet helemaal begreep.

Kaweka leefde en bevond zich ergens in de buurt. Hij glimlachte zoals hij in geen tijden had geglimlacht, terwijl er een rilling door zijn hele lijf ging. Voor het eerst in meer dan drie jaar voelde hij het bloed krachtig in zijn aderen kloppen. Hij meende zich zelfs een paar van die lichte stappen te kunnen permitteren, waar Kaweka zo graag naar keek, om vervolgens te zeggen dat hij door de lucht zweefde, maar door de ketenen om zijn enkels struikelde hij. Het kon hem niets schelen. Het was maar een hindernis, een die gemakkelijk genomen kon worden wanneer hij zich alleen maar het beeld van Kaweka's lichaam naast het zijne voorstelde. Hij voelde het en huiverde. De tranen sprongen hem in zijn ogen.

Vanaf dat moment wilde hij alleen nog maar ontsnappen uit de Reina Mercedes en Kaweka vinden voordat de door de markies gestuurde vrijwilligers haar vonden. Hij kon op het dak van het gebouw klimmen, dat was niet moeilijk, en vandaar op straat springen. Er was bewaking, maar nu het vrede was waren ze ongetwijfeld nonchalanter geworden omdat ze niet meer bang waren voor een aanval. Het was niet onmogelijk uit de kazerne te komen. Het probleem was dat hij dan midden in een grote stad als Santiago de Cuba terechtkwam, gehuld in slechts een lendendoek – dat was alles wat hij aanhad – en met kettingen om zijn enkels. Hij zou nog geen drie stappen hebben gezet voor hij werd aangehouden. Santiago de Cuba was de afgelopen tien oorlogsjaren Spanje trouw gebleven, al bevond de stad zich in het oostelijk departement en was ze voortdurend belegerd door vijandelijke strijdkrachten omdat de opstandelingen haar steeds als het belangrijkste doelwit hadden gezien. Santiago had zich verdedigd en was trots op de overwinning. Niemand zou hem helpen. Daar kon hij niet op rekenen.

De kettingen in de kazerne eraf halen zou veel lawaai maken. Hij had gereedschap nodig, moest hameren... De oorlog, de harde, gewelddadige slavernij in het leger had elk gevoel van solidariteit tussen slaven vernietigd, zelfs het sprankje solidariteit dat je op plantages aantrof. Misschien hadden de zwarten van Zanjón de vrijheid gekregen, maar voor degenen die in handen van de Spanjaarden waren gevallen was alles jammerlijk mislukt. Er waren geen gemeenschappelijke belangen meer, er werd niet meer gezorgd voor het welzijn van de gemeenschap, het was ieder voor zich. De eerste de beste die erachter kwam dat hij van zijn kettingen af wilde, zou hem verraden, want iedere verklikker kreeg een premie, die zelfs uit de vrijheid kon bestaan.

Toch probeerde hij het. Hij zou niet weten hoe hij kon ontsnappen met die voetboeien om en hij begon bij de smederij rond te hangen. Maar toen de slaaf die hielp bij het smeden hem een paar keer had zien rondzwerven, kwam hij al op Modesto af.

'Wat moet jij hier, verdomde neger? Jatten?'

Het zal niet gemakkelijk zijn, dacht Modesto. Hij had al zo lang alles maar op zijn beloop gelaten. Hij kon niemand iets aanbieden, zelfs geen armzalige fles rum of brandewijn, of wat tabak. Hij had alles opgemaakt, alles verspeeld aan de goktafel. Hij had echt alleen die schaamlap en een paar ijzeren kettingen. Zijn hoop verflauwde, terwijl in Santiago de Cuba een euforische stemming heerste die in geen jaren gevoeld was en die zelfs ook oversloeg op de militairen van kazerne Reina Mercedes.

Over een paar dagen was het carnaval ter ere van Santiago, de schutspatroon van de stad. Sinds het begin van de negentiende eeuw vierden de inwoners van de stad deze dag met twee festiviteiten. Wat de officiële viering betreft namen civiele en militaire overheden met alle formele pracht en praal deel aan de processie, waarbij het vaandel van Castilië door de koninklijke vaandrig van het stadhuis naar de kathedraal werd gedragen, waar een standbeeld van de heilige te paard stond. Het voltallige kapittel nam het vaandel in ontvangst om het een dag tentoon te stellen voor de gelovigen.

Mettertijd was er naast deze viering een volksfeest ontstaan van burgers en slaven die zich verkleedden, zongen en dansten, zodat het de dagen voor en na de naamdag van Santiago carnaval was. Dit carnavalsfeest was niet alleen op het eiland Cuba, maar in het hele Caribisch gebied een van de grootste.

In de tien jaar die de oorlog had geduurd was men doorgegaan met het eerbetoon aan de heilige en was men hem van de ene naar de andere plek blijven verplaatsen. Een aantal jaren waren ook de verkleedfeesten doorgegaan, maar in andere jaren had men, uit angst voor een aanslag of erger nog, voor spionnen van de rebellen die zich tussen de zwarten zouden mengen, dit volksfeest verboden of het in ieder geval slechts heel beperkt en gecontroleerd laten verlopen. Maar het was nu geen oorlog meer. Alle bevelhebbers van het opstandelingenleger hadden zich overgegeven of waren van Cuba verbannen. Er heerste vrede en de mensen verlangden vooral naar afleiding. Dat was in kazerne Reina Mercedes niet anders. Luitenant Márquez had de uitnodiging van de kolonel aangenomen om met zijn mannen deel te nemen aan de stoet en dacht dat hij na tien jaar de zoektocht naar die sergeant wel met een paar dagen kon uitstellen. Ze zou waarschijnlijk toch wel ergens op een verwoeste hoeve doodgaan van de honger.

Modesto besefte dat dit zijn enige kans was, want na het carnaval zou de dagelijkse routine weer voor onderling wantrouwen en verklikkerij, vechtpartijen en onderwerping zorgen. Dankzij een soldaat die keihard begon te vloeken toen hij te horen kreeg dat hij moest wachtlopen, kwam Modesto te weten dat de bewaking van de kazerne in handen zou zijn van slechts een klein groepje. En toen hij de man zo gefrustreerd hoorde schreeuwen, zei hij bij zichzelf dat dat groepje ongetwijfeld binnen de kortste keren stomdronken zou zijn.

Ook de gevangenen in het souterrain en de steeds slinkende groep zieken uit het hospitaal Príncipe Alfonso zouden er zijn, en verder niet veel, aangezien ook de familieleden van de hoofden en de officieren gingen feestvieren. Hij zou het arsenaal kunnen laten ontploffen, bedacht Modesto: een brandende fakkel door het raam gooien en de hele boel vloog de lucht in. Hij zou kunnen ontsnappen, maar zou waarschijnlijk veel doden achter zich laten. Misschien de kolonel of zijn echtgenote ontvoeren... Nee, een stompzinnig idee! Hoe moest hij dat doen? Zijn ideeën moesten wel uitvoerbaar zijn. De kazerne in brand steken leek hem redelijk praktisch. De hooischelf en de graanschuur zouden goed branden, maar zou iemand zich bekommeren om de rebellen die in de kerkers opgesloten zaten?

Hij kwam tot de slotsom dat hij moest zien te ontsnappen zonder zijn eigen mensen schade te berokkenen. Wat zou Kaweka wel zeggen als hij zei dat een slaaf gewond was geraakt omdat hij naar haar toe wilde? Een zwarte, lange man, broodmager geworden, met een lendendoek om en kettingen om zijn enkels, dat moest hij zien te verbergen, transformeren...

Hij glipte de stallen binnen waar de kreupele paarden stonden. Niemand zou het in zijn hoofd halen om daar op de dag van de schutspatroon op te gaan rijden. Hij pakte een schaar en knipte de staart van een appelschimmel af, een witte staart met donkere tinten erin. De avond gebruikte hij om vlechten te maken van de lange haardos. Hij pikte ergens een emmer kalk waarmee de muren van de kazerne werden gepleisterd en op de avond voor de dag van Santiago sloop hij door de tuinen van de officieren, op zoek naar vrouwenkleding aan de waslijnen: grote onderrokken, nog ruimere korsetten, een sjaal, een muts, een paar grote kussens en een dik koord. Vooral dat koord was belangrijk.

Samen met de mannen die de kolonel had uitgekozen om zich bij het officiële gevolg te voegen, ging op de dag van Santiago de hele bevolking verkleed de straat op. Mensen met maskers op. Optochten. Zwarten die hun hele lijf rood of hun gezicht vleeskleurig hadden geschilderd. Mannen die als vrouw verkleed waren. Mensen met gele pruiken van gedroogde bladeren en nepbaarden die zich verloren in muziek en dans, overgoten met rum, brandewijn, tabak… De kolonel vertrok met zijn mannen strak in het gelid in de richting van het stadhuis. Degenen die piketdienst hadden bleven achter bij de poort van de kazerne, bij andere slaven, en kletsten met voorbijgangers, dronken met hen, dansten en flirtten met de vrouwen. Er gingen mensen in en uit, en Modesto bevond zich ook onder hen. Hij had zichzelf witgeverfd, droeg een hoed vol met witte vlechten eraan die tot zijn middel reikten, en een korset waarin hij twee kussens had gepropt, met daaroverheen een mantilla. Zijn rok, die hij bij de billen had opgevuld, sleepte over de grond. Het koord had hij gebruikt om de voetboeien aan vast te knopen. Vervolgens wikkelde hij het om zijn heupen, zodat de kettingen verstopt waren onder de rok en ze niet over de grond sleepten.

Modesto keek maar heel even naar alle drukte bij de poort van de kazerne: koebellen, rammelaars en alcohol, en met twee stokken die hij tegen elkaar sloeg mengde hij zich dansend in de menigte, schuddend en bewegend zoals hij nog nooit gedaan had. Hij smeekte de godin van Kaweka om de ketting en de kussens niet los te laten gaan, om niemand te lang te laten kijken naar een dollende zwarte vrouw die met een tros bananen als hoed op haar hoofd stond te dansen en die met haar dikke kont anderen kon raken. Hij zag er lachwekkend, grotesk uit, maar zo was carnaval. Niemand keek raar van hem op, van deze karikatuur, tenzij ze ontdekten dat hij een slaaf was die probeerde te ontsnappen.

Hij had nog maar een paar tellen gedanst toen er op straat mensen met conga's en trommels verschenen. *Bocúes* en conga's die de zwarten van het land aan riemen om hun schouder droegen, waar ze met beide handen op trommelden terwijl ze de dansbewegingen aangaven die gevolgd werden door alle anderen, in één grote straatchoreografie. Het waren verwesterde trommels, overblijfselen van voormalige heilige Afrikaanse trommels, wit gemaakt in opdracht van de bazen, die bang waren voor de zwarte krachten, maar daar waren ze, ze lieten het hele universum dreunen en riepen alle Afrikanen op om de muziek van hun voorouders te volgen. Veel mensen wilden achter de stoet aan. De slaven van de kazerne werden tegengehouden door de schildwachten, maar Modesto voegde zich frank en vrij bij de groep terwijl hij zijn stokken tegen elkaar sloeg en verdween in de menigte die de optocht volgde, de *arrolladora*, de 'verwoester', zoals hier de dansende, zingende en lachende mensenmassa werd genoemd die zich bij optochten aansloot en met lepels of iets anders van metaal op pannen sloeg. Daar liep Modesto tussen. Hij keek om zich heen, schaterlachte, danste, krijste, liet de tranen vrijelijk over zijn wangen stromen.

Vanaf kazerne Reina Mercedes ging het in de richting van de Sint-Anakerk, maar Modesto glipte de eerste de beste zijstraat in.

'Is er hier ergens een smederij?' vroeg hij aan een stel zwarte jongens die dansten en zongen. De intuïtie die hem naar La Candelaria had geleid om daar te worden vastgezet en die latent aanwezig was gebleven, leek nu weer tot leven te komen. Hij wist dat hij de jongens kon vertrouwen.

'Er werkt niemand vandaag,' zei een van hen.

'Maar ik ben een hoefijzer kwijtgeraakt,' zei Modesto met zijn breedste glimlach, terwijl hij onder zijn rok wees.

Een paar jongens keken elkaar aan. Modesto sloeg oplettend hun zwijgende dialoog gade.

'Hij kent er een,' klonk het uiteindelijk. 'Hij werkt er. De zaak is van zijn vader.'

'Ben je handig met de hamer?'

De jongens keken niet vreemd op toen Modesto zijn rok optrok en de voetboeien liet zien. De zoon van de smid bleef met grote nauwkeurigheid slaan tot de ringen loslieten, zodat de vereelte enkels op de ebbenhoutkleurige huid van Modesto zichtbaar werden.

'Ze hebben er lang om gezeten,' verklaarde hij. 'Hoe kom ik de stad uit?'

Ze liepen met hem op tot het pad dat naar Sierra Maestra leidde, waar een aantal wachtposten stond te kletsen en te flirten met zwarte vrouwen.

'Dit pad nemen de mensen die in El Cobre wonen. Alle mijnwerkers die zich in Santiago komen vermaken – duizenden, met hun gezinnen. Je moet gewoon wachten tot ze langskomen om naar El Cobre terug te gaan, dan is het al donker. Loop met ze mee en je bent de stad uit. Je zou de bewaking kunnen omzeilen… maar dat is niet aan te raden. Er lopen hier lijpe soldaten rond.'

'Leve vrij Cuba!' fluisterde een van de jongens. Modesto gaf de jongen zijn hoed met de vele paardenstaartvlechten en verstopte zich daarna tussen de houten platen die dienstdeden als begrenzing tussen twee barakken, en wachtte tot de avond viel.

De jongens hadden hem een rafelig overhemd cadeau gedaan dat zwart was van de kolen van de smidse. Daarin liep hij de stad uit tussen een grote groep halfverklede mijnwerkers, vrouwen en kinderen, van wie er veel dronken waren en de meesten zich met het oranjekleurige oker van zuiver koper hadden beklad.

Zo liep Modesto tien jaar later door dezelfde plaats waar Kaweka samen met Porfirio en Jesús doorheen gelopen was. Hij kwam in een Sierra Maestra terecht dat nu gepacificeerd was, in handen van de Spaanse strijdkrachten. De mensen nodigden hem uit om te komen eten en drinken. Hij waagde het niet om Kaweka's naam te laten vallen. De oorlog was voorbij. Er waren nog steeds bandietenbendes die door de Spanjaarden werden gezocht, of niet, als het niet in het economische belang van de blanke Cubaanse elite was, maar Modesto was ervan overtuigd dat Kaweka zich bij geen van deze groepen booswichten zou hebben aangesloten.

Hij wist niet waar hij haar zou kunnen vinden, en vooral niet of hij eerder bij haar zou zijn dan de vrijwilligers van markies de Santadoma. Luitenant Márquez en zijn mannen zouden in hun zoektocht naar Kaweka de omgeving haarfijn uitkammen. Don Juan José kennende zou geld geen rol spelen om haar te vinden, en die jonge officier zou niet het lef hebben om zich bij zijn kolonel te melden zonder zijn prooi te pakken hebben gekregen. Zijn leven en reputatie in Havana waren voorbij als hij de edelman in deze missie teleurstelde.

Onderweg naar El Cobre hadden ze een stop gemaakt en veel mensen bij wie Modesto zich had aangesloten bleven doorfeesten, terwijl anderen al sliepen of kletsten. Niemand leek belang in hem te stellen. Ze verbleven op een open plek in het woud. Als Kaweka had besloten zich op zo'n soort plek te verstoppen, dan zou zij met haar ervaring van tien jaar oorlog, hoe gehandicapt ze ook mocht zijn geworden na de aanval op La Candelaria, door het hele leger van Martínez Campos niet gevonden worden. Marrons werden opgepakt wanneer ze in nederzettingen, als in een soort gehuchten, probeerden te leven als blanken, waar ze vuur maakten, op het veld werkten, dieren hielden op hun lapje grond en uiteindelijk handel gingen drijven. Maar als een slaaf alleen zich in de bergen of moerasgebieden schuilhield, zich voedde met wortels en ver van de bewoonde wereld bleef, was het bijna uitgesloten dat hij gevonden werd.

Zou Kaweka dat zijn gaan doen toen de oorlog eenmaal afgelopen was? Nee, zei Modesto bij zichzelf.

Hij stond op. Nee. Nee, dat doet ze niet, bleef hij herhalen terwijl hij terug naar Santiago de Cuba wandelde en mijnwerkers tegenkwam, tegen wie hij op botste. Kaweka zou teruggaan naar de bergen van El Rosario om haar dochter te zoeken, ze zou teruggaan naar de plek waar ze haar had achtergelaten. Dat leed geen twijfel. Met rebellen die zich hadden overgegeven en een eiland dat gepacificeerd was, had Kaweka geen ander doel dan Yesa vinden en bevrijden. Daarvoor was ze in staat haar leven te riskeren en te geven. Tot nu toe had ze dat niet kunnen doen, maar nu er een eind was gekomen aan de vijandelijkheden was dit ook het enige wat Yemayá van haar kon eisen. De strijd was ten einde en een vrouw alleen kon zich niet redden in de wereld.

Daarom had hij een schip nodig dat hem in de buurt van Havana bracht.

Modesto nam alle risico's die hij tegenkwam toen hij een schip probeerde te vinden dat de hoofdstad van het eiland als bestemming had. Op Sint Ana-dag was het carnaval afgelopen, maar de stad was nog steeds aan het bijkomen van de naweeën van het eerste grote feest na alle beperkingen van de oorlog: afval, dronken mensen, gesloten etablissementen. Het kostte Santiago de Cuba grote moeite om wakker te worden uit de roes van het carnaval, en Modesto maakte van deze lethargie gebruik om er overmoedig zijn weg te gaan. Veel van de grote huizen, waar was gedanst en gefeest of waar gewoon groepen verklede lieden even waren 'langsgekomen' en met toestemming van het huispersoneel waren binnengekomen, en die eenmaal binnen hadden gezongen en alles hadden opgedronken wat ze konden vinden terwijl de heer en vrouw des huizes hun bezittingen beschermden... of zich bij het feest aansloten, zag Modesto nu wagenwijd openstaan – de deuren, de ramen, alles – om de muskusgeuren te verdrijven die in meubels en hardhout waren gaan zitten. Zonder verder na te denken stapte Modesto een van de huizen binnen. Een portier stond er niet. Binnen waren een paar slaven bezig moeizaam de resten van het feest op te ruimen, de vloer te dweilen en meubels en voorwerpen schoon te maken. Hij zou in deze immense salon met aan het plafond drie dito kroonluchters kunnen gaan schreeuwen, met als enige resultaat dat de zwarte vrouwen die de vloer dweilden hun vingers in de oren stopten. Ze geeuwden allemaal, ze deden alles nog langzamer dan anders, ze hadden al hun energie in het carnaval gestoken en liepen als spoken door het huis, ze reageerden nergens op. Een paar zaten in een grote stoel of in een hoekje te dommelen tot er iemand langskwam die hun een schop gaf. Een van de slavinnen keek naar hem en zijn zwart beroete overhemd.

'Je moest je maar eens omkleden en aan het werk gaan,' zei ze berispend.

Dat was hij ook van plan. Hij ging de trap op en glipte het slaapvertrek van de huiseigenaren binnen. Daar raapte hij tussen de alcoholdampen dure kleren bij elkaar. Ze waren hem wat te groot, maar zwarten droegen toch nooit iets wat paste. Schoenen aantrekken deed pijn. De huiseigenaren, mensen op leeftijd, lagen voor dood op de linnen lakens van de gescheiden bedden, en Modesto gapte wat geld mee, een horloge aan een ketting, een bril die nergens toe diende, een strohoed, en een koffertje – om de indruk te wekken dat hij op reis ging – waarin hij een paar boeken, schoon ondergoed, en de juwelen van de blanke vrouw stopte die ze op haar toilettafel had laten rondslingeren.

Het geklikklak van zijn schoenen op de vloer zorgde ervoor dat alle slaven wakker werden, hun ogen neersloegen en deden of ze aan het werk waren. Toen hij het huis uit liep nam hij afscheid van de inmiddels toegeschoten portier alsof hij een achtergebleven logé was.

'Goedenavond,' zei hij, terwijl de zon stralend aan de hemel stond.

'Goedenavond, heer,' antwoordde de portier gedienstig.

Tussen Santiago en de rest van het eiland was niet overdreven veel handelsverkeer. De politiek van de verschroeide aarde die tien jaar lang was toegepast had het land ontdaan van grondstoffen, waardoor er juist wel sprake was van import van producten voor de bevoorrading van de stad die de Spanjaarden trouw was gebleven. Op de terugreis werd er meestal maar weinig meegenomen, waardoor de kapitein van een schoener met bestemming Havana zonder vervelende vragen te stellen de prijs voor de passage overeenkwam met de goedgeklede zwarte man met een gouden horloge dat uit zijn vestzak hing, een bril en een leren koffertje.

Luitenant Márquez had zich niet vergist met zijn veronderstelling dat Kaweka in de buurt van Jiguaní zou zijn, zoals de gedeserteerde opstandelingen hadden bekend, maar terwijl de mannen van het Vrijwilligerskorps van Havana naar Santiago de Cuba gingen om jacht te maken op de sergeant, nam die zelf het pad naar Mangos de Baraguá, waar zich nog steeds de zetel van de voorlopige regering van de republiek bevond. Kaweka wilde zekerheid hebben over de geruchten van onvoorwaardelijke overgave die haar van alle kanten bereikten.

Ze kreeg die ook: er was niemand overgebleven. Er waren geen soldaten, geen wapens, geen regering. Ze liep naar een woning in het dorp waar de eigenaar, een raadsman van de regering, samenkomsten had gehad met president Calvar, Maceo en de overige hoofden tijdens het protest van Baraguá, voordat de Bronzen Titan haar het bevel had gegeven over de compagnie die volledig was gedeserteerd. Maceo had daar met haar gepraat, in het huis waar de oude zwarte vrouw die opendeed haar er nu uit trapte.

'Ga maar bij de kerk bedelen!' riep ze Kaweka toe.

Kaweka liep door het dorp. Iedereen was rustig aan het werk, alsof er niets gebeurd was. Niemand hield haar staande, misschien dachten ze dat ze een van de vrijgelatenen van het Pact van Zanjón was. Een paar grimmige blikken zorgden er niettemin voor dat ze toch op haar hoede was en zich niet al te openlijk meer vertoonde en dat ze, zoals Modesto had geconcludeerd, besloot naar de bergen van El Rosario te lopen.

'Maar dat is bijna duizend kilometer!' riep een verbaasde waterdrager, die haar vertrouwen had ingeboezemd en aan wie ze gevraagd had hoe ze daar moest komen. Kaweka wist niet wat duizend kilometer was en Modesto was er niet om het uit te leggen. De man zag dat het haar niets zei. 'Je moet bijna het hele eiland over,' verduidelijkte hij.

Dat gaf haar wel een aanknopingspunt. Modesto had het vaak gezegd: 'We hebben dit vervloekte eiland al duizend keer doorkruist.' Dat zei hij altijd wanneer ze halt hielden om uit te rusten. Zo ver kon het dus niet zijn, concludeerde ze, terwijl ze hoofdschuddend aan de emancipado dacht. Ze wist niet wat er met hem gebeurd was, maar voorvoelde dat ze hem terug zou zien. De man die in haar leven verscheen en verdween kon haar niet teleurstellen.

'Welke kant op?' vroeg ze toen aan de man.

Die knikte, alsof hij zich gewonnen gaf.

'Steeds naar waar de zon opkomt,' zei hij met een gebaar naar het oosten, waar het al begon te schemeren. 'Het is veel dagen lopen. Waarschijnlijk meer dan een maand.'

Kaweka perste haar lippen op elkaar. Ze had de tijd. Voor het eerst in vele jaren voelde ze zich vrij van iedere verantwoordelijkheid. Nu is het tijd om mijn meisje te vinden, zei ze tegen Yemayá.

Ze bedankte de waterdrager en ging vastbesloten op weg, de zon achterna.

'Duizend kilometer... min één stap,' fluisterde ze.

24

Madrid, Spanje
Juni 2018

Concepción had niet mee gewild.

'Maken jullie er nou maar een leuke avond van,' zei ze.

Ze hadden aangedrongen, maar Lita's moeder bleef weigeren: 'Uitgaan is voor jongeren.'

Het was een van Madrids klassieke restaurants: Casa Lucio, in hun eigen wijk La Latina, in de calle de la Cava Baja, een van de historische straten van de stad waar het nu wemelde van de cafés, restaurants en bierhuizen die de mensen uitnodigden tot feestvieren en het nachtleven. Geen van hen drieën had het zich ooit kunnen veroorloven in dat restaurant te lunchen of te dineren. Daar kwamen de koning, de premier, ministers, kunstenaars, sporters, torero's, rijke toeristen en beroemde, vooraanstaande mensen. Het was er duur, overheerlijk en stijlvol, met oude meubelen en een paar zalen die zo ingewikkeld in elkaar zaten dat het leek of er zonder enig oog voor orde uitgebreid was. Een typisch Madrileense, enigszins decadente gelegenheid met bonte tafels in een wijk die de geest ademde van het oude centrum van Madrid.

Lita had weinig hoop gehad dat ze een tafel konden reserveren, ze had op internet gelezen dat er ellenlange wachtlijsten waren, maar toen ze er onderweg naar huis langs kwam was ze naar binnen gelopen en had ze de maître, die haar van top tot teen opnam, gevraagd of er die avond nog een tafel vrij was.

'Voor hoeveel personen?' vroeg de man uiteindelijk.

'Vier… of nee, drie,' verbeterde ze zichzelf bij de gedachte aan de reactie van haar moeder.

'U heeft geluk, mevrouw, er is juist een tafel afgezegd.'

En daar zaten ze dan, pal naast de tafel van een tv-presentator en zijn partner, met aan de andere kant dames en heren met een Zuid-Amerikaans accent, klaarblijkelijk erg rijk, te oordelen naar al het goud om hun polsen en de sieraden die de dames droegen.

'Net als in Havana,' toostte Sara terwijl ze het glas cava hief waarvoor ze waren uitgenodigd.

'Daar gaan we nog een keer naartoe,' beloofde Lita, en ze klonk met haar vriendin.

De schadeloosstelling die de Santadoma's Lita hadden betaald, een paar dagen na de vergadering in het glazen gebouw, bedroeg ongeveer honderdduizend euro. Dat was de reden van het etentje. De bank had ook beloofd Concepción voor de rest van haar leven maandelijks een pensioen van achthonderd euro uit te betalen. 'Is dat niet een beetje te veel?' had Elena gevraagd toen Lita hen uitnodigde. 'Jullie hebben mijn moeder, de honden en mij opgenomen zonder er een cent voor te vragen,' wilde Lita antwoorden, maar dat was niet nodig, want Sara voorkwam een eventuele discussie met de woorden: 'Aan de wil van een markiezin wordt niet getornd.'

En ze genoten. *Huevos rotos*, het gerecht dat door dit restaurant wereldwijd bekend was geworden, een rijk gesorteerd blad met Iberische ham, en piquillo-pepers, voor alle drie als eerste gang. Als hoofdgerecht nam Sara gestoofd speenvarken, Elena zuiglamribbetjes en Lita liet zich verleiden door *cocochas de merluza al pilpil*, een soort kabeljauwwangetjes, die ze nog nooit had gegeten. Het ging om de geleiachtige kinnetjes van de vis, die heel verfijnd smaakten. Ze proefden allemaal ook van het gerecht van de anderen. Ze dronken rode wijn, twee flessen, en daarna kwam de overvolle wagen met toetjes langs.

'Allemaal!' riep Sara uit met gespreide armen, alsof ze ze wilde omhelzen.

'Zal ik een sortering maken?' vroeg de ober glimlachend.

'Als u er maar niet eentje vergeet...' dreigde Sara.

'Dan doen we het gewoon over,' zei de man.

Ze bestelden een fles zoete wijn, *malvasía*, voor bij de toetjes.

'We worden nog dronken,' zei Lita.

'Dat ben ik al,' bekende Sara.

'We wonen hier vlakbij,' bracht Elena hun in herinnering, 'en we hebben ons huis altijd teruggevonden.'

'En de sleutel in het slot gekregen.'

'Maar soms wel met moeite, hè?' zei Elena spottend.

'Vandaag gebeurt dat niet. We zijn er weleens erger aan toe geweest dan nu. In dit rijkeluisrestaurant is niet genoeg alcohol om ons onder tafel te krijgen.'

'We zouden het wel kunnen proberen...'

De drie vriendinnen draaiden zich om naar een knappe, slanke en goedgeklede vrouw, die de woorden had uitgesproken. Naast haar zat een man van misschien een jaar of tachtig, die er nog goed uitzag. 'Mijn vader, Lucio,' stelde de vrouw hem aan hen voor.

Tijdens het eten hadden de drie gezien hoe deze man van tafel naar tafel was gelopen, meestal in gezelschap van zijn dochter, maar soms alleen. Het was de man die te zien was op de tientallen foto's in het restaurant: met koning Juan Carlos, met de premiers van Spanje en hun vrouwen, met president Clinton, met duizend-en-een bekende figuren. Hij vroeg of alles naar wens was, maakte een praatje met de gasten en ging soms zelfs even bij ze zitten. Zij waren geen vaste gasten, dus ze hadden het niet erg gevonden dat hij nog niet eerder langs hun tafel was gekomen, maar merkten opeens dat het restaurant al bijna leeg was. De tv-presentator en zijn partner waren er niet meer, de rijke Zuid-Amerikanen ook niet, en ook de andere gasten waren inmiddels verdwenen, terwijl zij zonder oog voor hun omgeving waren blijven praten, eten, drinken en lachen.

'Julián,' riep Lucio een van de obers, die kaarsrecht en met zijn handen voor zich in de buurt van zijn chef was gaan staan, 'haal de whisky eens die we voor vips gebruiken.' Hij trok een stoel bij en kwam bij hen zitten. 'We gaan de dames eens laten zien hoe er in rijkeluisrestaurants gedronken wordt.'

'María,' stelde de dochter zichzelf in navolging van haar vader voor, 'en mijn man: Rafael.' Ze wees naar een man met bril, buik, heel diepe inhammen en een ondeugende glimlach die nadat hij ook bij hen was gaan zitten hun al snel met een spervuur van vragen bestookte, dat hij doorspekte met grappen en grollen.

Er schoven nog een paar mensen aan, stamgasten, en aan het eind van de avond, toen het restaurant al gesloten was, betaalden ze de rekening tot en met de toetjes, want Lucio verzekerde hun dat de rest van het huis was. Hij greep zijn kans, pakte Sara's hand en ging bij haar zitten. De tafel van Lita en haar vriendinnen was uitgebreid naar het gangpad en was een rommeltje geworden van over de tafel vliegende gesprekken, whisky en een heleboel verschillende glazen. En er was opnieuw ham, en *lomo ibérico*, en gedroogd vlees, en witbrood met olijfolie en grof zout.

'... markies de Santadoma...' zei Lita op enig moment tijdens haar gesprek met iemand die aangehaakt was.

Er viel een stilte, die Lucio zelf verbrak.

'Ik heb daar nog ergens een foto met hem erop... en met anderen,' voegde hij eraan toe, alsof Santadoma er niet toe deed.

'Dus jij bent...' begon Rafael, terwijl hij zich tot Lita wendde.

'Inderdaad.'

'Maak die vent kapot. Het is een klootzak.'

De drie waren te dronken om goed te onthouden wat Rafael, expert in de financiële wereld, allemaal vertelde. Na een aantal uiteenzettingen merkte hij op dat de Banca Santadoma in duizelingwekkende vaart aan het instorten was, dat de aandelen constant kelderden – weliswaar nog niet op de beurs, dankzij het overnamebod van de Amerikanen – omdat er sprake was van een niet te stoppen leegloop van cliënten en passiva.

'Je hebt hem in je macht,' besloot hij zijn betoog. 'Jouw zaak wordt leerstof op *business schools*.'

Rafael moest gelijk hebben, want de volgende ochtend tegen elven, toen de laatste resten alcohol nog door Lita's bloed stroomden, ging haar telefoon. Het was Alberto Gómez. Geradbraakt liet ze de telefoon een aantal keer overgaan totdat ze min of meer overeind in bed zat, haar keel tevergeefs schraapte en met een schor 'hallo' opnam, dat de advocaat niet goed wist te plaatsen.

'Ben je al wakker?' vroeg hij, een tikkeltje ongerust.

'Nee,' bekende Lita.

'Maar ik heb iets waar je klaarwakker voor moet zijn.' Hij gaf haar een paar seconden voordat hij zei: 'Tien miljoen euro. Dat is wat ze ons bieden om de zaak te laten rusten, om af te zien van iedere verdere eis aan de Santadoma's. Tien miljoen!' riep hij uit.

Lita hield de telefoon een stukje van haar oor af. Je hebt hem in je macht, hoorde ze de man in het restaurant, Rafael, de sympathieke grappenmaker, weer zeggen.

'Vraag maar honderd,' zei ze tegen haar advocaat.

'Wat… Weet je dat zeker?'

'Honderd miljoen,' herhaalde ze en ze wilde al opleggen, maar herstelde zich tijdig. 'Dank je wel, Alberto. Vertrouw me maar.'

Ze drukte op de uitknop, maar de telefoon ging opnieuw over.

'Vertrouw me nou maar, zei ik…' begon ze.

'Wat zeg je?'

Lita schudde haar hoofd. Het was Pablo. Ze was ervan uitgegaan dat de advocaat haar meteen weer had opgebeld. Het was al over twaalven en in werkelijkheid lag er dus bijna een uur tussen de twee telefoontjes. Ze probeerde de zaken op een rijtje te zetten. Gisteravond had Pablo contact gezocht, maar in het restaurant was het bereik slecht geweest en ze had geen zin gehad om bij haar vriendinnen weg te gaan en op straat met hem te bellen. Hij kon evengoed proberen haar over te halen tot een goeie wip, nu zijn ego zich had hersteld, als proberen haar feestje te bederven met de problemen van een bakker of andere ambachtsman. Voor een nummertje ging ze dat risico niet lopen.

'Wat wil je?' vroeg ze uiteindelijk.

'Je hebt tien miljoen euro geweigerd!'

Wat kon hem dat schelen? Een adrenalinescheut maakte haar helemaal wakker.

'Niet waar,' zei ze op besliste toon.

Pablo was niet voorbereid op zo'n reactie, en zei aarzelend: 'Dat zeiden ze wel tegen me.'

'Ik weet niet wat ze tegen je hebben gezegd, en ook niet wie, maar vertel ze maar dat ik die tien miljoen niet weiger, die mogen ze me nu brengen als ze willen… Er moet alleen nog negentig miljoen bij. En laat ze een beetje haast maken, want mijn enige belang in deze kwestie is dat mijn moeder ervan geniet, dat ze zich één keer in haar leven rijk voelt en gezegend door het lot. Dat zijn mijn honderd miljoen!'

Deze keer hing ze wel op en ze liet zich weer op haar bed vallen. Tien miljoen was een fortuin, dacht ze enigszins ongemakkelijk terwijl ze naar het plafond staarde.

25

Pad naar de bergen van El Rosario, Cuba
Juli 1878

Het waren heel wat stappen die Kaweka in oostelijke richting zette, nu eens van de zon af en dan er weer naartoe lopend, naar de nederzetting waar ze van de godin haar meisje had moeten achterlaten. Iemand zou haar de reden daarvoor geven, dat moest wel. Ze liep onbezorgd verder, al was ze een slavin op de vlucht, droeg ze een rebellenuniform met daarop nog steeds de verschoten tressen van haar sergeantsrang, en had ze een machete bij zich die ze zorgvuldig had geslepen. Toen ze de kans kreeg had ze er wel over gedacht om wat kleren te pikken, maar besloten geen afstand te doen van de kleding en symbolen waarop ze trots was. Ze vertegenwoordigden tien jaar van haar leven en de strijd voor de vrijheid van de slaven, een oorlog die voor haar nog niet afgelopen was. Onderweg kwam ze een paar zwerfhonden tegen, andere dan de grote Spaanse waakhonden die door slavenjagers en het leger werden gebruikt. Dit waren broodmagere honden, de ene groot en allebei met een lichtbruine, kale, vuile vacht vol klitten, en met lange snuiten, als vossen. Ze liepen naar Kaweka toe alsof ze lang op haar gewacht hadden in de bosjes waar ze uit tevoorschijn kwamen.

Ze voegden zich bij haar zonder dat zij ze zelfs maar riep. Ze liepen in een flink tempo voor haar uit, steeds wat schroomvallig. Ze liepen vooruit, kwamen terug, lieten een dof gejank horen dat deed denken aan een huilende oude vrouw. Daarmee waarschuwden ze haar dat er iemand aankwam of dat er gevaar dreigde, hoe veraf ook. Zodoende kon Kaweka alle contact vermijden: de honden gidsten haar. Ook wezen ze haar op holen en vingen ze een paar *hutías*, grote knaagdieren, die ze samen opaten. Kaweka vond honing en vruchten, en ze dronken het frisse water uit de beken. Ze sliep zonder angst in het open veld, met de honden naast haar. Zo liep Kaweka door, op blote voeten, die al sinds haar kindertijd vereelt waren, de helft van de dag met de zon in de rug, haar schaduw achterna, de andere helft van de dag verblind, met ogen als spleetjes die het afnemende licht volgden; en altijd met de machete in haar rechterhand. Ze sloeg met de machete, tilde hem op, liet hem ronddraaien en leerde een andere manier van vechten nu ze definitief had aanvaard dat de linkerbovenhelft van haar lichaam nutteloos was.

Havana
Augustus 1878

Na jaren van oorlog en slavernij wilde Modesto zijn hart ophalen aan de sensaties van de grote stad. Bij het verlaten van de haven, toen de ochtendzon al samenspande met het gejakker op straat, bleef hij staan om diep adem te halen, rond te kijken en geuren op te snuiven: de mensen, de kleuren, de heren en de slaven, de honderden soldaten, de rijke aristocraten en de straatverkopers, het geschreeuw, de waterdragers, de winkels. Tabakswinkels, kleermakers, kruidenierszaken... Weelderige zwarte vrouwen die ongegeneerd op hem afkwamen in de veronderstelling dat hij een rijke vrijgelatene was.

En dat was hij toch ook? De stad nestelde zich in hem, hij werd in een oogwenk opgeslorpt en kocht uiteindelijk van een van de meisjes met een mand op hun heup zoetigheid van fruit met honing, verpakt in een bananenblad. Modesto was zich er bewust van dat hij opzichtig zijn geld toonde toen hij betaalde, waarop het meisje openlijk avances maakte. Verleiding. Het was een hele tijd geleden dat hij een naakte vrouw had gezien, en dit was een jonge vrouw, met grote, stevige borsten, tepels die door haar kleding heen te zien waren en heupen die ronde billen omspanden.

'Kaweka,' mompelde hij, om de aanblik te verjagen.

'Wat zeg je, jongen?' vroeg ze liefjes, terwijl ze hem zachtjes aanraakte.

'Dat ik niet kan, meisje,' antwoordde hij en hij maakte zich van haar los door haar een paar extra peso's te geven.

En hij ging ervandoor, al had hij geen idee waar hij onderdak moest vinden, want naar een pension gaan kon hij niet omdat hij geen papieren had. Die moest Rivaviejo nog in zijn bezit hebben... als die dokter nog leefde. Hopelijk niet, dacht Modesto. Het beeld van Rogelia doemde in hem op, de herinnering aan het moment dat hij Kaweka wilde volgen en de vroedvrouw in haar volle omvang de deur blokkeerde, zich op hem wierp en hem tegenhield. Hij was toen zo dronken dat hij haar nauwelijks weg had kunnen duwen. En wat er daarna gebeurde, tot het moment dat hij naar de oorlog ontsnapte toen de arts hem wilde verkopen... Hij haalde zijn schouders op, zei bij zichzelf dat er toch niets ergs tussen hen was voorgevallen. Rogelia had geen enkele reden om wrok tegen hem te koesteren, ze had hem zelfs helpen ontsnappen naar het oosten toen hij naar haar toe was gegaan omdat Rivaviejo hem wilde verkopen. In feite, dacht hij glimlachend, was Rogelia altijd een soort veilige haven voor hem geweest. Hij moest tegen haar alleen niet over Kaweka beginnen.

'Klootzak!' begroette de dikke vrouw hem aan de deur. Ze beet hem het woord toe, waardoor de glimlach waarmee Modesto haar wilde verrassen van zijn gezicht verdween. 'Wat wil je? Waarom ben je teruggekomen?'

'De oorlog is voorbij...' zei Modesto verzoenend.

'Voor jou misschien, kloteneger.'

Ze draaide zich om en liet plompverloren haar rug met halfgenezen littekens zien.

'Wat heb ik met jouw rug te maken?'

De markies, dacht hij meteen nadat hij zijn vraag had uitgesproken. Een tel later begreep hij zijn fout. De vrijwilligers van het regiment dat Kaweka zocht, waren natuurlijk bij de vroedvrouw langs geweest. Die vrouw had hem al eens verraden en ze zou het nu weer doen, dat leed geen twijfel, alles aan haar straalde dat uit.

'Wat jij ermee te maken hebt? Alles! De mannen van de markies zijn jou hier komen zoeken, ze wilden alles weten, over jou, over dat takkewijf dat jij hebt beschermd en zelfs over haar dochter...'

'Wat heb je ze verteld?' riep Modesto vol afgrijzen uit bij de gedachte dat de markies niet alleen iets over Kaweka, maar ook over Yesa te weten was gekomen.

'Dacht je dat ik in een positie was om te bepalen wat ik wel of niet ging vertellen?'

Alles dus, dacht de emancipado bij zichzelf.

'Veel beterschap,' zei hij, terwijl hij zich omdraaide.

'Help me, want het is vanwege jou gebeurd,' zei Rogelia in een poging hem tegen te houden.

Modesto rukte zich los uit haar handen en verliet haar huis, kalmte voorwendend, totdat de eerste gil uit de mond van de vroedvrouw klonk.

'Hou hem tegen! Die man is een ontsnapte slaaf!'

Modesto keek om zich heen. Het was midden op de dag, Havana was een en al drukte. Mensen bleven staan, keken naar hem.

'Een moordenaar, een opstandeling!' ging de vrouw door, met haar handen als een toeter voor haar mond.

Dat zouden de mensen niet van hem pikken. Havana had de oorlog niet meegemaakt, maar misschien hadden de mensen juist daarom een nog grotere hekel aan opstandelingen dan wanneer ze door hen belegerd waren geweest. Een aantal mannen zette de achtervolging in op Modesto, die niet kon ontsnappen op zijn veel te krappe schoenen. Terwijl hij ze uittrok zonder helemaal stil te gaan staan, wierp een blanke jonge man zich op hem en gooide hem tegen de grond.

De koninklijke gevangenis van Havana, die tot verbazing van veel bezoekers bij de ingang van de haven en direct aan zee lag – voor frisse lucht en om ziekte-uitbraken te voorkomen – deed sterk denken aan de kazerne Reina Mercedes waar Modesto uit was ontsnapt. Het was eveneens een groot, rechthoekig gebouw, maar dit had twee verdiepingen die in hun geheel bestemd waren voor cellen voor gevangenen. Er konden er tweeduizend in, die ingedeeld waren naar sekse, ras en maatschappelijke rang. De kazerne ernaast herbergde twaalfhonderd soldaten. De gerechtsbode die hem onder zijn hoede had genomen bracht hem daarnaartoe nadat de rechtschapen inwoners van Havana hem hadden geslagen en getrapt en hem van zijn koffertje, horloge, strooien hoed en al zijn kleding hadden beroofd. De gevangenbewaarder die hem moest laten registreren vroeg naar zijn persoonsgegevens.

'Voornaam?'

'Juan José.'

'Achternaam?'

'Santadoma.'

De schrijver en de gevangenbewaarder trokken een grimas.

'Beroep?' vroeg de laatste spottend, meer uit nieuwsgierigheid dan in ernst.

'Markies.'

'Wil je levend gevild worden of zo?' vroeg de gevangenbewaarder dreigend.

'De markies zal heel geërgerd zijn als ik u dit lolletje niet gun.' De twee beambten keken elkaar aan. 'U weet toch hoe hij is?' voegde Modesto eraan toe.

Markies de Santadoma was bekend in de stad. Modesto glimlachte cynisch naar de twee, want op dit moment kon hij weinig anders doen dan een loopje nemen met het leven. Hij had Kaweka teruggevonden. Hij was ontsnapt aan de slachting op La Candelaria door zich onder de slaven te mengen. Hij was verraden. Gevangengezet. Hij had als een beest geleefd en was er opnieuw in geslaagd te vluchten toen hij over zijn geliefde hoorde, en nu was hij door Rogelia, een stomme dikke zwarte vrouw, opnieuw zijn bestemming misgelopen. Hij kon niet in deze gevangenis blijven zitten als een gevluchte slaaf die tot aan zijn dood aan de spoorwegen zou werken. Kaweka zou in de bergen van El Rosario aankomen en van daaruit op de een of andere manier in La Merced. Dat was de plek die hen verbond, daar hadden ze de liefde bedreven, en als de markies van het bestaan van Yesa afwist, zou hij haar zoeken en zich ook op haar wreken. Hij moest bij de plantage zien te komen, het dichtst bij de plek waar Kaweka naartoe zou gaan zodra ze erachter kwam dat de edelman haar voor was in de zoektocht naar Yesa, en daar moest hij haar opwachten, al moest hij zich daarvoor aan Santadoma uitleveren.

In het grote huis aan de calzada del Cerro bevonden zich zowel Rogelia als de gevangenbewaarder, en beiden hadden dezelfde boodschap. Ze werden te woord gestaan door Gracià, de Catalaanse secretaris van de markies met zijn kuif. Hij gaf hun wat muntstukken voor hun inlichtingen en toen de vroedvrouw weer op straat stond beloofde hij een grotere beloning als de bewaarder Modesto apart hield, niet inschreef en wachtte tot er instructies van de markies waren.

Diezelfde avond nog wachtte Gracià buiten de gevangenis in gezelschap van enkele andere mannen op de gevangenbewaarder en zijn bijna naakte gevangene, die gekneveld en in de boeien geslagen door zijn mannen in een dichte wagen werd gegooid, terwijl een zak met klinkende munt van eigenaar wisselde.

De bergen van El Rosario
Augustus 1878

'Misschien ben je te laat.'

Deze boodschap kreeg Kaweka te horen van de eigenaar van een van die bijna vertrouwd aandoende koffieplantages die zich uitstrekten over de terrassen. Als grote treden lagen ze op de hellingen van verborgen valleien in de bergen, terwijl een glinsterend riviertje naar beneden kronkelde.

De man, een zekere Celio, dacht met tederheid en dankbaarheid aan Kaweka terug. Een van de keren dat ze hier op doortocht was had ze zijn jongste dochter genezen, die door alle blanke chirurgen al was opgegeven.

'Wat bedoel je?' vroeg Kaweka met samengeknepen maag.

'Een tijdje geleden was hier een man, ene Narváez. Hij zei dat hij de opzichter was van plantage...'

'... La Merced,' vulde Kaweka aan.

'Juist. Ze zochten een meisje van dertien, veertien jaar dat mogelijk gevangen genomen was tijdens de aanval op jullie nederzetting. Heel vervelend, ik had geen idee dat het om jouw dochter ging,' zei hij spijtig. En meteen erachteraan, omdat hij voorzag welke vraag Kaweka zou stellen: 'Nee, ik heb niets gezegd. Ik wist niets over haar. Ik wist wel dat jullie nederzetting ontdekt was en dat de slavenjagers verscheidene marrons hadden opgepakt, maar over dat meisje heeft niemand me ooit wat verteld.'

Ze zaten aan een tafel in de openlucht, op een terras vanwaar de koffieplantage en de hele vallei te zien waren, een uitzicht dat in andere omstandigheden schitterend zou zijn geweest. Ze hadden Kaweka eten gebracht, vlees, bataat, vruchten, van alles heel veel.

'Eet wat,' drong Celo aan. Maar Kaweka at niet. 'Je moet eten,' hield hij vol. 'Die man, Narváez, is het hele gebied doorgetrokken. Hij heeft met slavenjagers gepraat en voor zover ik weet is hij alle plantages, veeboerderijen en koffieplantages in de buurt afgegaan. Hier heeft hij de boeken nagepluisd. Hij vroeg naar de vier slaven die we hebben en heeft ze ondervraagd. En dat doet hij ook in de dorpen zodra hij erachter komt dat er een slavin van die leeftijd is. Niemand weet of hij je dochter gevonden heeft. Er is me verteld dat ze ook in Havana aan het zoeken zijn, in de registers. Die figuur van La Merced heeft buitengewoon veel belangstelling voor je kind, Kaweka. Ik weet wel dat het mij verder niet aangaat...'

'Hij wil zich op haar wreken,' legde Kaweka uit.

Het was nooit in haar opgekomen dat ze via haar dochter met de markies kon worden geconfronteerd. Ze voelde de angst in haar ingewanden en heel even hapte ze naar adem. Hoe was die schoft erachter gekomen?

'Als dat kleine meisje al niet is omgekomen tijdens de aanval van de slavenjagers,' vervolgde Celio, haar terugbrengend naar de werkelijkheid, 'en nu al die mensen worden ingezet om haar op te sporen... Ik zie niet hoe jij haar als eerste kunt vinden.'

Voor het eerst sinds ze was gaan zitten bracht Kaweka een stuk vlees naar haar mond en dwong ze zichzelf te eten en op krachten te komen, terwijl haar angst omsloeg in woede.

'Dit is net als in een guerrilla,' sprak ze met volle mond. 'Je moet het niet openlijk tegen de sterkere opnemen, maar hem opwachten en verrassen.'

De volgende dag namen zij en de honden het pad dat naar plantage La Merced leidde.

26

Madrid
Juni 2018

'Dat is uw probleem, meneer Santadoma.' De vinnige opmerking werd gemaakt door een van de advocaten van Stewart en Meyerfeld. De vergaderzaal van de Banca Santadoma zat weer vol: kopers, verkopers, advocaten, adviseurs…

'Wat bedoelt u daarmee?' vroeg professor Contreras koeltjes, alsof hij college gaf. 'Het lijkt me een bijzonder ongepaste opmerking, als ik me zo mag uitdrukken.'

De spanning tussen de Amerikanen en de Spanjaarden was te snijden. Na de vergadering van de Amerikanen met Lita en haar advocaat om de bewijzen rond de afkomst van Concepción na te trekken, en vooral na de eis bij monde van Alberto Gómez om tegen betaling van honderd miljoen euro de zaak te sluiten en Concepción te laten afzien van haar deel van de erfenis, waren de strategieën radicaal veranderd en begonnen de tot dan hechte betrekkingen tussen de twee partijen scheuren te vertonen.

Iemand had voorgesteld de mogelijke – en uiteraard nog steeds hypothetische, zo was haastig genuanceerd – rechten van Concepción te respecteren en de operatie uit te voeren in afwachting van de uitspraken van de rechtbank zodra zij het geschil daadwerkelijk had ingediend. Die mogelijkheid hield vanuit het oogpunt van de lopende erfenis een aantal juridische belemmeringen in die misschien wel weggenomen konden worden, maar botste met een persoonlijke, onoverkomelijke hindernis, die doña Claudia opwierp toen haar zoon, de markies, met dit voorstel bij haar aankwam: 'Over mijn lijk!' Zij zou nooit erkennen en ook nooit maar enig voedsel geven aan het idee of vermoeden dat haar echtgenoot een kind had bij een zwarte vrouw.

'Natuurlijk besprongen ze hen! Dat deden alle heren, maar om te verklaren dat ze hun bloed hebben… dat nooit! Voor al die creooltjes werden vaders gezocht, die accepteerden dat, en ze kregen betaald en werden goed behandeld. En daar maakten ze ook nog eens gebruik van, ze stonden boven de andere werknemers. De moeder van Concepción was echt geen uitzondering: ze accepteerde het en deed er haar voordeel mee. Maar het was maar een mulattin, en haar dochter een bastaard.'

'Dus jij hebt het altijd geweten, mama.'

'Uiteraard. En bid maar dat er niet nog ergens een bastaard opduikt. Je vader was een echte man!'

'Hm, maar misschien kunnen die andere bastaardkinderen het niet aantonen,' reageerde de markies, die zich er zowel bewust van was dat de handtekening en het aandelenpakket van zijn moeder noodzakelijk waren voor een goede afloop van de operatie, als dat Lita solide bewijzen aan de Amerikanen had laten zien. Daarom vervolgde hij: 'Bij Concepción daarentegen is er sprake van brieven en foto's, en nog veel meer aanwijzingen. Ze zouden zelfs kunnen verzoeken om een DNA-test van papa's lijk, en dan krijgen we straks een rechtszaak.'

'Tegen die tijd ben ik al dood, jongen,' zei ze onverschillig, 'vooral door alle ergernis die jullie mij bezorgen.' Dood dreigde ook hun gesprek te lopen, want de oude doña Claudia deed alsof ze smartelijk leed, totdat ze ineens weer met een schok overeind kwam. 'Maar al zou ik dood zijn,' vervolgde ze met vaste stem, 'je wilt me toch niet vertellen dat jij vanwege een simpel zaakje gaat erkennen dat je de broer van een zwarte bent? Dat jouw kinderen neefjes en nichtjes zijn van de nakomelinge van een slavin die op de plantage van je voorvaderen werkte? Ga je echt voor een paar armzalige centen de naam Santadoma door het slijk halen?'

Don Enrique kromp ineen in de fauteuil van waaruit hij de confrontatie met zijn moeder had willen aangaan.

'Zeg je nou tegen me dat je de eer van je vader en je grootvader gaat verkopen? Dat je mijn eer wilt bezoedelen, de vrouw die je gebaard heeft, en me aan de wereld gaat tonen als de bedrogen echtgenote?' hield doña Claudia aan.

'Maar je zei toch dat het in die tijd heel gewoon was?'

'Ja, heel gewoon, maar ook heel vanzelfsprekend dat er niet over gepraat werd, laat staan dat iemand zo'n kind zou erkennen of iets van dien aard. Uitgesloten!'

En doña Claudia, de weduwe van Eusebio de Santadoma, wees een eigen advocaat aan die haar moest vertegenwoordigen bij de onderhandelingen met de Amerikanen: Néstor Armas, een vriend die ook uit een familie van Cubaanse bannelingen kwam en die niet alleen met succes zijn beroep uitoefende, maar tevens de noblesse uitstraalde van de aristocraten die de roemrijke tijd hadden meegemaakt waar Fidel Castro een eind aan had gemaakt toen hij de kazerne Moncada in Santiago de Cuba aanviel, die oorspronkelijk kazerne Reina Mercedes heette.

Doña Claudia en een plotselinge opleving van klassenbewustzijn bij de markies en het hooghouden van zijn afkomst, waren de redenen dat de verstandhouding tussen de Spanjaarden en de Amerikanen verslechterde. De markies had het met Contreras besproken en van daaruit was de strategie bepaald die had geleid tot de eerste uitwisseling van beschuldigingen tussen advocaten over en weer.

De kwestie, zo zette de hoogleraar uiteen, was duidelijk: de Santadoma's trof geen enkele blaam dat er een nieuwe erfgename was verschenen, als zij dat al werkelijk was, iets wat zij nog steeds ontkenden, en ze konden niet verantwoordelijk worden gehouden voor de gevolgen en schadeloosstellingen van iets waarvan ze niet op de hoogte waren. Er was geen sprake van kwade trouw hunnerzijds, zodat het contract diende te worden afgewikkeld binnen de voorziene termijnen en zodat Concepción in ieder geval een uitspraak tegemoet kon zien die gunstig voor haar uitpakte, in een zaak die volgens zijn inschatting zo'n tien jaar zou duren.

'En wat gebeurt er met de aandelen van de bank die toebehoren aan of kunnen toebehoren aan mevrouw Concepción Hermoso?' vroeg een van de juristen van de Amerikanen.

'Dat beslist de rechter,' zei Contreras. 'Hij kan oordelen dat ze buiten de operatie vallen tot er sprake is van kracht van gewijsde, of dat we een garantie afgeven voor schadevergoeding. Alles blijft hetzelfde. In laatste instantie zou een bewindvoerder over die aandelen kunnen worden benoemd.'

'Dat klinkt erg ingewikkeld,' meende de andere advocaat van Stewart, die met een buitengewoon serieus gezicht het gesprek volgde waar nu geen tolk bij aanwezig was, omdat er Engels werd gesproken.

'Nee. Er is niets ingewikkelds aan.' Deze keer sprak Néstor Armas. De markies bekeek hem met argwaan. Zijn aanwezigheid herinnerde de markies eraan dat zijn moeder hem niet meer vertrouwde. 'Maar wat niet aanvaardbaar is, is dat door onzinnige pretenties van een dienstbode, een halfbloed, en ik herhaal: pretenties, wartaal, inbeelding...' Hij draaide rondjes met zijn hand alsof hij het over een gek had. '... een handelstransactie mislukt of in gevaar wordt gebracht zoals de onderhavige, waar talloze mensen door getroffen worden, terwijl er een overnamebod is gedaan en de financiële autoriteiten zich ermee hebben bemoeid. Geen rechter kan deze operatie tegenhouden.'

'Als het een progressief iemand is...' probeerde een van de adviseurs.

'Dat maakt niet uit.'

'Deze kwestie kan zelfs politieke gevolgen hebben.'

Advocaten en adviseurs raakten verwikkeld in een discussie die oeverloos leek te worden, tot Stewart zijn stem verhief. Hij sprak meteen op normale toon verder toen de overige aanwezigen luisterden.

'Over welke aandelen heeft u het eigenlijk? De Banca Santadoma is failliet. De werkelijke waarde van de bank is meer dan zestig procent gedaald sinds de eis bekend werd gemaakt, met alle publiciteit en protesten van dien. ELECorp Bank heeft veel geld verloren door een valse verklaring zoals u die in het contract heeft gezet, namelijk dat alle erfgenamen hadden getekend...'

'Maar het was onbekend,' trachtte Contreras zich te verontschuldigen.

'Wilt u me uit laten spreken!' zei Stewart. 'Hier in Spanje kan zo'n zaak misschien tien jaar duren. In Florida, en ik herinner u eraan dat dit contract met uw instemming is onderworpen aan de wetten en jurisdictie aldaar, gaat alles veel sneller en wordt alles veel eenvoudiger beslecht dan op dit oude, decadente continent. U heeft gelogen omtrent het bestaan van een mogelijke andere erfgename, iets waarvan jullie allemaal op de hoogte waren.'

'Dat is niet waar!' schreeuwde de markies.

‘Uw moeder als eerste,’ diende Stewart hem van repliek.
‘Dat zal ze nooit erkennen.’

‘Daar twijfel ik niet aan. Dat is het grote probleem geweest voor veel zwarte Amerikanen en Amerikanen van kleur, maar daarover hoeft u zich niet druk te maken. Ik kan niet voor uw rechters spreken, maar die van ons gaan daar al helemaal van uit. Hoe dan ook, er is meer dan genoeg bewijs dat u, Santadoma, niet onwetend was van het feit dat Concepción familie was, om te beginnen uw grootvader, die het testament heeft laten opstellen dat tot deze hele ellende heeft geleid. Hij wist dat zijn zoon de vader was en dat Concepción dus zijn kleindochter was! In Amerika zijn we een stuk praktischer en flexibeler, en de uitvluchten en onzinnige discussies waar u hier in verstrikt raakt doen er daar weinig toe. U bent in gebreke gebleven, punt. Dat is het enige wat de rechters zullen zien. Derhalve...’ Hij stond op, Meyerfeld zat naast hem. ‘... verklaren wij vanaf dit moment de koop van de Banca Santadoma zijdens ELECorp Bank voor geannuleerd. Onze advocaten zullen voor de administratieve afwikkeling zorgen. Ik groet u...’

Hij zei gedag voordat Contreras zich er, duidelijk nerveus, weer in mengde. Binnen hun nieuwe strategie hadden ze niet de mogelijkheid overwogen dat de Amerikanen zich zouden terugtrekken, omdat ze ervan uitgingen dat die zich gebonden voelden aan de aanzienlijke hoeveelheid kapitaal die ze al in de operatie hadden gestoken.

‘U kunt hier heel veel geld verliezen,’ zei hij bijna dreigend. ‘Alles wat u tot dit moment heeft aangekocht...’

‘Het is zinloos om goed geld op slecht geld te zetten,’ zei Stewart glimlachend tegen de oude hoogleraar.

En Meyerfeld liet voor één keer zijn vormelijkheid varen en sprak emotioneel: ‘Dat geld krijgen we wel terug. De Santadoma’s zijn ons dat verschuldigd, maar maakt u zich geen zorgen. Over...’ Hij keek op zijn horloge. ‘... drie uur moeten jullie even naar de Nasdaq kijken, hoe ELECorp genoteerd staat.’

Meyerfeld was nog niet uitgesproken of een van hun advocaten liep de vergaderzaal al uit om alle financiële instanties, zowel Spaanse als Amerikaanse, op de hoogte te stellen van de afgebroken onderhandelingen over de verkoop van de bank. De pr-afdeling van ELECorp Bank, evenals gespecialiseerde internetbedrijven die onmiddellijk voor dat doel werden ingehuurd, verspreidden het nieuws en brachten communiqués uit waar de Amerikaanse media zelf hun eigen grote koppen van maakten:

ELECORP WEIGERT SPAANSE BANK MET SLAVERNIJVERLEDEN TE KOPEN

ELECORP BANK KIEST VOOR 21STE-EEUWS, OFTEWEL MAATSCHAPPELIJK EN ETHISCH VERANTWOORD ONDERNEMEN

AMERIKAANSE SAMENLEVING JUICHT BESLUIT ELECORP TOE

Media en socials namen de verklaringen over van de bestuurders van ELECorp, onder wie Stewart, die luidden dat de tot dan gedane investeringen konden worden gebruikt om te voorkomen dat een bank die steunde op slavernij operationeel bleef, binnen of buiten Spanje. Het Verdrag van Durban werd genoemd, het Spaanse kolonialisme op Cuba, het gegeven dat Spanje het laatste westerse land was dat de slavernij afschafte. Black Lives Matter en andere organisaties zagen de koerswijziging van de Amerikaanse onderneming welwillend aan. De demonstraties tegen de bank werden beëindigd en, zoals Meyerfeld had voorspeld, schoten de aandelen van ELECorp en de daaronder vallende bedrijven omhoog en herstelden ze zich tot het peil van hun eerdere beursnotering, zodat het door de Santadoma's in Spanje veroorzaakte verlies gecompenseerd werd.

Er werd wel gespeculeerd dat de hele gang van zaken was geregisseerd door de directie van ELECorp, die wist hoe het spel gespeeld werd en die zich met deze strategie in een modelbank had veranderd. Ze hadden toch al een flink pakket aandelen van die Spaanse bank? Dan kenden ze ook het verleden ervan. Stewart ontkende en hij was daar oprecht in: de aankoop vond plaats in de eenentwintigste eeuw en alles leek in orde. Er was op dat moment helemaal geen sprake geweest van een zekere Concepción Hermoso die de herkomst van het fortuin van de Santadoma's kon blootleggen, en voor het geval iemand dat in twijfel wilde trekken, zouden ze wel excuses eisen. Uiteindelijk zou niemand kunnen aantonen dat zij al eerder van deze omstandigheid op de hoogte waren, en daar kwam bij dat een taaie en altijd ingewikkelde transitieperiode ongewenst was omdat de realiteit hen dwong snel te handelen. Er waren ook helemaal geen grote investeringen nodig om een star aandoende structuur te veranderen in een bank die in de ogen van het grote publiek voorbeeldig was. De publiciteit en de berichten daarover waren door de markt zelf gratis verzorgd.

De interne regels voor de werknemers aangaande handelwijze, contractering, gedrag, doelstellingen en zelfs kledingvoorschrift werden kort na ELECorps drastische imagoverandering vastgelegd.

Stewart had in Key Biscayne, Miami, een huis aan het water met een eigen aanlegsteiger. De gevel met gigantische ramen keek uit over een strak gazon dat doorliep tot zijn boot, een vijftigvoeter waarmee hij en zijn gezin gingen vissen of varen. Daarnaast speelde hij ook nog golf wanneer hij niet bij de bank aan het werk was, maar die dag keek hij met een glas whisky in de hand met een peinzende blik over gazon en boot heen, en dacht aan de jonge vrouw van kleur die in Spanje erkenning eiste voor de afstamming van haar moeder als nakomelinge van een Santadoma.

De laatste keer dat hij haar had gezien was tijdens de vergadering met haar nieuwe advocaat, toen ze met de overtuigende bewijzen waren gekomen. Dat was allemaal doorgesluisd naar de advocaten van de markies, naar de even laatdunkende als oude hoogleraar Contreras, en er was op gewezen dat zoveel bewijzen niet genegeerd konden worden. Stewart wist dat ze Regla schadevergoeding hadden betaald en dat ze zich hadden gecommitteerd aan de betaling van een armzalig pensioentje aan haar moeder, een handjevol geld voor gierige mensen die niet begrepen dat zelfs grote zaken konden mislukken door dit soort stommiteiten: een pensioen dat een belediging was voor iemand die een kleinkind van de markies bleek te zijn maar als dienstbode voor de rest van de familie had gewerkt. En daarbij het aanbod van de tien miljoen. Het was een hoop geld, maar een schijntje vergeleken bij wat Concepción als een van de erfgenamen van de Santadoma's toekwam. Wat was alleen al de waarde van één van de onroerende goederen die ze in het centrum van Madrid bezaten? Al die bezittingen waarvoor hij zijn advocaten opdracht had gegeven om ze als schadeloosstelling voor de mislukte transactie op te eisen.

Hij vond het dus niet vreemd dat Regla met honderd miljoen was komen aanzetten, maar als hij eerlijk was, dacht hij terwijl hij een flinke slok van zijn whisky nam, alsof hij samen met de omgeving toostte, verbaasde het hem ook niet dat de Santadoma's weigerden dat bedrag aan hun bediende, een vrouw van kleur, te betalen. Het was geen kwestie van geld. Misschien hadden ze het zelfs wel besproken met een van die groepen aandeelhouders met wie ze bevriend waren, maar zo'n bedrag aan Concepción uitbetalen, daarvan keerde hun maag zich om. Het appelleerde aan hun onderbuikgevoelens, die ieder logisch voorstel vanuit een zakelijk standpunt in de weg stonden. Die moeder had zelfs een reactionaire advocaat in de arm genomen die in de gaten moest houden welke gunsten haar zoon Concepción toebedacht!

Madrid en de Santadoma's lagen achter hem. De advocaten zouden alles afwikkelen, de pr-afdeling zou voor goede publiciteit zorgen, en de markies en zijn familie konden er beter of slechter vanaf komen. Stewart probeerde altijd afstand te bewaren bij alle operaties die hij uitvoerde: sommige mislukten, andere waren een succes. Maar deze keer voelde hij zich betrokken. Het ging niet om een groep ondernemers die een revolutionaire app hadden ontwikkeld, of die financiering zochten voor een tractorbedrijf, maar om slavendrijvers die hun rijk op het zweet en bloed van zwarten hadden gebouwd. Het eerste wat hij had gedaan, nog in Madrid, was per mail de hele club adviseurs ontslaan die dit gegeven uit het dossier hadden weggehouden. Hun uitvluchten wilde hij niet horen.

Het was waar dat er na deze mislukte transactie alweer nieuwe uitdagingen op hem wachtten en dat hij de leiding kreeg over andere onderhandelingen, maar anders dan bij andere zaken die afgehandeld waren en naar de achtergrond verdwenen, kon hij Regla niet uit zijn hoofd zetten.

'Blijf me op de hoogte houden van de ontwikkelingen rond de Spanjaarden,' zei hij tegen zijn secretaresse, die met een glimlach om haar lippen knikte.

27

Matanzas, Cuba
Augustus 1878
Plantage La Merced

Het naderen van dit stukje aarde riep een angstgevoel in Kaweka op, een onbehagen dat deed denken aan de eerste keer dat ze hier was gekomen, toen de markies zich haar had toegeëigend van plantage Ribas, een paar dagen nadat ze bij maanlicht op een strand bij Jibacoa aan land waren gegaan. Dat was al tweeëntwintig jaar geleden. Ze dacht even aan Awala, het meisje dat ze had beschermd, dat de plek van haar zusje Daye moest innemen die onderweg was overleden, en ze vroeg zich af wat er van haar geworden zou zijn. Het was een meisje geweest als alle anderen, maar toch fragieler, zwakker. Voor haar, Awala, had Kaweka die tweeëntwintig jaar gestreden – jaren die een mislukking waren geworden met slechts de vrijheid van die paar bergjes kiezelsteentjes die ze haar bij kamp Guayamaquilla hadden laten zien om het verschil uit te leggen tussen twaalfduizend en tweehonderdduizend. Want de slaven bevonden zich daar nog allemaal, op La Merced, en ze zongen nog zoals ze altijd hadden gedaan op deze plantage, die zelfs nog groter was geworden sinds zij er de laatste keer met hulp van Modesto uit weggevlucht was. Alle voorzieningen waren uitgebreid. Suiker bleef een van de lucratiefste handelsproducten voor de Cubaanse sacharocratie.

Het was geen oogsttijd, de zwarten waren her en der bezig zaken te repareren, of verplaatsten geheel zinloos bedden van de ene barak naar de andere. Vanaf een hooggelegen kreupelbosje overzag Kaweka de vlakte waarop de plantage gelegen was: het hoofdhuis, dat open was buiten het seizoen en waar voortdurend beweging te zien was, en de rietvelden die afgebakend waren met rijen palmbomen, waaraan bij ieder ochtendgloren wel één of meer zwarten te zien waren die aan hun nek bungelden, als spookachtige poppen die de zon, de hele wereld beledigden. Kaweka viel op haar knieën. De geesten van de krijgers die hadden besloten zich liever van het leven te beroven dan geketend te blijven, zweefden hier door de lucht. Kaweka voelde ze om zich heen, voelde hoe ze haar beroerden, koud, wraakzuchtig. Het was niet de godin, die haar de rug leek te hebben toegekeerd, het waren de slaven zelf die daar het leven hadden gelaten. En in tranen zag ze mama Ambrosia. Ze zou niet kunnen zeggen of ze glimlachte of huilde, maar Kaweka was blij dat ze haar aanwezigheid voelde en ze haalde diep adem, alsof ze zich met haar wilde vullen.

De honden maakten haar erop attent dat er mensen aankwamen. Kaweka stond vlug op en verborg zich in het dichte struikgewas. Het waren drie in vodden gehulde oude mannen.

'Wie is daar?' vroeg een van hen in het luchtledige. Hij was gaan staan op de plek waar Kaweka op haar knieën had gelegen, alsof de tranen die zij daar had gestort hem die hadden aangewezen.

Kaweka bekeek de drie aandachtig: uitgehongerde, zieke mannen, wachtend op de dood. Ze was zulke mensen tegengekomen op haar reis dwars over het eiland, had zelfs wel met een paar van hen gesproken. Dit waren de gevolgen van de Wet Moret, waarmee vrijheid werd gegeven aan slaven die ouder dan zestig waren. Niemand wilde deze nutteloze mannen, die lichamelijk kapot waren door jaren van arbeid tijdens oogsten waar maar geen eind aan kwam. Mensen die op plantages en veeboerderijen hadden gewerkt konden niets anders dan riet kappen of dieren hoeden, en nu konden ze nergens heen. De wet gaf de oude vrijgelatenen het recht om bij hun voormalige heren te blijven, die in dat geval hun bazen werden en hen wel of niet konden betalen, wat hun maar beliefde, en de vrijgelatenen daarbij lichte werkzaamheden geven, waarmee ze zich verplichtten hun van kleding, onderdak en voeding te voorzien. Als een vrijgelatene zijn voormalige heer verliet, verloor hij ieder recht. Afgezien van volhouders die zich aan het leven vastklampten en uiteindelijk als bewakers verbannen werden naar haveloze stulpjes aan de randen van plantages haalde de meerderheid van die slaven de zeventig niet. Kaweka wist dat heel goed, ze had velen bijgestaan in deze overstap toen ze in de ziekenboeg lag.

Nu werkten ze niet, maar de heer die hun baas was geworden

moest hen wel onderhouden. Maar wat zou hij ze geven, als hij de jonge, sterke mannen die hem profijt opleverden al wreed behandelde? Deze drie zwarten waren niet meer dan levende lijken. Ze liepen met kleine kruidenbundels, bedoeld voor de dieren.

De drie keken met glazige ogen naar de dichte bosjes, waardoor Kaweka hen herkende uit de tijd dat ze nog sterk en energiek waren, hoezeer tien jaar werken op een plantage hen ook had beroofd van ieder sprankje levenslust.

'Ik ben het,' zei ze en kwam uit haar schuilplaats tevoorschijn. 'Regla. Ik werkte met Ambrosia, bij de kinderen.'

De vrouw van de drankjes om een vrucht uit te drijven, de vrouw die hielp bij zelfmoord, of wanneer iemand wilde vluchten, die de goden aanriep om de zoon van de markies te laten doodgaan en die later werd begraven...

'Je leeft nog,' zei een van de drie, die zelfs niet meer in staat leek zich ergens over te verbazen.

'Zeker.'

'Veel mensen hebben je gemist.'

'Waarom ben je teruggekomen?' vroeg een ander.

'Je draagt het uniform van de opstandelingen... Je moet vrij zijn.'

Ze reageerde hier niet op.

'Kom je de emancipado bevrijden?' vroeg de man die als eerste gesproken had.

Met een ruk draaide Kaweka zich naar de oude man toe.

'Emancipado? Wat bedoel je?'

'Ja, die verpleger, de man die met die dokter kwam. Die jou wilde kopen voordat je naar de bergen vluchtte.'

'Modesto!' riep Kaweka uit, totaal verrast. 'Is Modesto op La Merced?'

'In het voetblok. Ja. Al een paar dagen.'

Wat deed hij daar? Hoe was het mogelijk? Er rezen honderden vragen, vraagtekens die oplosten in gevoelens, emoties, hartstocht. De blijdschap dat hij nog leefde werd overschaduwd door de gemene streek van de markies om hem in een voetblok te slaan, als lokaas voor haar – een valstrik.

'Wie heeft de markies nog meer te pakken?' vroeg ze.

'Wat bedoel je?'

'Een nieuwe slavin van een jaar of veertien?' Kaweka struikelde over haar woorden. 'Het hoofdhuis is open buiten oogsttijd. De baas zal in Havana zijn. Waarom is het huis open? Wie woont er nu? Is de markies er wel? Hebben ze een nieuwe, jonge slavin gebracht?'

Ze zag ze alle drie nee schudden.

'Eigenlijk weten we dat niet. We weten wel dat er veel meer schildwachten en bewakers zijn dan anders. Sommigen zijn soldaten, iets wat nergens op slaat buiten oogsttijd. Bij elkaar vormen ze een heel leger. Er is nu helemaal geen probleem, maar Narváez doet alsof er een opstand komt.'

'En in het huis?'

'We weten alleen van die verpleger, die Modesto, want we lopen over de binnenplaats om het groen naar de wei te brengen. Er zijn altijd schildwachten bij hem, dag en nacht, alsof hij met een ingeklemd been kan ontsnappen. Maar in het huis kunnen we niet komen.'

'Maar je kunt wel gaan vragen. Daar moeten slaven zijn die jullie kennen.'

'Jawel...' zei een van de drie aarzelend.

'Je weet heel goed het verschil tussen slaven die vertrouweling zijn van de heren en slaven die op de plantage werken,' merkte een van de oudjes op.

'Jullie moeten tegen Modesto zeggen dat ik hier ben, en erachter zien te komen of er een nieuwe slavin in huis is...'

'Waarom?'

'Inderdaad, we willen geen problemen.'

'Je krijgt problemen als je het niet doet. Jullie zullen doodgaan als ratten,' dreigde Kaweka. 'Jullie zullen lijden zoals je in je hele armzalige leven niet geleden hebt, en jullie zielen zullen in de braamstruiken vast komen te zitten.'

De drie oude mannen herinnerden zich heel goed welke machten aan Kaweka werden toegedicht.

'Wat hebben wij je voor kwaad gedaan, dat je ons met zoveel ongeluk dreigt? Wat hebben wij te maken met jouw belangen?'

'De man die in het blok zit heeft jaren voor jullie vrijheid gevochten. Noem je dat niks?'

'En die jonge slavin over wie je het hebt?'

'Ja, wat heb jij voor belang bij haar?'

Kaweka was niet van plan te onthullen dat het meisje haar dochter was. 'Zij is de nieuwe uitverkorene van de godin. Kijk dan hoe ik eraan toe ben...' Ze strekte haar rechterarm om te laten zien dat ze links verlamd was, net zo hulpeloos en uitgehongerd als de mannen. 'De markies mag haar niet tot slavin maken. Ze mag niet in handen van blanken vallen.'

'Misschien weet iemand van het huis iets. Ja... We zouden ernaar kunnen vragen,' stelden de mannen vast, terwijl ze elkaar aankeken. 'Maar we kunnen onmogelijk bij je vriend komen. De bewakers staan absoluut niemand bij hem toe. Ze willen hem van honger en dorst laten omkomen. Zo nu en dan bevochtigen ze zijn lippen, zodat hij het langer uit kan houden, maar hij krijgt nog geen broodkruimel. Het lijkt erop...'

... dat ze me verwachtten, vulde Kaweka de zin bij zichzelf aan.

'Jullie hoeven geen risico te nemen,' zei ze geruststellend. 'Neem een van de honden mee. Doe alsof hij jullie vanuit de bergen gevolgd is.'

'Maar de grote waakhonden zullen gehakt van hem maken!'

'Ze zullen hem niets doen,' verzekerde Kaweka hun.

Toen hurkte ze neer voor de kleinste hond. Met beide handen omvatte ze zijn snuit en met haar blik bracht ze over: zeg tegen hem dat ik hier ben, dat ik hem kom redden. Vervolgens richtte ze zich weer tot de drie mannen.

'Maar wat dat meisje betreft in het huis, daar moeten jullie wel naartoe. Hebben jullie dat begrepen? Ik wil weten wat daar gebeurt.'

'En waar vinden we jou? Hier?'

'Nee,' zei Kaweka. Ze wilde niet riskeren dat ze haar verraadden. 'Hij vindt me wel,' zei ze, wijzend naar de andere hond. 'Jullie volgen hem gewoon, hij brengt jullie naar me toe.'

Het kleine hondje glipte langs de grote waakhonden, langs slaven, soldaten, schildwachten en wie ook maar van de plantage, tot hij bij Modesto kwam, die hij net zo lang in het gezicht likte tot die bijkwam uit de verdoving van zijn verzwakte toestand. Naar gewoonte was Modesto slechts met één voet vastgezet, zodat hij wel kon zitten en enigszins kon bewegen. Maar Modesto wilde niet de aandacht op zich vestigen en bleef liggen.

'Is Kaweka gekomen?' vroeg hij aan het hondje toen hij had bedacht dat dat de enige reden kon zijn dat het dier naar hem toe gekomen was en hem in zijn gezicht had gelikt.

Het hondje begon hem weer te likken.

'En wat deed die neger?' vroeg de markies nadat een van zijn mannen was komen aanrennen om over het vreemde gedrag van de hond te vertellen die naast Modesto was gaan liggen.

'Hij… Hij glimlachte, sprak hem toe en aaide hem.'

'Is die hond nog bij hem?'

'Die ligt naast hem alsof hij zijn baas is. Hij verroert geen vin.'

'Die heks is hier!' De markies sprak deze woorden langzaam uit, nadat hij even had nagedacht. Waar kon dat beest anders vandaan komen? Die neger was vrijwel naakt uit de gevangenis van Havana hierheen gekomen. 'Ze is hier, in de rietvelden, in de bossen… of onderaards, bij de hel! Ga dat wijf zoeken! Zorg voor meer mannen, Narváez! Ik wil haar hier hebben! En maak die klotehond af.'

Kaweka zag hoe de mannen zich vanuit de plantage verspreidden: soldaten, schildwachten, blanke mannen, misschien zelfs wel slavenjagers, verdeeld in groepjes met honden, die in alle richtingen gingen zoeken. Misschien hadden die drie oudjes haar verraden, al kon ze dat bijna niet geloven. Het hondje, stelde ze bij zichzelf vast. Ze had don Juan José onderschat, maar Modesto wist nu in ieder geval dat zij hier was, op een paar passen afstand.

De kleine hond kwam niet terug, maar ze had gelukkig de grote nog, die haar van de ene plek naar de andere sleepte om de mannen van de markies te ontlopen. Nu eens spoorde hij haar aan met bijna onbeheerst gepiep, dan weer heel rustig.

'Ik wil niet te ver weg,' beval Kaweka hem, zodat de hond gedwongen werd de paden te nemen waar al soldaten of slavenjagers hadden gelopen, in een soort macaber spel van krijgertje.

De grote waakhonden blaften, maar raakten in verwarring, volgden sporen die nergens heen leidden.

Zo verliepen er een paar dagen. Op het laatst sloot de markies zich bij de zoektocht aan. Te paard, samen met Narváez, doorkruiste hij onophoudelijk vloekend de omgeving van de plantage. Kaweka zag een duidelijk gekwelde man, die oud geworden was. Hij reed zo dicht langs haar heen dat ze hem had kunnen neerhalen, zoals ze in de oorlog tegen de Spanjaarden mannen had neergemaaid. Ze hoefde alleen maar met één gerichte slag het paard de achterbenen af te hakken bij het spronggewricht, zonder dat ze haar zagen. Dat kon ze wel met haar rechterhand, daarmee had ze een zekere handigheid herwonnen. De ruiter zou verrast worden door de plotselinge, harde val van zijn rijdier en dan hoefde ze alleen nog maar de man te raken voor hij op de grond viel. Daarna zou ze, verlamd en wel, op Narváez af gaan en hem ook neermaaien, om vervolgens die twee blanken de ingewanden uit te rukken. Ze voelde aan de scherpe kant van haar machete, maar zag af van dit idee. Ze was hier om Modesto en Yesa – als die hier was – te halen, en de dood van de markies zou de zaken voor haar alleen maar compliceren. Ze moest zich niet laten zien.

Op de dag dat de drie oude mannen haar weer in het bos opzochten, zeiden ze dat ze niets te weten waren gekomen. Ze hadden overal mensen ondervraagd, mensen die in het huis werkten, familie, vrienden. Niemand had hun ook maar iets verteld. De angst was in hun ogen te lezen. 'De heer slaapt niet, neemt geen rust. Hij scheldt, schreeuwt, en slaat bij het minste of geringste met de zweep. We hebben geen nieuws voor je,' zeiden ze tot slot.

Kaweka voorvoelde dat Yesa leefde. Nu ze versmolten was met de doden en tussen bomen en braamstruiken door kronkelde, was Yemayá bij haar teruggekomen. Kaweka vermeed het om de godin haar onverschilligheid te verwijten, ze ging haar niet weer boos maken zodat ze haar weer verliet. Ze was dankbaar voor haar aanwezigheid. Zij was degene die haar van Yesa vertelde. Ze zocht een heilige boom, de kapokboom, en stukje bij beetje kwamen haar de rituelen in herinnering die ze met Eluma had uitgevoerd toen die haar had ingewijd in de santería in de nederzetting in de bergen van El Rosario. Deze keer waren er geen zwarten bij, zelfs niet de weinigen die haar toen hadden vergezeld, en ook geen trommels, maar ze schonk haar offerande, zong en danste, en de godin toonde zich tevreden terwijl ze omringd werd door honderden, duizenden geesten van slaven die hier overleden waren en die haar wilden bedanken voor haar strijd. Jubelend vroeg Kaweka hun naar haar dochter. 'Ze leeft,' antwoordden ze, 'en de markies heeft haar niet.'

De vruchteloze achtervolging duurde nog een paar dagen voort, dagen waarin Kaweka zelfs de draak stak met de mannen die haar zochten. Ze liet ze dicht bij zich komen en beval de hond de grote waakhonden op te jutten. De soldaten en slavenjagers werden gek, ze riepen naar elkaar en schoten elkaar te hulp, maar uiteindelijk verdween Kaweka vlak voor hun neus omdat ze op honden vertrouwden die hen misleidden. Een enkele keer liet zelfs de markies zich bedotten.

Ze waren het zo zat dat ze op een dag de achtervolging staakten. Een paar reden nog te paard in de omgeving rond, om her en der stil te houden.

'Die Modesto is over drie dagen dood!' riepen ze. 'En dan heb jij hem vermoord!'

De hond aan haar voeten hield zijn hoofd schuin terwijl hij haar aankeek, alsof hij iets wilde vragen. En de dreiging die in de lucht hing benam haar de moed. 's Nachts herhaalden de mannen hun dreigementen, ze droegen lantaarns die oplichtten in de duisternis. Kaweka kromp bevend ineen in haar schuilplaats. De hond liet zijn gejank horen.

Haar leven met Modesto schoot aan haar voorbij in een opeenvolging van beelden die meestal pijn deden, omdat het gelukkige momenten waren geweest. De man die leek te zweven wanneer hij liep, die haar lichaam kon laten schokken op het ritme van de trommels terwijl hij in haar drong. De sterren, die op hen hadden geschenen toen ze naast elkaar lagen in het kamp van Jatibonico, leken haar hier flets, al was de hemel helder. Wat was er met hem gebeurd sinds ze bij de ingang van plantage La Candelaria waren aangevallen? Sindsdien was alles misgegaan. De komst van een zogenaamde vrede die ertoe had geleid dat de blanken zich met elkaar verzoenden en dat een paar duizend slaven waren vrijgelaten. Haar verwonding, waardoor ze niet kon vechten en haar lichaam voor de helft nutteloos was geworden. De overgave van Maceo. En nu Modesto die door de markies gevangengenomen was. Ze probeerde zich voor te stellen wat de emancipado moest hebben meegemaakt om in de handen van die aristocraat te eindigen, maar ze zette het uit haar hoofd: ongetwijfeld ging het om slavendrijverij, zweepslagen, misère – hetzelfde ongeluk dat haar was overkomen vanaf het moment dat ze hem niet maar aan haar zijde had, niet meer op hem kon rekenen, van hem kon houden… Modesto wist niet eens dat hij de vader van Yesa was, al moest zijn aanwezigheid op La Merced een bepaalde betekenis hebben die haar ontging.

Een van hen tweeën moest blijven strijden voor hun dochter. Een van hen tweeën mocht de zoektocht naar haar niet opgeven en haar eerder vinden dan de markies, haar tegen hem beschermen en haar de vrijheid teruggeven waarmee ze in de nederzetting was geboren.

'Je bent het mij verschuldigd!' riep ze in de nacht, zich tot Yemayá richtend. 'Jullie zijn het me allemaal verschuldigd!' gilde ze tegen de duizenden geesten van slaven, door wie ze zich omringd wist.

'Wie is daar?' klonk het een paar passen verderop. Iemand hield een lantaarn boven de struiken. De hond gromde.

En was zij, een halfverlamde die een sergeantenuniform van het opstandelingenleger droeg, een analfabete die door een van de machtigste mannen van het eiland werd achtervolgd, een man die nooit zou ophouden om de dood van zijn zoon te wreken, die fortuinen betaalde, die loyaliteit kocht, spionnen in dienst nam en alle slavenjagers van Cuba als het nodig was – was zij degene die zich in dit gebied moest ophouden, op zoek naar een meisje? Als Modesto niet wist dat hij haar vader was, dan wist niemand het. Misschien vermoedde iemand het, maar in feite had ze twee jaar in de nederzetting gewoond, lang genoeg om een kind te krijgen van een marron. Waarom zou iemand denken dat ze gevlucht was en zwanger bij de nederzetting aankwam? Kaweka wist niet of Modesto vrij was of nog slaaf. Hij zat in het blok, zeker, al kon de markies dat weinig schelen als hij met deze straf zijn doel bereikte. Vrije man of slaaf, wat Kaweka wel heel zeker wist, was dat Modesto beter in staat was hun kind te vinden dan zij. Hij was niet verlamd, zou geen argwaan wekken, kon zich vrij, of in ieder geval onopvallend bewegen, kon onopvallend vragen stellen, documenten lezen… Modesto was intelligent en zou erin slagen.

'Ik ben het, Kaweka!' schreeuwde ze toen, terwijl ze opstond en naar het licht toe liep. 'De uitverkorene door de goden van de zwarten!' Ze wachtte even op een reactie, maar die kwam niet. De lantaarn bleef onbeweeglijk. De hond gromde niet meer, al was hij gespitst op iedere beweging. 'Zeg tegen je heer dat ik bereid ben mijn leven te ruilen voor dat van Modesto.'

28

Madrid, Spanje
Juni 2018

De afgebroken onderhandelingen tussen ELECorp Bank en de Banca Santadoma vormden het belangrijkste financiële nieuws in het land. De Amerikanen hadden al een leger van advocaten in stelling gebracht die in Florida bezig waren rechtszaken voor te bereiden. De hoogleraar Contreras was als verlamd, totaal van slag door de wending die de zaken hadden genomen, en de Santadoma's, die een groot deel van hun vermogen in de goede afloop van de operatie hadden gestoken, hielden het inmiddels voor mogelijk dat ze geruïneerd werden. Persoonlijke bezittingen bleven gevrijwaard, al konden ze daar niet geheel zeker van zijn, net zomin als van het kapitaal dat verborgen lag in belastingparadijzen, maar ze konden wel de aandelen van de bank verliezen die ELECorp nu niet van hen wilde kopen, de dochterondernemingen, de onroerendgoedbedrijven die als borg dienden, overeenkomstig de adviezen van Contreras. Die werd nu door iedereen bekritiseerd om zijn kille, hoogmoedige houding.

Er kwamen aasgierfondsen en internationale speculanten op hen af die heel laag boden, nog ver onder de verminderde waarde van de bank. Ze trachtten gebruik te maken van de angst van een familie die uit elkaar viel. Het bijna blinde vertrouwen dat tot dat moment alle erfgenamen, de broers en zussen en neven en nichten van de markies in hem hadden gehad, een vertrouwen dat vreemd genoeg zijn eigen moeder nooit had gehad, verdween. Er werden onderling bondgenootschappen gesloten en ieder groepje nam eigen advocaten in de arm, die aanzienlijke fondsen eisten en om spoedvergaderingen vroegen om de crisis te bezweren.

Speth & Markus, van wiens diensten de Amerikanen hadden

afgezien, bleef niettemin voor de Santadoma's werken. De markies rechtvaardigde dit besluit met het argument dat dit bureau de handelwijze van hun vijand goed kende en dat dat gunstig voor hen was, al herinnerde hij zich ook de adviseur die het voor Regla had opgenomen. Hij moest iets met haar hebben, en dat was een draadje dat hij niet wilde verbreken.

Zelfs Pablo knikte tijdens een van de spoedvergaderingen met de nieuwe mensen van de beste advocatenkantoren van Madrid, toen een van hen hardop zei wat iedereen al vermoedde: 'ELECorp heeft zich uit de transactie teruggetrokken om de eigen markt te behouden. In de Verenigde Staten zijn mensen zich erg bewust van de geschiedenis van de zwarten. Daar zouden ze veel geld verloren hebben. Wat hier gebeurt is kinderspel vergeleken met de verliezen die ze daar, en wereldwijd, hadden geleden, als ze een bank hadden gekocht die gebouwd was op geld dat afkomstig was van de uitbuiting van zwarte slaafgemaakten.'

'Wat zegt u daar!' De markies wilde ertegen ingaan. 'Ik verbied u zo te spreken.'

'We leven in de eenentwintigste eeuw!' beet een van de juristen hem plompverloren toe. 'Ja, zwarte slaafgemaakten die doodgingen terwijl ze voor uw voorouders werkten. Of niet soms? Wilt u ons soms overtuigen met gezeur over evangelisatie en cultuur en dat soort onzin? Ze gingen dood, meneer Santadoma! Er gingen miljoenen mensen dood!' De man ademde zwaar, alsof hij lucht nodig had om verder te gaan, en de meesten respecteerden deze korte pauze. 'Verdomme!' zei hij toen met alle haat die hij in zich had.

'Ik heb nooit zoiets gedaan,' voerde de markies aan.

'Dat zegt ook niemand, maar u heeft er wel van geprofiteerd.'

Het was even stil, totdat een advocate, Carmen Rodés, die in de vijftig was en bekendstond om haar kunde in rechtszaken, het woord nam.

'We gaan deze zaak in goede banen leiden, meneer Santadoma.' Niemand hier, behalve Contreras en consorten, leek bereid hem met 'markies' aan te spreken. 'Laten we onszelf niet voor de gek houden. Het is absurd om de realiteit te ontkennen. Het is waar, de bank werd gebouwd op slavernij. En het lijkt erop dat de vrouw die haar hele leven uw dienstbode was, in werkelijkheid uw stiefzus was.'

'Dat is niet waar!' Néstor Armas sprong op, die met zijn beige pak en overhemd in pasteltinten gekleed ging in de koloniale stijl waarnaar hij zo'n heimwee leek te hebben.

'Stilte!' viel iemand tegen hem uit.

Zelfs de markies gebaarde dat hij zich rustig moest houden.

'Ik vertegenwoordig doña Claudia, de weduwe van Santadoma,' begon Armas weer.

'Dan heeft u al gezegd wat u moest zeggen.' Nu was het don Enrique zelf die ingreep. 'U kunt hier stil blijven zitten en luisteren, of u kunt gaan. Iedereen heeft er nota van genomen dat u zich verzet tegen de afkomst van Concepción.'

'Doña Claudia is uw moeder, heer markies,' zei Armas, in een poging hem op het gemoed te werken.

'Daarom wil ik ook haar rechten verdedigen,' loeide de aangesprokene. 'Of gaat u haar onderhouden als alles naar de kloten gaat? Betaalt u haar chauffeur, haar personeel, alle huizen en toebehoren? En dat allemaal vanwege een rotslippertje van mijn vader!'

'Laten we even ter zake komen,' kwam Carmen Rodés tussenbeide. 'De Amerikanen zijn niet erg geïnteresseerd in de kwestie van de dienstbode. Die gebruiken ze als excuus om het contract te ontbinden. Wij geloven, en dat is iets wat wij als nieuwe advocaten hebben geconstateerd,' voegde ze eraan toe, waarmee ze Contreras uitsloot, 'dat dit zonder al te veel problemen had kunnen worden geregeld.'

'Honderd miljoen, een schijntje,' liet een van de advocaten zich ontvallen.

'Maar jullie weigerden.'

Contreras probeerde zich eruit te praten.

'Dat vroegen ze, ja. Maar we weten niet of ze daar uiteindelijk mee akkoord waren gegaan. We hadden geen zekerheid.'

'Waar heb je wel zekerheid?' vroeg een van de advocaten, die nog niets had gezegd, spottend aan de hoogleraar.

'Zaken worden niet altijd en overal grondig aangepakt,' oordeelde Rodés. Iedereen begreep waar ze naar verwees en ze lieten haar doorpraten. 'De klacht van de Amerikanen is dat er een overlevende erfgename is die de transactie belemmert. Dat zou aanvechtbaar kunnen zijn, maar wij hebben er geen belang bij om ons in dat wespennest te steken. Laten we tot een akkoord komen met deze mevrouw. We geven haar honderd miljoen of hoeveel ze ook vraagt, en dan kunnen de Amerikanen niet zeggen dat we in gebreke zijn gebleven, ze bezitten dan alle aandelen van de Banca Santadoma...'

'Wat vindt u ervan?' vroeg de markies rechtstreeks aan Pablo. 'Denkt u dat Regla tot een akkoord wil komen of dat ze een rechtszaak zal aanspannen om de volledige som op te eisen?'

'We weten allemaal dat het deel van de erfenis dat Concepción zou toekomen veel meer is dan die honderd miljoen, maar dan zouden ze een proces moeten beginnen. En al is een zaak nog zo duidelijk, procederen brengt altijd een risico met zich mee.' Pablo zocht de goedkeuring van alle advocaten die bijeen waren, en die gaven ze hem met een knik. 'Ik geloof echt dat als ze een rechtszaak kan vermijden, ze dat zal doen,' verklaarde Pablo. 'Wat zij vooral wil is dat haar moeder nu, zo snel mogelijk, op haar zestigste, over dit geld kan beschikken. Dat ze er voor de rest van haar leven van kan genieten.'

Er klonk instemmend gemompel en opnieuw knikte een aantal juristen.

'Dan moeten we dus met hen onderhandelen,' meende Rodés.

'In theorie klinkt het goed,' zei de advocaat die met de spottende vraag aan Contreras was gekomen, een gladgeschoren jonge man met een onberispelijk kapsel en dito kleding, en een Patek Philippe om de pols (zo te zien een erfstuk). 'Maar stel dat ze aanvoeren dat door dit hele gedoe de waarde van de aandelen aanzienlijk is gedaald? Dat moeten we niet vergeten. Het ís namelijk zo. Ze hebben honderd betaald voor wat nu tien waard is.'

Het leek erop dat met deze opmerking de hele strategie onderuit werd gehaald, maar Carmen Rodés schudde haar hoofd alsof ze een stout kind terechtwees. 'Dan hebben die heren wel wat uit te leggen. Ze wisten immers van het bestaan van deze problemen, doordat de weduwe van Santadoma de dochter van de dienstbode tijdens een openbare vergadering beledigde. Hierop reageerden ze door haar uit te nodigen voor een gratis luxereisje naar Cuba met een paar vriendinnen. Ik heb de opname van die vergadering beluisterd waarin die vrouw, hoe heet ze ook weer... Regla... uw moeder en uzelf ervan beschuldigt, meneer Santadoma, dat er aan deze tafel een bank werd verkocht die was gebouwd over de ruggen van haar eigen voorouders, slaafgemaakten. De mensen van ELECorp wisten het toen dus al. Bovendien: toen deze vrouw uit Cuba terugkwam, wist ze al dat haar moeder de dochter van een Santadoma was. Dat had haar oudoom gezegd, op de eerste video waarmee ze terugkwam van haar reis. En wat deden de Amerikanen? Haar werk geven op hun kantoor en haar correspondentie overhandigen die hun strikt vertrouwelijk was overgelegd en die van invloed kon zijn op persoonlijke betrekkingen. Ja toch?'

Contreras knikte. Hij had die clausule zelf laten opnemen, een harde, strenge clausule bij iedere transactie waarbij een van de partijen toegang kreeg tot documentatie van de andere partij.

'Niemand heeft deze brieven in het dossier heeft gezien, en iedereen werkte met dezelfde documenten,' merkte de markies op.

'Dat is dus ook een raadsel. Dat gaan we uitzoeken. Hoe dan ook, wilden die Amerikanen echt kopen, of was het een truc om de Banca Santadoma in de zak te krijgen? Is er mogelijk sprake van belangenverstrengeling?' Ze vroeg dit rechtstreeks aan don Enrique.

Die was heel duidelijk.

'In Miami hebben we heel wat gezamenlijke belangen. Die zijn er van oudsher geweest. We hebben altijd goede betrekkingen onderhouden, daarom wilden ze ons ook kopen. Ja,' vervolgde hij, 'ze worden er ongetwijfeld beter van, veel beter, wanneer onze bank failliet gaat.'

'Goed dus, heren.' Carmen Rodés stond op, ze beëindigde zelf de vergadering. 'We komen tot overeenstemming met de dienstbode, en we gaan uit van een samenzwering van de Amerikanen tegen de Banca Santadoma. We moeten zo veel mogelijk gegevens verzamelen, en veel tijd hebben we niet.'

'Het zal niet makkelijk zijn samenzwering aan te tonen,' merkte iemand op.

'Zeker niet, maar die mensen zijn erg bang voor negatieve publiciteit, voor hoe de markt reageert. Dat hebben we al gezien. Daarom zetten we hierop in.'

Voor het eerst sinds vele dagen stond markies de Santadoma met een glimlach om zijn lippen van de tafel in de vergaderzaal op. Niemand van de vele aanwezige advocaten, ook Néstor Armas en Contreras niet, wilde aan de orde stellen wat er zou gebeuren als Lita en Concepción het geld aannamen. Zouden de Santadoma's dan de afstamming van Concepción erkennen? Zou zij dat eisen? Het was ook niet uit te sluiten dat, wanneer met die enorme hoeveelheid geld eenmaal was voldaan aan hun financiële eisen, moeder en dochter niets meer te maken wilden hebben met de familie Santadoma. Iedereen besloot dus om tactisch om dit onderwerp heen te lopen tot bekend was of het tot een akkoord kwam.

'De Santadoma's gaan akkoord met betaling van de honderd miljoen die is geëist.'

De inrichting van het kantoor van Alberto Gómez leek in niets op die van de bank of die van de Amerikanen op hun hemelhoge verdieping. Het meubilair was functioneel, oud. Het personeel liep gehaast en naar elkaar roepend rond en in de wachtkamer, een vertrek waarin eenvoudige stoelen op een rij tegen de muur stonden, zag je allerlei soorten cliënten. Pablo, wiens aanwezigheid Lita enorm verraste, en Carmen Rodés waren door de Santadoma-groep aangewezen om te onderhandelen. Tegenover hen aan tafel zaten alleen Alberto en Lita, aangezien Concepción zich weer had verontschuldigd.

'Het doet ons deugd...' begon de advocaat.

'De Amerikanen krabbelen terug.' Het was Lita die hem in de rede viel. 'Eerst hebben ze de onderhandelingen afgebroken toen u weigerde het geëiste bedrag te betalen, en nu bent u er ineens weer en gaat u akkoord. Heeft u ons zo hard nodig? Als we nou eens tweehonderd miljoen vroegen?'

'Lita!'

'Hier heet ik Regla, Pablo. Ik weet niet waarom jij hierbij zit, maar...'

'Omdat u elkaar kent,' kwam Rodés tussenbeide. 'De hele zaak is... onzuiver. Er spelen allerlei uiterst persoonlijke kwesties door elkaar. Ik lieg niet als ik zeg dat de geschiedenis van uw familie, en vooral die van uw moeder, me erg heeft geraakt.'

'Maar u behartigt de belangen van de markies.'

'En dat zal ik zo goed mogelijk doen.' Rodés keek Lita strak aan, alsof ze haar woorden daarmee meer geloofwaardigheid wilde geven. 'Maar dat betekent niet dat ik ongevoelig sta tegenover onrecht, of u dat nou gelooft of niet. Iedereen kent problemen en pijn. Vast niet zoveel als uw moeder en haar voorouders,' haastte ze zich een reactie van Lita te voorkomen, waarbij ze haar hand bezwerend opstak, 'maar het is wel zo. Wat Pablo betreft, hij is hier omdat hij vanaf het begin aan deze zaak heeft gewerkt. Hij heeft nog steeds een goede relatie met de Amerikanen en heeft toegang tot hen, en naar we begrijpen ook tot u. Professioneel gezien is hij zeer kundig en hij lijkt ons de geschikte persoon om de scherpe kantjes van alle persoonlijke conflicten af te halen. En tweehonderd miljoen... Ja, uiteraard, u kunt denken dat u ons klem heeft, dat uw medewerking onmisbaar is voor ons. Maar dat is uiteindelijk nooit zo. Uw advocaat zal dat bevestigen: er zijn altijd andere mogelijkheden. Ik zou eerlijk gezegd de boog niet zo strak spannen, het koord kan knappen tenslotte, maar dat moet u ook met hem overleggen.'

'Tot hoever bent u bereid te gaan?' vroeg Alberto. 'Het bedrag van de erfenis die doña Concepción kan opeisen gaat de honderd miljoen verre te boven.'

'Dat kan zijn,' gaf zijn collega toe, 'maar dan moet ze wel een rechtszaak beginnen en die winnen... Ja, ja, ja...' Met de laatste woorden voorkwam ze opnieuw dat Lita of Alberto haar onderbrak. 'Waarschijnlijk beschikt u over bewijzen die u als onweerlegbaar beschouwt, maar zoals het gezegde luidt: "Je kunt het pleit winnen, maar toch ten onder gaan." Het is mogelijk dat u over tien jaar de zaak gewonnen heeft, maar dat de Santadoma's dan inmiddels bankroet zijn en dat er van die erfenis niets over is.'

'Het deel van doña Concepción kan niet verdwijnen. Zij garandeert niemand iets, ook de Amerikanen niet. Zij heeft niets getekend. Ze heeft zich nergens toe verplicht.'

'Dat zal ik niet ontkennen,' erkende de advocate. 'Maar hoe weet je wat er overblijft na een rechtszaak? Hoe dan ook, tweehonderd miljoen lijkt me niet werkbaar,' zei ze min of meer verontschuldigend tegen Lita. 'We willen u niet onder druk zetten, maar het zou voor iedereen het beste zijn om deze kwestie zo snel mogelijk op te lossen.'

Lita stemde in met een ontmoeting met Pablo die avond.

'In een restaurant,' zei ze toen hij voorstelde om bij hem thuis af te spreken. 'We gaan onderhandelen, niet neuken.'

Sara schudde ostentatief haar hoofd toen ze dit grove woordgebruik hoorde, al was het Lita niet duidelijk of ze daarmee haar eis goedkeurde of van mening was dat het juist wel om neuken ging. Ze vroeg haar er ook niet naar. Deze ontmoeting met Pablo moest de doorslag geven, ze had het er met Joseph Bekele over gehad. 'Een hele hoop geld,' had ze alleen maar tegen hem gezegd, om niet exact het obscene bedrag te hoeven noemen waar het om ging. 'Daar is Alberto over aan het onderhandelen.' De voorzitter van de vereniging feliciteerde haar, maar wees wel op een voorwaarde die hij essentieel achtte.

'Lita, wat vooral telt, is dat het openbaar wordt gemaakt. Jullie kunnen niet gewoon dat geld aannemen, het verder stilhouden of het alleen als iets zakelijks zien. Jouw mensen, je broers en zussen, zwarten, iedereen die onder de slavernij heeft geleden en slecht is behandeld, zijzelf of hun nakomelingen, moeten publiekelijk vast kunnen stellen dat het mogelijk is om te winnen. Daar hebben we het steeds over gehad. Jij en je moeder zijn er voorbeelden van.'

Het was waar, Lita wist het. Maar ze voorvoelde ook dat de markies zou willen voorkomen dat hij publiekelijk door het slijk werd gehaald. Haar moeder kreeg de kans op een fortuin... Hoewel ze die tot Lita's verbazing niet leek te willen. 'Ik wil gewoon doorgaan met werken. Misschien een appeltje voor de dorst voor het geval ik niet meer kan, om jou niet tot last te zijn,' had ze eraan toegevoegd. 'Om een huis te kunnen betalen.' En zij? Wilde zij genieten van geld dat zijn oorsprong had in het misbruik dat een witte man had gemaakt van een knappe vrouw van kleur, een vrouw die, zoals de mensen op Cuba zeiden die haar hadden gekend, de mooie vrouwen had uitgevonden?

Ze konden heel wat goeds doen met het enorme bedrag. Moeder en dochter hadden het erover gehad en besloten een deel voor zichzelf te houden om een appartement te kopen en ervoor te zorgen dat Concepción geen schoonmaakwerk meer hoefde te doen, en wat op de bank zetten: één, twee, vijf, tien miljoen – zodat ze zich geen zorgen over de toekomst hoefden te maken. Maar zelfs dan hadden ze nog gigantisch veel over om hun eigen mensen te helpen, degenen die naar de fabriek kwamen waar Lita werkte, of mensen die naar een van de andere fabriekshallen gingen voor een pak rijst.

Ze voelden zich vervuld, gelukkig, totdat Concepción met een voorwaarde kwam: 'Maar moet meneer de markies ook... hoe zeg je dat… verschijnen? Ik bedoel, moet hij op tv zeggen dat hij mijn broer is?'

'Mam, dat is het doel van de verenigingen die ons hebben geholpen. Deze overwinning moet zichtbaar worden gemaakt.'

'We hébben onze overwinning, kind. We kunnen onze mensen enorm helpen. Ik begrijp niet alles waar jij het over hebt, over dat akkoord van Durban, en Bekele, al is het natuurlijk een goede man. Maar ik blijf het herhalen: de Santadoma's hebben ons altijd goed behandeld, en iets wat meer dan zestig jaar geleden op Cuba is gebeurd… Wat op dat eiland is gebeurd blijft daar. Mijn moeder heeft nooit iets slechts over don Eusebio verteld.'

Lita riep de hulp in van haar vriendinnen, maar die schudden hun hoofd en keken bedenkelijk, alsof ze zo duidelijk wilden maken dat ze moest respecteren wat haar moeder wilde. Daarna sprak ze er met hen over en ze kwamen tot dezelfde conclusie. Het succes was de schadeloosstelling, de gevoelens waren van haar moeder, zeiden ze allebei. 'Háár gevoelens, niet die van jou, niet die van Bekele, niet die van de VN en ook niet van mensen van Afrikaanse afkomst waar ook ter wereld.'

Maar zij had zich verplicht aan Bekele, aan de VN, de mensen van Afrikaanse afkomst, en dat bleef een hoofddoelstelling, en dat was de eis die ze Pablo zou voorleggen nadat ze elkaar met een paar zoenen zouden begroeten in een van die restaurants die in de mode waren in Madrid: zo'n dure, ongezellige tent vol met knappe, rijke mensen – of die zich althans zo voordeden. Ze zouden gaan zitten, onbenulligheden uitwisselen, bestellen, en over koetjes en kalfjes praten.

Die rituelen, dat nietszeggende gepraat, gaven Lita de mogelijkheid Pablo scherp te observeren. Hij had weer de uitstraling die haar zo had gefascineerd, ze kon zich zelfs weer verliezen in zijn goede kanten. Ja, ze vond hem leuk, hij was weer de oude, maar ze wist niet of ze nog van hem hield. Ze keek om zich heen en begreep opeens dat dit haar wereld niet meer was, misschien zelfs haar stad niet meer. Pablo leek geketend te zijn aan deze metropool, terwijl zij nu ontbeet en lunchte in restaurants op industrieterreinen aan de rand van Madrid, bezweet, net als de mensen om haar heen: witte, Spaanse werknemers, maar ook zwarten, moslims, Chinezen, sommigen met en andere zonder papieren. De gesprekken waren totaal anders, zelfs het gelach klonk anders. De lucht die daar in haar neus en longen kwam was zwaar van de problemen, benauwd door de inspanningen en de wil om te overleven. Een paar woorden van een jonge zwarte man die blijk gaven van zijn ellende konden haar al op haar geweten drukken.

'Is er iets?' Pablo haalde haar met zijn vraag uit haar gedachten. 'Je kijkt zo afwezig.'

'Ik ben een beetje misselijk door al die parfumluchtjes hier.'

Pablo keek verbaasd, hij snoof de lucht zelfs even op.

'We kunnen ergens anders gaan zitten als je wilt.'

'Ik hou het wel uit,' zei Lita op ironische toon, maar die ontging Pablo.

Toen het voorgerecht werd gebracht, een berg met spinazie en kaas gevulde ravioli's die bijna van het bord af rolde, kwamen ze ter zake.

'Ik weet dat Carmen en jouw advocaat over het bedrag gaan, maar zoals zij al heeft aangegeven, meer dan die honderd miljoen kan het niet worden.'

'Ja, ja. Daar komen ze wel uit. De kwestie is: hoe gaan we het doen?'

'Wat doen? Ze betalen en dat is dat.'

'Uiteraard, maar ik bedoel: waar en hoe? En of mijn moeder er door die betaling van afziet om haar afstamming op te eisen en haar huidige achternaam blijft gebruiken, of dat ze die als een deel van haar erfenis ziet en dus als een Santadoma zal worden erkend.'

Bekele had daar opnieuw op aangedrongen en zij was het daarmee eens, zij het om andere redenen, namelijk om wat Alberto Gómez had gezegd: fiscaal gezien was de betaling van een schadeloosstelling iets anders dan de erkenning, via de rechter, een erfgename te zijn. In het eerste geval kon er gigantisch veel belasting over worden geheven. In het laatste geval kreeg je aanzienlijke fiscale voordelen waarvan nalatenschappen in de autonome regio van Madrid profiteerden.

'Ik wil dat de markies en doña Claudia publiekelijk erkennen dat mijn moeder de dochter is van Eusebio de Santadoma,' zei Lita.

Pablo schoof zijn hoofdgerecht – ossenhaas in saus – heen en weer en nam er bijna niet van. Lita proefde van haar zeeduivel à la Vasca terwijl ze het zichzelf inwendig verweet dat ze zo genoot van de exquise smaak van de vis en van de situatie. Ze wachtte slechts op de onvermijdelijke woorden van Pablo.

'Je weet dat de markies dat nooit zal doen. Dat is uitgesloten.'

'Dan is er geen deal.' Lita wist dat ze blufte, dat ze niet kon afzien van dat fortuin enkel en alleen omdat de markies haar deze morele overwinning niet gunde. De Santadoma's zouden zich tot de rechtbank kunnen wenden en zo Concepcións afstamming erkennen zonder dat ze dat publiekelijk bekendmaakten.

'Lita, we hebben het over een hoop geld, dat waarschijnlijk nog meer wordt na de onderhandelingen tussen Rodés en Gómez. Dat kun je niet voor zoiets in de waagschaal stellen.'

'Je begrijpt me totaal niet.'

'Ik begrijp je heel goed, geloof me. Het is duidelijk dat het allemaal waar is wat je zegt, en ik moet er niet aan denken wat voor leven je moeder en je voorouders hebben gehad, wat voor leven jij hebt gehad zelfs. Maar je zult een enorme financiële schadeloosstelling krijgen. Die heb je al, zou ik zeggen. Wil je ook nog dat de markies zichzelf vernedert?'

'Zeker.'

'Hij vernedert zichzelf al door te betalen, dat weet je. Jij kent hem beter dan ik, al wil ik je er wel aan herinneren dat don Enrique jouw oma niets heeft aangedaan. Het was de oude markies die haar werk gaf en hielp. Jou ook. Het was de vader van don Enrique die een relatie had met je oma, en dat is heel lang geleden. Ik betwijfel zelfs of de markies ervan wist.'

'Pablo.' Lita wachtte even, totdat ze elkaar strak aankeken. 'Hoezo vind je dat de markies zich vernedert door te zeggen dat mijn moeder zijn stiefzus is?'

'Ik vind niks, maar ik weet dat het zo is,' zei Pablo enigszins bot. 'Of we dat nou leuk vinden of niet. Ik heb respect voor je moeder, voor jou, maar als je zo'n verklaring als voorwaarde stelt, heb je kans dat je met lege handen komt te staan.'

Dat kon Lita zich niet permitteren. In laatste instantie zou Alberto het wel weten te regelen. Feit was dat als ze nu tot een akkoord kwamen, ze zouden moeten afzien van elk verder financieel recht of erfrecht. Als ze procedeerden en wonnen, konden ze besluiten wat ze wilden, maar op dit moment hadden de Santadoma's hen nodig. Ze moest doorgaan.

'Dat heet racisme,' zei ze op beschuldigende toon. 'Als mijn moeder wit was, was het misschien geen punt geweest.'

'Lita, we hebben het over de verkoop van een bank, niet over de strijd tegen racisme... Wij kunnen de wereld niet verbeteren.'

'Dat heb je mis,' zei Lita, die opstond en haar toetje, een verrukkelijk uitziende tarte tatin, liet staan. 'Dit is onze... mijn voorwaarde.'

Dat was beslist zo. Het was haar voorwaarde, haar moeder eiste niet dat don Enrique ook maar iets erkende, maar zij had zich gecommitteerd aan Bekele, aan een gemeenschappelijk, universeel doel, dat boven haar eigen wensen uitging. Haar moeder wist dat, die kon niet blijven steken in haar eerbiedige respect voor de markies. Lita was er zeker van dat ze haar moeder te zijner tijd zou weten te overtuigen.

Uit beleefdheid stond Pablo ook op, hij liet zijn servet op tafel liggen.

'Laten we dit gesprek ergens anders voortzetten... Bij mij thuis, als dat je wat lijkt.'

'Nee, dank je. Geef de markies en alle Santadoma's een kopie van het Verdrag van Durban en van het besluit van de VN over het Internationale decennium voor mensen van Afrikaanse afkomst. Daar hebben ze ongetwijfeld nog nooit van gehoord. Ik ben een van hen, Pablo. Ik ben iemand van Afrikaanse afkomst die nu nog te maken heeft met de gevolgen van het kolonialisme en de slavernij van de Santadoma's: het racisme dat de markies zou vernederen als hij zou erkennen dat ik een kleinkind van hem ben. Hoezo vernedering? Leg me dat eens uit! Ja, wij moeten de wereld wél verbeteren. De wereld, de hele wereld, moet het zien. En trouwens, jouw opstelling valt me wel tegen.'

'Sorry.' Pablo probeerde het goed te maken, hij pakte haar zachtjes bij haar arm. Ze hield hem niet tegen. 'Laat het me uitleggen, of laten we het in ieder geval uitpraten. Ga niet weg. We kunnen het er gewoon rustig over hebben.'

Lita schudde haar hoofd. Zo'n reactie had ze verwacht, maar ze verlangde op geen enkele manier naar Pablo, en ze wáren al uitgepraat. Zij had haar voorwaarden gesteld en had verder niets te zeggen.

Ze gaf hem een zoen op zijn wang, in de wetenschap dat het de laatste was, dat hun wegen zich zouden scheiden. Het kostte haar moeite haar lippen naar zijn gezicht te brengen. Toen ging ze weg.

29

Matanzas, Cuba
Augustus 1878
Plantage La Merced

Tijdens de oorlog had Kaweka verscheidene keren krijgsgevangenen met de vijand geruild. Hoewel er mensen waren die bij de partijen controleerden of de uitruil goed verliep, was de uitvoering ervan altijd ingewikkeld. Ook nu wist ze niet hoe ze er in haar eentje in moest slagen Modesto tegen haarzelf te ruilen. Zodra de markies haar zag, zou hij haar gevangen laten nemen, en ze had geen enkele garantie dat hij vervolgens de emancipado vrij zou laten. Het stond vast dat hij hem nooit zou vrijlaten voor hij haar in handen had.

Het geschreeuw van de soldaten en de schildwachten die achter haar aan zaten veranderde in: 'De markies gaat akkoord met de ruil!'

Ze had een gijzelaar nodig, maar geen soldaat of schildwacht, zelfs Narváez niet. Hun dood zou de markies weinig kunnen schelen. La Merced was veranderd in een ogenschijnlijk onneembare vesting, maar de omliggende plantages niet.

'Ze is dood zodra iemand te dichtbij komt. Het is de jongste dochter van de eigenaar van plantage San Luis! Leg je wapen neer! Allemaal!'

Het had Kaweka, samen met haar hond, twee dagen gekost om op La Merced terug te komen, met haar machete tegen de keel gedrukt van een vijftienjarig meisje met een roomblanke huid, dat steeds verder van haar huis en de strenge bewaking van haar vader verwijderd was geraakt doordat ze helemaal opging in het spel met Kaweka's hond. Haar vader was eigenaar van de aangrenzende plantage San Luis. Hij was geen echte vriend van don Juan José, maar net als alle rijke blanken respecteerden ze elkaar.

Kaweka was onderweg, bij de toegang van plantage La Merced,

langs de kroeg gekomen en vandaar was ze gevolgd door een sliert mensen die buiten oogsttijd niets te doen hadden: blanke arbeiders, vrijen, slaven, Chinezen.

'Je gaat dat meisje toch geen kwaad doen?' schreeuwde iemand boos.

Die vraag kon alleen maar door een vrije blanke zijn gesteld, want de slaven wisten heel goed wat het lot van hun dochters was, zo goed zelfs dat ze ze liever niet ter wereld brachten, dacht Kaweka terwijl ze met haar tong klakte. Ze zette de overwegingen wat ze nu zou moeten doen uit haar hoofd. Waar het om ging was de angst van de markies en zijn mensen. De enige vraag was of hij bereid was zijn prestige en eer bij de blanke gemeenschap op het spel te zetten door toe te laten dat een meisje van zijn eigen stand werd gedood vanwege een persoonlijke wraak van hem. Er waren te veel mensen op La Merced om te voorkomen dat iemand in Matanzas of Havana vertelde wat er hier gebeurd was.

'Wapens neer!' Kaweka moest haar bevel herhalen.

Ze zouden haar van achteren kunnen neerschieten, maar dan liepen ze het risico haar te missen en het meisje te raken, dat snikte en snotterde, terwijl ze onderweg van haar plantage naar La Merced ook al de longen uit haar lijf gehuild had en een paar maal had geprobeerd te ontsnappen. De hond stond dat niet toe en had één keer in haar kuiten gebeten.

Narvéz verscheen. Hij beval de mensen te doen wat Kaweka zei en stuurde vervolgens een paar mensen naar het grote huis om de markies te waarschuwen.

'De vloek ligt nog op je te wachten, Narváez,' beet Kaweka hem toe, terwijl ze steeds de machete tegen de keel van het meisje hield. Haar nutteloze linkerarm had ze verborgen door de jurk van het meisje bij het middel vast te grijpen. Niemand kon vermoeden dat ze aan haar schouder verlamd was.

'Ik leef anders nog,' antwoordde de opzichter.

Kaweka liep naar de binnenplaats tussen de barakken, waar het blok altijd had gelegen.

'Vergis je niet. De vloek begint na je dood. Dan zullen de demonen je achtervolgen en niet toestaan dat je boosaardige ziel rust vindt, en hij gaat door na de dood van je hele familie. Zeg tegen die mannen dat ze zich terugtrekken.' Kaweka doelde op de mannen die, op een paar passen afstand, Modesto bewaakten. Precies op die plek was mama Ambrosia gestorven. Help me, Ambrosia, smeekte ze in stilte.

Modesto, die door het lawaai waarmee Kaweka's komst gepaard ging uit zijn versuftheid bijkwam, lag haar met grote ogen aan te kijken en kon een tedere glimlach niet onderdrukken.

'Ik wist dat ik je terug zou zien voor ik doodging,' zei hij toen ze dicht bij hem was.

'Wie zegt dat jij doodgaat?' zei Kaweka, terwijl ze tegen het blok leunde en daarbij het nog open gat vermeed. Ze maakte zich klein om geen doelwit te worden voor de schutters van de markies en gebruikte het meisje als schild.

'Sinds jij hebt aangeboden om jezelf tegen mij te ruilen, ziet het er voor mij niet zo best uit,' antwoordde Modesto met enig sarcasme. 'Al zul jij er ook niet goed vanaf komen.'

Modesto krabbelde op van de grond waarop hij al die dagen gelegen had. De verandering van houding maakte hem misselijk. Hij wachtte even en ging nog dichter bij Kaweka zitten om haar te beschermen met zijn lichaam.

'Je wilt nu toch niet vrijen?' Haar plagerige woorden kwamen er fluisterend uit.

Er hadden zich meer dan tweehonderd mensen op de binnenplaats verzameld, maar Narváez en zijn mannen waren op afstand gebleven.

'Als er iets is wat me al die jaren in leven heeft gehouden, en ook sinds ik in dit martelwerktuig zit, is het de herinnering aan de keren dat ik jou heb kunnen strelen. Volgens mij is het aan de extase die ik bij jou voelde te danken dat mijn bloed nog steeds stroomt, want als het van mijn hart of verstand afhing, dan had ik me al aan de dood overgegeven.'

Het gepraat van de arbeiders en de slaven verstomde. Kaweka en Modesto hoefden hun ogen niet van elkaar af te wenden om te weten wat de reden was. De markies was midden op de binnenplaats gaan staan, in zijn witte uniform van het Vrijwilligerskorps van Havana met de drie grote kolonelssterren die onder aan zijn mouwen schitterden, zijn sabel en revolver aan de riem, en een witstrooien hoed op zijn hoofd.

'En wat ga je nu doen?' vroeg Modesto.

Kaweka had graag tegen hem gezegd dat ze niets ging doen, dat ze om uitstel zou vragen om bij hem te zijn, om hem te ruiken, te horen ademen, zijn lichaam te voelen. Uitstel om samen te praten, hem te strelen en te zoenen, hem haar eeuwige liefde te betuigen. In plaats daarvan drukte ze de machete weer wat dichter tegen de keel van het meisje van plantage San Luis, dat daarop een gesmoorde gil liet horen.

'Je hoeft je niet op dat kind af te reageren!' schreeuwde de markies tegen haar.

Kaweka drukte haar machete nog meer aan. Er liep een stroompje bloed over de hals van het meisje.

'Die klootzak heeft gelijk,' fluisterde Modesto haar in het oor. 'Er is geen reden om haar kwaad te doen. Ik laat je niet alleen. Ik sterf met jou. Zonder jou ben ik dood.'

'Kom eens hier,' zei Kaweka. Modesto hield zijn oor tegen haar lippen, zodat hij haar wel kon horen, maar het meisje niet. 'Jij mag niet doodgaan,' fluisterde Kaweka. 'Jij moet onze dochter vinden voordat dat monster haar vindt.'

Modesto was niet in staat te reageren. Kaweka kuste hem op zijn oor, een paar keer, terwijl de tranen over Modesto's wangen liepen.

'Waarom... Waarom heb je nooit verteld dat ze mijn dochter was? Dan hadden we haar veel eerder kunnen gaan zoeken...'

'Dat weet ik niet,' zei ze. 'Misschien omdat jij niet naar de nederzetting kwam.'

'Ik heb je uitgelegd waarom niet. Ik wilde komen, maar Ambrosia verbood het me. Hoe dan ook, later had je het me wel kunnen vertellen.'

'Ik weet het, maar je zegt het net zelf. Hoe had ik kunnen voorkomen dat je naar haar op zoek was gegaan? De godin zou me niet hebben toegestaan met je mee te gaan. Modesto,' sprak ze hem na enkele momenten van stilte aan, alsof ze in die paar tellen haar leven aan zich voorbij had laten trekken, evenals haar besluiten, die haar weer naar La Merced hadden geleid om zich over te geven aan de man die ze het meest haatte op de hele wereld, 'ik kan onze dochter niet gaan zoeken.' Ze wilde de discussie beëindigen. 'Ik ben verlamd. Mijn linkerarm reageert niet meer, ik ben een slavin zonder papieren, ik zal haar nooit vinden.'

De markies, de opzichter en alle mensen die er stonden keken naar hen zonder iets te doen. Kaweka hield haar machete nog steeds stevig vast en het straaltje bloed liep al over de jurk van het meisje.

'En die godin van je?' vroeg Modesto. 'Kan die ons nu niet helpen?'

'Yemayá heeft me hier gebracht. Zo willen de goden het.'

'Willen ze dat je doodgaat?'

'Jij moet Yesa vinden,' zei Kaweka zonder op die vraag in te gaan. 'De markies heeft haar niet, hoeveel mensen en geld hij er ook in heeft gestoken. Dat weet ik zeker. Ik ben ervan overtuigd dat hij haar niet heeft gevonden.'

Ze bleven fluisterend praten.

'En moet ik dat gaan doen?'

'Markies!' riep Kaweka toen. 'Hou je aan je woord!'

'Laat dat meisje los,' eiste don Juan José.

'Idioot!' zei Kaweka zo hard ze kon.

Iedereen die naar de markies keek zag overduidelijk de spanning in zijn spieren. Zelfs zijn kin trilde van woede, maar hij waagde het niet iets te zeggen.

'Ik zal je zeggen hoe we het gaan doen, markies. Je laat Modesto vrij, en dat is dat. Zodra ik weet dat hij veilig is, laat ik het meisje vrij en dan kun je met me doen wat je wilt.'

'Hoe weet je wanneer ik veilig ben?' vroeg Modesto. 'Hij kan me vermoorden zodra ik langs de kroeg ben, zonder dat jij het weet. Of zal de godin nu wel ingrijpen?'

'Nee, mijn lieveling. De goden zijn grillig. Yemayá kan boos zijn, of ergens anders plezier aan het maken zijn. Herinner je je Ambrosia nog?' Modesto knikte. 'Ze stierf hier, op deze plek waar jij nu bent, en destijds heeft ze iets tegen me gezegd wat geen enkele babalawo ooit heeft gedaan: als ik de godin kan leiden, zal ik de godin zijn. Nee, ik verwacht niet dat er een god ingrijpt. Kijk naar de hond, die met me mee is gekomen. Hij gaat met je mee, en wanneer je tegen hem zegt dat hij terug moet gaan, weet ik dat je ontsnapt bent.'

'De markies zal je vermoorden.'

'Ik ben al heel lang dood, Modesto. Sinds ik niet meer kan vechten. Sinds tien jaar oorlog niet hebben geholpen om de slavernij af te schaffen. Sinds die witte generaals zich aan de Spanjaarden hebben overgegeven en vervolgens ook onze generaals, zelfs de zwarte.'

'Nu heb je het toch mis. Kijk dan naar ze. Ze benijden je, respecteren je. Ze weten nu allemaal dat de vrijheid binnen hun bereik ligt.'

'Vecht voor de vrijheid van de enige die ons aan het hart gaat en vlucht met haar naar de nederzetting. Vertel haar van mij, vraag haar mij te vergeven dat ik haar heb achtergelaten. Markies!' riep ze toen opnieuw, zonder Modesto de gelegenheid te geven te reageren. 'Waar wacht je nog op?'

Don Juan José de Santadoma aarzelde even, maar gebaarde toen naar Narváez, die naar het blok toe liep en het opende.

'Tot ziens, liefste,' zei Kaweka ten afscheid. 'Neem deze mee.' Ze overhandigde hem de ketting van Yemayá. 'Ze zullen hem hier alleen maar bezoedelen. Geef hem aan onze dochter.'

Het kostte Modesto een paar minuten om zijn evenwicht te hervinden toen hij eenmaal rechtop stond. Toen boog hij zich over naar Kaweka en kuste haar op de mond, een zoute kus vol tranen. Water. De godin mengde zich in hun liefde, wist Kaweka toen, zoals ze ook had gedaan toen ze zich weer met elkaar hadden verzoend.

'Vlucht,' zei ze. 'Je hebt veel te doen.'

Niemand hield Modesto tegen toen die wankel wegliep. De hond volgde hem op een paar passen afstand, tussen andere mensen van de plantage door, zodat niemand de twee met elkaar in verband bracht. Narváez stelde een vraag aan de markies, die eerst naar Kaweka keek met haar machete tegen de hals van het meisje van zijn buurman, en toen zijn hoofd schudde. Dat zwarte mens was een heks, en hij kon wel raden wat er gebeurde als ze geen woord hielden. Die slaaf interesseerde hem weinig. Het was niet zijn slaaf en zijn doel was bereikt: Kaweka hier brengen.

'Laat hem gaan,' beval hij.

Narváez maakte daarop zijn mannen met gebaren duidelijk dat ze Modesto niet moesten lastigvallen. De slaven die om de binnenplaats heen het tafereel volgden, ontging dit niet. Ze kenden alle tekens waarmee de blanken communiceerden goed, want daaruit waren straf, veranderingen en werkzaamheden af te leiden... Nu herkenden ze het teken om niet in te grijpen. Hierdoor aangespoord riep iemand Modesto toe: 'Rennen, man!'

'Vlucht!' zei een ander.

'Rennen!'

'Zorg dat je ontsnapt.'

'Maak je uit de voeten!'

Het vertrek van de emancipado veranderde in een feest voor de zwarte slaven op La Merced, die hem nog tot ver voorbij de kroeg aanvuurden.

'Aan het werk iedereen!' riep Narváez toen hij er met zijn stem weer bovenuit kon komen. 'Ik wil niemand zien hier op de binnenplaats.'

'En nu?' vroeg de markies aan Kaweka, die na Modesto's vertrek nog steeds glimlachte.

'Nu gaan we wachten.'

'Waarop?'

'Op het moment dat mijn man in veiligheid is,' antwoordde ze. 'Dan laat ik het meisje vrij.'

'En hoe weet jij wanneer hij in veiligheid is?'

'Net zoals ik weet dat jij als een hond zult doodgaan.'

De markies greep naar zijn revolver. Kaweka drukte de machete steviger aan. Het meisje huilde, en precies op dat moment kwam een groep ruiters in volle galop aan op La Merced. Het was don Marcelino Sainz, de eigenaar van plantage San Luis, in gezelschap van zijn zoon, de opzichter en nog een paar mannen.

Het duurde ruim een minuut voor de vader van de gijzelaar de situatie had ingeschat.

'Hoe is het, meisje?' vroeg hij vanaf zijn paard aan haar. Kaweka gaf wat minder druk op de machete zodat het meisje iets geruststellends kon stamelen tegen haar vader. 'Ik zweer je dat ik je afmaak als je mijn dochter wat aandoet,' riep hij naar Kaweka, die dit dreigement met een verbeten glimlach aanhoorde.

'Zie je niet dat ik al dood ben?'

De man zei niets, steeg van zijn paard af en liep naar de markies, met wie hij langdurig sprak. Ze zouden kunnen proberen op haar te schieten als ze haar in het vizier kregen, stelde de markies uiteindelijk voor.

'En als ze mis schieten, en het schot niet dodelijk is en die vrouw de machete gewoon weg laat zinken in...' De stem van de man brak. 'Laten we wachten, Juan José. Als ze haar nu nog niet heeft gedood, waarom zou ze dat dan alsnog doen als niemand die zwarte lastigvalt?'

'Maar hoe weet dat mens wanneer hij in veiligheid is?' vroeg de markies luid. Die vraag speelde hem al de hele dag door het hoofd.

'Het interesseert me niet hoe ze dat weet. Het leven van mijn dochter wordt niet op het spel gezet.'

Tegen de avond werden er vuren gemaakt om de binnenplaats te verlichten. Uur na uur bleef Kaweka onwrikbaar, met een totaal gevoelloze, slapende linkerarm en een rechterarm die ze bewoog om te voorkomen dat daar hetzelfde mee gebeurde. Nu eens hield ze de scherpe kant van de machete tegen de keel van het meisje, dan weer de punt, onder haar kin. De markies en de anderen liepen onrustig heen en weer. Ze rookten, dronken koffie en zagen erop toe dat niemand alcohol gebruikte, om te voorkomen dat er iets ondoordachts gebeurde.

Het was nog geen middernacht toen de hond tussen iedereen door glipte, bij Kaweka kwam en haar wang likte.

'Ga maar.' Ze duwde het meisje weg en gaf zich over, liet zich op het blok vallen.

'Trek haar dat verradersuniform uit en verbrand het!' riep de markies, die naar haar toe kwam toen zijn knechten haar de machete hadden afgepakt. 'Zet haar in het blok en laat morgenochtend iedereen naar de binnenplaats komen.'

'Je zou haar aan mij moeten geven,' zei don Marcelino. 'Het is mijn dochter die ze heeft aangevallen.'

'Deze heks heeft de hele wereld aangevallen! Ik ben degene die haar zal straffen. Kom morgen maar, als je zin hebt. We gaan nu slapen.'

De volgende ochtend onweerde het onophoudelijk. Yemayá, dacht Kaweka, toen ze uit het blok werd gehaald voor een afranseling. Er was bijna geen man of vrouw van La Merced, of uit de omgeving, of van San Luis of een andere plantage in de buurt, die niet was gekomen om bij de afstraffing van Kaweka te zijn. Nieuws over de oorlog was zolang die had geduurd voortdurend binnengekomen en op plantages steeds gecensureerd om te voorkomen dat de slaven in opstand kwamen. Nu waren er veel blanken en zelfs vrijgelatenen van de twaalfduizend die deel hadden uitgemaakt van het revolutionaire leger van de Republiek Cuba, die zich onder de anderen mengden op de plantages van het rijke Matanzas, op zoek naar werk om te overleven.

De naam van sergeant Kaweka was van mond tot mond gegaan. Haar heldendaden, waargebeurd of voortkomend uit een rijke fantasie, werden steeds verder opgeklopt. Ze was de uitverkorene van de goden, beweerden de mensen die haar als slavin op La Merced hadden gekend. Ze schreven haar gewenste overlijdens, heldhaftige ontsnappingen en zelfs magische genezingen toe.

Maar nu was dit idool geheel naakt en leek Kaweka niet meer dan een menselijk wrak: vel over been, een skelet, de linkerhelft van haar bovenlichaam nutteloos neerhangend, een enorm litteken dat op haar linkerschouder begon en over haar borst naar beneden liep, waar het overging in een wirwar van vlees en ontelbare dichtgenaaide wonden op de plek waar ooit een van haar borsten haar gezeten.

De mannen sleepten haar mee aangezien ze niet in staat was hen bij te houden, en bonden haar vast, deze keer niet aan de deur die op de grond lag, maar aan een paal, in opdracht van de markies. Zo zou ze worden geranseld.

'Die vrouw is binnen drie zweepslagen dood,' zei Marcelino Sainz tegen de markies.

'Die heks kan wel duizend zweepslagen aan,' antwoordde de laatste en hij gaf Narváez meteen bevel om te beginnen.

De regen smoorde het fluitende geluid van de zweep van zeekoeienhuid, maar niet de klap die op de schouder van Kaweka neerviel.

De eigenaar van plantage San Luis schonk geen aandacht aan het lugubere schouwspel. In plaats daarvan liet hij zijn blik over de dicht opeenstaande mensen op de binnenplaats dwalen. Hij merkte al snel veel woede en vijandigheid op, die slechts zelden zichtbaar werden op een plantage in het westen.

'De slaven zullen in opstand komen,' waarschuwde hij de markies.

'Daar zijn mijn mannen op voorbereid.'

Don Marcelino zocht de daken en strategische plekken af. Inderdaad, daar bevonden zich alle soldaten en slavenjagers die de markies had ingehuurd om de slavin te vinden die zich uiteindelijk zelf had overgegeven.

'Het wordt een bloedbad,' voorspelde hij.

'Niet als ze niet in opstand komen,' antwoordde de markies, die hem vervolgens recht aankeek. 'Die vrouw,' bracht hij hem in herinnering, 'heeft je dochter ontvoerd, haar in de hals gesneden en haar bijna vermoord. Vraag je soms om clementie voor haar?'

Marcelino Sainz zweeg, terwijl Narváez doorging met het ranselen van een inmiddels bloedende rug.

'Misschien zullen de geesten mij achtervolgen,' riep de opzichter naar de slavin, 'maar jouw geest komt helemaal kapot in het hiernamaals aan.'

Kaweka was al over de pijngrens heen. Ze voelde alleen nog het water stromen, over haar gezicht, dat ze omhoog probeerde te houden, en smeekte Yemayá om een eind aan haar leven te maken.

Opeens klonk er een schot. Een zwarte man die uit de groep naar voren was gekomen viel dood neer in een plas, die meteen rood kleurde. De overigen gingen daarop iets achteruit. Door een paar nieuwe schoten raakte opnieuw een aantal mannen gewond. De soldaten toonden zich nu openlijk, gewapend, klaar om tot actie over te gaan, en de mensen begonnen elkaar te verdringen.

'Wacht,' zei de markies tegen Narváez.

'Heel verstandig,' zei don Marcelino.

'Het is niet wat je denkt,' merkte markies de Santadoma op. 'Nu gaan we die heks pas echt een lesje leren.'

'Wat wil je dan nog meer?'

'Let maar op.'

Terwijl Kaweka geranseld werd, waren er zonder dat het iemand was opgevallen uit het hoofdhuis vier slavinnetjes gehaald die allemaal eenzelfde grauw hemd droegen dat tot op hun knieën viel. Ze werden op een rij gezet tegenover Kaweka, die overeind werd gehouden.

'Een van deze meisjes,' schreeuwde de markies tegen haar, 'is Yesa, je dochter! Dit zijn alle meisjes die in de omgeving van de bergen van El Rosario waren in de tijd dat de slavenjagers de nederzetting hebben verwoest. Dacht jij dat ze vrij zou worden?' De markies liet een geschater horen dat veel van de aanwezigen deed huiveren. 'Zwarten zullen altijd slaven blijven. Jullie zijn leeglopers, sukkels die zonder onze hulp niet kunnen leven. Uitvaagsel! Je bent mijn bezit en zult als mijn bezit sterven.' Hij wees met zijn vinger naar haar. 'Ik zweer je bij God, en bij het allerheiligste wat er bestaat, dat jouw kind slavin van de Santadoma's zal zijn totdat de laatste druppel van jouw ellendige zwarte bloed van de aardbodem verdwenen is!'

Kaweka opende haar ogen alsof ze geheel gezond en wel was en richtte ze, in naam van Yemayá, op de vier meisjes. Hadden de goden haar soms bedrogen toen ze om de kapokboom heen danste? Ze hadden haar verzekerd dat Yesa leefde en niet in handen van de markies was gevallen. Dat hadden de zielen van de duizenden doden die in de bergen rondzwierven ook gezegd. Ze had Modesto erop uitgestuurd om een meisje te zoeken dat daar nu stond, een slavin van de markies. Waarom waren de goden zo wreed?

Terwijl Kaweka naar de meisjes keek, beval don Juan José dat Narváez het ranselen moest hervatten. De zweep kwam weer neer op de rug van Kaweka, ze werd erdoor verrast doordat ze was afgeleid door de vier meisjes.

'Kun je niet zeggen welke van de vier haar dochter is?' vroeg don Marcelino intussen nieuwsgierig aan de markies.

'Nee,' zei die. 'Ze leefden alle vier in de bergen. En ze zijn alle vier in die tijd gevangen genomen en verkocht. Ze hebben nog herinneringen aan de bergen, de nederzettingen, beelden uit hun vroegste kindertijd, maar geen van de vier weet haar Afrikaanse naam nog. Het is al jaren geleden dat ze zijn gedoopt met christelijke namen, die ze nu nog gebruiken. En als ze hun naam nog wel weten, dan noemen ze die toch niet. Maar het is zeker dat een van de vier haar dochter is. Daar twijfel ik totaal niet aan.'

En Kaweka twijfelde er ook niet aan toen ze het eerste meisje goed bekeek: klein, met een chocoladekleurige huid en een paar bruine ogen die haar aanstaarden. Yemayá vertelde het haar, die lukte het zelfs haar bloed krachtiger over haar rug te laten stromen op het ritme van de onophoudelijke zweepslagen. Moeder en dochter verenigden zich in een spirituele verbinding waarin alleen gedeeld bloed kon voorzien.

Ze was het: Yesa. Ze leefde... Ze was slavin, maar leefde. Ze zou ontsnappen zoals zij had gedaan, vast en zeker, ze zou vechten voor haar vrijheid. Modesto zou erachter komen waar ze zich bevond...

De stervende Kaweka liet een flauwe glimlach zien bij de herinnering aan haar man, maar toen ze zich wilde overgeven aan de laatste bestraffing dwong de godin haar naar het tweede meisje te kijken en tot haar verbazing voelde Kaweka dezelfde rilling en dezelfde innige verbinding als met het eerste meisje.

Vertwijfeld richtte ze haar hoofd op naar de hemel, naar de regen.

'Herken je je dochter?' spotte de markies, die wachtte op een teken, een signaal van Kaweka dat duidelijk maakte wie haar dochter was.

Ja, dacht ze bevestigend bij zichzelf. Want toen ze naar het derde en het vierde meisje keek, overvielen haar dezelfde gewaarwordingen, die haar dooreenschudden met dezelfde verwoestende kracht van de ziel die Narváez had willen vernietigen, en die zich opnieuw samengevoegd had in een kleur, zwart, in bloed, in een ver land, in het ongeluk en de slavernij. Ze waren alle vier haar dochters! Ze waren allemaal Yesa! Opeens kreeg haar leven betekenis. Hoe ironisch, dacht ze, want vandaag verloor ze haar leven. Ze keek naar de zwarten op de binnenplaats, glimlachte tegen ze, en zij groetten terug.

'Vecht,' fluisterde ze.

Een aantal stak de vuist in de lucht. Iemand schreeuwde leuzen in het Lucumí.

Er klonk een schot: weer een dode.

En nog een.

De duidelijk nerveuze blanke bewakers scholden dreigend op de zwarten, richtten hun wapens op hen, zeiden dat ze achteruit moesten gaan.

'Juan José...' begon Marcelino Sainz.

Maar de markies, wiens gezicht vertrokken was van woede, gaf niet het bevel tot stoppen en Narváez' zweep sloeg inmiddels tegen niet meer dan een bloederige massa waar water doorheen sijpelde: de godin die Kaweka te hulp schoot, Yemayá!

'Vertel op, welke van de vier is je dochter!' schreeuwde de markies, die naar de paal toe liep met zijn hand om de kolf van zijn revolver geklemd.

Kaweka, die werd opgeschrikt door zijn geschreeuw, wendde haar blik van de meisjes af naar een paar slaven die brullend over elkaar heen vielen en om wraak schreeuwden.

Die opstandigheid gaf haar iets van de krachten terug die ze meende te hebben verloren. Ze klemde haar tanden opeen toen ze de soldaten en schildwachten zag aarzelen, die niet haar kant op durfden te schieten omdat ze bang waren de edelman te raken en daarom dreigend tegen de overige slaven riepen dat ze het niet moesten wagen zich bij de oproerlingen te voegen.

'Vecht!' spoorde Kaweka hen aan, nu met meer kracht.

Nog een paar slaven sloten zich bij het opstootje aan. Verscheidene van hen vielen door het geweervuur van de bewakers, waardoor de meesten bang werden. Narváez staakte zijn zweepslagen en ging naast zijn baas staan, die de mensen die hem naderden met zijn revolver dreigde.

'Vrijheid!' gilde Kaweka.

De opstandelingen dromden al om de markies, de meisjes, Kaweka en Narváez heen. Opnieuw klonken er schoten achter hen, achter de compacte massa van dertig, misschien veertig mannen die Santadoma insloten. Die trok op zijn beurt zijn pistool en zette de loop tegen Kaweka's slaap.

De slaven stopten.

'Een godin!' De woedende markies, zijn voorhoofd gefronst en zijn tot spleetjes geknepen ogen gericht op de slaven om hem heen, schoot. De kogel doorboorde het hoofd van Kaweka en vloog even later samen met klonters bloed en hersenen de regen in. 'Daar heb je je godin!' bulderde hij, terwijl hij zijn pistool op de mannen om hen heen richtte en opnieuw schoot.

Narváez voegde zich met zijn wapen bij de vergeldingsactie. Mannen vielen neer, voor en achter de groep. Meteen viel een aantal slaven op de knieën, hun handen op hun hoofd, en het duurde maar even of ze onderwierpen zich allemaal aan hun heer, en smeekten om genade.

De markies liep hooghartig tussen de mensen door, alsof er niets gebeurd was, en nodigde Marcelino Sainz uit in zijn huis.

'Daar kunnen we iets drinken,' bood hij aan.

Door de regen heen was het knallen van zweepslagen te horen, evenals de bevelen van voormannen. De slaven kwamen in beweging, althans degenen die ertoe in staat waren, en de gewonden werden geholpen. Er bleef een hoop lijken op de binnenplaats achter.

Narváez overzag het tafereel en keek daarna naar Kaweka, die bewegingloos aan het touw hing waarmee haar handen aan de paal waren gebonden. Er liep een rilling over zijn lijf, hij kokhalsde en zijn maag trok zich samen. De geesten van de mannen die om hem heen lagen omsingelden hem. Hij merkte hoe koud hun aanwezigheid was en meende in het onophoudelijke lawaai van de regen de lach te horen van Kaweka, een slavin die in staat was geweest haar mensen wakker te schudden en te mobiliseren, zodat velen zelfs hun leven ervoor hadden gegeven… En hij begreep dat met vrouwen als zij niets en niemand de zwarten zou kunnen tegenhouden op hun weg naar vrijheid.

30

Madrid, Spanje
Juni 2018

Op deze plek, de vergaderzaal van de Banca Santadoma, had ze een aantal aangrijpende gebeurtenissen meegemaakt, maar deze keer was het uitgangspunt totaal anders. De markies had de vergadertafel uit elkaar laten halen en een deel ervan op een verhoging laten plaatsen naast een van de wanden. Daar zou de persconferentie worden gegeven. Enrique de Santadoma, die de conferentie zou leiden, zat er al, in het midden, met naast hem aan de ene kant hoogleraar Contreras en een paar stafleden van de bank, en aan de andere kant Alberto Gómez, Lita en Concepción, allemaal met een kleine zwarte microfoon voor zich, die Concepción zo ver mogelijk van zich af geschoven had, alsof ze bang was erdoor te worden aangevallen.

Lita zag ontroerd toe hoe haar moeder hem met een roodgelakte nagel wegduwde. Ze had erop moeten aandringen dat haar moeder haar handen liet manicuren.

'Dat heb ik nog nooit laten doen,' had haar moeder gezegd.

'Maar vandaag gebeuren er dingen die we nooit hadden kunnen bedenken.'

Daarna liet ze haar haar doen en gingen ze een jurk voor haar kopen in het centrum van Madrid, in een van die zaken waar Lita altijd met een mengeling van verlangen en angst naar had gekeken. Kleurig, met veel bloemen. Die jurk had Concepción gewild, al schrok ze toen ze de prijs op het kaartje zag.

'Maar hij is veel te duur!' zei ze ontsteld.

'Vanaf nu kunt u elke dag tien van zulke jurken kopen,' zei Sara tegen haar.

De Santadoma's hadden toegegeven: ze zouden de afkomst van Concepción erkennen, haar hoedanigheid van erfgename als dochter van Eusebio de Santadoma, en zouden haar schadeloosstellen met een bedrag van honderdtwintig miljoen euro, waarbij zij afzag van de aandelen van de Banca Santadoma en van de rest van de erfenis. De vorige avond hadden ze het gevierd, al had Alberto Gómez hun verzocht om nog voorzichtig te zijn. Hij zei dat ze beter feest konden gaan vieren wanneer het akkoord ondertekend was en hij probeerde de opgetogen sfeer wat te temperen, maar die werd alleen maar uitgelatener naarmate meer mensen het te weten kwamen die Lita hadden gesteund en die haar in haar huis kwamen opzoeken. Alberto Gómez zelf natuurlijk, een jubelende Bekele samen met zijn vrouw, een paar leden van de vereniging en mensen van de fabriekshal van Vallecas, het homostel van tegenover, en mensen die Lita herkende van demonstraties. Concepción liep van de een naar de ander. Sara en Elena probeerden iedereen van een hapje en drankje te voorzien nadat ze in een avondwinkel bier en drank hadden gekocht.

Bekele belde mevrouw Vit op, die eerst Concepción feliciteerde en daarna Lita. De voorzitter was buiten zichzelf van vreugde. 'Dit moet de hele wereld weten,' verklaarde hij. 'Iedereen moet weten dat het mogelijk is! Dat we kunnen winnen!' Concepción en Lita beloofden hem hulp, donaties voor de vereniging, voor die van Bekele en voor andere verenigingen die werden geleid door kennissen die ze die avond beter leerden kennen. Ze zouden rijk zijn, heel rijk, en deels hadden ze dat aan hen te danken.

Het werd een lange, feestelijke avond en Lita en haar vriendinnen fantaseerden erover wat je met zoveel geld kon doen. De volgende ochtend hadden ze de kleren voor Concepción gekocht voor de openbare, officiële gelegenheid die ophanden was: een rode rok (dezelfde kleur als de nagellak) en een wijde zijden bloes vol met bloemen in levendige kleuren die konden maskeren hoe timide Concepción zich voelde toen ze zich in de Banca Santadoma bevond en zich bijna aangevallen voelde door al die mensen in de zaal. De stoelen waren in rijen neergezet, als in een gehoorzaal, en er waren de nodige journalisten aanwezig, evenals cameramensen. De meeste waren Spaans, maar er waren ook Amerikanen en achterin waren er ook nog veel mensen die stonden, onder wie Bekele, Sara en Elena, die Lita ook had uitgenodigd.

Doña Claudia was er niet. Haar zoon had daar niet in toegestemd en het contract was in die bewoordingen gesloten. Met de ondertekening ervan hadden de Amerikanen geen argumenten meer om het koopcontract te ontbinden, en deze officiële bijeenkomst zou de markt tot rust laten komen, investeerders weer vertrouwen geven, en bovendien van markies de Santadoma weer een integere, begripvolle man maken, zoals hoogleraar Contreras in zijn op de camera's en journalisten gerichte toespraak trachtte duidelijk te maken.

'... moet u begrijpen dat eisen als die van mevrouw Concepción Hermoso...' Lita voelde een enorme voldoening toen ze de hautaine jurist met respect over haar moeder hoorde spreken. '... met de nodige voorzichtigheid moeten worden bekeken. In de loop van mijn carrière heb ik heel wat zaken onder mijn hoede gehad waarin mensen beweerden het kind te zijn van een bekende persoon, en gezegd kan worden dat ook markies de Santadoma in die categorie valt, en in de meeste gevallen ging het gewoon om verzinsels, soms zelfs om grove pogingen tot chantage. In dit geval zijn we echter, na de overgelegde bewijzen grondig onderzocht te hebben, tot de conclusie gekomen dat de afkomst bewezen is, dat mevrouw Concepción Hermoso inderdaad de buitenechtelijke dochter is van don Eusebio de Santadoma en derhalve erfgename van markies de Santadoma, met gelijke rechten als de andere kleinkinderen. Daarom wordt middels deze openbare handeling door ondertekening van de contracten haar betaling gedaan van honderdtwintig miljoen euro, waarna de partijen afzien van enige verdere eis in deze zaak. Het moge duidelijk zijn dat de burgerlijke stand geen zaak is van een privaat recht waar mensen over kunnen beschikken. Dit zal dan ook via de rechtbank dienen te geschieden zonder dat daartegen verzet zijdens de familie Santadoma mogelijk is. Zoals gezegd zijn de bewijzen duidelijk en hebben de leden van de familie Santadoma het document ondertekend waarin de afkomst van mevrouw Concepción Hermoso wordt erkend en...'

'Heeft doña Claudia ook ondertekend?' viel een van de journalisten hem in de rede.

'Ik verzoek u me niet te onderbreken,' zei Contreras. 'Na afloop kunt u vragen stellen. Hoe dan ook wijs ik u erop dat doña Claudia, de weduwe van Santadoma, geen bloedverwant, maar aangetrouwde familie is, en derhalve kan aanvaarden of niet. Met dit akkoord,' vervolgde hij, 'waarbij de familie Santadoma wordt vertegenwoordigd door de hier aanwezige don Enrique, markies de Santadoma, beschouwt zij de oneerlijke situatie, waar geen van hen op enige manier van op de hoogte was, als beëindigd. De schadeloosstelling ten bedrage van honderdtwintig miljoen euro wordt als voldoende royaal beschouwd om aan alle mogelijke verwachtingen van doña Concepción en haar familie te voldoen. Ik wil dit even benadrukken.' Hij liet een stilte vallen, en herhaalde: 'Een bedrag van honderdtwintig miljoen euro.'

Het opnieuw genoemde, kolossale bedrag hing boven de hoofden van de aanwezigen. Lita keek naar Bekele, die een voldane, brede glimlach liet zien. Dit had hij gewenst: publiekelijke erkenning, schadeloosstelling, aantonen dat de rechten van mensen van Afrikaanse afkomst vorm konden krijgen bij concrete personen en dat de hele wereld het zag. Toen keek ze naar Sara en Elena. De een glimlachte naar haar, de ander waagde het zelfs een overwinningsteken te maken. Lita keek langs de camera's en journalisten heen en ontwaarde haar collega's van de bank, van wie, zo merkte ze op, sommigen blij voor haar waren en anderen het niet konden verkroppen, zoals Gloria, het hoofd Risicomanagement. Je mag Pablo hebben als je hem nog wilt, wilde ze met haar blik en een gemeen glimlachje overbrengen. Dat had ze besloten: haar wereld was een andere dan de zijne.

Het effect dat Contreras had willen bereiken met zijn theatrale vertoon werd door de journalisten aangegrepen om vragen te gaan stellen. Ze volgden elkaar lukraak op, zonder de aangesprokene gelegenheid te geven te antwoorden.

'Doña Claudia mag geen bloedverwant zijn, maar we hebben vernomen dat zij al die tijd op de hoogte was van het feit dat haar echtgenoot een onwettig kind had dat als dienstbode voor de markies werkte. Wat heeft de heer Santadoma hierop te zeggen?'

'Is er in het contract sprake van een duidelijke verontschuldiging hiervoor?'

'Hier wordt nu het erfrecht van doña Concepción erkend, maar hoe zit het met de slaafgemaakten die op de plantage van de Santadoma's zijn overleden en door wie de Santadoma's over hun huidige vermogen beschikken?'

'Zijn de Santadoma's ermee bezig om op enige manier daarvoor schadeloosstelling...'

De laatste zin werd niet afgemaakt. Contreras voelde zich overspoeld door alle vragen, zodat markies de Santadoma het woord nam.

'De slavernij was een schandvlek in de geschiedenis waarop niet alleen grote fortuinen, maar hele landen zijn gebouwd,' begon hij zijn redevoering, die hij leek te hebben voorbereid. 'Ik heb hieraan niet deelgenomen en ik vind het volledig verwerpelijk. Ik voel me niet verantwoordelijk en ik geloof ook niet dat iemand mij iets kan aanrekenen wat eeuwen geleden heeft plaatsgevonden...'

'Iets meer dan honderd jaar geleden, meneer Santadoma,' verbeterde iemand hem die achterin stond, mogelijk Bekele.

Contreras schoot toe om zijn cliënt te verdedigen.

'Wat wij nu doen is een concrete scheve situatie rechttrekken, namelijk die van mevrouw Concepción Hermoso. Ik wil benadrukken dat de familie Santadoma hierbij ruimhartig is. We hadden ook voor de rechtsgang kunnen kiezen, in een langslepend proces. Mogelijk zouden we dat proces zelfs hebben gewonnen. In plaats daarvan zijn we tot een schikking gekomen. Ik ben van mening dat dit niet de plaats noch het moment is om de kwestie van de slavernij in het algemeen aan de kaak te stellen en daarbij de familie Santadoma verantwoordelijk te houden voor praktijken die al vele jaren geleden zijn afgeschaft. Wanneer we kijken naar de Spaanse staat, de Amerikaanse, de Engelse, de Portugese en de Franse, dan waren zij het die zich het meest verrijkten met de belastingen over de handel in en uitbuiting van slaafgemaakten. Dat is wat veel Ibero-Amerikaanse landen Spanje verwijten,' zei hij tot slot, in een poging de aandacht van de pers af te leiden van de familie Santadoma.

'Maar...'

'Nee,' onderbrak Contreras de journalist, die leek te willen volhouden. 'Hier gaat het om een oplossing voor de situatie van doña Concepción. En in die hoedanigheid sluiten wij deze bijeenkomst af.'

De hoogleraar overhandigde de markies een map. Die opende hem, bladerde door het contract dat erin zat en ondertekende het.

Vervolgens haalde hij uit de binnenzak van zijn jasje een envelop en legde een bankcheque ter waarde van honderdtwintig miljoen euro op tafel.

De map ging naar advocaat Alberto Gómez, en toen naar Lita,

zodat zij hem aan haar moeder kon geven. De camera's en fotografen waren naar voren gekomen.

Lita keek een tijdje naar het document en de bijbehorende cheque. Geëmotioneerd bedacht ze dat het haar was gelukt. Ze herinnerde zich haar vele beloftes: aan Bekele, aan de ngo Vrienden van Vergeten Afrika, en vele andere organisaties die zich bezighielden met immigranten, en zelfs aan de afspraak die ze met Elena had gemaakt om haar wat geld te geven, onder andere om de flikkerende tl-buizen in het wijkcentrum te vervangen.

'Kijk, mam,' zei ze terwijl ze de map naar haar toe schoof. 'Heb je een pen?' Ze zocht al naar de hare.

'Die heb ik,' antwoordde Concepción, die in haar tas rommelde. Lita keek naar de journalisten die hen belegerden, waardoor ze niet zag wat haar moeder eruit haalde: een oud, langwerpig blikken doosje dat ze tussen het contract en de cheque neerzette. 'Weet je wat je wilt hebben, lieverd?' vroeg ze, terwijl ze het doosje opendeed zodat de ketting met twee parelmoeren knopen tevoorschijn kwam die, hoe oud ze ook waren, flonkerden in het geflits van de camera's.

'Mam,' wist Lita met gesmoorde stem uit te brengen.

Concepción pakte de ketting en hing hem om de hals van haar dochter. Niemand durfde iets te vragen; Sara en Elena keken elkaar verbijsterd aan.

Lita voelde haar borst branden.

'Of het nou honderd of tweehonderd jaar geleden is, noch mijn moeder, noch ik zal delen in de opbrengst van handel uit de koloniale tijd, van zwarten die als dieren zijn uitgebuit,' zei ze met vaste stem. 'In de eenentwintigste eeuw is er geen plaats meer voor een bank die zijn wortels in de slavernij heeft. De Banca Santadoma moet verdwijnen en mag niet meer sporen achterlaten dan een kankergezwel dat chirurgisch is verwijderd.' Haar stem was nu heel krachtig. 'Wij zullen strijden voor terugbetaling...'

Het lawaai van de stoel van de markies die omviel toen deze plotseling binnensmonds scheldend opsprong, maakte een eind aan Lita's vlammende betoog, terwijl tegelijkertijd de camera's en journalisten op de markies afstoven. De wanordelijke bewegingen van de pers, die tot dan Concepción en Lita had omsingeld, gaven Lita de kans naar haar vriendinnen te kijken. Die huilden. Ze voelde de hand van haar moeder onder de tafel op haar knie, ze kneep er zachtjes in, spoorde haar aan om door te gaan. Iemand van de bank kwam achter hen naar hen toe lopen en pakte het contract en de cheque.

'Elk restje slavernij dat vandaag de dag nog bestaat, moet door de samenleving worden afgewezen!' vervolgde Lita met stemverheffing, om zich boven de ontstane ophef verstaanbaar te maken. Daarop keerden de journalisten zich weer tot hen, terwijl de markies en de zijnen de zaal al waren uitgelopen. 'Ieder individu, iedere samenleving, organisatie of natie die zich heeft verrijkt met of geprofiteerd van zwart bloed moet excuses aanbieden en de veroorzaakte schade vergoeden binnen zijn mogelijkheden... en dat zijn er veel. Voor uitvluchten is geen ruimte. De strijd van de zwarten zal niet ophouden voordat dit doel bereikt is. Nog steeds zijn we een minder bedeeld volk, een uitgebuit continent, een slecht behandeld en vernederd ras.'

Toen Lita haar toespraak voortzette werd het steeds benauwder in de vergaderzaal.

'Mijn moeder en ik zullen vechten...'

Toen zag ze ze. Geesten van zwarten die door het vertrek wervelden, zich tussen de aanwezigen mengden, hen als luchtstroompjes beroerden en de beelden van de camera's vertroebelden.

'De Santadoma's zullen vallen. Dat beloven mijn moeder en ik u,' verklaarde Lita. 'Het is ontoelaatbaar om te profiteren van de pijn en het bloed van slaafgemaakten, na eerst beweerd te hebben dat ze zich op geen enkele manier verantwoordelijk voelen voor deze doden.'

Er kwam iets op haar af. Het was geen geest, maar een voelbare aanwezigheid, met een litteken over de linkerhelft van haar verwoeste lichaam dat haar borst misvormde. Ze glimlachte, bracht haar hand naar de ketting die om Lita's hals hing en streelde de twee parelmoeren knopen.

Kaweka's aanwezigheid ging op in die van de andere aanwezige geesten terwijl Lita haar kracht in zich opnam. Yemayá had zich uitgesproken en had aangekondigd dat ze zich offers moest getroosten. Toen zag Lita hoe uit de hand van de godin zich een nieuwe, moeilijke weg voor haar opende die zou vereisen dat ze haar leven ervoor gaf, zoals ook de nu bevrijde Kaweka ooit had gedaan.

31

Cuba, 1898

Opeens brak de zon door op een open plek in het bos, en daar zag ik, in de plotselinge glinstering van het licht, boven het vergeelde gras rond de zwarte stammen van de gevallen pijnbomen, de uitbundige topjes van nieuwe pijnbomen uitsteken. Dat zijn wij: nieuwe pijnbomen!

José Martí, 1891

Net als veel andere Cubanen vierde Modesto met tabak, eten, rum en dans de overgave van de Spaanse troepen aan het Amerikaanse leger. De oorlog voor onafhankelijkheid begon in 1895 met de nadrukkelijke hulp van de Verenigde Staten, totdat drie jaar later, in februari 1898, het pantserschip *Maine* in de haven van Havana ontplofte en meer dan tweehonderdvijftig Amerikaanse mariniers de dood vonden. De ramp werd toegeschreven aan een Spaanse bom en dwong de regering van de Verenigde Staten om partij te kiezen tegen Spanje, niet alleen met financiële middelen, maar ook met oorlogstuig.

Het Spaanse leger en vooral de vloot onder leiding van admiraal Cervera vocht met het eergevoel dat kenmerkend was voor de Spanjaarden, maar het was kansloos tegenover de Amerikaanse overmacht, die de Spaanse schepen in de baai van Santiago de Cuba tijdens een slag van slechts vier uur tot zinken bracht.

En daar, in de omgeving van de stad die Spanje altijd trouw was gebleven en die er drie weken over deed om zich na een vreselijk beleg door mambí's over te geven, werkte Modesto, nu meer dan zestig jaar oud, als verpleger van het revolutionaire leger. Dat leger was onder leiding van de dichter José Martí, die meteen op de eerste dag dat hij deelnam aan de strijd sneuvelde, de nieuwe oorlog begonnen. Martí noemde dit de 'Noodzakelijke Oorlog', maar hij zou zelf nooit zien hoe zijn verzen en zijn toespraken tot de zo begeerde onafhankelijkheid van Spanje leidden, al was dat niet de onafhankelijkheid waar hij van had gedroomd, aangezien Cuba nu een republiek werd onder toezicht van de Verenigde Staten.

Als verpleger liep Modesto met weemoed en verdriet door het hospitaal Príncipe Alfonso en de kazerne Reina Mercedes. Van hieruit was hij ontsnapt om Regla hulp te bieden. Kort daarna was hij te weten gekomen dat ze een wrede dood was gestorven. Het was niet moeilijk een zwarte tegen te komen die op La Merced had gewoond en beschreef wat er gebeurd was en ook vertelde over de vier meisjes die de markies Kaweka had laten zien.

'En was haar eigen dochter daar inderdaad bij?' vroeg hij verwachtingsvol.

'Nee, geen van de vier was het. Kaweka stierf nadat ze ze alle vier had aangekeken... en glimlachte en ons aanspoorde om te vechten. Ze leed verschrikkelijk, en desondanks...'

'... zette ze de strijd voort,' maakte Modesto de zin af met dichtgeknepen keel.

Deze getuige vertelde hem vervolgens welke dood Kaweka in handen van de markies gestorven was. Hij was heel geëmotioneerd, hij sprak alsof hij het over een familielid had.

'En die klootzak is ermee weggekomen?' vroeg Modesto.

'Ja. Hoe zouden ze hem kunnen straffen? Er is wel zogenaamd een onderzoek ingesteld omdat er verscheidene slaven waren omgekomen, maar dat had als conclusie dat er sprake was geweest van een opstand en dat alleen de dood van Kaweka, degene die de opstand begonnen was, daar een eind aan kon maken om erger te voorkomen.'

Modesto schudde zijn hoofd en moest zich inspannen om weer normaal adem te halen. Zijn vlucht zou nergens toe dienen als Yesa in handen van de markies bleek te zijn. Kaweka had in geen van de vier meisjes haar dochter herkend. Hij was liever doodgegaan samen met haar, had liever met haar de pijn gedeeld die hij voelde toen hij de hond opdracht gaf terug te gaan naar de plantage. De markies zou haar doden, dat wist hij, en hij had haar daar achtergelaten, al was het om een goede reden: Yesa vinden. Yesa was degene die steeds licht bracht in Kaweka's leven, en ze was nu de dochter van hen alle twee. Maar die hoop, dat doel, was niet voldoende om hem te bevrijden van zijn schuldgevoel omdat hij haar had achtergelaten in het blok, en erger nog, het verzachtte ook niet de pijn dat hij zijn geliefde kwijt was.

Na zijn vlucht uit La Merced hield hij zich in de bergen van El Rosario schuil. Hij was niet vrij, hij had geen papieren en kon door iedereen worden aangehouden. In het woud leefde hij als een marron. Het was ironisch: het was hem niet gelukt Regla naar de nederzetting te volgen toen zij samen met Eluma ontsnapt was, en nu liep hij over paden waarop zij, zo stelde hij zich voor, jaren eerder gelopen had. Tussen het groen huilde hij om Regla, en hij bleef onopvallend naar Yesa vragen.

'De dochter van Kaweka?' vroeg op een dag de eigenaar van een kleine koffieplantage waar hij naartoe was gegaan als verpleger.

Celio, want die was het, nam hem in dienst en hield hem verborgen.

In 1880, twee jaar nadat Kaweka was gestorven, schafte Spanje de slavernij op het eiland Cuba af, al stelde het land voor de periode van acht jaar nog een patronaat in voor pas vrijgekomen zwarten. In die acht jaar moesten ze blijven werken voor hun voormalige heren onder soortgelijke voorwaarden als tijdens de slavernij, want nog steeds waren fysieke straffen, het blok en voetboeien toegestaan, evenals uitputtende dagen in de oogsttijd.

Na de afschaffing van de slavernij regelde Celio de papieren van Modesto. Er was een slaaf overleden van ongeveer dezelfde leeftijd en met ongeveer dezelfde kenmerken als Modesto, die diens voornaam aannam, Juan, en als achternaam Miró kreeg, die van Celio, degene die hem officieel in vrijheid stelde.

In die twee jaar kwam Modesto, bij hoeveel suikerplantages en koffieplantages hij ook navraag deed en waar hij altijd goed werd ontvangen omdat hij een deskundige verpleger was, niets te weten over een meisje dat zich ook in de bergen van El Rosario had bevonden nadat de nederzetting was aangevallen door de slavenjagers. Daarom begon hij uiteindelijk te vermoeden dat Yesa, tenzij ze tijdens de aanval overleden was, toch een van de vier meisjes moest zijn geweest die de markies had gevonden.

/

In de loop van de tijd raakte hij hier steeds meer van overtuigd. Regla zou nooit publiekelijk hebben laten merken dat een van de vier meisjes haar dochter was. Ze zou haar niet in handen van de markies hebben laten vallen. Waarom zou ze die schoft dat genoegen doen? Regla zou nog liever haar huid hebben laten afstropen dan Yesa verraden.

Daarom ging Modesto toen hij vrij was naar La Merced. Hij moest hen zien. Hij genoot niet de gunsten van de grillige Yemayá, maar hij was er zeker van dat als een van de vier Yesa was, hij de dochter van Regla zou herkennen. Ze moest stralen zoals haar moeder had gestraald. Bovendien was ze zijn dochter. Waarom zou hij geen familieband zien als het om bloed van zijn bloed ging?

Celio stond een paar zakken koffie aan hem af en leende hem een muildier. En met een lange, volle baard, een kaalgeschoren hoofd, en langzaam en krom verscheen Modesto op de plantage. Celio had aangedrongen op dat laatste: vooral langzaam lopen, alsof je een oude man bent die genoeg heeft van het leven.

'Denk je soms dat jullie blanken zo goed naar een zwarte kijken dat je hem later herkent?' had Modesto gezegd tegen de man die hij als een vriend was gaan beschouwen. Maar hij nam de raad wel aan en deed zijn best om zich langzaam en krom voort te bewegen nadat hij zich had gemeld bij een van de bewakers, die hem naar het huis van de beheerder bracht, dat naast de barakken stond. 'Ik bén blank,' had Celio ontwapenend gezegd.

Onderweg kwam hij Narváez tegen. De opzichter liep langs hem heen alsof hij lucht was. De beheerder, oud en verbitterd – zoals alles om de markies heen, dacht Modesto – probeerde hem te bedriegen. Ze hadden al genoeg koffie, zei hij, alsof hij wilde dat Modesto ophoepelde. Daar had Modesto op gerekend.

'Proeft u het eens, heer,' zei hij met neergeslagen blik, zoals slaven deden. 'Hij is van goede kwaliteit. Van de bergen van...'

'Waar heb je die koffie gestolen?'

Zoiets had Modesto verwacht, hij wist dat ze hem van diefstal zouden beschuldigen.

'Ik heb niets gestolen. Ik zweer het! Vraagt u maar na bij de eigenaar van de koffieplantage. Hier staat zijn naam,' zei hij, en wees naar de zakken, alsof hijzelf niet kon lezen.

'Goed,' gaf de ander toe, 'ik zal hem proberen.' Dat was een leugen. 'Laat de zakken hier maar staan.' Hij maakte een gebaar alsof hij Modesto een gunst verleende.

Ook deze reactie verbaasde Modesto niet, hij kende dit soort mensen goed. Ze zouden hem bedriegen, voor het lapje houden, door blijven zaniken of zelfs hem aangeven om de koffie te kunnen houden voor een spotprijs of zonder er iets voor te betalen. Verpest door eerzucht en verblind door hoogmoed.

'Ga wat eten bij de anderen terwijl ik erover nadenk,' beval de oude beheerder.

Het was geen oogsttijd. Er waren weinig mensen, alleen de slaven van Santadoma die nu onder het patronaat vielen en zoveel mogelijk de kantjes ervanaf liepen. Modesto had op zijn muildier een paar flessen rum meegenomen, die bij hen gemakkelijk de herinneringen zouden oproepen aan de dag dat Regla en nog een aantal zwarten waren vermoord. Ze dronken gulzig van de alcohol van de bezoeker, net zolang tot ze met dubbele tong spraken.

'En de meisjes?' vroeg Modesto tot slot, nadat hij het verhaal had aangehoord – op fluistertoon, meenden de twee zwarte mannen zelf – over de razernij en wanhoop van de markies toen Regla bleef zwijgen. Een verhaal waardoor hij ondanks alle tijd die verstreken was, werd overspoeld door verdriet.

'Daar zijn ze,' zei een van de twee.

Modesto overzag de binnenplaats van de barakken waar op de grond de zwarten bij elkaar zaten te eten. Hij zocht naar meisjes van een jaar of zestien.

'Wie dan?' vroeg hij, terwijl hij de fles buiten hun bereik hield.

'Daar, in dat groepje, zit Piedad,' wees de ene. 'En daar zit Leticia.'

'En zij heet Alfonsa,' zei de ander, terwijl hij naar een aantal vrouwen in de kring wees. 'Dan alleen nog…'

'Octavia. Die is daar.'

Modesto overhandigde hun de fles nadat ze precies hadden aangewezen wie wie was. Te gemakkelijk, zei hij bij zichzelf terwijl hij zijn blik van de een naar de ander liet glijden. Hij wilde Regla voelen op die binnenplaats, zij zou hem helpen. En het was even gemakkelijk geweest om ze te vinden als om met zekerheid Piedad en Octavia te kunnen uitsluiten toen hij dichter bij hen was gekomen: ze waren lichter. Een van hun voorouders moest blank of mulat zijn geweest. De markies en zijn mannen konden dat niet weten, omdat ze niet wisten dat hij de vader was, een bozal uit Afrika, zoals Regla. Het meisje kon niet anders dan de chocoladekleurige huid hebben van haar moeder of het ebbenhoutenzwart van Modesto.

Er bleven er twee over: Alfonsa en het meisje dat ze Leticia hadden genoemd, een stevig meisje, klein, net als Kaweka. Ze zou het kunnen zijn, zeker. Hij liep op haar af. Ze zat op de grond uit haar kom te eten, bij andere zwarten, die alleen maar een vluchtige blik op Modesto wierpen.

'Wat wil je?' Ze verraste hem door op te staan en op hem af te lopen.

Het meisje stelde haar vraag met een vrijpostigheid die niet bij haar leeftijd paste, vond hij. Dat deed hem aan Regla denken, haar kordaatheid. Misschien...

'Nee,' onderbrak ze hem toen hij iets wilde zeggen.

'Wat...? Wat bedoel je? Wat nee?'

'Dat ik het niet ben.' Opnieuw verbaasde ze hem. Modesto fronste zijn voorhoofd. Leticia sprak op zachte toon tegen hem, al waren ze op een afstandje van de anderen gaan staan. 'Ik heb je met die twee dronkenlappen zien praten, die je een fles gaf. Ik zag dat ze naar mij en Alfonsa en Piedad en Octavia wezen, en dat jij hun kant op liep en naar hen keek. Die belangstelling kan maar één ding betekenen: de vier meisjes.' Modesto vroeg zich af of hij iets moest zeggen, maar besloot het niet te doen, hij wachtte tot ze verder zou praten. 'Heel veel mensen vragen naar ons sinds het gebeurde met die slavin, met Regla. We zijn heel bekend geworden.'

'Ben jij haar dochter?' vroeg Modesto rechtstreeks toen Leticia na haar uiteenzetting zweeg.

'Wat levert mij dat op?'

Hij had nog een van de flessen rum en nog een paar peso's. Hij gaf haar alles.

'Ben jij het?' vroeg hij nog eens.

'Nee.'

'Hoe weet je dat?'

'Ik heb heel levendige herinneringen. Ik ben nooit in die nederzetting geweest en die vrouw was mijn moeder niet. Ik herinner me mijn ouders, al is het vaag. We woonden in een vallei, niet in de bergen.'

'Maar de markies dacht dat jij het zou kunnen zijn,' voerde Modesto aan.

'Ze hebben me gestolen. Ze hebben me bij mijn ouders weggehaald. Me op mijn twaalfde verkracht. Ze hebben me doorverkocht en zo ging het door, totdat de mannen van de markies me op een dag vonden. Je leert je mond te houden, niets te zeggen, vooral als blanken je wat vragen. Als ze willen dat ik de dochter ben van iemand, dan ben ik dat. Als ik moet wachten totdat ze me herkennen, dan doe ik dat. Ben jij soms nooit slaaf geweest?'

Modesto knikte met op elkaar geklemde tanden.

'Waarom vertel je mij dit?'

Ze liet hem eerst de fles rum zien, de peso's niet, die had ze al verstopt, en zei toen: 'Jij bent de blanken aan het bedotten. Dat weet ik. Dat zie ik aan je.' Modesto keek onrustig om zich heen, naar de bewakers die er liepen. 'Rustig maar,' probeerde het meisje hem gerust te stellen, 'rustig maar,' herhaalde ze bijna vermoeid, 'dat zijn idioten, als die geen zweep hadden...'

'Als jij het niet bent,' viel Modesto haar haastig in de rede om ter zake te komen, al scheen Leticia nog zo'n lage dunk te hebben van de schildwachten, 'wie is het dan wel?'

'Sinds de markies Regla heeft vermoord hebben we het er met zijn vieren honderden keren over gehad, en het ook vaak besproken met al die mensen die ons ernaar gevraagd hebben. Zelfs de markies heeft er diverse keren naar gevraagd. Ik weet het niet. Octavia is het niet, dat is zeker. Die heeft ook haar herinneringen, dat zegt ze althans. Piedad zou het kunnen zijn.' Modesto had haar al uitgesloten, vanwege haar lichte huidskleur, maar hij zei niets. 'Alfonsa ook. Die herinnert zich niets, maar ze praat ook bijna niet met ons...' Bij de laatste woorden was er afkeer op Leticia's gezicht te zien, waar Modesto zich over verbaasde. Met een knikje maakte hij een eind aan hun gesprek. Toen bedankte hij haar voor haar hulp en stond op. 'Als je met haar wilt praten,' waarschuwde ze toen, 'bedenk dan wel dat haar man een van de bewakers is hier. Alfonsa is erg veranderd.'

Modesto stond als verlamd. Toen vermande hij zich en keek naar de plek waar het meisje zat; op dat moment ging ze net staan. Haar buik verried dat ze zwanger was, een paar maanden pas, maar lang genoeg om het te kunnen zien. De blikken van Alfonsa en Modesto kruisten elkaar. De dochter van Regla, zwanger van een blanke bewaker? 'Haar man is een van de bewakers hier,' had Leticia net gezegd. De slavendrijver had haar dus niet verkracht, nee, het was iets anders. Het wantrouwen moest van zijn gezicht zijn af te lezen, want Alfonsa maakte een grimas.

Hij moest het weten, besloot Modesto. Ondanks alles moest hij het weten. Als dat niet het geval was, betekende dat dat ze er voorgoed van uitgingen dat Yesa dood was. Terwijl hij op haar af liep, zocht hij in haar naar trekken de vrouw van wie hij zoveel had gehouden. Ja, misschien wel. Ze had wel iets van Regla weg... En van hem? Hij zou het niet kunnen zeggen, maar in ieder geval was ze nu dichtbij.

'Alfonsa?'

'Ja. Wie ben jij?'

'Een koffieverkoper.'

'En wat wil je?' Ze beet hem de vraag toe, vijandig.

Modesto aarzelde. Als haar geliefde een van die blanken was, moest hij zich misschien niet blootgeven en het haar niet vertellen. Zij kon besluiten hem aan te geven en dan zou de markies, of Narváez zelf, hem ongetwijfeld vierendelen. Opeens kreeg hij door dat hij soepel en met opgericht hoofd was gaan lopen, al leek Alfonsa noch iemand anders er ook maar de geringste aandacht aan te besteden. Desondanks nam hij weer zijn kromme houding aan en sloeg hij zijn ogen neer.

'Is er iets?' vroeg Alfonsa, weer met veel te harde stem, toen ze hem ineen zag schrompelen.

Hij schudde zijn hoofd.

Modesto keek onderzoekend naar het meisje en voelde dat haar afstandelijke houding eerder te maken had met angst en wantrouwen dan met haar karakter. Wie was hij om over haar te oordelen? Een knap jong meisje, alleen, zonder familie, aangewezen als degene die de dochter zou kunnen zijn van de grootste vijand van de markies, de heer van alles hier. Hoe kon zij zich verweren tegen een blanke die haar verkrachtte? En als die bewaker eiste dat ze bij hem bleef, hoe kon ze daar dan tegen ingaan? Modesto's gedachten zwierven naar de duizenden vernederingen die de slaven hadden ondergaan, naar de lichamen die in het ochtendgloren aan de palmbomen hingen als teken van opperste wanhoop, naar Regla... En zoals het meisje een gezicht had getrokken toen hij wantrouwend naar haar keek, zo leken haar trekken zich nu, door de twijfel die hem overviel, te verzachten, alsof ze begreep wat er door zijn hoofd ging.

'Ben je weleens door de goden bezeten geweest?' vroeg Modesto opeens.

Alfonsa kreeg geen gelegenheid antwoord te geven.

'Hé! Wat moet dat daar?'

Het was een van de bewakers.

'Ga weg,' fluisterde Alfonsa, bijna zonder haar lippen te bewegen.

Ze hadden de aandacht getrokken. Modesto keek weer naar de binnenplaats, een aantal zwarten zat naar hen te kijken. De twee dronkenlappen wenkten hem zelfs. Als Narváez zou optreden, naar hem toe zou komen, dan zou hij hem al snel herkennen. Hij dacht aan Regla en riep haar. Hoe vaak had hij dat niet gedaan in de bergen? Ze zou nooit terugkomen, hij moest genoegen nemen met de herinnering aan haar, met de gebeurtenissen die ze samen hadden beleefd, met haar geur en haar gelaatstrekken die hij probeerde te onthouden. Hij kon niet rekenen op de krachten waar Regla gebruik van maakte, dat werd nu weer eens duidelijk. Toch had Alfonsa er niet van opgekeken dat hij zijn vraag over de goden stelde. Hij draaide zich naar haar om, maar ze had hem al haar rug toegekeerd en liep naar de bewaker die naar hen geschreeuwd had. Was zij Yesa? Modesto werd gefascineerd door haar manier van lopen: al was ze zwanger, het leek alsof ze boven de grond zweefde. Het duurde maar een paar stappen, want de betovering verdween toen hij haar onderworpen zag praten met de blanke.

Hij keerde terug tot de werkelijkheid op de binnenplaats toen hij de twee dronkenlappen op zich af zag komen. Ze leunden op elkaar en verhieven brallend hun stem, ze struikelden en vroegen om nog een fles rum. Dat trok de aandacht. De bewaker met wie Alfonsa stond te praten keek steeds weer naar hem. De dronkenlappen waren bijna bij hem. Veel mensen keken inmiddels wat er aan de hand was, en dat meisje... Hij had niet iets speciaals bij haar gevoeld wat zou kunnen bevestigen dat ze echt Yesa was. De twee zatlappen stonden naast hem.

'Hier met die fles!' riep de een.

'De fles rum!' Dat was de ander.

Bij deze woorden gingen een paar mensen staan.

De dochter van Regla kon niet de geliefde zijn van een blanke, een kind van hem verwachten. Yemayá zou het niet hebben toegestaan! Toen vormde hij al het middelpunt van de belangstelling op de binnenplaats, dezelfde plek waar hij met Regla was geweest, waar zij door de hand van de markies was gestorven. Hij merkte dat een van de zatlappen aan zijn hemd trok. Nee, ze kon Yesa niet zijn. Dan zou hij iets gevoeld moeten hebben, al was het maar een sprankje emotie.

'Waar heb je die fles?'

De smerige dranklucht die hem in het gezicht walmde bracht Modesto weer bij zijn positieven. Hij vroeg zich af hoe hij hier weg moest komen.

'Die fles rum is hier!'

Leticia hield de fles omhoog en glimlachte tegen Modesto, die niet kon reageren omdat het meisje verdween tussen de mannen en vrouwen die om haar heen begonnen te drommen. In stilte bedankte hij haar. Hij bedacht zich geen moment en mengde zich onder de zwarten die overal rondliepen, om te kunnen vluchten. De koffie vergat hij. Hij pakte zijn muildier en haastte zich terug naar de bergen van El Rosario.

En nu, twintig jaar na de Tienjarige Oorlog, was Modesto blij dat de verwachtingen die bij de slaven van het leger van mambí's waren gewekt nadat hun de vrijheid was toegekend met het Pact van Zanjón, gestalte kregen.

In 1895 bestonden er geen slavernij en geen patronaat meer, en Modesto vergezelde een leger dat grotendeels uit vrije zwarte mannen bestond, die nu voor hun rechten en toekomst vochten en niet domweg kanonnenvoer waren. Blanken en zwarten vochten samen in één leger onder bevel van generaals van eveneens beide rassen.

En vrouwen, velen met een man bij zich, die de artsen en verplegers hielpen de gewonden te verzorgen, hun te eten gaven en moed inspraken. Sommige waren gewapend en vochten zij aan zij met de soldaten. Tussen die vrouwen zocht Modesto een spoor van

Regla, van haar kracht, haar vuur, haar durf en toewijding... en vond dat. Ondanks de indruk waarmee hij destijds uit La Merced was weggegaan was hij in de loop van de jaren nooit dat jonge meisje vergeten, Alfonsa, in wie hij graag de trekken van zijn geliefde wilde herkennen. Hij begon navraag naar haar te doen toen hij te weten kwam dat de markies in zijn huis in El Cerro in Havana was gaan wonen. In die stad had Modesto zich zelf ook gevestigd als een gewild verpleger. Hij kreeg te horen dat Alfonsa het kind had verloren van die blanke bewaker, die haar trouwens in de steek had gelaten, zoals te verwachten was. Hij kwam ook te weten dat ze daarna met een mulat was getrouwd die in dienst was bij de markies. Met deze man kreeg ze in de loop van de tijd de nodige kinderen. Zijn wens om Yesa te vinden verflauwde, en hij begreep ook dat Alfonsa en haar gezin voor allerlei problemen gesteld zouden worden wanneer aan het licht kwam wat haar – nu nog onduidelijke – afkomst was. Hij wist niet of ze zijn dochter was. Hij koesterde niets van vaderlijke gevoelens voor haar, terwijl de markies, die dan oud mocht zijn, een geduchte vijand was en nog steeds zoveel wrok koesterde dat hij zijn haat voor Kaweka tot zijn laatste ademtocht zou voeden.

Modesto dwong zichzelf Alfonsa te vergeten. Hij wilde haar geen problemen bezorgen, of ze nu Yesa was of niet, en in plaats daarvan herkende hij zijn dochter in al die strijdsters die vochten voor de vrijheid van Cuba. 'Ik heb haar gevonden,' zei hij 's nachts tegen Regla, met een stem die brak en een vermoeid, oud gezicht dat nat was van tranen. Mannen en vrouwen kenden sergeant Kaweka: generaal Maceo zelf had de loftrompet over haar gestoken ten overstaan van de troepen, en veel vrouwen wilden nu niet voor haar onderdoen in hun strijd voor de vrijheid van Cuba, hun land, een land dat doordrenkt was met het bloed van hun broeders en zusters.

Ze waren allemaal Yesa, zijn dochter, die hij had gekregen met de vrouw van wie hij meer had gehouden dan van wat ook op aarde, en daarom voelde de oude emancipado zich 's nachts trots, onder een wonderbaarlijke hemel vol sterren die nooit voor de vijanden van Cuba schenen.

32

Madrid

Lita en haar moeder moesten voet bij stuk houden en de afkomst van Concepción opeisen. Nog afgezien van de bewijzen waar ze over beschikten waren de woorden die de markies tijdens de afgebroken persconferentie had uitgesproken al met al het beste visitekaartje tegenover de Spaanse rechtbanken.

Het eerste deel van het proces was nog niet eens afgerond toen de Banca Santadoma in staat van faillissement kwam te verkeren en de Spaanse staat rechtstreeks ingreep. De toespraak van Lita, die uitgezonden werd door zowel nationale als internationale media, had een verwoestend effect. Er waren geen demonstraties op straat of andere drukmiddelen meer nodig. De cliënten en investeerders die tot dan de bank nog trouw waren gebleven, keerden die nu de rug toe. Ook de interbancaire markt en andere investeerders schoten de Santadoma's niet te hulp en weigerden elk krediet. Zelfs de aasgierfondsen maakten pas op de plaats vanwege het racistische element dat om alles wat de slavendrijversfamilie betrof heen hing.

De rechtbanken in Florida, de jurisdictie waaraan Amerikanen en Spanjaarden zich in een internationaal contract hadden onderworpen, kwamen snel met strenge voorzorgsmaatregelen, zodat de Santadoma's hun vermogen niet konden wegsluizen en de verantwoordelijkheid moesten nemen voor de verliezen die ELECorp Bank had geleden en voor de hoge schadeloosstellingen die waren afgesproken. Een paar aandeelhouders van de Amerikaanse bank, die handelsrelaties met de markies en zijn voorouders hadden onderhouden, werden door Stewart en de andere leden van de raad onder druk gezet om informatie te geven over de in belastingparadijzen gevestigde bedrijven waar de Santadoma's hun geld hadden gestald, en waarvan ze in enkele gevallen zelfs vennoot waren.

Don Enrique probeerde zijn kapitaal te verplaatsen, maar dat ging niet zo eenvoudig. Zijn vertrouwenspersonen waren al door de Amerikanen, en kort daarna door de rechtbanken, onder druk gezet. Het was ook niet zo moeilijk om het spoor van het geld te volgen, dat inderdaad eerst verdwenen was, maar weer boven water kwam.

De eigendommen die de familie in Spanje bezat en die rechtstreeks uit de nalatenschap van de oude markies afkomstig waren, vormden nu, in afwachting van het besluit over de rechten van Concepción, een onaanvaarde erfenis waarover de rechter uitspraak moest doen en waar bovendien nog een claim van ELECorp Bank in Florida boven hing.

Uiteraard werd er door Contreras, Carmen Rodés en nog een advocaat van de familie een zaak aanhangig gemaakt wegens mogelijke samenzwering. De aantoonbare, met harde cijfers en boekhouding gestaafde financiële verliezen van ELECorp waren zo groot dat de rechters deze zaak met de grootst mogelijke omzichtigheid behandelden, temeer daar Lita zich aarzelend opstelde toen de vraag aan de orde kwam waar de correspondentie tussen Eusebio Santadoma en zijn vader de markies vandaan was gekomen. De advocaten van de familie hadden vooral deze bewijsstukken in het vizier, omdat geen enkele andere medewerker toegang had gehad tot de stukken die, volgens het getuigenis van Lita, haar door de Amerikanen waren overgelegd in het kader van de onderhandelingen over de verkoop van de bank.

'Ik heb ze uit een bureau dat in de opslag stond in het souterrain van het gebouw waar mijn moeder woonde en werkte,' verklaarde Lita.

De advocaten waren in verwarring. De rechter onderdrukte een glimlach.

'Dan heeft ze de sleutels van die opslagplaats gestolen!' luidde de beschuldiging na hun aanvankelijke besluiteloosheid.

'Nee. Mijn moeder beschikte over die sleutels, die had ze. Ik herinner u eraan dat ze naar beneden ging om daar schoon te maken.'

'Het bureau werd opengebroken!'

'Het was niet op slot.'

'Ze pleegde inbreuk op de privacy...'

'Nee, al beken ik wel een kleine zonde: nieuwsgierigheid,' gaf Lita toe.

'Die brieven behoorden dus de Santadoma's toe!' ging Contreras door.

'Laat het haar uitleggen,' beval de rechter de hoogleraar.

'Dank u,' zei Lita. 'Toen ik begreep welke verstrekkende inhoud de brieven hadden, besefte ik dat áls deze brieven al iemand toekwamen, dat niet twee doden waren die niets meer te zeggen hebben, en ook niet hun nakomelingen, die wreed en leugenachtig genoeg waren om ze te verstoppen. Want het is duidelijk dat, net zo goed als ik ze gelezen heb, zij ze ook gelezen moeten hebben. De enige die deze brieven toekomen, is mijn moeder, want daarin erkent Eusebio de Santadoma dat hij haar vader is.'

Bij de Santadoma's stortte alles in. De mensen die hen aanvankelijk nog gesteund hadden, trokken nu net als de anderen hun handen af van een familie wier rijkdom was gefundeerd op slavernij. De markies kon fortuinen aanwijzen in Madrid, Barcelona of Baskenland die op dezelfde wijze als het zijne waren vergaard, maar daar kreeg hij de tijd niet voor. De bank was gesloten, er lag beslag op zijn bedrijven en zijn geld was geblokkeerd. Van waardevolle bezittingen – schilderijen, auto's, zelfs het zilveren bestek – was inventaris opgemaakt door de rechter, die, gedreven door nieuwsgierigheid, dezelfde zonde beging als Lita en zich naar het souterrain van het pand in de wijk Salamanca had begeven om toezicht te houden op de experts die daar aan het werk waren.

De andere leden van de familie maakten hetzelfde mee als don Enrique, die ze ervan beschuldigden dat hij hen had geruïneerd. Een van zijn neven kreeg het met hem aan de stok. Doordat de andere familieleden voorkwamen dat het op een vechtpartij uitliep werd don Enrique een aframmeling bespaard en kreeg hij niet meer dan een flinke duw. De grote ramen trilden niettemin van al het geschreeuw en gescheld, en zelfs het water van het zwembad waar de ramen op uitzagen bleef er niet onberoerd onder. Op het luxueuze huis van de markies in de buitenwijken van Madrid was inmiddels beslag gelegd en de Santadoma's, die daar bij elkaar waren gekomen, begonnen onderling tegen elkaar te procederen. De markies en zijn moeder hadden hen meegesleurd in de rampspoed, want zij hadden geweten dat er nog een erfgename was: Concepción, dochter van Eusebio.

'Ga geld lenen,' raadde doña Claudia Enrique aan. 'We hebben toch veel vrienden?'

Hij verwaardigde zich hier pas toe nadat zijn Italiaanse echtgenote zuchtend haar armen afwerend had geheven nadat ze alle uitvluchten had aangehoord waarom hij zich niet kon verlagen tot gebedel bij een van deze bekende rijken.

'Enrique,' zei ze, 'ik kon vandaag niet eens de visboer betalen die de wekelijkse boodschappen kwam brengen.'

Hij ging naar de familie Ruz Pariente. Goede vrienden, al een leven lang. De familie had haar aandelenpakket verkocht voordat het tot een echt schandaal was gekomen en had daardoor een aanzienlijke overwaarde naar zich toe weten te trekken.

Enrique werd door Manuel Ruz ontvangen in het directiekantoor van een aannemersbedrijf dat Ruz bezat, en de laatste hoorde het verhaal van zijn vriend een tijdje aan.

'Hou maar op,' zei hij toen hij meende wel genoeg drama te hebben gehoord: de financiële situatie van Enrique, zijn echtgenote en de visboer, zijn familie, de neef die hem een pak slaag had willen geven, de processen... 'Kijk, Enrique, als je nou geld nodig had voor zaken, iets productiefs, al leent de toestand zich daar op dit moment helemaal niet voor, dan zou ik het de familie voorleggen... en zou ik je steunen, werkelijk. Maar het geld dat ik nu zou lenen zou naar lopende kosten gaan, om... Laat me even, word niet boos, alsjeblieft,' voegde hij eraan toe, terwijl hij zijn handen voor zich gevouwen hield als een klein kind dat tot het kindje Jezus bidt voor het gaat slapen. '... om de grillen en het dure leven van je familie te bekostigen. Hoelang zou dat duren? Drie maanden? Vier? Wat ga je daarna doen? En hoe betaal je het aan ons terug? Zo'n lening kan ik niet aan mijn familie voorleggen. Het spijt me echt.'

De markies belde andere vrienden. Soms kreeg hij iemand aan de telefoon. 'Ik kan niks lenen, Enrique, de zaken gaan niet goed hier.' Soms kwam hij niet verder dan de secretaresse, want de mobiele telefoon leek iedereen te hebben uitgezet.

Intussen kwamen de voorspellingen van Manuel Ruz uit en slorpte het gebruikelijke bestedingspatroon van de Santadoma's, dat van Enrique zelf en dat van de familieclan die hij tot dan had geleid, alles op zonder dat ze aan hun betalingsverplichtingen konden voldoen. Kwitanties die oningevuld retour kwamen: van scholen, nutsbedrijven, gas, elektra, water. Directeuren van clubs die belden en aandrongen op een afspraak, omdat het van een gebrek aan tact zou getuigen de kwestie schriftelijk af te handelen. Restaurants en winkels die creditcards weigerden. 'Het gaat ongetwijfeld om een vergissing.' 'De computer…' Mensen uit de dienstverlenende sector, chauffeurs, paarden, auto's… De Santadoma's zaten tot en met het vullen van hun benzinetank in de problemen.

De advocaten, bij wie ook geen cent binnenkwam, verzochten de rechter fondsen vrij te maken voor het levensonderhoud van de uitgebreide familie. Het verzoek werd ingewilligd onder de voorwaarde dat ze moesten zien rond te komen van een gemiddeld salaris.

Doña Claudia overleed. Voor het zover was had haar zoon alles in het werk gesteld om haar niet voor de rechtbank te laten getuigen en zijn advocaten kwamen met medische rapporten waarin werd afgeraden haar op te roepen naar de rechtbank vanwege haar leeftijd, haar kwalen en een lichte vorm van seniliteit… In een ervan werd gewezen op beginnende alzheimer. De rechter vertrouwde het niet en meldde zich in het woonhuis van de oude vrouw in gezelschap van een forensisch arts. De arts ontkende niet dat ze overduidelijk op hoge leeftijd was, maar verklaarde dat ze wilsbekwaam was, althans hij liet het aan de rechter om te beoordelen of haar verklaringen geloofwaardig waren. In haar verklaring zag doña Claudia af van alle voorzichtigheid die haar uitentreuren door deze en gene was aangeraden en ze liet zich zonder schaamte zien als zo'n witte Cubaanse die superieur was aan de zwarten, die ze haatte, vooral Concepción en haar moeder, Margarita.

'Heeft u daar behalve hun ras nog een speciale reden voor?' vroeg de rechter tijdens de ondervraging.

'Jazeker! Ze heeft mijn Eusebio op een slinkse manier net zo lang verleid tot ze zwanger werd en die halfbloedbediende verwachtte…'

'Concepción Hermoso?'

'Wie anders?'

Lita gaf in Barcelona een lezing over racisme en xenofobie terwijl de Santadoma's tijdens de begrafenis van doña Claudia op de fries van hun verwoeste mausoleum stuitten – die met de slaafgemaakten die suikerruit kapten en wegvoerden. Maar die waren niet meer te zien doordat er met rode verf op was gekalkt: HIER LIGGEN SLAVENHANDELAREN EN SLAVENDRIJVERS. MOGEN DE DEMONEN HEN NOOIT IN VREDE LATEN RUSTEN.

Concepción won de rechtszaak. De Santadoma's gingen niet in beroep. Dat had geen enkele zin na de verklaring die doña Claudia had afgelegd, en ook niet gezien de overige bewijzen. Ze hadden bovendien niet eens het geld om de hoge honoraria van Contreras en andere juristen te kunnen betalen.

'Enrique,' begon de hoogleraar zijn vraag die, naar hij wist, een eind zou maken aan de professionele relatie waarmee hij zich hebzuchtig had verrijkt, 'hoe kan ik nou de verdediging op me nemen van een rechtszaak waarin je eigen moeder erkende dat Concepción de dochter van haar echtgenoot was?'

'Mijn moeder was gek!' riep de markies uit.

'Een forensisch arts heeft verklaard van niet. Wie moet dat dan ontkrachten?'

Terwijl dat gesprek plaatsvond reisde Lita naar Londen. Ze was door diverse organisaties uitgenodigd om lezingen te komen geven over het Internationale decennium voor personen van Afrikaanse afkomst. Het publiek keek reikhalzend uit naar de vrouw die haar voorouders had gewroken. Lita's agenda stond vol afspraken, lezingen en rondetafelgesprekken over de hele wereld. Ze leidde demonstraties en kreeg zelfs het aanbod een boek over haar moeder te schrijven. 'Ja, misschien doe ik dat wel,' had ze geantwoord, terwijl het idee haar met trots vervulde. Ze ontmoette mevrouw Vit van de VN, die haar aanspoorde zich helemaal toe te leggen op de behartiging van de belangen van mensen van Afrikaanse afkomst en de strijd tegen racisme en xenofobie.

'Je zult het goed hebben,' verzekerde de vrouw haar.

'Daar gaat het me niet om.'

Ze had ook helemaal niet meer nodig dan het basale. Yemayá voedde haar, vervulde haar van leven. Ze leefde met de godin: haar uitstraling fascineerde, haar woorden brachten elk publiek in verrukking. De programmapunten van het Verdrag van Durban en de rechten van personen van Afrikaanse afkomst vormden het kader van haar toespraken.

'Wij verklaren,' zette ze altijd op enig moment van haar toespraak uiteen, om de woorden te spreken die ze uit haar hoofd kende, 'dat alle mensen vrij en gelijk in waardigheid en rechten worden geboren en de mogelijkheid hebben constructief bij te dragen aan de ontwikkeling en het welzijn van hun gemeenschappen. Elke leer die uitgaat van de superioriteit van een bepaald ras is wetenschappelijk onjuist, op zedelijke gronden verwerpelijk en sociaal onrechtvaardig en gevaarlijk, en dient verworpen te worden, evenals theorieën die het bestaan van afzonderlijke menselijke rassen trachten vast te stellen.'

Vervolgens bracht ze hulde aan Yemayá en andere Afrikaanse goden, naar wie ook in Durban werd verwezen. Terwijl ze aan het woord was kwam de herinnering aan Bekele naar boven, de loodgieter die zich helemaal voor deze zaak had ingezet. 'Religie, spiritualiteit en overtuigingen spelen een centrale rol in het leven van miljoenen mannen en vrouwen, in de manier waarop ze leven en in de manier waarop ze anderen behandelen. Religie, spiritualiteit en overtuigingen kunnen bijdragen aan de bevordering van de waardigheid die inherent is aan een mens, en aan de uitbanning van racisme, rassendiscriminatie, xenofobie en bijbehorende vormen van intolerantie. Verbind u met de zwarte goden, onze goden, die niemand u heeft opgedrongen!' riep ze, haar vuist geheven.

Ze werd uitgenodigd voor ceremoniën op plekken waarvan ze het bestaan nooit had geweten: diep in Afrika waar Yemayá uit haar dak ging, en zo vaak ze kon ging ze naar de restaurants op de industrieterreinen van Madrid waar de tafels tegen de wanden stonden en waar ze Sara en Elena ook een keer mee naartoe nam. Ze waren nu de buurvrouwen van Concepción, want Lita had met haar inkomsten uit lezingen en de artikelen die ze publiceerde het appartement van het homostel kunnen kopen. Er ging zelden een dag voorbij dat Concepción niet bij de vriendinnen van haar dochter langsging met een dienblad of een pan eten, terwijl de twee honden voor haar uit liepen en tussen de benen van de twee jonge vrouwen door schoten.

'Ik heb het nooit gezegd, maar jullie kunnen echt niet koken,' verweet ze de vrouwen voor het eerst.

'Dat wisten we al, maar u blijft hier wel eten,' kreeg ze dan te horen, terwijl ze haar bij haar arm pakten.

En in de bijna twee jaar dat Lita de wereld over reisde en de vlag tegen racisme droeg, logeerde ze bij Concepción wanneer ze Madrid aandeed, hoewel ze 's avonds soms, na een ondeugende knipoog naar haar moeder, die deze al naargelang haar humeur met een glimlach of zogenaamde verwijten beantwoordde, naar het huis van Alberto Gómez glipte. In hem had ze een lieve, rustige metgezel gevonden. Geen van tweeën claimde de ander, vooral niet meer nadat Lita een vraag had gesteld, bijna onbewust, alsof iemand haar die woorden in de mond legde: 'Hoe kan ik me overgeven aan verliefdheden?'

Meteen corrigeerde ze zichzelf, maakte ze excuses.

Alberto kuste haar.

'Ik weet dat ik moeilijk tegen jouw lot kan ingaan, je lijkt wel eigendom van de zwarte gemeenschap,' zei hij later.

Lita liet dit bezinken. Was dat zo?

'Misschien wel,' erkende ze, 'maar ik geef me alleen aan jou. Hoe dan ook, blijf proberen ertegen in te gaan,' voegde ze er liefjes aan toe.

Nadat ze de rechtszaak hadden gewonnen vroeg de advocaat moeder en dochter naar zijn kantoor te komen.

'U heeft nooit enige garantie ondertekend en wat betreft de Amerikanen nooit ergens borg voor gestaan,' legde hij Concepción nog eens uit. 'Uw aandeel in de erfenis van de Santadoma's – behalve uiteraard de bank, die verdwenen is – staat geheel vrij tot uw beschikking. Wat wilt u met al die goederen doen?'

'Ik begrijp het niet,' zei Concepción weer eens.

'De Santadoma's,' zei Alberto Gómez geduldig, 'stonden met hun hele vermogen garant voor een eventuele mislukking van de banktransactie. Dus dat hebben de Amerikanen nu. Maar u heeft dat niet gedaan. Uw deel, het deel dat u uit de erfenis toekomt, heeft nergens garant voor gestaan. Het is van u. Als er bijvoorbeeld in de wijk Salamanca onroerend goed is, dan is dat voor het grootste deel in bezit van de Amerikanen, maar een deel ervan is nog steeds van u. Wat gaan we daarmee doen?' Alberto richtte zich nu tot Lita.

'Ik?' Met die vraag wilde ze alle verantwoordelijkheid van zich af schuiven. 'Het is niet van mij. Wat vind jij ervan, mam?'

Concepción hief haar handen in verwarring ten hemel.

'Ik heb het al goed. We hebben toch gezegd daarvan af te zien...'

'Het kan om vele miljoenen gaan,' viel Alberto haar in de rede.

'Die niet van ons zijn,' zei Concepción afwerend.

'Een stichting,' kwam Lita tussenbeide, en haar moeder knikte. 'Dat vermogen moet terug naar de nakomelingen van de mensen die al die rijkdom mogelijk hebben gemaakt ten koste van hun vrijheid, hun leed en hun leven.'

Nawoord

In mijn opvatting is het eerste waar iedere auteur over moet nadenken als hij een werk tot stand wil brengen, de taal waarin dit zich ontvouwt, vooral als er linguïstische verschillen tussen de personages bestaan. Bij vreemde talen lijkt dit geen probleem te zijn. Een bepaald personage kan een vreemde taal spreken, maar de auteur vertaalt deze gewoonlijk in de taal waarin hij de roman schrijft, zodat de lezer het kan begrijpen.

Moeilijker wordt het wanneer een personage zich uitdrukt in een dialect of taal die de lezer in theorie kan begrijpen en een vertaling niet nodig is. Dit is met enige regelmaat terug te zien in teksten waarin een of meer sprekers slaafgemaakten zijn (ik heb het nu over Spaanstalige werken). Hun uitspraken worden weergegeven in een vervormd, vereenvoudigd, pittoresk maar wel begrijpelijk Spaans.

Het is niet mijn bedoeling diep in te gaan op deze interessante kwestie, maar de talen die de slaafgemaakten op Cuba in de negentiende eeuw spraken – die je 'de eeuw van de definitieve afrikanisering van het eiland' zou kunnen noemen – toen er meer dan dubbel zoveel mannen en vrouwen aankwamen dan degenen die in de eeuwen daarvoor uit hun land weggerukt waren, betroffen talen van hun eigen land: Yoruba, Abakuá, Congo... Deze gebruikten ze voor hun intra-etnische betrekkingen en vooral bij religieuze aangelegenheden.

Daarnaast ontstond op Cuba het 'Bozal', de taal die de slaafgemaakten voor hun intra-etnische betrekkingen en voor de Spanjaarden gebruikten. Het Bozal wordt inmiddels al niet meer als een soort slecht Spaans beschouwd. Wetenschappers vragen zich af of het als een creoolse taal of als elementair pidgin dient te worden gezien, een 'noodtaal'. Ik zal daar niet verder over uitweiden; dat ligt buiten mijn competentie. Waar wel een zekere overeenstemming over is, is het feit dat dit Bozal volledig heterogeen en geïmproviseerd was, geen eigen grammatica had, veranderlijk was en al dan niet op Spaans kon lijken.

Daarvan zijn talrijke voorbeelden te vinden. In sommige gevallen is in het Bozal inderdaad slecht gesproken, plat, grof Spaans aan te treffen, dat niettemin wel te begrijpen is. In andere gevallen is het volledig onbegrijpelijk en kunnen de uitspraken met geen mogelijkheid herleid worden naar de taal waar ze uit zouden zijn voortgekomen.

Tegen deze achtergrond staat de auteur bij interactie tussen slaafgemaakten en Spanjaarden voor het dilemma in hoeverre hij het Bozal een plek moet geven. Deze 'taal' zou niet in zijn zuivere vorm kunnen worden gebruikt omdat de tekst dan onbegrijpelijk zou worden. De auteur kan dus zelf bepalen welke kwaliteit hij aan dit taalgebruik meegeeft.

Ervan uitgaande dat het Bozal ver afstond van zijn oorsprong, maakt het opvoeren ervan als uitsluitend een vervormd, plat Spaans een soort karikaturen van de mensen die niet alleen hun vrijheid kwijt waren, maar zich ook gedwongen zagen een dringend noodzakelijke manier van communiceren met hun uitbuiters te vinden. Het zou min of meer een terugkeer zijn naar het *teatro bufo** dat in die tijd zo in de mode was en dat zich gretig bediende van de figuur van het 'negertje' en diens brabbeltaaltje. Ik heb dan ook besloten dit te vermijden en in alle gevallen het traditionele Spaans gebruikt, alsof het om een andere, vreemde taal ging.

Spanje was de laatste westerse mogendheid die de slavernij in zijn koloniën afschafte en ik ben altijd overweldigd door de gedachte dat de generatie van mijn grootouders leefde in de tijd van deze walgelijke situatie die we meestal verder terug in de tijd plaatsen, alsof we ons er op die manier van willen ontdoen. Maar het is vrij kortgeleden, zo kort zelfs dat we een levenslijn kunnen trekken tussen die slaafgemaakten en de mensen die nu leven, zoals ik ook in deze roman doe. Je verdiepen in de levensomstandigheden van de slaafgemaakten is een nare bezigheid die de onderzoeker alleen maar voor morele dilemma's stelt die moeilijk te aanvaarden zijn. Slavernij op zich, gedwongen seks, lijfstraffen en daaruit voortvloeiende

* Een soort afgeleide van Franse operette en komische Italiaanse opera, vert.

zelfmoorden en abortussen zijn levensomstandigheden die op geen enkele manier goed te praten zijn. Alle gegevens die in deze roman naar voren komen zijn gebaseerd op feiten. Eén ervan vond ik verrassend, aangezien het afrekende met het stereotiepe beeld van de luie, onverschillige slaaf, alsof die houding inherent was aan het ras, zoals destijds werd beweerd. Tegenwoordig weten we dat de slaven gewoon aan chronische vermoeidheid leden, dat het mensen waren die niet in staat waren fysiek te reageren, dat ze leeggezogen waren, voor het leven uitgeput.

Ik heb de historische feiten gerespecteerd die in deze roman naar voren komen, waarbij het in hoofdzaak gaat om de Tienjarige Oorlog waaraan de hoofdpersoon deelnam en waarin de slaafgemaakten die zich vrijwillig of gedwongen bij de gelederen van het opstandelingenleger voegden kanonnenvoer waren. Veel auteurs zijn het erover eens dat de ondertekening van het Pact van Zanjón, dat een eind maakte aan de strijd, niet alleen geschraagd werd door de oorlogssuccessen van generaal Martínez Campos en zijn geoefende troepen, maar ook door de opkomst en bevordering van zwarten en mensen van kleur – met Maceo als opperste exponent – naar belangrijker functies in het opstandelingenleger, en het gezag dat ze daarmee kregen over vrije witte mannen, als duidelijk bewijs van het racisme dat er had geheerst in een troepenmacht die tien jaar lang aan dezelfde kant had gevochten, maar desondanks de discriminatie niet had weten te overwinnen.

Zoals ook het geval zou zijn in de oorlog die in 1895 begonnen werd, bleek de 'lange oorlog' een ware ramp voor de Spaanse troepen, vanwege de vele ziekten. Er bestaan grote verschillen in de aantallen verliezen die de diverse auteurs geven: van zestigduizend tot honderdvijfenveertigduizend, maar ook zesennegentigduizend en nog andere aantallen. Hoe dan ook zijn ze het allemaal wel eens over het buitengewoon hoge percentage doden door tropische ziekten. De gesneuvelden in de strijd beslaan slechts zo'n zeven tot tien procent van het totaal aantal verliezen van het Spaanse leger. Als we het tussenliggende cijfer van zesennegentigduizend doden nemen, zouden er meer dan zesentachtigduizend zijn omgekomen door ziekte. Zesentachtigduizend doden door koortsen! Een ware slachting, onnodig en oneerlijk, bijna willekeurig, van eenvoudige

Spaanse jongeren die gedwongen werden een verre kolonie te verdedigen waar slavernij heerste.

Het leven van de slaafgemaakten op Cuba kan niet los van hun religieuze overtuigingen begrepen worden. De blanken slaagden er niet in slaven te maken van de Afrikaanse goden, die zich mengden en versmolten met de katholieke goden, zich erachter verstopten en op die manier bleven bestaan. Het lijkt onweerlegbaar dat een van de belangrijkste middelen van cultureel verzet van de zwarten – zo niet het belangrijkste en misschien het enige – tegen de etnocentrische druk van de dominante samenleving de toevlucht in hun religieuze gebruiken was.

De Yoruba-religie vormt een complex geheel met vele godheden. In Nigeria zouden er wel zeventienhonderd zijn, al wordt dit aantal op Cuba aanzienlijk kleiner wanneer daar de santería ontstaat. Een roman is ook niet het aangewezen middel om onderzoek naar dit onderwerp te doen en het verder uit te werken. Al met al is de relatie die deze goden met hun gelovigen hebben verbazingwekkend en iets wat niet plaatsvindt binnen de traditionele, afgebakende en gereguleerde monotheïstische godsdiensten.

Het gaat om goden die soortgelijke emoties en gevoelens hebben als mensen. In hun relatie met hen kunnen ze grillig, gulzig, wraakzuchtig, oneerlijk, wreed, antipathiek, barmhartig, vrolijk, vrijgevig, uitbundig zijn... Hier zijn talloze voorbeelden van. Hoe moet je je gedragen tegenover een god die je moet vleien, wil hij je beschermen? Wat te denken van een god die gewoon uit nukkigheid onsympathiek kan doen? De goddelijke gunst hangt dan ook niet af van de goedheid of slechtheid van de gelovige, of van het voldoen aan bepaalde gedragsregels. De banden met godheden zijn buitengewoon ingewikkeld en zo heb ik ze ook trachten weer te geven in deze roman. Ik doe dit met het grootst mogelijke respect voor religies van derden, waarbij ik nog eens benadruk dat het niet om een studie naar de Yoruba-religie gaat.

Volgens de VN kwamen er tussen 1520 en 1867 meer dan twee miljoen Afrikaanse slaafgemaakten in Spaans-Amerika aan, waarmee dit gebied op Brazilië na de grootste 'importeur' van slaven was.

De Wereldconferentie tegen racisme, rassendiscriminatie, vreemdelingenhaat en onverdraagzaamheid in Durban in 2001, waarvan de verklaringen door vele landen, instituties, nationale en internationale organisaties en ngo's gesteund werden, evenals de resolutie van de VN over het Internationale decennium voor personen van Afrikaanse afkomst, dat op 1 januari 2015 begon en zal eindigen op 31 december 2024, en met als thema 'Personen van Afrikaanse afkomst: erkenning, gerechtigheid en ontwikkeling', zijn waardevolle instrumenten om zichtbaarheid te geven aan het onderwerp, te zorgen voor eerherstel en tegen racisme te strijden.

Niettemin verklaarde de secretaris-generaal van de VN in 2021, twintig jaar later dus, dat racisme nog steeds 'in alle samenlevingen doordringt in instituties, sociale structuren en het dagelijks leven'; dat 'de mensen van Afrikaanse afkomst, de minderheden, de inheemse volken, migranten, vluchtelingen, ontheemden en dergelijke nog steeds te maken krijgen met haat, stigmatisering wanneer er zondebokken worden gezocht, met discriminatie en geweld', en dat 'xenofobie, vrouwenhaat, haatcomplotten, witte suprematie en neonazistische ideologieën zich verbreiden en nog uitvergroot worden door echokamers'.

Kaweka en duizenden weerloze, rechteloze slaafgemaakten als zij vochten voor de vrijheid, een doel dat hun destijds mogelijk onbereikbaar leek. Iedereen droeg eraan bij: velen ten koste van hun eigen leven, en uiteindelijk slaagden ze in hun missie. Laten we erop vertrouwen dat de huidige samenleving, vooral de rijke, de samenleving die geniet van middelen en mogelijkheden, in staat is evenveel bij te dragen om racisme en xenofobie uit te bannen.

Tot slot wil ik graag nog eens mijn uitgever, Ana Liarás, bedanken voor haar hulp en raad bij het schrijven van dit boek, evenals iedereen die eraan heeft meegewerkt en de publicatie ervan mogelijk heeft gemaakt. Als altijd gaan mijn erkentelijkheid en dank uit naar Carmen, mijn vrouw, eerste lezeres en critica. Ook naar mijn kinderen en andere dierbaren, vooral naar degenen die ons zijn ontvallen door het vreselijke covid dat ons leven de laatste paar jaar zo geteisterd heeft.

Barcelona, mei 2022

Lees ook de andere historische romans van Ildefonso Falcones:

Barcelona, 1901. Er heerst grote sociale onrust in de stad: de armoede van de laagste klassen botst met de luxe van de grote boulevards, waar steeds meer schitterende gebouwen verrijzen. Dalmau Sala, een arme kunstenaar, zit gevangen tussen deze twee werelden. Aan de ene kant die van zijn familie, en van Emma, zijn grote liefde, die actief de arbeidersstrijd steunen. Aan de andere kant die van het werk in de keramiekfabriek van zijn mentor Don Manuel Bello, een rijke, conservatieve bourgeois. Daar bevindt hij zich in het hart van het artistieke milieu en krijgt hij fantastische opdrachten van de gegoede burgerij. Dalmau worstelt om zijn eigen pad te vinden, als man en als kunstenaar. Welke kant kiest hij?

De jonge Arnau groeit op binnen de stadsmuren van het opbloeiende Barcelona van de veertiende eeuw. Samen met zijn beste vriend Joan werkt hij mee aan de bouw van de kathedraal Santa Maria del Mar. In de loop der jaren gaat het Arnau voor de wind: hij overleeft honger, oorlog en zelfs de zwarte dood. Maar dan belandt hij door verraad in de kerkers van de Inquisitie. Wat is zijn vroegere vriendschap met Joan nog waard?

De erfgenamen is het vervolg op *De kathedraal van de zee* en vertelt het pakkende, avontuurlijke verhaal over twee andere vrienden. Bernat, de zoon van Arnau, begint als kaperkapitein; zijn vriend Hugo werkt noodgedwongen voor de aartsvijand van Arnau. Hun leven staat steeds op z'n kop door liefdesperikelen, intriges en machtswisselingen in Catalonië. Is hun vriendschap tegen dit alles bestand?